KB084985

개미

## 제1부 개미

베르나르 베르베르 장편소설
이세욱 옮김

나의 부모님께,
그리고 이 책을 짓는 데 도움을 준 모든 이들,
벗들, 연구자들에게 이 책을 바친다.

**제1부 개미**

**당신이 다음 네 줄의 글을 읽는 몇 초 동안,**

— 40명의 사람과 7억 마리의 개미가 지구 위에서 태어나고 있다.

— 30명의 사람과 5억 마리의 개미가 지구 위에서 죽어 가고 있다.


**사람**

포유동물로서 크기는 1미터에서 2미터 사이로 다양함.

몸무게는 30킬로그램에서 1백 킬로그램 사이. 암컷의 임신 기간은 9개월. 식성은 잡식성. 개체의 수는 50억 이상으로 추산됨.


**개미**

곤충으로서 크기는 0.01센티미터에서 3센티미터로 다양함.

몸무게는 1밀리그램에서 150밀리그램 사이. 산란은 정자의 저장량에 따라 얼마든지 가능. 식성은 잡식성. 개체의 수는 수십억의 십억 배 이상으로 추산됨.

에드몽 웰스, 『상대적이며 절대적인 지식의 백과사전』

제1장　　　　　　　　　**일깨우는 자**

「아시게 되겠지만, 그건 당신이 기대하는 것이 전혀 아닐 게요.」

공증인은 그 가옥이 역사적인 기념물로 지정되어 있고 르네상스 시대에 늙은 현인들이 거기에 살았으며 그 현인들의 이름은 이제 생각이 나지 않는다고 설명했다.

그들은 계단을 내려가서 어둠침침한 복도로 들어섰다. 공증인은 어두운 복도에서 한참 더듬거리다가 누름단추 하나를 헛되이 눌러 보고는 투덜거렸다.

「이런 제기! 이거 고장 났구먼.」

그들은 요란하게 벽을 더듬으면서 어둠 속으로 들어갔다. 공증인은 마침내 문을 찾아내어 열더니, 이번에는 전기 스위치를 제대로 누르고 나서, 자기 고객의 표정이 일그러져 있음을 깨달았다.

「어디 편찮으시오, 웰스 씨?」

「일종의 공포증이에요. 아무것도 아닙니다.」

「어둠에 대한 두려움인가요?」

「그렇습니다. 하지만 벌써 한결 나아졌어요.」

그들은 집을 둘러보았다. 2백 제곱미터쯤 되는 지하층이었다. 밖으로 트인 곳이라고는 천장에 닿을락 말락 하게 나 있는 몇 안 되는 좁은 채광창이 고작이었지만 조나탕은 이 집이 마음에 들었다. 벽들은 모두 똑같은 회색으로 도배를 해놓았고 어디에나 먼지가 쌓여 있었다……. 그렇다고 조나탕이 이러쿵저러쿵 까탈을 부릴 형편은 아니었다.

그가 지금 살고 있는 집은 이것의 5분의 1쯤 될 터였다. 게다가 이제는 그 집의 집세를 낼 방도조차 막막하였다. 그가 일하던 자물쇠 용역 회사에서 최근에 그를 해고하기로 결정했던 것이다.

에드몽 삼촌의 이 유산은 정말이지 호박이 넝쿨째 굴러 들어온 거나 다름없었다.


이틀 후, 조나탕은 아내 뤼시와 아들 니콜라와 우아르자자트[1]라는 이름을 가진 작은 푸들종의 불깐 개를 데리고 시바리트가[2] 3번지에 자리를 잡았다.

「이 회색 벽들 말이야, 이거 내가 보기에는 괜찮은데. 우리가 원하는 대로 치장할 수가 있잖아. 여기에 있는 거 다 손을 보아야겠어. 감옥을 호텔로 바꾸어야 하는 일이나 진배없어.」

숱이 많은 살구빛 머리채를 들어 올리면서 뤼시가 자기 생각을 털어놓았다.

「내 방은 어디 있어요?」

니콜라가 물었다.

---

1 작가의 말에 따르면, 이 이름은 모로코에 있는 도시 이름에서 따온 것이라고 한다. 이하 모든 주는 옮긴이 주이다.

2 이 소설의 무대로 되어 있는 퐁텐블로에는 실제로 시바리트라는 이름의 거리가 없다. 시바리트 Sybarites는 기원전 510년에 멸망한 그리스의 도시 시바리스의 사람들을 가리키는 말로서, 사치스럽고 멋들어진 분위기 속에서 삶의 즐거움을 추구하는 사람들을 비유하는 말로 쓰인다. 작가는 〈삶의 즐거움을 찾는 사람들의 거리〉라는 뜻으로 그러한 가상의 공간을 설정했다고 한다.

「저 안쪽 오른편에 있는 방이란다.」

「왕왕.」개도 질세라 한마디를 내뱉는다. 그러고는 뤼시의 장딴지를 잘근거리기 시작했다. 뤼시의 팔에 안겨 있는 것이 예전에 혼수로 장만해 온 그릇들이라는 사실을 개는 아랑곳하지 않았다.

그 탓에 개는 느닷없이 화장실에 갇히는 신세가 되었다. 개의 주인은 화장실 문을 닫는 것만으로는 성이 차지 않았는지 문을 잠그기까지 했다. 개가 문의 손잡이까지 뛰어올라 손잡이를 돌릴 수 있을 만큼 영악하기 때문이었다.

「당신 삼촌이 시원스럽게 인심을 쓰셨네. 그분 잘 알아?」

뤼시가 말을 이었다.

「에드몽 삼촌? 사실은 말이야, 내 기억에 남아 있는 것이라곤 아주 어렸을 때 그 양반이 나를 거꾸로 들고 비행기 태우기를 곧잘 하셨다는 것뿐이야. 한번은 그게 너무나 무서웠던 나머지 위에서 그 양반한테 오줌을 싸버렸지.」

그 말끝에 그들은 웃음을 나누었다.

「겁 많은 건 예나 지금이나 마찬가지네, 안 그래?」

조나탕은 짐짓 못 들은 체하고 말을 이었다.

「그분은 나를 탓하지는 않고 우리 어머니에게 대뜸, 〈이런, 이 녀석 싹수를 보아 하니 비행사 만들기는 글렀군……〉하시는 거야. 어머니 말로는, 그 후로도 그분은 줄곧 내가 어떻게 살아가고 있는지 세심하게 관심을 기울여 오셨다는데, 정작 나는 그 후로 다시는 그분을 뵌 적이 없어.」

「뭐 하는 분이었어?」

「학자였지. 생물학자였다던가.」

조나탕은 생각에 잠겼다. 결국 그는 자기에게 은혜를 베

푼 사람이 어떤 사람인지도 모르고 있는 셈이었다.

거기에서
6킬로미터 떨어진 곳에
벨로캉[3]이 자리를 잡고 있다.

높이는 1미터,
지하에 50층,
지상에 50층이 있어,
그 일대에서는 가장 큰 도시이다.
거주자들의 수는 1천8백만으로 추산된다.

연간 생산량은 다음과 같다.
─진딧물 분비꿀 50리터
─연지벌레 분비꿀 10리터
─느타리버섯 4킬로그램
─방출되는 돌 조각 1톤
─실용 통로 120킬로미터
─지표 면적 2제곱미터

3 이 말은 프랑스에서 가장 오래되고 아름다운 건축물 중의 하나인 샤르트르 대성당의 고대 건축 비법을 암시하기 위하여 저자가 특유의 조어법으로 만들어 낸 단어이다. 저자의 설명에 따르면, 샤르트르 성당의 규모를 나타내는 일곱 가지의 수치를 알아낸 다음, 1은 A, 2는 B라는 식으로 수를 문자에 대응시켜 BEL-O-KAN이라는 단어를 형성했다고 한다. 따라서 그 자체로는 아무 의미를 지니지 않은 고유 명사이지만, 공교롭게도 이 말이 고대 수메르 말로는 〈여기에 그 장소가 있다〉는 뜻이 된다고 한다.

한 줄기 빛이 비쳐 들었다. 다리 하나가 막 움직였다. 석 달 전 겨울잠에 들어간 이후 가장 먼저 보인 몸짓이다. 다른 다리 하나가 천천히 뻗어 나온다. 다리 끝에 달린 두 개의 발톱이 시나브로 틈새를 벌린다. 세 번째 다리가 펴진다. 다음에 가슴이 펴지더니 한 마리의 생명이 몸을 추스른다. 그렇게 열두 마리가 잠에서 깨어난다.

그들은 무색투명한 피가 동맥망 속을 원활히 순환하게 하려고 바르르 몸을 떨었다. 동맥 속은 반죽 같은 상태에서 리큐어 같은 상태가 되더니 다시 물과 같은 상태가 되었다. 심장이 조금씩조금씩 발딱거리기 시작한다. 심장의 고동은 생명의 액체를 다리 끝까지 밀어 보낸다. 생명의 기계 장치에 따뜻한 기운이 되돌아온다. 고도로 복잡한 관절들이 회전을 한다. 보호판에 싸인 둥근 돌기 모양의 다리 관절들은 제 깜냥대로 한껏 회전 운동을 해본다.

개미들이 일어난다. 그들의 몸이 다시 숨을 쉰다. 그들의 동작은 매끄럽게 이어지지 않고 낱낱으로 나뉘어 있다. 느릿느릿 추는 춤사위 같다. 살며시 몸을 흔들고 바르르 몸을 떤다. 마치 기도를 하려는 것처럼 앞다리를 입 앞으로 모은다. 그러나 기도를 하려는 것은 아니고, 발톱을 적셔서 그것으로 더듬이를 닦으려는 것이다.

잠에서 깨어난 열두 마리의 개미들이 서로서로 몸을 비벼준다. 그러고는 옆의 동료들을 깨워 보려고 한다. 그러나 그들에게는 제 몸을 추스를 힘만 겨우 있을 뿐, 동료들에게 나누어 줄 에너지는 없다. 그들은 아직 어렵다는 것을 알고, 깨우기를 포기한다.

그러고 나서, 그들은 조상(彫像)처럼 몸이 굳어 버린 동료들의 한가운데를 힘겹게 빠져나와 거대한 〈바깥세상〉으로 향한다. 아직 싸늘한 피가 도는 그들 몸의 기관들은 태양으로부터 열을 흡수해야만 한다.

기진맥진한 개미들이 앞으로 나아간다. 한 걸음 한 걸음이 힘겹기만 하다. 도로 누워서 수백만의 자기 동료들처럼 평안을 누리고 싶은 생각이 굴뚝같다. 그러나 그건 안 될 말이다. 그들은 가장 먼저 깨어난 개미들이다. 이제 온 도시에 다시금 생기를 불어넣어야 할 의무가 그들에게 있는 것이다.

개미들이 도시의 거죽을 통과한다. 햇빛이 눈부셔 아무것도 볼 수가 없다. 그러나 순수한 에너지가 몸에 와 닿자 그들은 기력을 되찾는다.

햇살이 우리의 텅 빈 몸 안으로 들어와
고통에 겨운 우리의 근육을 움직이고
갈라진 우리의 생각을 맺어 주도다.

이 노래는 불개미 왕국 5천 년째에 만들어진 오래된 여명악이다. 그 시대에 벌써 불개미들은 따사로운 햇살과 접촉하는 순간에 머릿속으로 노래를 부르고 싶어 했던 것이다.

밖으로 나오자 개미들은 절도 있게 몸단장을 하기 시작한다. 하얀 침을 분비해서 그것을 턱과 다리에 바른다. 그러고는 솔질을 하듯 몸을 닦는다. 이 모두가 오랜 세월 동안 변함없이 이어 내려온 의식이다. 먼저 눈을 닦는다. 하나하나의 낱눈을 이루는 1천3백 개의 둥근 창들에서 먼지를 털어 내고 촉촉하게 적셨다가 습기를 말린다. 더듬이와 앞다리, 가운뎃다리, 뒷다리도 똑같은 방식으로 깨끗하게 매만진다. 끝으로 붉은 갈색을 띤 아름다운 등판을 불똥처럼 반짝이도록 윤을 낸다.

먼저 깨어난 열두 마리의 개미들 중에는 생식 능력을 가진 한 마리의 수개미도 들어 있다. 그는 벨로캉의 보통 개미들보다 조금 더 작다. 다른 개미들의 위턱에 비해서 그의 것은 좁다. 그리고 앞으로 몇 개월만 있으면 죽어야 하는 것이 그의 숙명이다. 그러나 수개미 역시 다른 개미들이 알지 못하는 유리한 신체 구조를 타고난다.

수개미 계급의 첫 번째 특권은, 생식 능력을 가진 중요한 개미답게 눈이 다섯 개라는 점이다. 작은 공 모양으로 생긴 두 개의 커다란 겹눈으로는 180도까지 넓게 볼 수 있다. 또 이마에는 세 개의 홑눈이 삼각형의 꼭짓점 자리에 놓여 있다. 이 여분의 눈은 적외선 감지기나 다름없는 것으로서, 어디에선가 열이 발생하고 있다면 그 원인이 무엇이든 간에 아무리 캄캄한 어둠 속에서라도 먼 거리에서 그것을 탐지해 낼 수가 있다.

10만 번째의 천 년을 맞이한 대규모 개미 도시의 거주자들 대부분이 지하 생활 탓에 완전히 시력을 잃게 되었다는 사실을 생각해 볼 때, 수개미의 그러한 특권은 더욱 두드러져 보인다.

수개미에게 그러한 특성만 있는 것은 아니다. 수개미는 (암컷들이 그러하듯) 날개가 있어서 교미를 하는 데 필요한 하루 동안의 비행을 할 수가 있다. 그의 가슴은, 가운뎃가슴 등판이라고 불리는 방패 모양의 특수한 판으로 감싸여 있다.

또 수개미의 더듬이는 다른 개미들의 더듬이에 비해 더 길고 더 예민하다.

생식 개미인 그 젊은 수개미는 햇살을 실컷 즐기면서 도시의 둥근 덮개 위에서 한동안 머물렀다. 그러고는 충분히 몸이 덥혀지자 다시 도시 안으로 들어갔다. 그는 일시적으로 전열(傳熱) 개미 계급의 일원이 되어 태양 에너지를 옮기는 일에 동참하고 있는 것이다.

그가 지하 3층의 통로를 돌아다닌다. 거기에 있는 개미들은 아직 모두 깊은 잠에 빠져 있다. 얼어붙은 몸들은 미동도 하지 않고, 더듬이는 아무것도 느끼지 못하고 있다.

개미들은 아직도 꿈을 꾸고 있다.

젊은 수컷은 자기 몸의 온기로 잠을 깨우려고 일개미 한 마리를 향해 다리를 내민다. 다사로운 기운이 일개미의 몸에 가 닿자 기분 좋은 방전(放電)이 일어난다.


초인종이 두 번 울리고 나자 새앙쥐 걸음처럼 사뿐한 발소리가 들렸다. 오귀스타 할머니가 문에 달린 안전 사슬을 벗기느라고 잠시 뜸을 들이고 나서 문을 열었다.

자식 둘을 먼저 저세상으로 보낸 뒤로 할머니는 옛날의 추억을 되새기면서 30제곱미터 남짓한 이 작은 집에서 칩거하고 있었다. 그런 삶이 행복할 리가 없을 텐데도 할머니의 상냥한 성품은 예나 다름이 없었다.

「이러는 게 우스꽝스럽다는 건 안다만 끌신을 신는 게 좋겠다. 마룻바닥에 왁스를 칠했거든.」

조나탕은 할머니의 말에 순순히 따랐다. 할머니는 종종걸음으로 앞장서 걸으며 그를 거실로 데리고 갔다. 거실의 많은 가구들에는 덮개를 씌워 놓았다. 등받이가 있는 커다랗고 긴 의자의 가장자리에 앉으면서 조나탕은 그 플라스틱 의자에서 삐걱거리는 소리가 나지 않게 하려고 했지만 뜻대로 되지 않았다.

「네가 와줘서 정말 기쁘다. 내 말이 믿기지 않을지 모르지만 그렇지 않아도 근간에 너를 한번 부르려고 했지.」

「아 그러셨어요?」

「에드몽이 말이다, 너 주라고 하면서 나한테 맡긴 게 있단다. 편지 한 통인데, 그 애 말이, 자기가 죽거든 어떠한 일이 있어도 그 편지를 조나탕 너한테 꼭 전해 주라는 거였어.」

「편지를요?」

「그래, 편지를……. 가만있자, 내가 그 편지를 어디다 두었더라. 생각이 안 나네. 잠깐만 기다려 봐, 생각 좀 해보고……. 그 애가 나한테 편지를 주고, 내가 잘 보관하겠다고 말을 했지. 그런 다음에 내가 그 편지를 어떤 상자에 넣어 두었는데, 그 상자가 어떤 거였더라……. 아, 틀림없이 큰 벽장 양철 상자 중의 하나일 게야.」

할머니는 끌신을 끌기 시작했다. 그러더니 세 발짝을 미끄러져 가서 멈추었다.

「아 참, 내 정신 좀 봐. 손님 대접이 말이 아니구나! 버베나 차 좀 마시련?」

「좋지요.」

할머니는 부엌 안으로 들어가서 그릇들을 이리저리 옮겼다.

「조나탕! 요즈음 어떻게 지내는지 얘기 좀 해다오.」 할머니가 부엌에서 소리쳤다.

「음…… 썩 좋은 편은 아니에요. 직장에서 쫓겨났어요.」

할머니는 하얀 새앙쥐가 머리만 살짝 내밀고 살펴보듯이 문께에 잠시 머리만 내보이더니, 이내 기다랗고 파란 앞치마를 두른 모습에, 걱정스러워하는 기색을 보이며 전신을 다시 드러냈다.

「회사에서 너를 내쫓았단 말이냐?」

「예.」

「뭣 땜에?」

「할머니도 아시다시피, 자물쇠 용역 회사라는 데가 특이한 데잖아요. 〈자물쇠 SOS〉라는 우리 회사는 파리 시내 어디든지 하루 24시간 아무 때고 부르면 달려가지요. 그런데, 제 동료 하나가 습격을 당한 뒤부터, 밤에 꺼림칙한 동네에는 영 가고 싶지가 않더라고요. 그래서 안 가겠다고 버텼더니 그냥 잘라 버리더군요.」

「잘했다. 실업자 안 되자고 몸 상하느니 차라리 실업자 되고 몸 보전하는 게 백번 나은 일이다.」

「게다가 주임하고도 사이가 안 좋았어요.」

「그런데 그 뭐냐, 이상적인 공동체를 만들어 보겠다던 거는 어떻게 됐니? 내가 젊었을 적에는 그런 것을 누아주 공동체라고 부르곤 했었지(할머니는 살며시 미소를 지었다. 할머니는 뉴에이지를 〈누아주〉라고 발음하고 있었다).」

「피레네산맥의 농장 일을 실패하고 나서는 다 집어치웠어요. 뤼시도 이 사람 저 사람 밥해 먹이고 설거지하는 일에 진저리를 내더군요. 우리들 중에 기생충 같은 자들이 있었어요. 결국 서로 틀어지게 되었지요. 이젠 뤼시와 니콜라하고만 살아요. 그런데, 할머니는 어떻게 지내세요?」

「나? 죽지 못해 사는 거지. 한순간 한순간 목숨 이어 가는 게 어느덧 내 일이 됐구나.」

「할머니는 행운을 누리셨어요. 천 년이 바뀌는 때를 사셨 잖아요.」

「그래? 한데 말이야, 새로운 천 년을 맞았는데도 달라진 게 아무것도 없다는 게 정말 놀랍지 뭐니? 옛날에 내가 아주 어렸을 때만 해도 천 년이 바뀌고 나면 놀라운 일들이 일어 날 거라고 하더니만, 네가 알다시피 정작 나아진 게 없지 않 니? 늙은이들은 여전히 고독 속에서 살고, 실업자들이며 매 연 내뿜는 자동차들도 여전하고 말이야. 사람들 생각조차 달 라진 게 없어. 봐라, 재작년엔 로큰롤, 작년엔 초현실주의를 재발견했다고 야단들을 떨고, 또 요즈음 신문에선 벌써부터 올여름에 복고풍의 짧은 치마가 유행할 거라고 떠들어 대고 있잖니. 이런 식으로 계속 나가면 지난 세기 초의 낡은 사상 들도 머지않아 다시 나오게 될 거야. 공산주의라든가 정신 분석, 상대성 원리 따위가 말이야.」

조나탕이 빙그레 웃으며 말했다.

「그래도 몇 가지 달라진 게 있긴 있었어요. 사람들의 평균 수명이 길어졌고요, 이혼율, 대기 오염의 수준은 높아지고, 지하철 노선도 연장되었잖아요.」

「다 쓸데없는 일이지. 난 말이다, 사람들이 저마다 개인용 비행기를 갖고 발코니에서 비행기를 띄울 수 있으리라고 믿 었단다……. 내가 젊었을 땐 사람들이 핵전쟁을 두려워했지. 정말이지 엄청나게 무서워했단다. 이제 1백 살을 눈앞에 두 고 보니, 핵탄이 빚어낸 거대한 버섯구름의 불길 속에서 이 지구와 함께 죽는다면 그래도 그럴싸할 것 같아. 그렇게 죽는 대신에 나는 이제 썩은 감자처럼 죽어야 할 판이지 뭐냐. 썩은 감자 따위에 누가 신경을 쓰겠냐. 모두들 나 몰라라 하겠지.」

「무슨 말씀이세요, 할머니. 전혀 그렇지 않아요.」

할머니가 이마의 땀을 닦으면서 말했다.

「게다가 날씨가 너무 더워. 갈수록 더워져. 나 젊었을 적에는 이렇게 덥지 않았어. 겨울은 겨울다웠고 여름은 여름다웠지. 어떻게 된 게 이제는 삼복더위가 3월부터 시작이야.」

할머니는 다시 부엌으로 들어가서, 범상치 않은 노련한 솜씨로 진짜 감칠맛 나는 버베나 차를 만드는 데 필요한 비방을 빠뜨리지 않으려고 바삐 움직였다. 성냥 긋는 소리, 옛날식 가스레인지의 분사구에서 가스 나오는 소리가 들리고 나서, 할머니는 훨씬 더 느긋해진 표정으로 돌아왔다.

「그건 그렇고, 네가 나를 찾아온 데는 필시 무슨 곡절이 있을 텐데. 요즘 세상에 이렇게 늙은이들을 만나러 오는 사람들은 없으니까 말이지.」

「어째 할머니 말씀이 꼬인 것 같은데요.」

「꼬는 게 아니라 내가 살고 있는 세상이 그렇다는 거지, 다른 뜻은 없어. 자, 내숭은 그만 떨고 무슨 일로 왔는지 얘기나 해봐.」

「〈그분〉 얘기를 해주셨으면 좋겠어요. 저한테 집을 물려주셨는데 저는 그분을 알고 있지도 못하잖아요.」

「에드몽 말이냐? 에드몽에 대한 기억이 없단 말이지? 너는 잘 생각이 안 나는 모양이다만 네가 어렸을 때 그 애는 너를 거꾸로 들고 비행기를 곧잘 태웠지. 한번은 말이다, 이런 일도 있었…….」

「무슨 말씀인지 알겠어요. 그건 저도 생각이 나요. 그런데 그 일 말고는 전혀 아는 게 없어요.」

할머니는 의자 덮개가 너무 구겨지지 않도록 조심하면서 커다란 안락의자에 앉았다.

「에드몽은 뭐랄까, 인물이지, 아니 인물이었지. 아주 어렸을 때 벌써 네 삼촌은 많은 골칫거리를 나에게 안겨 주곤 했지. 그 애 엄마 노릇 하기가 쉬운 일이 아니었어. 예를 들자면 이런 거지. 장난감이란 장난감은 분해했다가 재조립한답시고 죄다 박살을 내놓았어. 다시 조립해 내는 경우는 많지 않았지. 장난감만 박살을 냈으면 다행이게! 뭐든지 다 분해를 하는 거야. 시계, 전축, 전기 칫솔 할 것 없이. 한번은 냉장고까지 분해한 적이 있었지.」

할머니 말이 사실임을 확인하기라도 하는 것처럼, 거실에 걸린 고물 괘종시계가 을씨년스럽게 종을 울리기 시작했다. 저 시계도 어린 에드몽 때문에 온갖 쓴맛 신맛을 다 보았으리라.

「게다가 에드몽에겐 이상한 버릇이 또 하나 있었지. 은신처를 만드는 버릇이었어. 그 애는 제 숨을 곳을 만든답시고 집 안을 온통 엉망으로 만들어 놓곤 했지. 다락방에다 이불이며 우산으로 저만의 공간을 만들기도 했고, 제 방에다 의자와 모피 외투로 만든 적도 있단다. 그 애는 그렇게 숨을 곳을 만들어 거기에 제가 모은 보물들을 쌓아 놓고는 그 안에 틀어박혀 있기를 좋아했지. 그 안을 한번 들여다보았더니, 방석들이며 녀석이 기계에서 빼낸 온갖 잡동사니들로 가득 차 있더구나. 어떻게 보면 그곳이 꽤 아늑해 보이기도 했어.」

「어릴 적에는 누구나 다 그렇지요, 뭐…….」

「그럴지도 모르지. 하지만 네 삼촌의 경우는 정도가 심했지. 그 애는 더 이상 침대에서 자지를 않았어. 한사코 제가 만든 둥지에서만 자겠다는 거야. 이따금 며칠 낮을 꼬박 거기에 꼼짝 않고 틀어박혀 있기도 했어. 마치 겨울잠을 자는 동물처럼 말이야. 오죽하면 에드몽이 전생에 틀림없이 다람쥐였을 거라는 소리를 네 어미가 다 했겠니.」

조나탕은 할머니가 이야기에 신바람을 낼 수 있게 하려고 미소를 지어 보였다.

「하루는 에드몽이 거실 탁자 다리 사이에 제 오두막을 지으려고 했지. 그게 꽃병의 물을 넘치게 한 마지막 물방울처럼 되고 말았어. 네 할아버지가 별로 화내는 일이 없는 분인데, 그날은 불같이 화를 내셨단다. 그 양반은 에드몽의 볼기를 때리고 둥지를 모두 부숴 버리더니 에드몽이 침대에서만 자도록 잡도리를 하셨지.」

그 말끝에 할머니는 한숨을 내쉬었다.

「그날부터 그 애와 우리 사이에 완전히 금이 갔단다. 어미와 자식을 잇고 있던 탯줄이 끊어진 거나 다름없었어. 우리는 더 이상 에드몽의 세계에 발을 들여놓을 수가 없었지. 그렇지만 지금 생각해 보면, 그런 시련을 그 애가 더 겪었어야 했어. 세상이 언제까지고 제 맘대로 되는 게 아니라는 걸 깨달았어야 했던 거지. 그러지 못한 것이 나중에 그 애가 커서도 문제가 되었어. 에드몽은 학교생활을 견뎌 내지 못했어. 〈어릴 적에는 누구나 다 그렇지요〉라고 또 말할는지 모르겠다만, 에드몽의 경우는 정도가 지나쳤지. 선생님한테 심한 꾸지람을 받은 것 때문에 화장실에서 제 허리띠로 목을 매다는 아이들이 어디 흔하겠니? 에드몽은 말이다, 일곱 살 때 목을 매달았단다. 청소부가 용케 끌어내렸기에 망정이지.」

「삼촌은 감수성이 너무 예민했던가 봐요…….」

「감수성이 예민했다고? 글쎄 그렇게 말할 수 있을까? 자살 소동이 있고 1년이 지나서 에드몽은 제 선생님 한 분을 가위로 찌르려 했지. 심장을 겨누고 찔렀는데, 천만다행으로 선생의 궐련갑을 부수는 것으로 그쳤어.」

할머니는 눈을 들어 천장을 보았다. 흩어졌던 추억들이 눈송이처럼 할머니의 생각 속에 다시 내려 쌓이는 듯했다.

「그 일이 있은 뒤로는 그런대로 괜찮았어. 용케도 몇몇 선생님들이 그 애의 마음을 사로잡았기 때문이지. 에드몽은 제 마음에 드는 과목에서는 만점을 맞고 나머지 과목에선 모두 영점을 맞았지. 언제나 영점 아니면 만점이었어.」

「엄마 말로는 에드몽 삼촌이 천재라던데요.」

「에드몽이 네 어미한테 털어놓기를, 자기는 〈절대적인 지식〉을 얻으려 한다고 했지. 그 때문에 에드몽이 네 어미의 마음을 사로잡았던 거야. 네 어미는 열 살 때부터 전생이라는 것을 믿었는데, 에드몽을 아인슈타인이나 레오나르도 다빈치가 환생한 사람으로 생각했지.」

「게다가 다람쥐가 환생한 사람이라고도 했다면서요?」

「물론이지. 부처님 말씀이 〈하나의 넋이 태어나자면 여러 목숨의 넋이 필요하다〉고 하시지 않더냐.」

「삼촌은 지능 검사를 받은 적이 있나요?」

「그럼. 그런데 결과가 아주 안 좋았어. 180점 만점에 23점을 맞았으니까 경우(輕愚)에 해당하는 지능 지수지. 선생들 생각은, 그 애가 바보라서 전문 교육 기관에 보내야 한다는 거였지. 그렇지만 나는 그 애가 바보가 아니라는 것을 알고 있었어. 그 애는 그저 〈벗나가 있었던 것〉뿐이야. 한번은 이런 일도 있었단다. 그 애가 겨우 열한 살이나 되었을까 할 땐데, 나보고 성냥개비 여섯 개만 가지고 정삼각형 네 개를 만들어 보라는 거야. 그게 쉽지 않지. 자, 너도 한번 해보면 알게다…….」

할머니는 부엌으로 가서 주전자에 슬쩍 눈길을 보내고는 성냥개비 여섯 개를 가지고 왔다. 조나탕은 잠시 머뭇거렸다. 될 것도 같았다. 그는 성냥개비 여섯 개를 이리저리 놓아보았다. 그렇게 몇 분 동안 해보았지만 답을 찾아내지 못하고 결국 포기해야만 했다.

「답이 뭐예요?」

오귀스타 할머니는 골똘히 생각에 잠겨 있다가 입을 열었다.

「글쎄, 정작 그 애가 나한테 답을 가르쳐 준 적은 없었던 것 같구나. 다만 내가 답을 찾는 것을 도와주려고 그 애가 해준 말은 기억이 난다. 그 애가 그랬지. 〈다른 방식으로 생각해야 돼요. 사람들이 보통 생각하는 것처럼 생각해서는 도저히 답을 찾아낼 수 없어요〉라고 말이야. 상상해 봐라. 열한 살짜리 어린애 입에서 그런 묘리(妙理)가 튀어나오다니 말이야. 어이구, 주전자에서 소리가 나는 것 같구나. 물이 뜨거워졌을 거야.」

할머니는 찻잔 두 개에 아주 진한 향기가 나는 노르스름한 액체를 담아 들고 왔다.

「네가 네 삼촌에게 관심을 갖는 걸 보니 정말 기쁘구나. 요즘엔 누가 죽으면 그 사람이 태어난 적이 있다는 사실조차 잊히기 일쑤인데 말이야.」

조나탕은 성냥개비에서 손을 떼고 버베나 차를 몇 모금 홀홀 마셨다.

「그 후로는 어떤 일이 있었나요?」

「더 이상은 나도 아는 게 없다. 에드몽이 대학에서 자연 과학 공부를 시작한 다음부터는 우리도 그 애 소식을 못 들었으니까. 네 어미를 통해서 어렴풋하게 들은 얘기로는, 에드몽이 박사 과정을 훌륭하게 마치고 어떤 식품 회사에서 일했다는구나. 그러다가 회사를 그만두고 아프리카에 갔다는 게야. 아프리카에서 돌아온 뒤로는 시바리트가에 살았다는데 죽을 때까지 아무도 그 동네에서 에드몽에 관한 얘기를 못 들었다는구나.」

「삼촌은 어떻게 돌아가셨는데요?」

「저런, 너 모르고 있었니? 얘기를 들으면 믿기지 않을 게다. 모든 신문에서 그 얘기를 했지. 글쎄 에드몽이 말벌에 쏘여 죽었다는구나.」

「말벌에요? 어쩌다 그렇게 됐죠?」

「혼자서 숲속을 거닐다가 부주의로 벌 떼를 건드린 모양이야. 말벌들이 일제히 에드몽에게 몰려든 거지. 검시관이란 사람은 〈사람 몸에 이렇게 벌에 쏘인 자국이 많은 것은 생전 처음 본다〉고 주장했지. 에드몽의 혈액에는 리터당 0.3그램의 독이 들어 있었다는 거야.」

「무덤은 있나요?」

「아니. 에드몽은 숲속에 있는 소나무 밑에 묻히고 싶어 했단다.」

「삼촌 사진 가지고 계세요?」

「저기 봐라, 저기 서랍장 위쪽 벽에 걸린 사진 말이야. 오른쪽이 네 어미, 쉬지다. 저렇게 젊은 네 어미 모습을 본 적이 있니? 왼쪽이 에드몽이다.」

에드몽은 이마가 벗어지고 뾰족한 콧수염을 기르고 있었으며, 귀는 귓불이 없고 눈썹 높이 위로 쫑긋 올라온 것이 카프카의 귀를 닮았다. 장난기 어린 미소를 짓고 있는 품이 영락없는 장난꾸러기의 모습이다.

에드몽 옆에 하얀 원피스를 입은 쉬지의 모습이 화사하다. 그 사진을 찍은 뒤 몇 년 후에 쉬지는 결혼을 했다. 결혼을 했음에도 쉬지는 결혼 전에 쓰던 웰스라는 성을 간직하고 싶어 했다. 그것은 어떻게 보면, 자기가 낳은 자식에게 남편의 성을 붙이는 걸 원치 않았다는 것을 말해 주는 것이기도 했다.

사진을 더 가까이에서 들여다보자 에드몽 삼촌이 자기 누이의 머리 위로 손가락 두 개를 세우고 있는 모습이 조나탕의 눈에 들어왔다.

「삼촌은 무척 장난기가 많았던가 봐요, 그렇지요?」

오귀스타 할머니는 대답하지 않았다. 딸의 해사한 얼굴을 다시 대하자 애잔한 마음에, 너울을 뒤집어쓴 듯 눈앞이 흐릿해졌다. 쉬지는 6년 전에 죽었다. 술 취한 운전자가 몰고 가던 15톤 화물차가 쉬지의 자동차를 좁은 골짜기로 밀어 버렸던 것이다. 임종의 고통이 이틀 동안 계속되었다. 쉬지는 에드몽을 불러 달라고 했지만 에드몽은 올 형편이 아니었다. 그때도 그는 무슨 일엔가 정신을 팔고 있었던 것이다……

「에드몽 삼촌 얘기를 들려줄 수 있는 다른 사람을 알고 계세요?」

「가만있자……. 에드몽이 자주 만나던 죽마고우가 하나 있다. 대학도 같이 다녔지. 이름이 자종 브라젤이라던가. 나한테 그 사람 전화번호가 아직 있을 게다.」

오귀스타 할머니는 재빨리 컴퓨터에 입력된 자료를 뒤져 보고 나서 자종 브라젤의 주소를 조나탕에게 건네주었다. 할머니는 애정 어린 눈으로 손자를 바라보았다. 할머니가 보기에 조나탕은 웰스 집안의 마지막 생존자이고 착한 어린애였다.

「어서 차 마셔라, 식겠다. 프티트 마들렌⁴도 있는데 좀 주랴? 메추리 알을 깨 넣고 반죽해서 내가 직접 만든 거란다.」

「아니요, 됐어요. 가봐야겠어요. 저희 새집으로 언제 놀러 오세요. 세간살이도 다 들여놓았어요.」

「그렇게 하마. 아참, 잠깐 기다려라. 편지를 가져가야지.」

커다란 벽장에서 쇠로 만든 상자들을 열심히 뒤진 끝에 할머니는 편지 봉투 하나를 찾아냈다. 봉투 겉면에는 힘찬 글씨로 〈조나탕 웰스에게〉라고 씌어 있었다. 봉투 뚜껑은, 때가 되기 전까지는 열어 보지 못하도록 접착테이프를 몇 겹으로 붙여서 단단히 봉해져 있었다. 조나탕은 조심스럽게 봉투를 찢었다. 작은 노트 크기로 접힌 종이 하나가 나왔다. 거기에는 단 하나의 문장이 적혀 있었다.

특히 당부하건대, 지하실에는 어떠한 일이 있어도 내려가지 말 것!

따스한 기운을 전해 받은 개미가 더듬이를 가볍게 떤다. 마치 오랫동안 눈에 덮여 있던 자동차에 다시 시동을 걸 때

⁴ 가리비 껍데기로 찍어 낸 듯한 모양을 한 자그맣고 도톰한 과자.

자동차가 떠는 모습 같다. 수개미는 같은 몸짓을 여러 번 되풀이한다. 일개미를 문지르고 따뜻한 침을 발라 준다.

생명이 되살아난다. 드디어 원동기가 움직이듯 생명력이 다시 작동하기 시작한다. 이로써 한차례의 겨울이 지나간 것이다. 마치 그런 〈가사(假死) 상태〉 따위는 겪은 적도 없다는 듯이 모든 게 다시 시작되고 있다.

수개미는 열에너지를 전해 주려고 일개미를 다시 문지른다. 일개미는 이제 원기를 회복했다. 수개미가 계속 애쓰고 있을 때, 일개미는 더듬이를 수개미 쪽으로 뻗는다. 일개미도 더듬이로 수개미를 간질인다. 일개미는 그가 누구인지를 알고 싶은 것이다.

일개미의 더듬이가 수개미의 머리를 벗어나 더듬이의 첫 번째 마디를 어루만지며 그의 나이를 읽는다. 그의 나이는 173일. 앞을 못 보는 일개미이지만 두 번째 마디에서는 그의 계급을 알아낸다. 그의 계급은 생식 능력이 있는 수컷. 세 번째 마디에서는 그가 속한 종과 도시를 알아낸다. 어미 도시 벨로캉에서 출생한 숲속 불개미. 네 번째 마디에서는 산란 번호를 읽어 내는데, 산란 번호가 그의 호칭이 된다. 그는 가을 초부터 계산하여 327번째로 산란된 수개미 327호이다.

일개미는 그쯤에서 후각 정보의 해독을 멈춘다. 다른 마디에서는 후각 정보를 방출하지 않기 때문이다. 다섯 번째 마디는 동료들끼리 길 안내를 할 때 방출하는 냄새 분자를 감지하는 데 쓰인다. 여섯 번째 마디는 간단한 대화를 할 때 사용되고, 일곱 번째 마디는 교미를 할 때와 같은 복잡한 대화에 사용된다. 여덟 번째 마디는 어머니인 여왕개미와 대화하기 위한 것이다. 도톰한 끄트머리를 이루는 나머지 세 마디는 자그마한 곤봉 구실을 한다.

이상으로 일개미는 수개미 더듬이의 위쪽 반을 이루는 열한 개의 마디를 다 더듬어 본 셈이다. 그러나 일개미는 그에게 해줄 말이 아무것도 없다. 그래서 일개미는 그의 곁을 떠나 이제는 저 스스로 몸을 덥히려고 도시의 지붕 위로 나간다.

수개미도 나간다. 열 전달하는 일이 끝났으니 이제는 보수 작업을 할 차례다!

위에 다다르자 327호는 지난겨울 동안에 생긴 피해 상황을 확인한다. 벨로캉은 악천후에 따르는 피해를 가장 적게 하기 위하여 원뿔꼴로 만들어졌다. 그럼에도 겨울엔 여지없이 피해를 당한다. 바람과 눈과 우박 때문에 잔가지들의 첫 번째 켜가 빗겨졌다. 새들이 내갈긴 똥 때문에 몇 개의 출구가 막혀 버렸다. 빨리 작업에 들어가야 한다. 327호는 노르께하고 커다란 오물 덩어리가 있는 쪽으로 달려들어서 큰턱으로 그 단단하고 악취 나는 것을 치우기 시작한다. 건너편에서는 벌써 안쪽으로부터 오물을 파내고 있는 다른 개미의 그림자가 비쳐 오고 있다.


문에 빠끔히 나 있는 어안 렌즈 구멍이 침침해졌다. 그 구멍으로 누군가가 문밖을 엿보고 있었다.

「누구세요?」

「구뉴라는 사람인데요……. 책 장정하는 일 때문에 왔어요.」

문이 반쯤 열렸다. 구뉴라는 사람은 열 살쯤 되어 보이는 금발 머리의 사내아이가 나타나자 눈길을 아래로 떨구다가,

자그마한 개가 나타나자 눈길을 더 낮추었다. 개가 사내아이의 다리 사이에 코를 들이밀고 아르릉대기 시작했다.

「아빠 안 계세요!」

「그러냐? 웰스 교수께서 우리 가게에 들르시기로 하셨는데…….」

「웰스 교수는 저희 종조부이신데, 돌아가셨어요.」

니콜라가 문을 닫으려 했지만 구뉴라는 사내는 완강하게 발을 들이밀었다.

「진심으로 조의를 표해야겠구나, 얘야. 그런데 혹시 그분이 서류가 잔뜩 들어 있는 커다란 서류 묶음 같은 거 남기시지 않으셨니? 내가 책 장정하는 사람이거든. 그분이 나에게 돈을 미리 주시면서 연구 노트들을 가죽 표지로 장정해 달라고 하셨단다. 내 생각에 그분이 백과사전 같은 것을 만들려고 하셨던 것 같은데. 우리 가게에 들르시기로 해놓고선 통 소식이 없어서 말이야…….」

「그분은 돌아가셨다고 했잖아요.」

남자는 무릎으로 문을 밀면서 발을 더 들이밀었다. 아이를 떼밀고 당장이라도 들어올 기세였다. 왜소한 개가 사납게 짖어 대기 시작했다. 그러자 그 사람은 동작을 멈추었다.

「돌아가셨다 해도 약속은 약속이지. 그분이 약속을 안 지키시게 되면 내가 상당히 난처해지는데…… 그렇지 않겠니? 미안한 얘기다만 확인 좀 해다오. 어딘가에 틀림없이 빨간색으로 된 커다란 서류철이 있을 게다.」

「백과사전이라고 그러셨어요?」

「그래, 그분이 그 서류 묶음 전체에다 손수 이름을 붙이시기를, 『상대적이며 절대적인 지식의 백과사전』이라고 하셨단다. 그렇지만 표지에 그렇게 적혀 있지는 않을 것 같구나…….」

「그게 우리 집에 있다면 우리가 찾아냈어도 벌써 찾아냈을 거예요.」

「자꾸 이래서 미안하다만…….」

왜소한 푸들종의 개가 다시 짖어 댔다. 사내가 조금 뒷걸음질을 쳤다. 그 틈을 놓치지 않고 아이는 남자를 문밖으로 쫓아냈다.


이제 온 도시가 잠에서 깨어났다. 열을 전달하는 개미들이 통로를 가득 메운 채 동포들의 몸을 덥히느라고 바삐 움직이고 있다. 그런데 몇 군데 너른 마당에는 아직도 꼼짝 않고 있는 개미들이 눈에 띈다. 전열 개미들이 그들을 흔들어 보기도 하고 때려 보기도 하지만 허사였다. 그들은 움직이지 않는다.

아직 움직이지 않고 있는 그들은 끝내 깨어나지 못할 것이다. 그들은 죽은 것이다. 겨울잠이 그들의 목숨을 앗아 갔다. 심장 박동을 멈춘 채로 3개월을 지내는 일에는 위험이 따르게 마련인데, 그들은 그것을 견뎌 내지 못한 것이다. 도시를 감싸고 있는 대기의 흐름이 갑작스럽게 바뀌는 동안에 그들은 수면에서 영면으로 옮아간 것이다. 시민들은 시체들을 들어내어 쓰레기터에 버렸다. 죽은 세포를 털어 내듯 아침마다 시체들을 다른 오물과 함께 치워 내는 것이 그 도시의 일상적인 일이다.

불순물을 깨끗이 제거해 낸 뒤의 혈관처럼, 개미 도시의 맥박이 뛰기 시작한다. 여기저기서 다리가 꿈틀거린다. 턱으로 땅을 후비고 더듬이를 흔들어 정보를 주고받는다. 모든 것이 이전의 모습대로 되돌아온다. 깊은 잠에 빠져 있던 겨울 이전의 모습대로.

수개미 327호가 자기 몸무게의 60배는 족히 나갈 잔가지 하나를 운반하고 있는데, 5백 일 이상 된 병정개미 하나가 그에게 다가간다. 병정개미는 그의 주의를 끌려고 더듬이 끄트머리로 그의 머리를 톡톡 두드린다. 그러자 그가 고개를 든다. 병정개미는 자기 더듬이를 그의 더듬이와 맞댄다.

병정개미는 수개미가 지붕 수리하는 일을 그만두고 한 무리의 개미들과 함께 사냥을 나가기를 바라고 있는 것이다.

수개미가 병정개미의 입과 눈을 더듬으며 묻는다.

《뭘 사냥하러 나간단 말인가?》

병정개미는 제 가슴마디의 주름 속에 갈무리해 둔 말라비틀어진 고기 조각의 냄새를 맡아 보게 했다.

《이 고기는 겨울이 되기 바로 전에 찾아낸 건데, 이게 있던 장소는 정오의 태양을 기준으로 해서 서쪽으로 23도 되는 지역이었던 것 같다.》

수개미가 고기 맛을 본다. 딱정벌레목의 고기가 틀림없다. 더 정확하게 말하면 딱정벌레목 중에서도 감자잎벌레의 고기이다. 이상한 일이다. 정상대로라면 딱정벌레목은 아직 겨울잠을 자고 있을 텐데 지금 사냥을 하다니. 누구나 다 아는 것처럼, 불개미는 기온이 12도가 될 때 잠에서 깨어나고, 흰개미는 13도, 파리는 14도, 딱정벌레목은 15도가 되어야 깨어나지 않는가.

늙은 병정개미는 그런 반박에 아랑곳하지 않고 수개미에

36

게 설명한다.《이 고깃덩이는 특별한 지역에서 나온 거다. 지하수 때문에 비정상적으로 따뜻해진 지역이지. 거기에는 겨울이 없다. 그런 좁은 지역의 미기후(微氣候)에서는 특이한 동물상과 식물상이 나타나는 법이다. 게다가 갓 잠에서 깨어난 우리 도시의 동포들이 너무 굶주려 있지 않은가. 도시가 다시 움직이려면 빨리 단백질을 공급받아야 한다. 햇볕의 온기만으로는 부족해.》

수개미는 병정개미의 제안을 받아들인다.


병정개미 계급에 속하는 스물여덟 마리의 개미들로 원정대가 꾸려졌다. 수개미에게 사냥을 권유했던 개미가 그렇듯이 원정대의 대부분은 비생식 계급에 속하는 나이 많은 개미들이다. 수개미 327호만이 유일하게 생식 계급에 속해 있다. 수개미는 체처럼 생긴 그의 겹눈을 통해, 조금 떨어져 있는 동료들을 살펴본다.

수천 개의 낱눈이 모여 있는 개미의 겹눈에는 똑같은 상이 수천 개 맺히는 것이 아니라 하나하나의 낱눈이 감지한 상이 조화를 이루어 모자이크와 같은 상이 맺힌다. 그래서 개미는 사물의 세밀한 생김새를 구별하는 데 어려움을 느낀다. 그 대신 개미는 아주 작은 움직임도 감지해 낼 수가 있다.

원정에 나선 이 탐험가들은 한결같이 원거리 여행에는 이골이 나 있는 듯하다. 육중한 그들의 배에는 개미산이 가득 들어 있다. 그들의 머리에는 아주 강력한 무기들이 달려 있다. 갑옷과도 같은 그들의 가슴마디 등판에는 여러 전투에서 적들의 위턱에 맞아 긁힌 자국들이 남아 있다.

그들은 몇 시간 전부터 앞을 향해 똑바로 나아가고 있다.

그러는 동안 같은 연방에 속해 있는 여러 도시들을 지나쳤다. 도시들은 공중으로 높이 솟아 있기도 하고 나무 밑에 세워져 있기도 하다. 모두 〈니〉 왕조의 자매 도시들로서, 그 면면을 보자면, 곡물을 가장 많이 생산하는 요뒬루베캉, 2년 전에 용맹한 병정개미 군단을 보내 남쪽 흰개미 도시들의 동맹을 정복한 바 있는 지울리에캉, 전투용의 고농축 개미산을 생산해 낼 수 있는 화학 실험실로 유명한 제디베이나캉, 연지벌레의 분비꿀을 발효시켜 나뭇진 맛의 인기 좋은 술을 생산하는 리비우캉 등이다.

이렇듯 불개미들은 도시를 이루어 살 뿐 아니라, 몇 개의 도시들이 모여 연방을 이루기도 하는 것이다. 단결은 힘을 낳는 법이다. 쥐라산맥에서 그렇게 만들어진 대규모의 불개미 연방들이 발견되었다. 그 연방들은 80만 제곱미터의 표면적에 걸친 1만 5천 개의 개미집들을 포괄하고 있었고 전체 연방원 수가 2억이 넘었다.

벨로캉은 아직 그 정도에 이르지 못했다. 벨로캉은 역사가 길지 않은 연방으로서 시초의 왕조가 세워진 지는 5만 년이 되었다. 이 지방의 전설에 따르면, 옛날에 어떤 암개미 하나가 엄청난 폭풍을 만나 길을 잃고 헤매다가 여기에 이르렀다고 한다. 자신의 연방을 찾아가지 못한 암개미는 벨로캉을 건설했고, 벨로캉으로부터 수백 세대에 걸쳐 〈니〉 왕조의 여왕들이 태어나고 현재의 연방이 생겨났다는 것이다.

〈길 잃은 개미〉라는 뜻을 가진 벨로키우키우니는 그 맨 처음 여왕의 이름이었다. 그러던 것이 중앙의 둥지를 차지한 여왕들이 모두 그 이름을 다시 사용함으로써 그것은 벨로캉 중심 도시의 여왕을 일컫는 이름이 되었다.

현재 벨로캉을 구성하고 있는 것은 중앙의 커다란 도시 하나와, 주변에 흩어져 있는 64개의 분가(分家) 도시들뿐이다. 그럼에도 벨로캉은 퐁텐블로 숲의 그 구역에서는 가장 강력한 정치력을 가진 연방으로 이미 자리를 굳혀 가고 있다.

탐험에 나선 개미들이 여러 동맹 도시들을 거쳐 벨로캉 연방에서 가장 서쪽에 자리 잡고 있는 라숄라캉을 지나자 작은 둔덕이 나타난다. 여름 보금자리로 쓰이거나 〈전진 기지〉와 같은 구실을 하는 둔덕이다. 그곳은 아직 텅 비어 있지만, 머지않아 사냥과 전쟁이 시작되면 병정개미들로 북적댈 것임을 327호는 알고 있다.

그들은 멈추지 않고 곧장 나아간다. 터키옥처럼 푸른 넓은 풀밭을 지나고 가장자리에 엉겅퀴가 늘어선 언덕을 내달리고 나니 벨로캉의 사냥 구역 밖이다. 멀리 북쪽으로 보이는 것이 적들의 도시 시계푸라는 것을 그들은 이내 알아차린다. 그러나 이 시간이면 시계푸의 거주자들은 아직 잠을 자고 있을 것이다.

그들은 계속 나아간다. 주위의 곤충들은 아직 겨울잠에 빠져 있다. 일찍 일어난 몇몇 곤충들이 땅굴 밖으로 이따금 머리를 내민다. 그 곤충들은 붉은 갈색의 갑옷투구를 발견하자 이내 겁을 집어먹고 몸을 숨긴다. 개미들이 신명을 낼 때가 있다는 것은 그다지 알려져 있지 않지만, 개미들도 신명을 내며 무언가를 할 때가 있다. 특히 더듬이까지 완전 무장을 하고 이렇게 행군을 할 때가 그런 때이다.

먹이 탐색에 나선 개미들이 땅끝이라고 알려진 곳에 다다랐다. 이제 분가 도시 따위는 더 이상 찾아볼 수가 없다. 전진 기지 같은 것도 눈에 보이지 않는다. 뾰족한 다리로 파놓은 아주 작은 오솔길조차 없다. 냄새를 뿌려 동료들을 이끌던 옛 길의 어렴풋한 흔적이 겨우 남아서 옛날에 벨로캉의 개미들이 그쪽으로 지나갔음을 말해 주고 있을 뿐이다.

그들은 머뭇거린다. 앞을 가로막고 있는 나뭇잎들의 냄새를 맡아 보지만, 그 냄새는 그들의 후각으로 한 번도 경험해 본 적이 없는 것이다. 그 나뭇잎들이 지붕처럼 그들을 덮고 있어서 빛이 스며들지 못하고 있다. 개미들이 그 나뭇잎 위로 점점이 수를 놓듯 올라서자 그 거대한 식물이 개미들을 움켜잡으려 한다.

지하실에 내려가지 말라고 식구들이 잘 알아듣도록 얘기를 하긴 해야 되는데 어떻게 한다?

그는 윗옷을 벗어 내려놓고 가족들을 껴안으며 인사를 했다.

「짐은 다 풀었어?」

「예, 아빠.」

「고생 많았군. 그런데 말이야, 부엌 좀 살펴봤어? 안쪽에 문이 하나 있던데.」

그 말에 뤼시가 기다렸다는 듯이 대꾸한다. 「그렇지 않아도 당신한테 그 얘기를 하려던 참이야. 그게 지하실로 통하는 문 같은데, 열어 보려고 했지만 자물쇠가 채워져 있어. 문에 커다란 틈새가 하나 나 있길래 잠깐 들여다보았는데, 속이 깊어 보이던데. 당신이 자물쇠를 비틀어 따야 되겠어. 그래도 자물쇠장이 남편을 둔 게 쓸모가 있긴 있네.」

뤼시는 빙긋 웃으며 다가와 그의 품에 안겼다. 뤼시와 조나탕이 함께 살아온 세월이 벌써 13년이 되었다. 그들은 지

하철 안에서 우연히 만나 인연을 맺었다. 어느 날 어떤 부랑
아가 너무도 할 일이 없었던 나머지 지하철 차량 안에다 최
루탄을 던져 넣었다. 그러자 승객들은 모두 눈물을 흘리고
심하게 기침을 해대며 바닥에 넘어졌다. 뤼시와 조나탕도
서로 포개지듯 넘어졌다. 콜록거림이 멎고 눈물이 잦아들었
을 때 조나탕은 뤼시에게 집까지 바래다주겠노라고 제안을
했다. 얼마 뒤에 조나탕은 자신이 꾸려 나가던 유토피아적
인 공동체로 뤼시를 초청했다. 그곳은 그가 공동체 운동 초
창기에 만든 공동체 중의 하나로서 파리 시내 북역 근처에
있던 집이었다. 그리고 나서 3개월 뒤에 둘은 결혼하기로 결
정했다.

「자물쇠를 딸 필요가 없어.」

「무슨 얘기야? 자물쇠를 딸 필요가 없다니?」

「그래. 자물쇠 채운 대로 그대로 두고 지하실을 쓰지 말자
고. 지하실 얘기는 이제 꺼내지 않기로 해. 거기에 가까이 가
지도 말고 문을 열겠다는 생각일랑 아예 접어 두자고.」

「지금 농담하는 거야? 무슨 얘긴지 좀 알아듣게 해봐.」

지하실에 내려가는 것을 막으려면 그럴싸한 핑곗거리가
있어야 했는데, 조나탕은 미처 그것을 생각해 내지 못했다.
얼떨결에 말을 하다 보니 엉뚱하게도 자기 의도와 정반대가
되는 결과를 빚고 말았다. 아내와 아들의 호기심만 잔뜩 부
추긴 셈이었다. 이제 이 일을 어쩌면 좋지? 우리에게 은혜를
베풀어 주신 삼촌 주변에 뭔가 불가사의한 것이 있는데, 지
하실에 내려가는 게 위험하다는 사실을 그분이 우리에게 알
리고 싶어 하셨다고 설명할까?

그건 식구들을 설득할 만한 설명이 못 된다. 기껏해야 쓸

데없는 미신이라는 얘기를 듣기 십상이다. 논리적인 것을 좋아하는 뤼시와 니콜라가 고분고분하게 받아들일 턱이 없다.

「공증인이 나한테 귀띔을 하더라고.」

조나탕이 밑도 끝도 없는 소리를 했다.

「당신한테 누가 뭘 귀띔했다는 거야?」

「저 지하실에 쥐가 우글거린다는 거야!」

「으악! 쥐가요? 그러면 그놈들이 틀림없이 문 틈새로 나올 거예요.」아이가 볼멘소리를 했다.

「걱정할 것 없어. 틈새를 다 막으면 되니까.」

조나탕은 자기가 지어낸 말이 조금 먹혀들어 가자 마음을 놓았다. 용케 쥐를 생각해 낸 게 여간 다행스럽지 않았다.

「좋아. 이제 이유를 알았으니까 아무도 지하실에 접근하면 안돼, 알았지?」

그렇게 말하고 그는 욕실을 향해 발걸음을 옮겼다. 뤼시가 곧 그의 뒤를 따라왔다.

「할머니 뵈러 갔었지?」

「그래, 맞아.」

「오전 내내 거기서 시간을 보낸 거야?」

「그래, 그것도 맞아.」

「계속 이렇게 허송세월만 할 거야? 피레네산맥 농장에서 당신이 다른 사람들한테 했던 얘기 생각 안 나? 〈무위(無爲)는 모든 악행의 근원이다〉라는 얘기 말이야. 다른 일을 좀 찾아봐. 이제 가진 돈도 다 떨어져 가.」

「숲 가장자리 멋진 동네에 2백 제곱미터나 되는 집을 물려받은 마당에, 일 타령만 할 거야? 지금 이 순간을 있는 그대로 즐기면 안 되겠어?」

그는 아내를 끌어안으려고 했다. 그러자 뤼시가 뒤로 물러서며 대꾸했다.

「지금 이 순간을 즐길 줄 몰라서 하는 소리가 아니야. 미래도 생각해야지. 내가 직장을 가진 것도 아니고 당신도 실업 상탠데, 1년 후에는 어떻게 살겠어?」

「아직 저금이 남아 있잖아.」

「정신 차려. 몇 달 근근이 살아갈 돈밖에 없어. 그다음에는…….」

뤼시는 자그마한 주먹을 양 허리에 대고 가슴을 내밀면서 말을 이었다.

「여보, 당신은 밤에 위험한 지역에 안 가려고 하다가 일자리를 잃었어. 그건 좋아. 그럴 수도 있다고 생각해. 하지만 다른 데 가서 다른 일을 찾아볼 수는 있는 거 아니야?」

「물론이지. 일거리를 알아볼 거야. 마음이 내킬 때까지 내버려 두면 내가 다 알아서 할 거야. 한 달쯤 있다가 구직 광고를 낼게. 약속하겠어.」

그들이 이야기를 나누고 있는 사이, 금발의 아이가 욕실 안으로 고개를 내밀고, 곧이어 플러시 천을 뒤집어쓰고 서 있는 듯한 네발짐승이 나타났다. 니콜라와 우아르자자트였다.

「아빠, 조금 전에 웬 사람이 왔다 갔는데요, 책 장정하는 일 때문이라고 하던데요.」

「책? 무슨 책을 장정한단 말이냐?」

「모르겠어요. 그 사람이 에드몽 할아버지가 쓰셨다는 큰 백과사전 얘기를 했어요.」

「그래? 그거 참……. 그 사람 집 안에 들어오게 했니? 그리고 니콜라하고 당신, 그런 책 본 적 있어?」

「못 들어오게 했어요. 착한 아저씨처럼 보이질 않았어요. 또 들어와 봤댔자 책이 없는걸요……」

「그래, 기특하다. 잘했구나.」

낯선 사람이 어떤 책을 찾으러 왔다는 아들의 얘기가 조나탕의 마음을 어지럽혔다. 뭔가 있을지도 모른다는 생각도 들었다. 그래서 넓은 집 안을 온통 뒤지고 돌아다녀 보았지만 헛일이었다. 그러자 그는 한동안 부엌에 머물면서 지하실 문이며 커다란 자물쇠며 문에 난 틈새를 살펴보았다. 도대체 이 지하실에 어떤 불가사의가 숨어 있는 것일까?


이 덤불을 빠져나가야 한다.

먹이 탐색에 나선 개미들 중에서 나이가 가장 많은 축에 드는 개미 하나가 제안을 한다. 〈뱀 머리 대형〉을 짓자는 것이다. 들어가기가 꺼림한 지역으로 나아갈 때는 그게 최선의 방법이다. 즉시 합의가 이루어졌다. 모두들 같은 순간, 같은 생각을 했던 것이다.

선두에서 척후 개미 다섯이 역삼각형 모양으로 자리를 잡음으로써 대열의 눈이 되어 준다. 한 걸음 한 걸음을 조금씩 신중하게 떼어 놓을 때마다 척후 개미들은 흙을 만져 보고 하늘의 냄새를 맡고 이끼를 조사한다. 모든 게 이상이 없으면 〈전방 이상 없음〉이라는 뜻이 담긴 후각 신호를 동료들에게 보낸다. 그러고 나서 척후 개미들은 대열의 후미로 돌아가고 〈후각이 싱싱하게 살아 있는〉 딴 개미들이 그들을 대신하여 앞으로 나선다. 이러한 교대 방식을 취함으로써 개미의 대열은 언제나 극도로 예민한 〈코〉를 가진 기다란 동물처럼 앞으로 나아갈 수가 있는 것이다.

〈전방 이상 없음〉이라는 신호가 스무 번쯤 청아하게 울리더니, 돌연 청아한 신호가 끊기고 아주 불쾌한 신호가 전해진다. 척후 개미 중의 하나가 칠칠치 못하게 어떤 벌레잡이 식물에 접근했던 것이다. 끈끈이귀개라는 식물이다. 끈끈이귀개가 고혹적인 향기로 척후 개미를 끌어들여 끈끈물로 개미의 다리를 붙들었다.

그렇게 되면 모든 게 끝난 것이다. 끈끈털에 곤충의 몸이 닿으면, 문의 경첩이 접히면서 문이 닫히듯이 생체의 기계 장치가 작동하기 시작한다. 경첩으로 이어진 듯한 두 개의 커다란 잎이 가차 없이 닫힌다. 잎 가장자리의 긴 털은 이빨과 같은 구실을 한다. 그 털들이 서로 얽히면서 견고한 울짱으로 바뀐다. 희생물이 완전히 탈진하여 움직이지 않게 되면, 그 야수와도 같은 식물은 소화 능력이 왕성한 효소를 분비한다. 아무리 질긴 등딱지라도 소화시킬 수 있는 효소이다.

그렇게 개미가 스러져 가고 있다. 그의 몸뚱이가 온통 부글거리는 액체로 바뀌어 간다. 단말마의 고통이 물방울이 되어 부글거리는 것이다.

그렇게 죽어 가는 동료를 위해서 다른 개미들이 할 수 있는 일은 아무것도 없다. 그런 일은 원거리 파견을 나선 개미들이 흔히 겪는 불상사의 하나로서 사전에 예측할 도리가 없다. 다만 그 천연의 덫 가장자리에 〈주의! 위험〉이라고 표시를 해두는 일이 남아 있을 뿐이다.

개미들은 불상사를 잊고 냄새의 자취를 따라 계속 나아간다. 페로몬[5]의 자취가 저쪽으로 가라고 일러 주고 있다. 덤불을 가로질러 그들은 서쪽으로 계속 나아간다. 여전히 태양 광선을 기준으로 23도 벌어진 방향이다. 그들은 날씨가 너무 춥거나 너무 더울 때만 조금 휴식을 취한다. 한창 전쟁이 벌어지고 있을 때 돌아가지 않으려면 서둘러야만 한다.

탐험에 나섰던 개미들이 도시로 돌아오다가, 적의 군대가 도시를 포위하고 있음을 알게 되는 경우가 있었다. 그러면 포위망을 뚫고 도시로 들어가야 되는데, 그게 결코 만만치 않은 일이었다.

마침내 탐험 개미들이 동굴 입구를 알리는 페로몬의 자취를 찾아냈다. 땅에서 열기가 올라오고 있다. 개미들은 자갈 땅 속 깊은 곳으로 들어간다.

아래로 내려갈수록 은은한 개울물 소리가 점점 가까이 들린다. 온천이다. 샘에서는 김이 모락거리고 유황 냄새가 진하게 풍겨 온다.

개미들이 샘물에 몸을 적신다.

문득 이상하게 생긴 동물 하나가 눈에 띤다. 흡사 공에 다리가 달린 것처럼 보인다. 실은 풍뎅잇과에 속하는 쇠똥구리가 쇠똥과 모래로 만든 공을 밀고 있는 것이다. 공 안에는 쇠똥구리의 알이 들어 있다. 신화에 나오는 아틀라스처럼 그는 자신의 〈세계〉를 받치고 있는 것이다. 비탈이 내리막일 때는 공이 저절로 굴러가고 쇠똥구리가 쫓아간다. 오르막에서는 애면글면 헐떡거리며 공을 밀어 올리다가 공이 미끄러지는

---

5 같은 종 동물의 개체들끼리 신호를 전달할 때 작용하는 체외 분비성 물질. 체외로 분비된다고 해서 외분비 호르몬 ectohormone 이라고 불리던 것을, 1959년에 Karlson과 Lüscher 등이 이 물질이 호르몬의 일반 성질과 크게 차이가 있다 해서 페로몬이라는 용어를 제창하였다. 그리스어의 pherein(운반하다)과 hormon을 합쳐서 만든 단어이다.

바람에 다시 가지러 내려가기가 다반사다. 여기서 풍뎅잇과의 곤충을 만난 것은 뜻밖이다. 그것은 더 따뜻한 지대의 곤충이 아닌가⋯⋯.

벨로캉의 개미들은 쇠똥구리가 그냥 지나가게 내버려 둔다. 그럴 수밖에 없는 것이, 쇠똥구리의 살은 맛도 별로 없고 등껍데기는 너무 무거워서 운반하기가 어렵기 때문이다.

개미들의 왼쪽으로 검은 그림자 하나가 달아나더니 우툴두툴한 바위 속으로 숨어 버린다. 집게벌레이다. 그것은 쇠똥구리와는 달리 맛이 좋다. 가장 나이가 많은 개미가 가장 재빠르게 사냥 동작을 취한다. 배를 목 아래로 들어 올리고 뒷다리로 평형을 유지하면서 사격 자세를 취한다. 그런 다음 본능적으로 겨냥을 하고 개미산 한 방울을 아주 멀리 쏘아 보낸다. 부식제와도 같은 농도 40퍼센트의 그 액체를 맞으면 집게벌레의 몸이 갈라져 버린다.

명중이다.

집게벌레는 정통으로 개미산 벼락을 맞은 것이다. 농도 40퍼센트의 개미산은 유장(乳漿) 같은 밍밍한 액체가 아니다. 농도가 4퍼센트만 돼도 벌써 따끔거리게 만드는데, 하물며 40퍼센트라면 더 말할 나위가 없다. 집게벌레가 쓰러지자 개미들이 개미산에 덴 그의 살을 먹으려고 달려간다. 그곳에 사냥감이 많은 걸 보니, 지난가을에 탐사를 나갔던 개미들이 페로몬을 제대로 뿌려 놓은 셈이다. 멋진 사냥이 될 것 같다.

개미들은 아르투아 지방의 우물처럼 물이 솟는 곳까지 깊이 파인 우물 안으로 내려간다. 생전 처음 보는 갖가지 종류의 동물들이 개미들을 보고 겁을 집어먹는다. 박쥐 한 마리가 그들을 더 이상 못 들어오게 하려고 한껏 위세를 부려 보지만 개미들이 개미산을 안개처럼 뿜어 덮어 버리자 달아나 버린다.

그다음 며칠 동안 개미들은 그 따뜻한 동굴을 계속 탐색하면서, 하얗고 자그마한 곤충의 껍질과 연초록빛 버섯 조각을 그러모았다. 그들은 항문샘으로부터 페로몬을 방출하여 새로운 자취를 남겨 놓는다. 나중에 동료들이 거기에 와서 사냥을 할 때 아무런 지장을 받지 않게 하려는 것이다.

임무를 성공적으로 완수했다. 그들의 사냥 구역이 서쪽 덤불 너머 그곳까지 손길을 뻗친 것이다. 식량을 잔뜩 짊어지고 귀로에 오르면서 그들은 점령지에 깃발을 꽂듯 벨로캉 연방을 나타내는 화학 물질을 두고 간다. 깃발이 펄럭이듯 그 향기가 허공에 퍼져 나가면서 〈벨로캉!〉을 외치고 있다.


「아니, 누구시라고요?」

「웰스입니다. 에드몽 웰스라는 분의 조카 되는 사람입니다.」

문이 열리고 키가 2미터 가까이나 될 듯한 거구가 나타난다.

「자종 브라젤 선생님이시지요? ……번거롭게 해드려서 죄송합니다만, 선생님하고 제 삼촌에 관한 말씀을 나누고 싶어서 왔는데요. 저는 그분을 잘 모릅니다만 제 할머니께서 선생님이 그분하고 둘도 없는 친구라고 가르쳐 주셨어요.」

「그럼 들어오게……. 에드몽에 대해 뭘 알고 싶은 겐가?」

「뭐든지요. 저는 유감스럽게도 그분에 대해 아는 게 없거든요…….」

「으음, 그런가. 에드몽은 살아 있는 신비라고 할 만한 그런 부류의 친구라네. 누구도 그걸 부정하진 못하지.」

「그분을 잘 아시지요?」

「그 누구든 간에 우리가 어떤 사람을 안다고 장담할 수 있을까? 에드몽을 잘 안다고는 말하지 못하겠네. 다만 우리 두 사람은 인생의 많은 시간을 나란히 걸어왔고 그 친구도 나도 그 과정에서 불편함을 느끼지 않았다고 말할 수는 있겠지.」

「두 분은 어떻게 만나셨어요?」

「대학에서 생물학을 같이 공부했지. 내 전공은 식물이었고 그 친구 전공은 박테리아였지.」

「두 세계가 비슷하다고 볼 수 있겠군요.」

「그렇지. 그렇지만 식물이 박테리아보다 더 잔인하다는 점에서 꼭 같다고는 할 수 없지.」자종 브라젤은 식당 안으로 기어 들어온 녹색 식물들을 가리키면서 토를 달았다.「저 식물들을 보게나. 저것들은 빛 한 줄기, 물 한 방울을 차지하려고 서로 경쟁하고 있고 서로 죽일 준비가 되어 있지. 잎새 하나가 응달에 놓이게 되면 식물은 그 잎새를 포기하고 옆에 있는 잎들을 더 키우게 되지. 식물의 세계는 무자비한 세계라네.」

「그럼 에드몽 삼촌이 연구하신 박테리아는요?」

「에드몽은 자기 연구가 사람들로 하여금 조상을 찾게 하려는 것일 뿐이라고 주장하곤 했지. 말하자면 생물의 진화 과정을 보여 주는 계통수(系統樹)에서 그 친구는 표준적인 것보다 좀 더 위로 거슬러 올라간 셈이지…….」

「왜 하필이면 박테리아였을까요? 원숭이나 물고기를 연구할 수도 있었을 텐데요?」

「그 친구는 가장 원시적인 단계에 있는 세포를 이해하고 싶어 했다네. 그는 인간을 세포들의 집합체에 지나지 않는다고 보고, 세포 전체의 작용을 연역해 내려면 세포 하나의 〈심리〉를 철저하게 이해해야 한다고 생각했지. 〈크고 복잡한 문제가 실제로는 작고 단순한 문제들의 결합일 뿐이다.〉 그런 경구를 그 친구가 편지에 쓴 적이 있지.」

「그분은 박테리아에 대해서만 연구를 하셨나요?」

「천만에. 그 친구 어떤 점에서는 신비주의자였고 정말 만물박사였지. 뭐든지 다 알고 싶어 했던 것 같아. 가끔 엉뚱한 생각도 하곤 했지……. 예를 들면, 자신의 심장 박동을 제어하려고 했다든가…….」

「정말 엉뚱하셨군요!」

「인도와 티베트의 요가 수행자들 중에는 그런 놀라운 일을 해내는 사람들이 있는 모양이야.」

「그런 걸 해서 도움 되는 일이 있나요?」

「난들 아나……. 그 친구는 그런 경지에 도달하기를 바랐지. 자기 의지대로 심장을 멎게 해서 생을 마감하려는 것이었지. 그렇게 되면 언제 어느 때라도 운명의 장난에서 벗어날 수 있는 능력을 갖게 되는 거라고 생각한 게지.」

「그래서 얻는 게 뭘까요?」

「그 친구는 아마도 늙는 것에 따르는 고통을 두려워했던 것 같아.」

「저…… 생물학 박사 학위를 받은 다음에는 그분이 뭘 하셨나요?」

「대학을 떠나서 사기업에 취직했지. 요구르트를 만드는 데 쓰는 살아 있는 박테리아를 생산하는 회사인데, 이름이 〈스위트밀크〉라네. 거기에서 에드몽은 일을 잘해 냈지. 맛을 향상시킬 뿐 아니라 향까지 촉진시키는 박테리아를 발견했다네. 그 덕분에 그해에 가장 훌륭한 발명을 해낸 사람에게 주는 발명상을 1963년에 탔지…….」

「그다음엔 어떻게 됐나요?」

「그다음에 중국 여자와 결혼을 했지. 링미라는 여자였어. 부드럽고 생글생글 잘 웃는 여자였지. 꽤 까다롭던 그 친구 성미가 금방 누그러지더군. 그 여자한테 아주 푹 빠졌지. 결혼하고 나서부터 그 친구 보기가 더 힘들어지더군. 당연한 얘기지.」

「삼촌이 아프리카에 간 적이 있다고 들었는데요.」

「그런 적이 있었지. 하지만 그건 나중 일이야.」

「무슨 일이 있고 나서 가신 건가요?」

「비극적인 일이 벌어지고 나서지. 링미가 백혈병에 걸렸다네. 혈액암이라고 할 수 있는 그 병은 사형 선고나 다름없지. 발병하고 3개월 만에 그 여자가 세상을 떴지. 가련한 친구 같으니라고. 세포에만 관심이 있고 사람엔 별로 관심이 없다고 한사코 주장하더니만……. 링미의 죽음이 준 교훈은 잔인했지. 그래서 그 친구는 아무것도 할 수가 없었다네. 그 재앙에 겹쳐서 〈스위트밀크〉 회사 동료들과도 말썽이 생겼지. 그는 직장을 그만두고 낙담한 채 집에 틀어박혔지. 링미 덕분에 인간에 대한 그의 믿음이 되살아나는가 했더니, 그녀를 잃고 나서 인간에 대한 혐오가 전보다 더욱 심해졌다네.」

「링미라는 분을 잊으려고 아프리카로 떠나신 건가요?」

「그럴 거야. 다른 목적도 있었겠지만 생물학자 일에 전력

투구함으로써 상처를 아물게 하고 싶었던 게 분명해. 흥미 있는 연구 주제를 새로이 찾아냈던 것임에 틀림없어. 그게 무엇인지는 나도 정확히는 모르네만 박테리아는 아니었네. 그가 아프리카에 머문 것도 아마 그 연구 주제를 다루는 데 거기가 편했기 때문일 거야. 나한테 엽서 한 장이 왔는데, 국립 과학 연구소 사람들하고 같이 있다는 것과 로젠펠트라는 교수와 함께 연구하고 있다는 얘기만 했지. 로젠펠트가 누군지는 모르겠어.」

「그 뒤로 에드몽 삼촌을 다시 만나셨나요?」

「그렇다네. 샹젤리제에서 한 번 우연히 만나 잠깐 얘기를 나눴지. 삶에 대한 의욕을 다시 찾은 건 분명한데, 그 친구 뭔가를 많이 숨기고 있더군. 내가 좀 전문적인 질문을 할라치면 대답을 회피했어.」

「백과사전을 집필하고 계셨던 것 같기도 한데요?」

「그거 말인가? 그건 더 오래전 일이지. 그 친구다운 거창한 착상이었어. 자신의 모든 지식을 하나의 저작 속에 그러모으겠다는 것이었지.」

「그 백과사전을 보신 적이 있으신가요?」

「아니. 아무에게도 그것을 보여 준 적이 없을 거야. 에드몽의 사람됨을 생각해 볼 때, 그것을 눈에 안 띄는 깊숙한 곳에다 감추어 두었을 거야. 불을 내뿜는 용이 그것을 지키게 하면서 말이지. 그 백과사전이 그에게는 〈위대한 마법사〉 같은 것이었지.」

조나탕은 자리를 뜨려고 하다가 한 가지를 더 물어보았다.

「아 참, 여쭤 볼 게 하나 더 있는데요, 성냥개비 여섯 개로 정삼각형 네 개를 어떻게 만드는지 아시나요?」

「알다마다. 그 친구 그걸로 곧잘 사람들의 지능을 시험하곤 했지.」

「그런데 그 답이 뭔가요?」

그 물음에 자종이 홍소를 터뜨렸다.

「저런, 자네에게 확실하게 답을 가르쳐 줄 수는 없다네. 에드몽 말마따나 〈저마다 혼자서 제 길을 찾아야지〉. 그러고 나면 답을 찾았을 때의 만족감이 한층 커질 거라네.」

등에 고기를 잔뜩 짊어진 탓에, 올 때보다 길이 멀게 느껴진다. 개미의 대열은 밤의 심한 추위에 시달리지 않으려고 서둘러 나아간다.

개미들은 3월부터 10월까지는 한순간도 쉬지 않고 24시간 내내 일할 수 있다. 그러나 기온이 떨어지면 그들은 무기력해지고 잠을 자게 된다. 하루 낮 이상이 걸리는 원정을 떠나는 일이 드문 것도 그 때문이다.

오랜 세월을 들여 불개미 도시는 그 문제를 해결했다. 불개미들은 사냥 구역을 넓히는 일이 중요하다는 것과, 다른 식물들이 자라고 다른 풍습을 가진 동물들이 살고 있는 먼 지방을 아는 일이 중요하다는 것을 알고 있었다.

850번째 천 년기에 〈가〉 왕조(서쪽에 있던 왕조로서 10만 년 전에 사라짐)의 불개미 여왕 비스탱가는 세계의 〈끝〉을 알고 싶다는 헛된 욕망을 가지고 있었다. 여왕은 주요한 네 지점에 수백 차례나 원정대를 파견했다. 그러나 돌아온 원정대는 하나도 없었다.

현재의 여왕 벨로키우키우니는 그리 욕심이 많지 않았다. 여왕은, 남쪽 깊숙한 곳에서 보석 모양의 자그마한 금빛 딱정벌레를 발견한 일에 흡족해했고, 다른 개미들이 뿌리째 날라 온 벌레잡이 식물을 관찰하면서 언젠가는 그것들을 제어할 수 있으리라는 희망을 갖게 된 것으로 만족했다.

새로운 구역을 샅샅이 아는 가장 좋은 방법은 역시 연방을 확장하는 것임을 벨로키우키우니는 알고 있었다. 원거리 파견이 계속 늘어나고, 분가 도시가 점점 많아졌으며, 전진 기지도 자꾸 늘어난다. 연방은 이런 영토 확장에 쐐기를 박으려는 모든 것들을 상대로 전쟁을 벌이고 있다.

세계의 끝을 정복한다는 것은 요원한 일임에 틀림없지만, 끈질기게 조금씩 나아가는 이 정책은 개미들의 일반적인 철학, 즉 〈천천히 그러나 항상 앞으로〉에 딱 들어맞는 것이다.

오늘날 벨로캉 연방은 64개의 분가 도시로 이루어져 있다. 똑같은 냄새의 깃발 아래 64개의 도시가 모여 있는 것이다. 125킬로미터에 달하는 자국길과 780킬로미터에 이르는 냄새길이 64개의 도시들을 잇고 있다. 기근이 들었을 때나 전투가 벌어졌을 때 이 도시들은 굳게 연대한다.

도시들의 연방이라는 개념이 확실히 서자 몇몇 도시들이 특정 산업을 전문화할 수 있게 되었다. 벨로키우키우니가 꿈꾸고 있는 대로라면, 어떤 도시는 곡물만 취급하고, 어떤 도시는 고기만을, 또 어떤 도시는 전쟁만을 책임지는 날이 언젠가는 올 것이다.

아직은 그 단계에 이르지 못했다. 그러나 그 생각 역시 개미들의 일반적인 철학에서 가르치는 또 다른 원리와 잘 맞아떨어지는 것임이 분명하다. 그 원리란 〈미래는 전문가들의 것이다〉라는 것이다.

탐사 개미들은 아직 전진 기지에서 멀리 떨어져 있다. 그들은 걸음걸이를 더욱 빨리한다. 동료 하나를 삼켜 버린 그 벌레잡이 식물 옆을 다시 지나갈 때 한 병정개미가 그 식물을 뽑아서 벨로키우키우니에게 가져가자고 제안을 한다.

고대 그리스인들이 광장에 모여 회의를 하듯이 개미들이 더듬이를 모으고 토론을 한다. 휘발성을 띤 미세한 냄새 분자를 주고받는다. 페로몬이다. 몸 밖으로 분비되는 호르몬인 셈이다. 이 분자 하나하나를 시각적으로 표현한다면, 하나의 어항에 비유할 수 있으리라. 그 어항에서 물고기 한 마리 한 마리는 한 개의 단어가 된다.

페로몬 덕분에 개미들은 대화를 나눌 수 있다. 개미들의 대화에서도 미묘한 의미의 차이가 무한정으로 표현될 수 있다. 더듬이들의 떨림이 심해지는 것으로 보아 토론이 활기차게 진행되고 있는 듯하다.

《너무 번거로운 일이다.》

《어머니가 이런 종류의 식물을 모르고 계신다.》

《저 식물을 잘못 건드렸다가는 우리 목숨을 잃을 염려도 있고, 저걸 운반하려고 해도 손이 달릴 것이다.》

《벌레잡이 식물을 다스릴 수 있게 되면 연방 전체에 커다란 힘이 될 것이다. 그것들을 일렬로 심어 놓기만 해도 우리의 방어선은 끄떡없을 것이다.》

《우리는 지쳐 있고 곧 밤이 될 것이다.》

그들은 포기하기로 결정하고 그 식물을 빙 돌아서 가던 길을 계속 간다. 꽃이 피어 있는 작은 숲 가까이 다가가던 중에, 앞에 있던 327호 수개미가 빨간 데이지 한 송이를 발견한다. 한 번도 본 적이 없는 식물이다. 이제는 망설일 필요가 없다.

《끈끈이귀개는 그냥 두고 왔지만 이건 가지고 가자.》

그는 잠시 거리를 두고 서 있다가 조심스럽게 꽃줄기를 썬다. 톡 하고 꽃줄기가 쓰러지자 그는 그것을 그러쥐고 동료들을 따라잡으려고 달려간다.

동료들을 따라잡기는 했으나 그들은 이제 없는 것이나 마찬가지였다. 분명히 그의 앞에 새해 첫 원정대가 있긴 있으나 이게 어찌 된 일인가. 격렬한 충격. 긴장. 327호의 다리가 떨리기 시작한다. 그의 모든 동료들이 죽은 채 누워 있는 것이다.

대체 무슨 일이 있었던 것일까? 전광석화 같은 공격을 받았음에 틀림없다. 개미들은 전투 대형을 갖출 겨를조차 없었던 모양이다. 죽은 개미들이 아직 〈뱀 머리 대형〉으로 누워 있다는 사실이 그 점을 말해 준다.

그는 동료들의 시체를 살펴본다. 개미산은 한 방도 쏘지 않은 채로 남아 있었다. 개미산은 고사하고 경보 페로몬을 발산할 겨를조차 갖지 못했다.

수개미 327호는 조사에 착수한다.

한 동료의 시체에서 더듬이를 검색한다. 더듬이를 맞대어 냄새를 맡아 본다. 동료의 더듬이에는 화학적인 정보가 전혀 기록되어 있지 않다. 동료들은 걸어가고 있다가 느닷없이 봉변을 당한 것이다.

누구의 소행인지를 알아내야 한다. 꼭 알아내야 한다. 틀림없이 무슨 곡절이 있다. 먼저 할 일은 감각 기관을 깨끗이 닦는 일이다. 앞다리 끝에 붙은 두 개의 굽은 발톱을 이용하여 더듬이에 묻어 있는 산성 거품을 긁어낸다. 아까 긴장감을 느끼던 찰나에 솟아났던 거품이다. 327호는 발톱을 입 쪽으로 구부린 다음 그것을 핥는다. 그러고는 발목마디 위쪽에 붙어 있는 자그마한 톱니 모양의 솔에다가 발톱을 문질러 닦는다. 그 자리에 솔을 마련해 놓은 조물주의 조화가 절묘하다.

그러고 나서 깨끗해진 더듬이를 눈높이로 낮추고 1초당 3백 회의 진동으로 가볍게 흔든다. 아무것도 감지되지 않는다. 진동수를 초당 5백, 1천, 2천, 5천, 8천으로 증가시킨다. 그가 지니고 있는 수신 능력의 3분의 2까지 올린 셈이다.

눈 깜짝할 사이에 그는 주위에 떠도는 아주 미세한 발산물들을 감지한다. 이슬에서 발산한 수증기가 있고, 꽃가루와 홀씨가 있다. 또 전에 맡아 본 적이 있으나 정체가 아리송한 냄새가 있다.

그는 진동수를 더 높인다. 수신 능력을 최대로 발휘하여 진동수가 초당 1만 2천 회가 되었다. 더듬이가 빠른 속도로 돌면서 작은 흡입 기류를 형성하여 주위의 작은 알갱이들을 모두 빨아들인다.

됐다. 드디어 그 옅은 냄새의 정체를 알아냈다. 범인들의 냄새다. 그렇다. 그자들, 작년에 지지리도 속을 썩였던 북쪽의 냉혹한 이웃들임에 틀림없다.

바로 시게푸의 난쟁이개미, 그들이다.

그렇다면 그들도 벌써 잠에서 깨어난 것이다. 그들이 매복을 하고 있다가 번개처럼 빠른 새로운 무기를 사용한 것임이 분명하다.

한순간도 지체할 겨를이 없다. 온 연방에 이 사실을 알려야만 한다.


─ 대장님, 그들을 몰살시킨 것은 아주 강력한 진폭을 가

57

진 레이저 광선입니다.

―레이저 광선이라고?

―그렇습니다. 원거리에서도 가장 큰 우리 우주선들을 녹여 버릴 수 있는 새로운 무기입니다, 대장님.

―자네 생각에는 그게…….

―그렇습니다. 그런 짓을 할 수 있는 자들은 금성인밖에 없습니다. 그들의 소행임이 분명합니다.

―그게 사실이라면, 가차 없이 보복을 해야지. 오리온대에 주둔해 있는 전투 로켓이 몇 기나 남아 있지?

―네 기입니다, 대장님.

―그거로는 도저히 안 되겠군. 지원을 요청해야지…….

「수프 좀 더 주랴?」

「아뇨, 됐어요.」넋을 잃고 텔레비전 화면을 바라보면서 니콜라가 대꾸했다.

「애, 수프가 코로 들어가겠다. 제대로 보면서 먹어라. 안 그러면 텔레비전 꺼버린다.」

「아유, 엄마, 제발…….」

「저거 이제 지겹지도 않니? 초록색 난쟁이들 나오고, 분말 세제 상표하고 똑같은 행성 이름들 나오는 그 이야기지?」조나탕이 물었다.

「전 재미있어요. 저는 언젠가 우리가 외계인을 만나게 될 거라고 믿고 있어요.」

「하지만 사람들 입에서 그런 얘기 나온 게 어디 하루 이틀이라야지!」

「가장 가까운 별에 무인 우주선을 보냈잖아요. 그 무인 우주선 이름은 마르코 폴로고요. 곧 우리 이웃 별에 누가 살고 있는지를 알게 될 거예요.」

「그것도 전에 보냈던 다른 무인 우주선들처럼 아무런 실속 없이 우주만 오염시키고 말 거야. 거기는 너무 먼 곳이야.」

「그럴지도 모르죠. 하지만 외계인들이 우리를 만나러 올 수도 있지 않을까요? 미확인 비행 물체를 보았다는 증언들을 모두 다 해명한 건 아니거든요.」

「그렇지만, 지능을 가진 다른 생물들을 만난다 한들 우리에게 무슨 소용이 있겠니? 인간들끼리 서로 싸우다가 끝장이 날 판인데. 외계인을 만나는 문제는 고사하고 우리 지구인들끼리의 문제만으로도 벅차다고 생각하지 않니?」

「낯선 세계를 보게 될 거예요. 휴가 여행을 떠날 만한 새로운 장소가 생길지도 모르죠.」

「그래 봤자 새로운 골칫거리가 생기는 거겠지.」

그러면서 조나탕은 니콜라의 턱을 잡고 말을 이었다.

「애야, 더 크면 자연히 알게 되고 나하고 똑같은 생각을 갖게 될 거다만, 우리와 아주 다른 지능을 가진 정말 흥미로운 생명체가 딱 하나 있단다. 그게 뭔 줄 아니? 그건…… 여자란다.」

그의 말이 농담인 줄 알면서도 뤼시가 체면치레로 화를 냈고, 부부가 함께 웃었다. 그러나 니콜라는 상을 찌푸렸다. 저런 게 어른들의 유머인 모양이군……. 아이는 식탁 밑으로 손을 내려 우아르자자트의 보드라운 털을 만지려고 했다.

탁자 밑에는 아무것도 없었다.

「우아르자자트 어디 갔지?」

개는 식당 안에 없었다.

「우아르지! 우아르지!」

니콜라는 손가락을 입에 넣어 휘파람을 불기 시작했다. 그렇게 하면 보통은 금방 효과가 나타나서 짖는 소리가 나고 발소리가 들리게 마련이었다. 아이는 다시 휘파람을 불었다. 역시 아무런 반응이 없었다. 아이는 집 안의 이 방 저 방을 돌아다니며 개를 찾아보았다. 부모들도 아이와 합세했다. 개는 온데간데없었다. 문은 닫혀 있었다. 저 스스로 문을 열고 나갔을 리는 없었다. 열쇠를 사용할 줄 아는 개는 아직 없을 테니까.

약속이나 한 듯이 그들은 모두 부엌 쪽으로 발길을 돌렸다. 아니, 지하실 문 쪽으로 갔다는 게 더 정확한 표현이리라. 문에 난 틈새는 아직 메우지 않은 채로 있었다. 그런데 그 틈새는 우아르자자트만 한 동물이라면 충분히 지나갈 수 있을 만큼 벌어져 있었다. 니콜라가 신음을 토하듯 말했다.

「개는 저 안에 있어요. 저 안에 있는 게 분명해요. 개를 찾으러 가야 돼요.」

아이의 요구에 호응이라도 하듯이 지하실에서 개 짖는 소리가 단속적으로 들려왔다. 하지만 소리는 아주 멀리서 들려오는 듯했다.

모두 금단의 문으로 다가갔다. 조나탕이 문을 가로막고 나섰다.

「아빠가 말했지, 지하실에 들어가면 안 된다고!」

「하지만 여보, 개를 찾으러 가야 되잖아. 개가 쥐들한테 공격을 받고 있을지도 몰라. 쥐가 우글거린다고 당신이 그래 놓고선…….」

뤼시의 말에 조나탕의 표정이 굳어졌다.

「우아르자자트에게는 참 안된 이야기지만, 내일 다른 개를 사러 가지 뭐.」

그 말에 아이가 기겁을 하며 토를 달았다.

「그렇지만 아빠, 내가 원하는 건 〈다른〉 개가 아니에요. 우아르자자르트는 내 친구예요. 친구가 저렇게 죽어 가도록 내버려 둘 수는 없어요.」

「당신 참 이상하네. 도대체 왜 그래? 당신이 겁나면 나라도 가게 내버려 둬.」뤼시도 아이와 한편이 되어 말을 보탰다.

「아빠, 겁나서 그래요? 아빠 겁쟁이예요?」

조나탕은 더 이상 듣고 있을 수가 없어서, 〈정 그렇다면 한번 들여다볼게〉라고 중얼거리면서 손전등을 가지러 갔다. 그가 틈새로 전등을 비추었다. 캄캄했다. 모든 것을 다 삼켜 버릴 것 같은 완벽한 어둠이었다.

조나탕이 몸서리를 쳤다. 도망치고 싶은 생각이 굴뚝같았다. 그러나 아내와 아들이 그 바닥 모를 심연 속으로 자기를 떠다밀고 있는 것이다. 꺼림칙한 생각들이 머릿속을 어지럽혔다. 그의 어둠 공포증이 고개를 들고 있었다.

니콜라가 훌쩍거리기 시작했다.

「개가 죽었어! 죽은 게 분명해! 다 아빠 때문이야.」

「다치기만 했을지도 모르잖니? 내려가 봐야 알지.」뤼시가 아이를 달랬다.

조나탕은 에드몽 삼촌의 편지에 다시 생각이 미쳤다. 편지는 분명히 내려가지 말라고 단단히 이르는 어투였다. 그러면 이 일을 어쩐다? 내가 지금 안 내려가면 틀림없이 조만간 식구들 가운데 누군가가 문을 부수고 들어갈 것이다. 그렇다면 내가 위험에 정면으로 맞서야 한다. 지금이 아니면 그럴 기회가 없을 것이다. 조나탕은 이마의 땀을 훔쳤다.

그래, 별일 없을 거야. 마침내 오랜 공포증에 의연히 맞서서, 그것을 뛰어넘고 위험을 이겨 낼 기회가 온 거야. 어둠이 나를 삼켜 버리기야 하겠어? 참 잘된 일이야. 조나탕은 갈 데까지 가볼 마음의 준비가 되어 있었다. 어쨌든 더 이상 잃을 게 없다는 심정이었다.

「내려가겠어!」

조나탕은 연장을 가지고 와서 자물쇠를 땄다.

「어떤 일이 있어도 여기에 꼼짝 말고 있어야 돼. 특히 나를 따라서 내려온다든가 경찰을 부를 생각은 아예 말아. 내가 올 때까지 기다려.」

「당신 얘기가 참 이상하네. 겨우 지하실에 들어가는 걸 갖고 웬 야단이야? 이건 결국 모든 건물에 있는 것과 다를 게 없는 그저 하나의 지하실일 뿐이잖아.」

「나도 그러기를 바라지만…….」


지는 해가 오렌지색 알처럼 빛나고 있다. 그 빛을 받으며, 봄철 첫 사냥 원정대 중에서 혼자 살아남은 327호 수개미가 달려가고 있다. 고립무원의 외로운 신세이다.

오래전부터 그의 다리가 웅덩이와 진창과 곰팡내 나는 나뭇잎 속에서 갈팡질팡하고 있다. 바람 때문에 입술의 촉촉한 물기가 다 말라 버렸다. 먼지를 잔뜩 뒤집어쓴 탓에 누런 외투라도 입은 것 같다. 이젠 근육에 아무런 감각이 없다. 발톱 몇 개가 부러졌다.

그러나 달려오던 냄새길이 끝나는 자리에서, 327호는 금방 자신의 목표물을 찾아낸다. 벨로캉 연방의 도시들이 다들 언덕을 이루고 있지만, 그중에서도 중심 도시인 벨로캉은 거대한 피라미드 모양을 하고 있어서 그 형체가 자국길 어디에서나 보인다. 그 피라미드가 향기로 그를 매혹하면서 등대처럼 이끌고 있다.

마침내 327호가 위용을 자랑하며 서 있는 개미 도시의 발치에 이르러 고개를 들었다. 도시가 그새 더 커졌다. 둥근 지붕 위에 엄폐물 한 켜를 덧대는 공사가 시작되었다. 잔가지들이 산더미처럼 쌓여 있고 그 꼭대기가 달을 간질일 만큼 높다.

젊은 수개미는 잠시 두리번거리다가 땅에 닿을락 말락 하게 빠끔히 나 있는 입구를 찾아 그 안으로 들어간다.

때맞춰 온 셈이다. 밖에서 일하던 일개미와 병정개미가 모두 돌아와 있다. 문지기 개미가 안의 온기가 새 나가는 것을 막으려고 막 출구를 막으려던 참이었다. 327호가 문지방을 넘어서자마자 문을 막는 개미들이 움직이고 그의 뒤에서 갑자기 꽝 하는 소리와 함께 구멍이 다시 막힌다.

이제 춥고 야만적인 바깥 세계의 것은 아무것도 보이지 않는다. 수개미 327호는 다시 문명 세계 속에 들어온 것이다. 그제야 그는 포근한 동료들 속에서 느긋한 마음을 가질 수 있었다. 이제는 혼자가 아니라, 수많은 동료들이 그와 함께 있는 것이다.


파수를 보는 개미들이 다가온다. 327호가 먼지를 뒤집어쓰고 있는 탓에 파수 개미들이 그를 알아보지 못했다. 그는 재빨리 자신의 신분을 알리는 냄새를 발산한다. 그러자 파수 개미들이 마음을 놓는다.

일개미 하나가 그의 몸에서 피로의 냄새를 감지한다. 일개미는 그에게 영양 교환을 제안한다. 영양 교환이란 자기 몸에 있는 영양물을 나누어 주는 의식을 말한다.

개미들은 모두 배 안에 주머니 같은 것을 가지고 있다. 위(胃)에 딸린 그 주머니에서는 먹이를 소화하지 않는다. 이른바 사회위(社會胃)라 불리는 갈무리 주머니이다. 개미는 갈무리 주머니에 먹이를 언제까지라도 싱싱하게 손상시키지 않고 저장할 수 있다. 그러다가 그 먹이를 되올려서 〈소화 기능을 가진 정상적인〉 위에 보내기도 하고, 먹이를 뱉어서 동료에게 주기도 한다.

영양을 교환할 때의 몸짓은 언제나 똑같다. 먹이를 주려는 개미는 영양 교환의 대상이 되는 개미에게 다가와 머리를 가볍게 두드린다. 제안을 받은 개미가 먹이를 받을 의사가 있으면 더듬이를 낮춘다. 만일 더듬이를 꼿꼿이 세우고 있으면, 그것은 사양하겠다는 의사 표시로서, 그 개미는 그다지 배가 고프지 않은 것이다.

수개미 327호는 망설이지 않는다. 그에게 남아 있는 기력이 너무 미약해서 곧 전신 경직 상태에 빠질 지경이었다. 그들은 입과 입을 맞댄다. 주머니에 저장해 둔 영양물이 다시 올라온다. 제공자 개미는 먼저 침을 되올리고 다음에 분비밀과 미음처럼 삭힌 곡물을 되올린다. 아주 맛있고 금세 기력을 찾게 해주는 음식이다.

영양 교환이 끝나자 수개미가 곧 기운을 차린다. 원정을 나가서 그가 겪었던 모든 일들의 기억이 되살아난다. 죽음, 매복…… 한시라도 지체해서는 안 된다. 그는 더듬이를 세우고 주위에 가는 알갱이를 뿌려 그 사실을 알린다.

《비상! 전쟁이다. 난쟁이개미들이 우리 첫 파견대를 몰살

했다. 그들은 치명적인 성능을 가진 신무기를 가지고 있다. 전투 준비! 전쟁이 선포되었다.》

파수 개미가 퍼뜩 정신을 차린다. 그 경보의 냄새가 그의 머리를 어지럽힌다. 벌써 수컷 327호 주위에 개미들이 모여들고 있다.

《무슨 일이야?》

《무슨 일이 난 거야?》

《저 친구 말이 전쟁이 났대.》

《증거가 있나?》

여기저기서 개미들이 달려 나온다.

《신병기 얘기도 하고 원정대가 떼죽음을 당했다는 얘기도 하는데.》

《보통 일이 아니네.》

《증거가 있나?》

이제 수개미를 가운데 두고 한 무리의 개미들이 둘러서 있다.

《비상! 비상! 전쟁이 선포되었다. 전투 준비!》

《증거가 있나?》

모든 개미들이 그 말의 냄새를 맡았다.

《아니야. 저 친구 증거를 대지 못하고 있어. 너무 큰 충격을 받아서 증거 가져올 생각을 못 했대.》

더듬이들이 움직인다. 못 믿겠다는 듯이 고개들을 설레설레 흔든다.

《그 일이 일어난 곳이 어디인가?》

《라숄라캉 서쪽, 척후 개미들이 새로 발견한 사냥터와 우리 도시들 사이다. 난쟁이개미들이 종종 정찰을 다니는 곳

이지.》

《그럴 리가 없다. 우리 첩보원들이 나갔다 돌아왔다. 그들 얘기로는 난쟁이개미들이 아직 자고 있다고 한다. 그들이 틀릴 리가 없다.》

이름을 밝히지 않은 더듬이가 이런 페로몬 문장을 내보냈다. 군중들이 흩어진다. 군중들은 그 익명의 더듬이가 발산한 말을 믿고 327호의 말을 믿지 않는 것이다. 그의 어조에 진실성이 깃든 것은 확실하지만, 그의 이야기는 터무니없게만 느껴지는 것이다. 봄철의 전쟁이 그렇게 일찍 시작되는 일은 없다. 그리고 아직 자고 있는 자들이 있는데도 난쟁이개미들이 공격을 해 왔다는 것은 그야말로 미친 짓이다. 수컷 327호가 전해 준 소식에 개의치 않고 개미들은 저마다 자기가 하던 일을 계속한다.

첫 원정대의 유일한 생존자로서는 기가 막힐 노릇이었다. 원 세상에, 그러면 그 참사를 내가 꾸며 냈단 말인가! 결국은 어떤 계급에 결원이 생겼다는 것을 깨닫게 되겠지.

그의 더듬이가 맥없이 이마 위로 축 처진다. 자신의 존재가 더 이상 아무런 쓸모가 없어진 것 같은 참담한 기분이 든다. 더 이상 다른 개미들을 위하여 살지 못하고 그저 저 하나만을 위해 살고 있는 것 같은 느낌이 드는 것이다.

그 생각을 하자 두려움에 몸이 떨린다. 그는 두려운 마음을 가누지 못한 채 열에 들떠서 앞으로 내달린다. 그러고는 일개미들을 모아 쑤석거리면서 자기 얘기를 뒷받침해 줄 개미들을 찾아다닌다. 그가 누구나 익히 알고 있는 다음과 같은 문구를 외쳐 대자 이제 다른 개미들은 발걸음을 멈추려고도 하지 않는다.

탐험가인 나는 다리였노라.

현지에서는 눈 노릇을 했고

이제는 돌아와 겨레를 일깨우노라.


그의 말에 귀 기울이는 자가 아무도 없다. 그의 얘기를 건성으로 듣고 있다가, 심드렁하게 자리를 뜬다. 저 친구 그만 휘젓고 다녔으면 좋겠군!


조나탕이 내려간 지 이제 네 시간이 지났다. 그의 아내와 아들이 마음을 졸이고 있었다.

「엄마, 경찰을 부를까요?」

「아니야. 아직은 일러.」

뤼시가 지하실 문으로 나가갔다.

「아빠한테 무슨 일이 난 거죠, 엄마, 그렇지요? 아빠도 우아르지처럼 죽은 건가요?」

「말도 안 되는 소리. 이 녀석, 무슨 바보 같은 소리를 하고 있니!」

뤼시는 불안감으로 애간장이 녹을 지경이었다. 그녀는 몸을 구부리고 문틈으로 안을 살펴보았다. 구입한 지 얼마 안 되는 성능 좋은 할로겐램프로 비추어 보니 좀 더 안쪽으로 나선 계단이 보이는 듯도 했다.

뤼시는 바닥에 주저앉았다. 니콜라도 와서 옆에 앉았다. 뤼시는 아이를 끌어안았다.

「아빠는 곧 돌아오실 거야. 참고 기다려야지. 아빠가 우리보고 기다리라고 하셨으니까 더 기다려 보자.」

「그러다가 아빠가 안 돌아오시면 어쩌죠?」

327호가 지쳐 있다. 자신이 물속에서 허우적거리고 있다는 느낌이 든다. 발버둥은 치고 있지만 앞으로 나아가질 못하고 있는 것이다.

그는 벨로키우키우니에게 직접 보고하리라고 마음을 먹는다. 연방 구성원의 대다수를 이루는 비생식 계급 개미들이 기껏해야 3년을 사는 데 비해서, 어머니인 여왕개미는 열네 번의 겨울을 났기 때문에 비길 데 없이 풍부한 경험을 지니고 있다. 여왕이라면 그를 도와서 진실을 모두에게 알릴 수 있는 방도를 찾아낼 것이다.

젊은 수개미가 도시의 중심으로 가는 지름길로 들어선다. 알을 잔뜩 짊어진 수천의 일개미들이 그 넓은 통로에서 부지런히 걷고 있다. 그들은 지하 40층에 있던 그 알들을, 지상 35층의 햇빛방에 자리 잡고 있는 영아실까지 나르고 있는 중이다. 하얀 고치들이, 아래위 좌우로 흔들리는 다리 끝에 실려 대대적으로 옮겨지고 있는 것이다.

327호는 그들과 반대 방향으로 가야 했다. 쉬운 일이 아니다. 그가 어쩌다가 유모 개미들과 부딪히자, 그네는 이렇게 야만적인 짓을 할 수가 있느냐며 야단을 친다. 다른 개미들이 그를 들이받고 발길질하고 떠다밀고 할퀴기도 한다. 통로가 완전한 포화 상태가 아닌 것이 그나마 다행이다. 그는 바글거리는 군중 속을 애면글면 헤치며 빠져나온다.

그런 다음 작은 터널들이 있는 길로 접어들어 빠른 걸음으로 나아간다. 그쪽 길이 더 멀기는 해도 힘은 덜 들 것이다. 개미 도시 전체를 하나의 인체에 비유한다면, 그는 심장으로 가기 위해 동맥에서 소동맥으로, 소동맥에서 다시 정맥과 소정맥으로 건너가고 있는 셈이다. 다리와 육교도 건너고, 때로는 비어 있는 광장을, 때로는 북적거리는 광장을 가로지르기도 하면서 몇 킬로미터를 달린다.

칠흑 같은 어둠 속이지만 방향을 잃지 않고 용케 잘도 나아간다. 적외선을 감지할 수 있는 홑눈들을 이마에 달고 있는 덕이다. 통제 구역인 도시의 중심으로 다가감에 따라 어머니의 달콤한 향기가 더 진하게 끼쳐 오고 경비 개미들의 수가 늘어난다.

병정개미 계급에서 분화된 모든 아계급(亞階級)의 개미들이 보인다. 크기도 각각이고 무기도 가지각색이다. 톱니 모양의 기다란 위턱을 가진 자그마한 체격의 개미가 있는가 하면, 목질처럼 단단한 가슴판으로 무장하고 있는 건장한 개미가 있고, 짤막한 더듬이를 가진 땅딸보가 있는가 하면, 유선형으로 잘빠진 배에 경련 유발성 독액을 담고 있는 포수 개미도 있다.

수개미 327호는 통행증 구실을 하는 냄새를 지니고 있기 때문에 제지를 당하지 않고 검문소를 통과한다. 병정개미들이 조용한 걸 보면, 영토를 지키기 위한 커다란 전쟁은 아직 시작되지 않은 모양이다.

목적지에 거의 다다라서 그는 문을 지키는 개미에게 냄새 신분증을 제시하고, 여왕의 방으로 통하는 마지막 통로로 들어선다.

문지방을 넘어서다가 그는 그 특별한 장소가 자아내는 아름다움에 압도되어 발걸음을 멈춘다. 둥근 모양을 한 그 커다란 방은 아주 정확한 건축 법칙과 기하 법칙에 따라 만들어진 것이다. 그 법칙은 누대에 걸쳐 더듬이에서 더듬이로 어머니 여왕이 딸에게 전해 준 것이다.

둥근 천장의 주요 부분은 지름이 36머리에 높이가 12머리이다(머리는 벨로캉 연방에서 사용하는 척도로서, 한 머리는 인간 세계에서 사용하는 척도로 3밀리미터에 해당한다). 희귀하게도 돌가루 반죽을 굳혀서 만든 벽기둥이 이 곤충의 전당을 받치고 있다. 바닥이 오목한 이 방은 개미들이 발산한 냄새 분자가 벽에 스며들지 않고 되도록 오랫동안 머물 수 있게 고안해 놓았다. 말하자면 훌륭한 후각 원형 극장인 셈이다.

가운데에 퉁퉁한 암개미가 엎드려 있다. 암개미는 배를 깔고 엎드린 채 이따금 노란 꽃을 향해 발길질을 해보고 있다. 그 꽃은 그때마다 다리를 붙들려고 잽싸게 꽃잎을 오므리지만 암개미는 그보다 먼저 다리를 빼낸다.

그 암개미가 벨로키우키우니다.

불개미 중심 도시의 현(現) 여왕 벨로키우키우니.

도시의 유일한 산란 개미이며 모든 동포들의 육체와 정신을 낳은 개미, 벨로키우키우니.

벨로키우키우니는 재임 중에 이미 꿀벌과의 대전을 치렀고 남쪽 흰개미 도시를 정복했으며, 거미의 영토를 평정했고, 떡갈나무 말벌들이 일으킨 지긋지긋한 소모전도 겪었다. 작년부터는 북쪽 경계를 넘보는 난쟁이개미들에게 대항하기 위해서 연방 도시들의 힘을 정비하고 있다.

최장수 기록을 깨뜨린 바 있는 벨로키우키우니.

그의 어머니이기도 한 벨로키우키우니.

연방 역사의 산증인이 예전처럼 그의 곁에 아주 가까이 있는 것이다. 한때는, 스무 마리쯤 되는 어린 시종 개미들이 여왕을 촉촉하게 적셔 주고 안마해 줄 때를 제외하고는, 바로

327호 그가 아직 서툰 다리로나마 여왕의 시중을 들었는데 그것도 이젠 옛날이야기가 되어 버렸다.

여왕이 관찰하고 있는 어린 벌레잡이 식물이 턱처럼 생긴 꽃잎을 오므리자, 여왕이 투덜거림 섞인 냄새를 발산한다. 여왕이 어쩌다가 그런 야수 같은 식물에 깊은 관심을 갖게 되었는지 모르겠다.

327호가 다가간다. 가까이에서 보니 어머니는 그리 아름답지가 않다. 머리가 길쭉하게 앞으로 나와 있고, 한 번에 어디나 볼 수 있을 것 같은 커다란 두 눈이 둥그렇게 불거져 있다. 적외선을 감지하는 홑눈들은 이마 한가운데에 모여 있는데, 더듬이는 반대로 사이가 너무 벌어져 있다. 더듬이는 아주 길고 날렵하며 이따금 가볍게 떨리는 모습에서 완벽한 노련미가 엿보인다.

벨로키우키우니는 며칠 전에 잠에서 깨어났다. 그 후로 여왕은 계속 알을 낳았다. 보통 개미들의 배보다 열 배나 큰 여왕의 배에 연속적으로 경련이 일어나더니, 여왕이 여리디여린 알 여덟 개를 낳는다. 자갯빛을 띤 연회색의 그 알들이 벨로캉의 막내 세대가 되는 셈이다. 벨로캉의 미래를 가꾸어 갈, 아주 동그랗고 끈적끈적한 알이 모태를 빠져나오자 기다렸다는 듯이 유모 개미들이 떠맡는다.

젊은 수개미는 그 알들의 냄새로 거기서 태어날 개미들의 신분을 알아낸다. 그 알들은 수개미들과 생식 능력이 없는 병정개미들이다. 날씨가 추워서 〈딸들〉을 낳는 분비샘이 작동하지 않고 있다. 기상 조건이 나아지면 어머니는 도시가 필요로 하는 만큼 모든 계급의 알을 낳을 것이다. 일개미들이 어머니에게 와서 〈곡물을 빻을 개미와 포수 개미가 부족

합니다〉라고 말하면, 어머니는 그 요구대로 알을 낳아 줄 것이다. 벨로키우키우니 자신이 거처를 나와 손수 통로를 돌아다니며 냄새를 맡는 일도 있다. 어머니는 아주 예민한 더듬이를 가지고 있어서 어떤 계급에 조금만 결원이 생겨도 그것을 금방 알아낸다. 그러면 어머니는 그 부족한 부분을 곧바로 보충해 준다.

어머니가 다시 야릿야릿한 알 다섯 개를 낳는다. 그러고는 방문객을 향해 몸을 돌린다. 어머니가 그의 몸을 어루만지며 핥아 준다. 여왕의 침이 몸에 닿는 순간은 언제나 짜릿하다. 그 침은 두루두루 효험이 있는 소독제일 뿐 아니라, 머릿속에 난 상처만 아니라면 어떤 상처라도 치료할 수 있는 만병통치약이다.

벨로키우키우니는 헤아릴 수 없이 많은 자식을 가진 탓에 자식 하나하나를 찬찬히 다 알아보지는 못한다. 그럴 때는 그렇게 침을 발라 줌으로써 자식의 냄새가 어떤 냄새인지 알아냈음을 보여 주는 것이다. 내 자식이 왔구나.

비로소 더듬이를 사용한 대화가 시작된다.

《겨레의 모태에 들어온 것을 환영한다. 내 품을 떠나기는 했으되 돌아오지 않을 수 없을지니.》

어머니가 자식에게 하는 의례적인 말이다. 그 말을 하고 나서 어머니는 끈끈한 액을 내어 327호의 더듬이 열두 마디에서 페로몬이 나오게 한 다음 그 냄새를 맡는다. 어머니는 벌써 방문의 이유를 알고 있다……. 서쪽에 파견된 첫 원정대가 전멸을 당했다. 참사가 빚어진 장소의 주변에 난쟁이개미들의 냄새가 있었다. 그자들은 십중팔구 비밀 무기를 발명해 낸 것이다.

탐험가인 그는 다리였노라.

현지에서는 눈 노릇을 했고

이제는 돌아와 겨레를 일깨우노라.


너는 확신을 가지고 있다. 다만, 네가 겨레를 일깨울 수 없다는 게 문제다. 네 페로몬은 아무도 설득하지 못하고 있다. 너는 나 벨로키우키우니만이 진실을 겨레에게 알리고 경각심을 일깨울 수 있다고 생각하고 나를 찾아온 것이로구나.

어머니는 한층 더 세심하게 그의 냄새를 맡는다. 더듬이 마디마디와 다리에서 나오는 아주 사소한 냄새 알갱이 하나도 놓치지 않는다. 그래, 죽음과 불가사의의 흔적이 묻어나는구나. 전쟁일 수도 있고…… 그렇지 않을 가능성도 많지.

어머니는, 그의 말이 사실이든 아니든 어머니 마음대로 무엇을 결정할 수 있는 건 아니라는 사실을 밝힌다. 개미 도시에서는 무엇을 결정할 때 확고부동한 합의를 토대로 결정한다. 어떤 계획이 나오면 그 일에 함께 매달릴 집단이 형성되어야 한다. 인체에 빗대어 말하면, 일종의 신경 중추를 하나 만드는 셈이다. 그렇게 하나의 집단을 모아 내지 못하면, 327호의 경험이 아무런 쓸모도 없게 된다.

어머니조차 그를 도울 수 없다.

수개미 327호는 쉽게 물러서지 않는다. 자기 얘기를 끝까지 들어 줄 듯한 말상대를 만난 기회를 놓칠세라, 그는 있는 힘을 다해서 가장 설득력이 강한 냄새 분자들을 쏟아 내고 있다. 그의 말에 따르자면, 그 참사는 가장 우선적으로 해결해야 할 문제라는 것이다. 따라서 즉시 첩보원들을 보내 그 비밀 무기가 어떤 것인지를 알아보아야 한다는 것이다.

벨로키우키우니는 겨레가 〈우선적으로 해결해야 할 문제들〉이 산적해 있어서 허리가 휠 지경이라고 대답한다. 겨울잠에서 깨어나는 일도 아직 완전히 마무리된 것이 아니고 도시의 거죽도 아직 수리 공사를 하고 있는 중이다. 잔가지로 이루어진 맨 위 켜가 놓이지 않은 상태에서 전쟁하러 떠나는 것은 위험하다. 게다가 겨레에겐 지금 단백질과 당분이 부족하다. 그뿐인가. 신생의 축제를 준비할 생각도 해야 한다. 이 모든 것을 하자면 각자 있는 힘을 다 쏟아야 한다. 첩보원을 보내고 싶어도 손이 모자란다. 결국 327호가 불안한 마음으로 가슴을 졸이며 전하려는 소식은 다른 개미들의 이해를 구할 수 없다는 얘기였다.

꽤 시간이 흘렀다. 어머니는 다시 벌레잡이 식물을 만지작거리기 시작했고, 어머니의 등딱지를 핥는 일개미들의 입술 소리만이 정적을 깨고 있다. 어머니는 배가 가슴 아래에 가서 멎을 때까지 몸을 비틀고 있다. 두 뒷다리가 대롱거린다. 벌레잡이 식물이 턱처럼 생긴 꽃잎을 오므리자 어머니는 재빨리 다리를 빼낸다. 그러고는 327호에게 그 벌레잡이 식물이 훌륭한 무기가 될 수 있다는 사실을 일깨운다.

《벌레잡이 식물로 울타리를 세워 북서쪽 경계 전체를 방위할 수 있을 게야. 그러자면 한 가지 문제를 해결해야 하는데, 그 문제가 무엇인고 하니, 이 작은 괴물들이 아직 우리 도시 거주자와 외부 침입자를 구별할 줄 모른다는 거야…….》

327호는 자신의 마음을 어지럽히고 있는 화제를 다시 들고 나온다. 벨로키우키우니는 그 〈사고〉로 숨진 개미가 몇 마리냐고 묻는다. 스물여덟입니다. 죽은 자들이 모두 병정개미의 아계급인 탐험 개미였느냐는 질문에, 327호는 그렇다고 대답하고 자기가 유일한 수개미였노라고 덧붙인다. 그러자 어머니는 정신을 집중하면서 스물여덟 개의 진주를 연달아 낳는다. 죽어 간 동료의 수와 같다.

스물여덟 마리의 개미가 죽은 대신에, 그 역할을 대신할 스물여덟 개의 알이 태어난 것이다.

### 때가 되면 숙명적으로

때가 되면 숙명적으로, 손가락이 이 지면들 위에 놓일 것이고, 눈이 이 단어들을 훑을 것이며, 뇌가 단어들의 의미를 해석할 것이다.

나는 그 순간이 너무 빨리 도래하지 않기를 바란다. 그 결과가 끔찍할 수도 있기 때문이다. 그래서 나는 이 글을 쓰고 있는 지금 내 비밀을 지키기 위해 싸우고 있다.

그러나 언젠가는 나에게 무슨 일이 있었는지를 꼭 알아야 할 것이다. 아무리 깊은 곳에 감추어 둔 비밀이라도 끝내는 호수의 수면으로 떠오르고 마는 법이다. 시간이야말로 비밀의 가장 나쁜 적이다.

이 글을 읽고 있는 당신이 누구이든 간에, 먼저 당신에게 인사를 해야겠다. 당신이 내 글을 읽고 있을 때쯤이면, 나는 아마 죽은 지 10년 아니면 1백 년쯤 되어 있을 것이다. 그렇게 되지 않을지도 모르지만 여하튼 나는 그러기를 바라고 있다.

나는 이 백과사전에 담으려는 지식에 도달하게 된 것을 이따금 후회하기도 한다. 그러나 나는 한 인간이며, 비록 지금은 인류에 대한 나의 연대 의식이 가장 밑바닥에 와 있지만, 그래도 당신들 속에 세계 인류의 일원으로 태어났다는 사실 하나 때문에 내가 인류를 위해 할 일이 있다는 것을 잘 알고 있다.

내가 겪은 일들을 전해 주는 것이 나의 의무이다.

모든 이야기들은 좀 더 가까이에서 보면 결국 서로 비슷비슷하다. 먼저

〈그래서 어찌어찌 되었다〉로 발전할 씨앗을 가진 하나의 소재가 있다. 그 소재가 어떤 위기를 겪는다. 그 위기가 소재에 반전을 불러오고, 소재의 성격에 따라 소재가 소멸하기도 하고 진화하기도 한다.

내가 가장 먼저 당신에게 들려주려는 이야기는 우리의 우주에 관한 것이다. 우리가 그 세계의 내부에 살고 있고, 삼라만상은 크건 작건 모두 똑같은 법칙을 따르고 있고 똑같은 상호 의존 관계를 맺고 있기 때문이다.

예를 들면, 당신이 이 지면을 넘길 때, 당신의 손가락이 어느 지점에선가 종이의 섬유소와 마찰을 일으키게 된다. 그 접촉으로 극미한 마찰열이 생긴다. 지극히 적기는 해도 마찰열은 실재한다. 이 마찰열 때문에 어떤 전자의 방출이 일어나고 그 전자는 원자를 벗어나 다른 입자와 충돌하게 된다.

우리가 보기에는 작은 알갱이지만, 사실 그 입자도 저 나름으로는 거대한 세계이다. 따라서 전자와의 충돌이 입자에게는 말 그대로 하나의 대격변이다. 충돌이 있기 전만 해도 입자는 움직임 없이 고요했고 차가운 상태에 있었다. 당신이 책장을 〈넘김으로써〉 입자가 위기를 맞은 것이다. 거대한 불꽃이 일면서 입자에 번개무늬가 생긴다. 책장을 넘기는 동작 하나로 당신은 어떤 일을 일으켰지만 그 일의 결과가 어떻게 될지는 모른다. 어쩌면 어떤 세계가 생겨나고 그 위에 사람들과 같은 거주자들이 나타나 야금술이며 프로방스 요리, 별나라 여행 같은 것을 생각해 낼지도 모른다. 그들은 우리보다 더 영리한 모습을 보일 수도 있다. 당신이 손에 이 책을 쥐지 않았던들, 그리고 당신의 손가락이 바로 종이의 그 자리에 마찰열을 일으키지 않았던들, 그런 세계는 존재하지 않았을 것이다.

그처럼 우리의 우주는 책장 한 귀퉁이, 구두의 밑바닥, 맥주병의 거품에도 다른 종류의 어떤 거대한 문명이 깃들 자리를 분명히 마련해 두고 있는 것이다.

우리 세대에는 아마도 그것을 증명할 수 없을 것이다. 그러나 아주 오랜 옛날, 우리의 우주, 아니 우리의 우주를 담고 있던 입자는 텅 빈 채 차갑고, 캄캄하고, 고요했었다. 그러다가 누군가가 아니면 무엇인가가 위기를 불러일으켰다. 누군가가 책장을 넘기고, 돌 위를 밟고, 맥주병의 거품을 걷어 냈던 것이다. 하여튼 어떤 외부 충격이 있었던 것은 분명하다. 그리하여 우리 입자가 잠에서 깨어났다. 지금 우리는 그 외부의 충격을 거대한 폭발이었다고 알고 있으며, 그래서 빅뱅이라 이름을 붙였다.

150억 년 이상 전에 우리 우주가 태어난 것처럼, 어쩌면 매 순간, 무한히 큰 곳에서, 무한히 작은 곳에서, 무한히 먼 곳에서 우주가 태어나고 있는지도 모를 일이다. 우리는 다른 우주를 모른다. 그러나 우리 우주가, 수소라고 하는 가장 〈작고〉 가장 〈간단한〉 원자가 폭발하면서 시작되었다는 것은 알고 있다.

거대한 폭발로 돌연 잠에서 깨어난 그 거대한 침묵의 공간을 상상해 보라. 저 높은 곳에서 왜 책장을 넘겼을까? 왜 맥주 거품을 걷어 냈을까? 그건 아무래도 좋다. 어쨌든 분명한 것은 수소가 타고, 폭발하고, 더워진다는 것이다. 한 줄기 거대한 빛이 순결한 공간에 비친다. 위기. 꼼짝 않던 것들이 움직인다. 차가웠던 것들이 더워진다. 잠잠하던 것들이 소리를 낸다.

최초의 폭발 과정에서 수소는 헬륨으로 바뀐다. 헬륨은 수소보다 겨우 조금 더 복잡한 원자일 뿐이지만, 그런 사소한 변화에서도 우리 우주를 지배하는 위대한 제1법칙을 연역해 낼 수 있다. 그 법칙은 바로 〈끊임없이 더 복잡하게〉라는 것이다.

우리 우주에 그 법칙이 관통하고 있음은 분명해 보인다. 그러나 다른 우주에도 그 법칙이 적용되는지를 증명할 길은 없다. 다른 우주에서는 어쩌면 〈끊임없이 더 뜨겁게〉라든가, 〈끊임없이 더 단단하게〉, 또는 〈끊임없이 더 재미있게〉라는 법칙이 지배하고 있는지도 모른다.

우리 우주에서도 사물이 더 뜨거워진다든가, 더 단단해진다든가, 더 재미있어지는 일이 있긴 하지만, 그런 것들은 제1법칙이 될 수가 없다. 그것들은 부차적인 법칙일 뿐이다. 다른 모든 법칙의 토대가 되는 우리 우주의 근본 법칙은 바로 〈끊임없이 더 복잡하게〉인 것이다.

에드몽 웰스,[6] 『상대적이며 절대적인 지식의 백과사전』

수개미 327호가 도시 남쪽 통로에서 헤매고 있다. 평정을 잃은 그가 그 유명한 구절을 되뇌고 있다.

탐험가인 그는 다리였노라.
현지에서는 눈 노릇을 했고,
이제는 돌아와 겨레를 일깨우노라.

어쩌다 일이 이렇게 되었을까? 어디에 잘못이 있었던 것일까? 그가 얻은 정보를 제대로 처리하지 못한 탓에 그의 몸뚱이가 부들거리고 있다. 그가 보기에 분명히 겨레가 상처를 입었음에도 겨레는 그런 사실을 깨닫지 못하고 있는 것이다.

6 작가의 말에 따르면, 에드몽 웰스라는 인물을 설정하면서 영국의 소설가 허버트 조지 웰스 Herbert George Wells(1866~1946)를 염두에 두었다고 한다. 웰스는 심오한 과학적 지식과 천부적인 해학적 기질을 바탕으로, 『타임 머신』, 『투명 인간』, 『두 세계의 전쟁』, 『달에 간 최초의 인간들』과 같은 작품을 쓴 미래 소설의 거장으로서, 그 작품들을 통해 인류의 생존과 관련된 본질적인 문제들을 제기하였고, 3부작 『과학과 인생』에서는 현대 문명의 갖가지 문제들을 일깨우기도 했다. 베르베르는 어린 시절 웰스에게서 많은 영감을 받았다고 하며, 그를 최초의 현대적인 작가로 생각한다고 밝혔다.

그런데 상처가 주는 고통을 일깨울 자는 327호 자신이다. 말하자면 그가 통증을 일으키는 신경 자극인 셈이다. 따라서 도시가 그 자극에 반응을 일으키게 하는 일도 그의 몫이다.

아, 겨레의 일부가 수난을 당했는데도 그 소식을 받아들이려는 더듬이들이 없어서 그것을 제 가슴속에만 간직하고 있어야 한다는 게 얼마나 힘겨운 일인가! 그는 그 끔찍한 진실을 다른 개미들과 함께 나누면서 모든 짐을 털어 버리고 싶은 것이다.

열을 전달하는 개미 하나가 그의 곁을 지나간다. 327호가 맥이 빠져 있음을 직감하고, 그 개미는 그가 잠에서 깨어나 정신을 못 차리고 있는가 싶어서 태양 에너지를 나누어 준다. 그러자 327호가 조금 힘을 얻고 이내 전열 개미를 설득하려고 한다.

《비상이야, 난쟁이개미들의 매복에 걸려서 우리 원정대가 박살 났어. 비상!》

그러나 그의 이야기에는 처음과 같은 진실의 어조가 담기지 않았다. 전열 개미는 마치 아무 일도 없었던 듯이 심드렁하게 자리를 뜬다. 327호는 단념하지 않고 경보의 메시지를 퍼뜨리면서 통로를 달려간다.

이따금 병정개미들이 발길을 멈추고 그의 말에 귀를 기울이다가 그와 대화를 나누기도 한다. 그러다가도 치명적인 신종 무기에 대한 얘기가 나오면 도통 못 믿겠다는 눈치를 보인다. 군사적인 임무를 떠맡을 수 있는 집단을 이루어 내야하는데, 그러기는 영 그른 것만 같다.

녹초가 된 채 그가 걷고 있다.

지하 4층의 발길이 끊긴 터널을 지나가고 있는데 돌연 뒤에서 무슨 소리가 들린다. 누군가 그의 뒤를 밟고 있는 것이다.

327호는 몸을 돌렸다. 적외선 홑눈으로 통로를 탐색한다. 빨간 반점과 검은 반점이 어른거릴 뿐 아무도 보이지 않는다. 이상하다. 분명히 발자국 소리를 들었는데. 그때 다시 뒤에서 발소리가 울린다. 쓰윽…… 츠스스……, 쓰윽…… 츠스스스. 누군가가 여섯 다리 중에서 두 다리를 절룩거리며 다가오고 있다.

혹시 환청이 아닌지를 확인하기 위하여, 그는 교차로가 나올 때마다 방향을 바꾼 다음 잠시 멈추고 살펴본다. 그가 멈추면 소리도 멈춘다. 그가 다시 움직이기만 하면 쓰츠…… 츠스스, 쓰츠…… 츠스스 소리가 다시 난다.

미행을 당하고 있는 게 틀림없다.

그가 몸을 돌리자 누군가가 몸을 숨긴다. 듣도 보도 못한 이상한 짓거리다. 어째서 겨레의 한 구성원이 자신의 신분을 숨긴 채 다른 구성원의 뒤를 밟고 있는 것일까? 여기에서 각각의 구성원은 모든 겨레와 더불어 살고 있고 아무에게도 숨길 게 없지 않은가?

뒤를 밟는 자의 〈존재〉가 여전히 그를 성가시게 한다. 여전히 멀리 떨어진 채, 여전히 몸을 숨긴 채. 쓰츠…… 츠스스, 쓰츠…… 츠스스 이럴 땐 어떻게 한다? 그가 애벌레였을 때, 유모 개미들은 그에게 위험에 마주치면 언제나 그것에 정면으로 맞서야 한다고 가르쳤다. 그는 멈추어 서서 몸단장하는 시늉을 한다. 그자는 그리 멀지 않은 곳에 있다. 그자의 냄새는 가까스로 감지할 수 있다. 씻는 몸짓을 흉내 내면서

327호는 더듬이를 움직인다. 드디어 미행자의 냄새 분자가 감지되었다. 그자는 1년생의 작은 병정개미이다. 그 병정개미는 독특한 냄새를 풍기고 있었는데, 그 냄새 때문에 현재의 신분을 알아내기가 어려웠다. 그 냄새는 딱히 뭐라고 규정짓기가 어렵다. 바위 냄새라고나 할까.

작은 병정개미는 이제 몸을 숨기지 않는다. 쓰츠…… 츠스스스, 쓰츠…… 츠스스스……. 이제 적외선 홑눈에도 병정개미가 보인다. 병정개미는 실제로 다리 두 개가 모자랐다. 그의 몸에서 바위 냄새가 더 진하게 끼쳐 온다.

327호가 페로몬을 풍긴다.

《거기 누구인가?》

대답이 없다.

《왜 내 뒤를 밟고 있는가?》

대답이 없다.

대수로운 일이 아닌 듯도 하여 327호는 다시 길을 가기 시작한다. 그런데 그때 그의 앞에 두 번째 개미가 나타났다. 이번에는 덩치 큰 병정개미이다. 통로가 좁아서 지나가기가 어려울 것 같다.

돌아갈까? 그러면 절름발이와 부딪힐 것이다. 게다가 그자가 내 쪽으로 급히 다가오고 있지 않는가.

327호는 오도 가도 못하게 되었다.

병정개미 두 마리가 있고, 그들의 몸에서는 바위 냄새가 난다. 327호는 그 사실을 깨닫는다. 덩치 큰 병정개미가 기다란 작두같이 생긴 위턱을 벌린다.

함정이다!

도시의 한 개미가 다른 개미를 죽이려 한다는 것은 생각할 수도 없는 일이다. 그렇다면 저들의 면역 체계에 이상이 생긴 것인가? 저들은 내 신분의 냄새를 인지하지 못하는 것일까? 나를 이방의 개체로 오인하고 있는 것은 아닐까? 정말 해괴한 일이다. 이건 마치 위가 창자를 죽이려는 거나 다름없지 않은가……

수개미 327호는 더 힘을 주어 페로몬을 발산한다.

《나도 너희처럼 겨레의 한 일원이다. 우리는 같은 공동체에 속해 있다.》

이들은 어린 병정개미들이다. 어린 탓에 착각을 한 게 틀림없다. 그러나 그가 방출한 페로몬은 그와 대치하고 있는 병정개미들을 누그러뜨리지 못했다. 커다란 병정개미가 위턱으로 327호의 머리를 조이는 사이, 작은 절름발이는 327호의 등 위로 뛰어올라 날개를 붙잡는다. 그렇게 꼼짝 못하게 조르면서 병정개미들은 그를 쓰레기터 쪽으로 끌고 간다.

수개미 327호가 발버둥 친다. 교미를 할 때나 사용하는 더듬이 마디로 페로몬을 발산하여 비생식 계급 개미들은 알지도 못하는 갖가지 감정들을 나타낸다. 병정개미들은 이해할 수 없는 그 냄새들 때문에 차츰 두려움을 느낀다.

그 〈추상적인〉 관념들 때문에 몸이 더러워지는 것을 막으려고, 절름발이는 가운뎃가슴 등판을 줄곧 여민 채, 턱으로 327호의 더듬이를 닦아 낸다. 절름발이는 그런 동작으로 327호의 모든 페로몬을 없애 버렸다. 통행증 구실을 하는 페로몬마저도 없애 버렸다. 결국 그가 가는 곳에서는 그런 것들이 별로 쓸모가 없어지는 모양이었다……

그 셋 사이에서 뭔가 불길한 일이 벌어질 것만 같다. 그들은 숨을 헐떡거리며 발길이 가장 뜸한 통로로 나아간다. 작은 절름발이는 더듬이 닦는 일을 꼼꼼하게 계속하고 있다. 327호의 머리에 어떤 정보도 남겨 놓지 않으려는 것처럼 보인다. 수개미는 더 이상 반항하지 않는다. 모든 것을 체념하고, 그는 심장 박동을 늦추면서 조용히 사라져 갈 준비를 하고 있는 것이다.


─ 형제들이여, 어찌하여 폭력이 이렇게 성행하고 증오가 이토록 만연한 겁니까? 왜 그렇습니까?

우리는 하나, 하나일 뿐입니다. 우리 모두는 다 같이 지구와 하느님의 자녀들입니다.

이제 공허한 싸움은 그만둡시다. 22세기는 영적인 시대가 될 수도 있고 그렇지 않을 수도 있습니다. 오만과 위선에 뿌리박은 우리의 해묵은 싸움일랑 이제 집어치웁시다.

개인주의, 이것이야말로 우리의 진짜 적입니다! 가난한 형제 하나가 있는데 그가 굶주려 죽도록 내버려 둔다면, 여러분은 거대한 세계 공동체에 동참할 자격이 없는 것입니다. 길 잃은 자가 여러분에게 도움과 원조를 요청하는데 그의 앞에서 문을 닫아 버린다면, 여러분은 우리와 함께할 수가 없습니다.

저는 여러분을 압니다. 여러분은 비단으로 몸을 두른 채 양심에 거리낌을 느끼지 않습니다. 여러분은 오로지 개인적인 안락만을 생각하고, 개인적인 영광만을 바라고 있습니다. 행복을 추구하는 건 좋습니다. 그러나 오직 여러분과 여러분 가정만의 행복을 추구하고 있는 것이 문제입니다.

저는 여러분을 안다고 장담합니다. 당신, 당신, 당신 그리고 당신! 텔레비전 앞에서 웃고 계시겠지요. 그만 웃으십시오. 저는 심각한 얘기를 하고 있는 것입니다. 저는 인류의 미래에 대해서 이야기하고 있습니다. 이런 식으로 가다가는 인류의 미래가 더 이상 지속되지 않을 수도 있습니다. 우리 생활양식에 분별력이 없습니다. 우리는 모든 것을 낭비하고 모든 것을 파괴합니다. 일회용 화장지를 만들려고 숲을 줄이고 있습니다. 뭐든지 일회용입니다. 수저와 접시, 필기구, 의복, 사진기, 자동차. 게다가 여러분은 깨닫지 못하겠지만 여러분 자신도 일회용이 될 판입니다. 이런 천박한 생활양식을 버리십시오. 내일 그런 생활양식을 포기하도록 강요당하기에 앞서, 오늘 당장 포기하셔야 합니다.

형제들이여, 오셔서 우리와 함께하십시오. 우리 신자들의 군대에 합류하십시오. 우리는 모두 하느님의 병사들입니다.

여자 아나운서의 모습이 비친다.

— 이상으로 선교 방송을 마칩니다. 이 방송은 제45일 재림 신교회의 맥도널드 신부와 〈스위트밀크〉 냉동식품 회사의 제공으로 보내 드렸습니다. 이 방송은 위성을 통해 전 세계에 방영되었습니다. 곧이어 SF 연속극 「자랑스러운 외계인」을 보내 드리겠습니다. 먼저 광고가 있겠습니다.

뤼시도 니콜라도 텔레비전을 보고 있지만 생각은 딴 곳에 가 있었다. 조나탕이 아래로 내려간 지 벌써 여덟 시간이 지났건만 여전히 소식이 캄캄했다.

뤼시는 전화기로 손을 가져갔다. 조나탕이 꼼짝 말고 있으라고 했지만, 그가 죽었다든가, 무너진 돌 더미에 깔리기라도 했다면 어쩔 것인가?

뤼시는 아직 내려갈 엄두는 나지 않았다. 그녀가 수화기를 들고, 경찰 구조대의 전화번호를 눌렀다.

「여보세요, 경찰이죠?」

「전화하지 말라고 당신한테 말했을 텐데.」부엌 쪽에서 울림이 적고 힘없는 목소리가 들려왔다.

「아빠다! 아빠!」니콜라가 달려갔다.

〈여보세요, 말씀하세요, 주소를 말씀해 주세요〉라는 소리가 새어 나오고 있는 송수화기를 뤼시는 딸각 소리를 내며 내려놓았다.

「그래, 그래, 아빠다. 걱정했던 모양이구나. 그럴 필요가 없었는데. 내가 올 때까지 조용히 기다리라고 했건만.」

걱정할 필요가 없었다니? 그는 아주 뜻밖의 말을 하고 있었다.

조나탕의 팔에는 이제 핏빛 살덩어리에 불과한 우아르자자트의 시체가 들려 있었다. 개뿐만 아니라 사람도 옛날 모습이 아니었다. 그는 겁을 먹거나 지친 기색을 보이기는커녕 오히려 미소를 짓기까지 했다. 아니, 그게 아니라, 뭐랄까, 갑자기 늙어 버린 것 같기도 하고 아픈 것 같기도 했다. 눈빛은 열기로 달아 있는데, 낯빛은 파리했다. 그는 떨고 있었고 숨이 가쁜 듯했다.

니콜라는 죽음을 당한 제 개의 몸뚱이를 보자, 와락 울음을 터뜨렸다. 가련하게도 그 푸들종의 개는 면도칼 같은 것에 몇 차례 찢긴 것처럼 보였다.

그들은 신문지를 깔고 그 위에 개를 뉘었다.

니콜라는 제 동무를 잃은 슬픔을 이기지 못하고 계속 울먹였다. 우아르자자트를 보는 것도 이젠 끝이었다. 〈고양이〉라는 말만 나오면 벽 위로 뛰어오르던 모습도, 깡충거리면서 문의 손잡이를 돌리던 모습도 다시는 볼 수 없게 되었다. 덩치 큰 독일셰퍼드들이 우아르자자르트를 괴롭힐 때마다 니콜라가 구해 주곤 했었는데, 이제 그런 일도 다시는 없을 거다.

우아르자자르트는 이제 존재하지 않는다.

「내일 이 녀석을 페르 라셰즈 개 공동묘지로 데려가자. 1천5백 프랑짜리 무덤을 사주고 거기다 이 녀석 사진을 놓아두는 거야.」조나탕이 아들을 달래려고 선심을 쓴다.

「예, 좋아요! 그렇게 해요. 우아르자자르트에게는 아무리 못해도 그 정도는 해주어야 돼요.」니콜라가 흐느끼면서 말했다.

「그런 다음에는 동물 보호 협회에 가자. 가서 다른 개를 고르렴. 이번에는 몰티즈종 복슬강아지로 하면 어떨까? 그것도 꽤 이쁘던데.」

뤼시는 의아한 마음을 가눌 길이 없었다. 궁금한 게 하도 많아서 어느 것부터 물어봐야 할지 종잡을 수가 없었다. 왜 그렇게 오래 걸렸어? 개는 어쩌다가 이렇게 된 거야? 당신에게 무슨 일이 있었어? 뭘 좀 먹을래? 식구들이 얼마나 불안했는지 생각이나 해봤어?

「저 아래에 뭐가 있어?」마침내 질문 하나를 던진다는 것이 고작 그거였고 목소리는 마음과 다르게 심드렁했다.

「아무것도 없어, 아무것도.」

「거기 갔다 온 당신 모습이 어떤 줄 알아? 그리고 개는 어떻고…… 꼭 고기 써는 기계 안에 들어갔다 나온 거 같아. 우아르자자르트한테 무슨 일이 있었던 거야?」

조나탕은 더러워진 손으로 이마를 문질렀다.

「공증인 얘기가 옳았어. 저 아래는 쥐가 우글우글해. 우아르자자르는 사나운 쥐들이 갈기갈기 찢어 놓은 거야.」

「그럼 당신은?」

그는 쓴웃음을 지었다.

「나는, 이 사람아, 쥐들이 보기에 개보다 더 커다란 동물이 아닌가, 그놈들은 나를 보더니 겁을 먹더군.」

「말도 안 돼! 여덟 시간 동안 밑에서 도대체 뭘 한 거야? 이 저주받은 지하실 안에 뭐가 있어?」 그녀가 드디어 화를 냈다.

「안에 뭐가 있는지 나도 몰라. 끝까지 가본 게 아니거든.」

「끝까지 안 갔다고?」

「그래, 너무너무 깊더라고.」

「여덟 시간 걸려서도 끝까지 못 가봤단 말이야? 우리 지하실 대단하네.」

「그래. 더 가려다가 개를 발견하고는 그만두었지. 온통 피투성이더구먼. 우아르자자르는 필사적으로 저항을 한 게야. 그렇게 작은 개가 그렇게 오랫동안 버틴 것도 정말 대단한 거지.」

「그런데, 당신이 멈췄다는 데가 어디야? 중간쯤 되는 데야?」

「그걸 어떻게 알아? 하여튼 나는 더 이상 나아갈 수가 없었어. 나도 무서웠거든. 내가 어둠과 폭력에 약하다는 거 잘 알잖아. 다른 사람이라도 내가 멈춘 자리에서 포기했을 거야. 아무것도 모르는 상태에서 무턱대고 나아갈 수는 없잖아. 그리고 당신 생각, 니콜라 생각도 나더라고. 얼마나 캄캄한지 상상이 안 갈 거야. 죽음 같았어.」

말을 마치면서 그는 왼쪽 입가를 들어 올리며 바르르 떨었다. 뤼시는 남편의 그런 모습을 한 번도 본 적이 없었다. 그녀는 더 이상 그를 성가시게 할 필요는 없겠다고 생각했다. 뤼시는 그의 허리를 끌어안고 그의 차가운 입술에 입을 맞추었다.

「마음 놓아. 이제 끝난 일이야. 이 문을 꼭꼭 막아 버리고 이제 얘기도 꺼내지 말기로 해.」

조나탕은 아내를 떼어 놓으면서 뜻밖의 말을 했다.

「아니야, 끝난 게 아니야. 벽이 빨갛게 되어 있는 구역이 있었는데, 거기에서 더 나아갈 수가 없었어. 다른 사람이라도 마찬가지였을 거야. 난 폭력이라면 지레 겁을 먹었던 사람이야. 동물을 상대로 한 폭력에도 부들부들 떠는 사람이지. 하지만 여기서 그만둘 수는 없어. 거의 끝까지 갔던 것인지도 모르잖아…….」

「지하실로 다시 들어가겠다는 거야?」

「그래. 에드몽 삼촌이 지나간 길이야. 나도 가겠어.」

「에드몽 삼촌?」

「그분이 저 아래에서 무슨 일인가를 했어. 그게 뭔지 알아야겠어.」

뤼시는 숨이 턱 하고 막히는 기분이었다.

「여보, 나하고 니콜라를 사랑한다면, 더 이상 내려가지 마.」

「다른 도리가 없어.」

그러면서 조나탕은 다시 왼쪽 입 가장자리를 바르르 떨었다.

「난 언제나 반거들충이처럼 일을 했어. 내 이성이 위험이 닥쳐오고 있다고 일러 주기만 하면 언제나 하던 일을 그만두었지. 지금 내 꼬락서니가 어떤가 보라고. 위험한 일 한번 제대로 겪어 본 적도 없고 인생살이에 성공하지도 못한 한 사내의 모습을 보란 말이야. 내친걸음에 갈 데까지 가보는 기백이 있어야 하는데, 난 한 번도 그래 본 적이 없어. 자물쇠 회사에 그냥 있을 걸 그랬나 봐. 그동안 익힌 기술이 쓸모없게 됐지. 우범 지역에서 습격도 당해 보고 그랬어야 했어. 그런 일을 당하고 나면, 세례를 받고 다시 태어난 것처럼 폭력이 뭔지도 알고 폭력을 다스리는 법도 알게 되었겠지. 그렇게 하기는커녕, 험한 일 안 하려고 꽁무니 빼다가 결국 요렇게 세상 물색 모르는 아이처럼 되어 버렸어.」

「당신 이상한 소릴 하네.」

「아니야. 이상한 소릴 하는 게 아니야. 사람이 영원히 고치 속에서 살 수는 없는 거야. 이 지하실이 나에게 고치를 뚫고 나갈 수 있는 좋은 기회를 준 거야. 이 일을 해내지 못하면 나는 거울 속의 나를 똑바로 쳐다볼 수 없을 거야. 그저 겁쟁이 하나만을 보게 되겠지. 게다가, 나보고 내려가라고 등을 민건 당신이야. 생각해 봐, 당신이 뭐라고 했는지.」

조나탕은 피로 얼룩진 셔츠를 벗으며 못을 박듯 말했다.

「더 이상 얘기하지 마. 내 결심을 돌이킬 순 없어.」

「좋아. 그럼 나랑 같이 가!」 손전등을 그러쥐면서 뤼시가 당차게 나섰다.

「안 돼, 당신은 여기 있어.」

그는 우악스럽게 아내의 손목을 잡았다.

「도대체 왜 그러는 거야?」

「미안해. 하지만 당신 알아야 할 게 있어. 이 지하실은 나하고만 상관 있는 거야. 이건 내 일이고, 내가 갈 길이야. 아무도 끼어들어선 안 돼. 내 말 알아듣겠어?」

그들 뒤에서는 니콜라가 여전히 우아르자자트의 시체 위

에서 울고 있었다. 조나탕은 뤼시의 손목을 놓아주고 아들에게 다가갔다.

「자, 그만 진정해라, 니콜라.」

「엄마 아빠 도대체 뭐 하는 거예요? 우아르자자트가 죽었는데 말다툼만 하고, 정말 답답해요.」

조나탕은 분위기를 좀 바꾸어야겠다는 생각이 들었다. 그는 성냥갑을 가져오더니, 성냥개비 여섯 개를 꺼내서 식탁 위에 늘어놓았다.

「자, 이거 봐라. 내가 수수께끼 하나 낼게. 성냥개비 여섯 개를 가지고 정삼각형 네 개를 만들 수가 있거든. 잘 생각해 보면, 틀림없이 답을 찾아낼 수 있을 거야.」

아이는 호기심을 보이며 눈물을 닦고 코를 훌쩍거렸다. 그러더니 이내 달려들어 성냥개비를 이리저리 놓아 보기 시작했다.

「너한테 일러둘 게 하나 있다. 답을 찾으려면 다른 방식으로 생각해야 한단다. 사람들이 보통 생각하는 방식으로 생각해서는 결코 답을 찾아내지 못할 거야.」

니콜라는 정삼각형 세 개를 만드는 데까지는 성공했다. 그러나 네 개를 만들어 내지는 못했다. 아이는 고개를 들고, 눈동자가 파란 큰 눈을 깜박이며 말했다.

「아빠는 답을 찾았어요?」

「아니, 아직 못 찾았어. 하지만 곧 답을 알아낼 것 같기는 해.」

조나탕은 잠시나마 아들을 진정시켰다. 그러나 아내를 진정시키지는 못했다. 그를 바라보는 뤼시의 눈길에 노기가 어려 있었다. 그날 저녁에 그들 부부는 꽤 격렬하게 말다툼을 했다. 그러나 조나탕은 끝내 지하실과 그 비밀에 대해서는 입을 다물었다.

　다음 날, 조나탕은 일찍 일어나서 오전 내내 지하실 입구에 철문을 설치하느라고 시간을 보냈다. 철문에는 커다란 맹꽁이자물쇠를 달았다. 그러고는 하나밖에 없는 열쇠를 끈에 매어 자기 목에다 둘렀다.


　구원은 지진이라는 뜻하지 않은 모습으로 찾아왔다.

　가장 먼저 벽들이 옆으로 심하게 흔들리면서 모래가 천장으로부터 폭포처럼 쏟아져 내리기 시작했다. 곧바로 두 번째 진동이 일더니, 세 번째, 네 번째로 이어진다. 둔중한 소리와 함께 떨림이 점점 더 가까이, 점점 더 빠르게 이어지면서, 괴상한 행동을 하고 있는 세 마리 개미에게로 다가오고 있다. 이제 진동은 어마어마한 포효처럼 끊일 새 없이 계속되고 그 진동 때문에 모든 것이 흔들리고 있다.

　그런 요동 속에서 젊은 수개미가 퍼뜩 정신을 차리고 심장 박동을 다시 빠르게 하더니, 자신을 죽이려고 끌고 가는 두 개미에게 위턱을 날려 그들이 어쩔 줄 몰라 하는 사이에 터널 속으로 달아난다. 그는 아직 배냇날개에 불과한 날개를 흔들어서 장애물 위로 더 높이 뛰고 더 빨리 도망가려고 애를 쓴다.

　더 강한 진동이 일어날 때마다 땅바닥에 바싹 붙어서 모래 사태가 멈출 때까지 기다려야만 했다. 통로의 벽 전체가 다른 통로 한가운데로 무너진다. 다리와 육교와 지하 동굴이 붕괴하면서 수백만의 개미들이 혼비백산한 채 함께 떨어지고 있다.

긴급 상황을 알리는 경보 냄새가 분출하여 널리 퍼져 나간다. 먼저 자극성을 지닌 페로몬이 상층의 통로들을 안개처럼 덮어 버린다. 그 냄새를 맡자마자 개미들은 모두 발발 떨면서 사방팔방으로 달려가 훨씬 더 자극적인 페로몬을 뿜어 댄다. 그러면서 공포는 눈덩이처럼 커져 간다. 이것이 1단계 경보가 발동했을 때의 모습이다.

위험을 일깨우는 먹구름이 번져 나간다. 마치 상처 난 부위의 독소가 정맥을 거쳐 대동맥에 합류한 다음 온몸으로 번져 나가는 형국이다. 겨레의 몸 안에 이물질이 침투하여 독소가 생기고, 그 독소가 통증을 낳고 있는 것이다. 젊은 수개미가 그토록 일깨우고 싶었던 것이 바로 그런 독소였다. 체내에 침투한 이물질에 혈구가 저항하듯이 개미들이 더 빨리 움직이기 시작한다. 일개미들은 재해 지역에 가까이 있는 알들을 안전한 지역으로 옮기고 있고 병정개미들은 전투 부대별로 재집결하고 있다.

수개미 327호가 모래와 개미 떼로 반쯤 막힌 어떤 널찍한 네거리에 다다랐을 때 진동이 멎었다. 그러자 불안한 정적이 감돈다. 개미들은 저마다 다음에 벌어질 일이 무엇일지 가슴을 졸이면서 미동도 하지 않고 있다. 곤추세운 더듬이들이 가볍게 떨린다. 그들은 무엇인가를 예감하며 기다리고 있는 것이다.

선명하고 반복적인 소리로 괴로움을 주던 방금 전의 탁탁거리는 소리 대신에 돌연 짐승이 으르렁거리는 것 같은 소리가 무겁게 울려오기 시작한다. 도시의 지붕을 덮고 있는 잔가지 덮개에 구멍이 뚫리고 있음을 모두가 느끼고 있다. 어떤 거대한 것이 둥근 지붕 속으로 들어와 잔가지들을 뚫고 벽을 부수고 있는 것이다.

연체동물의 발처럼 부드럽게 움직이는 가늘고 불그스레한 살덩이가 네거리 한복판으로 불쑥 밀고 들어온다. 그 장밋빛 살덩이는 채찍처럼 허공을 후려치다가 맹렬한 속도로 땅바닥을 훑어 댄다. 되도록이면 많은 개미 시민들을 찾아내려는 것이다. 병정개미들이 위턱으로 그 살덩이를 물어뜯으려고 덤벼들자, 그 살덩이 끝에 포도송이 같은 커다란 개미 송이가 생겨난다. 개미 떼가 충분히 달라붙자, 혀라는 이름의 그 불그레한 살덩이가 개미 떼를 목구멍에 쏟아붓느라고 위로 사라졌다가 다시 뚫고 들어온다. 번개가 치듯 잽싸게 움직이는 혀가 점점 더 깊이 파고들면서 개미 떼를 게걸스럽게 걸터듬는다.

그러자 2단계 경보가 발동한다. 일개미들이 배 끝으로 땅바닥을 두드린다. 아직 비상사태가 발생한 줄을 모르고 있는 아래층의 병정개미들을 불러 모으려는 것이다.

아프리카의 원주민 마을에 탐탐 소리가 울려 퍼지듯이 온 도시에 북소리가 진동한다. 탁, 탁, 탁 두드리는 소리는 마치 개미 도시 전체가 하나의 유기체처럼 가쁜 숨을 쉬고 있는 것 같다. 그 소리에 대답하기라도 하듯, 침입자가 도시 안으로 더 깊이 들어오려고 둥근 지붕을 다시 쑤셔 대면서 툭, 툭, 툭 소리를 내고 있다. 개미들은 저마다 벽에 찰싹 달라붙는다. 불그스레한 뱀처럼 통로를 미친 듯이 훑어 대는 그 혀에 붙잡히지 않으려는 것이다. 혀로 핥을 수 있는 개미의 양이 너무 적었던지 침입자는 혀를 더 길게 늘이며 밀고 들어온다. 부리 전체가 모습을 드러내고 거대한 머리가 뒤따라온다.

청딱따구리다! 봄철의 무법자……. 곤충을 잡아먹는 이 탐욕스러운 새는 불개미 도시의 지붕을 뚫고 60센티미터나 들어와 개미들을 잡아먹곤 한다.

이제 3단계 경보를 발동할 때가 된 것이다. 극도로 흥분한 몇몇 일개미들은 흥분을 미처 행동으로 발산하지 못해 거의 미칠 지경이 되어 춤을 추기 시작한다. 두려움에 질린 춤이다. 춤사위는 부드럽게 이어지는 것이 아니라 아주 불규칙하고 단속적이다. 뛰어 오르고, 위턱을 서로 부딪치고, 침을 뱉어 내고……. 어떤 개미들은 완전히 미쳐서 통로를 뛰어다니며, 움직이는 것은 뭐든지 물어뜯는다. 두려움을 잘못 다스릴 때 나타나는 모습이다. 도시가 침입자를 죽이지 못하면 결국 자멸하고 말 것이다.


재난이 일어난 곳은 서쪽 지상 15층이다. 그러나 3단계 경보가 발효된 지금 온 도시가 임전 태세를 갖추고 있다. 일개미들은 알들을 피난시키기 위해 지하의 맨 아래층으로 내려가고 있다. 아래로 내려가는 일개미들과 엇갈려 위턱을 세운 병정개미들의 행렬이 서둘러 위로 올라가고 있다.

헤아릴 수 없이 많은 세대를 거치는 동안 개미 도시 벨로캉은 그런 불상사에 맞서서 스스로를 지키는 방법을 터득하게 되었다. 그 북새통 속에서도 병정개미들 계급 중 포수 개미에 속하는 개미들은 특공대를 형성하고 긴급 작전을 떠맡는다.

그들이 청딱따구리의 몸 중에서 가장 취약한 부분인 목을 둘러싼다. 그런 다음 몸을 뒤집고 근접 사격 자세를 취한다. 그들의 배가 총이 되어 청딱따구리를 겨냥하고 있는 것이다.

발사! 포수 개미들은 괄약근에 있는 힘을 다 주어 고농축 개미산을 발사한다.

청딱따구리는 누군가가 갑자기, 가는 핀으로 만든 목도리로 목을 죄어 오는 듯한 고통스러운 느낌을 받는다. 새는 버둥거리면서 목을 죄어 오는 것으로부터 벗어나려고 한다. 그러나 새는 너무 깊이 들어가 있었다. 새의 날개가 땅과 둥근 지붕의 잔가지 사이에 끼어 있다. 새는 작은 적들을 되도록 많이 죽이려고 혀를 날름거린다.

새로운 병정개미들이 밀려든다. 발사! 청딱따구리가 경련을 일으킨다. 이번엔 병정개미들이 가는 핀들이 아니라 가시들로 찔러 오는 것 같다. 청딱따구리가 부리를 마구 흔들어 댄다. 발사! 개미산이 또다시 분출한다. 청딱따구리가 부들거리면서 호흡이 버거워짐을 느낀다. 발사! 개미산이 청딱따구리의 신경을 뚫고 그를 완전히 궁지에 몰아넣는다.

사격이 멎는다. 여기저기서 커다란 턱을 가진 병정개미들이 달려 나와 개미산에 덴 상처를 물어뜯는다. 한편에서는 한 무리의 병정개미들이 바깥쪽 둥근 지붕의 남아 있는 부분으로 올라가서 청딱따구리의 꼬리 위치를 알아낸 다음, 가장 냄새가 많이 나는 부분인 항문으로 뚫고 들어가기 시작한다. 타고나길 싸움꾼으로 타고난 이 병정개미들은 금방 항문의 입구를 벌리고 새의 창자 속으로 밀고 들어간다.

앞서 개미산 공격을 벌였던 무리가 청딱따구리의 목 살갗에 구멍을 뚫어 냈다. 붉은 피가 흘러나오기 시작하자 병정개미들은 경보 페로몬의 방출을 중단한다. 이제 목 부위의 싸움에서는 승리했다고 생각하는 것이다. 목의 살갗이 활짝 벌어지자 병정개미들이 일제히 달려든다. 청딱따구리가 삼켰던 개미들 중에서 후두 안에 아직 살아 있는 개미들이 있다. 병정개미들이 그들을 구출해 낸다.

병정개미들은 거기에 만족하지 못하고 머리 안으로 들어가 뇌에 도달할 수 있는 길을 찾고 있다. 일개미 한 마리가 통로 하나를 찾아냈다. 목의 굵은 혈관이다. 아직 그것만으로는 부족하다. 심장에서 머리로 피를 보내는 목동맥을 정확히 알아내야 한다. 그 반대인 목정맥은 안 된다. 마침내 찾아냈다. 병정개미 네 마리가 그 혈관을 째고 붉은 혈액 속으로 뛰어 들어간다. 심장 박동이 밀어 올리는 피의 흐름에 실려, 병정개미들은 곧 뇌반구의 한복판까지 올라간다. 그들은 거기에서 회색질을 파 들어갈 채비를 갖춘다.

청딱따구리는 고통을 이기지 못해 이리저리 뒹굴어 보지만, 몸 안에 들어와 살을 저며 대는 이 침입자들을 당해 낼 도리는 없다. 온 부대의 개미들이 청딱따구리의 허파 속으로 들어가 개미산을 쏟아붓는다. 새가 참혹하게 기침을 해댄다.

위턱으로 무장한 다른 개미들이 식도 안으로 짓쳐 들어가 항문 쪽에서 올라오는 동료들과 소화 기관 안에서 합류하려고 한다. 항문 쪽으로 들어갔던 개미들은 잘록창자를 발 빠르게 기어오르고 있다. 도중에 그들은 위턱이 미치는 범위 안에서, 지나쳐 가는 모든 기관들을 유린하고 있다. 그들은 여느 때 땅을 파는 것처럼 살아 있는 살코기를 후벼 파고 있다. 모래주머니, 간, 염통, 지라, 이자 등 요새 하나하나를 공격해 가듯이 물어뜯는다.

이따금 혈액이나 림프액이 뿜어져 나와 개미들이 뜻하지 않게 익사를 당하는 경우도 있다. 하지만 그것은 어디를 어떻게 쏠아야 하는지 제대로 모르는 미숙한 개미들에게나 일어나는 일이다.

　다른 개미들은 붉기도 하고 검기도 한 살 속을 요령 있게 헤치며 나아간다. 그들은 새의 살덩이가 경련을 일으켜 자칫하면 자신들의 몸이 으깨어진다는 것을 알고 미리미리 피할 줄도 알고, 쓸개즙이나 소화액이 가득 들어 있는 부분은 건드리지 않는다.

　식도로 들어간 부대와 항문으로 들어간 부대가 마침내 콩팥 어름에서 서로 만났다. 새는 아직 죽지 않았다. 새의 심장은 위턱의 공격을 받아 상처 자국이 선연하건만, 구멍 난 혈관 속으로 여전히 피를 보내고 있다.

　일개미들이 사슬처럼 길게 늘어서더니, 그들의 제물이 마지막 숨을 쉴 때를 기다리지 않고 아직 팔딱거리는 고깃덩어리들을 다리에서 다리로 옮기고 있다. 이 작은 백정들을 당해 낼 장사는 없다. 그들이 뇌수 부위를 토막 내기 시작했을 때, 청딱따구리가 마지막으로 경련을 일으켰다.

　온 도시의 개미들이 달려들어 그 거대한 날짐승의 각을 뜬다. 통로는 청딱따구리의 깃털과 솜털을 전리품으로 가지려는 개미들로 북적거린다.

　집 짓는 개미들이 벌써 보수 공사에 들어갔다. 그들은 둥근 지붕을 다시 세우고 피해 입은 터널들을 복구할 것이다.

　자세한 사정을 모르는 이는, 새의 공격을 개미 떼가 막아 낸 것으로 보기보다는 개미 떼가 새를 잡아먹고 있는 것으로 생각하리라. 개미들은 새의 고기를 먹고 소화를 시킨다. 그리고 새의 살, 기름, 깃털, 가죽을 쓸모에 따라 도시 곳곳에 분배한다.

# 창세기

개미 문명은 어떻게 건설되었을까? 그것을 이해하자면, 수억 년 전 지구 위에 생명이 처음으로 출현했던 때로 거슬러 올라가야 한다.

지구 최초의 거주자들 중에 곤충들이 있었다.

그들은 이 세계에서 살기에 적합하지 않은 것처럼 보였다. 작고 연약한 그들은 모든 포식자(捕食者)들의 더할 나위 없이 좋은 먹이였던 것이다. 살아남기 위해서 어떤 곤충들은 메뚜기처럼 번식이라는 방법을 선택했다. 알을 아주 많이 낳아서 그것들 중에 꼭 살아남는 자가 생기도록 하는 방법을 선택한 것이다.

어떤 곤충들은 말벌이나 꿀벌처럼 독을 선택했다. 여러 세대를 거치는 동안 그들은 독침을 갖추게 되었고 그럼으로써 스스로를 무서운 존재로 만들어 갔다.

어떤 곤충들은 바퀴벌레처럼 포식자들이 먹기에 부적합하게 되어 가는 쪽을 선택했다. 특수한 분비샘에서 나오는 물질이 그들의 살에서 고약한 맛이 나도록 해주기 때문에 어떤 포식자도 그 고기 맛을 보려고 하지 않았다.

어떤 곤충들은 사마귀나 밤나방처럼 위장이라는 방법을 선택했다. 풀이나 나무껍질과 비슷해 보이게 함으로써 그들은 살기 험난한 자연 속에서 발각되지 않고 지내게 되었다.

그렇지만 약육강식의 원리가 지배하는 초기의 정글에서는 많은 곤충들이 살아남기 위한 〈비결〉을 찾아내지 못한 채 소멸할 운명을 맞는 것처럼 보였다.

그 〈불리한 처지에 놓인 곤충들〉 중에서 가장 먼저 예로 들 수 있는 것이 흰개미이다. 땅거죽 위에 모습을 드러낸 지 1억 5천만 년 가까이 된 곤충으로서 나무를 쏠아 먹고 사는 이 종은 불운하게도 종의 영속성을 유지할 만한 수단을 찾아내지 못했다. 포식자는 너무나 많은데, 그들에게 저항하기 위한 천연적인 수단이 마땅치 않았다.

흰개미들은 어떻게 되었을까?

많은 흰개미들이 죽어 갔고, 살아남은 자들은 궁지에 몰릴 대로 몰리다가 하나의 독창적인 해결책을 찾아내게 되었다. 그것은 〈이제부터는 혼자 싸우지 말고 똘똘 뭉쳐 집단을 만들자. 혼자 도망가려고 애쓸 게 아니라 스무 마리가 모여 함께 맞서면 우리의 천적들이 우리를 공격하기가 한결 어려워질 것이다〉라는 것이었다. 그럼으로써 흰개미가 사회 조직이라고 하는 복잡성을 띤 생존 방법의 길을 열었던 것이다. 그 방법은 가장 확실한 생존 방법의 하나였다.

이 곤충은 작은 세포들이 모인 것처럼 살아가기 시작했다. 처음엔 가족 단위의 사회를 이루었다. 알을 낳는 어머니 흰개미 주위에 모두가 모여 살았다. 그러다가 가족이 촌락이 되고 촌락이 커져 도시가 되었다. 모래와 흙 반죽으로 이루어진 그들의 도시가 곧 지구의 모든 표면에 솟아오르게 되었다.

흰개미는 영리한 곤충으로 최초의 사회를 형성한 우리 행성 최초의 주인이었다.

에드몽 웰스, 『상대적이며 절대적인 지식의 백과사전』

수개미 327호는 바위 냄새를 풍기는 두 자객이 더 이상 보이지 않음을 알았다. 이젠 정말로 그들에게서 풀려난 것이다. 그들은 아마도 무너져 내리는 모래 더미에 깔려 죽었을 것이다. 이렇게나마 죽음을 모면한 것이 다행이라면 다행이었다.

그러나 우두망찰한 생각에 젖어 있을 겨를이 없었다. 그들에게서 풀려났다고 해서 자신의 일이 끝났다고는 할 수 없었다. 그에게는 이제 통행증 구실을 하는 냄새가 전혀 없다.

가장 보잘것없는 병정개미와 마주치더라도 무사하지 못할 판이다. 동포들은 당연히 그를 외부에서 온 틈입자로 여기고 해명할 기회조차 주지 않을 것이다. 경고도 없이 개미산을 쏘아 대고 위턱으로 공격해 올 것이다. 연방의 통행증 구실을 하는 냄새를 발산하지 못하는 자는 으레 그런 식으로 처분을 받게 되어 있는 까닭이다.

어이가 없다. 어쩌다가 이 지경까지 왔단 말인가? 이 모두가 바위 냄새를 풍기던 그 빌어먹을 놈의 두 병정개미 탓이다. 그들은 왜 그런 짓을 했을까? 미친 자들임이 분명하다. 드문 일이기는 하지만 유전자 배열이 잘못되어 그런 종류의 심리적 장애를 야기하는 경우가 있기는 하다. 3단계 경보가 발동할 때 모두를 깜짝 놀라게 하는 미친 개미들에게 나타나는 현상과 비슷하다.

그렇기는 하지만 그들은 미친 것 같지는 않았고 정신이 모자라는 것처럼 보이지도 않았다. 그들은 자신들이 무엇을 하고 있는지를 아주 잘 알고 있는 것처럼 보이기까지 했다. 말하자면…… 세포들이 같은 조직에 속하는 다른 세포들을 의식적으로 파괴하는 상황으로밖에는 달리 볼 수가 없었다. 유모 개미들은 그런 것을 암이라고 불렀다. 말하자면…… 그들은 암에 걸린 세포인 셈이었다.

그렇다면 그들에게서 풍기던 바위 냄새는 질병의 냄새이리라……. 겨레에게 알려야 할 사실이 또 하나 있는 것이다. 이제부터 수개미 327호가 해결해야 할 불가사의는 두 가지이다. 난쟁이개미들의 비밀 무기가 그 첫째요, 벨로캉의 암세포가 그 둘째다. 그러나 현재로서는 누구에게도 터놓고 말할 수 있는 형편이 못 된다. 깊이깊이 생각해 보아야 한다. 어떤 감춰진 방책이 있을 수도 있다. 어떤 해결책이 떠오를 수도 있는 것이다……

그는 더듬이를 닦기 시작한다. 먼저 더듬이를 촉촉하게 적신다(통행 허가 페로몬의 독특한 냄새를 느끼지 못한 채 더듬이를 훑는다는 것이 너무나 생소한 느낌을 준다). 그다음에는 솔질을 하고 다리 관절에 난 털에 문질러 윤을 내고 물기를 말린다.

젠장, 장차 이 일을 어쩐다지?

우선 살아남아야 한다.

신분을 증명하는 냄새로 확인하지 않고도, 적외선으로 그를 알아볼 수 있는 개미는 어머니인 여왕개미뿐이다. 그러나 어머니가 계신 금단의 구역에는 병정개미들이 넘칠 만큼 많다. 그래도 하는 수 없다. 벨로키우키우니 여왕이 오래전에 말씀하신 격언도 있지 않은가? 〈위험의 한가운데에 있는 것이 때로는 가장 안전하다〉라고.


「에드몽 웰스는 이곳에 좋은 추억을 남겨 놓지 않았어요. 그래서 그 사람이 떠날 때 아무도 붙잡질 않았어요.」

그렇게 말한 사람은 스위트밀크 회사 간부 중의 한 사람으로서, 곰살가운 얼굴을 가진 노인이었다.

「그렇기는 해도 그 사람 대단했던 것 같습니다. 새로운 식품 박테리아를 개발해 낸 적도 있어요. 요구르트를 향기롭게 만들어 주는 박테리아였지요…… 사실, 화학 분야에서 그는 이따금씩 천재적인 역량을 발휘해서 사람들을 놀라게 하곤 했지요. 그러나 노상 그랬던 것은 아니고 들쭉날쭉했어요.」

「그분과의 사이가 껄끄러웠나요?」

「솔직히 말해서 그런 건 아니었어요. 그 사람이 동료들과 잘 어울리지 않았다고 말하는 편이 옳을 겁니다. 그는 외톨이였습니다. 그가 개발한 박테리아가 회사에 엄청난 이익을 가져다주었지만, 여기에서는 아무도 그를 제대로 인정해 준 적이 없는 것 같습니다.」

「무슨 말씀이신지 좀 더 자세히 설명해 주시겠습니까?」

「어떤 팀에나 우두머리가 있게 마련입니다. 그런데 에드몽은 우두머리가 있다는 걸 싫어했고, 어떤 형태의 위계적 권위도 참아 내지 못했어요. 그는 늘 관리자들을 경멸했어요. 그의 말을 따르자면, 관리자들은 〈아무것도 생산하지 않으면서 지휘하기 위해 지휘를 할 뿐〉이라는 것이지요. 그런데 우리 모두는 상관의 장화라도 핥아야 할 처지였어요. 그런 걸 마다하지 않았고, 또 제도가 그런 걸 요구했거든요. 그에 비하면 그 사람은 거만을 떨었던 셈이지요. 그게 우리의 신경을 거슬렀던 것입니다. 정작 그가 거역하는 상관들보다 동료인 우리가 그를 더 아니꼽게 보았던 것이지요.」

「그분이 회사를 떠날 때 무슨 일이 있었나요?」

「우리 간부 중의 한 사람과 어떤 일 때문에 말다툼을 했어요. 그 일에서는 단언컨대…… 그 사람이 전적으로 옳았어요. 그 간부가 그의 사무실을 뒤진다는 걸 알고 에드몽이 꾀를 내어 간부를 혼쭐나게 만들었지요. 에드몽은 모두가 덮어놓고 간부만 두남두는 걸 보자, 떠나지 않을 수 없었던 겁니다.」

「그분이 옳았다고 방금 말씀하시지 않았습니까?」

「호감은 가지만 내가 모르는 사람을 위해 용기를 발휘하기보다는, 싫어도 내가 아는 사람을 위해 비겁자로 처신하는 게 더 나을 때가 가끔은 있는 법이지요. 에드몽은 여기에 친구가 없었어요. 우리와 식사도 하지 않았고 술 한잔 같이 나눈 적이 없어요. 그는 늘 다른 세계에 살고 있는 것처럼 보였지요.」

「그런데 왜 선생님의 〈비겁함〉을 저에게 털어놓으시는 건가요? 그런 얘기를 다 저한테 들려주실 필요는 없으실 텐데요.」

「그건, 막상 그가 세상을 떠나고 나니까, 어쨌든 우리가 잘못했다는 생각이 들었기 때문이지요. 당신이 그 사람 조카라니까, 당신한테 그런 얘기를 하면 내가 좀 위안을 얻을 것 같기도 하고…….」


어둠침침한 협로의 안쪽에 나무로 만든 요새가 보인다. 금단 구역이다.

사실 그 건물은 소나무 그루터기 둘레에 둥근 지붕을 세워 놓은 것이다. 그 그루터기가 벨로캉의 심장이자 척추 구실을 하고 있다. 심장이라고 말하는 까닭은 그곳에 여왕의 거처가 있고 귀중한 식량들이 보관되어 있기 때문이고, 척추라고 말하는 까닭은 그 그루터기 덕분에 도시가 폭풍과 비를 이겨 낼 수 있기 때문이다.

가까이에서 보면, 금단 구역의 벽에 복잡한 무늬가 새겨져 있다. 원시 문명인들이 글씨를 새겨 놓은 것과 같은 모습이다. 이 통로들은 옛날에 그루터기를 가장 먼저 차지하고 살았던 흰개미들이 파놓은 것이다.

시조 벨로키우키우니가 5천 년 전 이 지역에 표착했을 때, 오자마자 충돌한 것이 그들 흰개미들이었다. 아주 지루한 전쟁이 1천 년 넘게 계속된 끝에 마침내 벨로캉 개미들이 승리를 쟁취했다. 그때 벨로캉 개미들은 〈영구적으로〉 튼튼하게 건설된 도시를 발견하고 깜짝 놀랐다. 그 도시의 통로는 나무로 만들어져 있어서 영원히 무너지지 않을 것 같았다. 그 소나무 그루터기가 그들에게 도시 공학과 건축학의 새로운 지평을 열어 주었다.

위쪽으로는 평평한 탁자 같은 것이 높이 솟아 있고, 아래쪽으로는 깊은 뿌리가 땅 여기저기로 뻗어 나가 있었다. 더 바랄 나위가 없었다. 그러나 불개미의 수가 점점 불어나면서 그 그루터기만으로는 모든 거주자들의 둥지로 삼을 수 없게 되었다. 그래서 벨로캉 개미들은 뿌리가 뻗어 나가는 방향을 따라 뿌리보다 더 깊이 땅속으로 파고 들어갔다. 그리고 그루터기의 윗부분이 더 넓어 보이게 하려고 그루터기 위에 잔가지를 쌓아 올렸다.

벨로캉의 발상지가 되는 금단 구역은 현재 거의 비어 있다. 어머니와 특별히 선발된 파수 개미들만 거기에 살고 나머지는 모두 변두리에 살고 있다.

327호가 신중하고 불규칙한 발걸음으로 그루터기로 다가가고 있다. 불규칙한 발소리는 모래가 사뿐하게 흘러내리는 소리로 여겨질 수 있지만, 규칙적인 소리는 걸어오는 자가 있다는 소리로 느끼게 해준다. 327호는 그저 어떤 병정개미와도 마주치지 않기를 간절히 바랄 뿐이다. 그가 몸을 낮추어 기기 시작한다. 금단 구역까지는 이제 2백 머리밖에 남지 않았다. 그루터기에 뚫어 놓은 여남은 개의 입구가 눈에 들어오기 시작한다. 더 정확히 말하면, 입구가 눈에 들어오는 것이 아니라, 그 입구를 막고 있는 〈문지기〉 개미들의 머리가 보이기 시작한 것이다.

그 문지기 개미들은 유전자에 어떤 이상이 있어서 그렇게 만들어졌는지는 몰라도, 머리가 커다랗고 둥글넓적하다. 그래서 그들이 구멍을 막고 있으면, 마치 그 구멍과 둘레가 정확하게 일치하는 못을 박아 놓은 것처럼 보인다.

살아 있는 문이라고 할 만한 이 개미들은 옛날에 벌써 자신들이 쓸모 있는 존재임을 입증한 바 있다. 780년 전 〈딸기나무 전쟁〉이 일어나 노랑개미들이 도시에 쳐들어왔을 때의 일이다. 벨로캉의 생존자들이 모두 금단 구역으로 대피하고, 문지기 개미들이 안으로 후퇴해 들어가 금단 구역의 모든 입구를 밀봉해 버렸다.

노랑개미들이 그 살아 있는 빗장을 푸는 데 이틀이 걸렸다. 문지기 개미들은 단지 구멍을 막고 있었을 뿐만 아니라 그들의 위턱으로 적을 물기도 했다. 마침내 노랑개미들이 키틴질로 된 문지기 개미들의 머리를 파내고 입구를 통과했다. 그러나 〈살아 있는 문〉들의 희생은 헛되지 않았다. 동맹 관계에 있는 다른 도시들이 원군을 꾸려 달려올 시간을 그들이 벌어 준 것이었다. 그리하여 몇 시간 후에 도시는 해방되었다.

수개미 327호는 단 한 마리의 문지기 개미도 마주치지 않기를 간절히 바랐다. 그래서 그는 어쩌다가 문 하나가 열리는 때를 이용할 요량을 하고 있었다. 예를 들어, 어머니가 낳은 알을 싣고 나오는 유모 개미를 내보내기 위해 문이 열리는 틈을 이용하려는 것이다. 문이 다시 닫히기 전에 재빨리 통과할 수 있는 방법이 있을 듯도 하다.

방금 머리 하나가 막 움직였다. 그러더니 통로가 열리고, 파수 개미 하나가 나온다. 이번엔 안 되겠다! 파수 개미가 곧

바로 되돌아와서 그를 죽일 것이다.

문지기 개미의 머리가 다시 움직인다. 그는 뛰어오를 채비를 하느라고 다리를 구부린다. 아니다! 잘못 생각한 것이다. 문지기 개미는 그저 자세를 바꾸었을 뿐이다. 아무리 인내심이 강한 문지기 개미라지만, 나무 테두리에 그렇게 목을 찰싹 붙이고 있노라면 경련이 일어날 수도 있을 것이다.

낭패다. 더 이상 참고 있을 수가 없다. 수개미가 장애물을 향해 돌진한다. 그가 더듬이의 감지 능력이 미치는 거리에 들어오자, 문지기 개미는 그에게 통행 허가 페로몬이 없다는 것을 알아차린다. 문지기 개미는 구멍을 더 잘 봉쇄하려고 다시 뒤로 물러서서 경보 냄새를 발산한다.

《금단 구역에 침입자가 나타났다! 금단 구역에 침입자가 나타났다!》사이렌을 울리듯 문지기 개미가 되풀이해서 냄새 분자를 뿜어 댄다.

문지기 개미는 달갑지 않은 틈입자를 겁주려고 위턱을 빙빙 돌린다. 당장이라도 달려들어서 그를 공격할 수도 있지만, 우선 가로막는 것이 문지기의 공식적인 수칙이다.

서둘러야 한다. 수개미에게는 문지기 개미에게 없는 유리한 점이 하나 있다. 문지기 개미는 어둠 속에서 눈이 멀지만 수개미는 볼 수 있다. 수개미가 달려든다. 겨냥하지 않고 마구 휘둘러 대는 위턱의 공격을 피하면서, 위턱의 밑부분을 잡으려고 파고든다. 수개미가 문지기 개미의 턱을 하나하나 잘라 버린다. 맑은 피가 흘러나온다. 턱의 남아 있는 부분이 계속 움직이고 있지만 이젠 솜방망이에 지나지 않는다.

문지기 개미를 쓰러뜨리기는 했으나 327호는 여전히 입구를 통과할 수가 없다. 상대의 시체가 입구를 꽉 틀어막고 있는 탓이다. 문지기 개미의 다리가 뻣뻣해지면서 반사적으로 구멍 둘레의 나무를 꽉 누르고 있다. 어떻게 한다? 그는 문지기 개미의 이마에 배를 대고 개미산을 쏜다. 문지기 개미의 몸뚱이가 움찔거리더니 개미산에 쏘인 키틴질이 회색 연기를 내면서 녹기 시작한다. 그러나 머리는 두껍기 때문에 쉽게 녹지 않는다. 그는 문지기 개미의 넓적한 머리를 뚫고 길을 내느라 네 번이나 개미산을 쏘아야 했다.

이제 지나갈 수가 있게 되었다. 건너편에 쪼그라든 문지기 개미의 가슴과 배가 보인다. 저 개미는 그저 문일 뿐이다. 하나의 문에 지나지 않는다.

## 경쟁자들

그로부터 5천만 년이 지나 개미들이 처음으로 지구 위에 나타났다. 그들도 나름대로의 생존 방법을 터득하지 않으면 안 되었다. 독립생활을 하던 원시적인 벌의 하나인 굼벵이벌과[7] 벌의 먼 후손으로서, 개미들은 턱도 침도 타고나지를 못했다. 개미들은 작고 보잘것없었다. 그러나 어리석지는 않아서 흰개미들을 흉내 내는 것이 도움이 된다는 것을 재빨리 알아차렸다. 그들은 단결하지 않을 수가 없었던 것이다.

개미들은 촌락을 만들고 얼치기로나마 도시를 건설하였다. 곧 흰개미들이 그 경쟁자에게 불안을 느끼게 되었다. 흰개미들은, 지구 위에서 사회생활을 하는 곤충은 자기들 하나로 족하다고 생각했다.

이제 전쟁은 피할 수 없게 되었다. 세계의 거의 곳곳에서, 섬이든 나무

---

7 개미의 선조는 배벌상과Scoliidae 계통이라는 견해(Wilson, 1971)와, 침벌과Bethyloidae 계통이라는 견해가(Malyshev, 1968) 엇갈리고 있다. 배벌상과에서 배벌과Scolioidae, 굼벵이벌과Tiphiidae, 개미벌과Mutillidae가 진화되어 나왔으며, 침벌과Bethyloidae에서는 말벌과Vespidae, 구멍벌과Sphecidae, 꿀벌과Apidae가 진화되어 나왔다고 한다.

든 산이든 가리지 않고, 흰개미 도시의 군대가 갓 만들어진 개미 도시의 군대를 상대로 싸웠다.

동물의 세계에서 그런 일은 처음이었다. 수백만의 위턱들이 나란히 늘어서서 칼싸움을 벌이는데, 그 싸움은 먹이를 위한 것이 아니라 〈정치적〉 목적을 위한 것이었다.

처음에는 훨씬 경험이 많은 흰개미들이 매번 이겼다. 그러나 개미들도 싸움에 미립이 나기 시작했다. 개미들은 흰개미들의 무기를 모방하는 한편 새로운 무기들을 발명했다. 흰개미와 개미 사이의 세계 대전이 줄잡아 5천만 년에서 3천만 년 동안 지구를 뜨겁게 달구었다. 개미들이 개미산을 발사하는 무기를 개발해서 결정적인 우위를 차지하게 된 것도 그 무렵이었다.

오늘날에도 그 적대적인 두 종 사이에 전투가 계속 벌어지고 있다. 그러나 흰개미 군대가 승리하는 경우는 드물다.

에드몽 웰스, 『상대적이며 절대적인 지식의 백과사전』

「선생님께서는 아프리카에서 그분과 알게 되셨지요. 그렇지요?」

그 질문에 교수가 대답했다. 「그렇다네. 에드몽은 커다란 마음의 상처를 가지고 있었지. 부인이 죽었기 때문이었던 것으로 기억하네. 그는 곤충 연구에 모든 신명을 바쳤다네.」

「왜 하필이면 곤충을 연구하셨을까요?」

「왜, 곤충을 연구하면 안 될 이유라도 있는가? 곤충은 예로부터 인간의 관심을 끌어 왔지. 아주 오랜 옛날 우리 선조들은 파리가 열병을 옮긴다 해서 무서워했고, 벼룩은 몸을 가렵게 하니까 싫어했고, 거미는 늘 사람을 문다고 두려워했으며, 바구미는 갈무리해 둔 식량을 먹어 버린다고 싫어했다네. 그런 생각들이 대대로 이어졌지.」

조나탕은 국립 과학 연구소 퐁텐블로 곤충학 센터 326호 실험실에서 다니엘 로젠펠트 교수와 이야기를 나누고 있었다. 교수는, 뒤로 넘긴 머리털을 뒤통수 위쪽에서 묶어 말 꼬리처럼 길게 내려뜨린 머리 모양을 하고 있었으며, 웃기도 잘 웃고 입심도 좋았다.

「곤충이 인간을 성가시게 해왔지. 곤충은 우리보다 작고 연약한데도 우리를 업신여기고 우리를 위협하기까지 한다네. 어디 그뿐인가? 곰곰이 생각해 보면 말이야, 우리의 육신이 결국은 곤충의 위 속으로 들어간다고 볼 수 있지. 무슨 얘기인고 하니, 구더기 있잖은가? 파리의 애벌레 말일세. 그놈들이 우리의 시체를 포식하는 거지…….」

「거기까지는 미처 생각을 못 해봤습니다.」

「곤충은 오랫동안 해로운 것의 대명사로 생각되어 왔지. 예를 들어 사탄의 앞잡이 중의 하나인 베엘제불[8]은 파리 머리로 표현되는데, 그렇게 된 것도 우연은 아니지.」

「개미는 그래도 파리보다 좋은 인상을 주고 있잖아요.」

「꼭 그런 것만도 아니야. 문화권에 따라 다르게 말하고 있지. 탈무드에서는 개미가 정직의 상징으로 되어 있다네. 티베트 불교에서는 개미가 물질적인 행위를 조롱하기 위한 상징으로 사용되지. 그런가 하면, 아프리카 코트디부아르의

8 악마 이름 중의 하나. 『신약 성서』「마태오의 복음서」 12장 24절 등에서는 악마의 우두머리를 가리키고 있다. 『구약 성서』「열왕기하」 1장 2절에 나오는 에크론의 신 바알즈붑(〈파리들의 신〉이라는 뜻)을 경멸하는 뜻으로 변형시킨 이름이다.

바울레 부족 사람들은 임신한 여자가 개미에게 물리면 개미 머리를 가진 아이를 낳는다고 믿고 있고, 폴리네시아의 어떤 부족들은 오히려 개미를 작은 신처럼 생각한다네.」

「에드몽 삼촌이 그 전에는 박테리아를 연구했다고 들었는데요. 왜 박테리아 연구를 그만두셨을까요?」

「그가 박테리아에 열중했던 게 사실이지만, 곤충에 대한 연구에 열중했던 것에 비하면 정말 새 발의 피지. 특히 개미에 관한 연구에 비하면 말이야. 내가 그저 〈연구〉라고 말하고 있지만, 사실 그건 연구에 국한된 게 아니라 다각적인 사회 참여이기도 했지. 거 왜 장난감으로 만든 개미집 있잖은가, 여왕개미 한 마리에 일개미 6백 마리를 플라스틱 상자 안에 넣어 가지고 대형 잡화점 같은 데서 파는 거 말이야. 그것들을 팔지 못하게 하자고 청원했던 사람이 바로 그 친구라네. 그는 개미를 〈살충제〉로 활용하는 방안을 실용화하기 위해서도 애를 썼지. 그의 구상은, 숲속에 불개미집들을 체계적으로 들여앉혀서 해충들을 말끔히 없애 버리자는 것이었다네. 터무니없는 생각은 아니었다. 과거에도 이미 해충과 싸우는 데 개미를 이용했던 사례가 있어. 이탈리아에서는 송충이를 물리치기 위하여 개미를 활용했고 폴란드에서는 전나무의 납작잎벌을 몰아내기 위해 개미를 활용한 적이 있다네. 둘 다 삼림을 황폐하게 만드는 곤충이지.」

「곤충끼리 서로 맞서 싸우게 하자는 거로군요?」

「음, 그 친구는 그것을 〈곤충들의 외교 관계에 개입하는 것〉이라고 말했지. 지난 세기에 사람들은 화학 살충제로 어리석은 짓을 너무나 많이 했어. 곤충에게 정면으로 공격을 가하는 일이 있어선 안 되지. 또 곤충을 과소평가해도 안 되고, 우리가 포유류를 정복한 것처럼 곤충을 정복하려고 해서도 안 돼. 예를 들어 화학적인 독극물로 곤충을 박멸하려는 것은 쓸데없는 짓이지. 곤충은 모든 독극물에 대해 방어 수단을 갖고 있거든. 다시 말하면 독극물에 면역이 되는 거지. 우리가 여전히 메뚜기의 침입을 막아 내지 못하고 있는 것도, 그놈들이 모든 살충제에 적응하고 있기 때문이 아니고 무엇이겠나. 메뚜기에게 살충제를 잔뜩 뿌려 대면, 99퍼센트는 죽어 버리지만 1퍼센트가 살아남는다네. 살아남은 그 1퍼센트는 스스로가 면역이 될 뿐만 아니라, 그 살충제에 대해 완벽하게 〈예방 접종받은〉 새끼들을 낳게 되는 거지. 그런 식으로 우리는 2백 년 동안 끊임없이 살충제의 독성을 증가시켜 왔지. 그 결과 살충제는 곤충보다도 사람을 더 많이 죽였고, 우리는 아무리 해로운 독극물을 먹어도 끄떡없을 만큼 저항력이 강한 종자들을 만들어 낸 거지.」

「우리에게 곤충에 맞서 싸울 이렇다 할 방도가 없단 말씀이신가요?」

「자네가 직접 확인해 보게. 모기, 메뚜기, 바구미, 체체파리가 여전히 있고 개미도 있네. 개미들도 모든 것을 견디어 내지. 1945년 핵폭발이 있었을 때, 개미와 전갈만이 살아남았다는 사실이 사람들의 주목을 받은 적이 있었다네. 개미는 그것에조차 적응을 했던 거지.」


수개미 327호는 겨레의 세포 하나가 피를 흘리게 만들었다. 자기가 속한 유기체를 상대로 가장 저열한 폭력을 행사한 것이다. 그 사실이 씁쓸한 뒷맛을 남기고 있다. 그러나 자신의 임무를 완수하자면 살아남아야 하고 살아남기 위해서는 어쩔 수 없었던 것 아닌가? 그에게는 중요한 정보를 겨레 전체에 알려야 할 사명이 있는 것이다.

그가 겨레의 구성원을 죽인 것은 다른 자들이 그를 죽이려고 했기 때문이다. 그것은 암과도 같은 일종의 연쇄 반응이었다. 겨레가 그에게 비정상적으로 나왔기 때문에 그도 어쩔 수 없이 마찬가지로 행동한 것이다. 그런 생각에 익숙해져야 한다.

그는 동료 세포 하나를 죽였다. 어쩌면 다른 세포들을 또 죽이게 될지도 모른다.

「그런데 그분은 무엇하러 아프리카엘 가신 건가요? 개미는 어디에나 있는데 말이에요.」

「물론 개미는 어디에나 있지. 그러나 개미라도 다 똑같은 개미는 아니지……. 에드몽은 부인과 사별하고 나서 생에 대한 집착이 전혀 없었던 것 같아. 시간이 좀 지나서 생각해 보니 그 친구, 개미가 자기를 〈자살시키기〉만을 기다렸던 게 아닌가 싶네.」

「네? 무슨 말씀이신지.」

「그놈들이 하마터면 그를 죽일 뻔했지. 아프리카의 마냥 개미[9]들 말일세……. 자네, 〈성난 마라분타〉[10]라는 영화 본 적 있나?」

---

9 학명은 Dorylus nigricans. 프랑스어로는 magnan, 영어로는 driver ant 또는 army ant 등으로 부르는 개미의 일종이다. 아프리카나 남미의 숲속에 사는 도릴루스속(屬) 개미들은 집을 짓지 않고 수십만 마리가 떼를 지어 몰려다니면서 지나가는 길의 동물을 모두 먹어 버린다고 한다. 군대개미나 행군개미라고 부르는 경우도 있지만, 여기에서는 병정개미와의 혼동을 피하기 위해 마냥개미로 부르기로 한다.

조나탕은 부정의 뜻으로 고개를 저었다.

「마라분타는 도릴루스개미의 일종인 마냥개미 또는 검은 도릴루스개미가 떼를 지어 모여 있는 것을 말하는데, 이것들이 평원을 나아갈 때는 지나는 길에 있는 모든 것을 폐허로 만든다네.」

로젠펠트 교수는, 눈에 보이지는 않지만 마치 앞에서 개미 떼가 몰려오기라도 하는 것처럼 거기에 맞서려는 듯 몸을 일으켰다.

「먼저 희미하게 웅웅거리는 소리가 사방으로 퍼져 나가지. 개미 떼로부터 도망치려는 작은 짐승들이 울부짖는 소리, 짹짹거리는 소리, 날개 치는 소리, 다리 부딪치는 소리 따위가 섞인 소리야. 그 단계에서는 아직 마냥개미 떼가 보이지 않지. 그러다가 병정개미 몇 마리가 둔덕 뒤에서 불쑥 나타난다네. 척후 개미들이지. 그놈들의 뒤를 이어 끝이 안 보일 정도로 다른 개미들이 줄을 지어 나타나지. 언덕이 까맣게 변한다네. 닿는 것은 뭐든지 녹여 버리는 용암이 분출한 것 같은 모습이지.」

교수는 자기 이야기에 몰두해서 연신 요란한 몸짓을 해가며 왔다 갔다 했다.

「아프리카에 흐르는 독혈(毒血)이라 할 만해. 살아 움직이는 독이지. 그 수도 엄청나다네. 마냥개미의 한 군체(群體)는 매일 평균적으로 50만 개의 알을 낳지. 양동이 몇 개를 가득 채울 만한 양이지…… 그러니까 검은 황산이 개울을 이뤄 비탈길도 오르고 나무에도 올라가는 셈이지. 아무것도 그 흐름

---

10 「성난 마라분타Quand la Marabunta gronde」. 20세기 중엽 중남미에서 나타난 군대개미의 대이동을 소재로 하여 만든 흑백 영화.

을 막을 수 없어. 새서껀 도마뱀서껀 곤충 잡아먹는 포유류서껀 운수 사납게 가까이 갔다가는 그 자리에서 형체도 없이 사라지지. 묵시록의 한 장면 아닌가! 마냥개미는 어떤 짐승도 두려워하지 않아. 지나치게 호기심이 많은 고양이 한 마리가 개미 떼에 다가갔다가 눈 깜짝할 사이에 녹아 버리는 것을 본 적이 있지. 그 개미들은 시냇물을 건너가기도 한다네. 제 동료들의 시체를 띄워서 다리를 만드는 거지……. 우리가 연구 활동을 했던 곳이 코트디부아르에 있는 람토 생태 전이(轉移) 연구소인데, 그 인근 지역에서는 주민들이 마냥개미의 침입에 대해 속수무책이었지. 그 작은 오랑캐들이 마을을 지나갈 거라는 소식이 전해지면, 사람들은 가장 값나가는 재산들만 챙겨 가지고 도망을 친다네. 그들은 식초 양동이에다 식탁과 의자 다리를 담가 놓고 자기네 신들에게 기도를 드리지. 돌아와 보면 태풍이 지나간 자리처럼 모든 게 씻겨 갔지. 식량은 단 한 톨도 남아 있지 않고 목숨 가진 건 찾아보려야 찾아볼 수가 없다네. 좁쌀만 한 벌레 하나도 찾아볼 수가 없어. 결국 마냥개미들이 그들의 오두막집을 천장부터 바닥까지 아주 깨끗하게 청소를 해준 셈이지.」

「마냥개미가 그렇게 사나운데 어떻게 그것들을 연구하셨나요?」

「정오가 될 때까지 기다렸지. 곤충들은 우리처럼 체온을 일정하게 유지할 수 있는 구조를 지니고 있지 않다네. 바깥 기온이 18도이면 곤충의 몸속도 18도이지. 날이 뜨거워지면 곤충의 피도 부글거리게 되는 거야. 곤충들은 그것을 참아낼 수가 없지. 햇살이 뜨거워지기 시작하면 마냥개미들은 야영할 둥지를 파고 그 안에서 날씨가 서늘해질 때까지 기다리는 거야. 짧은 겨울잠과도 같은 것이지. 겨울잠은 추위 때문에 꼼짝을 못 하는 것이고 그것은 더위 때문에 꼼짝을 못 하는 것이 다르긴 하지만 말일세.」

「그다음에는요?」

조나탕은 어떤 대화가 참다운 대화인지를 모르고 있었다. 대화란 그저 두 그릇의 밑쪽을 연결하여 액체가 자유로이 흘러 통하게 하는 연통관(連通管) 구실을 하는 것쯤으로 여기고 있었다. 두 개의 그릇이 있다. 하나에는 액체가 가득 담겨 있고, 하나는 비어 있다. 액체가 가득 담긴 그릇이 아는 사람이라면 비어 있는 그릇은 모르는 사람에 해당한다. 조나탕 자신은 대개 비어 있는 그릇 쪽이었다. 잘 모르는 사람은 귀를 활짝 열고, 상대방이 이야기에 신명을 낼 수 있도록 이따금 〈그다음에는요?〉나 〈그거 굉장하군요〉 같은 말로 추임새를 넣기도 하고 고개를 끄덕이기도 한다.

그가 아는 대화법이라곤 그게 전부였다. 그가 동시대인들을 관찰해 본 바로는, 사람들은 저마다 대화의 상대방을, 치료비 안 받는 정신과 의사 정도로 생각하고 그를 이용하려고만 든다. 그래서 평행선처럼 서로 만나지 않는 독백들을 늘어놓을 뿐이다. 세간의 사정이 그러하니, 그로서는 자신의 대화법을 선호할 수밖에 없었다. 보기에 따라서는 아는 것이 전혀 없는 사람처럼 보이겠지만, 그래도 그는 그런 대화법을 통해서 끊임없이 배우고 있었다. 중국 격언에 이런 말이 있지 않던가. 〈묻는 사람은 잠깐 바보가 되지만 묻지 않는 사람은 평생 바보가 된다〉라는.

「그다음엔 어떻게 했냐고? 에드몽하고 나는 그놈들에게 다가갔지. 그건 정말이지 대단한 일이었어. 우리는 그 흉악

한 여왕개미를 찾아내려고 했지. 하루에 50만 개의 알을 낳는다는 그 무지막지한 녀석을 말이야. 우리는 그놈이 어떻게 생겼는지 제대로 보고 싶었고 사진을 찍을 생각이었지. 우리는 하수도 청소부들이 신는 커다란 장화를 신었다네. 운수 사납게도 에드몽의 신발 문수가 43인데 남아 있는 장화는 40짜리 한 켤레뿐이었지.[11] 그러니 에드몽은 단화를 신고 거기에 갈 수밖에 없었지…… 마치 어제 일처럼 그 일이 기억에 생생해. 12시 30분에 개미들이 쉬고 있는 굴의 윤곽을 땅바닥에 표시하고, 빙 둘러 가면서 1미터 깊이의 도랑을 파기 시작했지. 오후 1시 30분에 개미굴의 바깥쪽 방에 도달했어. 흡사 검은 액체 같은 것이 따다닥 소리를 내면서 흐르기 시작하더군. 극도로 흥분한 병정개미 수천 마리가 큰 위턱을 부딪치며 소리를 내고 있었던 거야. 그놈들의 위턱은 면도날처럼 예리하지. 우리가 여왕개미가 있는 방 쪽으로 계속 삽질과 곡괭이질을 해나가는 동안에, 그놈들의 턱이 우리 장화에 사정없이 꽂혔지. 우리는 마침내 우리가 찾고 있던 보물을 찾아냈어. 여왕개미 말이야. 유럽의 여왕개미들보다 덩치가 열 배는 더 큰 개미였어. 우리가 갖가지 구도를 잡아 사진을 찍는 동안에, 그놈이 제 냄새 언어로 〈신이여, 여왕을 구하소서〉라는 노래를 울부짖듯 부르고 있었던 모양이야…… 그 효과가 금방 나타나더라고. 도처에서 병정개미들이 꾸역꾸역 모여들더니 우리 발을 새까맣게 뒤덮었지. 몇 놈들이 고무장화에 박혀 있는 제 동료들을 타고 넘어서 기어오르기 시작했어. 그러더니 바지 밑을 지나 셔츠 아래로 올

---

11 프랑스의 신발 문수로 43은 273밀리미터, 40은 256밀리미터 정도가 된다.

라왔지. 우리는 모두 소인국에 간 걸리버가 된 꼴인데, 우리의 소인국 난쟁이들은, 우리를 먹을 수 있는 고기 조각으로 알고 갈기갈기 찢을 생각만 하고 있었던 거라네. 특히 조심해야 했던 게 무엇이냐면, 그놈들이 우리 몸에 나 있는 구멍, 그러니까 코, 입, 귀, 항문 등으로 들어오지 못하게 하는 거였지. 만일 그놈들이 그런 데로 들어왔다가는, 몸속에서 우리를 후벼 팔 게 아니겠나!」

조나탕은 잠자코 듣고만 있었다. 교수의 이야기에 푹 빠져든 모양이었다. 교수는 젊었을 때의 팔팔한 모습으로 그 장면을 흉내 내면서 옛날의 상황을 재현해 보려는 듯했다.

「우리는 몸을 세차게 툭툭 쳐서 개미들을 쫓아냈지. 개미가 우리에게 달려드는 것은 우리의 호흡과 땀이 그놈들을 유인하기 때문이었어. 우리는 모두 그 전에 요가 수행을 통해서 호흡을 천천히 하고 공포를 다스리는 법을 배워 두었지. 우리는 우리를 죽이려 하는 개미 떼가 있다는 걸 생각하지 않고 잊으려고 노력했어. 그러고는 계속 사진을 찍었어. 필름 두 통을 찍었는데 일부는 플래시를 사용해서 찍었지. 일을 끝내고 우리는 우리가 파놓은 도랑 밖으로 튀어나갔지. 에드몽만 빼고 말이야. 개미들이 에드몽의 머리까지 새까맣게 덮고 있었어. 하마터면 죽을 뻔했지! 우리는 재빨리 그의 팔을 잡고 끌어내서, 옷을 벗긴 다음, 커다란 칼로 그의 몸에 박혀 있는 개미들의 털이며 머리를 긁어냈지. 사실 우리는 모두 기겁을 했지. 그러니 장화를 안 신었던 에드몽은 오죽했겠나. 그 친구가 특히 넋이 나갈 정도로 두려움에 질린 기색을 보이더군.」

「운이 나빴군요.」

「아니지. 그런 상황에서 용케 살아났으니 운이 좋았던 거지. 그 사건을 겪고 나서도 에드몽은 개미에 대한 관심을 잃지 않았다네. 그러기는커녕 훨씬 더 열심히 개미를 연구했지.」

「그다음에는요?」

「파리로 돌아왔지. 그다음부터 소식이 끊겼어. 그 친구 말이야, 나한테도 전화 한번 안 했어. 옛 친구인 이 로젠펠트에게도 말이야. 결국 신문을 보고 그가 죽었다는 사실을 알았지. 신이여, 그의 영혼에 안식을 주소서.」

교수는 창문 쪽으로 걸어가서 커튼을 젖히고, 에나멜 칠을 한 금속판에 박혀 있는 낡은 온도계를 들여다보았다.

「이런, 4월 중순에 30도라니, 믿을 수가 없어. 해마다 점점 더 더워지고 있어. 이런 식으로 가다가는, 10년 후면 프랑스가 열대 지방이 되고 말 거야.」

「그렇게까지 될까요?」

「조금씩조금씩 더워지니까 사람들이 그 사실을 깨닫지 못하는 걸세. 그러나 우리 곤충학자들은 그것을 아주 민감하게 느끼고 있다네. 적도 지방에 서식하는 열대성 곤충이 파리 분지에서 발견되고 있지. 나비들이 점점 더 알록달록해지는 걸 자네는 느껴 본 적이 없나?」

「사실은 저도 어제 그런 나비를 한 마리 보았어요. 자동차 위에 번쩍거리는 검은색에 빨간색이 섞인 나비가 앉아 있더군요.」

「아마 다섯점박이알록나방일 게야. 그전에는 마다가스카르에서나 볼 수 있었던 독나방이지. 계속 그런 식으로 나가다간…… 파리에 마냥개미가 나타난다고 생각해 보게. 상상이 가나? 난리가 나겠지. 볼만할 거야…….」

　수개미는 더듬이를 깨끗이 닦고, 문지기 개미의 미지근한 살덩어리 몇 점을 먹었다. 그는 문지기 개미가 죽었다고 생각하기보다는 문이 부서지듯 〈부서진〉 것으로 생각하려고 애썼다. 통행 허가 냄새를 잃어버린 수개미가 나무 통로를 빠르게 걸어가고 있다. 어머니의 방은 저쪽이다. 어머니 냄새가 난다. 때마침 기온이 25도인 시간이다. 그 온도에서는 금단 구역에 별로 개미가 없다. 슬그머니 들어가는 것이 어렵지 않을 것 같다.

　그때 갑자기 반대쪽에서 다가오는 두 마리 병정개미의 냄새가 느껴졌다. 하나는 덩치가 크고 하나는 작다. 작은 병정개미는 다리 수가 모자란다…….

　수개미와 병정개미 두 마리가 멀리서 서로 상대방의 냄새를 맡았다.

　이럴 수가, 그놈이다!

　이럴 수가, 그놈들이다!

　327호는 병정개미들을 따돌리려는 일념으로 힘껏 도망을 친다. 그는 3차원으로 된 그 미로를 돌고 또 돌았다. 금단 구역을 빠져나왔다. 이번에는 문지기 개미들이 그의 길을 막지 않았다. 밖에서 안으로 들어오는 개미만 검문하도록 되어 있기 때문이다. 수개미는 이제 벨로캉의 경작지에 와 있다. 그는 자꾸 모퉁이를 돌고 또 돈다.

　그러나 그의 뒤를 쫓는 병정개미들도 그에 못지않게 빠르다. 그들이 멀어지지 않고 계속 따라오고 있다. 그때, 수개미가 잔가지를 들고 오던 일개미 한 마리를 떼밀어서 일개미가 땅바닥에 나동그라졌다. 수개미가 일부러 그런 건 아니었지만, 그 때문에 바위 냄새를 풍기는 암살자들의 달음박질에 제동이 걸렸다.

이 틈을 이용해야 한다. 수개미는 재빨리 통로의 울퉁불퉁한 곳으로 몸을 숨겼다. 절름발이 개미가 다가오고 있다. 수개미는 은신처 안쪽으로 조금 더 들어갔다.


「그 애는 어디 갔니?」

「다시 내려갔어요.」

「다시 내려가다니, 그게 무슨 말이냐?」

뤼시는 오귀스타 할머니의 팔을 붙잡고 할머니를 지하실 문 쪽으로 데려갔다.

「조나탕은 어젯밤부터 저 안에 있어요.」

「그럼 아직도 안 올라왔단 말이냐?」

「예, 저 아래에서 무슨 일이 벌어지고 있는지는 모르겠지만, 그 사람이 경찰을 부르지 말라고 신신당부를 했어요……. 벌써 여러 번 내려갔다가 되돌아오곤 했어요.」

오귀스타 할머니는 질겁을 했다.

「상식에 어긋나는 얘기이긴 하다만, 제 삼촌이 내려가지 말라고 그렇게 당부를 했는데…….」

「이번에는 연장 꾸러미하고 강철판하고 커다란 콘크리트 판들을 가지고 갔어요. 아래에서 뭘 손질하려고 하는 건지…….」

뤼시는 손으로 얼굴을 감싸고 서 있었다. 신경 쇠약이 다시 도질 것 같은 느낌이 들었다.

「우리가 그 앨 찾으러 내려갈 수는 없니?」

「예. 그 사람이, 안에서 잠그는 자물쇠를 설치했거든요.」

할머니는 낭패스럽다는 표정을 지으며 의자에 앉았다.

「이런, 이런, 내 불찰이다. 에드몽 얘기를 다시 들추어내면 이런 말썽이 생기리라는 걸 진작 예상했어야 했는데…….」

## 전문가

현대의 개미 대도시에서는, 수천 년간 되풀이된 분업의 결과로 유전자의 돌연변이가 일어났다.

그리하여 어떤 개미는 절단기 구실을 하는 커다란 위턱을 지니고 태어나 병정개미가 되고, 어떤 개미는 곡물을 빻기에 적합한 위턱을 지니고 태어나 곡물 가루를 생산한다. 또 어떤 개미는 고도로 발달된 침샘을 가지고 있어서 어린 애벌레를 적셔 주고 소독을 해준다.

마치 우리 인간 사회에서 그런 유전자 돌연변이가 일어나, 병사들은 칼처럼 생긴 손가락을 가지고 태어나고, 농부들은 과일을 따러 나무에 올라가기 편하도록 집게 모양의 발을 가지고 태어나고, 유모들은 열 쌍쯤 되는 유방을 가지고 태어나게 된다는 식이다.

그런데, 〈전문화를 가져오는〉 모든 돌연변이에서, 가장 주목할 만한 것은 사랑의 전문가를 만들어 낸 돌연변이다.

실제로 일개미들은 생식 능력을 갖지 못한 채 태어난다. 할 일이 많은 일개미들이 성적인 충동 때문에 한눈을 파는 일이 없도록 하기 위함이다. 생식 능력은 모두 생식만을 도맡아 하는 전문가들에게 집중되어 있다. 수개미와 암개미, 다시 말하면, 개미 문명의 왕자와 공주만이 생식 능력을 가지고 있는 것이다.

생식 능력을 가진 개미들은 오로지 사랑을 위해서 태어나고 그것을 위한 특별한 신체 구조를 지니고 있다. 그들은, 교미하기에 편리하게끔 여러 가지 오묘한 기관들을 지니고 태어난다. 날개가 그렇고, 추상적인 감정을 주고받는 더듬이가 그러하며, 적외선을 감지하는 홑눈이 그렇다.

에드몽 웰스, 『상대적이며 절대적인 지식의 백과사전』

수개미 327호가 숨은 곳은 막다른 길이 아니었다. 그곳은 작은 동굴로 통해 있다. 327호는 작은 동굴 안에서 옴짝달싹도 하지 않고 숨어 있었다. 바위 냄새를 풍기는 병정개미들이 그를 찾아내지 못한 채 지나쳤다. 그런데 동굴은 비어 있지 않았다. 저 안쪽에 따뜻하고 향내 나는 누군가가 있다. 그쪽에서 냄새가 날아온다.

《누구세요?》

그 냄새 언어는 깔끔하고 정확하면서도 딱 부러진 데가 있다. 적외선 홑눈 덕분에, 그는 자신에게 질문을 던지고 있는 커다란 개미를 볼 수가 있었다. 언뜻 보기에 몸무게가 모래알 90개의 무게만큼은 될 듯하다. 그렇지만 병정개미는 아니다. 이제껏 냄새를 맡은 적도 본 적도 없는 개미였다.

그렇다면 암개미다.

아, 암개미로구나! 그는 찬찬히 그 개미를 살펴본다. 완벽한 곡선미를 지닌 야릿야릿한 다리에, 성호르몬의 달착지근한 끈기를 머금은 잔털이 나 있다. 도톰한 더듬이가 강렬한 냄새를 발하며 반짝인다. 붉은색을 띤 겹눈은 두 알의 월귤나무 열매 같다. 암개미의 두두룩한 배는 매끈매끈하고 끝이 날렵하게 빠졌다. 커다란 가슴 딱지 위에는 가운뎃가슴 등판이 얹혀 있는데, 그 표면이 오톨도톨한 것이 여간 멋져 보이는 게 아니다. 게다가 긴 날개는 수개미의 날개보다 두 배는 더 커 보인다.

암개미가 예쁘장하게 생긴 자그마한 위턱을 벌린다. 그러고는 그의 목을 자르려는 듯 목으로 달려든다.

목이 졸려 숨이 막혀 온다. 수개미에게 통행증 구실을 하는 냄새가 없는 탓에, 암개미는 조르고 있는 목을 느슨하게 풀어 주지 않을 것이다. 외부에서 침입해 온 자는 죽여 버려야 하는 것이다.

그렇지만 수개미 327호는 자신의 몸집이 작은 점을 이용하여 몸을 빼내는 데 성공했다. 그는 암개미의 어깨 위로 기어 올라가 머리를 잡았다. 엎치락뒤치락하는 힘겨루기가 벌어진다. 막상막하의 접전이다. 암개미도 만만치 않은 상대다.

암개미의 힘이 약해지자, 수개미는 더듬이를 앞으로 내민다. 수개미는 암개미를 죽이려는 것이 아니라 암개미가 자기 얘기를 들어 주기를 바랄 뿐이다. 일이 간단하지가 않다. 수개미는 암개미와 더듬이를 맞대고 완전 소통을 하려는 것이다. 그렇다. 방법은 완전 소통밖에 없다.

수개미가 암개미의 산란 번호를 알아낸다. 암개미 56호다. 암개미는 더듬이 맞대는 것을 피하려고 제 더듬이를 벌린다. 그러고는 수개미에게서 벗어나려고 발버둥을 친다. 그러나 수개미는 가운뎃가슴 등판 위에 요지부동으로 올라탄 채, 제 위턱에 더 힘을 주어 암개미의 머리를 누르고 있다. 그렇게 계속 가다가는 암개미의 머리가 잡초 뽑히듯이 뽑혀 나갈 것만 같다.

암개미가 꼼짝을 하지 않는다. 수개미도 마찬가지다.

180도의 시야를 가진 홑눈으로, 암개미는 제 가슴 등판 위에 올라탄 공격자를 똑똑히 볼 수가 있었다. 아주 작은 개미다.

수개미로구나!

암개미는 유모 개미들의 가르침을 떠올린다.

〈수개미는 불완전한 존재란다. 도시의 다른 모든 세포들과는 달리, 그들은 우리 종이 가진 염색체의 반밖에 가지고 있지 않지. 그들은 수정되지 않은 알에서 부화된 거야. 그러니까 그들은 자유롭게 살아 움직이는 생식 세포, 말하자면 커다란 정자인 셈이지.〉

그렇다면 지금 정충 한 마리가 암개미의 등에 올라타서 목을 조르고 있다는 얘기가 된다. 그런 생각을 하자 재미있다는 느낌마저 든다. 어째서 어떤 알은 수정이 되고 어떤 알은 수정이 되지 않는 걸까? 아마 온도 탓일 게다. 20도 이하에서는 여왕의 저정낭(貯精囊)이 활동을 하지 않는다. 그래서 여왕은 수정이 안 된 알을 낳게 된다. 그러니까 수개미들은 추위의 산물인 셈이다. 죽음이 추위의 산물이듯이.

암개미 56호가 살과 키틴질로 된 실제의 수개미를 본 것은 이번이 처음이다. 그런데 여기, 처녀들의 규방에 뭘 찾을 게 있다고 왔을까? 이곳은 암컷의 성세포들을 위해 마련된 금기의 구역이다. 그 순결한 성역에 어떤 세포든 외부의 것이 침투할 수 있다면 이곳이 온갖 오염에 노출되어 있다는 얘기가 아닌가?

327호 수개미는 다시 더듬이를 통한 의사소통을 시도한다. 그러나 암개미는 막무가내다. 수개미가 더듬이를 벌리자 암개미는 곧바로 머리로 되받아 친다. 수개미가 더듬이의 두 번째 마디를 살짝 스치자, 암개미가 더듬이를 뒤로 뺀다. 암개미는 더듬이를 맞대고 싶지 않은 것이다.

수개미는 턱에 더 힘을 주어 누른 끝에, 기어이 제 더듬이의 일곱 번째 마디를 암개미 더듬이의 일곱 번째 마디에 접촉시킨다. 56호 암개미는 그런 식으로 의사소통을 해본 적이 없다. 어떤 경우든 직접 더듬이를 맞대지 말라고 배웠고, 공중으로 발산물을 쏘아 보내고 받는 방법만 알고 있었다. 그러나 그렇게 공중에 냄새를 뿌리는 소통 방식으로 의사가 잘못 전달될 수도 있다는 것은 알고 있었다. 예전에 어머니가 그 문제에 대해 페로몬을 발하여 말씀하신 적이 있었던 것이다.

〈두 개의 뇌 사이에는 늘 갖가지 오해와 거짓이 생기게 마련이니라. 그 오해와 거짓은 쓸데없는 냄새가 끼어든다든지, 공기의 흐름 때문에 방해를 받는다든지, 냄새를 발산하고 수신하는 방법이 좋지 않다든지 해서 생기는 것이니라.〉

그런 불상사를 막는 유일한 방법이 바로 완전 소통, 즉 더듬이와 더듬이를 직접 맞대는 방식이다. 아무런 장애 없이 한쪽 뇌의 신경 전달 물질과 다른 쪽 뇌의 신경 전달 물질이 교류하는 것이다.

암개미에게는 그것이 제 영혼의 순결을 잃는 행위로 여겨졌다. 그 정도는 아니더라도 뭔가 꺼림칙하고 달갑지 않은 일임에는 틀림없었다.

그러나 다른 선택의 여지가 없었다. 수개미가 계속 목을 조르고 있는 품이 곧 자기를 죽일 기세다. 암개미는 항복의 표시로 더듬이를 어깨 위로 내렸다.

비로소 완전 소통이 시작되었다. 두 쌍의 더듬이가 스스럼없이 서로에게 다가간다. 미세한 방전이 일어난다. 극도의 흥분 상태이다. 천천히, 그러다가 점점 더 빠르게 두 곤충은, 톱니 모양을 한 열두 개의 마디를 서로 비빈다. 생각과 생각이 얽히고설키면서 거품이 조금씩조금씩 일기 시작한다. 그 미끈미끈한 물질은 더듬이 사이의 접촉을 부드럽게 해서 마찰의 율동을 더 빠르게 해준다. 곤충의 두 머리가 한동안 마구 떨리더니, 두 더듬이가 춤추던 걸 멈추고 뻗을 수 있는 데까지 길게 뻗은 채로 서로 붙어 버렸다. 이제 그들은, 머리와 몸은 둘이로되, 오로지 한 쌍의 더듬이를 가진 하나의 존재일 뿐이다.

조물주의 오묘한 섭리로 기적이 일어난 것이다. 한쪽 몸의 페로몬이 수천 개의 작은 구멍과 모세관을 통해 다른 쪽으로 전해지고 있다. 두 생각이 혼인을 하는 것이다. 이제는 관념을 부호로 만들고 해독할 필요가 없다. 관념들은 이미지, 음악, 감정, 향기와 같이 원래 그대로의 단순한 상태로 전달되는 것이다.

327호 수개미는 완벽하고 직접적인 그 언어를 통해서 자기가 겪은 일들을 모두 암개미 56호에게 이야기했다. 즉, 원정대의 참사, 난쟁이개미들의 냄새, 어머니와의 만남, 자신을 제거하려는 기도, 통행 냄새의 상실, 문지기 개미와의 싸움, 바위 냄새를 풍기며 끊임없이 자신의 뒤를 쫓고 있는 자객들 등에 대한 이야기를 들려주었다.

완전 소통이 끝나자, 암개미는 수개미에 대해 좋은 기분을 갖게 되었다는 표시로 더듬이를 뒤로 후퇴시켰다. 수개미가 등에서 내려와 이제 자신을 암개미의 처분에 맡기겠노라는 태도를 취한다. 암개미는 마음만 먹으면 쉽게 그를 죽일수도 있다. 암개미가 턱을 활짝 벌리고 다가온다. 그러더니…… 제 통행 페로몬의 일부를 그에게 나누어 준다. 그러자 수개미가 안도의 한숨을 내쉰다. 암개미가 그에게 영양 교환을 제안하자, 그가 받아들인다. 암개미는 그들이 대화를 나눌 때 생겨난 수증기를 흩뜨리려고 날개를 붕붕거린다.

마침내 수개미가 누군가를 설득하는 데 성공한 것이다. 자신이 알고 있던 정보를 다른 세포에게 전달했고, 그를 이해시켰으며, 그가 그것을 받아들였던 것이다.

그는 머지않아 자신이 하려는 일을 함께할 집단을 형성하게 될 것이다.

## 시간

시간의 흐름에 대한 지각은 사람의 경우와 개미의 경우가 아주 다르다. 사람에게는 시간이 절대적이다. 어떠한 경우에도 시간의 길이와 주기가 일정하다.

그와 반대로 개미에게는 시간이 상대적이다. 날씨가 더울 때는 시간의 길이가 아주 짧다. 날씨가 추울 때는, 시간이 축축 늘어지고 무한히 길어져, 마침내는 동면을 하면서 그것을 의식하지 못할 정도까지 된다.

시간에 대한 지각이 이렇게 탄력적인 까닭에, 개미는 사물의 속도를 지각하는 데서도 우리와 사뭇 다르다. 사물의 운동을 규정할 때, 곤충들은 단지 공간과 소요 시간만을 고려하는 게 아니라, 제3의 요소인 온도를 덧붙인다.

에드몽 웰스, 『상대적이며 절대적인 지식의 백과사전』

이제 그들 둘은 어떻게 하면 〈비밀 살상 무기 사건〉의 심각성을 최대한 많은 동료들에게 일깨울 수 있을까 하고 고심하고 있다. 너무 늦었다고만은 볼 수 없다. 그러나 두 가지 요소를 염두에 두지 않으면 안 된다. 하나는, 신생의 축제를 앞

둔 시점이라 모두들 그 일에 온 힘을 기울일 것이므로, 그들의 주장을 받아들일 일개미들을 충분히 확보하기가 어려우리라는 점이다. 따라서 제3의 공모자가 필요하다. 또 하나는 바위 냄새를 풍기는 병정개미들이 다시 나타날 경우에 대비해야 한다는 것이다. 그러자면 은신처가 필요하다.

56호가 자기 방을 은신처로 삼자고 제안한다. 자기가 비밀 통로를 파놓은 게 있어서 곤경에 처하게 될 때는 그곳을 이용하여 도망을 치면 된다는 거였다. 수개미 327호는 그 얘기에 별로 놀라지 않는다. 비밀 통로가 크게 유행하고 있다는 걸 알았기 때문이다. 그것은 어제오늘의 일이 아니라 1백 년 전에 시작된 일이다. 끈끈이침개미들과 전쟁을 벌이던 때의 일이었다. 한 동맹 도시에 아예테두니라는 여왕이 있었는데, 그 여왕은 안보 문제에 거의 망상에 가까운 집착을 보였다. 여왕은 〈난공불락〉의 궁궐을 짓게 했다. 벽에는 커다란 자갈을 쌓고 흰개미들이 그러듯이 돌가루 반죽으로 자갈들을 접합시켰다.

그런데 한 가지 문제가 있었다. 출입구가 하나밖에 없다는 점이었다. 그래서 끈끈이침개미들이 궁궐을 포위했을 때, 여왕은 꼼짝없이 궁에 갇힌 신세가 되었다. 끈끈이침개미들은 여왕을 손쉽게 붙들어, 금방 말라 버리는 그들의 더러운 침으로 여왕을 질식시켜 버렸다. 그 뒤에 아예테두니 여왕의 원수를 갚고 도시를 해방시켰지만, 그 끔찍하고 어리석은 결말이 오래도록 벨로캉 개미들의 뇌리에서 떠나지 않았다.

개미들은 그 엄청난 사건을 기화로 해서, 자기들의 거주 공간을 변경했다. 각자 위턱을 사용해서 비밀 통로를 파기 시작한 것이다. 개미 한 마리가 구멍을 팔 때는 괜찮았지만,

1천 마리가 구멍을 파게 되니 전 도시가 아수라장이 되었다. 〈사적인〉 통로들이 밑을 파고들어 오는 바람에 〈공적인〉 통로가 무너지고는 했다. 남의 비밀 통로를 이용하는 일이 생기는가 하면 〈남들〉의 비밀 통로 때문에 자기의 통로가 미로나 다름없이 되어 버리는 일도 있었다. 급기야는 모든 구역이 허물어지기 쉬운 취약 지대로 변해 버렸고, 벨로캉의 미래마저도 위태롭게 되었다.

어머니가 사태 수습에 나섰다. 사적인 용도로 구멍을 파는 일이 금지되었고 이제는 아무도 그러지 않는 것처럼 보였다. 그러나 무슨 수로 모든 방들을 다 통제할 수 있겠는가?

56호 암개미가 자갈 하나를 떠밀자 컴컴한 구멍이 드러난다. 여기다. 327호는 은신처를 살핀다. 완벽하다는 생각이 든다. 제3의 공모자를 찾는 일이 남았다. 그들은 은신처를 나와서 찬찬하게 다시 구멍을 막는다. 56호가 페로몬을 발한다.

《제일 먼저 만나는 자를 설득하는 게 좋을 것이다. 내게 맡겨라.》

그들은 곧 어떤 개미와 마주쳤다. 커다란 비생식 병정개미 하나가 나비 고기 한 덩어리를 끌고 오고 있다. 암개미가 멀리서 호소력이 강한 냄새를 발하여 겨레에 대한 커다란 위협이 있음을 이야기하자 그 병정개미가 발길을 멈춘다. 감정의 언어를 구사하는 암개미의 노련한 솜씨에 수개미가 넋을 잃는다. 병정개미는 즉시 끌고 가던 사냥물을 버리고 이야기를 나누러 다가온다.

《겨레에 대한 커다란 위협이 있다고! 어디서, 누가, 어떻게, 왜?》

암개미는 봄철 첫 원정대에게 닥친 재앙을 간결하게 설명한다. 설명하면서 암개미는 달콤한 향기를 뿜어 댄다. 암개미는 벌써 여왕으로서의 기품과 카리스마를 지니고 있었다. 병정개미는 이내 설복되고 만다.

《우리는 언제 떠나는가? 난쟁이개미들을 공격하자면 병정개미가 얼마나 필요한가?》

병정개미가 자기를 소개한다. 여름에 산란된 103683호 비생식 개미이다. 번쩍거리는 커다란 머리에 긴 위턱, 거의 보이지 않는 눈, 짧은 다리. 믿을 수 있는 동지이다. 천성이 열정적인 듯도 하다. 56호 암개미가 도리어 그 병정개미의 열성을 눅여야 할 판이다.

병정개미는 겨레의 한복판에 첩자들이 있을 것이라면서, 난쟁이개미들에게 매수된 용병들이 많이 있을 거라고 주장했다. 벨로캉 개미들이 그 비밀 무기의 수수께끼를 풀지 못하게 그자들이 방해를 하고 있다는 거였다.

《그자들은 특유의 바위 냄새를 풍기고 있기 때문에 식별할 수가 있을 게야.》

《나를 믿게나.》

그들은 각자가 활동할 구역을 나누었다. 327호는 햇빛방에 있는 유모 개미들을 설득하러 가기로 했다. 유모 개미들은 대개가 순진하기 때문에, 이야기가 될 듯싶었다.

103683호는 병정개미들을 데리러 갔다. 103683호가 부대 하나를 꾸려 낸다면 그것만으로도 벌써 엄청난 힘이 될 것이다.

《나도 척후 개미들에게 질문을 해서, 난쟁이개미들의 비밀 무기에 대한 다른 증언들을 수집해 보겠어.》

56호는 버섯 재배실과 축사로 가서 전략적으로 도움이 될 만한 것을 찾아보기로 했다.

《기온이 23도가 되는 시간에 여기로 돌아와서 각자의 활동 결과를 종합해 보기로 하자.》

텔레비전에선 이제,「세계의 문화」라는 시리즈의 일환으로 일본 사람들의 관습에 관한 르포를 방영하고 있었다.

— 섬나라 민족인 일본인은 수 세기 전부터 자급자족하며 살아가는 데 익숙해져 있습니다. 그들이 보기에 세계는 둘로 나뉘어 있습니다. 즉, 일본 사람과 그 밖의 사람들입니다. 그들이 보기에 일본 사람을 제외한 나머지 사람들은 이해할 수 없는 관습을 지닌 이방인들로서, 그들 말대로 가이진(外人)입니다. 일본인은 예로부터 아주 까다로운 민족의식을 지니고 있었습니다. 예를 들어 어떤 일본 사람이 유럽에 와서 정착을 하면 그는 자동적으로 그가 속해 있던 집단에서 제외됩니다. 1년쯤 지나서 그가 돌아가면, 그의 부모도 더 이상 그를 자기들의 한 구성원으로 인정해 주지 않는 것입니다. 가이진 나라에서 살면 〈남들〉의 정신에 물들어 가이진이 되어 버린다고 그들은 생각합니다. 그의 죽마고우들마저도 낯선 관광객을 대하듯이 그를 대하게 됩니다.

화면이 바뀌면서 절이며 신사(神社) 따위가 차례차례 나타나고 있었다. 내레이터의 해설이 이어졌다.

— 삶과 죽음에 대한 그들의 생각은 우리의 것과 다릅니다. 일본에서는 한 개인의 죽음 자체를 그다지 중요하게 여기지 않습니다. 그들이 걱정하는 것은, 생산력을 가진 하나의 세포가 사라지는 것입니다. 죽음을 다스리기 위해서 일본

인들은 무술 연마를 즐깁니다. 초등학교 때부터 어린이들에게 검도를 가르치고…….

화면 중앙에 옛날의 사무라이처럼 옷을 입은 검도 선수 두 사람이 나타났다. 가슴을 마디가 진 검은 판으로 덮었고, 머리에는 계란 모양의 투구를 썼다. 투구에는 양쪽 귀 높이에 기다란 깃털 장식이 꽂혀 있었다. 그들은 살기등등하게 고함을 지르며 서로에게 달려들어 긴 칼을 휘두르기 시작했다.

화면이 바뀌었다. 한 남자가 두 손에 쥔 칼을 배에 댄 채 무릎을 꿇고 앉아 있었다.

— 자살 의식인 셋푸쿠(切腹)는 일본 문화의 또 다른 특징을 보여 줍니다. 우리로서는 아주 이해하기 어려운 그…….

「허구한 날 텔레비전이로구나! 텔레비전은 사람을 멍청하게 만드는 거야. 우리 머릿속에 갖가지 획일적인 심상을 심어 넣지. 온갖 방법으로 별별 얘기를 다 한단 말이지. 이제 신물이 날 때도 됐는데, 아직 안 그러냐?」 몇 시간 전에 돌아와 있던 조나탕이 소리를 쳤다.

「내버려 둬. 그거라도 보면서 위안을 찾아야지. 개가 죽은 뒤로는 니콜라가 영 생기가 없어…….」 딱딱한 음성으로 뤼시가 말했다.

조나탕은 아들의 턱을 어루만지며 말했다.

「괜찮니, 니콜라?」

「조용히 하세요, 텔레비전 소리를 듣고 있단 말이에요.」

「여보, 이 녀석 우리에게 말하는 투가 왜 이래!」

「우리에게가 아니라 당신에게 말하는 투가 그런 거야. 당신을 자주 못 보니까 쌀쌀맞게 대하는 거 아니겠어?」

「어이, 니콜라, 성냥개비 여섯 개로 정삼각형 네 개 만드는 문제 풀었니?」

「아니요, 신경질 나서 못 하겠어요. 텔레비전 소리 좀 듣게 가만히 계세요.」

「그래, 신경질이 나더란 말이지…….」

조나탕은 깊은 생각에 잠겨 탁자 위에 성냥개비를 늘어놓고 이리저리 손을 놀리기 시작했다.

「끝까지 해보면 좋을 텐데. 이 문제는 좋은 교훈을 주거든.」

니콜라는 듣고 있지 않았다. 그 아이의 뇌는 텔레비전과 직통으로 연결되어 있었다. 조나탕이 자기 방으로 가려는데, 뤼시가 물었다.

「뭘 하려고 그래?」

「준비해야지, 거기로 돌아가야잖아.」

「뭐라고? 안 돼!」

「달리 도리가 없어.」

「도대체 저 아래에서 당신을 그토록 홀리고 있는 게 뭐야? 애인이라도 숨겨 놨어? 말해 봐. 당신 아내인 나한테 말 못 할 게 뭐냔 말이야!」

그는 묵묵부답이었다. 그의 눈이 아내의 눈길을 피하고 있었다. 볼썽사나운 버릇이 또 나왔다. 싸우는 것도 어디 하루 이틀이랴야 말이지. 뤼시가 한숨을 내쉬었다.

「쥐들은 죽였어?」

「죽일 필요가 없어. 내가 나타나기만 하면 그놈들은 멀찌감치 도망을 가거든. 그러지 않을 때는, 내가 이걸 꺼내서 겁을 주지.」

조나탕은, 오랫동안 갈아서 날을 세운 커다란 식칼을 휘둘렀다. 그는 다른 손으로 할로겐 전등을 쥐고 지하실 문 쪽으로 향했다. 등에는 가방을 짊어졌는데, 거기에는 자물쇠 회사에서 일할 때 쓰던 연장들과 푸짐한 식량이 들어 있었다.

「안녕, 니콜라, 당신도 안녕.」

뤼시는 어찌할 바를 모르고 있다가 조나탕의 팔을 잡았다.

「이렇게 보낼 수는 없어! 이건 너무해. 나에게 말을 해야 돼.」

「아, 제발 그만해 둬.」

「이런 얘길 어떻게 해야 좋을지 모르겠지만, 저 빌어먹을 지하실에 내려가면서부터 당신 아주 딴사람이 되었어. 돈은 다 떨어졌는데, 개미에 대한 책하고 자재를 이것저것 사들인 게 못 돼도 5만 프랑어치는 될 거야.」

「자물쇠 설치하는 일하고 개미 연구하는 게 재미있어서 그래. 그건 내 권리야.」

「아니, 그건 당신 권리가 아니야. 먹여 살려야 할 자식과 아내가 있는데 어떻게 그럴 수 있어? 실업 수당도 다 개미에 관한 책값으로 나가고. 끝을 내든지 해야지 원…….」

「이혼하겠다는 거야? 그 말을 하고 싶은 거야?」

뤼시는 낙심한 표정으로 남편의 팔을 놓으며 대답했다.

「아니.」

조나탕이 아내의 어깨를 다독거렸다. 그러고는 입술을 바르르 떨며 말했다.

「날 믿어 줘. 난 끝까지 가야 돼. 난 미친 게 아냐.」

「미친 게 아니라고? 당신 모습이 어떤지 좀 봐! 안색이 백지장 같고 무슨 열병을 앓는 사람 같아.」

「몸은 늙어 가지만, 머리는 젊어지고 있어.」

「여보! 아래에서 무슨 일이 벌어지고 있는지 얘기해 줘!」

「흥미진진한 일이야. 나중에 다시 올라올 수 있으려면 더 아래로 자꾸자꾸 내려가야 돼…… . 수영장 같은 거지. 다시 올라올 수 있는 힘을 얻으려면 바닥을 디뎌야 하는 거야.」

말을 마치고 그는 미친 듯이 웃음을 터뜨렸다. 그 웃음은 잠시 후 그가 사라진 뒤에도 지하실 나선 계단에서 울려 퍼졌다.


지상 35층. 잔가지로 된 얇은 덮개가 스테인드글라스와 같은 효과를 내고 있다. 그 필터를 통해 들어온 햇살이 영롱하게 반짝이다가, 별들이 비가 되어 내리는 것처럼 땅에 떨어진다. 여기는 햇빛방. 벨로캉의 시민들을 생산하는〈공장〉이다.

방은 찌는 듯한 열기로 가득 차 있다. 기온은 38도. 당연한 얘기지만, 햇빛방은 태양의 열기를 되도록 오랫동안 받을 수 있도록 정남향으로 되어 있다. 어쩌다가, 잔가지들이 온도를 높이는 데 촉매 작용을 해서, 기온이 무려 50도에 이르는 때도 있다.

수백 개의 다리가 부지런히 움직이고 있다. 여기에서 가장 수가 많은 계급은 유모 개미 계급이다. 유모 개미들이 방금 어머니가 낳은 알들을 쌓고 있다. 스물네 개의 모다기가 모여서 하나의 더미를 이루고, 열두 더미가 모여 하나의 줄이 된다. 그러한 줄들이 끝이 안 보일 정도로 길게 뻗어 있다. 구름이 해를 가려 그늘이 지면, 유모 개미들이 알 모다기를 옮긴다. 가장 어린 생명들은 언제나 따뜻하게 해주어야 한다. 〈알은 촉촉하고 따뜻하게, 고치는 보송보송하고 따뜻하게.〉 이것이 훌륭한 2세를 만들기 위한 개미 세계의 오랜 비방이다.

왼쪽에 온도 조절을 담당하고 있는 일개미들이 보인다. 일개미들은 검은 나뭇조각과 발효한 부식토 덩어리를 쌓아 놓고 있다. 검은 나뭇조각은 열기를 모으고, 부식토는 열을 만들어 낸다. 그 두 개의 난방 장치가 있는 덕분에, 햇빛방은 바깥 기온이 15도밖에 안 되어도 언제나 25도에서 40도 사이의 온도를 유지할 수가 있는 것이다.

포수 개미들이 순찰을 돌고 있다. 혹시 청딱따구리 같은 것들이 와서 말썽을 피우지나 않을까 경계하면서…….

오른쪽으로, 세상에 더 먼저 나온 알들이 보인다. 길고 긴 탈바꿈의 과정을 겪고 있는 것이다. 유모 개미들이 어린 알들을 핥아 주며 보살핀 덕분에, 시간의 흐름과 함께 작은 알들이 굵어지고 노르스름해진다. 그 알들은 노란 털이 달린 애벌레로 탈바꿈한다. 그 기간은 1주일부터 7주일까지 다양한데, 그것은 일기 상태가 어떠하냐에 달려 있다.

유모 개미들이 알을 돌보는 데 온 신경을 집중하고 있다. 그들은 항균성을 지닌 침을 아낌없이 주면서 온갖 정성을 기울인다. 아무리 사소한 것이라도 더러운 것이 와서 애벌레를 오염시켜서는 안 되기 때문이다. 대화를 나눌 때 발산되는 페로몬조차 되도록 적게 나오게 하려고 애를 쓰고 있다.

《이것들을 저 구석으로 옮기게 나를 도와주게……. 조심, 조심, 자네 모다기가 무너지겠어…….》

어떤 유모 개미가 제 몸보다 두 배나 긴 애벌레를 옮기고 있다. 포수 개미가 될 애벌레임이 틀림없다. 유모 개미는 장차 겨레의 〈무기〉가 될 그 애벌레를 구석에 놓고 핥아 준다.

그 커다란 부화실 한가운데에는 애벌레들이 무더기를 이루고 있다. 그것들의 몸마디 열 개가 모습을 드러내기 시작한다. 애벌레들은 유모 개미들이 입으로 전해 주는 먹이를 받으려고 아우성을 치고 있다. 머리를 이리저리 움직이고 목을 길게 늘이면서 요란한 몸짓을 해대면, 마침내 유모 개미들이 약간의 분비꿀을 전해 주기도 하고 벌레 고기를 던져 주기도 한다.

3주가 지나 제대로 성숙한 애벌레는 먹기와 움직이기를 중단한다. 도약을 준비하기 위한 가사(假死) 상태를 맞는 것이다. 고치를 짓기 위해 모든 힘을 모으는 것이다. 고치가 애벌레들을 번데기로 탈바꿈시킬 것이다.

유모 개미들이 노란색의 그 커다란 애벌레 더미를 옆방으로 끌고 간다. 옆방에는 공기 중의 습기를 빨아들이도록 마른 모래가 채워져 있다. 〈알은 촉촉하고 따뜻하게, 고치는 보송보송하고 따뜻하게.〉 그 비결은 언제까지고 계속될 것이다.

그 건조실에서, 푸른 기운이 도는 하얀 고치가 노랗게 되었다가 다시 회색으로, 그다음에 갈색으로 변한다. 연금술에서 돌이 변하는 것과 반대로 변하는 셈이다. 고치 상태에서 자연의 기적이 일어난다. 모든 것이 변화하는 것이다. 신경 조직, 호흡기, 소화기, 감각 기관, 딱지……

건조실에 놓인 번데기는 며칠 만에 커다랗게 덩치가 불어날 것이다. 새에 비유하자면, 알이 부화를 기다리면서 성숙해 가고 있는 것과 같다. 위대한 순간이 다가오고 있다. 고치를 깨고 나오기 직전의 번데기는, 같은 상태를 맞고 있는 번데기들과 함께 간격을 벌려서 놓아둔다. 유모 개미들이 용의주도하게 고치의 너울을 찢고 더듬이와 다리를 들어내면, 마침내 한 마리 하얀 개미가 몸을 떨면서 고치를 벗어난다. 키틴질이 아직은 물렁물렁하고 투명하지만, 며칠 후면 벨로캉의 모든 개미들처럼 붉은 갈색을 띠게 될 것이다.

327호는 다들 일하느라고 눈코 뜰 새가 없는 그 북새통 속에서, 누구에게 말을 걸어야 할지 몰라 오도카니 서 있었다. 어떤 유모 개미가 갓 태어난 개미의 걸음마를 도와주고 있다. 그는 그 유모 개미에게 짤막한 냄새 언어를 쏘아 보냈다.

《뭔가 심각한 일이 벌어지고 있다.》

그러나 유모 개미는 그에게 고개도 돌리지 않고, 겨우 감지할 만한 냄새 문장을 보내 왔다.

《조용히 하게, 한 생명이 태어나는 것보다 더 중요한 일은 아무것도 없다네.》

포수 개미 하나가 더듬이 끝에 난 도톰한 곤봉으로 수개미를 툭툭 건드리면서 그를 떼밀었다.

《방해하면 안 돼. 돌아가.》

수개미에게는 기력도 충분하지가 않았고, 냄새를 발산해서 상대방을 설득시킬 만한 능력도 없었다. 아! 56호만 한 대화의 능력을 가지고 있다면 얼마나 좋을까! 그렇지만 수개미는 포기하지 않고 다른 유모 개미들에게 다시 냄새를 보냈다. 유모 개미들이 그에게 전혀 주의를 기울이지 않는다. 그러자 문득 자신의 사명이 자기가 생각하는 것만큼 정말 중요한 것일까라는 회의가 들기도 한다. 어쩌면 어머니 말씀이 옳은지도 모른다. 일에는 먼저 해야 할 일과 나중에 해야 할 일이 있을 것이다. 예컨대, 전쟁을 일으키려고 하는 일보다는 생명을 보전하는 일이 우선이다.

수개미가 그런 뜻하지 않은 생각을 하고 있는데, 개미산 한 방이 그의 더듬이를 스치고 지나갔다. 유모 개미 하나가 위에서 그에게 쏜 것이었다. 그 유모 개미는 자기가 맡고 있던 고치를 떨어뜨려 수개미를 맞히려고 했다. 다행히 겨냥이 빗나갔다.

수개미가 그 폭력 분자를 잡으려고 덤벼든다. 그러나 그 자는 벌써 첫 번째 영아실 안으로 도망을 쳤다. 도망을 치면서 알 한 모다기를 뒤집어엎어서 수개미가 가는 길을 막아 버렸다. 알 껍질이 깨지면서 투명한 액체가 흘러나온다.

저자가 알을 깨뜨렸다! 어떻게 저럴 수가 있단 말인가? 미처도 보통 미친 게 아니다. 유모 개미들이 잉태 상태에 있는 세대를 보호해야 한다는 생각에 가슴을 졸이며 사방으로 달려간다.

수개미 327호는 도망치는 개미를 붙잡을 수 없으리라는 것을 깨닫고 가슴 아래로 배를 들어 올려 사격 준비를 한다. 그러나 그가 미처 사격을 해보기도 전에, 그 도망자가 알 모다기를 뒤엎는 것을 보았던 포수 개미 한 마리가 그자를 거꾸러뜨렸다.

개미산에 타버린 시체 주위에 한 무리의 개미들이 모여들었다. 327호가 시체 위로 더듬이를 기울인다. 틀림없이 희미한 악취가 난다. 바위 냄새이다.

### 사회성

인간과 마찬가지로 개미는 사회성을 타고난다. 새끼 개미는 너무 약해서 자신을 가두고 있는 고치를 혼자서 깨뜨릴 수가 없다. 사람의 아기도 혼자서 걷거나 영양을 섭취할 수 없다.

개미와 인간은 둘 다 주위의 도움을 받아야만 살 수 있는 종이며, 살아가는 방법을 혼자서 터득할 줄도 모르고 터득할 수도 없다.

어른에게 의존해야 한다는 것은 분명히 하나의 약점이다. 그러나 그 의존성이 또 다른 진화를 가져온다. 지식 추구가 그것이다. 어린 개체들에게 살아남을 수 있는 능력이 없는 터에, 생존 능력을 지닌 성숙한 개체들이 곁에 있으니, 어린 개체들이 처음부터 성숙한 개체들에게서 지식을 구하는 것은 당연하다.

에드몽 웰스, 『상대적이며 절대적인 지식의 백과사전』

지하 20층. 암개미 56호는 아직 농경 개미들하고 난쟁이 개미들의 비밀 무기에 대한 이야기를 나누지 못하고 있었다. 제 눈에 보이는 것들이 너무나 신기로워서 아무 냄새도 발산하지 못하고 있는 터였다.

암개미 계급은 특별히 중요하기 때문에 어린 시절에는 내내 공주들의 규방에서 갇혀 지낸다. 그래서 암개미들은 세계가 그저 1백여 개의 통로로 되어 있는 줄로만 알고 있는 경우가 많고, 지하 10층 이하나 지상 10층 이상을 다녀 본 암개미는 얼마 되지 않았다.

56호는 한때, 유모 개미들이 이야기해 준 커다란 〈바깥세상〉을 보고 싶어서, 나가려고 해본 적이 있었다. 그러나 파수 개미들에게 떼밀려 그만두지 않으면 안 되었다. 냄새는 얼마간 숨길 수가 있었지만 기다란 날개는 숨길 도리가 없었다. 그 당시에 경비 개미들은 밖에 어마어마한 괴물들이 있다고 했다. 그 괴물들이 신생의 축제 이전에 밖으로 나오는 어린 공주 개미들을 잡아먹는다는 것이었다. 그 후로 56호는 바깥세상에 대해 호기심과 두려움을 함께 가지게 되었다.

지하 20층에 내려와 보고, 56호는 새로운 사실을 깨달았다. 거친 〈바깥세상〉을 돌아다니기 전에 자기 도시 안에서 발견해야 할 경이로운 일들이 아직 많다는 것이었다. 56호가 버섯 재배장을 본 것도 그곳에서가 처음이다.

벨로캉 전설에 따르면, 버섯 재배장을 처음으로 발견한 것은 5만 번째 천 년기의 일로서, 〈곡물 전쟁〉이 벌어지고 있던 때라고 한다. 포수 개미들의 한 특공대가 어떤 흰개미 도시를 포위했을 때였다. 그들이 안으로 들어가다 보니 갑자기 어마어마하게 큰 방이 나타났다. 가운데에 하얗고 둥글넓적하게 생긴 커다란 것이 솟아 있는데, 1백여 마리의 흰개미 일꾼들이 계속 그것을 문질러 윤을 내고 있었다.

특공대원들은 그 맛을 보고 나서 맛있다는 것을 알았다. 그것은…… 한 마을을 통째로 먹는 것이나 다름없는 어마어마한 먹이였다. 포로가 된 흰개미들이 그것이 버섯임을 알려 주었다. 알고 보니 흰개미들은 섬유질만으로 살아가는데, 섬유질을 그대로 소화할 수가 없으니까, 소화할 수 있는 형태로 만들기 위해 그 버섯을 이용하고 있었던 거였다.

그에 비하면 개미들은 섬유질을 아주 잘 소화하니까 버섯을 그렇게 교묘한 용도로 사용할 필요가 전혀 없었다. 그렇지만 개미들은 버섯을 도시 내부에서 재배함으로써 얻어지는 이점이 있다는 사실을 놓치지 않았다. 버섯을 도시 안에서 재배하게 되면, 도시가 포위되어 식량난에 허덕일 때 버틸 수 있는 힘을 준다는 걸 깨달았던 것이다.

오늘, 벨로캉 지하 20층의 커다란 방들에서는 개미들이 버섯의 균주(菌株)를 고르고 있다. 그러나 이제 개미들이 이용하고 있는 버섯은 흰개미들의 것과는 다른 것이다. 벨로캉에서는 느타리를 키우고 있다. 그리고 버섯 농사를 짓게 되면서부터 전반적인 기술의 진보가 이루어졌다.

암개미 56호가 그 하얀 정원의 화단들을 둘러보고 있다. 한쪽에서 일개미들은 버섯이 자라게 될 〈모판〉을 만들고 있다. 일개미들은 나뭇잎을 자잘하고 각이 지게 자른 다음, 그것들을 갉고 버무려서 반죽을 만든다. 그러고는 나뭇잎 반죽을 배설물로 만든 퇴비 위에 가지런히 늘어놓는다(개미들은 이런 때에 쓰려고 우묵한 곳에 배설물을 모아 둔다). 그 일이 끝나면 침을 뱉어 물기를 주고, 싹이 트기를 기다린다.

이미 발효가 된 반죽은, 먹을 수 있는 하얀 팡이실로 뒤덮여 있다. 저기 왼쪽에 그런 것이 보인다. 일개미들이 소독성을 지닌 침으로 물을 주고, 하얗고 자그마한 원뿔 바깥으로 비어져 나온 것들을 모두 잘라 버린다. 버섯이 마냥 자라도록 내버려두었다가는, 방이 터져 버리고 말 것이다. 수확한 팡이실들을 일개미들이 납작한 위턱을 써서 가루로 만드는데, 그 가루는 맛깔스러울 뿐만 아니라 몸에도 좋다.

여기에서도 일개미들은 전혀 한눈을 팔지 않고 일에 몰두해 있다. 자기들이 보살피는 버섯 사이에 잡초 하나, 기생 곰팡이 하나라도 끼어들어서는 안 되기 때문이다.

56호가 한 원예 개미와 더듬이 접촉을 시도한 건 바로 그런 분위기에서였다. 요컨대 계제가 좋지 않았다. 그 원예 개미는 하얀 원뿔 중의 하나를 잡고 꼼꼼하게 가지치기를 하는 중이었다.

《우리 도시가 심각한 위험에 직면해 있다. 우리에겐 도움이 필요하다. 우리 일에 합류할 생각이 없는가?》

《어떤 위험이 있단 말인가?》

《난쟁이개미들이 무시무시한 성능을 가진 비밀 무기를 만들어 냈다. 되도록 빨리 대응해야 할 것 같다.》

원예 개미는 차분하게 자기가 가꾸고 있는 아름다운 느타리를 어떻게 생각하느냐고 물었다. 56호는 그 버섯이 훌륭하다며 그에게 칭찬하는 말을 해주었다. 그러자 원예 개미가 버섯 맛을 보라고 권했다. 암개미가 그 하얀 반죽 같은 것을 한 입 떼어 물었다. 곧바로 식도가 후끈거렸다. 이거 독이잖아! 느타리에는 미르미카신이 배어 있었다. 보통 희석시켜서 제초제로 사용하는 아주 강렬한 산(酸)이다. 56호는 기침을 하면서, 그 독이 든 먹이를 늦기 전에 얼른 뱉어 냈다. 원예 개미는 제 버섯을 팽개치고, 위턱을 내밀면서 56호의 가슴께로 넘벼들었다.

원예 개미와 56호가 퇴비 위에서 뒹굴고 있다. 더듬이 끝을 재빨리 구부렸다 폈다 하면서 서로 상대방의 머리를 때린다. 때려도 그냥 때리는 것이 아니라 상대를 박살 내버리겠다는 마음을 다부지게 먹고 때리는 것이다. 농경 개미들이 그들을 떼어 놓는다.

《너희 둘 다 어떻게 된 거 아냐?》

원예 개미가 도망을 친다. 56호는 날개를 펴고 경이롭게 비약을 하더니 도망가던 원예 개미가 땅바닥에서 꼼짝을 못하게 만들어 버린다. 그때 56호는 원예 개미에게서 바위 냄새가 옅게 풍기고 있음을 알았다. 틀림없이 그 암살자들 패거리에 속한 한 개미가 이번에는 56호의 목숨을 노린 것이다.

56호는 그 원예 개미의 더듬이를 붙들었다.

《너는 누구냐? 왜 나를 죽이려 했지? 이 바위 냄새는 뭐냐?》

아무 대답이 없다. 56호가 원예 개미의 더듬이를 비튼다. 그게 너무 고통스러웠던지 원예 개미가 발악을 한다. 그러면서도 끝내 대답을 하지 않는다. 56호는 겨레의 세포에게 해를 입히는 개미가 아니다. 그럼에도 56호는 더듬이를 더 세게 비튼다.

원예 개미가 더 이상 움직이지 않는다. 제 스스로 경직 상태에 빠져 든 것이다. 그자의 심장은 이제 거의 뛰지 않는다. 곧 죽게 될 것이다. 분한 마음에, 56호는 그자의 두 더듬이를 잘랐다. 그렇지만 그것은 시체와 씨름하는 꼴일 뿐이었다.

농경 개미들이 다시 56호를 둘러쌌다.

《무슨 일이야! 저자한테 무슨 짓을 한 거야?》

지금은 변명할 때가 아니라고 56호는 생각했다. 도망가는 게 낫겠다. 56호가 날갯짓을 하면서 도망을 친다. 327호가 옳다. 뭔가 놀라운 일이 벌어지고 있다. 겨레 안에 미쳐 버린 세포들이 있다.

제2장　　　　　　**아래로 아래로**

지하 45층. 비생식 개미 103683호가 전투 훈련실로 들어
간다. 병정개미들이 춘계 전쟁에 대비해서 훈련을 하고 있
는, 천장이 낮은 방들이다.

　　어디에서나 병정개미들이 대련을 벌이고 있다. 대련자들
은 먼저 상대방의 체격과 다리의 크기를 가늠하기 위해서 서
로서로를 더듬는다. 다음에는 몸을 돌려 옆구리를 서로 더듬
어 보고 상대방의 털을 잡아당기면서 냄새를 풍겨 도전장을
내고, 더듬이의 도톰한 끝으로 서로를 가볍게 두드린다.

　　대련 준비를 끝낸 병정개미들이 마침내 서로서로를 향해
달려든다. 딱지 부딪는 소리, 저마다 상대방의 가슴마디를
붙잡으려고 안간힘을 쓴다. 한쪽이 상대방의 가슴마디를 붙
잡자, 다른 쪽은 상대의 무릎을 깨물려고 한다. 로봇이 움직
이는 것처럼 몸짓 하나하나가 나뉘어 있다. 두 뒷다리로 버
티며 몸을 곧추세웠다가, 쓰러지며 구르기도 한다. 맹렬한
연습이다.

　　대련자들은 대개 상대방의 항복을 받아 내면 동작을 멈추
고, 다른 상대에게 달려든다. 이것은 그저 전투 기술을 익히
기 위한 연습일 뿐이다. 그러니 몸 한 부분이라도 깨지거나
피가 흐르지 않도록 조심해야 한다. 등을 대고 누워 버리는
개미가 생기면 전투가 중단된다. 그때 그 개미는 항복의 표
시로 더듬이를 뒤로 젖힌다. 항복을 하면 중단하는 대련이기

는 해도, 실제 상황과 다를 게 없다. 상대의 항복을 받아 내려고 발톱으로 사정없이 눈을 찌르기도 하고, 위턱이 맞부딪는 소리가 허공에 울려 퍼지기도 한다.

조금 떨어진 곳에서는, 포수 개미들이 배를 깔고 앉아서 사격 연습을 하고 있다. 그들은 50머리 떨어진 곳에 조약돌을 놓고, 겨냥을 해서 개미산을 쏜다. 개미산은 대개 과녁에 적중한다.

고참 병정개미가 신참에게 이렇게 가르치고 있다. 모든 것은 접전을 벌이기 전에 결정이 나 있는 것이다. 위턱으로 공격을 하거나 개미산을 쏘는 것은, 이미 두 교전자가 인정하고 있는 승부의 상황을 확인하는 것에 지나지 않는다. 교전을 벌이기 전에 이미 이기려고 마음을 먹은 자와 패배를 받아들이려는 자가 정해지기 마련이다. 전투란 그렇게 역할을 나누는 문제일 뿐이다. 각자 자기의 역할을 선택하고 나면, 승리를 결심한 자는 겨냥을 하지 않고 쏘아도 과녁의 한가운데를 명중시킬 수 있을 것이고, 패배를 생각한 자는 제 위턱을 아무리 휘둘러도 상대에게 상처조차 입히지 못하게 될 것이다. 해줄 수 있는 충고는 단 하나. 승리한다는 믿음을 가지라는 것이다. 모든 것은 마음먹기에 달려 있는 법. 승리하는 것을 자기 몫으로 받아들인 자를 그 무엇이 당할 수 있으랴.

결투를 하고 있던 두 개미가 병정개미 103683호를 떼밀었다. 103683호는 그들을 힘껏 되밀어 젖히고 가던 길을 계속 간다. 103683호는 전투 연습장 아래쪽에 자리 잡고 있는 용병들의 구역을 찾아가고 있다. 그리로 가는 통로가 저기 보인다.

용병들의 방은 일반 부대의 방보다 훨씬 더 널찍하다. 용병들은 끊임없이 훈련장 위에서 살 수밖에 없다. 그들은 오로지 전쟁에 대비해서 존재할 뿐이다. 용병 부대에는 벨로캉 인근의 갖가지 미개 부족의 개미들이 어우러져 있다. 동맹을 맺은 부족의 개미들이 있는가 하면, 정복을 당한 부족의 개미들도 있다. 즉, 노랑개미, 흑개미, 고동털개미, 끈끈이침개미, 독침을 가진 원시개미 등이 들어 있고 심지어는 난쟁이 개미도 섞여 있다.

다른 부족의 개미를 먹여 살리는 대가로 적들이 침입해 올 때 그들이 자기편에 서서 싸우게 만든다는 생각은 역시 흰개미들에게서 나온 것이었다.

개미 도시에 이런 일이 벌어진 적이 있었다. 즉, 외교적인 문제가 미묘해지면서 개미들이 다른 개미와 싸우기 위하여 흰개미와 동맹을 맺었던 것이다.

그 일을 계기로 흰개미들은 다음과 같은 생각을 하게 되었다. 개미 부대를 아예 용병으로 만들어서 흰개미 도시에 영원히 주둔하게 하면 어떨까? 그 생각은 혁명적이었다. 놀라운 일이 벌어진 것이다. 개미 군대가, 흰개미들을 위해 싸우는 같은 개미 자매들과 맞서 싸워야 했다. 개미 문명이 아주 빠르게 적응력을 키워 감에 따라 이번에는 개미 쪽에서 자기들의 힘을 과시하게 되었다.

개미들은 흰개미들이 했던 대로 흰개미 부대를 용병으로 삼아 제 종족과 싸우게 함으로써 앙갚음을 하려고 했다. 그런데 한 가지 중요한 장애가 생겨 그 계획이 수포로 돌아갔다. 여왕에 대한 흰개미들의 충성심이 절대적이었던 것이다. 그들의 충성심이 워낙 빈틈이 없어서 제 겨레에 맞서 싸우질 못했다. 결국 용병 제도는 어쩔 수 없이 용병을 제 겨레와 싸우게 하는 패륜적인 결과를 낳게 마련인데, 그 모든 폐단을 감내할 수 있는 것은 개미들뿐이었다. 개미들은 생리적인 특징만큼이나 다채로운 정치 체제를 가지고 있었던 것이다.

흰개미들을 용병으로 쓸 수는 없었지만, 다른 부족의 개미들이 있기에 용병 제도를 만드는 데 아무런 문제가 없었다. 불개미 대연방들은 많은 이방 개미 부대를 만들어 자신들의 군대를 강화하는 것으로 만족했다. 이방 개미들의 부대는 모두 벨로캉 페로몬의 기치 아래 하나가 되어 있는 것이다.

103683호는 난쟁이개미 용병들에게 다가갔다. 그들에게 시계푸의 비밀 무기에 대해서 물어보았다. 순식간에 불개미 원정대 28마리를 죽일 수 있는 무기가 출현했다는 얘기를 들은 적이 없느냐고. 용병 개미들은 그렇게 강력한 무기는 본 적도 없고 그런 소리는 듣던 중 처음이라고 대답했다.

103683호는 다른 용병들에게 물어보았다. 노랑개미 용병 한 마리가, 그렇게 어마어마한 무기를 목격한 적이 있다고 주장했다. 그러나 그것은 난쟁이개미들의 공격이 아니었고, 느닷없이 나무에서 떨어진 썩은 배였다는 것이다. 그 얘기에 모두가 발랄한 웃음의 페로몬을 터뜨렸다.

103683호는 가까운 동료들이 훈련을 하고 있다는 방으로 올라갔다. 거기에 있는 개미들은 모두 103683호가 잘 아는 개미들이었다. 그들은 103683호의 이야기에 귀를 기울여 주고 그를 믿어 준다. 그의 얘기가 끝나기가 무섭게 결의에 찬 30마리 이상의 개미들이 모여 〈난쟁이개미들의 비밀 무기를 탐색하는 모임〉이 만들어졌다. 아, 327호가 이 사실을 알면 얼마나 좋아할까!

《주의할 점이 있다. 진실을 알고자 하는 자를 모두 죽이려 하는 한 무리의 집단이 있다. 그자들은 틀림없이 난쟁이개미들을 위해 일하는 불개미 용병들일 것이다. 그들은 모두 바위 냄새를 풍기고 있다.》

보안을 위해서, 그들은 첫 모임을 도시의 가장 밑바닥인 지하 50층의 가장 아래쪽에 있는 방 가운데 하나에서 갖기로 결정했다. 아무도 거기로 내려가는 일은 없다. 거기에서라면 마음 놓고 거사 계획을 짤 수 있을 것이다.

그때 103683호의 몸이 갑작스럽게 시간이 촉박하다는 사실을 알려 온다. 그는 몸으로 기온이 23도임을 느낀 것이다. 103683호는 동료들에게 작별 인사를 하고 327호, 56호와 만나기로 한 장소로 바삐 걸음을 옮긴다.

### 개미의 미학

개미보다 아름다운 것이 무엇이 있을까? 구부슴한 테두리 선은 맵시 좋게 다듬어져 있고, 몸매에 구현된 공기 역학의 원리가 더할 나위 없이 훌륭하다. 몸의 구석구석이 정교하게 고안된 차체와 같아서, 공기 역학의 원리에 맞게 오목오목 들어간 자리에 다리 하나하나가 완벽하게 박혀 있다. 몸마디 하나하나가 경이로운 기계 장치이다. 몸마디를 감싸고 있는 판들은, 컴퓨터의 도움을 받아 어떤 디자이너가 마름질한 것처럼 사개가 꼭 들어맞는다. 그것들은 삐걱거리는 일이 없고 마찰을 일으키는 일도 없다. 세모진 머리는 공기를 헤쳐 나아가기에 알맞고, 구부러진 긴 다리가 땅바닥에 닿을 듯 말 듯 한 몸을 사뿐하게 받치고 있다. 마치 이탈리아의 스포츠카를 보는 듯하다.

발톱은 천장에서도 붙어 다닐 수 있게 되어 있고, 눈은 180도의 넓은 시야를 가지고 있다. 더듬이는 우리 눈에는 보이지 않는 수천 가지의 정보를 감지하며, 그 끄트머리는 망치 구실을 한다. 배에는 화학 물질을 저장할 수 있는 주머니나 자루나 샘 들이 가득하다. 위턱으로는 물건을 자르고 구멍을 내며 붙잡을 수도 있다. 몸 안에 그물처럼 퍼져 있는 관들을 통해 후각 정보를 방출한다.

에드몽 웰스, 『상대적이며 절대적인 지식의 백과사전』

니콜라는 잠을 자고 싶지 않았다. 아이는 아직도 텔레비전 앞에 앉아 있었다. 무인 탐사 우주선 〈마르코 폴로〉가 돌아왔다는 소식을 알리면서 뉴스가 방금 끝났다. 탐사 작업을 통해 얻은 결론은, 지구와 가까운 태양계에는 생물이 살고 있는 징후가 전혀 없다는 것이었다. 무인 우주선이 탐사한 행성들이 보여 준 모습이란 바위투성이의 사막이나 암모니아액으로 된 표면이 고작이었다. 아주 보잘것없는 이끼 하나, 아메바 하나, 미생물 하나도 없었다.

〈정말 아빠 말대로 외계에 생물은 없는 걸까? 온 우주에서 지능을 가진 생명의 형태는 우리뿐인가……?〉 니콜라는 그렇게 마음속으로 물었다. 그렇다면 그건 정말 실망스러운 일이었다. 하지만 그게 사실일지도 모른다는 생각이 들었다.

뉴스가 끝나자 「세계의 문화」 시리즈가 방영되고 있었다. 오늘은 인도의 카스트 문제를 다루고 있었다.

— 힌두교인들은 태어날 때부터 각자의 카스트를 타고나 죽을 때까지 거기에 속하게 됩니다. 카스트마다 따라야 할 규율이 있는데, 그 규율이 엄격해서 그것을 범했다가는 출신 카스트는 물론이고 다른 카스트로부터 손가락질을 받게 됩니다. 그런 제도를 이해하기 위해 우리가 떠올려야 할 사건

이 있습니다. 그것은…….

「벌써 새벽 1시야.」뤼시가 말했다.

니콜라는 텔레비전을 너무 많이 보고 있었다. 지하실에서 개가 죽은 뒤로, 아이는 매일 네 시간씩 일삼아 텔레비전을 보았다. 더 이상 그 일을 생각하지 않고 딴사람처럼 되어 보려는 제 나름의 방법이었다. 어머니의 음성이 아이에게 고통스러운 현실을 일깨웠다.

「자, 이제 그만 보거라. 피곤하지 않니?」

「아빠는 어디 계세요?」

「아직 지하실에 계시단다……. 이제 자야지.」

「잠이 안 와요.」

「옛날얘기 해줄까?」

「예, 좋아요! 이야기 하나 해주세요. 아름다운 이야기로요.」

뤼시는 아이의 방으로 함께 가서, 오렌지빛의 긴 머리채를 풀어 헤치며 침대 가장자리에 앉았다. 뤼시는 히브리의 옛이야기 하나를 골랐다.

「옛날에 돌장이 한 사람이 살고 있었어. 뙤약볕 아래서 땀을 뻘뻘 흘리며 산을 파는 일이 그 사람 일이었지. 어느 날 그 돌장이는 자기 일에 싫증이 났어. 〈이런 삶은 지긋지긋해. 허구한 날 돌멩이를 깎고 있자니 지겨워서 못 하겠어……. 저 해님은 늘 따가운 햇살로 나를 힘들게 해. 아, 내가 해님이라면 얼마나 좋을까! 저 높은 곳에서 세상에 햇살을 가득 뿌리고 있으면, 세상에 부러울 것이 없고 못 할 일이 없을 거야〉하고 그 돌장이는 생각했지. 그런데, 기적이 일어나서 그의 소원이 이루어졌어. 곧바로 돌장이가 해님이 된 거지. 그는 자기 소원이 이루어지자 행복했어. 그런데, 그가 즐거운 마음으로 세상 여기저기에 햇살을 보내고 있는데, 구름이 나타나서 햇살을 막는 거야. 그러자 그 사람이 소리쳤지. 〈구름이 저렇게 쉽게 내 햇살을 막아 버리니 해님이 된 게 무슨 소용이 있담! 구름이 해님보다 더 힘이 센 거라면 구름이 되고 싶어〉라고 말이야. 그러자 이번에는 그가 구름이 되었어. 그는 세계 위를 날아다니면서 비를 뿌렸지. 그런데 갑자기 바람이 일더니 구름을 흩뜨리는 거야. 그러자 그 사람은 또 생각을 했지. 〈아, 바람이 구름을 흩뜨릴 수 있다면, 가장 힘이 센 건 바람이다. 난 바람이 되고 싶어〉라고 말이야.」

「그래서, 그는 바람이 되었나요?」

「그렇지, 바람이 되어 세계 곳곳을 돌아다녔지. 폭풍을 일으키고, 돌풍을 만들기도 하고, 태풍이 되기도 했어. 그런데 느닷없이 벽이 하나 나타나서 그가 가는 길을 막았어. 아주 높고 튼튼한 벽이었지. 산이 나타난 거야. 〈고작 산 하나가 내 길을 막는다면, 바람이 된 게 무슨 소용이람? 가장 힘이 센 건 바로 산이로구나!〉 하고 그가 말했어.」

「그래서 그는 산이 되었겠군요.」

「맞아. 그때 그는 산이 된 자기를 뭔가가 두드리고 있는 걸 느꼈지. 그보다 더 힘이 센 무언가가 안에서 그를 후벼 파고 있었던 거야. 그건…… 자그마한 돌장이였어…….」

「아아!」

「이 이야기가 마음에 드니?」

「그럼요, 엄마.」

「텔레비전에서 이것보다 더 아름다운 얘기 하는 거 본 적이 없지?」

「예, 엄마.」

뤼시는 웃으면서 아이를 품에 껴안았다.

「그런데 엄마, 아빠도 뭔가를 파고 있는 건가요?」

「어쩌면 그럴지도 모르지. 하여간 아빠는, 저 아래로 내려 감으로써 아빠 자신이 해나 구름과 같은 다른 것으로 변할 거라고 생각하는 것 같아.」

「아빠는 이곳이 편치 않은가 봐요.」

「그렇단다, 니콜라. 아빠는 실업자인 걸 부끄러워하셔. 아빠는 해님이 되는 게 낫다고 생각하시는 거야. 땅속의 해님 말이야.」

「아빠는 아빠 자신을 개미들의 왕이라고 생각하시는 거예요.」

그 말에 뤼시가 미소를 지었다.

「아빠는 그러고도 남을 분이야. 네 아빠에겐 아이 같은 구석이 있지 않더냐. 어린애치고 개미집에 반하지 않는 애가 없지. 너는 개미를 갖고 장난해 본 적이 없니?」

「왜요, 있어요, 엄마.」

뤼시는 아이의 베개를 다독거리고 아이에게 입을 맞추었다.

「이제 자야지. 그럼 잘 자거라.」

「안녕히 주무세요, 엄마.」

뤼시는 아이의 침대 머리맡 탁자 위에 성냥개비가 놓여 있는 것을 보았다. 아이는 아직 정삼각형 네 개 만드는 문제를 풀려고 애쓰고 있는 게 틀림없었다. 뤼시는 거실로 돌아와서 읽던 책을 다시 들었다. 오랜 역사를 가진 이 집의 내력을 밝혀 놓은 건축 책이었다.

그 책에 따르면, 많은 학자들이 이 집에 살았으며, 특히 중세에는 신교도들이 살았다고 한다. 미셸 세르베[12]라는 사람이 그 한 예인데, 그는 이 집에서 몇 해 동안 산 걸로 나와 있었다.

책의 어떤 구절이 유독 뤼시의 눈길을 끌었다. 그 구절에 따르면, 종교 전쟁 중에 도시 밖으로 신교도들을 도망시키기 위하여 지하실을 팠다고 한다. 보통 지하실과는 비교가 안 되게 깊고 긴 지하실을……

개미 세 마리가 완전 소통을 실행하려고 세모꼴을 이루며 앉아 있다. 그럼으로써 그들은 자신들이 겪은 일들을 길게 늘어놓지 않고도 순식간에 모든 것을 알게 될 것이다. 그들은 마치 조사 활동을 더 잘하기 위하여 한 몸뚱이가 셋으로 나뉜 것처럼 보였다.

그들이 더듬이를 결합하자 생각들이 순환하면서 융합하기 시작한다. 아무 문제 없이 일이 잘되어 간다. 각각의 뇌수는 하나의 트랜지스터가 되어, 자신이 받아들인 전기 신호를 증폭시켜 다른 뇌수에 전하고 있다. 그렇게 결합된 세 개미의 정신은 그들의 능력을 단순히 합쳐 놓은 것보다 뛰어나다.

그때 갑자기 꿈결 같은 더듬이 대화가 중단됐다. 103683호는 잡스러운 냄새가 끼어들고 있음을 깨달았다. 벽에 웬 더듬이가 붙어 있다. 정확히 말하면, 56호 암개미의 방입구에 더듬이 두 개가 비죽 나와 있었던 것이다. 누군가가 그들의 이야기

---

12 스페인 태생의 신학자이자, 철학자이자 의사(1509~1553). 신학과 신구교 갈등 문제에 깊은 관심을 갖고 이탈리아, 프랑스 등지를 주유했다.

를 엿듣는 게 분명하다.

밤 12시. 조나탕이 다시 올라오지 않은 지 이제 이틀이 되었다. 뤼시는 가슴을 졸이며 거실 안을 오락가락하고 있었다. 니콜라를 보러 건너가 보니 아이는 깊이 잠들어 있었다. 그때 뤼시의 눈길을 강하게 끌어당기는 것이 있었다. 성냥개비였다. 문득 어떤 직감이 뇌리를 스쳤다. 성냥개비의 수수께끼 속에 지하실의 수수께끼를 풀 수 있는 실마리가 들어 있을지도 모른다는 직감이었다. 성냥개비 여섯 개로 정삼각형 네 개를…….

〈다른 방식으로 생각해야 해. 사람들이 보통 생각하는 것처럼 해서는 답을 찾아낼 수가 없어〉라고 조나탕이 되뇌었지. 뤼시는 성냥개비를 들고 거실로 돌아와서 오랫동안 만지작거렸다. 마침내 그녀는 불안감에 지쳐 잠자리에 들었다.

그날 밤 뤼시는 이상한 꿈을 꾸었다. 먼저 에드몽 삼촌이 보였다. 아니, 꿈에 보인 그 사람이 에드몽 삼촌이라고 단정할 수는 없었지만, 남편이 전에 얘기했던 에드몽 삼촌의 모습과 일치하는 사람이었던 건 확실했다. 그 사람은 줄을 지어 길게 늘어선 사람들 속에서 기지개를 켜고 있었다. 그가 있던 곳은 사막 한복판 돌투성이 땅이었다. 멕시코 병사들이 그 줄을 둘러싸고 〈모든 게 제대로 되어 가는지〉를 감시하고 있었다. 멀리에 사람들의 목을 매다는 교수대가 여남은 개 보였다. 사람들이 뻣뻣한 시체가 되면, 그들을 떼어 내고 다른 사람들을 거기에 세웠다. 그 사람이 들어 있는 줄이 앞으로 나아가고 있었다…….

에드몽 삼촌의 뒤에는 조나탕과 뤼시 자신과 아주 작은 안경을 쓴 뚱뚱한 남자가 바짝 뒤를 따르고 있었다. 그 사형수들은 마치 아무 일도 없었다는 듯이 모두 조용하게 이야기를 나누고 있었다.

마침내 그들의 목에 밧줄이 걸리고 그들 넷이 나란히 교수대에 매달렸다. 그들은 하릴없이 기다리고만 있었다. 에드몽 삼촌이 처음으로 입을 열었다. 쉰 음성이었다.

「이제 어떻게 하지?」

「모르겠어요…… 살아야죠. 이왕 태어났으니, 되도록 오래 살아야죠. 그런데 이거, 끝이 날 것 같은데요.」

조나탕이 대답했다.

「이보게 조카, 자네 비관하지 말게. 우리 목이 매달리고 멕시코 병사들이 우리를 둘러싸고 있는 건 확실하지만, 이건 어쩌다 맞닥뜨린 인생의 고비일 뿐 끝은 아니야. 그저 하나의 고비일 뿐이라네. 게다가 이 상황에서 벗어날 방법이 분명히 있다네. 뒤에 있는 자네들, 올가미가 느슨한가 보게.」

그들은 포승에 묶인 채 버둥거려 보았다.

「아, 내 올가미는 느슨하군요. 이걸 벗어 버릴 수가 있겠어요.」

뚱뚱한 남자가 말했다. 그러면서 그는 올가미에서 벗어났다.

「잘했네, 그럼 우리를 풀어 주게.」

「어떻게 해야 되죠?」

「내 손에 자네 몸이 닿을 때까지 시계추처럼 몸을 흔들게.」

그 뚱뚱한 남자가 몸을 뒤틀며 애를 쓴 끝에 살아 있는 시계추가 되었다. 그가 에드몽 삼촌의 속박을 풀어 주었다. 다

른 사람들도 모두 똑같은 방식으로 차례차례 속박에서 벗어
날 수가 있었다.

그러자 에드몽 삼촌은 〈다들 내가 하는 대로 하게!〉라고
말하더니, 목을 조금씩 들썩거리면서 그 줄의 맨 끝에 있는
교수대를 향해서, 올가미들을 하나씩 지나 앞으로 나아갔다.
다른 사람들도 그를 따라 했다.

「그런데 이제 더 이상 갈 수가 없잖아요! 이 들보를 지나면
아무것도 없어요. 저자들이 우리가 도망가는 것을 눈치챌 거
예요.」

「보게, 이 들보에 작은 구멍이 하나 있네. 저기로 가세.」

그러면서 에드몽 삼촌은 들보를 향하여 뛰어올랐다. 삼촌
이 아주 작아지면서 구멍 속으로 사라졌다. 그 뒤를 이어 조
나탕과 뚱뚱한 남자가 그대로 했다. 뤼시 자신은 도저히 못
해낼 것 같은 생각이 들었지만, 그 나뭇조각을 향해 달려들
어 구멍 안으로 들어갔다!

안에는 나선 계단이 하나 있었다. 그들은 계단을 성큼성
큼 올라갔다. 그들이 도망친 것을 알아차린 군인들의 고함
소리가 벌써 들려오고 있었다. 로스 그링고스, 로스 그링고
스, 쿠이다도![13] 장화 소리, 총소리. 군인들이 그들을 쫓고 있
었다.

계단을 올라가니 현대적인 호텔 방이 나왔다. 바다가 보
이는 방이었다. 그들은 방으로 들어가서 문을 닫았다. 8호실.
문이 꽝 하고 닫히는 바람에 꼿꼿이 서 있던 8 자가 옆으로
누우면서 무한대 기호인 ∞로 바뀌었다. 방은 호사스러웠다.
거기에 있으니 험악한 군인들의 손아귀에서 벗어난 느낌이

13 Los gringos, los gringos, cuidado! 외국 놈들, 외국 놈들이다, 조심해라!

들었다.

　모두가 안도의 한숨을 내쉬고 있는데, 뤼시가 다짜고짜 남편에게 덤벼들었다. 〈니콜라를 생각해야지, 니콜라를 생각해야 한다고〉라고 그녀가 소리쳤다. 그러고는 오래된 화병 하나를 집어 들고 남편을 때렸다. 어린 헤라클레스가 뱀을 목 졸라 죽이는 그림이 그려진 화병이었다. 조나탕은 양탄자 위에 거꾸러지더니 껍질이 벗겨진 새우로 변했다. 그 새우의 꿈틀거리는 모양이 우스꽝스러운 느낌을 주었다.

　에드몽 삼촌이 앞으로 나섰다.

　「질부, 자네 후회하고 있지, 안 그런가?」

　「무슨 말씀이신지 모르겠는데요.」

　「알게 될 거야. 나를 따라오게.」

　그가 미소를 지으며 말했다.

　그는 뤼시를 바다가 바라다보이는 발코니로 데려가더니, 손가락을 구부리며 두두둑 소리를 냈다. 그러자 곧 구름에서 불붙은 성냥개비 여섯 개가 내려와 그의 손 위에 일렬로 늘어섰다. 그가 또박또박하게 말했다.

　「내 얘기 잘 들어라. 사람들은 언제나 한결같은 방식으로 생각을 한다. 세계를 언제나 똑같은 진부한 방식으로 파악하지. 그걸 사진 찍는 것에 비유하자면 언제나 광각 렌즈 하나만 가지고 사진을 찍는 것과 같지. 그것도 현실의 한 모습이긴 하지만, 그게 전부는 아니지. 그건 하나의 시각일 뿐이야. 다르게, 다른 방식으로…… 생각해야 한다! 보거라.」

　성냥개비들이 잠시 허공에서 빙그르르 돌더니 땅바닥에 모였다. 그것들은 마치 살아 있는 것처럼 기어다니면서 어떤 모양을 만들었다. 그 모양은……

다음 날, 뤼시는 무척 흥분한 상태가 되어, 용접을 하거나 쇠를 녹일 때 쓰는 토치를 샀다. 그걸 가지고 뤼시는 지하실 문의 자물쇠를 녹여 버렸다. 그녀가 지하실 문턱을 넘어가려 는데, 니콜라가 아직 잠이 덜 깬 채로 부엌에 나타났다.

「엄마! 어디 가요?」

「아빠 찾으러 간다. 아빠는 자신이 구름이라고 생각하 고 계신 거야. 산들을 넘어 다닐 수 있는 구름 말이다. 아빠 얘기가 허풍이 아닌지 좀 알아봐야겠어. 갔다 와서 얘기해 줄게…….」

「안 돼요, 엄마, 가지 마세요. 가지 마요……. 저 혼자 남잖 아요.」

「걱정 마라, 니콜라. 다시 올라올 거야. 오래 걸리지 않을 테니 기다리고 있어라.」

뤼시는 지하실 구멍에 불을 비추었다. 그곳은 캄캄했다. 너무나 캄캄했다…….


《게 누구요?》

두 더듬이가 앞으로 나오더니 머리와 가슴과 배가 차례로 모습들을 드러낸다. 바위 냄새를 풍기는 예의 그 작은 절름 발이다.

그들이 그 절름발이를 덮치려 하는데, 그 뒤에 위턱으로 단단히 무장한 백 마리쯤의 병정개미들이 나타난다. 병정개 미들은 모두 바위 냄새를 풍기고 있다.

《비밀 통로로 도망가자!》암개미 56호가 페로몬을 뿜 었다.

56호는 지하 통로의 입구를 열었다. 그러고는 날개를 파닥여 천장에 스칠 정도로 올라가더니, 앞장서서 난입해 오는 자들에게 개미산 사격을 한다. 그 틈에 두 공모자들이 도망을 치고, 병정개미들 속에서 〈저놈들을 죽여라!〉 하는 야만적인 구호가 튀어나온다.

이번에는 56호가 구멍 속으로 숨어 들어간다. 병정개미들의 개미산이 아슬아슬하게 56호를 스치고 지나간다. 빨리, 빨리! 저놈들을 잡아라! 수백 개의 다리가 56호를 쫓아 몰려든다. 첩자들이 이렇게 많다는 사실이 그저 놀랍기만 하다. 그들은 도망치는 셋을 잡으려고 비좁은 통로에서 시끌벅적거린다.

수개미와 암개미와 병정개미가 자세를 한껏 낮추고 더듬이를 뒤로 젖힌 채, 통로를 질주하고 있다. 그 통로는 이제 비밀 통로가 될 수 없게 되었다. 그들은 그렇게 암개미 거주 구역을 빠져나와 아래층으로 내려간다. 얼마 안 가서 좁은 통로가 끝나고 갈림목이 나온다. 거기서부터 네거리가 자꾸 나온다. 그렇지만 발씨가 익은 327호가 낭패스러워하는 동료들을 이끌고 간다.

그때 느닷없이, 터널 모퉁이에서 그들 쪽으로 달려오고 있는 한 무리의 병정개미들과 맞닥뜨렸다. 아니 이럴 수가. 절름발이가 벌써 그들 앞에 나타난 것이다. 저 간교한 곤충은 모든 지름길을 훤히 알고 있지 않은가!

세 도망자들이 뒤로 물러서며 도망을 친다. 그들이 가까스로 숨을 돌릴 수 있게 되었을 때, 103683호가 한 가지 의견을 내놓는다. 적들이 지리를 훤히 아는 구역에서는 싸움을 하지 않는 게 좋겠다는 것이다. 이 난마처럼 뒤얽힌 통로 속에서도 적들은 너무나 쉽게 돌아다니고 있었다.

〈적이 나보다 강할 때는 적의 의표를 찌르라.〉벨로캉의 시조께서 말씀하신 이 오랜 격언이 지금 그들의 상황에 딱 들어맞는다. 56호가 꾀를 하나 낸다. 벽 속에 숨자는 것이다.

바위 냄새를 풍기는 병정개미들에게 내몰리기 전에 숨을 곳을 마련하려고, 세 개미는 안간힘을 다해 측벽에 구멍을 판다. 위턱을 부지런히 놀려 흙을 부수고 퍼낸다. 눈과 더듬이가 흙투성이다. 그들은 일을 더 빨리 끝내려고 이따금 흙을 크게 한입씩 삼켜 버리기도 한다. 구멍이 꽤 깊어지자 그들은 그 속에 웅크리고 들어가서 벽을 원래대로 해놓고 기다린다. 추격자들이 다가왔다가 빠른 걸음으로 지나간다. 그러나 얼마 안 가서 다시 돌아온다. 이번에는 훨씬 더 느린 걸음이다. 얇은 벽 뒤에서 추격자들이 세 개미를 찾아 샅샅이 뒤지고 있다.

병정개미들은 세 개미가 벽 속에 있는 것을 전혀 눈치채지 못했다. 그렇다고 마냥 벽 속에 있을 수는 없다. 병정개미들이 셋의 냄새 중에서 어떤 냄새인가를 감지하게 될 것이 뻔하다. 그래서 그들은 다시 땅을 판다. 더 커다란 위턱을 가진 병정개미가 앞에서 곡괭이질을 하고, 두 생식 개미는 그 흙을 퍼다가 그들의 뒤를 메운다.

암살자들이 그들의 작전을 눈치챘다. 그자들은 벽을 조사해 보고 나서 세 개미가 지나간 흔적을 찾아내고 미친 듯이 파헤치기 시작한다. 세 개미가 내리막길에 접어들었다. 검은 안개 속을 가고 있는 듯한 이런 상황에서는 누구도 길잡이 하기가 쉬운 일이 아니다. 이 도시에서는 1초마다 세 개의 통로가 생기고 두 개의 통로가 막히는 판이다. 형편이 이러하니 믿을 수 있는 도시 지도를 만들어야 한다. 고정되어 있는 기준점은 둥근 지붕과 그루터기뿐이다.

세 개미는 과실의 살덩이를 파고 들어가듯 천천히 도시 속을 파고든다. 이따금 기다란 덩굴식물이 길을 막아선다. 그것은 사실 비가 올 때 도시가 무너지지 말라고 농경 개미들이 심어 놓은 송악의 뿌리이다. 어딘가를 가다 보면 땅이 딱딱해져 있는 경우도 있고 그들의 위턱이 돌멩이에 부딪히는 경우도 있다. 그럴 때면 빙 돌아서 다른 곳을 파고 들어가야 한다.

두 생식 개미는, 추격자들의 발자국이 만들어 내는 진동이 더 이상 느껴지지 않음을 깨달았다. 세 개미는 거기에서 멈추기로 했다. 그곳은 벨로캉 한가운데, 개미들의 발길이 미치지 않는 곳에 자리 잡고 있는 텅 빈 동굴이다. 비도 스며들지 않고, 공기도 희박한 곳으로서, 아무도 여기에 이런 동굴이 있다는 것을 모른다. 휑뎅그렁하게 비어 있는 무인도 같은 곳이다. 이 작은 동굴까지 그들을 찾으러 올 자는 아무도 없으리라. 그곳에서 그들은 마치 어머니 배 속의 난소 안에 들어 있는 것 같은 느낌을 받는다.

56호가, 마주 대하고 있는 327호의 머리를 제 더듬이 끝으로 톡톡 두드린다. 영양 교환을 부탁하는 것이다. 327호는 받아들인다는 표시로 더듬이를 낮추고 제 입을 암개미의 입에 갖다 댄다. 327호는 진딧물 분비꿀을 조금 되올린다. 그 분비꿀은 전에 경비 개미가 그에게 나누어 주었던 것이다. 56호가 다시 원기를 찾는다. 이번에는 103683호가 56호의 머리를 톡톡 두드린다. 그들은 서로 입술을 갖다 댄다. 56호는 방금 전에 제 먹이 주머니에 넣어 두었던 영양물을 되올려 103683호에게 나누어 준다. 그리고 나서 세 개미는 서로를 어루만져 주고 비벼 준다. 아! 개미에게 있어서, 동료에게 뭔가를 나누어 준다는 것은 얼마나 유쾌한 일인가!

원기를 되찾기는 했지만, 무한정 거기에 있을 수는 없는 형편이었다. 산소가 다 떨어져 간다. 개미들이 아무것도 먹지 않고 물도, 공기도, 온기도 없이 오랫동안 버틸 수 있다고는 하지만, 그런 생명의 요소가 없으면 결국 잠이 들게 되고, 그 잠은 죽음을 불러오게 된다.

세 개미가 더듬이를 맞대고 상의를 한다.

《이제 어떻게 하지?》

《우리 계획에 찬동하는 30마리의 병정개미 부대가 지하 50층의 어떤 방에서 우리를 기다리고 있다.》

《그리로 가자.》

그들은 다시 땅을 파 내려가기 시작한다. 그들이 방향을 분간할 수 있는 것은 지구 자장에 민감한 존스턴 기관[14] 덕분이다. 그들은 이모저모를 따져 보고, 이제 자기들이 지하 18층 곡물 창고에서 지하 20층 버섯 재배장 사이에 와 있다고 느낀다. 그런데 아래로 내려갈수록 점점 추워지고 있다. 밤이 되면서 냉기가 땅속 깊이 스며들고 있는 것이다. 그들의 몸놀림이 느려지더니 마침내 땅을 파던 자세 그대로 멎은 채 잠이 들어 버린다. 다시 따뜻해지기를 기다리면서.


「조나탕, 조나탕, 나야, 뤼시!」

그 암흑세계로 점점 깊이 빠져들어 가면서, 뤼시는 공포

---

14 더듬이의 흔들마디에 있는 감각기로서, 곤충이 정지하거나 운동할 경우에 몸의 여러 부위가 적절한 방향을 잡거나, 몸 전체가 중력에 대해 적절한 방향을 잡는 데 매우 중요한 역할을 한다.

에 짓눌려 있었다. 그러다가 나선 계단을 끝없이 자꾸 내려가면서는 다른 심리 상태에 빠져들었다. 자신의 내부로 점점 깊이 침잠해 들어가는 기분이 그것이었다. 처음에는 목이 바짝바짝 마르는 느낌이 들었다가, 그다음에는 뱃구레의 태양 신경절이 고통스럽게 조여 드는 듯했고, 이어서 명치가 콕콕 쑤셔 왔다. 그러더니 이제는 배 전체로 통증이 퍼진 듯한 느낌이 들었다.

무릎과 발이 기계가 움직이듯 무의식적으로 계속 움직이고 있었다. 그것도 얼마 못 가서 탈이 날 것만 같다. 거기에서도 통증이 느껴지는 듯하다. 곧 주저앉아 버릴 것만 같다.

어린 시절의 영상들이 그녀의 뇌리에 떠올랐다. 독선적이었던 어머니, 그분은 그녀를 늘 죄인으로 만들었고, 귀염둥이 아들들 편에 서서 불공정한 처사를 수없이 되풀이했다. 졸장부였던 아버지. 아내 앞에서 벌벌 떨었고, 아주 사소한 말다툼에서도 입 한 번 뻥긋 못 하고 피하려고만 들었으며, 여왕 같은 어머니 말이라면 무조건 예예 하던 아버지, 겁쟁이였던 아버지……

자신이 조나탕을 온당치 못하게 대했던 것도, 어린 시절의 그 고통스러운 기억이 지어내는 감정 때문이었다. 사실 뤼시는 아버지를 생각나게 하는 구석이 조금이라도 있으면 남편에게 싫은 소리를 했었다. 그렇게 지나새나 잔소리를 퍼부어 대니까 남편이 기가 죽고 오갈이 들어 아버지를 닮아 갔던 것이다. 그리하여 악순환이 다시 시작되었다. 뤼시는 자신도 모르는 새에 그녀가 가장 혐오하는 것, 즉 자기 부모들 같은 부부 관계를 다시 만들어 냈던 것이다.

그런 악순환을 되풀이해선 안 되었는데. 뤼시는 남편에게 퍼부어 댔던 질책이 후회스러웠다. 남편에게 용서를 빌고 싶었다.

뤼시는 나선 계단을 돌고 돌아 계속 내려가고 있었다. 자신이 남편에게 정말 잘못했다는 것을 깨닫고 나니, 몸을 짓누르던 두려움과 고통이 가시었다. 계속 돌며 내려가다가 뤼시는 하마터면 어떤 문에 부딪힐 뻔했다. 흔히 볼 수 있는 평범한 문인데, 한쪽에 무슨 글귀가 적혀 있었다. 그것을 읽는 데는 별로 시간이 걸리지 않았다. 손잡이가 하나 달려 있다. 문은 삐걱거리지 않고 부드럽게 열렸다.

문 너머 저쪽으로도 계단이 계속 이어지고 있었다. 아까와 눈에 띄게 다른 점이 하나 있다면, 바위 복판에 철광석의 얇은 광맥이 나타나 있다는 것이었다. 땅속 물줄기에서 스며들어온 물과 섞여서, 철광석은 붉은색이 섞인 노란색을 띠고 있었다.

달라진 게 그것밖에 없었는데도, 뤼시는 뭔가 새로운 단계에 접어든 듯한 느낌을 받았다. 그때 갑자기 뤼시의 손전등이, 발치에 있는 피 얼룩을 비추었다. 우아르자자트의 피 얼룩이 남아 있는 것이려니 하고 생각했다. 그렇다면 그 겁 모르던 작은 푸들이 여기까지 내려왔단 말인가……. 여기저기에 피가 튀어 묻은 것 같은 얼룩이 있었다. 그러나 벽에 있는 얼룩들은 핏자국인지 녹슨 철광석의 얼룩인지를 분간하기가 어려웠다.

문득 무슨 소리가 들렸다. 따닥거리는 소리였다. 무엇인가가 뤼시 쪽으로 다가오고 있는 것 같았다. 그것들의 발걸음이 조심스러웠다. 그것들은 마치 겁을 먹고 감히 다가올 엄두를 못 내고 있는 듯했다. 뤼시는 발걸음을 멈추고 손전등 빛으로 어둠 속을 뒤져 보았다. 맨 처음 소리가 났던 곳을 비춰 보고 나서, 뤼시는 사람의 소리가 아닌 것 같은 비명을 질렀다. 그러나 뤼시가 있는 그곳에서는 그녀의 울부짖음을 들어 줄 사람이 아무도 없었다.

지구의 모든 생명들을 위해 아침이 찾아온다. 세 개미가 다시 내려가기 시작한다. 지하 36층, 103683호의 발씨가 익은 곳이다. 103683호는 이제 통로로 나가도 위험이 없을 거라고 생각했다. 바위 냄새를 풍기는 병정개미들이 거기까지 그들을 따라올 리는 없었다.

그들은 개미들의 발길이 완전히 끊긴 나지막한 통로로 들어섰다. 통로의 왼쪽 또는 오른쪽 여기저기에 구멍이 나 있다. 아무리 낮게 잡아도 열 번의 겨울나기 이전부터 버려진 곡물 창고들이다. 땅바닥이 끈적거린다. 물기가 배어들고 있는 것이다. 바로 그것 때문에 이 지대는 비위생적인 곳으로 여겨졌던 것이고, 벨로캉 내에서 가장 악명 높은 구역 중의 하나가 되어 버린 것이다.

악취가 풍긴다.

수개미와 암개미는 그다지 안심이 되지 않는다. 뭔가 적의를 가진 자들이 숨어 있음을 느끼고 더듬이로 그것들을 탐색한다. 이곳에는 기생 곤충과 불법 거주자들이 득실거리는 것 같다.

그들은 위턱을 활짝 벌리고 음산한 방들과 터널 속을 나아간다. 갑자기 새되게 긁는 소리가 들려 그들을 소스라치게 한다. 씨르, 씨르, 씨르……. 음조가 단순하다. 그들은 정신을 가다듬고, 최면을 거는 듯한 그 단조로운 소리가 어디에서 나오는지를 살핀다. 진흙 동굴 속에서 울리고 있다.

병정개미의 얘기에 따르면 귀뚜라미가 내는 소리라고 한다. 그 소리가 그들의 사랑 노래라는 것이다. 두 생식 개미는 조금 안도가 되기는 했으나 여전히 마음 한구석이 편치 않았다. 어쨌든 귀뚜라미들이 도시 안에까지 들어와서 연방의 군대를 조롱하고 있다는 게 도무지 믿기지가 않는 것이다.

103683호 자신에게는 그 일이 놀라울 게 없다. 선대의 여왕께서 이런 격언을 남기지 않으셨던가. 모든 것을 지배하려고 하는 것보다는 자신의 강점을 공고히 하는 편이 낫다고. 이런 일은 바로 그 가르침의 산물일 뿐이다.

다른 소리가 들려온다. 누군가가 아주 빠르게 땅을 파 들어오고 있는 듯하다. 바위 냄새를 풍기는 병정개미들이 그들을 찾아낸 것일까? 아니다…… 앞다리 두 개가 그들 앞으로 불쑥 튀어나온다. 발톱에 날이 서 있어서 쇠스랑처럼 보인다. 그 앞다리로 흙을 움켜쥐었다가 뒤로 밀어내면서 시커멓고 커다란 몸뚱이를 추진시키는 것이다.

땅강아지가 아니면 좋으련만!

세 개미는 모두 위턱을 벌린 채, 꼼짝 않고 있다.

땅강아지다.

흙의 소용돌이가 인다. 검은 털과 하얀 발톱이 달린 공 같다. 그 동물은 흙의 침전층 사이를 헤엄치듯 나아간다. 마치 개구리가 호수에서 헤엄치는 것 같다. 세 개미는 흙에 두드려 맞고 이리저리 내둘리고, 진흙 덩어리에 들러붙기도 한다. 그러나 아무 상처도 입지 않고 고비를 넘겼다. 땅 파는 기계 같은 땅강아지가 지나갔다. 땅강아지는 벌레들만 찾고 있었다. 벌레들의 신경절을 깨물어서 마비시킨 다음에, 그것들을 제 땅굴에 산 채로 저장해 두는 것이 땅강아지의 커다란 낙이다.

세 개미는 몸에 달라붙은 흙을 털어 내고, 다시 한번 찬찬하게 몸단장을 한 다음, 가던 길을 계속 간다.


그들은 이제 아주 좁으면서도 높은 통로에 들어섰다. 길잡이를 맡은 병정개미가 천장을 가리키면서 주의하라는 냄새를 발산했다. 천장에는 아닌 게 아니라, 검은 얼룩이 있는 빨간 빈대들이 덕지덕지 붙어 있었다. 지긋지긋한 골칫덩이다!

길이가 3머리(9밀리미터)인 이 곤충의 등은, 분노로 이글거리는 눈이 그려져 있는 것처럼 보인다. 이 곤충은 대개 죽은 곤충의 축축한 살을 먹고 살지만 때로는 팔팔하게 살아 있는 곤충을 먹기도 한다.

빈대 한 마리가 기다렸다는 듯이 세 개미 위로 떨어진다. 그놈이 땅에 닿기 전에 103683호가 가슴 아래로 배를 디밀어 개미산을 쏘았다. 개미산을 맞은 빈대는 땅에 떨어지자 뜨거운 잼으로 변해 버렸다.

그들은 잼처럼 변해 버린 빈대를 서둘러 먹고는, 또 다른 놈이 공격해 오기 전에 얼른 그 방을 떠났다.


### 개미의 지능

나는 이른바 〈1월-58〉이라는 실험에 착수했다. 첫 번째 주제는 지능이었다. 개미에게 지능이 있는가?

그것을 알아보기 위해, 중간 크기의 비생식충인 불개미(불개미속 루파개미)[15] 한 마리를 다음과 같은 문제 상황에 놓았다. 구멍이 하나 있고 그 구멍 바닥에 단단하게 만든 꿀을 한 덩어리 놓았다. 그런 다음 잔가지 하나를 구멍 위에 놓아 개미가 들어가지 못하게 했다. 그 잔가지는 가볍지만 아주 긴 것으로, 단단하게 박아 놓았다. 보통의 경우라면 개미는 구멍을 넓히고 안으로 들어갈 수 있겠지만, 이 구멍의 테두리는 딱딱한 플라스틱으로 만들어져 있어서 뚫을 수가 없다.

**제1일** 개미가 잔가지를 이따금씩 잡아당긴다. 그러다가 잔가지가 조금 들썩이자 그것을 다시 놓았다가 들어 올린다.

**제2일** 개미가 여전히 똑같은 일을 반복하고 있다. 나뭇가지를 잘라 보려고도 해보지만 성과는 없다.

**제3일** 위와 같음. 이 곤충은 그릇된 추리 방식 때문에 길을 잘못 든 것 같다. 다른 식으로 생각할 줄 모르기 때문에 이 곤충이 구멍으로 들어가는 데는 시간이 꽤 걸릴 듯하다. 그게 지능이 없다는 증거는 아닐는지.

**제4일** 위와 같음.

**제5일** 위와 같음.

**제6일** 오늘 아침 잠에서 깨어나 보니 나뭇가지가 구멍에서 치워져 있었다. 밤사이에 그 일이 벌어졌던 모양이다.

에드몽 웰스, 『상대적이며 절대적인 지식의 백과사전』

그다음 통로는 반쯤 막혀 있었다. 위에서 흘러내리던 차갑고 메마른 흙이 하얀 뿌리에 매달려 포도송이를 이루었다. 이따금 흙덩어리가 굴러떨어진다. 흔히 그것을 〈안에서 내리는 우박〉이라고들 한다. 그렇게 흘러내리는 흙덩이로부터 자신을 지키는 방법으로 알려진 것이라고는, 한층 더 세심하게 주의를 기울이면서 재빨리 흙더미 쪽으로 건너뛴다

---

15 학명은 Formica rufa.

는 것뿐이다.

세 개미가 전진하고 있다. 배를 땅에다 붙이고 더듬이를 뒤로 바짝 젖힌 채 다리를 성큼성큼 벌리고 있다. 103683호는 자기가 이들을 어디로 이끌고 가는지를 정확하게 알고 있는 듯하다. 땅이 다시 축축해진다. 메스꺼운 냄새가 주위를 맴돈다. 산 것의 냄새, 어떤 벌레의 냄새다.

수개미 327호가 멈춰 선다. 완전히 확신하는 건 아니지만, 327호가 보기에 누군가가 몰래 벽을 움직이는 것 같았다. 그가 미심쩍은 곳으로 다가갔다. 벽이 다시 덜덜 떨린다. 거기에서 입처럼 생긴 것이 하나 나타났다. 그가 뒤로 물러섰다. 이번에는 땅강아지가 아니다. 그것으로 보기에는 너무나 작다. 입이 소용돌이 모양으로 변하더니 그 한가운데서 혹 같은 것이 툭 튀어나와 수개미에게 덤벼든다.

수개미가 비명을 지르듯 냄새를 뿜는다.

지렁이다! 수개미가 위턱으로 쳐서 지렁이를 잘라 버린다. 그러나 그 벌레들이 꿈틀거리는 바람에 그들 주위에 있는 벽들이 무너져 내리기 시작한다. 곧 지렁이들이 잔뜩 모여든다. 꼭 회충이 많은 새의 창자 속에 들어와 있는 느낌이다.

지렁이 한 마리가 암개미의 가슴을 휘감으려 들자, 암개미는 위턱으로 잽싸게 쳐서 지렁이를 몇 토막으로 잘라 버렸다. 그 토막들이 암개미 양쪽에서 꿈틀거리고 있다. 다른 지렁이들이 떼를 지어 그들의 다리와 머리를 휘감았다. 더듬이에 지렁이가 닿는 게 특히 견디기 힘들다. 세 개미는 일제히 사격 준비를 하고 공격력이 약한 그 지렁이들에게 개미산을 쏘았다. 마침내 땅바닥에 황토색 살덩이가 질펀하게 깔렸다.

172

그 살덩이들은 세 개미에게 저항이라도 하듯 팔딱거렸다.

그들이 빠른 걸음으로 그곳을 빠져나갔다.

다시 정신을 차리고 나자 103683호가 그들이 지나가야 할 통로들을 가리킨다. 앞으로 나아갈수록 고약한 냄새가 점점 진하게 나고, 그럴수록 그들은 그 냄새에 익숙해진다. 무엇이든 되풀이되면 익숙해지는 법 아닌가. 병정개미가 벽 하나를 가리키며 이곳을 파야 한다면서 설명을 덧붙인다.

《이곳은 옛날에 퇴비 처리장으로 쓰던 곳이다. 모임 장소는 바로 옆이다. 조용하니까 여기서 모임을 갖는 게 좋을 게다.》

그들은 벽을 파고 넘어간다. 건너편에 커다란 방이 하나 나타나는데, 배설물 냄새가 진동한다.

아닌 게 아니라 그들의 대의에 동참한 30마리의 병정개미들이 거기에서 그들을 기다리고 있기는 했다. 그러나 그 병정개미들과 이야기를 나누려면 먼저 초보적인 조각 맞추기 놀이라도 해야 할 만큼 난장판이 벌어져 있었다. 병정개미들이 모두 토막이 나 있었던 것이다. 머리 따로, 가슴 따로…….

두려움에 떨면서, 세 개미가 그 죽음의 방을 조사하고 있다. 도대체 누가 여기, 벨로캉의 맨 밑바닥에서 이들을 죽였을까?

《틀림없이 위에서 내려온 어떤 자의 소행일 게다.》327호가 페로몬을 발했다.

《그럴 거라는 생각이 별로 안 든다.》56호 암개미가 반박하고, 땅바닥을 파보자고 제안한다.

수개미가 위턱을 바닥에 박는다. 아프다. 밑에는 바위가 있다.

조금 뜸을 들이다가 103683호가 설명을 한다.《거대한 화강암이다. 그게 도시의 맨 밑이고 단단한 바닥이다. 두껍다. 아주 두껍다. 그리고 널찍하다. 아주 너른 바위다. 아무도 이 바위의 끝이 어디인지를 알아내지 못했다.》

그렇다면 이 바위가 세계의 끝일지도 모른다. 그때, 이상한 냄새가 풍겨 왔다. 무엇인가가 방 안으로 들어온 것이다. 그들과 금방 친해질 수 있는 어떤 것이다. 그러나 겨레 개미는 아니고, 딱정벌레의 한 종류인 로메쿠사이다.

아주 어린 애벌레 시절에, 56호는 어머니에게서 이 곤충에 관해 다음과 같은 이야기를 들은 적이 있다.

〈로메쿠사의 감로(甘露)에 한번 맛들이면, 그것을 마실 때의 기분을 따라갈 게 이 세상에 아무것도 없을 게다. 그건 온갖 육체적 욕망이 빚어낸 음료다. 그 로메쿠사의 분비물을 마시게 되면 아무리 강인한 의지라도 맥을 못 추게 되느니라.〉

실제로 그 물질을 마시게 되면 고통과 두려움이 사라지고 지력이 작용을 멈추게 된다. 로메쿠사를 도시 안에 들여와 그 독물을 마시던 개미가, 그것을 공급해 주던 로메쿠사가 죽은 뒤에도 어쩌다가 살아남는 경우가 있는데, 그러면 그 개미는 새로운 약을 찾아서 어쩔 수 없이 도시를 떠나게 된다. 그 개미는 더 이상 먹지도 못하고 쉬지도 못한 채 탈진할 때까지 걷는다. 그러다가 로메쿠사를 찾아내지 못하면, 풀잎에 달라붙어 죽음을 맞는다. 금단(禁斷)의 고통을 이겨 내려고 수없이 물어뜯은 상처를 온몸에 남긴 채로.

어린 56호가 어느 날 이렇게 물어본 적이 있었다. 흰개미와 꿀벌들은 로메쿠사를 가차 없이 죽여 버리는데, 우리는 왜 그 재앙의 씨앗이 도시에 반입되는 것을 용인하느냐고. 어머니의 대답은 이러했다. 어떤 문제에 대처하는 방법에는 두 가지가 있다. 그것이 접근하지 못하게 하거나 그것이 지나가게 내버려 두는 것이다. 두 번째 방법이 반드시 더 나쁘다고만은 할 수 없다. 로메쿠사의 분비물은, 복용량을 알맞게 조절하거나 다른 물질하고 배합하면, 훌륭한 약이 될 수도 있다.

수개미 327호가 가장 먼저 앞으로 나선다. 로메쿠사에게서 풍기는 달콤한 향기에 홀려서, 수개미가 로메쿠사의 배에 난 털을 훑는다. 거기에서 환각 작용을 하는 끈끈한 액체가 묻어 나온다. 너무도 놀라운 사실은, 그 독물 공급자의 배에 두 개의 기다란 털이 달려 있어서, 두 개의 더듬이를 가진 개미 머리와 그 모습이 너무나 흡사하다는 것이다.

암개미 56호도 달려든다. 그러나 미처 그 맛을 즐길 겨를이 없었다. 개미산 한 방이 날아든 것이다. 103683호가 배를 들어 사격을 했다. 화상을 입은 로메쿠사가 고통을 이기지 못해 몸을 비튼다.

병정개미가 간결하게 자신이 방해한 이유를 설명한다.

《이렇게 깊숙한 곳에서 이런 곤충을 만나게 되는 것은 범상한 일이 아니다. 로메쿠사는 땅을 팔 줄 모른다. 누군가가 우리 일을 방해하려고 일부러 이놈을 데려온 것이다. 여기를 뒤져 보면 뭔가를 찾아낼 수 있을 것이다.》

다른 두 개미는 부끄러움에 어쩔 줄 몰라 하면서, 자기들 동지의 명철함에 그저 감복할 따름이었다. 세 개미가 오랫동안 수색을 벌인다. 자갈을 치우고, 방 구석구석의 냄새를 맡아 본다. 이렇다 할 실마리가 별로 없다. 그러나 마침내 이미 알고 있는 냄새를 감지해 냈다. 암살자들의 옅은 바위 냄새다. 느낄 듯 말 듯 한 겨우 두세 개의 냄새 분자에 불과하지만 그것으로 충분하다. 냄새는 저쪽에서 오고 있다. 바로 저 자그마한 바위 밑이다. 그들이 그것을 밀어내자 비밀 통로 하나가 나타난다. 역시 비밀 통로가 있었다.

다만, 그 통로는 아주 특별한 점을 지니고 있었다. 흙이나 나무를 파서 만든 통로가 아니라 놀랍게도 화강암을 뚫어 각이 지게 만든 통로였다. 아무리 강한 위턱을 가졌다 해도 이런 재료에 구멍을 낼 수는 없다.

통로는 꽤 넓지만, 그들은 조심스럽게 내려간다. 얼마 내려가지 않아서 그들은 양식이 가득 찬 커다란 방에 내려섰다. 곡물 가루, 꿀, 알곡, 갖가지 고기…… 어마어마한 양이다. 그만한 양이면 온 도시가 다섯 차례의 겨울을 날 수 있다. 거기 있는 모든 것에서, 바위 냄새가 난다. 그들을 쫓고 있는 병정개미들이 풍기는 냄새와 똑같은 것이다.

어떻게 이렇듯 많은 양식을 갈무리해 둔 창고가 이런 곳에 은밀하게 꾸며질 수 있단 말인가? 어디 그뿐인가! 이 창고에 접근하는 것을 막으려고 로메쿠사를 이용하다니! 이런 사실을 다른 동료들은 까맣게 모르고 있다…….

그들은 거기에 있는 양식으로 실컷 배를 채우고 나서, 현재 자신들이 처한 상황을 분명하게 알기 위하여 더듬이를 결합한다. 일이 갈수록 오리무중이다. 첫 원정대를 몰살한 비밀 무기, 특별한 냄새를 풍기며 가는 곳마다 그들을 공격하는 병정개미들, 로메쿠사, 도시의 바닥 밑에 감추어진 양식 창고…… 난쟁이개미들에게 매수된 용병 첩자들이 있을 거라는 가정을 넘어서는 일이다. 그게 아니라면 그자들은 대단히 잘 조직되어 있는 것이다.

327호와 동료들은 한가롭게 마냥 생각에 잠겨 있을 겨를이 없었다. 희미한 진동이 그곳까지 깊숙하게 전해져 오고 있다. 둥둥 둥둥, 둥둥 둥둥. 위에서 일개미들이 배 끝으로 땅을 두드리고 있다. 비상사태다. 2단계 경보가 울리고 있는 것이다. 그들의 지원 요청을 나 몰라라 할 수는 없는 노릇이다. 세 개미의 다리가 반사적으로 반회전을 한다. 거역할 수 없는 힘에 이끌려, 그들의 몸은 벌써 겨레의 다른 구성원들과 하나가 되기 위한 길에 들어서 있다.

적당한 거리를 두고 그들을 뒤쫓고 있던 절름발이 개미가 안도의 한숨을 내쉰다. 휴! 다행히 저자들이 아무것도 눈치채지 못했군…….


아버지도 어머니도 지하실에서 돌아오지 않자, 견디다 못한 니콜라가 경찰에 알리기로 마음을 먹었다. 얼마 뒤, 많이 운 탓에 눈은 발갛고, 무척 굶주려 보이는 아이 하나가 파출소에 들어와 〈아빠, 엄마가 지하실로 사라졌어요〉 하면서 아마도 쥐나 개미에게 죽임을 당한 것 같다고 설명했다. 깜짝 놀란 경찰관 두 명이 아이의 뒤를 따라 시바리트가 3번지의 지하층까지 왔다.

**개미의 지능(계속)**

실험에 다시 착수했다. 이번에는 비디오카메라를 사용하기로 했다.

**피실험자** 먼젓번과 똑같은 개미집에서 꺼내 온 동종의 다른 개미.

**제1일** 개미가 나뭇가지를 밀고 당기고 물어뜯는다. 그러나 아무런 성과는 없다.

**제2일** 위와 같음.

**제3일** 됐다! 개미가 드디어 무엇인가를 찾아냈다. 나뭇가지를 조금 당기고, 그 틈새로 제 배를 집어넣은 다음 배를 부풀려서 나뭇가지가 다시 제자리로 돌아오지 못하게 막는다. 그러고는 나뭇가지 잡고 있는 다리를 내려서 같은 동작을 반복한다. 그렇게 조금씩 간헐적인 동작을 되풀이해서, 천천히 잔가지를 밀어낸다. 그러면 그렇지…….

에드몽 웰스, 『상대적이며 절대적인 지식의 백과사전』

경보는 비상사태 때문에 발동된 것이었다. 서쪽 맨 끝에 자리 잡고 있는 분가(分家) 도시 라숄라캉이 난쟁이개미 군대의 공격을 받았던 것이다.

당연히 그들은 반격을 하기로 결정했다.

이제 전쟁은 불가피하다.

라숄라캉의 생존자들이 시게푸 개미들의 봉쇄를 뚫고 도망쳐 와서 믿기지 않는 이야기를 한다. 그들의 이야기에 따르면, 사태의 자초지종은 이러했다.

기온이 17도인 시각에, 기다란 아카시아 가지 하나가 라숄라캉의 주 입구로 다가왔다. 기이하게도 움직이는 나뭇가지였다. 그 가지가 단번에 짓쳐들어와 빙빙 돌면서 입구를 폐허로 만들었다.

파수 개미들이 사정없이 후벼 대는 그 정체를 알 수 없는 물체를 공격하려고 나갔지만, 모두 죽임을 당했다. 그다음에는 모두들 그 나뭇가지의 광란이 멈추기를 기다리면서 틀어박혀 있었다. 그러나 일은 그것으로 끝나지 않았다.

나뭇가지는 장미 봉오리 하나를 날려 버리듯 둥근 지붕을 날려 버리고, 통로를 휘저어 댔다. 병정개미들이 닥치는 대로 사격을 해보았지만, 개미산으로는 그 식물성 파괴자를 도저히 상대할 수가 없었다.

사정이 이러하여 라숄라캉의 개미들은 두려움에 떨면서 기진맥진해 있었다. 그런데 그때 나뭇가지의 공격이 중단되었다. 2온도-시간(개미 세계의 시간 단위)만큼 쉴 틈을 주더니, 이번에는 난쟁이개미 군대가 돌격해 왔다.

이미 지붕이 날아가 구멍이 뚫려 버린 분가 도시는 그 첫 번째 공격에 힘겹게 저항했다. 사망자가 수만을 헤아렸다. 견디다 못한 생존자들이 자기들의 소나무 그루터기 속으로 도망을 쳐서 가까스로 버티고 있다. 그렇지만 그들도 오래 버티지는 못할 것이다. 이제 남아 있는 양식도 없으려니와 난쟁이개미들이 벌써 금단 구역의 나무 속 통로에까지 쳐들어왔기 때문이다.

라숄라캉은 연방의 일원이므로, 벨로캉과 인근의 모든 분가 도시들은 마땅히 원군을 보내야 한다. 사태의 전말에 대한 이야기의 초입 부분을 더듬이들이 채 받아들이기도 전에 전투 준비가 포고되어 있었다. 이 마당에 누가 쉴 생각을 하고 도시 보수 공사를 운운하랴! 봄철의 첫 전쟁이 발발한 것이다.

수개미 327호와 암개미 56호와 병정개미 103683호가 최대한 빠르게 위층으로 올라가고 있는데, 어디에서나 그들의 주위에는 개미들이 북적거린다.

유모 개미들은 알과 애벌레와 번데기를 지하43층으로 옮기고 있다. 진딧물 감로를 짜는 개미들은 그 풀빛 가축들을 도시의 맨 밑바닥에 숨기고 있다. 농경 개미들은 전투 식량으로 쓸 양식을 잘게 다져서 비축하고 있다. 병정개미 계급의 방들에서는 포수 개미들이 배에다 개미산을 가득 채우고 있고, 절단 개미들은 위턱을 갈고 있다. 용병 개미들은 밀집 대형으로 모여 있다. 생식 개미들은 자기들 구역에 틀어박힌다.

당장 공격할 수는 없다. 지금은 너무 춥기 때문이다. 그러나 내일 아침 해가 뜨자마자 격렬한 전쟁이 벌어지리라.

위쪽, 둥근 지붕에서는 실내 온도를 조절하는 출구들이 닫힌다. 벨로캉이라는 개미 도시는 자기 숨구멍들을 수축시키고 발톱들을 오그라뜨리고 이빨들을 그러쥔다. 물어뜯을 태세를 갖춘 것이다.


두 경관 중에서 더 뚱뚱한 사람이 팔로 아이의 어깨를 감싸면서 물었다.

「그런데 얘야, 정말 그럴 거라고 생각하니? 네 부모님이 저 안에 계시단 말이지?」

아이는 지친 기색을 보이며 대답을 하지 않고 경관의 팔에서 빠져나왔다. 갈랭 형사는 계단 아래로 몸을 기울여 보더니, 우스꽝스럽기도 하고 우렁차기도 한 소리로 〈이리 와봐요!〉라고 소리를 쳤다. 그의 소리가 메아리가 되어 울려 퍼졌다.

「정말 아주 깊어 보이는데요. 이대로는 못 내려가겠어요. 도구들을 좀 가져와야겠어요.」

빌셍 경정은 불안한 낯빛을 보이며 손가락 끝을 입술에 댔다.

「하긴 그래.」

「소방대원들을 데리러 가겠습니다.」갈랭 형사가 말했다.

「그러게. 그동안 나는 이 꼬마에게 뭘 좀 물어봐야겠어.」

경정이 녹아 버린 자물쇠를 가리키며 물었다.

「저거는 네 엄마가 그런 거냐?」

「예.」

「그렇다면 네 엄마 솜씨가 대단하구나, 응? 용접 토치를 가지고 이렇게 철통같은 문을 딸 줄 아는 여자는 드물 거야……. 그리고 하수구를 뚫고 들어갈 줄 아는 여자는 네 엄마밖에 없을 거다.」

니콜라는 농담을 할 기분이 아니었다.

「엄마는 아빠를 찾으러 간 거예요.」

「그렇구나, 미안하다……. 엄마 아빠가 저 아래로 내려가신 지는 얼마나 됐니?」

「이틀 됐어요.」

빌셍이 코를 긁으며 난처하다는 기색을 보였다.

「그런데 아빠가 왜 내려가셨는지 너는 아니?」

「처음엔 개를 찾으러 내려가셨고요, 그다음엔 잘 모르겠어요. 금속판을 사들이시더니 그걸 아래로 가져가셨어요. 그리고 개미에 관한 책들도 잔뜩 사셨어요.」

「개미라고? 하기야 그럴 수도 있지.」

빌셍 경정은 상당히 어리둥절해 있으면서도, 〈하기야〉라는 말을 몇 번 더 중얼거리면서 그저 고개만 주억거렸다. 사건의 해결이 쉬울 것 같지 않았다. 종잡을 수 없는 사건이었다. 그가 〈특별한〉 사건들을 맡은 것은 이번이 처음은 아니었다. 여태껏 늘 쓰레기 같은 일들만 맡아 왔다고 해도 과언이 아니다. 그렇게 되기까지는 그의 성격도 한몫을 했을 것이다. 얼빠진 사람들이 보기에 그는, 다들 미친 소리라고 외면하는 이야기라도 관대하게 들어 줄 수 있는 사람이었다.

그것은 그의 천성이었다. 아주 어렸을 때부터 그는 학교 친구들이 찾아와 잠꼬대 같은 소리를 늘어놓아도 그런 것들을 귀 기울여 들어 주었던 것이다. 그럴 때면 그는 상대방을 뚫어지게 쳐다보면서 고개를 끄덕거렸다. 그러고는 다른 말을 하지 않고 그저 〈하긴 그래〉라는 말만 되뇌었다. 매사가 그런 식이었다. 사람들은 상대방에게 깊은 인상을 심거나 상대방의 마음을 끌려고 복잡한 말과 칭찬의 말을 늘어놓느라 정신이 없는데, 빌셍은 〈하긴 그래〉라는 말 한마디면 충분하다는 것을 깨닫고 있었던 것이다. 사람들 사이의 의사소통이란 참으로 묘한 구석이 있는 것이다.

어린 빌셍은 실제로 말을 한 적이 없으면서도 그의 학교에서 가장 말을 잘하는 학생이라는 평판을 얻었다. 참으로 알다가도 모를 일이었다. 심지어는 학년 말의 학생 대표 연설을 하라는 요청이 들어오기까지 했다.

빌셍은 정신과 의사가 되려는 생각도 있었지만, 제복이 주는 매력에 이끌렸다. 의사의 하얀 근무복도 제복은 제복이겠지만 그 정도는 눈에 차지도 않았다. 반쯤 미쳐 버린 사람들이 들끓는 세상에서는, 뭐니 뭐니 해도 경찰과 군대가 〈절도 있게 사는 사람들〉의 기수라고 그는 생각했다. 횡설수설하는 사람들을 이해하고 있다고 생각하면서도, 정작 그는 그런 사람들을 혐오하고 있었던 것이다. 철없는 것들이라고 생각하면서. 빌셍의 신경을 가장 심하게 거스르는 사람들은 지하철 안에서 큰 소리로 떠드는 자들이다. 조금 전에 겪은 일들을, 뭐가 그리 대단하다고 손짓 발짓 해가며 떠벌여 대는 족속들 말이다.

빌셍이 경찰에 투신했을 때, 그의 천성은 곧 상관들의 눈에 띄었다. 상관들은 온갖 〈터무니없는 사건들〉을 모두 그에게 떠맡겼다. 전혀 아무것도 해결하지 못하는 경우가 대부분이었지만, 어쨌든 그는 자기가 맡은 사건에 몰두했다. 그것만으로도 벌써 대단한 일이었다.

「아참, 성냥개비가 있었어요!」

「성냥개비가 어쨌다는 거냐?」

「이 사건의 해결책을 찾으려면 성냥개비 여섯 개로 정삼각형 네 개를 만들어야 돼요.」

「답이 뭔데?」

「〈새로운 사고방식〉이에요. 아빠는 그것을 〈새로운 논리〉라고 하셨어요.」

「하긴 그래.」

그 말에 아이가 불거진 소리를 했다.

「〈하긴 그래〉라는 말만 하면 어떡해요! 삼각형 네 개를 만들 수 있는 기하학적인 형태를 찾아야 돼요. 개미, 에드몽 할아버지, 성냥개비, 이 모든 것이 결합되어 있는 거예요.」

「에드몽 할아버지? 에드몽 할아버지가 누구냐?」

니콜라가 생기를 되찾았다.

「그분은 『상대적이며 절대적인 지식의 백과사전』을 지은 분이에요. 그런데 돌아가셨어요. 아마 쥐들 때문일 거예요. 우아르자자트를 죽인 것도 쥐들이고요.」

빌셍 경정이 씁쓸한 미소를 지었다. 고약한 놈 같으니라고! 저 녀석 커서 뭐가 되려고 저러지? 잘돼 봐야 알코올 의존자겠다.

183

드디어 갈랭 형사가 소방대원들을 데리고 왔다. 빌셍은 대견스럽다는 듯 갈랭 형사를 바라보았다. 갈랭은 타고난 형사였다. 짓궂은 구석도 많은 사람이었다. 정신 나간 사람들의 이야기에 곧잘 흥미를 느꼈다. 이야기가 기이하면 기이할수록 그는 더 깊이 빠져들곤 했다.

이해심 많은 빌셍과 정열적인 갈랭은 둘이서 〈아무도 맡고 싶어 하지 않는, 넋 나간 자들의 사건〉 전담반을 비공식적으로 구성한 바 있다. 이미 그들이 파견되었던 사건은 많이 있었다. 〈자기 고양이들에게 물려 죽은 노파〉 사건을 위시하여, 〈혀로 손님들을 질식시켜 버린 매춘부〉 사건이 있고, 〈햄, 소시지 제조업자들의 수를 줄이려던 사람〉 사건도 빼놓을 수 없다.

「그럼, 경정님은 여기에 계십시오. 저희가 들어가서 이 튜브식 들것으로 그 사람들을 데려오겠습니다.」


새 생명을 낳는 순결한 방에서, 어머니가 알 낳는 일을 중단했다. 어머니가 한쪽 더듬이만을 들어 올린다. 혼자 있고 싶다는 뜻이다. 시종 개미들이 사라진다.

벨로캉의 살아 움직이는 모태라 할 만한 벨로키우키우니의 심사가 편하질 않다.

그러나 전쟁 때문에 불안해하는 것은 아니다. 이기기도 하고 지기도 하면서 겪은 전쟁이 50차례는 족히 된다. 여왕을 불안케 하는 것은 다른 것이다. 비밀 무기에 대한 이야기 때문이다. 빙빙 돌면서 둥근 지붕을 날려 버린다는 그 아카시아 가지 말이다. 수개미 327호의 증언도 마음에 걸린다. 스물여덟 마리의 병정개미가 전투태세를 갖추기도 전에 몰살을 당했다고 한다……. 이 특별한 사건들을 너무 소홀히 다루고 있는 것은 아닌가?

이제 그래선 안 된다.

그런데 어떻게 하지?

벨로키우키우니는 옛날 〈이해할 수 없는 비밀 무기〉에 맞서야 했던 때를 회상한다. 남쪽 흰개미들과 전쟁을 벌이던 때의 일이다. 어느 날 개미들이 와서 보고하기를, 120마리의 병정개미 부대가 죽은 것도 아닌데 〈꼼짝 않고 있다〉고 했다.

두렵기 이를 데 없었다. 벨로캉 개미들은 더 이상 흰개미들을 정복할 수 없으리라고 생각했다. 그들이 결정적으로 기술적인 우위를 확보한 것처럼 보였던 것이다.

벨로캉에서 첩보원을 파견했다. 아닌 게 아니라 흰개미들은 *끈끈물*을 쏘아 대는 포수 개미 계급을 본격적으로 가동시키고 있던 참이었다. 즉 큰코흰개미[16]가 생겨난 것이다. 그럼으로써 흰개미들은 *끈끈물*을 2백 머리(6백 밀리미터)까지 쏘아 보내, 병정개미들의 다리와 털을 마비시킬 수 있게 된 것이었다.

벨로캉 연방은 오랫동안 고민한 끝에 대응책을 찾아냈다. 즉, 낙엽으로 끈끈물을 방어하면서 전진하는 방법을 생각해 낸 것이다. 그것을 바탕으로 저 유명한 〈낙엽〉 전투를 벌였고, 그 전투는 벨로캉 군대의 승리로 끝났다.

그러나 이번의 적수는 멍청한 흰개미들이 아니라, 민첩성

16 흰개미의 한 속명인 nasutitermes를 옮긴 말. nasutitermes는 〈커다란 코를 가지고 있다〉는 뜻의 형용사인 nasutus와 〈흰개미〉를 뜻하는 termes의 합성어이다. 이 속에 딸린 많은 종의 흰개미들은 머리 앞부분이 변형되어, 길게 늘어난 코 모양의 관 nasus을 가지고 있다. 이것을 통해 독성이 있는 끈끈이액을 분사하는 것이다.

으로 보나 지능으로 보나 흰개미들을 몇 배 능가하는 난쟁이 개미들이다. 게다가 그들의 비밀 무기는 대단한 파괴력을 가진 것으로 보인다.

벨로키우키우니가 신경질적으로 더듬이를 만지작거린다. 난쟁이개미들에 대해 얼마나 정확하게 알고 있는가 하고 스스로에게 묻는다. 아는 것도 많지만 모르는 것도 많다.

난쟁이개미들은 1백 년 전에 이 지역에 들어왔다. 처음에는 척후 개미 몇 마리뿐이었다. 그들의 체구가 작았기 때문에, 다들 대수롭지 않게 여겼다. 척후 개미들의 뒤를 이어 난쟁이개미들이, 다리 끝에 알과 식량을 싣고 떼를 지어 몰려왔다. 그들은 커다란 소나무 뿌리 밑에서 첫날밤을 보냈다.

다음 날 아침이 되어 보니, 그들의 반수가 굶주린 고슴도치에게 떼죽음을 당해 있었다. 살아남은 자들은 북쪽으로 멀리 떠나, 고동털개미들의 도시에서 그리 멀지 않은 곳에 터를 잡았다.

연방에서는 〈난쟁이개미들과 고동털개미들 사이에서 해결할 문제이지 우리하고는 상관이 없다〉고 생각했다. 그 허약한 것들이 덩치 큰 고동털개미들의 먹이가 되게 방치했다고 양심의 가책을 느끼는 개미들조차 있었다.

그러나 난쟁이개미들은 죽임을 당하지 않았다. 매일 잔가지와 작은 딱정벌레들을 나르는 그들의 모습이 눈에 띄었다. 당초의 예상과는 달리 사라지는 쪽은 놀랍게도…… 덩치 큰 고동털개미들이었다.

어떻게 그런 일이 벌어졌는지는 아직도 알려져 있지 않지만, 벨로캉 척후 개미들의 보고에 따르면, 그 후로 고동털개미들의 둥지 전체를 난쟁이개미들이 차지하게 되었다고 한다. 벨로캉 개미들은 그 사건을 그저 팔자소관으로 치부하고 심지어는 재미있어하기까지 했다. 〈고동털개미 놈들 건방지게 굴더니 고거 참 잘코사니다〉라는 뜻의 냄새도 통로에 퍼져 나왔다. 그 보잘것없는 작은 개미가 연방의 골칫거리가 되리라고는 전혀 생각하지 않았던 것이다.

그런데 고동털개미들에 이어서 이번에는 들장미 꿀을 먹고 사는 꿀벌들의 둥지가 난쟁이개미들에게 점령당했다. 그 다음에는 북쪽의 마지막 남은 흰개미 도시와 독을 지닌 흑개미들의 둥지가 난쟁이개미들의 깃발 아래로 들어갔다.

피난자들이 벨로캉으로 모여들어 용병대의 규모가 커졌다. 그들이 와서 전하는 얘기로는, 난쟁이개미들이 첨단의 병법을 지니고 있다는 것이다. 예를 들자면, 난쟁이개미들은 희귀한 곳에서 추출한 독을 물에 풀어서 수원(水源)을 오염시키기도 한다는 얘기였다.

그런 얘기를 듣고서도 벨로캉 개미들은 여전히 심각하게 걱정하지 않았다. 결국 작년에 니지우니캉이라는 도시가 2온도-시간만큼 버티다가 무너지자, 그제야 정신을 차리고 그 무시무시한 적들을 가만 내버려 두어서는 안 되겠다고 생각하게 되었다.

그러나 불개미들이 난쟁이개미들을 과소평가했던 것은 사실이지만, 난쟁이개미들도 불개미들의 힘을 제대로 파악하지 못하고 있기는 마찬가지였다. 니지우니캉은 아주 작은 도시였지만, 그 뒤에 벨로캉 연방 전체가 버티고 있다는 사실을 그들은 몰랐던 것이다. 난쟁이개미들이 승리를 쟁취한 그다음 날, 각각 1천2백 마리의 병정개미들로 이루어진 240개의 부대가 몰려와서 팡파르를 울리며 난쟁이개미들의 단잠을 깨웠다. 전투의 결과는 뻔한 것이었지만, 그래도 난쟁이개미들은 사력을 다해 싸웠다. 그런 탓에, 연합군이 도시를 탈환하는 데 꼬박 하루가 걸렸다.

해방된 도시 안으로 들어가 보니, 난쟁이개미들은 니지우니캉 안에 한 마리의 여왕개미가 아닌 2백 마리의 여왕개미를 들여앉혀 놓고 있었다. 그것은 하나의 커다란 충격이었다.

### 공격 군대

개미는 공격용 군대를 보유하고 있는 유일한 사회성 곤충이다.

흰개미와 꿀벌들도 군대를 보유하고 있지만, 아직 정치적 진화가 덜 되어 왕정주의에 머물고 있는 그 종들은, 그저 도시를 방위하거나 둥지에서 멀리 나간 일꾼들을 보호하기 위해서만 병력을 사용한다. 흰개미 도시와 꿀벌 도시에서 영토 정복을 위해 전쟁을 도발하는 경우는 비교적 드물다. 그러나 그런 일이 벌어질 때도 있다.

에드몽 웰스, 『상대적이며 절대적인 지식의 백과사전』

포로가 된 난쟁이 여왕개미들이 난쟁이개미들의 역사와 관습에 대해서 이야기했다. 기상천외한 이야기였다.

난쟁이 여왕개미들의 이야기에 따르면, 난쟁이개미들은 수십억 머리나 떨어져 있는 다른 고장에서 살고 있었다고 했다.

그 고장은 연방이 깃들여 있는 숲과는 아주 달랐다. 때깔 좋고 맛좋은 살진 과일들이 열리는 나무가 자라고 있었다. 게다가, 겨울이 없어서 겨울잠을 잘 필요가 없었다. 그런 꿈 같은 풍요의 땅 위에, 난쟁이개미들이 〈고대〉 시계풉를 건설했다. 아주 오랜 역사를 지닌 어떤 왕조에서 갈라져 나온 도시였다. 그 도시는 협죽도나무 밑동에 터를 잡고 있었다.

그러던 어느 날, 그 협죽도나무가 뿌리를 감싸고 있던 흙과 함께 뿌리째 뽑혀 나무 상자 안으로 옮겨지는 일이 벌어졌다. 그 나무 상자는 다시 아주 단단하고 어마어마하게 큰 구조물 안으로 옮겨졌다. 그 구조물의 가장자리에 이르러 보니 물이 펼쳐져 있었다. 끝 간 데를 알 수 없이 너르고 소금기가 있는 물이었다.

많은 난쟁이개미들이 제 선조들의 땅을 찾아 돌아가려다가 물에 빠졌다. 그러자 대다수의 난쟁이개미들은 체념을 하고, 짠물로 둘러싸여 있는 그 단단하고 거대한 구조물 안에서 삶을 도모하기로 결정했다. 그렇게 갇힌 상태가 몇 날 며칠 계속되었다.

난쟁이개미들은, 존스턴 기관을 통해 자기들이 먼 곳으로 아주 빠른 속도로 이동하고 있다는 것을 감지했다.

《우리는 지구 자기 장벽을 1백 개쯤 통과했다. 그 구조물이 우리를 데려온 곳이 바로 여기였다. 우리는 협죽도나무와 함께 여기에 버려졌다. 그럼으로써 우리는 이 세계를 발견하게 되었고 이국적인 식물들을 만나게 되었다.》

새로운 환경을 접하고 보니 실망스럽기 한량없었다. 과일이며 꽃이며 곤충 들이 더 작고 때깔도 보잘것없었다. 빨강, 노랑, 파랑이 주조를 이루던 고장을 떠나와 맞닥뜨린 이 고장은 초록과 검정과 밤색이 지천이었다. 산뜻한 원색의 세계에서 파스텔 색조의 세계로 넘어온 것이다.

그뿐 아니라 모든 것을 꼼짝 못 하게 하는 겨울과 추위가 있었다. 고향 땅에서는 추위라는 게 존재한다는 것조차 몰랐고, 그들의 활동을 정지시키는 것은 오로지 더위뿐이었다.

난쟁이개미들은 우선 추위에 대항하기 위한 여러 가지 방안을 마련했다. 가장 효과적이었던 방법 두 가지를 얘기하자면, 하나는 당분을 섭취하는 것이었고, 또 하나는 달팽이가 분비하는 끈끈물을 몸에 바르는 것이었다.

당분을 마련하기 위해서 그들은 딸기, 오디, 버찌의 과당을 모았다. 또 지방분을 마련하기 위해서 그 일대의 달팽이들을 거의 전멸시키다시피 했다.

한편, 난쟁이개미들은 아주 놀라울 정도로 매사에 실용성을 중시했다. 그들에게는 날개 달린 생식 개미가 없었고 결혼 비행도 없었다. 그들의 암개미는 땅속에 있는 자기들 집에서 교미를 하고 알을 낳았다. 그럼으로써 각각의 도시는 알 낳는 개미를 한 마리가 아니라 수백 마리씩 갖게 되었던 것이다. 그것이 가져다주는 이점은 대단한 것이었고, 훨씬 더 커다란 강점이었다. 불개미 도시 하나를 괴멸시키려면 여왕개미를 죽이는 것으로 충분했지만, 난쟁이개미의 도시는 단 한 마리의 생식 개미라도 남아 있으면 다시 알을 낳을 수가 있었던 것이다.

그뿐이 아니었다. 난쟁이개미들은 영토를 확장하는 방법에서도 불개미들과 달랐다. 불개미들은 결혼 비행을 통해 되도록 먼 곳에 착륙한 다음, 냄새의 자취로 연방 내의 분가 도시와 다시 연결되는 데 반해서, 난쟁이개미들은 중심 도시로부터 조금씩조금씩 영토를 넓혀 나갔다.

그들의 작은 체구마저도 장점이 되었다. 아주 적은 칼로리만 있어도 그들은 정신이 활발해지고 행동이 민첩해질 수 있었다. 장대비가 쏟아졌을 때 난쟁이개미들이 대응하고 있는 걸 보고, 불개미들은 그들의 반응 속도가 얼마나 빠른지를 가늠해 볼 수 있었다. 불개미들은 아직 침수된 통로에서 진딧물 떼와 갓 낳은 알들을 빼내느라고 여념이 없는데, 난쟁이개미들은 벌써 몇 시간 전에 커다란 소나무 껍질의 울퉁불퉁한 곳에 둥지를 하나 만들어 놓고 그곳으로 자기들의 모든 보물들을 옮겨 놓은 뒤였다……

벨로키우키우니는 불길한 생각을 쫓으려는 듯 몸을 움직이더니, 알 두 개를 낳는다. 병정개미의 알이다. 그 알들을 거두어 갈 유모 개미도 없고, 배도 고프고 해서 여왕은 그것들을 아귀아귀 먹어 버린다. 그것은 아주 좋은 단백질이다.

여왕이 벌레잡이 식물을 가지고 장난을 친다. 근심은 이미 털어 버렸다. 난쟁이개미들의 비밀 무기에 대항하는 길은 단 하나, 성능이 더 우수하고 더 무시무시한 새로운 무기를 발명하는 것밖에 없을 듯하다. 불개미들은 이미 개미산과 낙엽 방패와 끈끈이 함정을 잇달아 개발해 낸 바 있다. 다른 무기를 찾아내면 된다. 강력한 파괴력을 가진 난쟁이개미들의 나뭇가지 무기보다 더 강력한 무기를 만들어서 그자들의 간담을 서늘하게 만들어 주리라.

여왕은 자기 방에서 나온다. 병정개미들을 만나 이야기를 나누면서 여왕은, 〈난쟁이개미들의 비밀 무기에 대항할 비밀 무기 찾아내기〉라는 주제를 다룰 집단을 만들어 연구해 보자고 제안한다. 온 겨레가 여왕의 자극에 호의적인 반응을 보인다. 이르는 곳마다 병정개미들뿐 아니라 일개미들까지도 삼삼오오 짝을 지어 작은 집단을 형성한다. 그런 다음 더듬이들을 삼각형이나 오각형으로 연결하고 완전 소통을 시행한다. 그러한 완전 소통이 수백 군데에서 이루어지고 있다.

「조심, 조심! 밀지 말게. 정지할 거야.」 갈랭 형사는, 소방대원 여덟 명에게 등을 떠밀리고 싶지가 않아서, 그렇게 말했다.

「안이 너무 깜깜한데! 더 성능 좋은 전등을 주게.」

그가 몸을 돌리자 누군가가 커다란 손전등을 내밀었다. 소방대원들은 안심찮은 빛을 보이고 있었다. 그래도 그들은 가죽으로 만든 윗옷도 입었고 헬멧도 쓰고 있었다. 갈랭 형사만이 평상복을 입고 있었다. 이런 종류의 일에 더 적합한 복장을 착용했어야 했는데, 그는 미처 그 생각을 못 했던 것이다.

그들은 조심조심 내려갔다. 길잡이 구실을 하는 갈랭 형사는 한 걸음 한 걸음을 떼어 놓기 전에 구석구석을 열심히 비추어 보았다. 나아가는 속도는 아주 더뎠지만, 그래도 그게 더 안전했다.

손전등 불빛이, 눈높이의 나지막한 둥근 천장에 새겨진 글귀를 찾아내 붓질을 하듯 스치고 지나갔다.


그대 자신을 돌아보라.

끊임없이 그대를 정화하지 않으면,

화학적인 혼인은 그대에게 해악을 끼치리.

거기에서 꾸물거리고 있는 자에게 재앙 있으라.

너무 자발없는 자, 몸가짐을 삼갈진저.

『아르스 마그나』[17]


17 Ars Magna. 〈위대한 기술〉이라는 뜻의 라틴어. 스페인의 신학자, 시인, 연금술사인 라몬 룰(1235?~1315)이 지은 신학서.

「저거 봤어요?」소방대원 한 사람이 물었다.

「오래된 새김글이군. 별거 아닐세.」갈랭 형사가 소방대원의 마음을 누그러뜨렸다.

「마법사들의 어떤 비결을 새겨 놓은 듯한데요.」

「어쨌든 너무 깊어 보이는군.」

「저 글귀의 뜻이 말인가요?」

「아니, 계단 말일세. 저 아래로 수 킬로미터는 이어져 있을 것 같구먼.」

그들은 다시 내려가기 시작했다. 도시의 표고(標高)에서 150미터 정도 아래로 내려와 있는 듯했다. 계단은 여전히 나선 모양으로 돌게 되어 있었다. 세포핵 속에 들어 있는 DNA의 나선 구조를 닮았다. 그 때문에 그들은 현기증을 느끼다시피 했다. 그들은 깊이, 점점 더 깊이 내려갔다.

「이렇게 무한정 계속 내려갈 거예요? 우리가 뭐 동굴 탐사하는 사람들인 줄 아시오?」소방대원 한 사람이 투덜거렸다.

그 말을 받아 튜브식 들것을 메고 있던 다른 소방대원이 말했다. 「난 그저 지하실에서 사람 하나 꺼내는 일인 줄 알았는데, 이거야 원. 집사람이 8시에 저녁 차려 놓고 나를 기다렸을 텐데, 벌써 10시 아닌가! 우리 마누라 잔소리깨나 하게 생겼군.」

갈랭 형사가 대원들을 다시 다독거렸다.

「여보게들, 이제 입구보다 바닥이 더 가까울 걸세. 조금 더 힘을 내보자고. 여기까지 와서 어정쩡하게 그만둘 수는 없지 않은가?」

그러나 실제로 그들이 그때까지 내려온 길은 전체의 10분의 1도 안 되는 거리였다.

15도쯤 되는 기온에서 몇 시간 동안 완전 소통을 한 끝에, 노랑 용병 개미들의 한 무리가 하나의 방안을 내놓는다. 그 방안이 나오자 연구에 몰두하고 있던 모든 집단들이 그것이 가장 좋다고 인정한다.

그 방안이란 〈낫개미〉[18]를 이용하자는 것이다. 실제로 벨로캉에는 낫개미라고 하는 특별한 종류의 용병 개미들이 많이 있다. 그들의 특징은 머리통이 크다는 것과, 아주 단단한 곡물 알갱이도 깨뜨릴 수 있는 예리하고 기다란 위턱을 가지고 있다는 것이다. 그러나 전쟁터에서는 그들이 별로 쓸모가 없었다. 몸뚱이가 너무 육중한 데 비해서, 다리는 너무 짧기 때문이다. 적과 대치하고 있는 곳까지 겨우겨우 기어가느라고 힘을 다 쓰고 적에게 별로 타격도 주지 못하니 그들을 전쟁터에 데리고 가봐야 말짱 헛일이었던 것이다. 결국 그들에게 맡길 일이라곤, 나뭇가지 자르는 일 같은 허드렛일밖에 없었다.

그런데 노랑개미들이 내놓은 방안에 따르면, 덩치만 커다랗고 굼벵이 같은 이 개미들을 싸움터의 용사로 만들 방도가 있다는 것이다. 몸이 잽싼 작은 일개미 여섯 마리가 낫개미들을 한 마리씩 싸움터로 데리고 나가면 된다는 것이 그 방안의 요지였다.

그렇게 되면, 낫개미들이 〈살아 움직이는 다리〉 구실을 하는 일개미들을 냄새로 이끌어 가면서 적들에게 덤벼들 수 있을 것이고 그들의 기다란 위턱으로 적들을 토막토막 잘라 버릴 수 있을 것이다.

18 학명은 Messor barbarus. 라틴어 메소르는 〈풀을 베는 사람이나 도구〉를 뜻한다.

당분을 잔뜩 섭취한 병정개미들이 햇빛방에서 그 방법이 적절한지 시험해 보고 있다. 개미 여섯 마리가 낫개미 한 마리를 들어 올린 다음 보조를 맞추어 달린다. 제법 효과가 있을 듯하다.

바야흐로 불개미 도시 벨로캉에서 전차(戰車)를 발명해 낸 것이다.


그들은 끝내 다시 올라오지 않았다.

그다음 날, 신문에는 다음과 같은 제목의 기사가 실렸다. 〈퐁텐블로 ─ 소방대원 8명과 경찰관 1명, 지하실 안으로 의문의 잠적.〉


천지를 보랏빛으로 물들이며 새벽이 오자, 라숄라캉의 금단 구역을 포위하고 있던 난쟁이개미들이 안으로 쳐들어갈 준비를 한다. 그루터기 안에 고립된 불개미들은 굶주린 채 탈진해 가고 있다. 이제 그들은 그리 오랫동안 버틸 수 있을 것 같지가 않다.

전투가 재개되었다. 개미산 포 공방을 한참 벌인 끝에, 난쟁이개미들이 보조 교차로 두 개를 점령했다. 개미산을 맞고 구멍이 뚫린 나무 안에서, 농성하며 버티던 병정개미들의 시체가 쏟아져 나왔다.

아직 살아남아 있는 불개미들의 운명도 백척간두에 서 있다. 난쟁이개미들이 금단 구역 안으로 전진해 오고 있다. 천장의 울퉁불퉁한 곳에 숨어 있던 유격대원들이 겨우겨우 그들의 전진을 늦추고 있다.

여왕의 방이 적의 수중에 들어가는 것도 이제 시간문제이다. 그 방 안에서 여왕 라숄라키우니가 심장 박동을 늦추기 시작한다. 이제 만사휴의다.

그런데, 이게 어찌 된 일인가. 맨 앞에 있던 난쟁이 부대에 돌연 경보 냄새가 날아든 것이다. 밖에 무슨 일이 벌어졌다. 난쟁이개미들이 되돌아 나간다.

저기, 도시를 굽어보는 개양귀비 언덕 위에, 선홍빛 꽃 사이로 수천 개의 까만 점들이 보인다.

마침내 벨로캉 개미들이 공격에 나선 것이다. 가소로운 것들, 스스로 무덤을 파러 왔군 하면서 난쟁이개미들은 저희들의 중심 도시에 이 사실을 알리려고 날파리 용병들을 전령으로 보냈다.

날파리들이 모두 똑같은 페로몬을 지니고 날아가고 있다.

《놈들이 공격해 온다. 동쪽에 원군을 보내 놈들을 협공하라. 비밀 무기를 준비하라.》

구름 사이를 비집고 나온 아침 햇살의 따사로움이 불개미들의 공격 결정을 서두르게 했다. 지금 시각 8시 3분. 벨로캉 군대는 질풍처럼 비탈길을 내리닫아, 풀들을 우회하고 작은 돌들을 뛰어넘는다. 수백만의 병정개미들이 모두 위턱을 벌린 채 달려가는 모습이 일대 장관을 이루고 있다.

그렇다고 그런 것에 겁먹을 난쟁이개미들이 아니다. 불개미들이 저런 전술을 들고 나오리라는 것을 예상했던 터이다. 간밤에, 난쟁이개미들은 주사위의 5점 눈 모양으로 간격을 벌려서 이미 구멍을 파두었다. 그들은 그 구멍에 틀어박혀 위턱만 내놓고 있다. 그럼으로써 그들의 몸뚱이는 흙의 보호를 받게 되는 것이다.

불개미들의 돌격이 이 방어선 때문에 곧 주춤해졌다. 몸뚱이는 땅속에 감춘 채, 가장 강한 부분만 드러내 놓고 있는 적들을 상대로, 연방군들은 헛되이 위턱을 휘둘러 대고 있다. 난쟁이개미들의 다리를 자르거나 배를 뽑아 버릴 방도가 없었다.

그때, 볼레투스독버섯[19]의 팡이갓을 덮개 삼아 멀지 않은 곳에 주둔하고 있던 시게푸 보병의 주력 부대가 반격을 시작하면서, 불개미들이 중간에서 협공을 받게 되었다.

벨로캉 군대가 수백만이지만, 시게푸 군대는 그것의 수십 배가 된다. 줄잡아도 불개미 한 마리가 다섯 마리의 난쟁이 병정개미들을 상대해야 할 판이다. 개별 참호 속에 있는 병정개미들을 계산에 넣지 않아도 그렇게 된다. 그들은 구멍 속에 웅크리고 있으면서, 자기들의 위턱이 미치는 범위로 지나가는 것들은 뭐든지 잘라 버리고 있다.

전투의 형세가 시시각각으로 수가 적은 쪽에 불리하게 돌아간다. 도처에서 튀어나온 난쟁이개미들의 공격을 받고, 연방군의 전열이 흐트러지고 있다.

9시 36분이 되자 연방군들이 일제히 퇴각하기 시작한다. 난쟁이개미들은 벌써부터 승리의 냄새를 내뿜고 있다. 그들의 전략이 완벽하게 적중한 것이다. 비밀 무기를 사용할 필요조차 없었다. 그들은 퇴각하는 군대를 추격하면서, 라숄라캉의 점령은 이미 끝난 일로 간주하고 있었다.

그러나 난쟁이개미들은 다리가 짧아서, 불개미들이 한 번 펄쩍 뛰면 되는 거리를 열 발짝으로 가야 한다. 난쟁이개미들이 헐떡거리면서 개양귀비 언덕을 오르고 있다. 벨로캉 연방의 전략가들이 예상했던 바 그대로 되어 가고 있는 것이

19 살이 많고 팡이자루가 한가운데에 달린 버섯의 한 종류.

다. 첫 번째 공격의 목표가 그것이었다. 즉, 난쟁이개미들의 군대를 분지에서 끌어내 비탈길에서 맞붙으려는 것이었다.

불개미들이 능선에 다다랐다. 난쟁이 군대가 대열을 완전히 흩뜨린 채 불개미들을 계속 추격해 오고 있다. 능선 위에 돌연 가시 숲 같은 것이 우뚝 나타난다. 집게 모양을 한, 낫개미들의 거대한 위턱이 그렇게 보이는 것이다. 낫개미들은 위턱을 휘둘러 햇빛에 번쩍거리게 하면서 난쟁이개미들에게 달려든다. 곡물을 자르는 낫개미가 난쟁이개미를 자르는 낫개미로 변한 것이다!

기습의 효과는 만점이었다. 넋이 나간 시게푸 개미들은, 겁에 질려 더듬이가 뻣뻣해진 채, 잔디가 깎여 나가듯이 쓰러진다. 낫개미들은 비탈길의 기복을 이용하면서 빠른 속도로 적들의 전열을 무너뜨린다. 각각의 낫개미 밑에서는 일개미 여섯 마리가 즐거움을 만끽하고 있다. 그 일개미들은 전차의 무한궤도에 해당하는 셈이다. 전차의 포탑과 바퀴들 사이에 혼연일체의 더듬이 소통이 이루어지는 덕분에, 36개의 다리와 2개의 커다란 위턱을 가진 동물이 적들의 한가운데를 종횡무진으로 움직이고 있는 것이다.

마스토돈[20]같이 커다란 동물 수백 마리가 위에서 달려 내려오며 난쟁이개미들을 쳐부수고 으깨어 버리는 와중에서 난쟁이개미들은 그 동물을 제대로 쳐다볼 겨를조차 없다. 거대한 위턱들이 난쟁이개미들의 무리 속에 깊숙이 들어가, 풀을 뜯어먹듯 풍비박산을 내고는 다시 올라온다. 피범벅이 된 다리와 머리 들을 그 위턱에 잔뜩 묻힌 채 나온다. 그 다리와 머리들은 밀짚이 으스러지듯 다시 부서진다.

20 제3기에 살았던, 코끼리 같은 고생 동물.

198

난쟁이개미들의 진영은 공포의 도가니로 변했다. 겁에 질린 난쟁이개미들은 자기들끼리 부딪치고 짓밟고 난리가 났다. 자기들끼리 싸우다 죽는 자들도 있다.

벨로캉의 전차들은 난쟁이개미들의 보병 부대를 그렇게 〈빗질하듯〉 휩쓸고 지나감으로써 일거에 그들을 제압해 버렸다. 전차들은 일단 멈추었다가, 완벽하게 줄을 맞춘 상태 그대로, 또 한바탕의 밀어붙이기를 하려고 비탈길을 다시 올라간다. 살아남은 난쟁이개미들이 선수를 쳐서 달아나려는데, 이번에는 저 위쪽에서 새로운 전차 횡대가 나타나더니, 아래로 내려오기 시작한다.

2열의 전차 횡대가 평행선을 이루며 사목사목 조여 든다. 각각의 전차들 앞에 시체가 산을 이룬다. 대학살의 현장이다.

멀리서 전투를 지켜보던 라숄라캉 개미들이 자매들을 응원하기 위해 밖으로 나온다. 처음의 놀라움이 신명으로 바뀌었다. 그들이 환희의 페로몬을 내뿜고 있다. 이것은 기술과 지능의 승리다. 연방의 재능을 이렇게 유감없이 발휘해 본 적은 일찍이 없었다.


그러나 시게푸가 자기들의 모든 역량을 다 발휘한 것은 아니었다. 시게푸에는 아직 비밀 무기가 남아 있다. 원래 이 무기는 도시 안에 틀어박혀 완강하게 저항하는 적들을 몰아내기 위해 고안된 것이지만, 전세가 워낙 불리하게 돌아가고 있는 상황인지라 난쟁이개미들은 그 무기에 모든 것을 걸기로 했다.

그 비밀 무기가 모습을 드러낸다. 어떤 갈색 식물로 불개미들의 머리통들을 꿰어 놓은 것 같은 모습을 하고 있다.

며칠 전 난쟁이개미들은 벨로캉 연방에 속한 어떤 탐사 개미의 시체를 발견한 바 있다. 그 시체는 붙살이하는 팡이의 하나인 〈알테르나리아alternaria〉의 압력 때문에 터져 있었다. 난쟁이개미 연구자들이 그 현상을 분석한 뒤에, 그 붙살이 팡이가 휘발성 홀씨를 만들어 내고 있다는 것을 알아냈다. 그 홀씨들이 불개미의 딱지에 달라붙어 그것을 부식시킨 다음 불개미의 몸 안으로 들어가 마침내는 딱지를 터뜨려 버릴 정도까지 그 안에서 자라는 것이다.

얼마나 훌륭한 무기인가!

게다가 난쟁이개미들에게는 해를 끼치지 않고 안전하게 사용할 수가 있다. 그 홀씨들은 불개미의 키틴질에는 달라붙지만, 난쟁이개미들의 키틴질에는 전혀 달라붙지 않는 까닭이다. 그렇게 되는 이유는 아주 간단하다. 난쟁이개미들은 추위를 많이 타는 탓에 몸에다 달팽이 끈끈물을 바르는데, 그 끈끈물이 알테르나리아를 막아 주는 효능을 지니고 있기 때문이다.

벨로캉 개미들이 전차를 발명했다면, 시게푸 개미들은 세균전을 생각해 낸 것이다.

난쟁이개미의 보병 부대 하나가 행동을 개시한다. 알테르나리아로 오염시킨 3백 개의 불개미 머리를 운반하는 중이다. 그 불개미 머리는 라숄라캉과의 첫 번째 전투에서 확보해 둔 것이다.

난쟁이개미들이 적들의 한가운데로 그것들을 던진다. 낫개미들과 그것을 운반하는 개미들이, 알테르나리아의 홀씨들이 지어 내는 치명적인 먼지 속에서 재채기를 해댄다. 그들의 딱지에 홀씨들이 달라붙자, 그들은 겁에 질린다. 운반 개미들이 메고 있던 낫개미를 팽개치자, 본래의 무기력 상태로 되돌아간 낫개미들이 공포에 사로잡혀서 다른 낫개미들을 사납게 공격한다. 불개미들이 뿔뿔이 흩어져 달아난다.

10시경에, 갑작스레 추위가 밀어닥쳐 교전자들을 갈라놓았다. 차가운 기류 속에서는 싸울 수가 없는 것이다. 난쟁이 개미 부대는 그 틈을 이용해서 전차 부대의 틈바구니를 빠져나왔고, 불개미 부대의 전차들은 간신히 비탈길을 되올라왔다.

양쪽 진영에서 부상자들을 헤아리고 사망자의 수를 세었다. 잠정적으로 집계된 피해가 막심하다. 이런 식으로 나가다간 안 되겠다는 생각이 든다. 전투의 양상을 바꾸어야 한다.

벨로캉 개미 진영에서는, 자신들을 괴롭혔던 먼지가 알테르나리아의 홀씨임을 알아차렸다. 그들은 그 홀씨가 몸에 닿은 병정개미들을 모두 희생시키기로 결정했다. 장차 다가올 고통으로부터 벗어나게 하려는 것이었다.

첩보원들이 빠른 걸음으로 돌아와 보고를 한다. 그 세균 무기로부터 우리를 방어할 수 있는 방법이 있다. 달팽이 끈끈물을 몸에 바르는 것이다. 말이 끝나기가 무섭게 행동으로 옮겨졌다. 벨로캉 개미들은 그 연체동물을 세 마리 잡아(그것들을 찾아내기가 점점 더 어려워진다), 각자 재해에 대비해 그 끈끈물을 몸에 바른다.

그런 다음 더듬이를 맞대고 전략을 숙의한다. 불개미의 전략가들은 전차만 가지고 공격해서는 안 되겠다고 판단한다. 병력을 새롭게 배치하기로 한다. 전차가 가운데를 맡고, 120개의 일반 보병 군단과 60개의 용병 군단이 양 날개로 산개하기로 한다.

병사들의 사기가 되살아난다.


## 아르헨티나개미

아르헨티나개미(학명: 리네피테마 후밀레)[21]는 1920년에 프랑스에 상륙했다. 프랑스 지중해 연안의 도로를 꾸미기 위하여 협죽도나무를 들여올 때, 그것들을 담았던 나무 상자에 함께 실려 온 것임이 거의 확실하다.

그 개미의 존재가 처음 보고된 것은 1866년, 부에노스아이레스에서다(아르헨티나개미라는 별명도 그래서 생긴 것이다). 1891년에는 미국 뉴올리언스에서도 그것들이 발견되었다.

아르헨티나개미는, 아르헨티나산 말들을 수출할 때, 그 말들의 잠자리 짚 속에 묻어, 1908년에는 남아프리카에, 1910년에는 칠레에, 1917년에는 오스트레일리아에, 1920년에는 프랑스에 오게 되었다.

이 종은 두 가지 점에서 이채를 띠었다. 하나는 체구가 아주 작다는 점이었다. 다른 개미들에 비해 유난히 작기 때문에 사람으로 치면 아프리카의 피그미족 정도가 될 터였다. 또 하나는 대단히 영리하고 병정개미들이 호전적이라는 점이었다. 그러한 주요 특징들이 생태계에 일대 파란을 몰고 오게 된다.

프랑스 남부 지방에 터를 잡기가 무섭게, 아르헨티나개미들은 모든 토박이 종들을 상대로 전쟁을 벌였고…… 그것들을 정복해 버렸다.

1960년에는 피레네산맥을 넘어 바르셀로나까지 진출했다. 1967년에는 알프스산맥을 지나 로마까지 쏟아져 들어갔다. 그러더니 1970년대부터, 리네피테마는 북쪽으로 올라가기 시작했다. 그것들이 프랑스 중

21 Linepithema humile. 종명인 humile는 〈키가 작다〉라는 뜻. 이 작품에 나오는 〈난쟁이개미〉의 학명이 바로 이것이다.

부를 가로지르는 루아르강을 건넌 것은 1990년대 말의 어느 뜨거운 여름날이었던 것으로 보인다. 병법이 빼어나기로 말하면 카이사르나 나폴레옹을 찜 쪄 먹을 정도였던 이 침략자들이 루아르강을 건넜을 때, 좀 더 완강하게 저항하는 두 종의 개미들과 맞붙게 되었으니, 그것은 불개미(파리 지역 남쪽과 동쪽에 터를 잡고 있었음)와 왕개미(파리 북쪽과 서쪽에 터를 잡고 있었음)였다.

에드몽 웰스, 『상대적이며 절대적인 지식의 백과사전』

개양귀비 전투에서 승리하지 못한 시계푸는 10시 13분에 원군을 파견하기로 결정했다. 240개의 예비군단이 첫 번째 공격의 생존자들과 합류하러 떠날 채비를 하고 있다. 그들은 〈전차〉 공격에 대한 설명을 듣고 있다. 설명이 끝나자 완전 소통을 하기 위하여 더듬이를 모은다. 이 괴이한 기계를 막아 낼 방도가 분명히 있을 것이다.

10시 30분경에 일개미 하나가 한 가지 방안을 내놓는다.

《낫개미들이 움직일 수 있는 것은 일개미 여섯 마리가 그들을 싣고 다니기 때문이다. 그 〈살아 있는 다리들〉을 잘라 버리면 그만이다.》

다른 일개미가 불쑥 페로몬을 발한다.

《그 기계의 약점은 신속하게 뒤로 돌 수 없다는 것이다. 그 약점을 이용할 수 있다. 밀집된 방진(方陣)을 치는 것이다. 그 기계가 돌진해 오면 저항하지 말고 그냥 지나가게 길을 틔워 준다. 그러다가 그 기계가 달리던 힘으로 계속 앞으로 가고 있을 때 뒤에서 치고 들어가는 것이다. 기계가 뒤로 돌 틈을 주지 않고 공격을 하면 된다.》

또 다른 개미가 의견을 내놓는다.

《일개미들의 다리가 보조를 정확히 맞추어 움직일 수 있는 것은, 우리가 보았다시피, 더듬이 대화가 이루어지고 있기 때문이다. 따라서 낮개미들이 일개미들을 이끌지 못하도록 낮개미들에게 달려들어 더듬이를 잘라 버리면 그만이다.》

모든 의견들을 받아들여, 난쟁이개미들이 전투 계획을 새로이 짜기 시작한다.


## 개미의 고통

개미도 고통을 느낄 수 있을까? 언뜻 생각하기에는 고통을 느낄 수 없을 것 같다. 개미들에겐 고통을 느끼게 할 만한 신경 조직이 없다. 신경이 있다 해도 통증을 전달하는 물질이 없다. 개미 몸의 일부를 잘라 버렸을 때, 그 토막이 몸뚱이의 나머지 부분과 떨어져서도, 아주 오랫동안 계속 〈살아 움직이는〉 것을 어쩌다 보게 되는 것도, 그런 사실로 설명할 수가 있다.

개미에게 고통이 없다는 사실이 새로운 SF의 세계로 우리를 이끌어 간다. 고통이 없다는 것은 두려움이 없다는 것이고, 〈자아〉에 대한 의식이 없다는 얘기도 될 수 있다. 개미들은 고통을 느끼지 못한다. 개미 사회의 응집력은 거기에서 비롯된 것이다. 오랫동안 곤충학자들은 그런 이론에 기울어 있었다. 그 이론은 모든 것을 설명하면서도 아무것도 설명하지 못한다. 그런 생각은 또 다른 이점을 지니고 있다. 즉, 아무런 거리낌 없이 개미들을 죽일 수 있게 해준다는 점이다.

고통을 느끼지 못하는 어떤 동물이 있다면, 나는 그 동물을 무척 두려워하게 될 것이다.

그러나 개미가 고통을 느끼지 못한다는 생각은 잘못이다. 목이 잘린 개미는 특별한 냄새를 발한다. 고통의 냄새인 것이다. 개미의 몸 안에서 무슨 일인가가 벌어지지 않는다면 그런 냄새가 생길 리 없다. 개미에게 전기적인 신경 감응은 없지만, 화학적인 신경 감응은 있는 것이다. 개미는 자기 몸의 일부가 떨어져 나가면 고통을 느낀다. 제 나름의 방식으로 고통을 느끼는 것인데, 그 방식은 우리가 고통을 느끼는 방식과 사뭇 다르다. 하지만 고통을 느낀다는 것만은 분명하다.

에드몽 웰스, 『상대적이며 절대적인 지식의 백과사전』

전투는 11시 47분에 속개되었다. 난쟁이개미들이 밀집 대형으로 길게 늘어서서 개양귀비 언덕을 치기 위하여 천천히 올라간다.

꽃 사이에서 전차들이 나타난다. 신호가 떨어지자 전차들이 비탈을 내리닫는다. 전차 부대의 좌우로 보병 군단과 용병 군단이 산개하면서, 마스토돈 같은 전차들이 한바탕 휘젓고 가면 그것을 이어 일을 마무리할 태세를 갖추고 있다.

양쪽 군대가 이제 1백 머리(3백 밀리미터)밖에 떨어져 있지 않다. 거리가 사목사목 좁혀진다. 50머리…… 30머리…… 10머리! 가장 먼저 공격에 나선 낫개미가 난쟁이개미들과 막 접전을 벌이려던 찰나, 아주 뜻밖의 일이 벌어진다. 빽빽하게 늘어서 있던, 시계푸 개미들의 전열이 갑자기 간격이 넓은 점선 모양으로 바뀐 것이다. 그들이 방진을 치고 있다.

전차 앞에 있던 시계푸 개미들이 자취를 감추고, 전차 앞에 보이는 것은 텅 빈 통로뿐이었다. 난쟁이개미들을 붙잡으려면 재빨리 갈지자로 움직일 수 있어야 하는데, 그렇게 할 수 있는 전차는 하나도 없다. 위턱들이 허공을 찌르며 소리를 내고, 36개의 다리는 달리던 힘 때문에 투미하게도 계속 내딛기만 한다.

톡 쏘는 냄새가 훅 끼쳐 온다.

《놈들의 다리를 잘라라!》

냄새가 날아오기가 무섭게 난쟁이개미들이 전차 밑으로 달려들어 운반 개미들을 죽인다. 그러고는 무너져 내리는 낫개미에 깔리지 않으려고 서둘러 빠져나온다.

어떤 난쟁이개미들은 과감하게, 세 마리씩 두 줄로 늘어선 운반 개미들 사이로 뛰어 들어가, 한쪽 위턱으로 낫개미의 드러난 배를 후빈다. 그러자 액체가 흘러나온다. 물탱크가 터져 물이 쏟아지듯이 낫개미의 체액이 땅 위로 쏟아진다.

또 어떤 난쟁이개미들은 마스토돈 같은 낫개미의 몸뚱이로 기어올라 더듬이를 자르고 뛰어내린다.

전차가 하나씩하나씩 무너져 내린다. 운반자들을 잃은 낫개미들은 기동을 못 하는 환자처럼 엉금엉금 기다가 허무하게 최후를 맞는다.

차마 눈 뜨고 못 볼 참상이다! 낫개미가 배 터져 죽은 줄도 모르고, 그 시체들을 열심히 메고 가는 여섯 일개미들의 모습이 우스꽝스럽다……. 낫개미의 더듬이가 잘린 전차들은 〈바퀴들〉이 각각 다른 방향으로 움직이다가, 결국 뿔뿔이 흩어지고 만다…….

그렇게 참패함으로써, 전차의 발명이라는 기술적 개가도 물거품이 되고 마는 것이다. 새로운 무기가 나왔다가도, 적들이 대응책을 너무 빨리 찾아내는 바람에, 위대한 발명이 역사의 뒤안으로 그렇게 사라지는 일이 개미 역사에서 숱하게 있어 왔다.

전차 부대를 측면에서 지원하던 보병 부대와 용병 부대는 전차 부대가 괴멸함으로써 완전히 궁지에 몰리게 되었다. 전차 부대가 거둔 승리의 이삭이나 주우라고 배치되었던 이 부대들이 필사적으로 싸워야만 하는 신세가 되었다. 난쟁이개미들은 낮개미들을 신속하게 해치우고, 벌써 다시 방진을 치고 있다. 벨로캉 개미들이 그 방진의 한쪽 가장자리를 건드리기가 무섭게, 수천 마리의 난쟁이개미들이 탐욕스럽게 위턱을 들이대서 벨로캉 개미들의 기를 꺾어 버린다.

불개미들과 그들의 용병 개미들은 이제 후퇴할 수밖에 없었다. 언덕 위에 재집결한 불개미들이 난쟁이개미들을 살피고 있다. 난쟁이개미들은 여전히 밀집된 방진을 짠 채로, 공격을 하러 서서히 올라오고 있다. 기세가 당당하고 서슬이 시퍼렇다.

시간을 벌려는 생각으로, 덩치 큰 병정개미들이 돌을 날라 와 언덕 위에서 아래로 굴린다. 그러나 그 돌사태도 난쟁이개미들의 전진을 별로 늦추지 못한다. 약삭빠른 난쟁이개미들은 돌덩이가 지나가는 길에서 비켜섰다가는 얼른 제자리로 돌아온다. 돌덩이에 맞아 으깨지는 난쟁이개미가 거의 없다.

벨로캉 부대는 그 궁지에서 벗어날 묘책을 찾느라고 갖은 애를 다 쓰고 있다. 몇몇 병정개미들이 고전적인 싸움 방식으로 되돌아가자고 제안한다. 이것저것 생각할 것 없이 그저 개미산 포격을 하자는 것이다. 전투가 시작된 후로 개미산을 거의 사용하지 않았던 것은, 접전 중에 개미산을 쏘면 적군뿐 아니라 아군까지도 다치기 때문이었다. 그러나 지금처럼 난쟁이개미들이 밀집된 방진을 짜고 있을 때는 그 효과가 크리라는 얘기였다.

포수 개미들이 부랴부랴 사격 자세를 취한다. 뒤의 네 다리로 단단히 몸을 받치고 배를 앞으로 내민다. 그렇게 해야만 배를 상하 좌우로 움직여 가장 알맞은 조준 각도를 잡을 수가 있는 것이다.

능선 바로 아래까지 올라온 난쟁이개미들은 수천 개의 배가 능선 위로 끝을 비죽 내밀고 있는 것을 보았다. 양 진영 사이에 아직은 좀 거리가 있다. 난쟁이개미들이, 비탈길의 마지막 몇 센티미터를 건너가려고 힘을 한껏 내어 속도를 높인다.

《돌격! 열과 열 사이를 좁혀라!》

그러자 반대쪽 진영에서 단 한 마디의 명령이 떨어진다.

《발사!》

아래쪽으로 방향을 돌린 배들이 난쟁이개미들 위로 뜨거운 독물을 뿜어 댄다. 피웅, 피웅, 피웅. 노르스름한 분출물이 바람처럼 허공을 날아, 공격자들의 제1선을 정면으로 내리친다.

먼저 더듬이가 녹아서 머리 위로 굴러떨어진다. 그다음에 독이 딱지로 퍼져 나가면, 마치 플라스틱이 불에 녹는 것처럼 딱지가 녹아 버린다.

개미산에 쏘인 몸뚱이가 털썩 내려앉으면서, 거치적거리는 장애물이 되어 난쟁이개미들을 비틀거리게 만든다. 성난 난쟁이개미들이 비틀거리는 몸을 추스르고 더욱 격렬하게 능선을 향해 돌진한다.

위에서는 한 줄의 포수 개미들이 앞서 사격에 나섰던 포수 개미들과 교대를 했다

《발사!》

방진은 흐트러졌지만, 난쟁이개미들은 물컹거리는 시체를 짓밟으면서 계속 나아가고 있다. 또 한 줄의 포수 개미들이 나섰다. 끈끈이침개미 용병들도 그들과 함께 합세했다.

《발사!》

이번에는 난쟁이개미들의 방진이 완전히 흐트러졌다. 난쟁이개미 떼 전체가 끈끈이침개미가 뿜어낸 끈끈물 웅덩이에서 허우적거린다. 난쟁이개미들도 포수 개미들을 정렬시켜 반격을 시도한다. 그 포수 개미들은 능선을 향해 뒷걸음질을 치면서 겨냥도 하지 않고 사격을 한다. 가파른 비탈이라서 위에 있는 불개미들처럼 뒷다리로 버티는 사격 자세를 취할 수가 없는 탓이다.

《발사!》난쟁이개미 쪽에서도 그런 명령이 떨어졌다.

그러나 짤막한 그들의 배는 겨우 작은 개미산 방울을 쏘아댈 뿐이다. 그 분출물은 설사 목표물에 맞는다 하더라도, 딱지를 뚫지 못하고 가벼운 염증만을 일으킬 뿐이다.

《발사!》

양 진영에서 쏘아 대는 개미산 방울들이 서로 엇갈리며 어지러이 날린다. 이따금 서로 부딪혀 상쇄되기도 한다. 개미산 포격이 이렇다 할 성과를 거두지 못하자 시게푸 개미들은 포병들을 더 이상 사용하지 않기로 한다. 그들은 보병들이 밀집된 방진을 치고 돌격하면 이길 수 있으리라고 생각한 것이다.

《열과 열 사이를 좁혀라!》

《발사!》불개미들이 응답한다. 그들의 포병 부대는 여전히 놀라운 전력을 과시하고 있다. 개미산과 끈끈물이 또 한 차례 분출한다.

불개미들의 사격이 효과를 보고 있음에도 불구하고, 난쟁이개미들이 개양귀비 언덕 꼭대기로 기어오르는 데 성공했다. 능선 위에 늘어선 그들의 윤곽이 검은 띠를 이루고 있다. 그들은 복수를 갈망하고 있다.

격돌(激突). 격노(激怒). 격멸(激滅).

이제는 〈묘책〉이 따로 없다. 불개미 진영 포수 개미들은 더 이상 배로 사격할 수 없고, 난쟁이개미 진영 방진도 이제는 밀집 대형을 유지할 수 없다.

의산의해(蟻山蟻海).[22] 질풍노도(疾風怒濤).

모두 한데 뒤섞여서, 어지러이 흩어졌다 가지런히 정렬하고, 치달리고, 돌아가고, 달아나고, 덤벼들고, 흩어지고, 모여들고, 쑥석거려 시비 걸고, 밀었다가 당겼다가, 뛰어오르고, 주저앉고, 일어나서 추스르고, 욕지거리, 맞대거리, 뜨거운 김 내뿜으며 울부짖듯 악을 쓴다. 도처에 살기가 어려 있다. 서로 맞서서 힘을 겨루고 칼싸움하듯 위턱을 휘두른다. 살아 있는 몸뚱이, 더 이상 움직이지 않는 몸뚱이를 가리지 않고 짓밟으며 내달린다. 불개미 한 마리마다 성난 난쟁이개미가 적어도 세 마리씩은 달라붙어 있다. 그러나 불개미들의 덩치가 세 배는 더 크니까, 거의 대등한 전력으로 싸움을 벌이고 있는 셈이다.

드잡이 싸움, 냄새의 아우성, 엷은 안개처럼 뿜어지는 씁쓸한 페로몬.

수백만 개의 위턱이 맞부딪치는데, 그 생김생김도 가지각색이다. 끝이 뾰족한 것이 있는가 하면 가장자리가 깔쭉깔쭉

22 인산인해(人山人海)를 개미 세계에 맞게 변형한 것이다.

한 것이 있고, 톱니처럼 생긴 것이 있는가 하면 검처럼 생긴 것과 얇은 집게처럼 생긴 것도 있다. 또 외날인 것이 있는가 하면 양날인 것도 있고, 독물을 바른 것이 있는가 하면, 끈끈물이나 피를 바른 것도 있다. 그 위턱들이 서로 뒤엉키며 땅바닥이 진동한다.

몸과 몸이 맞부딪친다.

끝에 자그마한 곤봉을 매단 듯한 더듬이들이 상대가 가까이 접근하지 못하도록 허공을 후려친다. 그러면 갈퀴 같은 발톱을 가진 상대방의 다리가 더듬이를 때린다. 더듬이가, 성가시게 구는 작은 갈대이기라도 한 것처럼.

낚아채기, 허 찌르기, 허방치기.

상대를 붙잡을 때는 위턱이나, 더듬이나, 머리, 가슴, 배, 다리를 잡기도 하고, 뒷다리 관절, 앞다리 관절, 다리 마디에 솔처럼 난 털을 잡기도 하며, 등딱지에 난 홈이나, 키틴질에 난 구멍, 눈을 잡기도 한다.

그러고 나면 몸뚱이가 균형을 잃고 기울어져 축축한 땅에 나동그라진다. 나는 이 전쟁과 아무런 상관이 없다는 듯 무심하게 서 있는 개양귀비 위로 난쟁이개미들이 기어오른다. 그러더니 그 위에서 발톱을 있는 대로 세우고 불개미에게 뛰어내린다. 마치 마차에 뛰어들기라도 하는 것처럼. 그러더니 불개미 등에 구멍을 뚫어 심장까지 파고든다.

몸과 몸이 맞부딪친다.

위턱들이 반들반들한 딱지에 줄무늬의 흠집을 낸다.

어떤 불개미는, 두 개의 투창을 동시에 쏘아 대듯이, 더듬이를 노련하게 사용한다. 그럼으로써 더듬이에 묻은 맑은 피를 닦아 낼 겨를도 없이, 적의 머리통을 열 개씩이나 관통시키고 있다.

몸과 몸이 맞부딪친다. 죽자 하고 싸운다.

잘린 더듬이와 다리가 땅에 지천으로 깔려서 가시 양탄자 위를 걷는 느낌이다.

라쇼라캉의 생존자들이, 자기들의 싸움은 이제부터라는 듯, 달려들어서 접전에 합세한다.

불개미 한 마리가 많은 난쟁이개미들에게 사로잡혔다. 절망에 빠진 그 불개미는 제 배의 끝을 구부려 제 몸 쪽으로 개미산을 쏜다. 자기를 붙들고 있는 적들을 죽이면서 자기도 죽으려는 것이다. 그들이 모두 밀랍처럼 녹아 버린다.

거기에서 좀 떨어진 곳에서는 불개미 쪽의 다른 병정개미 하나가, 적이 자신의 머리를 뽑아 버리려 할 찰나에, 잽싸게 상대의 머리를 먼저 뽑아 버리고 있다.

병정개미 103683호는 아까 난쟁이개미들의 선두 병력이 몰려올 때, 다른 병정개미 수십 마리와 함께 삼각진을 쳤었다. 몰려드는 난쟁이개미 떼에게 겁을 주려고 했던 것이다. 그러나 이제는 삼각진이 깨진 마당이라 혼자서 다섯 마리의 시게푸 개미들을 상대해야 할 판이다. 시게푸 개미들은 벌써 사랑하는 전우들의 피로 칠갑을 하고 있다.

시게푸 개미들이 103683호의 몸뚱이 여기저기를 물어뜯고 있다. 있는 힘을 다해 그들에게 대항하는데, 불현듯 전투 연습실에서 늙은 병정개미가 신참들에게 해주던 충고의 말이 떠오른다.

〈모든 것은 접전을 벌이기 전에 결정이 나버리는 것이다. 위턱으로 공격을 하거나 개미산을 쏘는 것은, 이미 두 교전자가 인정하고 있는 승부의 상황을 확인하는 것에 지나지 않는다. 모든 것은 마음먹기에 달려 있는 법. 승리한다는 믿음을 가져야 한다. 그러면 이기지 못할 것이 없다.〉

적이 한 마리라면 그 가르침이 통할 법한데, 다섯 마리일 때는 어떻게 해야 하나? 103683호가 보기에 그 다섯 마리의 적 중에 적어도 두 마리는 반드시 이겨야겠다는 결의에 차 있는 듯하다. 그의 가슴마디를 끈질기게 물어뜯고 있는 자와, 왼쪽 뒷다리를 잡아당기고 있는 자가 그렇다. 103683호의 몸에 힘이 충만해 온다. 몸을 버둥거리면서, 한 놈의 목 위에 비수를 꽂듯 더듬이를 박아 넣고, 위턱의 평평한 쪽으로 또 한 놈을 쳐서 박살 냄으로써 적들을 떨쳐 버린다.

그러는 사이 비밀 무기를 가지러 갔던 난쟁이개미들이 돌아와, 싸움터 한복판으로 알테르나리아에 오염된 수십 개의 머리를 던져 넣는다. 그러나 불개미들도 저마다 달팽이의 끈끈물로 방비를 하고 있는 터라 알테르나리아의 홀씨는 공중에서 나풀거리다가 딱지 위에서 미끄러져 기름진 땅 위로 살포시 떨어진다. 결국 오늘은 새로운 무기들이 빛을 보지 못하는 날이다. 양쪽 진영 모두 장군에 멍군을 불렀던 것이다.

오후 3시에 전투의 열기가 최고조에 이르렀다. 개미들의 시체가 내뿜는 올레산[23]이라는 특이한 발산물이 대기를 가득 채우고 있었다. 4시 30분에도, 싸움은 계속되고 있었다. 남은 다리가 두 개밖에 없어도 아직 서 있을 수 있는 자들은 너 나 할 것 없이 개양귀비 밑에서 싸움을 벌였다. 전투는 5시가 되어서야 중단되었다. 비가 들이닥칠 것을 예고하는 바람이 불었기 때문이었다. 3월에 뒤늦게 우박 섞인 소나기가 내린다는 것은 예삿일이 아니다. 하늘이 땅에서 벌어지는

---

23 올리브기름을 비롯한 여러 가지 동식물 기름의 주성분이 되는 지방산.

오랜 폭력에 신물이 난 듯하다.

생존자들과 부상자들이 물러간다. 전투의 총결산. 사망자 5백만, 그중 난쟁이개미 4백만, 라숄라캉 수복.

마디가 잘려 나간 몸뚱이, 구멍 난 딱지, 이따금 단말마의 고통으로 몸부림치는 을씨년스러운 토막들이 땅 위에 까마득하게 깔려 있다. 래커처럼 투명한 피와 노르스름한 개미산의 웅덩이가 지천이다.

끈끈이침개미들이 뱉어 냈던 끈끈물의 진창에서 아직 헤어나지 못한 몇몇 난쟁이개미들이 자신들의 도시로 돌아가리라고 생각하면서 발버둥을 치고 있다. 비가 내리기 전에 새들이 날아와 그 개미들을 잽싸게 쪼아 먹는다.

먹장구름을 비추면서 번개가 번쩍거리자, 그 불빛에 아직도 위턱을 오만하게 세우고 있는 전차의 등딱지가 반짝거린다. 그 위턱의 뾰족한 끝으로 멀리 있는 하늘이라도 구멍을 내고 싶어 하는 듯하다. 배우들은 모두 돌아가고, 빗물만이 무대를 씻어 내리고 있다.


그 여자는 입에다 뭘 잔뜩 문 채 전화를 하고 있었다.

「빌셍 경정?」

「여보세요?」

「(우물거리는 소리⋯⋯) 내 말이 말 같지 않아요, 빌셍? 신문 봤어요? 갈랭 형사, 당신이 데리고 있는 사람이죠? 처음 들어왔을 때부터 나한테 버르장머리 없이 굴던 그 애송이 맞지요?」

경찰국장인 솔랑주 두망이었다.

「아 예, 그렇습니다.」

「그 친구 잘라 버리라고 했더니 그냥 두어 가지고, 이제 죽은 뒤에 용을 만들어 놨더군요. 당신 완전히 돈 거 아니에요? 그렇게 중요한 사건에 어쩌자고 경험도 하나 없는 그런 자를 보냈어요?」

「갈랭은 경험이 없는 친구가 아닙니다. 오히려 아주 뛰어난 요원이지요. 다만 저희가 그 사건을 너무 얕잡아 보았던 겁니다……」

「훌륭한 요원은 해결책을 찾고 무능한 요원은 핑곗거리를 찾는 거예요.」

「사건에 따라서는 우리들 가운데 아무리 훌륭한 요원들이라도……」

「사건에 따라서는 당신들 중에 아무리 무능한 요원들이라도 꼭 해결해 내야 하는 사건들이 있는 법이에요. 지하실 안에 들어가서 거기 갇힌 사람들을 다 꺼내 오세요. 당신이 그렇게 잘났다고 말하는 그 갈랭이라는 친구는, 교회 묘지에나 보내세요. 경찰 묘지는 어림도 없어요. 이달 말까지는 신문에 우리가 일 잘한다고 칭찬하는 기사가 실릴 수 있겠지요?」

「말씀인즉슨, 이 사건이……」

「말인즉슨, 전적으로 이 사건이 어떻게 처리되느냐에 달렸다는 말이에요! 그리고 이 사건에 대해 이러쿵저러쿵 떠벌리지 말았으면 좋겠어요. 일단 사건을 해결하고 나서 언론에다 떠벌리란 얘기예요. 필요하다면 치안대원 여섯 명하고 첨단 장비를 보내 주겠어요.」

「그런데 만일……」

「그런데 만일 당신이 계속 그렇게 뭉그적거리고 있으면, 당장이라도 퇴직시켜 줄 테니 알아서 하세요!」

그녀가 전화를 끊었다.

빌셍 경정은 미치광이들을 다루는 데 미립이 난 사람이었다. 그러나 그녀만은 뜻대로 되지 않았다. 그래서 그는 어쩔 수 없이 지하실로 내려갈 채비를 했다.

### 인간이 두려움이나 즐거움이나 분노를 느끼게 되면

인간이 두려움이나 즐거움이나 분노를 느끼게 되면, 내분비샘에서 호르몬이 분비되는데, 그 호르몬은 인간의 몸 내부에만 영향을 끼친다. 호르몬은 외부와 교류하지 않고 몸 안에서만 순환한다. 지금 어떤 사람이 어떤 감정을 느껴서, 심장 박동이 빨라지려 하거나, 땀이 나려 하거나, 얼굴을 찡그리려 하거나, 소리를 치려 하거나, 울려고 한다고 치자. 그런 것은 그 사람의 일일 뿐, 다른 사람들은 그를 덤덤하게 바라볼 것이다. 때에 따라서는 연민의 눈길로 바라보기도 할 터이지만 그것은 그들의 이성이 그렇게 판단했기 때문이다.

개미가 두려움이나 즐거움이나 분노를 느끼게 되면, 호르몬이 몸 내부에서 순환할 뿐만 아니라 몸 바깥으로 나가 다른 개미들의 몸 안으로 들어간다. 몸 밖으로 나가는 호르몬이 이른바 페로호르몬 또는 페로몬인데, 이것이 있는 덕분에, 개미들은 한 마리가 소리치려 하거나 울려고 하면 수백만의 개미가 동시에 같은 상태가 되는 것이다. 남들이 경험한 것을 똑같이 느낀다는 것, 자기 자신이 느낀 것을 남이 똑같이 느끼게 한다는 것은 놀라운 감각임에 틀림없다.

에드몽 웰스, 『상대적이며 절대적인 지식의 백과사전』

연방의 모든 도시가 환희에 차 있다. 지친 병사들에게, 다디단 영양 교환이 넘치도록 풍부하게 제공되고 있다. 그러나 여기에 영웅은 없다. 저마다 제 본분을 다했을 뿐이다. 잘하고 못하고는 중요하지 않다. 임무가 끝나면 모든 것은 원점에서 다시 시작되는 것이다.

개미들이 침을 듬뿍 발라 상처를 치료해 주고 있다. 어리숙한 몇몇 어린 개미들은 전투 중에 뽑혀 나간 제 다리들을 천신만고 끝에 기적적으로 찾아내서는 위턱으로 꼭 부여잡고 있다. 다른 개미들이 그것들을 다시 붙일 수 없을 것이라고 설명해 준다.

지하 45층의 전투 연습실에서는, 전투에 참여하지 않았던 동료들을 위하여 개양귀비 전투의 실황을 차례차례 재연해 보이고 있다. 두 진영으로 나뉘어 한쪽은 난쟁이개미 역할을 하고, 다른 쪽은 불개미 역할을 하기로 한다.

난쟁이개미들이 라숄라캉의 금단 구역을 공격한 장면부터 시작해서 불개미의 공격, 난쟁이개미들이 봄을 땅에 묻고 머리만 내놓고 있던 때의 싸움, 짐짓 도망가는 체했던 것, 전차의 투입, 난쟁이개미들이 방진에 밀려 퇴각했던 일, 난쟁이개미이 능선 위로 돌격해 왔던 일, 포수 개미들의 활약, 마지막 대접전 등을 하나하나 그대로 흉내 낸다.

많은 일개미들이 그것을 보러 왔다. 장면 하나하나가 재현될 때마다 그들이 토를 단다. 특히 그들의 관심을 끄는 것은 〈전차〉라는 새로운 기술이다. 자기네 계급이 거기에서 한 몫을 차지하고 있는 것이다. 그 기술을 포기해서는 안 된다는 것이 일개미들의 의견이다. 비단 전선의 공격을 위해서뿐 아니라 그 기술을 더 유용하게 활용할 수 있는 방안을 찾아야 한다는 생각을 하고 있는 것이다.

전투에서 살아남은 개미들 중에는 103683호도 들어 있다. 103683호는 죽을 고비를 아슬아슬하게 넘기고 살아남았다. 다리 하나만을 잃었을 뿐이다. 다리 여섯 개를 자유자재로 쓰던 때에 비하면 약간 흠이 되지만, 크게 표가 나지는 않는다. 생식 개미라서 전투에 참가할 수 없었던 암개미 56호와 수개미 327호가 103683호를 한쪽 구석으로 이끈다. 더듬이 접촉.

《여기는 별문제가 없었는가?》

《없었다. 바위 냄새를 풍기는 병정개미들도 모두 전투에 참가했었다. 우리는 난쟁이개미들이 안에까지 쳐들어올 경우에 대비해서 금단 구역 안에 틀어박혀 있었다. 그런데 그쪽은 어떤가? 비밀 무기를 보았는가?》

《못 보았다.》

《어째서 못 보았단 말인가? 움직이는 아카시아 가지가 있었다고들 하던데…….》

103683호가 설명한다. 자신들이 접해 본 새로운 비밀 무기는 하나뿐이었는데, 그것은 잔인무도한 알테르나리아였으며, 그 무기에 대한 대응책을 찾아냈다는 것을.

《첫 원정대를 죽인 것은 그게 아닐 것이다.》수개미가 단언한다. 알테르나리아는 개미를 죽이는 데 시간이 많이 걸린다. 게다가 그가 조사해 본 시체들에는 분명히 그 치명적인 홀씨가 전혀 붙어 있지 않았다. 그렇다면?

뭐가 뭔지 알 수 없게 되자, 그들은 완전 소통을 연장하기로 한다. 그들은 그 문제에 대해 더욱 명확하게 알고 싶은 것이다. 관념들과 의견들이 교류하면서 더듬이들 사이에 새로이 거품이 인다.

스물여덟 마리의 탐사 개미들을 순식간에 몰살한 그런 강력한 무기를 어째서 난쟁이개미들이 전투에서 사용하지 않았던 걸까? 승리하기 위해서 모든 것을 다 동원했던 그들이 그런 무기를 사용하지 않았다는 게 이상하지 않은가. 그런 무기를 보유하고 있었다면, 그들은 아무런 주저 없이 그것을 사용했을 것이다. 그럼 난쟁이개미들은 그런 무기를 가지고 있지 않았던 걸까? 비밀 무기의 공격이 있기 전이나 있은 후에는 언제나 난쟁이개미들이 나타난다. 그건 어쩌면 까마귀 날자 배 떨어지는 식으로 순전히 우연의 일치일지도 모른다.

라숄라캉을 공격하던 때를 생각하면, 그러한 가정에도 일리가 있다. 첫 원정대가 몰살당한 사건을 생각해 봐도, 누군가가 겨레를 혼란에 빠뜨리려고 난쟁이개미들의 냄새를 뿌려 놓았을 가능성도 매우 높다. 그렇다면 그런 짓을 해서 덕을 볼 자가 누구인가? 이제껏 행해진 갖가지 나쁜 짓이 난쟁이개미들의 소행이 아니라면 누구에게 혐의를 두어야 할까? 의심이 가는 다른 자들이 있는가? 있다! 악착같은 제2의 적, 대대로 이어져 온 원수, 흰개미들이다!

그 의심은 터무니없는 것이 아니다. 얼마 전부터 동쪽의 커다란 흰개미 도시에서 떨어져 나온 흰개미 병정들이 강을 건너서 연방의 사냥 구역을 침범하는 일이 잦아지고 있다. 맞다. 틀림없이 흰개미들의 소행이다. 그자들이 난쟁이개미들과 불개미들이 서로 싸우도록 이간질을 한 것이다. 그렇게 함으로써 그들은 싸움 한번 안 하고 양쪽을 몰아내려는 것이다. 난쟁이개미들과 불개미들이 아주 힘이 빠져 있을 때 힘 안 들이고 개미 도시들을 차지하려는 속셈이다.

그렇다면 바위 냄새를 풍기는 병정개미들은? 그자들은 흰개미들을 위해 일하는 용병 첩자일 게다. 사건의 자초지종은 그렇게 된 것이다.

세 개미의 한결같은 생각이 세 개의 뇌 속을 순환하면 할 수록, 그 의혹투성이의 〈비밀 무기〉를 보유하고 있는 자들은 흰개미들이라는 생각이 점점 굳어져 간다.

그러나 거기에서 그들은 대화를 멈추어야만 했다. 겨레 전체가 함께해야 할 일을 일러 주는 냄새가 풍겨 왔기 때문이었다. 벨로캉 도시는 전쟁의 막간을 이용하여 신생의 축제를 앞당겨 실시하기로 결정한 것이다. 신생의 축제는 내일 열릴 것이다.

《모든 계급은 각자의 위치로 돌아가라! 암개미와 수개미들은 꿀단지개미들의 방으로 가서 당분을 실컷 섭취하라! 포수 개미들은 유기 화학실에 가서 배에다 개미산을 재충전하라!》

동료들의 곁을 떠나기 전에 병정개미 103683호가 페로몬을 내어 한마디를 일러 준다.

《교미 잘하게! 이 일은 내가 계속 조사를 할 테니까 걱정들 말게. 자네들이 공중에 올라가 있을 동안 나는 동쪽의 흰개미 도시로 가보겠네.》

그들이 서로 헤어지자마자 두 암살자, 즉 덩치 크고 사납게 생긴 병정개미와 자그마한 절름발이 개미가 나타났다. 그들은 벽을 긁어서 아까 세 개미가 나눌 때 발산되었던 휘발성 페로몬들을 거두어들였다.


갈랭 형사와 소방대원들을 들여보낸 일이 비극적인 실패로 돌아감에 따라, 니콜라는 어느 보육원에 보내졌다. 시바리트가에서 몇백 미터밖에 떨어지지 않은 보육원이었다.

보육원에는 고아들 말고도 부모에게 버림받은 아이들이

나 부모의 학대를 피해 보호되고 있는 아이들도 많이 있었다. 제가 난 새끼들을 버리고 학대하는 동물은 별로 없는데, 인간은 사실 그런 희귀종 가운데 하나인 것이다. 아이들은 거기에서 힘겨운 세월을 보내면서, 엉덩이를 때리는 우악살스러운 발길질에 길들여져 가고 있었다. 그렇게 성장하면서 그 아이들은 강해져 가고, 더 나이가 들면 직업을 가진 사회의 일원으로 편입되어 가는 것이었다.

보육원에 들어간 첫날, 니콜라는 실의에 빠진 채 발코니에서 우두망찰 숲만 바라보고 있었다. 그다음 날부터는 다시 텔레비전에서 위안을 찾았다. 텔레비전 수상기는 식당 안에 놓여 있었는데, 감독 선생들은 그 〈거지 같은 녀석들〉이 줄창 텔레비전이나 보면서 멍청이가 되어 가도록 내버려 두었다. 그들은 텔레비전 덕분에 아이들에게서 해방되는 것을 흡족하게 생각하고 있었다. 그날 밤, 장과 필리프라는 다른 두 아이가 공동 침실에서 니콜라에게 물었다.

「너한테 무슨 일이 있었니?」

「아무 일도 없었어.」

「그러지 말고 이야기해 봐. 너만 한 나이에 이런 데 오는 애는 없어. 먼저 네 나이나 좀 알자. 몇 살이니?」

「난 알아. 쟤네 엄마 아빠는 개미들한테 물려 죽었나 봐.」

「누가 그런 바보 같은 소리를 지껄이던?」

「누가 그러더라. 부모님에게 무슨 일이 있었는지를 이야기해 주면 그게 누군지 가르쳐 줄게.」

「너희들 까불면 죽을 줄 알아.」

장과 필리프가 니콜라에게 달려들었다. 필리프가 니콜라 뒤에서 팔을 비트는 동안, 힘이 더 센 쪽인 장이 니콜라의 어깨를 잡았다.

니콜라는 불의의 습격에서 몸을 빼내어, 손바닥의 새끼손가락 쪽을 칼날처럼 세워 장의 목을 후려쳤다(아이는 그런 것을 텔레비전의 중국 무술 영화에서 본 적이 있었던 것이다). 장이 캑캑거리기 시작했다. 필리프가 니콜라의 목을 조르려고 다시 덤벼들었다. 그러자 니콜라가 팔꿈치로 그 아이의 명치를 쑤셨다. 덤벼들던 필리프가 무릎을 꿇고 주저앉아버리자, 니콜라는 다시 장에게 맞서서 그 아이의 얼굴에 침을 뱉었다. 그 아이가 달려들어 장딴지를 피가 나도록 물어뜯었다. 세 아이는 침대 밑을 굴러다니면서 넝마주이들이 서로 싸우는 것처럼 계속 싸웠다. 마침내 니콜라가 밑에 깔렸다.

「네 부모님한테 무슨 일이 있었는지 말해 봐. 그러지 않으면 개미가 너를 물어 죽이게 할 거야!」

장은 싸움을 하던 중에 무심코 그 말을 생각해 냈다. 말을 해놓고 보니까 꽤 그럴듯했다. 장이 새로 들어온 아이를 마룻바닥에 눕혀 놓고 꼼짝 못 하게 하고 있는 동안에 필리프는 어딘가로 달려가서 개미 몇 마리를 가져왔다. 이 지역에서 흔히 볼 수 있는 개미였다. 필리프는 니콜라의 얼굴에 개미들을 들이대고 흔들었다.

「자, 아주 살진 먹이가 여기 있단다!」

그 말투가 마치 뻣뻣한 딱지로 덮인 개미들이 사람의 살진 정도를 식별할 수 있다는 투다.

그러고 나서 필리프는 니콜라의 입을 벌리게 하려고 코를 움켜쥐었다. 니콜라가 입을 벌리자 그 아이는 거기에다 징그럽다는 표정을 지으며 일개미 세 마리를 던져 넣었다. 뭔가 다른 일을 하고 있던 일개미들을 데려온 것이었다. 그때 니콜라는 생전 처음 느끼는 놀라운 기분을 맛보았다. 개미가 달착지근했던 것이다.

다른 두 아이는, 니콜라가 더러운 곤충을 다시 뱉어 내지 않는 걸 보고 놀라서, 이번에는 자기들도 개미를 맛보고 싶어 했다.


분비꿀을 저장하는 꿀단지개미들의 방은 벨로캉에서 가장 최근에 성취한 혁신의 하나이다. 〈꿀단지〉 기술은 사실 남쪽의 개미들에게 빌려 온 것이었다. 삼복더위가 시작되면 남쪽의 개미들은 언제나 북쪽으로 올라온다. 그 개미들과 전쟁을 벌여 승리를 했을 때, 벨로캉 연방의 개미들이 그들의 꿀단지개미의 방을 발견했었다. 곤충의 세계에서 전쟁이란 발명의 원천이자, 발명을 널리 퍼뜨리는 매개자 역할을 한다.

그때 그 현장에서 벨로캉 병사들은 꿀단지개미들을 발견하고 경악을 금치 못했다. 평생 천장에 매달려 살도록 되어 있는 일개미들이 있었는데, 머리는 아래쪽으로 두고 있고, 배가 어찌나 뚱뚱하던지 여왕개미 배보다도 두 배는 커 보였다. 남쪽 개미들의 설명에 따르면, 그 일개미들은 전체를 위해 〈희생하고 있는〉 개미들로서, 어마어마한 양의 꽃꿀이나 이슬, 분비꿀을 신선하게 저장할 수 있기 때문에, 살아 있는 당분 덩어리라 할 만하다는 것이었다.

요컨대, 모든 개미들이 영양 교환을 가능케 하는 갈무리 주머니를 가지고 있는데, 그 〈갈무리 주머니〉라는 개념을 극단으로 밀고 가서 〈꿀단지개미〉라는 것을 생각해 내고 그것을 실용화한 것이었다. 개미들이 와서 그 살아 있는 저장고의 배 끝을 건드리면 꿀단지개미는 자기가 저장하고 있는 소중한 액체를 한 방울씩 떨어뜨려 주거나 줄줄 쏟아서 나누어 주는 것이다.

남쪽 개미들은, 그런 꿀단지개미가 있는 덕분에, 열대 지역을 휩쓰는 지루한 가뭄에도 견딜 수가 있었던 것이다. 그들은 이동을 할 때 꿀단지개미들을 데리고 다니기 때문에 이동 기간 내내 갈증을 느끼지 않았다. 그러니까 그들에게 꿀단지개미는 알만큼이나 소중한 것이었다.

벨로캉 개미들은 꿀단지개미라는 기술을 차용했다. 무엇보다도 많은 양의 먹이를 신선하고 위생적으로 저장할 수 있다는 사실이 마음에 들었던 것이다.

도시의 모든 수개미와 암개미 들이 당분과 수분을 가득 섭취하기 위해서 꿀단지개미의 방으로 모여들고 있다. 그 하나하나의 살아 있는 꿀 덩어리 앞에 자기 차례를 기다리며 날개 달린 개미들이 줄지어 서 있다. 327호와 56호가 흠뻑 단 것을 빨아들이고 나서 물러난다.

모든 생식 개미들과 포수 개미들이 지나가고 나자, 저장 개미의 몸이 텅 빈다. 그러자 일단의 일개미들이 꽃꿀과 이슬과 분비꿀을 신속하게 다시 가져와, 홀쭉해진 그들의 배가 작은 공처럼 빛나는 제 모습을 되찾을 때까지 채워 넣는다.


니콜라와 필리프와 장은 어떤 감독 선생에게 들켜서 함께 벌을 받았다. 그렇게 해서 그들은 보육원 내에서 가장 친한 친구들이 되었다.

세 아이는 대개 식당의 텔레비전 앞에 붙어 있었다. 그날은 마침 아이들이 「자랑스러운 외계인」이라는, 방영을 시작한 지 꽤 오래된 연속극을 보고 있었다.

극중에서 벌어지고 있는 상황은, 우주 비행사들이 어떤 행성에 도착했는데 그 행성에 거대한 개미들이 살고 있다는 것이었다. 그 장면을 보면서 아이들은 소리를 지르기도 하고 팔꿈치로 옆 사람을 쿡쿡 찌르기도 했다.

— 안녕하십니까, 우리는 지구인입니다.

— 안녕하십니까, 우리는 즈귀 별의 거대한 개미들입니다.

그 뒷얘기는 늘 보던 것과 비슷했다. 즉, 거대한 개미들은 정신 감응을 일으키는 신통력을 가지고 있다. 그들이 지구인들에게 메시지를 보내어 서로서로 죽이라고 명령을 내린다. 그러나 지구의 마지막 생존자가 모든 것을 깨닫고 적의 도시에 불을 지른다 운운……

그 결말에 만족한 아이들은 달착지근한 맛을 내던 개미들을 잡아먹으러 가기로 했다. 그런데, 이상하게도, 이번에 그들이 잡은 개미들에게서는 지난번과 같은 달콤한 맛이 나지를 않았다. 이번 것은 더 작고 신맛이 났다. 레몬즙을 농축시킨 것 같은 맛이었다. 우웩!


정오 무렵에 도시의 가장 높은 지점에서 모든 일을 끝내야 한다.

아침 공기에 다사로운 기운이 감돌자마자, 포수 개미들은 도시 꼭대기 주위에 화환처럼 두르고 있는 방호 구멍에 들어가 자리를 잡았다. 새들이 곧 들이닥칠 것에 대비해서, 포수 개미들은 꽁무니를 하늘로 치켜들고 대공(對空) 바리케이

드를 치고 있는 것이다. 어떤 포수 개미들은 사격 때의 반동을 줄이기 위해 배를 작은 나뭇가지들 사이에 끼워 넣고 있다. 그렇게 하면, 과녁을 별로 비껴가지 않고 똑같은 방향으로 두세 차례의 일제 사격을 할 수 있으리라고 생각하는 것이다.

암개미 56호는 자신의 방 안에 있다. 시녀 개미들이 암개미의 날개에 침을 발라 주고 있다. 소독력을 지닌 침이다.

《당신들은 위대한 〈바깥세상〉에 나가 본 적이 있어요?》

일개미들은 대답하지 않는다. 나가 본 적이 있는 건 사실이지만, 곧 여왕개미가 될 이 암개미가 잠시 후면 스스로 모든 것을 깨닫게 될 터인데, 밖에는 나무와 꽃 들이 가득하다는 등의 이야기를 해준들 무슨 소용이 있으랴 싶은 것이다. 그럼에도 암개미는 더듬이 접촉으로나마 세계가 어떤 것인지를 한시라도 먼저 알고 싶다고 한사코 떼를 쓴다.

일개미들은 그래도 여전히 암개미의 몸단장에만 신경을 쓰고 있다. 일개미들은 암개미의 다리를 부드럽게 하기 위해서 당겨 보기도 하고, 몸을 비틀게 해서 가슴마디와 배마디에서 오도독거리는 소리가 나게 하기도 한다. 또 암개미의 모이주머니를 눌러서 분비꿀 한 방울이 나오는 걸 보고, 모이주머니가 가득 차 있다는 것을 확인한다. 그 꿀물이 암개미로 하여금 몇 시간이나 계속되는 비행을 견딜 수 있게 해줄 것이다.

드디어 56호의 준비가 끝났다. 이제 다음 암개미를 준비시킬 차례이다.

한껏 치장을 하고 향기를 듬뿍 머금은 공주 개미가 규방을 떠난다. 327호 수개미가 그 모습을 보면 56호를 딴 개미로

착각할는지도 모른다. 그 맵시가 정말 곱다.

56호는 날개를 들어 올리는 데 버거움을 느끼고 있다. 요 며칠 사이에 날개가 어찌나 빨리 자라던지 정신을 못 차릴 정도였다. 이제는 날개가 너무 길고 무거워서 땅에 질질 끌린다……. 웨딩드레스 같다.

다른 암개미들이 통로의 출구에 나와 있다. 수백 마리의 그 처녀 개미들과 함께 56호가 벌써 둥근 지붕의 잔가지 속을 돌고 있다. 너무 흥분한 어떤 암개미들이 잔가지에 걸리기도 한다. 그러면 네 날개에 줄무늬의 상처가 생기기도 하고 구멍이 나기도 하며 아예 뽑혀 버리기도 한다. 그 불행한 암개미들은 더 이상 높이 올라갈 수가 없다. 설사 올라간다 해도 하늘로 날아오를 수는 없으리라. 안타까운 일이지만, 그 암개미들은 5층으로 다시 내려갈 수밖에 없다. 난쟁이개미의 공주들처럼 그 암개미들은 결혼 비행이 무엇인지도 모른 채, 볼썽사납게도 밀폐된 방에서 그것도 땅바닥에서 교미를 하게 될 것이다.

암개미 56호는 아직 무사하다. 56호는 떨어지지 않도록 조심하면서, 그리고 여린 날개가 다치지 않도록 아주 세심한 주의를 기울이면서, 가지와 가지 사이를 깡충거린다.

다른 암개미 하나가 56호에게로 다가와 더듬이 접촉을 하자고 청한다. 그 암개미는 말로만 듣던 수개미들이 어떻게 생겼는지를 궁금해하고 있다. 수벌처럼 생겼을까? 아니면 파리처럼 생겼을까?

56호는 대답하지 않는다. 문득 327호와 〈비밀 무기〉의 수수께끼가 떠오른다. 이젠 모든 게 끝났다. 일을 함께 도모할 세포가 없다. 설사 있다 해도 수개미와 자신은 이제 그 일에 나설 수가 없다. 이제부터 모든 일은 103683호가 어떻게 하느냐에 달려 있다.

애잔한 아쉬움을 느끼며 56호는 지나간 일들을 되새기고 있다.

도망치던 수개미가 자신의 방으로 들어왔었다······. 통행 냄새도 없이!

그와 나누었던 최초의 완전 소통.

103683호와의 만남.

바위 냄새를 풍기는 암살자들.

도시의 밑바닥에 갔던 일.

그들의 〈군대〉가 될 수도 있었던 병정개미들의 시체로 가득 찼던 은신처.

로메쿠사.

화강암 속의 비밀 통로······.

56호는 걸어가면서 지나간 추억들을 돌이켜 보고, 자신은 특권을 누렸다고 생각한다. 암개미들 중에서 도시를 떠나가기도 전에 그런 파란만장한 일들을 겪은 개미는 하나도 없을 터였다.

바위 냄새를 풍기는 암살자들······. 로메쿠사······. 화강암 속의 비밀 통로······.

그렇게 많은 개미가 가담하고 있는 걸 보면, 미친 자들의 소행이라고 보기는 어렵다. 그러면 흰개미들 편에 서서 첩자 질하는 용병들이 있는 걸까? 그것도 아니다. 그렇다고 보기엔 아귀가 안 맞는 구석이 너무나 많다. 첩자의 수가 그렇게 많을 리도 없거니와, 그렇게 잘 조직되어 있을 수도 없다.

설사 그럴 수 있다 해도, 도저히 설명할 수 없는 점이 하나 있다. 도시의 밑바닥 밑에 왜 식량을 저장해 둔단 말인가? 첩자들을 먹이기 위해서? 아니다. 거기에 있는 양이라면 수백만을 배불리 먹일 수 있다……. 첩자가 수백만이 될 리 만무하다.

의외의 장소에서 만났던 그 로메쿠사는 또 어떤가. 로메쿠사는 지표에 사는 곤충이다. 그 곤충이 제 발로 걸어서 지하 50층까지 내려가는 것은 불가능하다. 그렇다면 누군가가 그 곤충을 옮겨 놓은 것이다. 그러나 그 곤충에게 섣불리 다가갔다가는 그 발산물의 포로가 되어 버린다. 따라서 그 괴물을 보들보들한 나뭇잎 같은 것으로 폭 싸서 조심스럽게 아래까지 운반해야 하는데, 그러자면 꽤 강력한 어떤 집단이 있어야 한다.

생각하면 할수록, 어떤 엄청난 수단이 있지 않고서는 그런 일을 해낼 수 없었으리라는 생각이 든다. 사실을 있는 그대로 놓고 보면, 겨레의 일부가 어떤 비밀을 가지고 있는데, 그것을 같은 구성원들에게조차 철저하게 숨기고 있는 것 같기도 하다.

낯선 암개미들과의 접촉이 56호의 머리를 어질어질하게 한다. 56호가 걸음을 멈춘다. 동료들이 보기에는 56호가 결혼 비행 전의 흥분을 이기지 못하고 졸도할 것만 같다. 그런 일이 이따금 일어난다. 그만큼 생식 개미들은 예민하다. 56호는 더듬이를 입 쪽으로 가져간다. 그간의 일들이 다시 빠르게 스쳐 간다. 첫 원정대의 죽음, 비밀 무기, 병정개미 30마리의 죽음, 로메쿠사, 화강암 속의 비밀 통로, 비축되어 있는 양식…….

아뿔싸! 56호가 문득 뭔가를 깨달았다. 56호가 오던 길을 되돌아 달려간다. 너무 늦은 게 아니었으면 좋겠는데!

### 개미의 교육

개미의 교육은 다음과 같은 단계를 밟아 이루어진다.

— 제1일에서 제10일까지. 대부분의 어린 개미들이 알 낳는 여왕개미의 시중을 든다. 어린 개미들은 여왕개미를 보살피고 핥아 주고 애무해 준다. 그 대신에 여왕개미는 영양이 풍부하고 소독 효과를 지닌 침을 어린 개미들에게 발라 준다.

— 제11일에서 제20일까지. 일개미들이 고치를 돌볼 수 있게 된다.

— 제21일에서 제30일까지. 일개미들은 알에서 갓 깨어난 애벌레들을 돌보고 먹이를 준다.

— 제31일에서 제40일까지. 일개미들은 어머니인 여왕개미와 번데기들을 돌보면서, 도시 내의 일과 길 닦는 일에 종사한다.

— 제40일째 되는 날이 중요하다. 충분히 경험을 쌓았다고 인정을 받은 일개미들이 도시 밖으로 나갈 수 있게 된다.

— 제41일에서 제50일까지. 일개미들은 경비 보는 일이나 진딧물 분비꿀 짜는 일을 하기도 한다.

— 제51일에서 생의 마지막 날까지. 일개미들은 개미 도시의 한 일원으로서 자기가 가장 하고 싶은 일에 참여할 수 있게 된다. 예컨대, 사냥을 나간다든가 미지의 지방을 탐험하는 일 같은 것이다.

주(註) 제11일부터 생식 개미들은 더 이상 일을 하지 않아도 된다. 생식 개미들은 대개 아무 일도 하지 않고 결혼 비행을 하는 날까지 자기들 구역에 틀어박혀 지낸다.

에드몽 웰스, 『상대적이며 절대적인 지식의 백과사전』

수개미 327호도 준비를 하고 있다. 그의 더듬이가 감지할 수 있는 범위 내에 있는 수개미들은 너 나 할 것 없이 암개미들 얘기만 하고 있다. 암개미들을 본 적이 있는 개미는 아주 적다. 그나마도 금단 구역의 통로에서 슬쩍 훔쳐본 게 고작이었다. 많은 수개미들이 나름대로 암개미들을 상상해 보고 있다. 그들은 고혹적인 향기와 넋을 잃게 할 정도의 관능을 지닌 암개미들을 상상하고 있다.

수개미들 중의 하나가 암개미하고 영양 교환을 한 적이 있노라고 떠벌리고 있다. 그 암개미가 나누어 준 분비꿀은 자작나무의 수액과 같은 맛이었고, 성호르몬의 냄새는 노란 수선화 줄기를 잘랐을 때 나는 냄새와 비슷했다고 한다.

다른 수개미들은 그 수개미를 부러워하며 묵묵히 듣고만 있다.

327호야말로 어떤 암개미(그것도 보통 암개미가 아닌)가 나누어 준 분비꿀을 맛본 적이 있기에, 그것이 일개미나 꿀단지개미가 나누어 주는 분비꿀과 전혀 다를 게 없다는 것을 알고 있다. 그럼에도 그는 대화에 끼어들지 않는다.

다른 뜻이 있어서라기보다 딴 생각을 하고 있는 탓이다. 한 가지 엉큼한 생각이 그의 뇌리를 스치고 지나간 것이다. 암개미 56호에게 미래의 도시를 건설하는 데 필요한 정자들을 실컷 주었으면 좋겠다는 생각을 하고 있다. 56호를 다시 만날 수 있다면 얼마나 좋을까……. 56호하고 군중 속에서 다시 만나려면, 서로를 찾아낼 수 있는 페로몬을 마련해 놓았어야 했는데 거기에 생각이 미치지 못했던 것이 유감이다.

그때 암개미 56호가 수개미들의 방 안으로 들어왔다. 그것은 모든 수개미에게 너무나 충격적인 일이었다. 암개미가 여기에 오는 것은 겨레의 법도에 어긋난다. 수개미와 암개미는 결혼 비행 전까지 서로 만나서는 안 된다. 여기는 난쟁이 개미들의 도시가 아니다. 통로에서 교미를 하는 일은 있을 수 없다.

암개미가 어떻게 생겼는지 그토록 알고 싶어 하던 수개미들이 정작 암개미가 들어오니까, 일제히 비우호적인 냄새를 풍겨서 56호가 이 방에 머물러서는 안 된다는 뜻을 표시한다.

그러거나 말거나 56호는 결혼 비행을 준비하느라고 법석을 떨고 있는 그 북새통의 한가운데로 계속 나아간다. 56호는 여기저기를 휘젓고 다니면서 사방으로 페로몬을 발산하고 있다.

《327호! 327호! 327호 어디에 있지?》

수개미들은 56호를 보고 대뜸, 교미할 수컷을 그렇게 대놓고 고르는 법이 어디 있느냐고 힐책한다. 그러고는, 원하는 수개미가 있어도 참아야 한다고, 상대방을 고르는 게 아니라 우연에 맡기는 거라고, 몸가짐을 좀 정숙히 하라고 타이른다.

그런 얘기에 아랑곳하지 않고 암개미 56호는 끝내 자신의 수컷을 찾아냈다. 그러나 그 수개미는 죽어 있었다. 위턱에 맞아 머리가 잘린 채로.


### 전체주의

사람들은 여러 가지 이유로 개미에 관심을 갖는다. 어떤 사람들은 개미가 완벽한 전체주의 체제를 이루어 냈다고 생각하면서 흥미를 느낀다. 사실 밖에서 보면 개미집에서는 모두 똑같이 일하고, 모두가 전체의 이

익에 따르며, 모두 자기를 희생할 준비가 되어 있고, 모두가 한결같은 모습이다. 그런데 인간의 전체주의 체제는 현재로서는 모두 실패했다…….

그래서 모듬살이 곤충을 흉내 내려고 하는 사람들이 생겨난다(나폴레옹의 휘장이 꿀벌이었음을 생각해 보라!). 개미집 전체를 하나의 생각으로 통일시켜 주는 것이 페로몬이라면, 오늘날의 인간 사회에서는 세계적인 방송망을 가진 텔레비전이 그런 역할을 한다. 사람들은 자기 나름대로 가장 좋다고 생각하는 것을 제시하면서 모두가 따라 주기를 바란다. 그렇게 하면 언젠가는 완벽한 인간 사회가 이루어지리라고 믿고 있는 것이다.

그러나 삼라만상의 이치는 그런 것이 아니다.

자연은, 다윈 선생의 주장과는 달리, 가장 좋은 것이 지배하는 쪽으로 진화하는 것이 아니다(게다가 좋고 나쁜 것을 어떤 기준으로 가를 수 있단 말인가?).

자연의 힘은 다양성 속에 있다. 자연 속에는 선한 자, 악한 자, 미치광이, 절망에 빠진 자, 팔팔한 자, 병자, 곱사등, 구순열, 쾌활한 자, 슬픔에 빠진 자, 영리한 자, 어리석은 자, 이기주의자, 도량이 넓은 자, 큰 것, 작은 것, 까만 것, 노란 것, 빨간 것, 흰 것 등등이 다 있어야 한다. 갖가지 종교, 갖가지 철학, 갖가지 광신, 갖가지 지혜를 가진 자들이 다 있어야 한다. 이것저것 다 모여 있는 것이 위험한 것이 아니라 그 다양한 것들 중에서 어느 한 종류가 다른 종류 때문에 소멸당하는 것이 진짜 위험한 것이다.

어떤 밭에 옥수수가 있는데 그 옥수수들을 모두, 가장 좋은 이삭(즉, 물을 더 적게 필요로 하고, 결빙에 가장 잘 견디며, 알곡이 가장 실한 이삭)의 덩이 수꽃술로만 인공 수분을 시키면, 아주 하찮은 감염병이 돌아도 다 죽어 버린다. 그에 반해서, 옥수수 한 그루 한 그루가 저마다의 특성과 약점과 비정상성을 지니고 있는 야생의 옥수수밭에서는 감염병이 돌 때마다 그것에 저항할 수 있는 수단을 옥수수들 스스로 찾아낸다.

자연은 획일성을 싫어하고 다양성을 좋아한다. 자연은 바로 그 다양성 속에서 본래의 능력을 발휘하는 것으로 보인다.

에드몽 웰스, 『상대적이며 절대적인 지식의 백과사전』

둥근 지붕을 향해서 56호가 시름에 겨운 발걸음을 조금씩 조금씩 옮겨 놓고 있다. 암개미 방 가까이에 있는 한 통로에서 두 그림자가 어른거리는 것이 56호의 적외선 홑눈에 감지된다. 바위 냄새를 풍기는 암살자들이다. 커다란 병정개미와 다리를 저는 작은 개미가 있다!

그들이 56호 쪽으로 곧장 다가오자, 56호는 날개를 붕붕거리면서 절름발이 개미의 목덜미로 뛰어든다. 그러나 그들이 먼저 56호를 꼼짝 못 하게 만들어 버렸다. 56호를 당장 처단해 버릴 수 있을 텐데도, 그들은 그러기는커녕 더듬이 대화를 하자고 강요한다.

암개미는 불같이 화를 내며, 어차피 결혼 비행을 하고 나면 죽게 될 327호 수개미를 왜 죽였느냐고 따진다. 그를 왜 암살했는가?

두 암살자가 암개미를 설득하려고 한다. 그들의 주장은 이러하다. 일 중에는 어떠한 희생을 치르고라도 한시바삐 해치워야 할 일이 있다. 겨레가 계속 정상적으로 움직여 나가기를 바란다면, 비난받을 만한 임무나 나쁘게 생각되는 행동일지라도, 그것을 수행해야만 하는 경우가 있는 것이다. 순진하게만 생각해서는 안 된다…… 벨로캉의 단결이 중요하다. 그것을 위해서라면 희생이 따라도 어쩔 수 없다.

아니 그렇다면, 이들은 첩자가 아니란 말인가?

그렇다. 이들은 첩자가 아니라고 한다. 한술 더 떠서 겨레의 안전과 건강을 지키는 요원들이라고 주장하고 있다.

공주 개미가 분노의 페로몬을 사납게 뿜어 댄다. 327호가 겨레의 안보에 위협이 되기 때문에 그를 죽였단 말인가! 두 암살자가 그렇다고 대답한다. 지금은 아직 어려서 모르겠지만, 언젠가는 이해하게 될 거라면서…….

이해할 거라고? 도대체 뭘 이해하란 말인가? 겨레의 한가운데에 치밀하게 조직된 암살자 집단이 있다는 걸 이해하라고? 〈겨레의 생존이 걸린 위급한 일을 목격했다〉는 이유로 수개미를 죽여 놓고, 겨레의 안전을 지키기 위한 것이었다고 주장하는 것을 이해하란 말인가?

절름발이 개미가 나서서 해명한다. 그의 이야기로는, 바위 냄새를 풍기는 병정개미들은 〈악성 스트레스를 막는 병정개미들〉이라는 것이다. 스트레스에는 유익한 스트레스와 악성 스트레스가 있는데, 유익한 스트레스는 겨레를 발전시키고 사기를 북돋워 주지만, 악성 스트레스는 겨레를 자멸시킨다…….

정보들 중에는 겨레에게 알리기가 적합하지 않은 것이 있다. 어떤 정보들은 〈형이상학적인〉 고뇌를 불러일으키는데, 그런 고뇌에는 아직 해결책이 없다. 그래서 겨레는 고민만 하고 대응책을 찾지 못한 채 기력이 쇠잔해진다.

그것은 모두에게 아주 해롭다. 겨레에 독성 물질이 생겨나 모두를 중독시켜 버린다. 사실을 아는 건 〈잠깐〉이지만, 겨레의 생존은 〈영원〉하다. 따라서 겨레의 영원한 생존이 더 중요하다. 눈 하나가 어떤 것을 보았는데, 그것이 유기체의 다른 모든 부분에 해가 된다면 뇌가 그 눈을 무시해 버리는 편이 낫다……

자기들끼리만 통하는 전문적인 이야기를 절름발이 개미가 늘어놓자, 덩치 큰 병정개미가 나서서 다음과 같이 요약한다.

우리는 눈을 파낸 거라네.
우리는 신경 자극을 잘라 버린 거라네.
우리는 고뇌를 끊어 버린 거라네.

그들은 더듬이로 페로몬을 계속 발하면서, 모든 유기체는 그와 같은 안전장치를 가지고 있으며, 그것을 가지고 있지 않은 유기체는 두려움 때문에 죽거나 고뇌스러운 현실과 마주치지 않으려고 자살을 하게 된다고 설명한다.

56호는 무척 놀라기는 했으나 냉정을 잃지 않는다. 참으로 그럴듯한 페로몬이다! 그러나 적에게 비밀 무기가 있다는 사실을 숨기려 한들 이미 너무 늦지 않았는가. 그 비밀 무기가 기술적인 관점에서는 여전히 불가사의로 남아 있다 해도, 라솔라캉이 이미 그것 때문에 피해를 보았다는 것은 누구나 다 알고 있는 사실이다……

두 병정개미는 여전히 침착하게 56호의 목을 조른 채로 설명을 계속한다. 라솔라캉에 대해서는 다들 벌써 잊어버렸다. 승리가 호기심을 잠재운 것이다. 정 의심스러우면 통로의 냄새를 한번 맡아 보라. 독성 물질의 냄새가 전혀 풍기지 않을 것이다. 온 겨레가 신생의 축제를 차분하게 맞이하고 있다.

그렇다면, 내게서 원하는 게 무엇인가? 왜 내 머리를 이렇게 짓누르고 있는가?

아래층에서 쫓고 쫓길 때 개미 하나가 더 있었다. 병정개미였다. 그자의 신분 번호가 어떻게 되는가?

그제야 56호는 왜 그 암살자들이 자신을 바로 죽이지 않았는지 깨달았다. 대담하는 척하면서 암개미는 덩치 큰 병정개미의 눈을 더듬이 끝으로 찌른다. 태어날 때부터 장님이었다고는 해도 더듬이 끝이 그렇게 박히고 보면 몹시 아프기는 매한가지다. 그 서슬에 놀라 절름발이 개미가 당황하면서 잡고 있던 것을 반쯤 풀었다.

암개미가 달아나기 시작한다. 처음엔 달려가다가 나중엔 더 빨리 가려고 날갯짓을 한다. 날개가 뿌연 먼지를 일으키자 추격자들이 길을 잃고 헤맨다. 빨리 둥근 지붕으로 돌아가야 한다.

가까스로 죽을 고비를 넘긴 56호가 신생의 축제가 열리는 곳으로 가고 있다. 이제 56호 앞에는 새로운 삶이 기다리고 있다.


### 장난감 개미집의 판매 금지 입법을 청원하며

(국회 조사 위원회에서 에드몽 웰스가 행한 연설에서 발췌)


어제 저는 어떤 가게에 들렀다가, 아이들에게 크리스마스 선물로 주는 새로운 장난감을 보았습니다. 흙이 채워진 플라스틱 상자였는데, 흙 속에는 개미 6백 마리가 들어 있었고 그중에는 알 낳는 여왕개미 한 마리가 반드시 포함

되어 있었습니다.

우리는 그 장난감을 통해서 개미들이 일하는 것이며, 땅 파는 것, 달리는 것을 볼 수 있습니다.

아이에게 그 장난감은 매력적입니다. 아이는 아마 하나의 도시를 선물로 받은 느낌을 가질 것입니다. 거주자들이 아주 작다는 점만 제외하면 그것은 하나의 도시나 다름없습니다. 그 거주자들은 자치 능력을 지닌, 수백 개의 작은 자동인형과 같습니다.

솔직히 말하자면, 저 자신도 그와 비슷한 개미집들을 가지고 있습니다. 그러나 제가 그것을 가지고 있는 이유는, 단지 개미 연구에 도움을 얻기 위한 것입니다. 저는 생물학자로서 개미 연구를 제 작업의 일환으로 삼고 있습니다. 저는 그 개미집들을 어항에 들여앉히고 공기가 잘 통하는 판지로 막아 놓았습니다.

그런데, 저는 개미집 앞에 있을 때마다 이상한 기분을 느끼곤 합니다. 마치 제가 개미들의 전지전능한 신이 된 듯한 느낌 말입니다.

제가 먹이를 빼앗아 버리면, 저의 개미들은 모두 죽어 버릴 것입니다. 문득 비를 일으키고 싶은 생각이 들면, 물 한 컵을 물뿌리개에 담아 그들의 도시 위에 뿌려 주면 그뿐입니다. 개미집 안의 온도를 높여 주고 싶으면, 개미집을 난방 장치 위에다 올려놓기만 하면 됩니다. 또 현미경으로 관찰하고 싶어서 그중의 한 마리를 납치하려고 하면, 핀셋을 어항 안에 집어넣는 것으로 족합니다. 그러다가 문득 개미를 죽이고 싶다는 충동이 일면, 아무런 저항을 받지 않고 해치울 수가 있을 것입니다. 개미들은 자기들에게 무슨 일이 일어나는지조차 이해하지 못할 것입니다.

여러분, 말하자면 그 미물에 대해서 우리는 어마어마한 힘을 행사할 수 있습니다. 그것들이 작다는 이유 하나로 그렇습니다.

저는 그 힘을 남용하지 않습니다. 그렇지만 아이들은 어떨까요…… 아이들 역시 개미에게 무슨 일이든 할 수 있는 힘을 가지고 있습니다.

이따금 어떤 터무니없는 생각이 떠오를 때가 있습니다. 그 모래 도시들을 바라보면서 저는 이런 생각을 하곤 합니다. 혹시 이게 우리의 도시는 아닐까? 혹시 우리는 어떤 어항 안에 갇혀 있고 다른 거대한 존재가 우리를 감시하고 있는 것은 아닐까?

혹시 누군가가 무대 장치를 만들어 아담과 이브를 넣어 놓고, 실험용 흰쥐를 관찰하듯 〈구경하고〉 있는 것은 아닐까?

혹시 성경에서 말하는 에덴동산에서의 추방은, 단지 갇혀 있던 어항이 바뀐 것을 의미하는 것이 아닐까?

혹시 노아의 대홍수라는 것도 기껏해야 신이 조심성이 없거나 호기심이 많아서 그저 물 한 컵 쏟은 걸 가지고 그러는 것이 아닐까?

말도 안 되는 소리라고 하시겠지요? 글쎄요…… 개미집과 우리가 사는 지구가 차이가 있다면, 개미들은 유리벽 안에 갇혀 있고 우리는 물리적인 힘, 즉 지구의 인력에 의해 갇혀 있다는 점뿐입니다.

제 개미들은 갇혀만 있는 것이 아니라, 어항의 주둥이를 막고 있는 판지를 베어 내고, 벌써 몇 마리는 도망을 쳤습니다. 우리는 어떻습니까? 우리도 중력을 벗어나는 로 켓을 쏘아 올리고 있습니다.

어항 안의 도시에 관한 이야기로 돌아갑시다. 좀 전에 도 말씀드렸다시피, 저는 개미들을 상대로 힘을 남용하지 않습니다. 저는 관대하고 자비로우며 개미들을 지나치리 만큼 소중히 여기는 신입니다. 그래서 제 백성들에게 고 통을 주는 일이 없습니다. 제가 당하고 싶지 않은 일을 개 미들에게 행하지 않습니다.

크리스마스 선물로 수천 개의 개미집이 팔릴 것입니다. 그러면 그만한 수의 아이들이 어린 신이 될 것입니다. 그 아이들 모두가 저만큼 너그럽고 자비로울 수 있을까요?

물론 대부분의 아이들은 자신이 하나의 도시를 책임지 고 있다는 것을 이해할 것입니다. 그리고 개미집의 주인 이 됨과 동시에, 개미들에게 먹이를 주고, 알맞은 온도를 유지해 주며, 장난으로 개미들을 죽이지 않을 의무도 지 니게 되었다는 사실을 깨달을 것입니다.

그러나 아이들은 여러 가지 일로 불만을 느낄 때가 있습 니다. 특히, 아직 자신이 한 일에 대해 책임을 질 줄 모르는 어린아이들이 문제입니다. 불만의 원인은 학교 성적일 수 도 있고 부모의 꾸지람이나 동무와의 싸움일 수도 있습니 다. 몹시 화가 났을 때, 아이들은 〈어린 신〉의 의무를 망각 하기 십상입니다. 그럴 때 아이들의 손아귀에 있는 〈피통 치자들〉의 운명이 어찌 될지는 상상할 엄두조차 나지 않 습니다.

제가 여러분께 장난감 개미집을 규제하는 이 법안을 가 결해 달라고 부탁드리는 것은, 개미에 대한 연민 때문도 아니고 개미에게도 동물로서의 권리가 있다고 해서 그러는 것도 아닙니다. 동물에게는 어떠한 권리도 없습니다. 우리가 동물들을 키우고 보호하는 것은 그것들을 희생시켜 우리의 소비에 충당하려는 것이겠지요. 제가 이 법안을 가결해 달라고 부탁하는 이유는, 우리 자신이 어떤 거대한 존재에 의해서 감시당하고 있는 포로일지도 모른다는 생각 때문입니다. 여러분께서는 지구가 어느 날 어떤 무책임한 어린 신에게 크리스마스 선물로 넘겨져도 괜찮으시겠습니까?

해가 중천에 떠 있다.

지각한 수개미들과 암개미들이, 도시의 거죽으로 빠지는 통로 속을 부지런히 달리고 있다. 일개미들이 그들을 밀어 주고, 핥아 주고, 격려한다.

암개미 56호는 환희에 찬 개미들의 물결 속에 때맞추어 합류한다. 모든 통행 허가 냄새들이 군중 속에 뒤섞여 있다. 여기에서는 아무도 제 발산물의 냄새를 분간해 내지 못하리라. 물 흐르듯 나아가는 자매들의 흐름에 실려, 56호는 이제껏 알지 못하던 구역들을 지나 자꾸 위로 올라간다.

한 통로의 모퉁이에서, 56호는 어떤 낯선 것과 마주쳤다. 햇빛이다. 처음엔 그저 벽 위에 여린 빛이 비치는가 싶었는데, 이내 그 햇무리 같은 빛이 눈을 못 뜰 정도의 강렬한 빛으로 바뀐다. 이것이 바로 유모 개미들이 말하던 그 신비로운 힘이다. 따뜻하고 보드랍고 아름다운 빛, 놀라운 신세계에 대한 약속.

눈알에 빛 알갱이들이 생짜 그대로 빨려 들어오자, 56호는 취하는 듯한 기분에 젖는다. 마치 32층에서 발효한 분비꿀을 너무 많이 먹었을 때의 기분 같다.

56호 공주 개미가 계속 나아간다. 땅바닥에 하얀 알갱이들이 부서진다. 56호는 따뜻한 빛 알갱이 속을 허위허위 헤쳐 나간다. 어린 시절을 땅속에서만 보낸 개미에게는, 어둠과 빛의 대조가 너무나 강렬하다.

다시 모퉁이를 돈다. 투명한 빛이 붓질하듯 56호를 간질이다가, 눈부신 원 모양으로 넓어지더니 은빛 너울이 되어 56호를 휘감아 버린다. 빛이 너무 강렬하게 쏟아져 들어오는 탓에 56호가 주춤거린다. 눈 속으로 빛 알갱이가 들어와 시신경을 태워 버리고 세 개의 뇌를 갉아 먹는 것 같은 느낌이 든다. 개미의 뇌는 세 개로 이루어져 있다. 이것은 벌레와도 같았던 조상 때부터 내려온 유산이다. 개미의 조상들은 각각의 몸마디마다 신경절을 하나씩 가지고 있었고, 몸의 각부분마다 신경 체계를 하나씩 지니고 있었다.

56호가 바람처럼 쏟아져 들어오는 빛 알갱이를 거슬러 나아간다. 멀리서 햇빛에 휘감긴 자매들의 윤곽이 어른거린다. 마치 허깨비를 보는 듯하다.

56호는 계속 나아간다. 몸을 둘러싸고 있는 딱지가 따뜻해지고 있다. 많은 개미들이 수없이 이 빛을 묘사하려고 해보았지만, 빛은 어떤 언어로도 도저히 형용할 수 없다. 빛은 그냥 즐겨야 한다! 문지기 개미들이 생각난다. 가엾게도 그들은 평생 도시 안에 갇혀 있어서 바깥 세계가 어떠한지, 태양이 어떤 건지를 모르고 산다.

56호는 장벽처럼 버티고 있는 빛의 세계로 들어간다. 이제 도시 바깥으로 나온 것이다. 수많은 낱눈들로 이루어진 겹눈이 조금씩조금씩 빛에 익숙해져 간다. 빛에 익숙해졌다 싶으니 이제는 거친 바람이 눈을 아리게 한다. 자신이 살았던 세계의 공기와는 반대로 차갑고 빠른 갖가지 냄새가 섞여 있다.

56호의 더듬이가 빙글빙글 돈다. 뜻대로 방향을 잡기가 어렵다. 더 세찬 한 줄기 바람이 불어와 56호의 얼굴을 때린다. 56호가 날개를 파닥거린다.

둥근 지붕 꼭대기, 저 위에서 일개미들이 56호를 기다리고 있다. 일개미들은 56호의 다리를 잡고 들어 올려서, 생식 개미들이 모여 있는 앞쪽으로 밀어 준다. 좁은 땅거죽 위에 수백 마리의 수개미들과 암개미들이 모여 북적거리고 있다. 56호는 자신이 결혼 비행을 위한 이륙용 활주로 위에 놓여 있음을 깨닫는다. 이제 일기 상태가 가장 좋은 때를 기다려야 하는 것이다.

바람이 계속 심술을 부리고 있다. 개미들이 바람이 잠잠해지기를 기다리고 있는 사이에, 열 마리쯤 되는 참새들이 생식 개미를 발견했다. 웬 횡재인가 싶어, 참새들이 점점 더 가까이 날아든다. 참새들이 아주 가까이 접근해 오자 지붕 꼭대기 주위에 포진하고 있던 포수 개미들이 일제히 개미산을 퍼부어 댄다.

그때 참새 한 마리가 과감하게 달려들어 암개미 세 마리를 낚아챘다. 그 대담한 참새가 다시 날아오르기 전에 포수 개미들이 공격을 가했다. 참새가 풀밭으로 나뒹군다. 가련하게도 부리를 벌리고 날개에 묻은 독을 닦아 내려고 안간힘을 쓰고 있다.

그렇게 본때를 보여 주어야 다른 놈들도 정신을 차릴 거야! 실제로 참새들이 조금 뒤로 물러섰다. 그러나 마음을 놓아서는 안 된다. 저들은 곧 다시 돌아와서 대공(對空) 방어 태세를 다시 시험하려 들 것이다.

### 포식자(捕食者)

만일 인류가 늑대나 사자, 곰, 하이에나 같은 주요한 포식 동물들을 몰아내지 못했다면 우리 인간의 문명은 어떻게 되었을까?

끊임없이 생존의 문제로 시달리는 불안한 문명이 되었을 것이 틀림없다.

고대 로마인들은 술을 부으며 신에게 제사를 올릴 때 사람의 시체를 한가운데에 가져다 놓곤 했다. 그럼으로써 모든 사람들은 만사가 덧없다는 것과 언제라도 죽음이 찾아올 수 있다는 사실을 상기하곤 했던 것이다.

그러나 오늘날에는 사람을 잡아먹을 수 있는 모든 종류의 동물들을 멸종시키거나 희귀 동물로 만들어 버렸다. 그래서 이제는 인간을 괴롭히는 동물로 남아 있는 것이라곤 미생물이나 개미 같은 곤충뿐이다.

인간의 문명과는 반대로 개미 문명은 주요 포식 동물들을 제거하지 않고 발전해 왔다. 그 결과 이 곤충은 끊임없이 생존의 문제로 시달리며 살아가고 있다. 개미들은 자기들 문명의 갈 길이 아직 험난하다는 것을 알고 있다. 자기들이 수천 년에 걸쳐서 이루어 놓은 결실을, 가장 어리석은 동물이라도 발길질 한 번으로 허물어 버릴 수가 있기 때문이다.

에드몽 웰스, 『상대적이며 절대적인 지식의 백과사전』

바람이 잠잠해졌다. 공기의 흐름이 약해지면서 기온이 올라간다. 기온이 22도가 되자, 벨로캉은 자녀들을 놓아 보내기로 결정한다.

암개미들이 네 날개를 붕붕거린다. 암개미들은 만반의 준비가 되어 있다. 성숙한 수개미들의 갖가지 냄새가 암개미들의 성적인 욕구를 절정으로 끌어올렸다.

첫 번째 처녀 개미들이 우아하게 이륙한다. 1백 머리쯤 올라가자, 기다렸다는 듯이 참새들이 덤벼들어 암개미들을 낚아챈다. 한 마리도 남지 않았다.

아래에 있는 개미들 사이에 동요가 인다. 그러나 그 정도로 이 일을 포기해서는 안 된다. 두 번째 암개미 떼가 이륙을 한다. 암개미 1백 마리 중에 네 마리만 부리와 깃털의 장벽을 벗어난다. 수개미들이 그 암개미들의 뒤를 쫓아 밀집 대형으로 날아오른다. 참새들이 수개미들은 건드리지 않는다. 너무 작은 수개미들에게는 관심이 없는 것이다.

세 번째의 암개미 떼가 구름을 향해 솟구친다. 50마리가 넘는 새들이 암개미들을 가로막는다. 대학살이 벌어진다. 살아난 암개미가 한 마리도 없다. 날짐승들의 수가 점점 많아지고 있다. 저희들끼리 신호라도 보낸 모양이다. 이제 공중에는 참새뿐만 아니라 티티새, 울새, 방울새, 비둘기 등등이 있다. 새들이 신나게 짹짹거린다. 그들에게도 오늘은 잔칫날이다.

네 번째의 암개미 떼가 이륙한다. 이번 역시 단 한 마리도 통과하지 못한다. 새들이 더 맛있는 먹이를 차지하려고 저희들끼리 싸운다.

포수 개미들이 화가 났다. 개미산 분비샘에 있는 힘을 다주어 수직으로 사격을 한다. 그러나 개미를 잡아먹는 그 날짐승들은 너무나 높이 있다. 치명적인 개미산 방울들이 빗물처럼 도시 위로 되떨어져, 수많은 사망자와 부상자를 낳았다.

겁에 질려서 결혼 비행을 포기하는 암개미들이 생겨난다. 새 떼를 통과하기가 불가능하다고 판단하고, 차라리 다시 내려가 방 안에서 교미를 하려는 것이다. 사고를 당해 못 올라온 다른 공주 개미들처럼 말이다.

다섯 번째의 암개미 떼가 죽을 각오를 하고 일어선다. 있는 힘을 다해서 저 새들의 장벽을 뚫고 나가야 한다! 17마리의 암개미가 통과하자 43마리의 수개미들이 바싹 따라붙는다.

여섯 번째 떼: 12마리가 통과했다!

일곱 번째 떼: 34마리!

56호가 날개를 움직인다. 아직 날아오를 엄두가 나질 않는다. 하늘에서 자매의 머리 하나가 56호의 발치로 떨어지더니 이어서 새의 솜털 하나가 살며시 떨어진다. 불길한 조짐이다. 56호는 위대한 〈바깥세상〉이 어떤 것인지 알고 싶어 안달을 했었다. 그런데 지금은 도무지 움직일 수가 없다.

여덟 번째 떼와 함께 날아오를까? 아니야……. 안 그러기를 잘 했다. 여덟 번째 떼가 전멸을 한 것이다.

56호 공주 개미가 겁을 먹는다. 네 날개를 다시 붕붕거리면서 조금 올라가 본다. 좋다, 날개는 아무 이상이 없다. 문제는 마음이다. 두려움이 56호를 엄습해 온다. 냉정해야 한다. 성공할 가능성은 아주 적다.

56호가 날갯짓을 멈춘다. 아홉 번째 떼에서는 73마리의 암개미가 통과했다. 일개미들이 격려의 뜻이 담긴 페로몬을 내뿜고 있다. 열 번째 떼와 함께 출발할까?

56호가 망설이고 있는데, 좀 떨어진 곳에 돌연 작은 절름발이 개미와 눈이 불구가 된 커다란 암살자 개미가 나타났다. 더 이상 머뭇거릴 겨를이 없다. 56호는 단숨에 날아오른다. 위턱을 벌리고 달려들던 두 병정개미들이 허탕을 치고 위턱을 다시 오므린다. 간발의 차로 암개미를 놓친 것이다.

56호는 잠시 동안 도시와 새 떼의 중간 높이를 유지한다. 그러다가 열 번째의 암개미 떼가 날아오르면서, 56호를 덮어 버리자 그 틈을 이용하여 56호 자신도 위험이 기다리고 있는 공중의 그 지점으로 힘껏 날아오른다. 옆에서 날고 있던 두 암개미가 잡히는 사이에 56호는 구사일생으로 박새의 어마어마한 발톱 사이를 빠져나간다.

그저 운이 좋았던 것뿐이다.

열 번째 떼 중에서 무사히 새 떼를 빠져나온 암개미는 열네 마리이다. 그러나 56호는 안일한 생각에 빠져들지 않도록 마음을 다잡는다. 이제 겨우 첫 번째 관문을 통과했을 뿐이다. 더 힘겨운 관문이 기다리고 있다. 56호는 자신의 미래가 어떠하리라는 것을 알고 있다. 대개 1천5백 마리의 암개미가 날아오르면, 그중에서 10마리 정도만 무사히 땅에 닿는다. 아무리 낙관적인 가정을 한다 하더라도 그 10마리 중에서 자신의 도시를 건설하고 여왕이 되는 개미는 4마리 정도일 것이다.

### 이따금, 여름에 산책을 하다 보면

이따금, 여름에 산책을 하다 보면 파리 같은 것을 밟을 뻔하는 때가 있다. 그러고 나서 그것을 자세히 들여다보면 파리가 아니라 여왕개미임을 알게 된다. 여왕개미 한 마리가 그렇게 쓰러져 있다는 얘기는, 수많은 여왕개미들이 그런 운명을 맞을 수 있다는 얘기가 된다. 여왕개미들이 그렇게 땅바닥에서 몸을 뒤틀며 죽어 간다. 사람들의 신발에 밟히기도 하고 자동차의 앞 유리창에 부딪히기도 한다. 더 이상 날아오르지 못하고 탈진해 간다. 그럼으로써 개미 도시 하나가 사라지는 것이다. 여름날 길 위에서 여왕개미가 단지 자동차 와이퍼에 부딪히는 것만으로, 사라져 간 개미 도시가 얼마나 많았을까?

에드몽 웰스, 『상대적이며 절대적인 지식의 백과사전』

암개미 56호가 스테인드글라스처럼 생긴 네 날개를 움직이고 있을 때, 뒤에서는 새 떼들이 열한 번째와 열두 번째로 날아오른 암개미 떼에게로 몰려들고 있었다. 불쌍한 자매들! 이제 다섯 차례 더 암개미들이 날아오를 것이다. 그러면 벨로캉은 미래를 향한 모든 희망을 다 내보내는 셈이 된다.

56호는 더 이상 그 일을 생각하지 않기로 하고, 무한한 창공 속에서 심호흡을 한다. 모든 것이 너무나 푸르다! 땅속의 삶밖에 모르던 개미에게는 공중을 비상하는 일이 너무나 황홀하다. 또 다른 세계에서 움직이고 있는 느낌이다. 56호는 좁은 통로들을 떠나 이제 모든 것이 3차원으로 드러나 있는, 현기증 나는 공간에 들어와 있는 것이다.

56호는 본능적으로 비행의 모든 방법을 알아낸다. 오른쪽으로 돌 때는 오른쪽 날개에 체중을 싣는다. 올라갈 때는 날갯짓의 각도를 조절한다. 내려가 보기도 하고 속도를 내기도 한다……. 완벽하게 회전을 하려면 날개 끝을 중심축에 박고 지체 없이 45도 이상으로 몸을 돌려야 한다는 것도 깨닫는다.

56호는 하늘이 텅 비어 있는 게 아님을 알게 된다. 그렇기는커녕 공기의 흐름으로 가득 차 있다. 어떤 기류는 〈펌프〉

처럼 56호를 밀어 올린다. 반대로, 진공 상태로 되어 있는 곳에서는 추락하게 된다. 그것을 알아내는 방법이 달리 있는 것은 아니고 앞에 가는 곤충들을 관찰하면서, 그들의 움직임을 보고 판단하는 것이다⋯⋯.

56호가 한기를 느낀다. 높이 올라올수록 기온이 내려가는 것이다. 이따금 회오리바람이 일기도 하고, 훈훈한 기류나 찬 기류의 돌풍이 몰아치기도 하면서 56호를 팽이처럼 뱅그르르 돌려 버린다.

한 무리의 수개미들이 56호의 뒤를 쫓아오고 있다. 암개미 56호가 속력을 낸다. 가장 빠르고 가장 끈질긴 자들만 따라오라는 뜻이다. 보다 좋은 유전 형질을 골라내려는 일차적인 선별 방식이다.

무엇인가가 56호의 몸에 와 닿는다. 수개미 한 마리가 56호의 배에 올라타더니 기어오른다. 수개미의 몸집은 작은 편이지만, 56호의 날갯짓을 중단시킨 걸 보면 몸무게가 제법 나가는 듯하다.

56호가 조금 아래로 내려간다. 위에서 수개미는 암개미의 날갯짓 때문에 떨어지지 않으려고 애를 쓴다. 그러다가는 완전히 평형을 잃고, 침처럼 생긴 제 생식기를 암컷의 생식기에 닿게 하려고 배를 구부린다.

56호는 어떤 기분이 들지 호기심을 느끼며 기다리고 있다. 기분 좋게 따끔거리는 느낌이 밀려오기 시작한다. 그러자 문득 하나의 생각이 스치고 지나간다. 56호는 갑자기 앞으로 움직이더니 급강하하기 시작한다. 숨 막힐 듯한 기분이다! 엄청난 황홀경이다! 속도감과 교미의 쾌감이 어울려 이제껏 맛보지 못한 환희의 칵테일을 만들고 있다.

수개미 327호의 영상이 뇌리를 스치고 지나간다. 눈에 난 털 사이로 바람이 빠져나가면서 소리를 낸다. 톡 쏘는 듯한 나뭇진 냄새가 56호의 더듬이를 짜릿하게 만든다. 56호의 내부에 있던 어떤 혼들이 사나운 파도가 되어 요동친다. 56호의 모든 분비샘에서 이제껏 분비되어 본 적이 없는 체액이 흐른다. 그 체액들이 섞이어 끓어오르는 수프처럼 되더니 56호의 뇌 안으로 쏟아져 들어간다.

풀밭 위에 이르자, 56호는 다시 힘을 모아 날갯짓을 하기 시작한다. 이번에는 화살처럼 다시 올라간다. 암개미가 다시 안정을 되찾았음에 반해, 수개미는 이제 상태가 별로 좋지 않다. 수개미가 다리를 부들부들 떨고 있다. 그의 위턱이 마냥 벌어져 있다가 저절로 오므라든다. 심장이 멎는다. 그런 다음엔 추락만이 남아 있다……

곤충의 세계에서, 대개 수컷들은 교미를 하고 나면 죽게 되어 있다. 수개미들에게는 단 한 번의 사랑할 권리만 주어져 있다. 정자들이 수컷의 몸을 빠져나오면서 주인의 목숨도 앗아가는 것이다.

개미의 세계에서도 수컷은 사정을 하고 나면 죽는다. 어떤 곤충의 암컷은 제 몸에 정자가 가득 차면, 정자를 제공한 수컷을 죽여 버리기도 한다. 격한 감정 상태가 암컷의 식욕을 자극하기 때문이다.

두말할 나위 없이 곤충의 세계는 전체적으로 볼 때 암컷의 세계이다. 더 정확히 말하면 홀어미들의 세계이다. 수컷들은 부차적인 지위를 차지하고 있을 뿐이다……

두 번째 수컷이 벌써 56호에게 달라붙고 있다. 수컷 하나가 떠나기가 무섭게 다른 수컷을 받아들인다. 세 번째 수개미가 오고, 다시 여러 수개미들이 거쳐 간다. 암개미 56호는 그 수를 더 이상 헤아릴 수가 없다. 적게 잡아도 열일곱이나 열여덟 마리의 수개미들이 번갈아 가면서 56호의 저정낭을 싱싱한 생식 세포로 가득 채워 주었다.

56호는 제 배 속에서 살아 있는 액체가 부글거리는 느낌이 들었다. 장차 자신이 건설한 도시에서 살게 될 거주자들을 저장하고 있는 것이다. 수컷들이 넣어 준 수백만 개의 성세포들이 있기에 56호는 15년 동안 매일 알을 낳을 수 있을 것이다.

56호 주위의 암개미 자매들도 56호와 똑같은 감정을 느끼고 있다. 하늘 가득히 암개미들이 날아다니고 있다. 한 마리 또는 몇 마리의 수개미들이 암개미 위에 올라타서 똑같은 암컷을 상대로 교미를 한다. 한데 뒤엉킨 사랑의 행렬이 구름처럼 공중에 걸려 있다. 암개미들은 피곤에 지치고 행복에 취해 있다. 암개미들은 이제 공주가 아니라 여왕이다. 반복되는 사랑의 즐거움이 암개미들을 녹초로 만들어 이제는 날아가야 할 방향을 가늠하기조차 힘겹다.

바로 그 순간을 노리고, 꽃이 만발한 벚나무에서 제비들이 위풍당당하게 튀어나온다. 제비들은 나는 것이 아니라 하늘의 층과 층 사이를 미끄러져 내리는 듯하다. 그 태연자약한 모습에 소름이 돋는다. 제비들이 부리를 활짝 벌리고 날개 달린 개미들에게 달려들어 차례차례 삼켜 버린다. 이번에는 56호가 당할 차례이다.


103683호는 탐험 개미들의 방에 있다. 동쪽 흰개미 도시에 잠입해 혼자서라도 조사를 계속할 생각이었다. 그러던 차에, 일단의 탐험 개미들이 〈용 사냥〉을 하러 가는데, 함께 가는 게 어떻겠느냐는 제의를 받았다. 알고 보니 주비주비캉이라는 도시의 초원 지대에서 도마뱀 한 마리를 발견했다는 것이다. 주비주비캉은 전 연방에서 가장 중요한 진딧물 목장을 가진 도시로서, 분비꿀을 짜낼 수 있는 진딧물만도 9백만 마리를 보유하고 있다. 그런데, 그 도마뱀 한 마리가 나타나서 목축 활동에 상당한 지장을 주고 있다는 것이다.

마침 주비주비캉은 연방의 동쪽 경계, 즉 벨로캉과 흰개미 도시의 중간에 자리 잡고 있다. 그래서 103683호는 그 원정대와 함께 떠나기로 했다. 그렇게 되면 그가 흰개미 도시로 떠난 것을 아무도 눈치채지 못할 것이다.

103683호의 주위에서 다른 탐험 개미들이 꼼꼼하게 원정 준비를 하고 있다. 탐험 개미들은 각자 갈무리 주머니에 당분이 많은 식량을 가득 채우고, 개미산도 가득 장전해 둔다. 그러고 나서 추위도 막고 알테르나리아 홀씨에 대한 방비도 (이제 그들은 그것을 알고 있는 것이다) 할 겸 몸에다 달팽이의 끈끈물을 바른다.

도마뱀 사냥에 대한 이야기들이 무성하다. 혹자는 도마뱀이 도롱뇽이나 개구리와 비슷하다고 한다. 하지만 그곳에 있는 탐험 개미 서른두 마리 가운데 다수가 사냥하기 어렵기로 말하자면 도마뱀이 최고라는 데에 의견을 같이하고 있다.

어떤 나이 많은 개미가 주장하기를, 도마뱀은 꼬리가 잘리면 그것을 다시 자라게 하는 능력이 있다고 한다. 다들 그 개미의 말을 비웃는다. 또 한 개미는, 도마뱀 한 마리가 기온 10도 때의 시간 동안 돌처럼 움직이지 않고 가만히 있는 것을 본 적이 있다고 주장한다. 모두들, 개미산의 사용이 그리

널리 보급되지 않았던 시절, 벨로캉 선조들이 위턱 하나만으로 그 괴물들을 상대했다던 이야기를 떠올리고 있다.

103683호는 소름이 오싹 끼쳐 오는 것을 억누르지 못한다. 그는 이제껏 도마뱀을 본 적이 없다. 하지만 도마뱀을 위턱이나 개미산으로 공격한다고 생각하니 뭔가 마음이 놓이지 않는 구석이 있다. 자신이 생전 처음으로 달아나는 짓을 하게 되리라는 생각이 든다. 결국 사냥에 열심히 참가하는 것보다 〈비밀 무기〉에 대한 조사를 하는 쪽이 겨레의 생존을 위해 더 중요한 것이 아닌가?

탐험 개미들의 준비가 끝났다. 그들은 도시 외곽의 통로를 올라가 7번 출구, 즉 〈동쪽 출구〉를 통해 빛 속으로 나아간다.

우선 도시의 변두리를 벗어나야 하는데, 그것이 쉬운 일이 아니다. 벨로캉 주변은 너 나 할 것 없이 바쁘게 일하는 일개미들과 병정개미들로 북적거린다.

몇 군데에 특히 개미들이 많이 몰려 있다. 어떤 개미들이 잎새, 열매, 알곡, 꽃, 버섯 따위를 나르고 있다. 어떤 개미들은 건축 자재로 쓸 잔가지들이며 잔돌들을 운반하고 있다. 또 어떤 개미들은 사냥물을 싣고 온다……. 냄새들의 아우성.

도마뱀 사냥에 나선 개미들이, 교통이 혼잡한 곳을 비집고 나아간다. 그곳을 지나니 교통이 한결 원활해진다. 대로가 점점 좁아져, 폭이 3머리(9밀리미터)가 되더니, 다시 2머리로, 이어 1머리로 된다. 그들은 이제 도시에서 멀리 떨어져 있다. 집단적으로 의사소통을 하느라고 풍기던 냄새도 이젠 느껴지지 않는다. 그 무리는 도시와 연결되는 냄새의 탯줄을 잘라 버리고, 자율적으로 움직이는 하나의 단위가 된 것이다. 그들은 〈산보〉 대형으로 나아가고 있다. 〈산보〉 대형이란, 개미들이 둘씩 짝지어 행진할 때의 대형을 말한다.

그 무리는 이내 다른 무리와 마주쳤다. 역시 탐험 개미들의 무리이다. 그들은 갖은 고생을 다했던 모양이다. 대열에 몸이 성한 개미가 한 마리도 없다. 다들 몸뚱이 여기저기가 잘려 나갔다. 어떤 개미들은 다리가 하나밖에 안 남아서 처참한 모습으로 기어가고 있다. 더듬이나 배가 잘린 개미들도 사정은 마찬가지였다.

103683호는 개양귀비 전투 이래로 그렇게 심하게 다친 병정개미들을 본 적이 없었다. 이들은 어떤 무시무시한 것과 맞닥뜨렸던 게 틀림없다……. 어쩌면 그 〈비밀 무기〉가 아니었을까?

103683호는 기다란 위턱이 부서진 커다란 병정개미와 대화를 나누어 보려고 한다. 그대들은 어디에서 오는 길인가? 무슨 일이 있었는가? 흰개미들에게 당한 것인가?

그 병정개미는 걸음을 늦추더니, 대답을 하지 않고 얼굴을 돌린다. 아니 이럴 수가, 눈구멍이 텅 비어 있다! 게다가 입에서 목관절까지 머리가 쪼개져 있다.

103683호는 그 병정개미가 멀어져 가는 모습을 물끄러미 바라보고 있다. 한참을 더 가더니, 그 병정개미가 쓰러진다. 그러고는 다시 일어나지 못한다. 그래도 아직 길 수 있는 힘은 남았는지 엉금엉금 기어서 길 밖으로 나간다. 자신의 시체가 통행에 방해가 되지 않게 하려는 것이다.

암개미 56호는 제비를 피하려고 잽싸게 급강하를 시도한다. 그러나 제비가 열 배는 더 빠르다. 커다란 부리가 더듬이 위로 덮쳐 오는가 했더니 벌써 배와 가슴과 머리를 덮어 버린다. 부리가 56호보다 훨씬 빨랐다. 입천장과의 접촉이 견디기 어렵다. 이어 부리가 다시 닫힌다. 모든 게 끝난 것이다.

### 희생

개미를 관찰해 보면, 저 자신의 생존의 요구에 따라 행동하기보다는 외부의 요구에 따라 행동한다는 느낌을 갖게 된다. 몸통에서 머리가 잘려 나가면 그 머리는 적의 다리를 물거나, 곡물 알갱이를 자름으로써 여전히 쓸모 있는 존재가 되려고 애를 쓴다. 가슴이 잘려 나갔을 때도 그 가슴은 적이 쳐들어오는 입구를 막으려고 기어간다.

자기희생인가? 공동체에 대한 광신인가? 집단주의 때문에 생긴 미련함인가?

그 어느 것도 아니다. 개미 역시 외톨이로 살아갈 줄 안다. 겨레를 필요로 하지 않고, 겨레에 반역을 하기도 한다.

그런데 어째서 그런 자기희생의 모습을 보이는 걸까?

현재 내 연구가 도달한 수준에서 말한다면, 그것은 겸양에서 비롯되는 것으로 보인다. 개미에게는 자신의 죽음이 그리 대단한 사건이 못 되는 것 같다. 즉, 방금 전까지 하고 있던 일을 단념할 만큼 개체의 죽음이 그리 중요한 사건은 아니라는 것이다.

에드몽 웰스, 『상대적이며 절대적인 지식의 백과사전』

탐험 개미들은 나무와 흙 둔덕과 가시나무 덤불 들을 돌아, 불길한 조짐이 느껴지는 동쪽으로 계속 헤쳐 나간다.

길이 좁아졌지만, 도로 공사하는 일개미들의 모습이 여전히 눈에 띈다. 일개미들은 한 도시와 다른 도시를 연결하는 도로 공사도 소홀히 하지 않는다. 도로 개미들은 이끼를 뽑고, 거치적거리는 잔가지들을 치우고, 뒤푸르샘[24]에서 페로몬을 발하여 냄새 신호를 남겨 놓는다.

이제 반대 방향으로 통행하는 일개미들이 거의 없다. 땅바닥에 놓인 길 안내 페로몬이 이따금 눈에 띈다. 〈29번 교차로에서 아가위나무들을 돌아가시오!〉 적들이 잠복해 있음을 알리느라고 최근에 뿌려 놓은 냄새의 자취인 듯하다.

103683호는 걸어갈수록 경이로움에 젖어 들고 있다. 이 지역에는 한 번도 와본 적이 없었다. 높이가 80머리나 되는 볼레투스독버섯이 있다는 사실이 놀랍다. 그런 종류의 버섯은 서쪽 지방에서나 볼 수 있는 버섯인 것이다.

고약한 냄새를 풍기는 뱀눈나비도 눈에 띈다. 비위에 거슬리는 그 냄새가 파리들을 유인한다. 또 머리가 진주처럼 생긴 말불버섯과 샹트렐버섯[25]도 눈에 띈다. 103683호는 샹트렐버섯에 기어올라 그것의 부드러운 살을 밟으며 행복감을 느낀다.

103683호는 갖가지 낯선 식물들을 발견한다. 꽃에 이슬을 머금고 있는 야생 대마, 〈비너스의 나막신〉이라는 별명을 가진 화려하면서도 꺼림칙한 개불알꽃, 〈고양이 다리〉라는 별명을 가진, 줄기가 길쭉한 적설초……

103683호가 꽃이 꿀벌처럼 생긴 봉숭아 한 그루에 다가가 무심코 톡 건드린다. 건드리자마자 봉숭아의 여문 씨앗이 얼굴에 쏟아져, 끈적거리는 노란 알갱이로 103683호를 덮어 버린다. 다행히 알테르나리아의 홀씨처럼 딱지 안으로 파

---

24 자취 페로몬을 저장하는 분비샘.

25 갓이 술잔처럼 생긴 식용 버섯. 〈술잔〉을 뜻하는 그리스어 kantharos에서 유래한 말. 한국에서는 꾀꼬리버섯이라고도 한다.

고 들어오는 씨앗은 아니다.

그런 일에 주눅 들지 않고, 103683호는 미나리아재비의 일종인 아네모네 한 그루에 기어오른다. 하늘을 좀 더 가까이에서 살펴보려는 것이다. 공중에서는 꿀벌들이 꽃가루 많은 꽃이 있는 장소를 동료들에게 알려 주기 위해 8자를 그려 신호를 보내고 있다.

주위 경관이 갈수록 신기롭게 느껴진다. 처음 맡아 보는 이상한 냄새들이 진동을 한다. 이름 모를 작은 곤충들이 사방으로 달아난다. 마른 나뭇잎이 바스락거리는 소리를 듣고서야 그 작은 곤충들이 있다는 것을 알게 될 뿐 그렇지 않으면 그런 것들이 있는지도 모를 판이다.

103683호가 대열에 합류한다. 아까 봉숭아 씨 세례를 받은 머리가 아직도 따끔거린다. 어느덧 동맹 도시 주비주비캉의 경계에 이르렀다. 멀리에 여느 것과 다름없는 덤불이 하나 보인다. 주비주비캉 개미들이 닦아 놓은 이 길과 냄새가 있기에 망정이지, 그렇지 않으면 이쪽으로 해서 어떤 도시로 갈 수 있다는 생각은 아무도 못 할 것이다. 가까이에서 본즉, 주비주비캉은 전형적인 불개미 도시이다. 그루터기가 있고, 잔가지로 만든 둥근 지붕과 쓰레기터가 있다. 그러나 그 모든 것이 나무 덤불 아래 감추어져 있다.

주비주비캉의 입구는, 둥근 지붕의 꼭대기와 거의 비슷한 높이에 자리 잡고 있다. 입구에 도달하자면 고사리 한 무더기와 들장미 한 무더기를 통과해야 한다. 탐험 개미들이 그것들을 통과해서 입구에 이르렀다.

안에는 작은 곤충들이 우글우글하다. 도시에서 기르고 있는 진딧물이다. 진딧물은 잎새와 색깔이 똑같아서 언뜻 보면 쉽게 구별되지 않는다. 그러나 그런 것에 숙달이 된 더듬이와 눈을 가진 개미라면, 어렵지 않게 풀빛의 작은 돌기들을 알아볼 수 있다. 수백만 마리의 진딧물들이, 젖소가 풀을 뜯듯, 식물의 즙을 〈뜯어 먹으면서〉 조금씩조금씩 통통해져 가고 있다.

개미와 진딧물 사이에 아주 오래전에 하나의 협약이 맺어졌다. 진딧물들은 개미들에게 먹이를 제공하고, 대신 개미들은 진딧물들을 보호해 주기로 했던 것이다. 어떤 개미 도시에서는 아예 〈젖소들〉의 날개를 잘라 버리고, 〈젖소들〉에게 통행 허가 냄새를 주는 일도 있다. 가축을 관리하는 데는 그것이 더 편하기 때문이다.

주비주비캉에서도 실제로 진딧물의 날개를 자르는 야비한 짓을 행하고 있다. 그것에 대해 보상하겠다는 생각에서였는지, 아니면 순전히 현대화 작업의 일환이었는지 알 수 없지만, 주비주비캉은 2층에 대규모 축사를 세우고 진딧물의 복지에 필요한 갖가지 편의 시설을 갖추어 놓았다. 거기에서 유모 개미들이 개미 알을 돌볼 때와 똑같은 정성으로 진딧물 알들을 돌보고 있다. 그러고 보면, 주비주비캉에서 목축업이 특별히 중요한 산업이 되고, 빠른 속도로 발전하는 데는 그럴 만한 이유가 있었던 셈이다.

103683호와 동료들이 장미나무 가지의 진을 열심히 빨고 있는 진딧물 떼에 다가간다. 그들이 두세 가지 질문을 던졌건만, 진딧물들은 들은 체도 않고 장미나무 가지의 살 속에 주둥이를 처박고 있다. 개미의 냄새 언어를 모르고 있는 모양이다……. 탐험 개미들은 더듬이로 목축 개미를 찾아보았지만, 한 마리도 눈에 띄지 않았다.

그때 병정개미들의 가슴을 철렁 내려앉게 하는 일이 벌어졌다. 무당벌레 세 마리가 진딧물 떼 한복판으로 뛰어든 것이다. 그 무시무시한 야수들이, 날개가 질려 도망을 못 가는 진딧물들을 공포의 도가니로 몰아넣고 있다.

다행히 목축 개미들이 튀어나와 그 늑대 같은 무당벌레들을 응징한다. 두 마리의 주비주비캉 개미가 나뭇잎 뒤에서 뛰어 나온 것이다. 그들이 거기에 숨어 있었던 까닭을 이제는 알 것 같다. 까만 얼룩을 가진 빨간 무당벌레들에게 효과적인 기습을 가하려고 숨어 있었던 것이다. 목축 개미들은 무당벌레들을 겨누고 정확하게 개미산 사격을 퍼부었다.

무당벌레들이 쓰러지자, 목축 개미들은 아직 겁에 질려 있는 진딧물 떼를 안심시키기 위해 돌아다닌다. 진딧물의 배를 주무르고, 토닥거리다가, 더듬이를 어루만져 준다. 그러자 진딧물들은 커다란 당분 덩어리를 내놓는다. 맛있는 분비꿀이다. 그 액체로 한껏 배를 채우고 있던 주비주비캉의 목축 개미들이 벨로캉의 탐험 개미들을 발견했다.

인사를 나누고 더듬이를 맞댄다.

《우리는 도마뱀 사냥을 하러 왔다.》탐험 개미들 중의 하나가 페로몬을 발한다.

《그렇다면, 동쪽으로 계속 가야 한다. 과예이톨로 기지 쪽에서 그 괴물 한 놈을 발견한 적이 있다.》

먼 길을 다니는 나그네 개미들에게 영양 교환을 제안하는 것이 상례이지만, 목축 개미들은 그 대신에 직접 진딧물 분비꿀을 짜 먹으라고 권한다. 탐험 개미들은 주저하지 않고 각자 진딧물을 하나씩 골라 맛있는 분비꿀을 짜내려고 배를 살살 주무르기 시작한다.

인두(咽頭) 안은 컴컴하고, 고약한 냄새가 나고, 미끈미끈하다. 암개미 56호는 이제 끈끈한 액체로 온통 뒤범벅이 된 채, 제비의 식도로 미끄러져 들어가고 있다. 제비는 이가 없어서 씹지를 않기 때문에 56호는 아직 다치지 않았다. 체념한다는 것은 생각할 수도 없는 일이다. 자신이 죽으면 도시 하나가 온전히 사라지는 것이다.

56호는 있는 힘을 다해서 식도의 매끈매끈한 살에다 위턱을 박아 넣는다. 그것이 효과를 발휘해서 56호가 목숨을 건진다. 제비가 구역질을 느끼고 콜록거리면서 그 성가신 먹이를 멀리 뱉어 버린 것이다. 앞이 보이지 않아 애를 먹으면서도 56호는 날아 보려고 애쓴다. 그러나 날개가 끈끈물에 젖어 있어서 너무 무겁다. 56호가 강의 한복판으로 떨어진다.

교미를 끝내고 죽어 가는 수컷들이 56호 주위에 떨어진다. 공중에는 제비 떼를 뚫고 살아남은 스무 마리쯤 되는 암개미들이 고르지 못한 리듬으로 비행하고 있다. 암개미들은 기력이 다 빠져서 점점 아래로 내려온다.

그 암개미들 중의 하나가 수련(睡蓮) 위에 내려앉자, 기다렸다는 듯이 도롱뇽 두 마리가 달려들어 암개미를 낚아채더니 갈기갈기 찢어 버린다. 다른 암개미들은, 비둘기, 두꺼비, 두더지, 뱀, 박쥐, 고슴도치, 닭, 병아리 등등의 공격을 받고 몇 차례의 죽을 고비를 넘겼다. 결국, 벨로캉에서 날려 보낸 1천5백 마리의 암개미 중에서 살아남은 것은 여섯 마리뿐이었다.

56호도 그 살아남은 여섯 마리에 들어 있다. 기적적으로 살아남은 것이다. 56호는 어떤 일이 있어도 살아남아서, 자신의 도시를 건설하고 그 비밀 무기의 수수께끼를 풀리라 다짐한다. 그러자면 누군가의 도움이 필요할 것이고, 바로 자신의 배 속에 있는 생명들이 힘이 되어 줄 것이다. 그 생명들을 낳기만 하면 되는 것이다…….

그렇지만, 우선 여기를 빠져나가야 한다.

햇살의 각도를 헤아려 보고, 56호는 자신이 추락한 지점이 동쪽 강물 위라는 것을 깨닫는다. 도시를 건설하기에는 별로 바람직한 곳이 아니다. 이 세상에 있는 모든 섬에 개미들이 살고 있는 건 사실이지만, 헤엄을 칠 줄 모르는 개미들이 어떻게 그 섬들에 정착하게 되었는지는 아직 의문으로 남아 있는 경우가 많다.

나뭇잎 하나가 위턱이 닿을 만한 거리로 흘러가고 있다. 56호가 위턱에 있는 힘을 다 주며 그 잎새에 매달린다. 그러고는 뒷다리로 열심히 물장구를 치는데, 그 추진 방식이 도리어 비참한 결과를 낳고 만다. 그렇게 물장구를 치며 한참 동안 물결을 헤치고 나아가는데 수면 위에 거대한 그림자가 드리워졌다. 생김새는 올챙이인 듯도 한데 덩치는 1천 배나 더 크다. 몸매는 유선형으로 되어 있고, 살갗은 매끈매끈하며 얼룩무늬가 져 있다. 56호로서는 처음 보는 동물이다. 송어였다!

그 괴물이 나타나자, 닷벌레, 물벼룩 같은 작은 견갑충들이 달아난다. 그 괴물이 자맥질을 하며, 겁에 질린 채 나뭇잎에 매달려 있는 암개미 쪽으로 다가온다.

지느러미에 힘을 잔뜩 주면서, 물살을 가르고 송어가 달려든다. 암개미가 커다란 물결에 휩쓸려 허우적거리는 사이, 공중으로 솟구친 송어는 날카로운 이빨로 무장한 입을 벌리더니 저쪽에서 파닥거리고 있던 날파리 한 마리를 삼켜 버린다. 그런 다음 꼬리를 한 번 휘둘러 몸을 비틀고는 수정처럼 맑은 제 세계로 다시 들어간다. 그 서슬에 해일과도 같은 큰 물결이 일어 개미를 삼켜 버린다.

그 모습을 보고 있던 개구리들이 송어에게 암개미와 그 배 속에 있는 알들을 빼앗기지 않은 게 다행이라는 듯 안도의 숨을 내쉬면서, 암개미를 서로 차지하려고 물속으로 뛰어든 다. 암개미가 다시 물 위로 솟아올랐으나 이번에는 소용돌이 가 일면서 다시 암개미를 견디기 힘든 심연 속으로 빨아들인 다. 개구리들이 암개미를 쫓는다. 한기가 엄습해 오면서 암 개미가 꼼짝을 하지 못한다. 암개미가 의식을 잃고 있다.


니콜라는 새로 사귄 두 친구 장, 필리프와 함께 식당에서 텔레비전을 보고 있었다. 그 아이들 주위에도 발그레한 얼굴 을 한 다른 아이들이 둘러앉아 끊임없이 이어지는 영상에 넋 을 잃고 있었다.

영화의 시나리오가 아이들의 눈과 귀를 통해서 시속 5백 킬로미터의 속도로 뇌의 기억 장치에 전해지고 있었다. 인간 의 뇌는 6백억 개의 정보를 저장할 수 있다. 그러나 기억 장 치가 포화 상태가 되면, 가장 쓸모가 없다고 판단되는 정보 들을 지워 버림으로써, 자연스럽게 조절이 된다. 그렇게 해 서 충격적이었던 일에 대한 기억과 즐거웠던 일에 대한 아쉬 움만이 남게 된다.

연속극이 끝나고 곤충에 대한 토론 프로가 이어졌다. 대 부분의 아이들이 뿔뿔이 흩어졌다. 알아듣지 못할 소리만 지 껄여 대는 과학 프로에는 흥미가 없었던 것이다.

— 르뒤크 교수님, 선생님께서는 로젠펠트 교수와 더불어

유럽 최고의 개미 전문가로 정평이 나 있습니다. 개미를 연구하시게 된 특별한 동기라도 있으신지요?

— 어느 날, 부엌의 찬장을 열다가 일렬로 늘어선 개미들과 마주치게 되었습니다. 몇 시간 동안 개미들이 일하는 모습을 관찰하면서 서 있었지요. 그 개미들에게서 생명의 소중함과 겸손을 배웠습니다. 그래서 개미에 대해 더 많이 알리고 노력해 온 것이지요……. 그게 동기라면 동기죠. (웃음)

— 로젠펠트 교수와 선생님 두 분 다 탁월한 과학자이신데, 로젠펠트 교수와 선생님 사이에 다른 점이 있다면, 어떤게 있을까요?

— 아, 로젠펠트 교수와 말입니까? 그분 아직 은퇴하지 않으셨나요? (다시 웃음) 안 하셨군요……. 웃자고 해본 소리고요, 사실 우리는 학문하는 입장이 똑같지는 않습니다. 아시다시피, 개미라는 곤충을 〈이해하는〉 방법에는 몇 가지가 있습니다. 전에는, 사람들이 모둠살이 곤충들(흰개미, 꿀벌, 개미)은 모두 왕정주의적인 사회를 이루고 있다고 생각을 했었지요. 쉽게 할 수 있는 생각이긴 합니다만 그건 사실이 아닙니다. 개미 사회에서 여왕은 알을 낳는 것 말고는 아무런 권한이 없다는 것을 깨닫게 되었지요. 개미 사회의 정치형태는 다양합니다. 군주 정치, 과두 정치, 병정개미들의 삼두 정치, 민주주의, 무정부주의 등등이 다 있습니다. 때로는 개미 시민들이 자기들의 정부가 마음에 들지 않는다고 반란을 일으키는 일도 있고, 도시 안에서 〈내란〉이 일어나는 것을 본 적도 있습니다.

— 대단하군요!

— 제 생각도 그렇고, 제가 속해 있는 이른바 〈독일 학파〉

의 생각도 그렇습니다만, 개미 세계의 조직은 뭐니 뭐니 해도 몇 개의 계급으로 이루어진 위계 제도에 바탕을 두고 있습니다. 평균적인 개미보다 더 많은 능력을 타고난 엘리트 개체들이 지배적인 위치를 차지하고 일개미 집단을 이끄는 것이지요. 그에 반해서 로젠펠트 교수나, 그가 속해 있는 소위 〈이탈리아 학파〉는, 개미들은 근본적으로 무정부주의적이라고 생각하고 있지요. 엘리트, 즉 평균보다 더 많은 능력을 타고난 개체들이 없다는 겁니다. 실제적인 문제들을 해결하기 위해서 어쩌다 자발적으로 지도자들이 나타나긴 하지만 그것은 일시적일 뿐이라는 것이지요.

— 이해가 잘 안 가는군요.

— 말하자면 이탈리아 학파의 생각은, 어떤 개미라도 다른 개미들의 관심을 끌 만한 독창적인 생각이 있으면 우두머리가 될 수 있다는 것입니다. 그에 반해서 우리 독일 학파의 생각은, 〈우두머리의 자질〉을 타고난 개미들이 언제나 다른 개미들에게 임무를 부과한다는 것이고요.

— 그 점에서 두 학파가 다른 건가요?

— 사회자께서 알고 싶어 하는 게 이런 건지는 모르겠습니다만, 한번은 국제 학술 대회가 열렸을 때, 그러한 견해 차이가 주먹다짐으로까지 발전한 적이 있지요.

— 색슨 정신과 라틴 정신 사이의 유서 깊은 경쟁과 맥을 같이하는 것 같기도 한데요, 그렇습니까?

— 그런 건 아닙니다. 그 싸움은 오히려 〈선천적인 것〉을 지지하는 사람들과 〈후천적인 것〉을 지지하는 사람들이 맞붙은 싸움과 비슷합니다. 바보는 태어날 때부터 바보인가 아니면 후천적으로 그렇게 된 것인가 하는 식의 논쟁 말입니

다. 그게 우리가 개미 사회를 연구하면서 해답을 구하려고 하는 문제들 중의 하나이지요.

— 그런데 토끼나 생쥐 상대로는 왜 그런 실험을 안 하십니까?

— 어떤 사회, 즉 수백만의 개체로 구성된 한 사회가 움직이는 것을 관찰할 수 있게 하는 실험 대상으로는 개미만 한 게 없지요. 개미들이 엄청난 기회를 제공하고 있어요. 개미들을 관찰하는 것은 하나의 세계를 관찰하는 거나 다름이 없지요. 수백만 마리의 토끼나 생쥐가 어울려 사는 도시가 있다는 얘기는 아직 못 들었어요.

누군가가 팔꿈치로 니콜라를 꾹 찔렀다.

「야, 니콜라, 너 저거 듣고 있니?」

그러나 니콜라는 듣고 있지 않았다. 저 얼굴, 저 노란 눈, 언젠가 본 적이 있었다. 그게 어디서였지? 그게 언제였지? 니콜라는 열심히 기억을 더듬었다. 맞아. 마침내 생각이 났다. 책 장정하는 일을 한다던 바로 그 남자였다. 그는 자기가 구뉴라고 주장했었다. 그런데 텔레비전에서 잘났다고 떠들어 대는 르뒤크라는 사람이 영락없는 그 사람이었다.

그 사실을 깨닫고 나서 니콜라는 깊은 생각에 빠져들었다. 만일 저 교수가 거짓말을 한 거라면, 그건 백과사전을 가로채려는 생각에서였을 것이다. 백과사전의 내용이 개미 연구에 귀중한 것임에 틀림없어. 그것은 아래에 있을 것이다. 틀림없이 지하실 안에 있다. 모두들 그것을 탐내고 있었던 것이다. 아빠도, 엄마도, 저 르뒤크라는 사람도. 그 빌어먹을 백과사전이 문제였던 거야. 그것을 찾으러 가야겠어. 그러면 모든 걸 알게 될 거야.

니콜라가 일어났다.

「어디 가니?」

아이는 아무런 대답을 하지 않았다.

「너 개미에 관심이 많을 줄 알았는데?」

니콜라는 문까지는 걸어가다가 문을 나서자마자 달음박질을 쳐서 자기 방으로 들어갔다. 많은 소지품이 필요할 것 같지는 않았다. 마스코트처럼 여기는 가죽 재킷과 주머니칼과 고무창이 달린 커다란 구두만을 챙겼다.

니콜라가 1층의 커다란 홀을 지나가는데, 감독 선생들은 니콜라에게 전혀 주의를 기울이지 않았다.

니콜라가 보육원을 빠져나왔다.


멀리서 보니, 과예이톨로 기지 중에서 화산 분화구처럼 동그란 부분만 눈에 들어온다. 꼭 두더지가 만들어 놓은 흙 무더기 같다. 〈전진 기지〉는 일종의 작은 개미 도시로서 1백 마리쯤 되는 개미들이 머무르고 있는데, 4월부터 10월까지만 운영되고 가을과 겨울에는 내내 비어 있다.

이곳에는 원시적인 개미 사회에서처럼 여왕개미도, 일개미도, 병정개미도 없다. 모두가 똑같이 중요하다. 그래서 이곳에선 누구나 스스럼없이 열병을 앓고 있는 듯한 거대 도시를 비판한다. 교통 체증이며, 통로의 붕괴, 도시를 벌레 먹은 사과처럼 만들어 버리는 비밀 통로, 전문성을 너무 키운 나머지 이제는 사냥할 줄도 모르는 일개미, 좁은 입구에서 평생 갇혀 지내는 눈먼 문지기 개미 등등이 입방아에 오르내린다.

103683호가 기지를 둘러보고 있다. 과예이톨로는 다락방

하나와 널찍한 주실(主室) 하나로 이루어져 있다. 주실에 천장등과 같은 구실을 하는 구멍이 하나 뚫려 있는데, 그 구멍을 통해 들어온 두 줄기의 햇살이 박제로 만들어 벽에 걸어 놓은 열 개쯤 되는 사냥물을 비추고 있다. 그것들 사이로 바람이 스쳐 가면서 획획 소리를 낸다.

103683호가 그 알록달록한 박제들이 있는 곳으로 다가간다. 기지에 거주하는 개미 하나가 다가와 103683호의 더듬이를 어루만지면서 그 화려한 동물들을 가리킨다. 그것들은 개미들이 갖가지 꾀를 써서 잡은 것이다. 그 동물들은 개미산으로 덮여 있다. 개미산은 시체를 보전하는 데도 쓰이는 것이다.

가지런하게 줄을 맞추어 늘어놓은 사냥물의 종류가 다양하다. 나비란 나비는 다 모아 놓았고, 크기와 생김새와 빛깔이 가지각색인 곤충들을 모아 놓았다. 그런데 잘 알려진 동물 가운데 수집 품목에 들어 있지 않은 것이 있다. 여왕 흰개미이다.

103683호가 이웃 흰개미들과 무슨 문제가 있느냐고 묻는다. 기지의 개미가 더듬이를 세우는 것으로 보아 무척 놀라는 눈치다. 위턱을 가볍게 움직이고 있던 그 개미가 그 움직임을 멈추고 무거운 침묵에 빠져 든다.

《흰개미 말인가?》

기지 개미의 더듬이가 아래로 처진다. 무슨 페로몬을 내서 설명을 해야 할지 난감한 모양이다. 그러나 설명을 하고자 해도 그럴 겨를이 없다. 일거리가 있기 때문이다. 고기를 썰던 중이었던 것이다. 벌써 시간을 꽤 허비했다. 그럼 이만 가보겠네. 그 개미가 몸을 돌려 꽁무니를 빼려 한다. 그렇다고 그냥 물러날 103683호가 아니다.

기지 개미는 이제 완전히 겁을 먹은 눈치다. 그의 더듬이가 가볍게 떨린다. 흰개미라는 말만 나와도 어떤 끔찍한 일이 떠오르는 모양이다. 흰개미에 대해 이야기를 나누는 것조차 견디기 힘들어하는 듯하다. 그가 한창 술잔치를 벌이고 있는 한 무리의 일개미들이 있는 곳으로 줄행랑을 친다.

그 일개미들은, 서로 물고 물리는 긴 사슬 모양으로 둘러서서, 각자 앞에 있는 개미의 꽁무니를 빨고 있다. 그 일개미들은 이미 각자의 갈무리 주머니에, 꽃꿀을 발효시켜 만든 술을 가득 채워 놓았던 것이다.

그 기지에 배치된 다섯 마리의 사냥 개미가 꽤 요란한 소리를 내며 들어온다. 사냥 개미들이 애벌레 한 마리를 내민다.

《이걸 발견했다! 신기하게도 이놈에게서 꿀이 나온다!》

그 새로운 소식을 전한 사냥 개미가 더듬이 끝으로 애벌레를 톡톡 건드린다. 그런 다음 애벌레 앞에 잎새 하나를 놓아둔다. 애벌레가 사냥 개미를 떼어 내려고 발버둥을 치지만 헛일이다. 사냥 개미는 애벌레의 옆구리를 발톱으로 그러쥐고 몸을 돌리더니 애벌레의 꽁무니를 핥는다. 이윽고 애벌레의 꽁무니에서 끈끈한 액체가 흘러나온다.

모두가 그 사냥 개미의 공로를 치하한다. 개미들은 생전처음 보는 분비꿀을 위턱에서 위턱으로 돌려 가며 맛을 본다. 진딧물의 분비꿀과는 맛이 다르다. 그보다 더 기름기가 많고 뒷맛이 나뭇진 맛처럼 진하다. 103683호가 그 끈끈한 액체를 맛보고 있는데, 더듬이 하나가 그의 머리를 스쳐간다.

《자네, 흰개미에 관한 정보를 찾고 있는 듯한데.》

누가 그런 페로몬을 발했는가 하고 돌아보니, 아주 나이가 지긋해 보이는 개미가 대화를 나누고 싶어 하는 눈치다. 그 개미의 딱지에는 위턱에 긁힌 상처들이 줄무늬를 이루고 있다. 103683호는 동의의 뜻으로 더듬이를 뒤로 젖힌다.

그 개미의 이름은 병정개미 4000호이다. 머리가 나뭇잎처럼 납작하고 눈이 작다. 그 개미가 발하는 페로몬은 떨림이 많아서 술 냄새에 금방 묻혀 버린다. 그래서 굳이 밀폐된 곳이나 다름없는 이 작은 구멍 안에서 대화를 나누려 했던 것이다.

《걱정 말게. 여기서는 이야기를 나눌 수 있네. 이 구멍이 내 방일세.》

103683호는 농쪽 흰개미 도시에 대해서 알고 있는 것을 이야기해 달라고 청한다. 그 개미가 더듬이를 벌린다.

《왜 그걸 알고 싶어 하는가? 자넨 도마뱀 사냥을 하러 온 게 아니던가?》

103683호는 그 늙은 비생식 개미에게 모든 걸 터놓고 이야기하기로 하고, 라숄라캉 병정개미들이 불가사의한 비밀 무기에 공격당한 이야기를 들려준다. 처음엔 난쟁이개미들의 소행으로 생각했으나 그렇지 않았다는 것, 그래서 아주 자연스럽게 제2의 적인 동쪽 흰개미에게 혐의를 두고 있다는 것 등등.

늙은 병정개미가 더듬이를 구부리며 놀라움을 표시한다. 그런 사건에 대해서는 들어 본 적이 없었던 것이다. 그 개미가 103683호를 찬찬히 살펴보고 나서 질문을 던진다.

《자네 다리 하나가 없어진 것도 그 비밀 무기 때문인가?》

젊은 병정개미는 그건 그런 게 아니라, 라숄라캉을 수복하던 때 개양귀비 전투에서 잃은 것이라고 대답한다. 그 얘기가 나오자마자 4000호가 반색을 한다. 자기도 그 전투에 참가했던 것이다!

《몇 군단에 있었는가?》

《15군단에 있었다. 자네는?》

《3군단!》

마지막 공격 때 15군단은 왼쪽 날개에서 싸웠고, 3군단은 오른쪽 날개에서 싸웠다. 두 전우가 몇 가지 일들을 되새기며 이야기를 나눈다. 전투를 겪고 나면 언제나 소중한 교훈들을 많이 얻게 마련이다. 4000호가 전투의 초동 단계에서 난쟁이개미들이 날파리 용병을 전령으로 사용하는 것을 발견한 것도 그런 교훈 중의 하나이다. 원거리 통신에는 그런 방식이 재래적인 〈파발 개미〉보다 훨씬 유리하다는 것을 4000호는 깨닫게 되었다.

그런 사실을 미처 깨닫지 못하고 있던 103683호는 진심으로 그 개미의 의견에 동의의 뜻을 표하고 서둘러 자기가 처음 꺼냈던 화제로 돌아간다.

《왜 다들 흰개미 얘기를 꺼리는가?》

늙은 병정개미가 다가온다. 둘이서 머리를 맞댄다.

《이곳에서도 아주 이상한 일들이 벌어지고 있다…….》

늙은 병정개미가 발하는 페로몬이 이곳에 뭔가 불가사의한 일이 벌어지고 있음을 짐작케 한다.

《아주 이상한 일, 아주 이상한 일…….》

그 말이 벽에 부딪혀 냄새의 메아리로 되울린다.

4000호의 설명이 이어진다. 얼마 전부터 동쪽 도시의 흰개미들이 전혀 눈에 띄지 않는다고 한다. 그전까지만 해도 흰개미 첩자들이 사테이 쪽으로 강을 건너 서쪽으로 잠입하곤 했다. 불개미 쪽에서는 그런 사실을 알고 있었기에 그 첩자들을 그럭저럭 다스릴 수 있었다. 그러더니 이제는 첩자들이 아예 보이지 않게 된 것이다.

공격해 오는 적이 성가시다가도, 막상 그 적이 사라지면 더 불안해지는 법이다. 흰개미 첩자들과 사소한 접전을 벌이는 일마저 없어지자, 이번에는 과예이톨로 기지 쪽에서 첩보원들을 보내기로 결정했다.

첫 번째 첩보 분대가 그곳으로 떠났으나 아무런 소식이 없었다. 두 번째 분대가 뒤를 이었으나 역시 흔적도 없이 사라졌다. 그래서 혹자는 아주 탐욕스러운 도마뱀이나 고슴도치에 당했을 것으로 생각하기도 했다. 그러나 그런 건 아니었다. 그런 동물들의 공격을 받았다면 적어도 한 마리는 상처를 입은 채라도 살아남았을 것이다. 그런데 파견된 병정개미들은 마술의 힘에 의해 사라지기라도 한 것처럼 증발되어 버린 것이다.

《그 얘기를 듣고 보니 뭔가 생각나는 것이 있다.》 103683호가 페로몬을 발하기 시작한다.

그러나 늙은 개미는 이야기가 샛길로 빠지지 않게 자기 이야기를 계속한다.

두 차례의 파견이 실패로 돌아가고 나서, 과예이톨로의 병정개미들은 마지막 모험을 한 번 더 하기로 하고, 중무장한 병정개미 5백 마리로 소규모 군단을 만들어 파견했다. 이번에는 한 마리의 생존자가 있었다. 그 개미는 수천 머리나 되는 거리를 기어와서는 기지에 다다르자마자 엄청난 공포에 사로잡힌 채 죽었다.

그 개미의 시체를 조사해 보았지만 상처라고는 한 군데도 없었다. 더듬이에는 전투를 겪은 흔적이 전혀 없었다. 죽음이 아무 까닭 없이 그 개미를 덮쳤다고 해야 할 판이었다.

《왜 다들 동쪽 흰개미 도시 얘기를 꺼리는지 알겠는가?》

사정을 듣고 보니, 그럴 만하다는 생각이 든다. 103683호는 아주 흡족해하면서 중요한 실마리를 찾았다고 확신한다. 비밀 무기의 수수께끼를 풀려면 어쩔 수 없이 동쪽 흰개미 도시를 거쳐야 한다.

### 홀로그래피

인간의 두뇌와 개미집은 닮은 점이 있다. 둘 다 홀로그래피 방식으로 만들어 낸 입체상에 비유할 수 있다는 점이다.

홀로그래피란 무엇인가? 레이저 광원에서 나온 간섭성 빛을 물체에 비추면 빛이 난반사되는데 그 빛을 모은 다음 일정한 각도에서 참조광을 비추면, 빛이 겹치면서 물체의 입체상이 만들어진다. 그렇게 빛의 간섭 현상을 이용하여 입체상을 재현하는 기술을 홀로그래피라고 한다.

사실 그 입체상은 어디나 존재하면서 동시에 아무 데도 존재하지 않는 것이다. 간섭성 빛이 모임으로써 다른 것, 즉 입체의 환영이라는 제3의 것을 만들어 내는 것이다.

우리 두뇌에 있는 각각의 신경 단위, 개미집에 있는 각각의 개체는 저마다 정보를 통합하는 능력을 지니고 있다. 그러나 의식, 즉 〈입체적인 사고〉가 나올 수 있으려면, 신경 단위가 모이고 개체가 모여서 집단을 형성해야 한다.

에드몽 웰스, 『상대적이며 절대적인 지식의 백과사전』

암개미 56호, 이제 갓 여왕이 된 그 개미가 의식을 되찾는다. 돌아보니 강가의 자갈밭에 닿아 있다. 급한 물살에 휩쓸린 게 오히려 다행이지 싶다. 그렇지 않았더라면 개구리 먹이가 되었기가 십상이다. 날아오르고 싶지만 아직 날개가 젖어 있다. 기다려야 한다……

56호는 찬찬히 더듬이를 닦고 주위의 냄새를 맡는다. 도대체 여기가 어디인가? 어느 쪽 강기슭에 닿아 있는 것일까? 살기 나쁜 쪽이 아니었으면 좋겠는데……

56호가 1초당 진동수를 8천으로 해서 더듬이를 작동한다. 종종 맡아 본 적이 있는 냄새들이다. 다행히도 서쪽 강기슭 위에 와 있는 것이다. 그러나 연방 개미들의 자취를 알리는 페로몬은 전혀 느껴지지 않는다. 56호가 세우려는 미래의 도시가 연방과 결합될 수 있으려면 중심 도시 쪽으로 좀 더 다가가야 한다.

마침내 56호가 날아오른다. 비행 방향은 서쪽이다. 당장은 그다지 멀리 날아갈 수가 없을 것 같다. 날개 근육이 지쳐 있기 때문이다. 그래서 56호는 초저공비행을 하고 있다.


두 병정개미가 과예이톨로 기지의 주실로 돌아온다. 103683호가 동쪽 흰개미 도시에 대해 캐물으려고 하면서부터, 기지의 개미들은 알테르나리아에 오염된 개미를 피하듯 그를 피했다. 103683호는 그러거나 말거나 자기 임무에 충실하고 있다.

그의 주위에서 벨로캉 개미들이 과예이톨로 개미들과 영양 교환을 하고 있다. 벨로캉 개미들은 햇느타리를 맛보게 해주는 대신 야생의 애벌레에서 짜낸 분비꿀을 맛본다.

그런 다음 그들은 이러저러한 화제로 페로몬을 주고받는다. 바야흐로 도마뱀 사냥이 화제에 오른다. 최근에 도마뱀 세 마리가 나타나 주비주비캉의 진딧물 떼를 공포에 떨게 했다고 한다. 그놈들에게 수천 마리로 이루어진 두 무리의 진딧물 떼와 그것들을 돌보던 목축 개미들이 모두 희생당했다는 것이다.

처음에는 다들 공포에 떨었고, 목축 개미들은 가축들을 나뭇가지 속에 파놓은 안전한 통로에서만 놀게 했다. 그러다가 개미산 포격 덕분에 그놈들을 쫓아 버릴 수 있었다. 두 마리는 멀리 달아났는데, 상처를 입은 다른 한 마리는 여기에서 5만 머리 떨어진 어떤 바위 위에 자리를 잡았다. 주비주비캉 군대가 이미 그 도마뱀의 꼬리를 잘라 놓았다. 따라서 이 기회를 놓치지 말고 그놈이 다시 힘을 회복하기 전에 요절을 내야 하는 것이다.

《도마뱀 꼬리는 잘리고 나면 다시 나온다는데 그게 사실인가?》한 탐험 개미가 묻는다. 기지의 어떤 개미가 그렇다고 대답한다.

《그렇지만 똑같은 꼬리가 다시 나오는 건 아니다. 어머니 말씀대로 잃어버린 것을 그대로 되찾는 법은 없다. 새로 난 꼬리엔 등골뼈가 없어서 훨씬 더 말랑말랑하다.》

과예이톨로의 어떤 개미가 다른 정보들을 전해 준다. 도마뱀은 기상 변화에 아주 민감하다. 개미보다 훨씬 민감하다. 태양 에너지를 많이 축적하고 있을 때는 움직이는 속도가 어마어마하게 빠르다. 반대로 몸이 차가워지면 모든 몸짓이 느려진다. 이런 현상을 감안해서 내일의 공격을 계획하자. 가장 좋은 것은 날이 밝자마자 도마뱀을 공격하는 것이다. 도마뱀은 밤새 몸이 차가워져 혼수상태에 빠져 있을 것이다.

《그러나 몸이 차가워져 있기는 우리도 마찬가지가 아닌가?》벨로캉 개미 하나가 불쑥 페로몬을 내뿜는다.

그러자 기지의 사냥 개미 하나가 반박한다.《난쟁이개미들이 추위를 막을 때 사용하는 기술을 활용하면 된다. 에너지를 얻기 위해서 꿀과 술을 잔뜩 먹고, 열이 몸에서 너무 빨리 빠져나가지 않도록 끈끈물을 딱지에 바르는 것이다.》

다른 생각을 좇고 있던 103683호의 더듬이가 그 얘기를 받아들인다. 103683호는 흰개미 도시의 수수께끼와 늙은 병정개미가 들려준 의문투성이의 실종 사건을 생각하고 있다.

기지에 와서 가장 먼저 만났던 과예이톨로 개미가 다시 그에게 다가온다. 사냥 노획물들을 그에게 보여 주었고 흰개미들에 대한 언급을 마다했던 그 개미이다.

《4000호와 이야기를 나누었는가?》

103683호가 그렇다고 대답한다.

《그렇다면 그가 말한 것을 못 들은 셈 쳐라. 시체와 대화한 거나 다름없다. 그는 며칠 전에 맵시벌에 쏘였다…….》

맵시벌! 103683호가 전율을 느낀다. 맵시벌은 기다란 산란관을 가진 벌로서 밤에 개미집을 뚫고 들어와 개미의 따뜻한 몸에 내려앉은 다음, 그 몸에 구멍을 내고 거기에 알을 깐다.

맵시벌은 또 개미 애벌레를 가장 못살게 구는 골칫거리 가운데 하나이다. 주사기 같은 산란관이 천장을 뚫고 들어와서는, 개미 애벌레의 보드라운 살을 더듬더듬 찾아서 거기에 알을 깐다. 처음에는 맵시벌의 알들이 개미 몸속에서 자라는 게 느껴지지 않는다. 그러다 알들이 탐욕스러운 애벌레로 변하면서 살아 있는 개미를 몸 안에서 갉아먹는다.

아니나 다를까, 그날 밤 꿈속에서 103683호는 자기에게 알을 까려고 덤벼드는 맵시벌의 끔찍한 산란관에 쫓겨 다녔다.


현관문의 비밀번호는 바뀌지 않았다. 니콜라는 자기 열쇠를 지니고 있었기 때문에, 경찰이 붙여 놓은 봉쇄 표지를 뜯는 것만으로 쉽사리 집 안에 들어갈 수가 있었다. 소방대원들이 사라진 뒤로 모든 것이 그대로 있었다. 지하실 문도 활짝 열린 채 그대로였다.

손전등이 없었지만 니콜라는 낙심하지 않고 횃불 만드는 일에 열중했다. 탁자 다리 하나를 부러뜨려 그 끝을 구긴 종이로 빽빽하게 둘러싼 다음 불을 붙였다. 그러자 별 까탈 없이 나무에 불이 붙었다. 불꽃은 작았지만 일정한 크기를 유지하고 있었고 바람이 불어도 꺼지지 않았다.

니콜라는 횃불을 다 만들자 이내 나선 계단으로 내려섰다. 한 손에는 횃불을 또 한 손에는 주머니칼을 들고 있었다. 니콜라는 마음을 단단히 먹고 어금니를 꽉 깨물었다. 니콜라는 스스로 영웅의 자질이 있다고 믿었다.

니콜라는 내려가고 또 내려갔다. 나선 계단은 끝없이 이어져 있었다. 그렇게 돌아 내려가기를 몇 시간 동안이나 계속했다. 니콜라는 춥고 배가 고팠다. 하지만 니콜라에겐 그런 걸 참아 낼 수 있는 옹골찬 마음가짐이 있었다.

니콜라가 다시 힘을 내어 발걸음을 재촉했다. 울퉁불퉁한 둥근 천장 아래에서 니콜라가 고함을 지르기 시작했다. 엄마 아빠를 불러 보기도 하고 힘을 얻기 위해 떨리는 소리를 내지르기도 했다. 니콜라의 걸음이 아주 당당해졌다. 니콜라는 의식에 제동을 걸 사이도 없이 발걸음을 재촉해서 날아가듯 계단을 뛰어 내려갔다.

니콜라 앞에 돌연 문이 하나 나타났다. 니콜라가 문을 밀고 들어갔다. 두 부류의 쥐들이 서로 싸우고 있다가, 불빛에 둘러싸인 니콜라가 고함을 지르며 나타나자 줄행랑을 놓았다.

늙은 쥐들은 수심에 잠겨 있었다. 얼마 전부터 〈커다란 것들〉이 자꾸 그곳을 찾아오고 있었던 것이다. 도대체 무슨 일일까? 새끼 밴 암컷들의 둥지에 불을 지르러 온 건 아닐까? 제발 그런 게 아니어야 할 텐데…….

니콜라는 쥐를 보지 못했기 때문에 머뭇거리지 않고 계속 내려갔다. 여전히 계단이 이어졌고 천장에 새김글도 나타났다. 그러나 니콜라는 그 새김글을 제대로 읽을 수 없었다. 갑자기 파닥파닥 하는 소리가 들리고 뭔가가 와 닿는 느낌이 들었다. 박쥐 한 마리가 니콜라의 머리로 덤벼들었다. 소름이 끼쳐 왔다. 니콜라가 박쥐를 떨쳐 내려고 애썼지만 그 동물은 니콜라의 머리에 달라붙어 있었다. 니콜라는 박쥐를 쫓으려고 횃불을 들이댔다. 그러나 자기 머리털만 몇 가닥 태웠을 뿐이었다. 니콜라는 고함을 지르며 다시 내달리기 시작했다. 박쥐는 모자처럼 머리 위에 달라붙어 있다가, 니콜라에게서 약간의 피를 뽑아낸 다음에야 떨어졌다.

공포에 짓눌린 니콜라는 이제 피곤함도 느끼지 못했다. 숨결이 거칠고 심장과 관자놀이가 터질 듯했다. 니콜라가 갑자기 벽에 부딪혀 넘어졌다. 니콜라는 이내 다시 일어났다. 횃불은 꺼지지 않고 그대로 있었다. 니콜라가 불꽃을 앞으로 내밀었다.

확실히 벽이었다. 게다가 아버지가 끌어들인 콘크리트 판과 강철판으로 만들어진 벽임에 틀림없었다. 시멘트로 된 이음매가 아직 완전히 마르지 않은 것이 분명하게 눈에 띄었다.

「아빠! 엄마! 거기 계시면 대답하세요!」

그러나 아무런 대답 없이 메아리만이 어지럽게 되울릴 뿐이었다. 그렇지만 목표에 가까이 왔음에 틀림없었다. 니콜라가 생각하기에 그 벽은 빙그르 도는 벽일 것 같았다. 문이 없는 데다가 그런 장면을 영화에서 본 적이 있었기 때문에 그런 생각을 한 것이었다.

벽 뒤에 무엇이 숨겨져 있는 걸까? 마침내 니콜라는 다음과 같은 새김글을 찾아냈다.

성냥개비 여섯 개로 정삼각형 네 개를 어떻게 만드는가?

그 새김글 바로 위에는 전화기의 번호판 같은 작은 글자판이 붙어 있었다. 숫자가 들어 있지 않고 문자가 들어 있는 글자판이었다. 24개의 문자가 들어 있었다. 문제를 풀어서 답이 나오면, 글자판의 누름단추를 하나하나 눌러 그 답의 단어나 문장을 조합하도록 되어 있었다.

「다른 방식으로 생각해야 한다!」 니콜라가 큰 소리로 외쳤다. 니콜라는 자기가 소리를 쳐놓고도 깜짝 놀랐다. 자기도 모르는 사이에 그 말이 튀어나왔기 때문이었다. 니콜라는 글자판을 누를 엄두를 못 내고 한참 동안 답을 열심히 찾았다. 그러는 사이 니콜라는 기이한 침묵에 빠져들었다. 갖가지 생각을 다 떨쳐 버리게 하는 깊은 침묵이었다. 그런데 뭐라고 설명할 수 없는 그 침묵의 힘에 이끌려 니콜라는 여덟 개의 문자를 잇달아 눌렀다.

기계 장치가 부드럽게 움직이는 소리가 들리더니…… 벽이 돌아갔다! 그것을 보고 흥분한 니콜라는 기다렸다는 듯이 앞으로 나아갔다. 그러자 벽이 원래의 위치로 돌아갔다. 그 서슬에 바람이 일면서 몽당이로 남아 있던 횃불이 꺼져 버렸다.

빛 한 줄기 없는 완벽한 어둠 속에 갇히자 미칠 지경이 되었다. 니콜라는 다시 나가려고 발길을 돌렸다. 그러나 벽의 이쪽에는 암호 글자판이 없었다. 뒤로 돌아가는 것은 불가능한 일이었다. 니콜라는 콘크리트 판과 강철판에 기대어 손톱을 잘근거리고 있었다. 니콜라의 아버지가 철저하게 작업을 해놓은 것이었다. 니콜라의 아버지는 유능한 자물쇠장이였던 것이다.

### 곤충의 청결함

파리보다 더 청결한 게 무엇이 있을까? 파리는 끊임없이 제 몸을 씻는다. 그것은 다른 개체에 대한 의무 때문이 아니라 저 스스로에게 필요하기 때문이다. 모든 더듬이들과 낱눈들이 티 하나 없이 청결하지 않으면, 파리는 멀리 있는 먹이를 발견하지 못할 것이고, 자기를 죽이려고 덮쳐 오는 손을 보지 못할 것이다. 곤충의 세계에서 청결은 생존에 꼭 필요한 요건 가운데 하나이다.

에드몽 웰스, 『상대적이며 절대적인 지식의 백과사전』

그다음 날, 대중 신문들은 다음과 같은 제목의 기사를 1면에 실었다.

〈퐁텐블로 저주받은 지하실에 또 하나의 실종 사건! 웰스가의 외아들 증발…… 경찰 속수무책.〉


거미가 고사리 꼭대기에서 주위를 둘러본다. 아주 높은 곳이다. 거미는 거미줄 액을 한 방울 분비해서 잎새에 바르고는 가지 끝으로 나아가서 허공으로 뛰어내린다. 거미의 낙하에 시간이 꽤 오래 걸린다. 줄이 자꾸자꾸 늘어난다. 물기가 마르면서 줄이 튼튼해지기 때문에 거미는 땅에 닿기 직전까지 줄에 매달릴 수가 있다. 그러나 어쩌다가 줄이 끊어져 물렁 열매처럼 터져 버릴 뻔한 적도 있었다. 많은 동료들이 벌써 사고를 당해 등딱지가 부서졌다. 갑자기 추위가 몰아닥치면서 줄이 튼튼해지는 데 시간이 많이 걸리기 때문이었다.

거미는 줄에 매달린 채 여덟 개의 다리를 움직여 시계추처럼 왔다 갔다 하다가 다리를 쭉 뻗어 다른 잎새 위에 내려앉는다. 그곳이 그 거미가 만들려는 그물의 두 번째 버팀대가 되어 줄 지점이다. 거미는 그 잎새에 거미줄의 끝을 붙인다. 줄이 너무 팽팽하면 오래가지 못하기 때문에 조금 처지게 해서 붙인다. 왼쪽에 줄기가 하나 보인다. 거미가 달려가서 그 줄기에 오른다. 다시 몇 차례 펄쩍펄쩍 뛰면서 몇 개의 가지에 거미줄을 연결한다. 드디어 테두리 줄이 다 만들어졌다. 바람과 먹이의 무게를 지탱해 줄 버팀줄이다. 전체의 모습은 팔각형을 이루고 있다.

거미줄은 피브로인이라는 섬유 단백질로 이루어져 있다. 피브로인이 질기고 방수성을 지니고 있다는 점에 대해서는 새삼 말할 필요도 없다. 어떤 거미들은 먹이를 제대로 먹었을 때 지름 2마이크로미터의 실을 7백 미터나 뽑아낼 수 있다. 그 실은 같은 굵기의 나일론과 맞먹을 정도로 질기며 탄력성은 나일론의 세 배이다.

거미의 가장 놀라운 점은 일곱 개의 분비샘에서 각각 다른 실을 만들어 낸다는 점이다. 즉 그물의 테두리 줄을 만들기 위한 실, 퇴각 줄을 만들기 위한 실, 그물 가운뎃줄을 만들기 위한 실, 신속하게 먹이를 잡는 데 쓰이는 끈끈물이 묻어 있는 실, 알을 보호하기 위한 실, 은신처를 마련하기 위한 실, 먹이를 감싸기 위한 실 등이 있다.

거미가 뽑아내는 실은, 알고 보면 개미의 페로몬과 마찬가지로 호르몬의 연장선 위에 있다. 즉, 거미의 실은 호르몬이 실 모양으로 발전한 것이고, 개미의 페로몬은 호르몬이 기화하기 쉬운 형태로 발전한 것이다.

거미가 퇴각 줄을 만들어 놓고 거기에 올라선다. 어떤 위험이 나타나면 거미는 그 줄에 매달려 뛰어내릴 것이다. 헛된 노력을 들이지 않고 위험을 모면하는 방법이다. 그 거미는 그런 식으로 숱하게 목숨을 지켜 왔다.

그 일이 끝나자 거미는 팔각형 그물 안에 네 개의 실을 엇건다. 수억 년 전부터 변함없이 이어져 온 몸짓이다……. 그물이 제법 모양을 갖춰 가기 시작한다. 오늘은 마른 실로 그물을 짤 생각이다. 끈끈물 묻은 실은 먹이를 잡는 데는 훨씬 효과적이지만 너무 쉽게 끊어지는 게 흠이다. 갖가지 먼지며 낙엽 부스러기들이 날아와 달라붙기 때문이다. 마른 실은 먹이를 붙잡는 힘은 더 약하지만, 아무리 못해도 밤이 될 때까지는 버틸 것이다.

대들보 실을 놓고 나자, 거미는 방사사(放射絲) 열 개를 덧붙이고 그물 가운데에 나선사(螺線絲)를 두름으로써 작품을 완성한다. 나선사를 두를 때가 가장 기분이 좋다. 거미는 마른 실이 걸려 있는 가지에서 나와 방사사 사이를 건너뛰면서 되도록 천천히 그물 가운데로 나선사를 둘러 나간다. 언제나 지구의 자전 방향을 따라간다.

거미는 제 나름의 방식으로 그물을 만든다. 이 세상에 똑같이 생긴 거미그물은 없다. 사람들의 지문이 똑같지 않은 것과 마찬가지다.

거미에겐 이제 그물코를 촘촘하게 하는 일이 남아 있다. 그물의 한가운데에 다다르자 거미는 실을 엮은 자기 작품이 튼튼하게 만들어졌는지 훑어본다. 그다음엔 방사사마다 성큼성큼 올라가서 여덟 개의 다리로 흔들어 본다. 그렇게 흔들어도 끄떡없다.

이 지역에 있는 거미의 대부분은 75:12 방식으로 그물을 만든다. 다시 말하면, 방사사 12개에 나선사를 75바퀴 둘러 안을 채우는 것이다. 그러나 그 거미는 섬세한 레이스와도 같은, 95:10 방식의 그물을 더 좋아한다. 그것은 눈에 더 잘 띈다는 약점은 있지만 더 튼튼하다는 강점도 있다. 마른 실로 그물을 짤 때는 실을 아끼지 말아야 한다. 그렇게 하지 않으면 그저 손님이 왔다 가듯 곤충들이 걸리지 않고 빠져나가 버릴 것이다.

하지만 시간이 꽤 걸리는 그 일을 하느라고 거미의 기력이 다 빠졌다. 거미는 당장 뭔가를 잡아먹어야 한다. 그건 하나의 악순환이다. 그물을 짓느라고 힘을 다 빼고는, 그 그물로 먹이를 잡아 허기를 메운다.

대들보 실 위에 스물네 개의 발톱을 올려놓고 잎새 아래에 숨어서 거미가 기다린다. 그물이 마이크 진동판처럼 민감하게 반응을 하는 덕분에, 거미는 눈이 여덟 개나 되면서도 눈의 도움을 빌리지 않고 공간을 지각하며, 다리 사이에 극히 미세한 공기의 파문이 일어도 그것을 감지한다.

미세한 떨림이 느껴진다. 8 내지 10머리 떨어진 곳에서 꿀벌이 맴돌고 있다. 꽃밭의 위치를 제 둥지의 꿀벌들에게 가리켜 주고 있는 것이다.

그물이 가볍게 떨고 있다. 잠자리가 다가오고 있음에 틀림없다. 잠자리는 맛이 좋다. 그러나 그 잠자리가 날고 있는 방향이 그물 쪽이 아니라서 거미의 먹이가 되어 주지는 않을 듯하다.

뭔가가 묵직하게 와 닿는 느낌이 든다. 누군가가 그물 위로 뛰어내린 것이다. 남이 해놓은 일을 가로채려는 도둑 거미다! 그물 주인이 먹이가 나타나기 전에 재빨리 그 도둑 거미를 쫓아낸다.

바로 그때, 왼쪽 앞다리에 그물의 떨림이 느껴진다. 동쪽으로부터 파리 같은 것이 다가오고 있다. 그다지 빨리 날고 있는 것 같지는 않다. 그 곤충이 비행 방향을 바꾸지만 않는다면 마침맞게 그물에 걸려들 것 같다.

찰딱! 그 곤충이 달라붙었다.

날개 달린 개미다……

거미에게는 이름이 없다. 독립생활을 하는 탓에 종족들끼리 서로를 구별해야 할 필요가 전혀 없기 때문이다. 거미가 가만히 기다리고 있다. 그 거미가 더 젊었을 때는 너무 자발없이 굴다가 먹이를 놓친 적이 많았다. 자기 그물에 걸린 곤충들이 모두 죽는 줄만 알았던 것이다. 그런데 실제로는 그 물에 닿은 곤충 중에서 50퍼센트만 죽는다. 모든 것은 시간이 결정한다.

참고 기다리면 사냥물이 미처 날뛰면서 스스로 제 몸을 옭아맨다. 거미 세계의 철학 중에서 가장 빼어난 것은 이런 것이다. 〈최상의 병법은 적이 제 풀에 쓰러질 때를 기다리는 것이다…….〉

몇 분이 지나고 나서, 거미는 자기 먹이를 더 자세히 살펴보려고 다가간다. 여왕개미다. 벨로캉이라는 서쪽 불개미 제국의 한 여왕개미다.

그 복잡하기 짝이 없는 제국에 대한 소문은 익히 들었다. 수백만이 함께 모여 살면서 〈서로 의존하기〉 때문에 이제 그들은 혼자서 살아갈 수 없게 된 듯하다. 거미가 생각하기에 그런 생존 방식은 별로 이로울 게 없고, 진보도 없을 것 같다.

이 개미는 그 제국의 여왕개미 가운데 하나이다. 그물에 걸린 개미를 살려 두면, 그 제국의 일부가 될 도시를 또 만들 것이다. 그 다루기 힘든 침입자들의 영토가 확장되는 것이다. 그 거미는 개미를 좋아하지 않는다. 자기 어머니가 빨강 천막개미 떼에 쫓기는 것을 본 적이 있었던 것이다.

거미가 탐욕스러운 눈으로 먹이를 바라본다. 먹이는 아직 버둥거리고 있다. 어리석은 곤충들은 미친 듯이 날뛰는 것이 스스로에게 가장 해롭다는 것을 모를 것이다. 날개 달린 개미가 빠져나가려고 애를 쓰지만, 그러면 그럴수록 점점 그물에 옭매인다. 그 와중에 그물이 망가져 거미를 언짢게 한다.

성이 나서 버둥거리던 56호가 낙심에 빠진다. 이제는 거의 움직일 수가 없다. 이미 몸에는 가는 실이 칭칭 감겨 있고 움직일 때마다 감긴 것이 점점 두꺼워진다. 산전수전을 다 겪은 56호이건만 여기에서는 이렇게 투미하게 당하고 있다.

하얀 고치 안에서 태어나 이제 거미줄이 만든 하얀 고치 안에서 죽게 될 판이다.

거미는 다시 다가와 지나는 길에 그물이 얼마나 망가졌는지 살펴본다. 56호는 오렌지빛과 검은색이 섞인 화려한 동물을 이제 가까이에서 볼 수 있다. 그 동물의 머리 위쪽에 빙 둘러 가며 여덟 개의 눈이 달려 있다. 저런 동물의 고기를 먹어 본 적이 있다. 이제는 자기가 먹이가 될 차례이다……. 그 자가 위에서 실을 뱉어 내려고 한다!

거미는 먹이를 지나치게 칭칭 감는 법이 없다. 독이 든 실을 두 번 뱉어서 죽이지 않고 그냥 겁만 준다. 사실 거미류는 그물에 걸린 먹이를 바로 죽이지 않는다. 거미류는 살아 있는 고기를 먹기 때문에, 사냥물을 죽이기보다는 마취 효과가 있는 독으로 혼절을 시킨 다음, 조금씩 갉아 먹고 싶을 때만 깨우는 것이다. 그렇게 함으로써 거미류는 아주 신선한 고기를 실로 싸서 감춰 놓고 먹고 싶을 때 마음대로 먹을 수 있는 것이다. 그렇게 하면 일주일 동안 신선한 맛을 유지할 수 있다.

56호도 그런 습관에 대해 들은 적이 있다. 소름이 끼친다. 그렇게 당하는 것은 지금 죽는 것보다 더 나쁘다. 몸이 한 부분씩 차례차례 잘려 나갈 것이다. 한 번 깨어날 때마다 거미가 몸의 한 부분을 잘라 먹고 다시 마취를 시킬 것이다. 매번 조금씩 줄어들다가 마침내 몸의 중요한 기관이 뽑히고 나서야 영원한 안식이 찾아올 것이다.

차라리 자살을 하는 게 낫다! 거미의 발톱이 바로 눈앞에 보이자 56호는 공포에서 벗어나기 위해 심장 박동을 늦출 채비를 한다.

바로 그때 하루살이 한 마리가 그물에 부딪힌다. 그러자 기다렸다는 듯이 거미줄이 하루살이를 꼼짝 못 하게 묶어 버린다. 그 하루살이는 겨우 몇 분 전에 태어났을 것이고, 거미 그물에 걸리지 않았더라도 몇 시간 후면 수명이 다 되어 죽게 되었을 것이다. 하루뿐인 삶이 하루살이의 삶이다. 단 한 순간이라도 허비하지 않고 바쁘게 살아야 하는 삶이다. 아침에 태어나 저녁에 죽는다는 것을 알고 있다면 우리는 우리의 삶을 어떻게 채우게 될까?

애벌레로 2년을 살고 나면 하루살이는 바로 자기 재생산을 하기 위해 암컷을 찾아 떠난다. 자식을 통해 불멸을 누리려는 덧없는 노력이다. 자기에게 주어진 단 하루의 삶을 하루살이는 교미의 상대를 찾는 데 바친다. 그래서 하루살이는 먹거나 쉴 생각을 안 하고 상대를 가릴 생각도 하지 않는다.

하루살이의 천적은 〈시간〉이다. 1초, 1초가 하루살이의 적이다. 거미가 무섭다 해도 〈시간〉 그 자체에 비하면, 단지 시간을 잠복시키는 요인일 뿐 온전한 의미에서의 적은 아니다.

거미그물에 걸린 하루살이는 제 몸속에서 노화가 진행되고 있음을 느낀다. 몇 시간 후면 하루살이는 늙어 버릴 것이다. 이제 그 하루살이에게는 희망이 없다. 태어나서 아무것도 남기지 못하고 죽게 된 것이다. 참담하게 실패한 삶이다.

하루살이가 발버둥 친다. 거미그물에서 빠져나오기가 어려운 이유는, 움직이면 움직일수록 점점 그물에 옭히기 때문이다. 그렇다고 날 잡아 드쇼 하고 가만히 있을 수도 없는 노릇이다.

거미가 하루살이에게 다가가서 보조 실을 몇 바퀴 더 두른다. 이제 좋은 먹이가 두 개다. 그 먹이들이 내일 두 번째 그물을 치는 데 필요한 단백질을 제공해 줄 것이다. 거미가 다시 자기 희생물을 잠재우려고 한다. 그런데 그때 다시 그물의 떨림이 느껴진다. 영리한 자가 다가오고 있음을 알게 해주는 떨림이다. 팁 팁 팁팁팁 팁 팁팁. 암거미다! 암거미가 실 하나를 타고 다가오면서 실을 두드려 신호를 보낸다.

《나는 네 거야. 난 네 먹이를 훔치러 온 게 아니야.》

그렇게 요염하게 구는 것을 수거미는 한 번도 느껴 본 적이 없다. 팁 팁 팁팁팁. 아, 수거미는 더 이상 참지 못하고 사랑하는 암컷을 향해 달려간다. 암컷은 네 차례 허물을 벗은 어린 거미이다. 그에 비해 수거미는 벌써 열두 차례나 허물을 벗었다. 암컷이 세 배는 더 크다. 하지만 그 수거미는 커다란 암컷을 좋아한다. 수거미는 그들에게 곧 새로운 힘을 주게 될 먹이들을 암컷에게 보여 준다.

두 거미가 교미를 시작한다. 거미의 교미는 꽤 복잡하다. 수컷은 음경을 지니고 있지 않지만, 쌍열박이 총처럼 생긴 생식기를 가지고 있다. 수거미가 서둘러 과녁이 될 만한 작은 그물을 만들고 거기에 제 생식 세포를 뿌린다. 거기에 다리 하나를 담가 적신 다음 암컷의 생식기에 집어넣는다. 그러기를 여러 번 되풀이하면서 수거미는 극도의 흥분 상태를 맞는다. 거의 실신 상태에 빠진 아름다운 암컷이 갑자기 수컷의 머리를 움켜쥐더니 와작와작 씹어 먹는다.

그렇게까지 된 마당에 수컷을 통째로 먹어 버리지 않는다면 그게 오히려 이상한 일일 게다. 그렇게 수컷을 해치우고도 여전히 암컷은 허기를 느낀다. 암거미가 하루살이에게 달려들어 하루살이의 삶을 더 짧게 만들어 준다. 암거미가 이제는 여왕개미 쪽으로 몸을 돌린다. 여왕개미는 자기가 물릴 차례가 되었음을 알고 겁에 질려 다리를 달달 떤다.

56호는 정말 운이 좋다. 지평선 너머에서 요란한 소리를 내며 새로운 동물이 나타난 것이다. 최근에 북쪽으로 올라온 남쪽 출신의 한 곤충이다. 개미와 마찬가지로 곤충이기는 하지만 아주 커다란 곤충이다. 뿔풍뎅이라고도 하고 뿔쇠똥구리라고도 한다. 그가 거미그물 한가운데를 뚫고 들어와 실을 끈끈이처럼 길게 늘여서 끊어 버린다. 95:10 방식의 그물은 정말 질기다. 아름다운 비단 레이스는 올올이 뜯겨 넝마쪽이 되어 버린다.

암거미는 벌써 제 퇴각 줄에 매달려 뛰어내렸다. 하얀 굴레에서 벗어난 여왕개미가 땅바닥에서 조심조심 움직이고 있다. 다시 날아오를 힘이 없다.

그런데 그 암거미가 다른 곳에서 모습을 드러낸다. 암거미는 어떤 가지로 기어올라 가더니 실을 뽑아 알 낳을 집을 만든다. 수십 개의 알을 깨고 나올 거미 애벌레들은 나오자마자 저희들의 어미를 잡아먹을 것이다. 그렇듯 거미 세계에서는 은혜라는 것을 모른다.


「빌셍!」

그는 수화기가 사람을 쏘는 벌레라도 되는 양 재빨리 멀리 떼어 놓았다. 전화 목소리의 주인은 그의 상관인…… 솔랑주 두망이었다.

「여보세요?」

「내가 명령을 내렸는데 당신은 아무 일도 안 했어요. 도대체 뭐 하고 있는 거예요? 온 도시 사람들이 다 지하실로 사라질 때를 기다리는 거예요? 빌셍, 당신 보아하니 그저 쉴 생각만 하고 있군요! 하지만 난 게으름뱅이는 딱 질색이에요! 48시간 내에 이 사건을 해결하세요. 안 그러면 내가 가만히 있지 않을 거예요.」

「하지만 국장님…….」

「그놈의 〈해지맨 국쟁님〉 소리는 듣기도 싫어요! 당신 부하들한테는 내가 지시를 해놓았으니까 내일 아침에 그들하고 내려가기만 하면 돼요. 필요한 장비는 다 현장에 있을 거예요. 이제 그놈의 엉덩이는 그만 뭉개고 일어나세요!」

빌셍은 울화통이 터졌다. 그의 손이 떨렸다. 그는 자유인이 아니었다. 일자리를 잃지 않으려면, 그리고 사회에서 밀려나지 않으려면 위에서 시키는 대로 해야 했다. 그런 상황에서 그가 자유를 누릴 수 있는 길은 부랑자가 되는 것밖에 없는데, 그는 아직 그런 것을 겪을 준비가 되어 있지 않았던 것이다. 마음의 한쪽에는 사회의 질서에 대한 갈망과 사회적 지위를 유지하고 싶은 마음이 자리를 잡고 있는데, 또 한쪽에는 남의 의지에 따라 살고 싶지 않은 욕망이 자리를 잡고 있었다. 두 마음이 싸우는 와중에 궤양이 생겨났다. 위궤양이었다. 질서에 대한 갈망이 자유를 향한 욕망을 눌렀다. 그래서 그는 명령을 따르기로 했다.


한 무리의 사냥 개미들이 바위 뒤에 숨어서 도마뱀을 살피고 있다. 도마뱀의 길이는 60머리(18센티미터)가 족히 된다. 푸르스름한 기운이 도는 노란 바탕에 검은 반점이 박힌 울퉁불퉁한 등딱지는 무시무시하고 징그럽다. 103683호에게는 그 검은 반점이 도마뱀에게 희생된 온갖 동물들의 피가 튀어 얼룩진 것처럼 느껴진다.

예상했던 대로 그 동물은 추위 때문에 둔해져 있다. 걷기는 하는데 아주 느리다. 마치 발을 어디다 두어야 할지 몰라 망설이는 것 같다.

해가 막 떠오르려 할 즈음, 페로몬 하나가 발산된다.

《저놈을 쳐라!》

도마뱀은 한 떼의 새카맣고 작은 것들이 자기에게 호전적으로 덤벼드는 것을 보더니, 천천히 일어나서 불그스름한 주둥이를 벌린다. 그 주둥이 안에서 날랜 혀가 춤을 추며 나오더니 가까이 다가온 개미들을 후려치고 끈끈물로 붙잡아 목구멍으로 삼켜 버린다. 그러고는 가볍게 트림을 한 번 하고 쏜살같이 사라진다.

서른 마리쯤의 동료를 잃은 사냥 개미들이 숨을 죽인 채 멍하니 있다. 추위 때문에 마비 상태가 될 거라더니 도마뱀은 힘이 철철 넘치지 않는가!

저런 동물을 공격하는 것은 자살 행위나 다름없다는 얘기가 개미들 사이에서 나온다. 겁이라고는 모르는 103683호도 그런 얘기를 먼저 꺼낸 개미 가운데 하나였다. 도마뱀은 난공불락의 요새처럼 보인다. 도마뱀의 가죽은 위턱이나 개미산으로 공격할 수 없는 갑옷이다. 덩치도 너무 큰 데다가 온도가 낮을 때조차 저렇게 빠른 걸 보면 개미들이 따라잡기 어려운 우월함을 지니고 있는 듯하다.

그러나 개미들은 물러나지 않는다. 작은 이리들이 몰려가듯이 그들은 그 괴물의 족적을 쫓아 달려간다. 고사리 덤불 아래를 달려가면서 그들은 살기 어린 페로몬을 내뿜는다. 그 서슬에 겁먹는 것은 민달팽이들뿐이지만 그래도 그것이 개미들 스스로에게는 힘을 주고 자신감을 준다. 수천 머리 떨어진 저쪽에 도마뱀이 가문비나무 껍데기에 붙어 있는 것이 보인다. 아마도 방금 아침 식사로 먹은 개미들을 소화시키고 있는 모양이다.

지금 공격해야 한다! 늑장을 부리면 부릴수록 저놈이 힘을 더 얻을 것이다! 추울 때도 날쌨는데, 태양 에너지를 흠뻑 받으면 더 힘이 세어질 것이다. 더듬이를 맞대고 토론을 한다. 즉석에서 전술을 짜야 한다. 하나의 전술이 실행에 옮겨진다.

병정개미들이 나뭇가지에서 그 동물의 머리 위로 떨어진다. 개미들은 눈꺼풀을 물어뜯어서 도마뱀이 눈을 못 뜨게 하고 콧구멍으로 파고 들어가기 시작한다. 그러나 그 첫 특공대는 실패하고 만다. 화가 난 도마뱀이 발로 얼굴을 문지르면서 떨어지는 개미들을 삼켜 버린 것이다.

쉴 틈을 주지 않고 두 번째 돌격대가 달려간다. 도마뱀의 혀가 미치는 지점까지 거의 다가가서 개미들은 돌연 방향을 바꾸어 몽당이로 남아 있는 꼬리 위로 사납게 덤벼든다. 어머니 말씀마따나, 〈어떤 적이든 약점을 가지고 있는 법이다. 그것을 찾아야 한다. 오로지 그 약한 부분만을 공격하라〉.

개미들은 꼬리가 잘려 나간 부분의 상처를 찾아 거기를 개미산으로 지지고 도마뱀의 몸속으로 들어가 창자를 공격한다. 도마뱀은 벌렁 눕기도 하고, 뒷발로 달리기도 하고, 앞발로 제 배를 두드리기도 한다. 개미들이 몸속 곳곳을 갉아 먹고 있다.

그 틈을 타서 또 한 무리의 개미들이 마침내 콧구멍에 들어가서 뜨거운 개미산으로 구멍을 넓히면서 파고 들어간다.

그 바로 위에서는 개미들이 눈을 공격한다. 개미들이 물 렁물렁한 눈알을 터뜨린다. 그러나 눈구멍으로는 더 이상 들어갈 수가 없다. 시신경 구멍이 너무 좁아서 그 구멍을 통해서 뇌에 도달할 수가 없는 것이다. 그래서 눈구멍에 있던 개미들은 이미 콧구멍 안으로 깊이 들어간 동료들을 뒤쫓아간다.

도마뱀은 몸을 비비 꼬면서 목을 찌르고 있는 개미들을 죽이려고 주둥이 안에 발을 집어넣는다. 그러나 너무 늦었다.

허파의 한쪽 구석에서 4000호는 젊은 동료 103683호를 만났다. 안이 캄캄한 데다가 비생식 개미들은 적외선 홑눈을 가지고 있지 않으므로 그들 눈에는 아무것도 보이지 않는다. 그들이 더듬이 끝을 연결한다.

《자, 동료들이 바쁘게 움직이는 이 틈을 이용해서 동쪽 흰 개미 도시 쪽으로 떠나세. 동료들은 우리가 전투 중에 죽었다고 생각하겠지.》

그들은 처음에 들어왔던 도마뱀의 몽당이 꼬리 쪽으로 빠져나온다. 꼬리에서는 이제 피가 철철 흐르고 있다.

내일이면 그 도마뱀은 개미들이 먹을 수 있는 수천 개의 조각으로 나뉠 것이다. 그 고기 조각 가운데 일부는 흙에 싸여서 주비주비캉으로 옮겨질 것이고 일부는 벨로캉에도 갈 것이다. 그러면 개미들은 무용담을 늘어놓으며 이 사냥을 묘사하리라. 개미 문명은 힘을 더 키워야 한다. 도마뱀을 정복한 일은 개미 문명에 자신감을 준 특별한 사건이다.

## 이종 교배(異種交配)

개미집에 다른 종이 섞여 있지 않다고 생각하는 것은 잘못이다. 개미는 저마다 자기 도시의 고유한 냄새를 가지고 있다. 그러나 인간 세계에서 볼 수 있는 것만큼 그렇게 〈배타적〉인 모습을 보이지는 않는다.

예를 들어 흙을 채운 어항에 불개미 1백 마리와 검은목축개미 1백 마리를 함께 넣으면 어떻게 될까? 두 종 모두에 알 낳는 여왕개미 한 마리씩을 포함시켜서 말이다. 그러면 우선 몇 차례의 작은 충돌이 일어난다. 그러나 사망자가 생길 정도의 충돌은 아니다. 그 후에는 더듬이들을 맞대고 긴 토론을 벌이고 나서 함께 개미집을 건설해 나가기 시작한다.

어떤 통로는 불개미의 체구에 알맞게 되어 있고 어떤 것은 검은목축개미에 알맞게 되어 있다. 그러나 그들은 그것에 그치지 않고 다른 종과 교배를 해서 서로 섞인다. 이상의 관찰을 통해서 다음과 같은 사실이 분명해진다. 즉 개미 세계에서는 지배적인 위치에 있는 어떤 종이 도시 안에 게토와 같은 특별 보호 구역을 만들어 다른 종을 격리시키는 일이 없다는 것이다.

— 에드몽 웰스, 『상대적이며 절대적인 지식의 백과사전』

동쪽 영토로 가는 길은 아직 말끔히 닦여 있지 않다. 흰개미들과의 전쟁 때문에 이 지역에서는 평상적인 일들을 해나갈 수 없었던 것이다.

4000호와 103683호는 수많은 접전이 벌어졌던 자취가 남아 있는 길을 빠른 걸음으로 나아가고 있다. 화려한 빛깔의 독나방들이 그들의 더듬이 바로 위에서 빙빙 돈다. 그때마다 그들은 불안을 느낀다.

한참을 더 가다가 103683호는 자기 오른쪽 발밑에서 뭔

293

가가 꿈틀거리는 것을 느낀다. 진드기 떼다. 침과 더듬이와 털과 갈고리를 갖춘 미물들이다. 그 미물들은 먼지가 많은 둥지를 찾아 떼를 지어 이동하고 있는 것이다. 그 모습을 보고 있자니 103683호의 기분이 좋아진다. 세상에는 진드기처럼 작은 존재가 있는가 하면 개미처럼 커다란 존재도 있는 것이다.

4000호가 어떤 꽃 앞에서 걸음을 멈춘다. 갑자기 통증이 너무 심해진다. 오늘 너무 많은 고생을 한 그의 몸 안에서 맵시벌 애벌레들이 마침내 움직이기 시작한 것이다. 그 애벌레들이 그 가련한 개미의 내부 기관들에 포크와 나이프를 들이대며 즐겁게 식사를 하고 있는 모양이다.

103683호는 그를 구하려고 갈무리 주머니 안쪽에 숨겨 두었던 로메쿠사 분비꿀 몇 덩어리를 꺼낸다. 벨로캉 지하에서 벌이던 싸움의 막바지에 103683호는 진통제로 쓰려고 로메쿠사 분비꿀을 조금 모아 두었었다. 그는 그것을 아주 조심스럽게 다루었기 때문에 그 달콤한 독에 중독되지 않았다.

그 끈끈한 액체를 삼키고 나자 4000호의 통증이 가라앉는다. 그러자 4000호가 그것을 더 달라고 한다. 103683호가 그를 설득하려고 하지만 그는 막무가내다. 그는 싸움을 해서라도 동료의 갈무리 주머니에서 그 귀중한 약을 빼앗아 낼 기세이다. 뛰어오르며 103683호를 때리려던 4000호가 분화구처럼 생긴 흙구덩이로 미끄러진다. 개미귀신이 파놓은 구멍이다.

명주잠자리의 애벌레인 개미귀신은 머리가 삽처럼 생겨서 그걸 가지고 절구통 같은 구멍을 팔 수 있다. 일단 구멍을 파놓고 나면 그 안에 숨어서 손님이 찾아오기를 기다리기만

하면 되는 것이다.

4000호는 뒤늦게야 자기에게 무슨 일이 일어났는지를 깨닫는다. 개미는 원래 가볍기 때문에 그런 곤경에서 충분이 빠져나올 수 있다. 그렇지만 개미가 미처 구멍에서 올라오기 전에, 구멍 아래쪽에서 끝이 뾰족한 두 개의 기다란 위턱이 올라오고 개미에게 흙을 뿌리는 경우도 어쩌다가 있는 것이다.

《개미 살려!》

4000호는 이제 몸속의 맵시벌이 주는 고통도 로메쿠사 분비꿀을 맛본 뒤에 찾아온 금단의 고통도 다 잊고 있다. 그는 두려워하고 있다. 그런 식으로 죽고 싶지 않은 것이다.

그가 필사적으로 몸부림치고 있다. 그러나 개미귀신의 함정은 거미의 그물과 마찬가지로 희생물이 겁을 먹고 발버둥치면 칠수록 더 기능을 잘 발휘하도록 만들어져 있다. 4000호가 구멍을 기어오르려고 버둥거릴수록 비탈이 허물어지면서 점점 바닥 쪽으로 끌려간다. 바닥에서는 개미귀신이 계속 흙을 뿌리고 있다.

103683호는 동료를 구조하겠다고 몸을 기울여 발을 내밀다가는 자신도 빠질 염려가 있다는 것을 재빨리 간파하고, 구조하는 데 쓸 만한 길고 튼튼한 풀 줄기를 찾으러 간다.

안달이 난 늙은 개미가 강렬한 냄새를 뿜으면서 비명을 지르고 흘러내리는 거나 다름없는 흙 속에서 더욱 세게 발버둥을 친다. 그러자 내려가는 속도가 더 빨라진다. 개미귀신의 가위 같은 위턱들이 불과 5머리 아래에 있다. 가까이에서 보니 그것은 정말 무시무시하게 생겼다. 구부러진 두 개의 기다란 창을 벌려 놓은 듯한데, 위턱마다 수백 개의 작은 톱니

들이 뾰족뾰족하게 나 있다. 게다가 그 끝은 송곳처럼 생겨서 개미의 어떤 딱지라도 쉽게 뚫을 수 있을 듯하다.

103683호가 다시 구멍 가장자리에 나타나 동료에게 데이지 줄기를 내민다. 빨리! 4000호가 그 줄기를 잡으려고 발을 뻗는다. 그러나 순순히 먹이를 포기할 개미귀신이 아니다. 개미귀신은 두 개미에게 미친 듯이 흙을 끼얹는다. 개미들은 이제 아무것도 볼 수 없고 들을 수도 없다. 개미귀신이 이번에는 돌을 던진다. 그 돌이 음산한 소리를 내며 개미의 딱지에 부딪친다. 4000호가 반쯤 흙에 묻혀서 죽 미끄러진다.

103683호는 위턱 사이에 데이지 줄기를 꽉 물고 버틴다. 그는 동료가 그 줄기를 붙잡아 주기를 기다리는 것이다. 그가 막 포기할 생각을 하고 있는데, 발 하나가 흙구덩이에서 나왔다. 살았다! 4000호가 마침내 죽음의 구덩이 밖으로 뛰어나온다.

아래에서는 먹이를 놓친 개미귀신이 분노와 실망을 이기지 못하고 집게 같은 위턱을 맞부딪치고 있다. 개미귀신이 명주잠자리로 탈바꿈하기 위해서는 단백질이 필요하다. 다른 먹이가 미끄러질 때까지 저 개미귀신은 얼마나 많은 시간을 더 기다려야 할까?

4000호와 103683호는 서로를 닦아 주고 여러 차례 영양 교환을 하면서 갈무리 주머니에 있는 양식을 서로 나누어 먹는다. 그러나 이번에는 로메쿠사 분비꿀을 메뉴에 넣지 않았다.


「안녕하세요, 빌셍 경정!」
여자가 그에게 보드라운 손을 내밀었다.

「내가 여기 온 걸 보고 놀라는 눈친데. 하지만 사건이 오래 가고 심각해지는 데다, 지사께서 임기 말년에 유종의 미를 거두고 싶어 하시고, 또 곧 장관이 될 분이기도 해서서 내가 이렇게 직접 나섰어요……. 밥줄 끊어질까 봐 불안한 모양이지요. 자, 얼굴 좀 펴요. 농담이에요. 당신 유머 감각도 이젠 다 죽었구먼?」

늙은 형사는 뭐라고 대꾸해야 할지 모르고 있었다. 그 여자 앞에서 주눅 들며 지내 온 세월이 15년이었다. 그 여자에게는 〈하긴 그래〉가 통한 적이 없었다. 그는 여자를 똑바로 쳐다보려 했지만 눈길은 긴 머리채 아래에 머물러 있었다. 살굿빛으로 물들인 머리채였다. 요즈음은 그게 유행이었다. 동료들이 하는 얘기를 들어 보면 그 여자는 머리털이 본래 살굿빛인 것처럼 보이게 하려고 애쓴다는 것이었다. 그래서 그녀에게서 풍기는 진한 염색약 냄새는 이제 완전히 그녀의 냄새가 되어 버렸다.

솔랑주 두망. 그자는 나이가 들어 가면서 아주 까다로워지기 시작했다. 정히 늙는 게 싫으면 여성 호르몬제를 복용하면 되었을 텐데, 그 인간은 체중이 느는 것을 끔찍이도 싫어했다. 호르몬제가 살찌게 만든다는 것은 잘 알려진 사실이다. 그러다 보니 그 인간은 자기를 늙게 만드는 골치 아픈 일들을 이를 악물고 부하들에게 떠넘겼던 것이다.

「어쩐 일로 오셨습니까? 지하실에 내려가시려고요?」빌셍이 물었다.

「농담 마세요, 빌셍! 내가 내려가는 게 아니라 당신이 내려가는 거예요. 난 여기 있겠어요. 미리 모든 걸 다 준비해 왔지요. 차가 들어 있는 보온병하고 내 워키토키 말이에요.」

「저에게 무슨 일이라도 생기면 어떻게 하실 건가요?」

「벌써부터 최악의 경우를 예상하는 걸 보니 겁나는 모양이지요? 말했다시피 우리는 무선으로 연결이 돼요. 어떤 위험이 느껴지면 바로 나한테 신호를 보내세요. 그럼 내가 필요한 조치를 취할 테니까. 게다가 까다로운 임무에 필요한 최신 장비들도 가져왔으니 그걸 가지고 내려가세요. 우리도 당신 생각 끔찍이 하고 있는 거예요. 자, 봐요. 등산용 밧줄에다 총에다…… 게다가 건장한 남자가 여섯 명이나 있잖아요.」

솔랑주가 차렷 자세를 하고 있는 치안대원들을 가리켰다. 빌셍이 볼멘소리로 투덜거렸다.

「갈랭은 소방대원 여덟 명하고 같이 갔지만 별로 도움이 안 되었는걸요.」

「그들은 무기도 없었고 워키토키도 없었잖아요! 자, 그 우거지상 좀 펴세요, 빌셍.」

빌셍은 더 이상 왈가왈부하고 싶지 않았다. 상관이랍시고 재면서 을러대는 꼴에 배알이 뒤집혔다. 솔랑주하고 싸우다 보면 자신이 솔랑주가 되고 말았다. 그 여자는 꽃밭의 잡초 같았다. 그 잡초에 물들지 않고 자라는 게 상책이었다.

빌셍은 마음을 가다듬고 동굴 탐사 복장을 갖추었다. 허리에 등산용 밧줄을 두르고 워키토키를 어깨에 걸었다.

「제가 만일 다시 못 올라오거든, 제 재산을 모두 경찰 보육원에 주십시오.」

「바보 같은 소리 그만하세요, 빌셍. 당신은 다시 올라올 거고 우리 모두 레스토랑에서 그것을 축하하게 될 거예요.」

「제가 다시 못 올라올 경우를 생각해서 몇 가지 드릴 말씀이 있는데요.」

솔랑주가 눈살을 찌푸렸다.

「자, 애들 장난 같은 짓은 그만두세요, 빌셍!」

「제가 말씀드리고 싶은 것은 다름이 아니라…… 우리가 행한 나쁜 짓에 대해서 언젠가는 모든 대가를 치르게 된다는 것입니다.」

「이젠 숫제 신비주의자가 되셨군! 빌셍, 당신은 잘못 생각하고 있어요. 우리는 나쁜 짓을 해도 대가를 치르지 않아요. 당신 생각대로 〈착한 신〉이 있는지는 모르지만, 그분은 우리에겐 털끝만큼도 관심이 없어요! 그러니 살아서 이 존재를 활용하지 않으면 나중에 죽어서는 활용할 길이 없어요.」

솔랑주는 빈정거림을 얼른 멈추고 자기 부하에게 다가가 그를 토닥거렸다. 고약한 냄새. 빌셍은 숨 들이쉬기를 멈추었다. 저런 냄새를 지하실 안에서도 지겹도록 맡게 되겠지.

「걱정 마세요. 당신은 그렇게 쉽게 죽지 않아요. 당신은 이 사건을 해결해 낼 거예요. 당신의 죽음은 아무에게도 도움이 안 돼요.」

갑자기 달라진 솔랑주의 태도가 빌셍을 어린애로 만들어 버렸다. 그는 이제 흉기를 들고 반항하다가 그걸 빼앗기자 풀이 죽은 채 허세로 볼멘소리를 중얼거리는 사내아이나 다름없었다.

「물론이죠. 내가 죽으면 〈친히〉 조사에 나선 국장님이 실패하게 되는 거지요. 국장님이 〈직접 나선〉 결과가 어떠한지를 보게 되실 겁니다.」

솔랑주는 더 가까이 다가들었다. 마치 키스를 하려는 것처럼. 그러나 입을 맞추는 것이 아니라 조용히 침을 튀기며 말한다.

「빌셍, 나를 좋아하지 않나 보죠? 아무도 나를 좋아하지 않지만 난 상관없어요. 나도 당신을 좋아하지 않아요. 나는 사랑받고 싶은 생각이 전혀 없어요. 내가 바라는 것은 사람들이 나를 무서워하는 거예요. 하지만 이건 알아야 돼요. 당신이 저 아래에서 죽어도 나는 눈 하나 깜짝하지 않을 거예요. 또 다른 대원들을 보내면 돼요. 당신이 나에게 정말 폐를 끼치고 싶으면 일을 잘 끝내고 살아서 돌아오세요. 그러면 내가 당신 은혜를 입은 사람이 될 테니까요.」

그는 아무 대답도 하지 않고, 솔랑주의 머리채를 흘끗거렸다. 유행을 따라 손질한 머리채 밑부분이 희끗희끗하다. 그것을 보니 빌셍의 마음이 누그러졌다.

「저희는 준비됐습니다.」치안대원 가운데 한 명이 총을 들어 올리며 말했다.

모두가 밧줄을 몸에 두르고 있었다.

「좋아. 내려가자고.」

그들은 밖에서 그들과 연락을 계속 취하기로 되어 있는 세 경찰관에게 신호를 보내고 지하실 안으로 들어갔다.

솔랑주 두망은 워키토키를 들고 사무실에 앉아 있었다.

「행운을 빌어요. 빨리 돌아오세요!」

제3장

# 세 편의
# 오디세이아

마침내 56호는 자기 도시를 건설하기에 알맞은 장소를 찾아냈다. 그것은 하나의 둥그스름한 둔덕이었다. 56호가 그 둔덕을 올라간다. 위에서 내려다보니 가장 동쪽에 있는 도시들이 눈에 들어온다. 주비주비캉과 글루비듀캉이다. 그렇다면 연방의 나머지 부분과 연결되는 데 별다른 어려움이 없을 듯하다.

56호가 그 장소를 조사하고 있다. 땅은 단단한 편이고 잿빛을 띠고 있다. 새 여왕개미는 토질이 더 부드러운 곳을 찾아보지만 어디나 만만치 않다. 56호는 더 이상 망설이지 않고 자기의 첫 번째 방을 만들려고 위턱을 쑤셔 넣는다. 그러자 이상하게도 땅이 흔들린다. 지진인 듯도 한데, 그렇다고 보기엔 너무 국지적이다. 56호가 다시 땅에 위턱을 박는다. 땅이 다시 흔들리기 시작한다. 아까보다 더 심하다. 둔덕이 솟아오르더니 왼쪽으로 미끄러진다⋯⋯.

일찍이 이상한 일들을 숱하게 보아 왔지만 이런 일은 처음이다. 언덕이 살아 움직이다니! 언덕은 이제 빠르게 나아가면서 키 큰 풀들을 헤치며 덤불을 뭉갠다.

56호가 놀란 마음을 가다듬을 사이도 없이 또 하나의 둔덕이 다가온다. 이게 무슨 행렬일까? 둔덕에서 미처 내려오지 못한 채 56호는 날뛰는 둔덕에서 떨어지지 않으려고 안간힘을 쓴다. 두 언덕이 사랑이라도 나누려는 모양이다. 언덕들은 부끄러운 줄도 모르고 서로서로를 더듬고 있다…….
엎친 데 덮친 격으로 56호가 올라앉은 둔덕이 암컷이다. 수
컷이 천천히 암컷 위로 기어오르고 있다. 돌같이 생긴 머리
가 조금씩조금씩 빠져나온다. 무시무시한 이무깃돌[26]처럼
생긴 머리가 입을 벌린다.

더 이상 못 참겠다! 젊은 여왕개미는 그곳에 자기 도시를
세우겠다는 생각을 포기한다. 둔덕 아래로 굴러 내려와서야
56호는 자기가 얼마나 심각한 위험에서 빠져나왔는지를 깨
닫는다. 언덕은 머리뿐만 아니라 발톱이 달린 네 개의 발과
세모꼴의 꼬리도 가지고 있다.

56호가 거북을 본 것은 이번이 처음이다.

## 음모가들의 시대

인간 사회에 가장 널리 퍼져 있는 조직 체계는 다음과 같다. 복잡한 위
계 구조에 편입되어 있는 〈관리자들〉, 즉 권력을 가진 사람들이 가장
제한된 권리를 지닌 〈창조자들〉 집단을 지도하거나 관리하고, 〈중개자
들〉이 분배를 구실로 창조자들의 노동 산물을 가로챈다……. 개미 세
계에 일개미, 병정개미, 생식 개미의 세 계급이 있듯이 오늘날의 인간
사회에는 관리자, 창조자, 중개자라는 세 계층이 있는 것이다.

20세기 초 러시아의 두 지도자였던 스탈린과 트로츠키 사이의 권력 투
쟁은, 한 사회가 창조자들이 우대받는 체제에서 관리자들이 특권을 누
리는 체제로 이행하는 모습을 아주 잘 보여 주고 있다. 수학자이자 〈붉
은 군대〉의 창설자인 트로츠키가 음모가인 스탈린에게 밀려남으로써
창조자의 시대에서 관리자의 시대로 넘어간 것이다.

26 성문 따위의 난간에 끼워서 빗물을 흘러내리게 하는, 이무기 머리 모양
의 돌로 된 홈.

사회 계층 구조에서 더 높이 더 빨리 올라가는 사람들은, 새로운 개념과 새로운 물건을 만들어 낼 수 있는 사람들이 아니라, 사람들을 유혹할 줄 알고 살인자들을 모을 줄 알며 정보를 왜곡할 줄 아는 사람들이다.

에드몽 웰스, 『상대적이며 절대적인 지식의 백과사전』

4000호와 103683호는 동쪽 흰개미 도시로 통하는 냄새 길로 다시 접어들었다. 그 길에서 여러 곤충들과 마주친다. 동그란 부식토 덩이를 미느라고 여념이 없는 풍뎅이들도 있고, 겨우 알아볼 수 있을 만큼 아주 작은 종류의 탐험 개미들도 있으며, 자기들을 겨우 알아볼 만큼 아주 커다란 종류의 것들도 있다…….

그만큼 세상에는 개미의 종류가 많은 것이다. 1만 2천 종 이상의 개미가 저마다 고유의 모습을 가지고 있다. 가장 작은 것은 겨우 수백 마이크로미터에 불과하며 가장 큰 것은 7센티미터에 이르기도 한다. 불개미는 중간에 속한다.

4000호가 마침내 방향을 찾은 듯하다. 저 푸른 이끼 웅덩이를 지나 아카시아 덤불을 올라간 다음 노란 수선화들 밑을 지나야 한다. 그러면 고목 밑동이 나오는데, 그 뒤로 가면 된다.

고목 그루터기를 지나자 과연 수송나물[27]과 낙상홍[28] 건너 저쪽에 동쪽 강과 사테이 나루가 보인다.

---

27 명아줏과에 딸린 한해살이 풀. 잎은 어긋맞게 나고 채송화 잎처럼 두툼한 줄꼴이며, 7~8월에 노란 꽃이 핀다.

28 가시가 많은 여러해살이 관목.

「여보세요, 여보세요, 빌셍 내 말 들려요?」

「잘 들립니다.」

「별일 없어요?」

「네. 별문제 없습니다.」

「풀려 나간 밧줄 길이를 보니 당신은 지금까지 480미터를 답파했군요.」

「그렇군요.」

「뭐가 보여요?」

「별거 없습니다. 돌에 새김글이 몇 개 있을 뿐입니다.」

「무슨 새김글인데요?」

「밀교의 주문 같은데요. 하나 읽어 볼까요?」

「됐어요. 빌셍이 그렇다면 그런 거겠지요.」


암개미 56호의 배가 한창 끓어오르고 있다. 배 속에서 뭔가가 밀고 당기고 꿈틀거린다. 장차 56호의 도시에 살게 될 생명들이 자발없이 안달하고 있다.

이제 까다롭게 이것저것 가릴 형편이 아니다. 56호는 검은빛이 도는 황토 구덩이를 골라 거기에 알을 낳기로 한다.

골라 놓고 보니 괜찮은 자리다. 주위에 난쟁이개미, 흰개미, 말벌의 냄새가 없다. 게다가 벨로캉 개미들이 지나간 적이 있음을 알리는 페로몬의 자취가 남아 있다.

56호가 땅의 냄새를 맡는다. 땅에는 희유원소가 많다. 습기는 충분하되 지나치지 않다. 윗부분이 붉거져 나온 작은 덤불도 있다.

56호는 지름 3백 머리의 원 안에 있는 땅거죽을 말끔히 치운다. 그것이 56호가 세우려는 도시의 가장 알맞은 형태다.

힘이 다 빠지자 56호는 갈무리 주머니에 있는 먹이를 되올리려 한다. 그러나 그것이 텅 빈 것은 벌써 오래전 일이다. 이제 비축된 에너지가 없다. 그러자 56호는 대뜸 자기 날개를 뽑아서 근육이 많은 밑동을 게걸스럽게 먹어 치운다.

그렇게 영양을 섭취했으니 아직 며칠간은 버틸 수 있을 것이다.

그 일이 끝나고 나자 56호는 더듬이가 다 묻힐 정도까지 구멍 안으로 들어간다. 56호가 공격력 없는 먹이가 될 수밖에 없는 그 기간 동안에는 누구의 눈에도 띄지 않게 해야 한다.

56호가 기다린다. 몸 안에 들어 있는 도시가 시나브로 깨어나고 있다. 그 도시의 이름을 무어라 지을까?

우선 여왕의 이름을 지어야 한다. 개미 세계에서 이름을 갖는다는 것은 자율적인 실체로 존재한다는 것을 의미한다. 일개미, 병정개미, 생식 개미는 출생의 순서에 따라 붙여지는 숫자로 이름을 대신한다. 그러나 알 낳은 여왕개미는 이름을 가질 수 있다.

그래! 56호는 바위 냄새를 풍기는 병정개미들의 추격을 받다가 떠나왔다. 그러니 〈추격당한 여왕〉이라고 이름을 지으면 된다. 아니야. 그보다는 비밀 무기의 수수께끼를 풀려다가 추격을 당했으니까 그것을 잊지 말자는 의미에서 〈불가사의에서 태어난 여왕〉이라고 하자.

56호는 자기 도시를 〈불가사의에서 태어난 여왕의 도시〉라 명명하기로 한다. 그것을 개미의 냄새 언어로 나타내면 다음과 같은 냄새가 난다.

클리-푸-캉.

두 시간 후, 다시 무선 호출.

「별일 없어요, 빌셍?」

「저희는 어떤 문 앞에 있습니다. 그냥 보통 문입니다. 문 위쪽에 뭔가 길게 새겨 놓은 글이 있는데요. 옛날 문자로 말입니다.」

「뭐라고 쓰여 있는데요?」

「이번엔 읽어 볼까요?」

「그래요.」

빌셍 경정이 손전등을 비추어 가며 읽기 시작한다. 원문을 조금씩조금씩 해독하며 읽느라고 목소리가 느리고 엄숙하다.


　　죽음의 순간에 영혼은, 위대한 〈신비〉를 깨우친 사람들이 경험한 것과 똑같은 것을 느낀다.

　　맨 먼저 힘겨운 에움길을 무작정 달린다. 어둠 속을 나아가는, 불안하고 끝없는 행로이다.

　　그다음에는 종말을 앞두고 공포가 절정에 달한다. 전율, 부들거림, 식은땀, 격심한 공포가 지배한다.

　　그 단계가 끝나고 나면 바로 갑작스럽게 빛이 쏟아져 들어오고 그 빛을 향해 올라간다.

　　눈에 경이로운 빛이 비치고 영혼은 노랫소리와 춤추는 소리가 울려 퍼지는 순결의 땅과 풀밭을 지난다.

　　성스러운 말들이 신심을 일깨운다. 깨달음을 얻은 완벽한 인간은 자유로워지고, 〈신비〉를 찬양한다.


치안대원 한 사람이 전율을 느꼈다.

「그 문 뒤에 뭐가 있어요?」워키토키의 음성이 물었다.

「글쎄요. 열어 보겠습니다⋯⋯. 여보게들 날 따라오게.」

긴 침묵.

「여보세요, 빌셍! 여보세요, 빌셍! 대답해요, 젠장, 뭐가 보여요?」

총소리가 들렸다. 그러고는 다시 긴 침묵.

「여보세요, 빌셍, 이봐요, 대답해요!」

「빌셍입니다.」

「도대체 무슨 일이에요?」

「쥐입니다. 쥐가 수천 마리입니다. 그놈들이 위에서 우리를 덮쳤습니다. 하지만 우리가 그놈들을 쫓아 버렸습니다.」

「그래서 총을 쏜 거예요?」

「네. 이젠 그놈들이 보이지 않습니다.」

「지금 뭐가 보이는지 얘기해 봐요.」

「여기는 온통 빨갛습니다. 벽에는 철광석의 광맥이 보이고요, 땅에는⋯⋯ 피가 있습니다! 계속 가보겠습니다⋯⋯.」

「무선 연락을 계속 취하세요! 왜 자꾸 끊는 거예요?」

「허락해 주신다면, 멀리서 보내는 지시를 따르기보다는 제 방식대로 일했으면 하는데요.」

「하지만, 빌셍⋯⋯.」

딸깍. 빌셍이 통신을 끊어 버렸다.


사테이는 엄밀히 말해서 나루가 아니며, 전진 기지도 아니다. 그러나 벨로캉 개미들이 강을 건널 수 있게 해주는 천혜의 장소임에는 틀림없다.

옛날 〈니〉 왕조의 선조 개미들이 이 강 앞에 이르렀을 때,

그들은 강을 건너기가 쉽지 않으리라는 것을 깨달았다. 그러나 개미에게 포기란 없다. 어떤 장애물이 나타났을 때, 개미는 필요하다면 1만 5천 가지 방식으로 1만 5천 번이라도 장애물을 머리로 들이박는다. 제가 죽거나 장애물이 없어질 때까지 말이다.

그런 행동 양식은 어떻게 보면 비합리적으로 보인다. 확실히 그런 식으로 개미 문명을 이룩하느라고 희생도 많았고 시간도 많이 걸렸다. 그러나 보람은 있었다. 결국 그 무모한 노력의 대가로 개미들은 언제나 어려움들을 극복해 낼 수 있었던 것이다.

옛날 사테이 나루에서 탐험 개미들은 걸어서 건너는 것부터 시도했다. 물이라는 장애물의 거죽은 그들의 무게를 견딜 만큼 단단했지만 발톱을 걸 만한 데가 없었다. 개미들은 강의 가장자리에서 스케이트장 위를 미끄러지듯 빙빙 돌아다녔다. 앞으로 두 발짝 간 다음 옆으로 세 발짝……. 그러다 첨벙 빠져 개구리들에게 잡아먹히곤 했다.

백여 차례의 시도가 보람 없이 끝나고 수천 마리의 탐험 개미들을 희생시킨 후에, 개미들은 다른 방법을 시도했다. 일개미들이 다리와 더듬이를 연결해서 건너편 강기슭에 이르는 사슬을 만드는 것이었다. 그 실험은 강폭이 그렇게 넓지 않고 소용돌이 때문에 흔들리지만 않았다면 성공할 수 있었을 것이다. 24만 마리의 개미가 목숨을 잃었다. 그러나 개미들은 포기하지 않았다. 당시의 여왕 뷰파니가 지켜보는 가운데, 그들은 다리를 건설해 보려고 했다. 처음엔 나뭇잎으로, 다음엔 잔가지로, 그다음엔 풍뎅이 시체로, 그다음엔 자갈로 다리를 놓으려 했다. 그 네 차례의 실험을 하느라고

67만 마리의 목숨이 희생되었다. 그럼으로써 뷰파니는 재임 중에 벌인 모든 전쟁에서 잃은 것보다 더 많은 백성을 이상적인 다리를 건설하는 데 바친 것이다.

그럼에도 여왕은 단념하지 않았다. 동쪽 영토의 한계를 뛰어넘어야 했다. 다리 건설이 실패로 돌아간 뒤에 여왕은 북쪽 발원지로 거슬러 올라가 강을 우회해야겠다는 생각을 했다. 몇 차례 탐험대를 보냈으나 어느 탐험대도 돌아오지 않았다. 8천 마리 사망. 그다음에 여왕은 개미들이 헤엄을 배워야 한다고 생각했다. 1만 5천 마리 사망. 그다음엔 개구리들을 길들이기로 했다. 6만 8천 마리 사망. 커다란 나무 위에서 나뭇잎을 타고 뛰어내리면 어떨까? 52마리 사망. 굳은 꿀을 다리에 달고 물 밑으로 걸어가면 어떨까? 27마리 사망. 전실에 따르면, 개미들이 여왕에게 이제 도시에는 온전한 일개미가 열 마리밖에 안 남았으니 그 계획을 잠정적으로 포기하는 게 어떻겠느냐고 진언을 하자, 여왕이 이렇게 말했다고 한다.

〈유감스럽도다, 구상해 놓은 게 아직 많이 남았는데.〉

그러나 연방의 개미들은 기어코 만족할 만한 해결책을 찾아내고야 말았다. 그로부터 30만 년 뒤, 리푸그뤼니 여왕이 백성들에게 강 밑으로 터널을 파자고 제안했던 것이다. 너무나 간단해서 전에는 아무도 그 생각을 못 해냈다.

그리하여 개미들은 아무런 어려움 없이 사테이로부터 강 밑으로 통행할 수 있게 되었다.

103683호와 4000호가 조금 전부터 그 유명한 터널 안을 걷고 있다. 그곳은 습기가 많기는 하나 물이 새지는 않는다. 흰개미 도시는 건너편 강기슭에 있다. 흰개미들도 이 똑같은 지하도를 이용해서 연방의 영토를 침범한다. 지하도 안에서는 싸움을 하지 않는다. 흰개미든 불개미든 자유롭게 통행할 수 있다. 그런 합의가 이제까지 암묵적으로 지켜져 왔다. 그러나 둘 중의 어느 한쪽이 자기의 우위를 주장하고 나선다면, 다른 쪽에서는 입구를 막거나 통로에 물을 가득 채워 버리려 할 것이다.

두 병정개미가 긴 통로 안을 하염없이 걷고 있다. 그들에게는 한 가지 문제가 있다. 터널 위의 물이 차가워지면 지하는 훨씬 더 차가워진다. 추위가 그들의 동작을 굼뜨게 만들고 있다. 걷기가 점점 힘들어진다. 거기에서 잠들면 영원히 겨울잠을 자게 된다. 그들은 그 점을 알고 있다. 출구에 도달하려고 그들이 허위허위 기어간다. 갈무리 주머니에 마지막으로 남아 있는 단백질과 당분도 바닥나 간다. 근육이 뻣뻣해진다. 드디어 출구다. 밖으로 나온 103683호와 4000호는 몸이 너무 차가워져 있는 탓에 길 한복판에서 꾸벅거리며 존다.


창자 속처럼 캄캄한 동굴 속을 그렇게 한 줄로 늘어서서 나아가다 보니, 빌셍은 내심 될 대로 되라지 하는 생각이 일었다. 이것저것 생각할 거 없이 끝까지 가보자는 생각이었다. 그는 끝이 있을 거라고 기대하고 있었다.

뒤따르는 사람들은 이제 아무 얘기가 없었다. 여섯 명의 치안대원의 거친 숨소리가 들려왔다. 빌셍은 자기가 정말 부당한 대우를 받고 있다고 생각했다.

그는 마땅히 총경으로 승진을 해서 봉급다운 봉급을 받았어야 했다. 그는 열심히 일했고 남들보다 먼저 출근했으며 이미 10여 건의 사건을 해결한 바 있었다. 단지 두망이라는 자가 승진을 가로막아 왔을 뿐이다.

그는 자기 처지에 갑자기 화가 났다.

「빌어먹을!」

뒤따르던 사람들이 모두 정지했다.

「괜찮아요? 경정님?」

「그래, 그래, 괜찮아. 계속 가세.」

혼잣말을 지껄이다니! 창피스럽기 짝이 없었다. 그는 마음을 잡도리하려고 입술을 깨물었다. 그러나 채 5분이 지나기도 전에 다시 수심에 빠져들었다.

그가 두망에게 반감을 가지고 있는 것은 두망이 여자라서가 아니라 무능한 사람이기 때문이었다. 그 늙은이는 겨우 읽고 쓸 줄만 알지 할 줄 아는 게 없다고. 이제껏 수사 한 번 해본 적이 없으면서 180명 경찰관들의 꼭대기에 올라앉았다는 게 말이나 돼? 게다가 봉급은 나의 네 배나 되고 말이야. 이러고도 경찰에 들어오라고 사람들을 꼬드길 수 있는 거야? 그 인간은 선임자에 의해 임명되었는데 그건 틀림없이 인간관계 덕분일 게야. 그뿐인가. 한시도 가만히 있지 않고, 쓸데없이 끼어들어 감 놓아라 배 놓아라 해대는 꼴이 영락없는 잔소리꾼이라니까. 그 인간은 부하들을 서로 싸우게 만들고, 자기가 없어서는 안 되는 사람이라는 것을 여기저기 과시하느라고 자기 임무를 태만히 하고 있어.

그런 생각을 곱씹고 있던 중에 문득 예전에 보았던 기록 영화 한 편이 떠올랐다. 두꺼비에 관한 것이었다. 두꺼비들은 발정기가 되면 너무 흥분한 나머지, 움직이는 것이 있으면 닥치는 대로 덤벼든다. 암컷이건 수컷이건 가리지 않고

313

심지어 돌멩이에도 덤벼든다. 두꺼비들은 상대의 배를 눌러서 자기들이 수정하려는 알을 나오게 한다. 암컷을 누르는 두꺼비들에게는 노력한 보람이 나타난다. 수컷의 배를 누르는 두꺼비들은 아무것도 얻지 못한 채 상대를 바꾼다. 돌멩이를 누르는 두꺼비들은 앞다리가 아파서 누르기를 포기한다.

그런데 특수한 경우가 하나 있다. 흙덩어리를 누르는 두꺼비들의 경우이다. 흙덩어리는 암컷의 배만큼 물렁물렁하다. 그래서 두꺼비들은 쉬지 않고 눌러 댄다. 아무런 소득이 없는 그런 행위를 몇 날 며칠 계속하는 경우도 있다. 그러면서 그 두꺼비들은 자기들이 가장 훌륭한 일을 하고 있다고 생각한다.

빌셍은 그것을 떠올리면서 빙긋 웃었다. 솔랑주가 착한 사람이라면, 모든 걸 뒤죽박죽으로 만들고 부하 직원들을 괴롭히는 행동 말고 보다 효과적인 다른 행동이 있을 수 있다는 것을 설명하는 것으로 족하리라. 그러나 솔랑주에게 그런 설명이 통할 거라는 생각이 별로 들지 않았다. 이 빌어먹을 경찰 일에 부적합한 사람은 오히려 자기일지도 모른다는 생각이 들었다.

뒤에 있는 다른 사람들도 침울한 생각에 빠져 있었다. 그렇게 말없이 내려가면서 그들은 모두 화가 치미는 것을 느끼고 있었다. 대부분은 이 모험이 끝나고 나면 특별 수당을 요구하리라고 생각하고 있었다. 자기 아내와 자녀들, 고물 자동차나 맥주 한 잔을 생각하는 사람들도 있었다.

## 무(無)

생각하기를 멈추는 것보다 더 기분 좋은 일이 있을까? 쓸모가 있건 없건, 중요하건 덜 중요하건, 마음에 넘쳐 나는 이 생각의 흐름을 중단시키는 것. 다시 살아 있는 상태로 돌아올 수 있기는 하되, 마치 죽어 있는 것처럼 생각하기를 멈추는 것. 텅 빈 상태가 되는 것. 근본으로 돌아가는 것. 아무것도 생각하지 않는다는 것조차 생각하지 않는 것. 무가 되는 것. 그것은 하나의 소중한 갈망이다.

에드몽 웰스, 『상대적이며 절대적인 지식의 백과사전』

아침 햇살이 비쳐 들자, 진흙투성이의 강둑 길 위에서 밤새도록 꼼짝 않고 있던 두 병정개미의 몸에 다시 생기가 돈다.

103683호의 낱눈들이 하나하나 다시 움직이면서 그가 맞닥뜨린 새로운 환경이 어떤 것인지를 일깨워 준다. 103683호의 위쪽에서 거대한 눈 하나가 뚫어져라 쳐다보고 있다.

공포에 질린 젊은 병정개미가 더듬이를 태울 듯한 강렬한 냄새를 발한다. 그 눈도 겁을 먹고 재빨리 뒤로 물러선다. 그와 함께 그 눈이 달려 있는 기다란 뿔도 뒤로 물러선다. 두 병정개미가 동그란 조약돌 아래로 숨는다. 달팽이다!

주위를 둘러보니 달팽이들이 더 있다. 모두 다섯 마리의 달팽이들이 껍데기 속에 숨어 있다. 두 개미가 그중 하나에게 다가가 그 주위를 한 바퀴 돈다. 개미들은 달팽이를 물어뜯어 보려고 하지만 껍데기를 뒤집어쓰고 있는 탓에 어디도 물어뜯을 데가 없다. 그 움직이는 둥지는 난공불락의 요새다.

어머니의 가르침이 103683호의 마음에 떠오른다. 〈안전

한 것이 나의 가장 나쁜 적이다. 안전은 나의 경각심과 진취성을 잠재운다.〉

껍데기 속에 숨어 있는 저 얼간이는 움직이지 않는 풀이나 뜯어 먹으면서 언제나 안일하게 살아왔다고 103683호는 생각한다. 저들은 싸우거나 유혹하거나 추격하거나 도망쳐 본 적이 없고, 목숨을 걸고 위험에 맞서 본 적이 없다. 그래서 저들에게 진보가 없었다.

103683호가 문득 한 가지 충동에 사로잡힌다. 달팽이들을 껍데기 속에서 나오게 해서 그들이 안전한 게 아니라는 걸 일깨우고 싶어진다. 바로 그때, 다섯 달팽이 가운데 두 마리가 위험이 사라졌다고 판단하고 신경의 긴장을 풀 생각으로 껍데기 밖으로 몸을 내민다.

달팽이들이 서로 붙어서 배와 배를 맞댄다. 끈끈물이 맞붙으면서 두 몸이 하나가 된다. 온몸으로 하는 끈적거리는 키스다. 달팽이들이 생식기를 서로 비빈다.

두 달팽이 사이에 아주 천천히 무슨 일인가가 벌어진다.

오른쪽에 있는 달팽이가 딱딱한 침처럼 생긴 음경을 알이 가득 들어 있는 왼쪽 달팽이의 질 속에 집어넣었다. 그러나 왼쪽 달팽이는 아직 황홀경에 이르지 못했다. 그러자 그 달팽이는 이번엔 제 음경을 세워서 상대의 질 속에 집어넣는다.

두 달팽이는 삽입하는 즐거움과 삽입당하는 즐거움을 동시에 느끼고 있다. 달팽이들은 질과 음경을 모두 가지고 있어서 두 생식기의 쾌감을 동시에 느낄 수 있는 것이다.

오른쪽의 달팽이가 처음으로 수컷으로서의 오르가슴을 느낀다. 그 달팽이는 몸에 전기가 통한 것처럼 기이하게 몸을 비틀면서 팽팽해진다. 암수한몸의 그 동물들이 네 개의 더듬이를 서로 결합한다. 끈끈물이 거품으로 되었다가 방울이 된다. 찰싹 달라붙은 채 느릿느릿한 동작으로 흥분을 고조시켜 가는 관능의 춤이다.

왼쪽의 달팽이가 제 더듬이를 세운다. 그도 수컷으로서의 오르가슴을 맛보고 있다. 그러나 사정이 끝나기가 무섭게 그 몸뚱이에 새로운 관능의 물결이 밀어닥친다. 이번에는 질이 오르가슴을 느낀다. 오른쪽 달팽이도 암컷으로서의 쾌감을 맛본다.

그러고 나자 두 달팽이의 더듬이가 아래로 처지고, 사랑의 화살이 뒤로 물러나고 질이 다시 닫힌다. 그 행위를 다 끝내고 나자 사랑을 나눈 두 달팽이는 같은 극성을 가진 자석으로 변해 서로를 밀어낸다. 사랑을 끝낸 뒤의 그 모습은 이 세상만큼이나 오래된 동물계의 현상이다. 쾌락을 주고받는 기계 노릇을 마친 두 달팽이가 천천히 멀어져 간다. 상대방의 정자로 자기 알을 수정시킨 채로.

103683호가 그 아름다운 장면에 충격을 받아 넋을 잃고 있는 사이, 4000호가 한 달팽이에게 덤벼든다. 4000호는 사랑 뒤끝의 피곤함을 틈타 두 달팽이 중에서 커다란 쪽을 죽이려는 것이다. 그러나 너무 늦었다. 달팽이들이 다시 껍데기 속으로 몸을 숨긴 것이다.

늙은 탐험 개미는 포기하지 않는다. 제까짓 것들이 다시 기어 나오지 않고 배기랴 싶은 것이다. 4000호가 오랫동안 물러서지 않고 기다린다. 마침내 겁먹은 눈 하나가, 그다음엔 더듬이 하나가 껍데기 밖으로 비집고 나온다. 그 복족류(腹足類) 동물이 제 작은 목숨 주위의 세계가 어떠한지를 알아보려고 나온다.

두 번째 더듬이가 나오자 4000호가 달려들어 위턱으로 힘껏 눈을 물어뜯는다. 눈을 잘라 내기라도 할 기세다. 그러나 그 연체동물이 몸을 오그리면서 소용돌이 진 껍데기 안으로 탐험 개미를 빨아들인다.

후룩!

4000호를 어떻게 구하지?

103683호가 숙고한다. 세 개의 뇌 가운데 하나에서 생각이 하나 떠오른다. 103683호는 위턱으로 조약돌을 하나 들어서 껍데기를 힘껏 두드리기 시작한다. 망치를 만들어 낸 것이다. 그러나 달팽이 껍데기는 무른 목재 같은 것이 아니다. 톡톡거리는 소리는 달팽이에게 음악 소리를 만들어 줄 뿐이다. 다른 방법을 찾아야 한다.

오늘은 운수 좋은 날이다. 103683호가 이번에는 지렛대를 찾아낸 것이다. 103683호는 달팽이를 뒤집어엎을 생각으로 단단한 잔가지 하나를 들고 작은 돌을 축으로 삼아 지렛대에 온 무게를 싣는다. 여러 번 되풀이하자 껍데기가 앞뒤로 흔들리더니 뒤집어진다. 껍데기 안으로 들어가는 입구가 위를 향해 있다. 마침내 해낸 것이다!

103683호가 나선을 따라 기어 올라가 우물 속처럼 텅 빈 껍데기 아래로 몸을 기울이다가 그 연체동물을 찾아 뛰어 들어간다. 한참을 미끄러져 들어가자 끈적거리는 갈색 물질이 와 닿는다. 미끈거리는 끈끈물 속을 헤쳐 나가노라니 숨이 막힐 지경이다. 103683호가 물렁물렁한 살덩이를 찢기 시작한다. 개미산을 사용할 수는 없다. 자칫하면 자기가 그 산에 녹아 버릴 염려가 있기 때문이다.

끈끈물에 이내 새로운 액체가 섞여 든다. 달팽이의 투명한 피가 흐르는 것이다. 고통을 이기지 못한 달팽이가 몸을 축 늘어뜨리면서 두 개미를 껍데기 밖으로 밀어낸다.

아무런 상처도 입지 않고 살아난 두 개미가 한참 동안 서로 더듬이를 어루만져 준다.

거의 죽을 지경이 된 달팽이가 도망을 가려 하지만 살덩이가 말을 듣지 않는다. 두 개미가 달팽이를 다시 붙잡아 가뿐하게 죽여 버린다. 눈을 겸하고 있는 더듬이를 내놓고 일이 돌아가는 판세를 지켜보던 다른 네 달팽이는 겁에 질려서 껍데기 맨 밑바닥에 바짝 웅크리고 있다. 그들은 하루 낮이 다 가도록 그렇게 꼼짝 않고 있을 것이다.

103683호와 4000호는 그날 아침 배가 터지도록 달팽이 고기를 먹었다. 끈끈물에 목욕을 하면서 달팽이를 잘게 썰어 따뜻한 스테이크를 먹듯이 맛있게 먹었다. 그들은 주머니처럼 생긴 달팽이의 질 안에 알이 가득 들어 있는 것을 보았다. 달팽이 캐비아다! 그것은 불개미들이 가장 좋아하는 요리 가운데 하나로서, 비타민, 지방, 당분, 단백질 등등의 귀중한 원천이다.

갈무리 주머니를 가득 채우고 태양 에너지를 흠뻑 받은 두 개미가 발걸음도 경쾌하게 남동쪽으로 가는 길을 다시 잡아 들었다.


**페로몬 분석**

(34번째 실험)

나는 질량 분광계와 착색판을 이용해서 개미들이 의사소통할 때 발산되는 냄새 분자 가운데 몇 가지 성분을 알아냈다. 그것을 토대로 나는

319

어떤 수개미와 일개미가 나누는 대화를 화학적으로 분석할 수 있게 되었다. 그 대화는 밤 10시에 엿들은 것인데, 수개미가 빵 부스러기 하나를 발견하면서 생겨난 것이다. 그들이 발산한 대화는 이런 것이었다.

— 메틸-6

— 메틸-4 핵산-3(두 차례 발산)

— 세탄

— 옥탄-3

그런 다음에 다시,

— 세탄

— 옥탄-3(두 차례 발산)

에드몽 웰스, 『상대적이며 절대적인 지식의 백과사전』


길을 가던 중, 두 개미는 다른 달팽이들을 만난다. 달팽이들은 모두 껍데기 속으로 숨는다. 마치 그들 사이에 〈저 개미들은 위험한 놈들이다〉라는 이야기가 오고 가기라도 한 듯했다. 그러나 몸을 감추지 않는 달팽이가 하나 있다. 그 달팽이는 여봐란듯이 몸을 드러내고 있다.

의아하게 여긴 두 개미가 다가간다. 그 달팽이는 무거운 덩어리에 얻어맞아 완전히 으깨어져 있었다. 껍데기는 산산조각이 나고 몸이 터져서 넓게 퍼질러져 있었다.

103683호는 그 모습을 보자마자 흰개미들의 비밀 무기에 혐의를 둔다. 적의 도시가 가까이 있음에 틀림없다. 103683호가 바싹 다가들어 시체를 살핀다. 달팽이는 넓적하고 빠르고 아주 힘이 센 어떤 것에 맞았다. 그 정도의 비밀 무기라면 라숄라캉의 기지를 쑥대밭으로 만들고도 남을 것 같다.

103683호가 마음을 굳게 먹는다. 꼭 흰개미 도시에 잠입해서 비밀 무기의 정체를 알아내든지, 탈취하든지 해야 한다. 그렇지 않으면 온 연방이 쑥밭이 되고 말 것이다.

그때 갑자기 한 줄기 강한 바람이 일어난다. 발톱으로 땅을 그러쥘 겨를도 없이 바람이 두 개미를 하늘로 날려 버린다. 두 개미는 날개가 없다. 그럼에도 그들이 날고 있는 것이다.


몇 시간 후, 지하실 밖에 있는 대원들이 졸음을 느낄 정도가 되었을 때, 워키토키가 다시 직직거렸다.

「여보세요, 국장님? 드디어 바닥에 닿았습니다.」

「그래요? 뭔가 보여요?」

「막다른 길입니다. 콘크리트와 강철로 된 벽이 있습니다. 아주 최근에 만들어진 것입니다. 여기가 끝인 것 같습니다. 새김글이 또 하나 있는데요.」

「읽어 봐요!」

「성냥개비 여섯 개로 정삼각형 네 개를 어떻게 만드는가?」

「그게 다예요?」

「아니요. 글자판이 하나 있습니다. 글자판을 눌러서 질문에 답하라는 것 같습니다.」

「옆에 다른 통로는 없어요?」

「예.」

「다른 사람들의 시체도 안 보여요?」

「예, 전혀 없어요. 음, 그런데 발자국은 있습니다. 바로 벽 앞에 발자국들이 많이 있군요.」

「이제 어쩌죠, 다시 올라가나요?」 치안대원 하나가 중얼거렸다.

빌셍은 벽을 찬찬히 살펴보았다. 저 수수께끼와 글자판이 뜻하는 것은 무엇일까? 이 콘크리트와 강철판들은 무엇인가? 어떤 기계 장치가 감춰져 있는 것이다. 먼저 들어온 사람들이 이 벽을 통해 사라지지 않았다면 달리 사라질 데가 없지 않은가?

뒤에 있는 치안대원들이 계단 위에 걸터앉아 있는 사이, 그는 글자판을 열심히 들여다보고 있었다. 수수께끼의 답이 되는 문자들을 정확한 순서에 따라 눌러야 할 것 같았다. 조나탕 웰스는 자물쇠 회사에 근무했었다. 그가 건물 현관의 보안 장치를 본떠 여기에 기계 장치를 설치한 게 틀림없었다. 암호 단어를 찾아내야 한다고 빌셍은 생각했다.

빌셍이 치안대원들 쪽으로 몸을 돌렸다.

「자네들, 성냥 있나?」

워키토키의 음성이 조바심을 내며 다그쳤다.

「여보세요, 빌셍, 당신 뭐 하는 거예요?」

「정말 저희를 돕고 싶으시면 성냥개비 여섯 개로 정삼각형 네 개를 만들어 보십시오. 답을 찾으신 다음에 저를 다시 불러 주십시오.」

「날 놀리는 거예요, 빌셍?」


마침내 폭풍이 잠잠해졌다. 바람이 이내 잦아들고, 나뭇잎과 먼지와 곤충 들이 다시 중력 법칙의 지배를 받으며 각각 제 무게에 따른 속도대로 떨어진다.

103683호와 4000호는 서로 수십 머리의 간격을 두고 땅바닥에 나가 떨어졌다. 두 개미는 상처를 입지 않고 다시 만나 자기들이 떨어진 장소를 조사한다. 자기들이 떠나온 고장과는 사뭇 다르게 돌이 많은 지역이다. 나무는 한 그루도 없고 풀만이 여기저기 흩어져 있다. 바람을 따라 풀씨들이 날아들었던 모양이다. 두 개미는 자기들이 있는 곳이 어디인지를 모른다.

두 개미가 그럭저럭 기운을 되찾아 그 을씨년스러운 장소를 떠나려는데, 또다시 하늘이 자기 힘을 과시하기 시작한다. 구름장이 두터워지고 시커메진다. 번개가 번쩍이면서 하늘을 가르고 대기 중에 충전되어 있던 전기를 방출한다.

동물들은 모두 그다음에 벌어질 일이 무엇인지를 깨달았다. 개구리들은 물로 뛰어들고 파리들은 조약돌 아래에 몸을 숨기며 새들은 낮게 난다.

비가 내리기 시작한다. 두 개미도 급히 숨을 곳을 찾아야 한다. 빗방울 하나가 목숨을 앗아 갈 수도 있다. 그들은 멀리에 두드러지게 튀어나와 있는 관목 같기도 하고 바위 같기도 한 어떤 형체를 향해 서둘러 나아간다.

억수같이 쏟아지는 빗방울과 뿌옇게 피어오르는 비안개 속을 뚫고 나아감에 따라 그 형체가 점점 또렷하게 모습을 드러낸다. 그것은 바위도 아니고 관목도 아니다. 흙으로 지어진 하나의 거대한 건물이다. 탑이 많이 있는데, 그 끝이 구름을 찌를 듯 아스라하다. 가슴이 철렁 내려앉는다.

흰개미 도시다! 동쪽 흰개미 도시다!

103683호와 4000호는 무시무시한 장대비와 적의 도시 사이에서 오도 가도 못하는 신세가 되고 말았다. 두 개미가 흰개미 도시를 찾으려 했던 것은 분명하지만, 이런 상황에서는 곤란했다. 수백 년간 지속되어 온 두 종 간의 증오와 알력을 생각하자 그들은 더 이상 나아갈 수가 없다.

그러나 그것도 잠시였다. 어쨌거나 그들이 여기까지 온 것은 바로 흰개미 도시를 염탐하러 온 것이 아니던가 하고 마음을 다부지게 먹은 것이다. 그리하여 그들은 떨리는 몸을 가누며 건물의 발치에 있는 어둠침침한 입구로 나아간다. 더듬이를 세우고 위턱을 벌리고, 다리를 살짝 구부린 채로 그들은 죽는 순간까지 당당하게 싸우리라는 각오를 하고 있다. 그런데, 예상했던 것과는 달리, 흰개미 도시의 입구에는 병정개미 한 마리도 보이지 않는다.

기이한 일이다. 도대체 무슨 일일까?

두 개미가 거대한 도시 안으로 들어간다. 그들의 호기심이 이미 가장 기본적인 신중함마저도 잊게 하고 있다. 그곳은 개미 도시와 모든 점에서 다르다. 벽은 흙보다 훨씬 더 단단한 물질로 되어 있다. 돌가루 반죽을 굳혀서 나무처럼 단단하게 만든 것이다. 통로에는 습기가 가득 차 있고 바람 한 점 들어오지 않는다. 공기 중에는 탄산가스가 이상하리만치 풍부하다.

벌써 3온도-시간만큼 안으로 들어왔음에도 아직 문지기개미 한 마리도 나타나지 않는다. 도저히 있을 수 없는 일이다. 두 개미가 걸음을 멈추고 더듬이를 맞대며 상의한다. 이내 계속 가기로 합의가 이루어진다.

그러나 단호하게 앞으로 나아간 것까지는 좋았는데, 그렇게 나아가면서 그들은 완전히 방향 감각을 잃고 말았다. 이 도시의 통로는 두 개미가 태어난 도시의 것보다 훨씬 구불구불한 미로이다. 뒤푸르샘에서 나오는 그들의 냄새 표지도 벽에 달라붙지 않는다. 그들은 이제 지상 층에 있는지 지하층에 있는지조차 알 수 없게 되었다.

두 개미는 가던 길을 되돌아가 보려 하지만 그것도 뜻대로 되지 않는다. 끊임없이 낯선 형태의 새 통로가 나타나는 것이다. 그들은 완전히 길을 잃은 것이다.

그때 103683호의 눈에 이상한 것이 띄었다. 빛이다! 두 병정개미의 놀라움이 이만저만이 아니다. 버려진 흰개미 도시 한복판에 그런 빛이 있다는 것은 도무지 이해할 수 없는 일이다. 두 개미는 빛이 나오는 곳을 향해 나아간다.

주황색의 발광체가 하나 있는데 이따금 녹색이나 청색으로 바뀌기도 한다. 좀 더 강력한 빛을 한 번 번쩍거리더니 그 발광체가 꺼진다. 그러더니 조금 후에 다시 작동하면서 깜박거리기 시작한다. 그 빛이 개미들의 딱지에서 반짝거린다.

103683호와 4000호는 최면에 걸린 듯 그 지하 등대를 향해 달려간다.


빌셍이 기쁨을 이기지 못하고 겅중거렸다. 드디어 답을 찾아냈던 것이다! 그는 치안대원들에게 성냥개비들을 어떻게 놓으면 정삼각형 네 개를 만들 수 있는지 보여 주었다. 치안대원들은 처음엔 얼떨떨해하다가 이내 환호성을 질렀다.

솔랑주 두망이 속을 끓이며 수수께끼를 풀고 있다가 버럭 소리를 질렀다.

「찾았어요? 찾았어요? 답이 뭐예요?」

그러나 그들은 아무런 대꾸를 하지 않았다. 웅성거리는 소리에 기계 소리가 섞여 들려왔다. 그다음엔 다시 침묵이 찾아왔다.

「빌셍, 무슨 일이에요? 말해 봐요!」

워키토키가 시끄럽게 지지직거리기 시작했다.

「여보세요! 여보세요!」

「네, (지지직) 길을 뚫었습니다. 뒤에 통로가 (지지직) 하나 있습니다. 오른쪽으로 (지지직) 통하고 있습니다. 그쪽으로 가보겠습니다!」

「잠깐! 삼각형 네 개를 어떻게 만든 거예요?」

그러나 빌셍과 그의 부하들은 지하실 밖에서 내리는 지시를 더 이상 들을 수 없게 되었다. 그들이 갖고 있는 워키토키의 스피커가 작동하지 않게 된 것이다. 선이 끊긴 듯했다. 수신은 할 수 없었지만 그래도 송신은 할 수 있었다.

「와! 대단한데요. 안으로 들어올수록 잘 꾸며져 있습니다. 둥근 천장이 있고 멀리에 빛이 있습니다. 가보겠습니다.」

「잠깐! 당신 지금 빛이라 했어요! 그 아래 빛이 있다고요?」

솔랑주 두망이 헛되이 목청을 돋우고 있었다.

「그들이 저기 있습니다!」

「누가 있단 말이에요? 시체가 있어요? 대답 좀 해봐요! 왜 이래요 정말!」

「조심해.」

귀청을 찢는 폭발음이 잇달아 들리고 비명 소리가 뒤따르더니 통신이 끊겼다.

밧줄이 더 이상 풀리지 않는 채로 팽팽해져 있었다. 지하실 밖의 경찰관들은 밧줄이 어디에 끼인 것이 아닌가 하고 잡아당겨 보았다. 처음엔 셋이 밧줄에 달려들었다가 나중에 다섯이 붙어 당겨 보았다. 갑자기 밧줄이 느슨해졌다.

경찰관들은 밧줄을 끌어올려 그것을 부엌에서 식당까지 끌고 나가 식당을 거대한 실패로 삼아 감았다. 마침내 밧줄의 끝이 나왔다. 이빨로 갉은 것처럼 너덜너덜하게 끊어져 있었다.

「어떻게 하죠, 국장님?」 경찰관 가운데 한 사람이 중얼거렸다.

「이걸로 끝이야. 더 이상 할 일이 없어. 기자들한테 아무 얘기도 하지 마. 누구한테든 아무 소리 하지 마. 그리고 이 지하실을 되도록 빨리 폐쇄해 버려. 수사는 끝난 거야. 사건을 완결 지을 테니 다시는 이 저주받은 지하실에 대해서 입도 뻥긋하지 말라고. 자, 빨리, 가서 벽돌하고 시멘트를 사 오게. 그리고 자네들 말이야, 사망한 치안대원의 부인들을 잘 무마하라고.」

정오를 갓 넘기고 나서, 경찰관들이 마지막 남은 몇 개의 벽돌을 쌓으려고 하는데, 아래에서 둔중한 소리가 들려왔다. 누군가가 다시 올라오고 있었던 것이다! 경찰관들이 길을 틔웠다. 어둠 속에서 머리 하나가 나타나더니 뒤를 이어 생존자의 몸 전체가 빠져나왔다. 치안대원 한 사람이 살아 돌아왔다. 이제 아래에서 일어난 일의 자초지종을 들을 수 있게 되었다. 그의 얼굴은 엄청난 공포로 일그러져 있었다. 어떤 습격을 받은 듯 안면 근육의 일부가 뻣뻣하게 굳어 있었다. 유령이나 다름없는 몰골이었다. 코끝이 찢어져서 피가 철철 흘렀다. 그는 눈알을 희번덕거리며 떨고 있었다.

「나브나아아아나……」 그가 토막 난 소리로 더듬거렸다.

그의 축 늘어진 입에서 끈끈한 침이 한 줄기 흘러내렸다. 그가 상처투성이의 손으로 얼굴을 훔쳤다. 동료들이 보기에 그 상처는 칼로 몇 차례 맞아서 생긴 것으로 느껴졌다.

「무슨 일이 있었던 건가? 습격을 받은 거야?」

「난봐아아아았난!」

「저 아래 살아 있는 사람이 또 있어?」

「봤어나아아봐봐나보았!」

그가 더 이상 말을 계속할 수 없었기 때문에, 동료들은 그의 상처를 치료하고 그를 정신 치료 센터에 데려다준 다음, 지하실 문을 막았다.

두 개미의 다리가 땅에 아주 살짝 스치기만 해도 그 빛의 세기가 달라지기 시작한다. 두 개미가 오고 있는 소리를 듣기라도 하는 것처럼 빛이 가볍게 떨고 있다. 마치 살아 있는 것 같다.

개미들이 정말 그 빛이 살아 있는지를 확인할 양으로 가만히 걸음을 멈춘다. 빛은 여전히 점점 더 밝아지면서 통로의 구석구석을 모두 비추고 있다. 두 첩보 개미는 그 이상한 발광체가 눈치채지 못하게 재빨리 몸을 숨긴다. 그런 다음 빛의 세기가 잠시 약해지는 틈을 타서 그 발광체에 덤벼든다.

이런, 알고 보니 인광을 발하는 딱정벌레의 하나다. 발정기를 맞은 개똥벌레다. 침입자들을 발견하고부터 개똥벌레는 꽁무니에서 빛을 발하지 않는다. 그러다가 침입자들이 별다른 행동을 보이지 않자, 살며시 약한 푸른색 빛을 다시 발하기 시작한다. 희미한 빛을 발하는 품이 아직 침입자들에 대한 경계심을 늦추지 못하고 있는 듯하다.

103683호가 적의가 없다는 뜻의 냄새를 보낸다. 딱정벌레라면 으레 이해할 그 언어를 개똥벌레는 이해하지 못한다. 개똥벌레의 푸르스름한 불빛이 사그라지더니 노란색으로 바뀌었다가 조금씩 불그스름해진다. 개미들은 그 새로운 불빛이 의문의 뜻을 담고 있다고 추측한다.

《우리는 이 흰개미 도시에서 길을 잃었다.》늙은 탐험 개미가 페로몬을 발한다.

처음에는 아무 대꾸가 없다가, 잠시 뜸을 들인 뒤에 개똥벌레가 빛을 깜박거리기 시작한다. 그것은 화났다는 표시 같기도 하고 기쁘다는 표시 같기도 하다. 의아해하면서 개미들이 기다린다. 개똥벌레가 점점 빨리 불빛을 깜박이면서 옆 통로로 간다. 뭔가를 보여 주려는 것 같다. 개미들이 뒤를 따른다.

그들이 다다른 곳은 훨씬 더 선선하고 습한 곳이다. 어디선가 음산한 비명 소리가 들려온다. 고뇌의 절규 같은 것이 냄새와 소리의 형태로 번져 오고 있다.

두 탐험 개미가 의문을 갖는다. 그럼, 빛을 발하는 저 곤충은 말은 못 해도 듣기는 완벽하게 듣는다는 것인가? 그들의 의문에 대답하기라도 하듯 개똥벌레가 긴 간격을 두고 불을 켰다 껐다 한다. 마치 〈걱정하지 말고 나를 따라오게〉라고 말하려는 것 같다.

셋은 이상한 땅속으로 점점 깊이 들어가서 마침내 통로들이 훨씬 넓은, 아주 추운 지대로 들어간다.

비명 소리가 훨씬 격렬하게 들려온다.

《조심해!》4000호가 갑자기 페로몬을 발한다.

103683호가 몸을 돌린다. 개똥벌레 불빛에 괴물 하나가 다가오는 것이 보인다. 얼굴은 쭈글쭈글하고 몸뚱이는 속이 비치는 하얀 수의를 걸치고 있다. 103683호가 강렬한 공포의 냄새를 발한다. 그 서슬에 두 동료도 숨 막히는 긴장을 느낀다. 미라 같은 그 괴물이 계속 다가온다. 괴물은 그들에게 말을 붙이려고 몸을 숙이는 듯하더니 앞으로 고꾸라지면서 땅바닥에 몸을 길게 뻗는다. 껍데기가 벌어지면서 괴물 같던 늙은 벌레가 갓 태어난 생명으로 탈바꿈해 가고 있다.

《흰개미 번데기다!》

그 번데기는 어떤 구석진 곳에서 안정 상태를 유지하고 있다가 껍데기가 갈라지게 되자 비명을 내지르면서 계속 몸을 뒤틀고 있는 것이다. 비명 소리는 바로 여기에서 나왔던 것이다.

미라는 그것 하나가 아니다. 다른 것들이 더 있다. 그러니까 세 곤충은 흰개미의 영아실에 있는 셈이다. 수백 개의 번데기가 벽들에 기대어 수직으로 가지런히 놓여 있다. 4000호는 그 번데기들을 조사해 보고 나서 일부는 돌보지 않아서 죽어 있음을 알아차린다. 살아 있는 번데기들은 유모 흰개미들을 부르느라고 고통에 찬 냄새를 뿜어 대고 있다. 유모 흰개미들이 번데기들을 핥아 주지 않은 지가 꽤 되었다. 아무리 적게 잡아도 2온도-시간만큼 되었다. 번데기들은 모두 영양실조로 죽어 가고 있다.

이건 도저히 있을 수 없는 일이다. 모듬살이 곤충치고 단 1온도-시간만큼이라도 제 알들을 방치하는 곤충은 없다. 그렇다면? 똑같은 생각이 두 개미의 머리를 스치고 지나간다. 그렇다면? 흰개미 일개미들이 모두 죽고 번데기들만 남아 있다는 말인가!

개똥벌레가 다시 불빛을 깜박여 다른 통로로 따라오라는 신호를 보낸다. 이상한 냄새가 공기 중에 섞여 들고 있다. 103683호는 어떤 단단한 것을 밟고 지나가는 느낌을 받는다. 적외선을 감지하는 홑눈이 없어서 병정개미는 어둠 속에서 사물을 볼 수 없다. 개똥벌레가 다가와 103683호의 다리를 비춘다. 병정 흰개미의 시체다! 완전히 하얗고 배가 따로 분리되어 있지 않다는 점을 제외하면 개미와 닮은 점이 많다.

수백 마리의 하얀 시체가 땅에 깔려 있다. 엄청난 대학살이 벌어진 것이다. 무엇보다도 기이한 것은 시체들에 상처가 전혀 없다는 점이다. 전투가 있었던 것은 아니다. 눈 깜짝할 사이에 죽음이 찾아온 것이다. 죽어 있는 흰개미 도시의 거주자들은 여전히 일상적인 노동을 할 때의 자세를 그대로 취하고 있다. 대화를 나누고 있는 듯한 시체도 있고 위턱 사이에 나무를 물고 자르고 있는 듯한 시체들도 있다. 이런 끔찍한 재난을 일으킬 수 있는 것이 도대체 무엇일까?

4000호가 시체들을 조사한다. 시체에는 아주 독한 냄새가 배어 있다. 두 개미가 전율을 느낀다. 독가스다. 바로 이것 때문에 흰개미 도시로 파견했던 첫 번째 첩보 분대가 사라진 것이고 마지막 파견대에서 유일하게 살아남았던 개미가 상처 없이 죽었던 것이다.

두 개미가 냄새를 별로 느끼지 못하는 것은 시간이 흐르면서 독가스가 흩어져 버렸기 때문이다. 그런데 번데기들은 어떻게 살아남았을까? 늙은 탐험 개미가 하나의 가설을 내놓는다. 번데기들은 면역적인 특별한 방어 수단을 가지고 있다. 번데기들은 고치 덕분에 목숨을 건졌을 것이다…… 번데기들은 이제 독에 면역이 되어 있음에 틀림없다. 바로 이 면역이라는 방법을 통해서 곤충들은 돌연변이 세대를 만들어 어떠한 살충제에도 적응할 수 있는 것이다.

그런데 그 치명적인 가스를 누가 흰개미 도시 안으로 끌어들였단 말인가? 그건 정말 풀기 어려운 수수께끼다. 비밀 무기의 수수께끼를 풀려고 나선 103683호에게 또다시 전혀 이해할 수 없는 〈엉뚱한 것〉이 튀어나온 것이다.

4000호가 나가고 싶다고 하자, 개똥벌레가 알았다는 뜻으로 불빛을 깜박인다. 두 개미는 살아남을 가능성이 있는 흰개미의 어린 벌레들에게 섬유소 몇 덩이를 건네주고 출구를 찾아 그 자리를 떠난다. 개똥벌레가 그들의 뒤를 따른다. 앞으로 나아감에 따라 병정 흰개미의 시체 대신에 여왕 흰개미를 돌보던 일개미들의 시체가 나타난다. 어떤 시체들은 위턱 사이에 여전히 알들을 물고 있다.

건물의 구조가 점점 복잡해진다. 세모꼴의 단면을 가진 통로들에는 여러 가지 기호들이 새겨져 있다. 개똥벌레가 불빛의 색깔을 바꾸어 파르스름한 빛을 발하고 있다. 뭔가를 감지한 것임에 틀림없다. 과연 통로의 안쪽에서 헐떡거리는 소리가 들려온다.

두 개미와 개똥벌레는 다섯 마리의 거대한 경비 흰개미가 지키고 있던 어떤 동굴 앞에 다다른다. 경비 흰개미들은 모두 죽어 있다. 동굴 입구는 스무 마리쯤 되는 작은 일개미들의 시체가 막고 있다. 두 개미가 시체들을 다리에서 다리로 건네 가며 치운다.

그러자 거의 공처럼 생긴 동굴이 드러난다. 여왕 흰개미의 방이다. 아까 소리가 흘러나왔던 곳이 바로 여기다.

개똥벌레가 흰색의 아름다운 불빛을 비추자 민달팽이처럼 이상하게 생긴 벌레가 모습을 드러낸다. 여왕 흰개미다. 여왕개미를 우스꽝스럽게 흉내 낸 모습이다. 자그마한 머리와 구부정한 가슴 아래에 길이가 50머리 가까이 되는 기이한 배가 길게 이어져 있다. 지나치게 비대해진 안면 돌기가 경련 때문에 규칙적으로 흔들리고 있다.

여왕 흰개미는 고통에 겨워 작은 머리를 흔들면서 소리와 냄새의 형태를 띤 울부짖음을 발하고 있다. 일개미들의 시체가 입구를 꽉 틀어막고 있었던 탓에 가스가 스며들지 않았던 모양이다. 그러나 여왕은 이제 보살핌을 받지 못해 죽어 가고 있는 것이다.

《저 배를 보게! 알들이 속에서 자라고 있는데 여왕은 혼자서 알을 낳을 수 없는 거야.》

개똥벌레는 천장으로 올라가더니 천진난만한 모습으로 오렌지색 불빛을 비춘다. 조르주 드 라투르[29]의 그림에 나오는 불빛 같다.

두 개미가 힘을 합쳐 애쓴 덕분에 커다란 알주머니에서 알들이 흘러나오기 시작한다. 생명의 수도꼭지를 틀어 놓은 것이라 할 만하다. 고통이 덜어지자 여왕 흰개미가 소리치기를 멈춘다.

여왕 흰개미가 어디에서나 통용될 수 있는 원초적인 형태의 냄새 언어로 누가 자기를 구해 주었느냐고 묻는다. 여왕 흰개미는 개미의 냄새를 알아내고 소스라치게 놀란다.

《그대들은 가장(假裝)개미[30]들인가?》

가장개미는 유기 화학 분야에 뛰어난 재능이 있는 종이다.

---

29 Georges de La Tour(1593~1652). 프랑스의 화가. 루이 13세의 사랑을 받아 시종 화백이 되었다. 촛불과 같은 야간의 빛이 훌륭하게 표현될 수 있음을 탁월한 기량으로 보여 주었다. 명암법과 사실주의적 기법에 대해 독창적인 해석을 내리고, 빛에 구성적인 가치뿐만 아니라 신비적인 가치를 부여함으로써 독특한 예술 세계를 이루어 냈다. 작품으로는 「막달라 마리아」, 「아기 예수」, 「목동들의 경배」, 「후회하는 성 베드로」 등이 있다.

30 학명은 Tetramonium atratulum.

체구가 큰 개미들로서 북동 지역에 살고 있다. 가장개미는 풀즙, 나뭇진, 꽃가루, 침을 알맞게 섞어서 통행 허가 페로몬, 자취 페로몬, 의사소통 페로몬 등 어떤 페로몬이라도 위조해 낼 수 있다.

가짜 페로몬으로 위장을 하고 나면 가장개미들은 흰개미 도시 같은 곳에 발각되지 않고 들어갈 수 있게 된다. 그렇게 잠입하고 나서 가장개미들은 도시를 약탈하고 거주자들을 살해한다. 희생자들은 그들이 누구인지를 전혀 알 수가 없다.

《우리는 가장개미가 아니오.》

여왕 흰개미가 두 개미에게 자기 도시 안에 생존자들이 있느냐고 묻자 개미들이 없다고 대답한다. 여왕 흰개미는 고통받는 시간을 단축할 수 있게 자기를 죽여 달라고 한다. 다만 그러기에 앞서 한 가지 알려 주고 싶은 게 있다고 한다.

여왕 흰개미는 자기 도시가 무엇 때문에 파괴되었는지를 알고 있다. 최근에 흰개미들은 세계의 동쪽 끝을 찾아냈다. 거기는 이 땅덩어리의 끝으로서 모든 것이 파괴되어 있는 시커멓고 반질반질한 고장이다.

《거기에는 아주 빠르고 아주 사나운 기이한 동물들이 살고 있소. 그 동물들이 세계의 끝을 지키는 자들이오. 그들은 무엇이든 박살 낼 수 있는 검은 판으로 무장하고 있소. 게다가 그들은 이제 독가스까지 사용하고 있지요.》

듣고 보니 옛날 비스탱가 여왕이 품었다는 야망이 생각난다. 세계의 끝에 도달하는 것이 가능한 일이란 말인가? 두 개미가 여왕 흰개미의 얘기를 듣고 어리둥절해져 있다.

두 개미는 여태껏 지구는 너무 광대해서 그 가장자리에 도달하는 것이 불가능하다고 생각해 왔다. 그런데 여왕 흰개미는 세계의 끝이 가까이 있다고 암시하고 있지 않는가! 게다가 그곳을 괴물들이 지키고 있다고 한다. 비스탱가 여왕의 꿈이 허황된 것이 아니란 말인가?

너무나 엄청난 이야기라서 두 개미는 무엇부터 물어보아야 할지 갈피를 잡지 못한다.

《그런데 그 〈세계의 끝을 지키는 자들〉이 뭐 하려고 여기까지 진출한 걸까요? 서쪽 도시들을 침략하려는 건가요?》

뚱뚱한 여왕 흰개미는 그것에 대해서 더 이상 아는 게 없다. 그 흰개미는 이제 죽기를 바라고 있다. 흰개미가 자기를 죽여 달라고 간청한다. 흰개미는 제 심장을 멎게 할 줄 모른다. 어쩔 수 없이 그 흰개미를 죽여야 한다.

흰개미가 나가는 길을 일러 주고 난 뒤에, 두 개미가 흰개미의 복을 자른다. 두 개미는 알 몇 개를 주워 먹고 이제는 한낱 유령 도시에 불과한 그 숨 막히는 도시를 떠난다. 그들은 도시 입구에 그곳에서 벌어진 일의 자초지종을 담은 페로몬을 뿌려 놓는다. 연방의 탐험 개미로서 자기들의 의무를 한치의 소홀함도 없이 수행하고 있는 것이다.

개똥벌레가 그들에게 작별 인사를 한다. 개똥벌레도 비를 피하려다가 흰개미 도시에서 길을 잃었던 모양이다. 이제 날씨가 다시 화창해졌으니 개똥벌레는 다람쥐 쳇바퀴 돌듯 하는 일상으로 되돌아가, 먹고, 빛으로 암컷을 유인하고, 교미하고, 알 낳는 일을 되풀이할 것이다. 그런 게 개똥벌레의 삶이 아닌가!

두 개미의 시선과 더듬이가 동쪽을 향한다. 이곳에서는 별다른 것이 감지되지 않는다. 그래도 두 개미는 세계의 끝이 멀지 않다는 것을 알고 있다. 저쪽에 세계의 끝이 있다.

## 문명의 충돌

두 문명이 만나는 순간은 언제나 미묘하다. 인류가 경험한 것 중에서 재조명해 볼 만한 것이 많이 있겠지만, 그중에서도 18세기에 노예로 끌려온 아프리카 흑인들의 경우를 주목해 볼 만하다.

노예가 된 아프리카 흑인들의 대부분은 평원이나 숲속에 터를 잡고 살고 있었다. 그들은 바다를 본 적이 없었다. 그러던 중에 갑자기 이웃의 왕 하나가 뚜렷한 이유도 없이 전쟁을 걸어오더니, 그들을 죽이지 않고 사로잡아서 사슬로 묶고 해안 쪽으로 끌고 갔다.

대륙을 가로지르는 그 긴 여정 끝에 그들은 이해할 수 없는 두 가지를 발견했다. 하나는 바다였고 또 하나는 하얀 피부를 가진 유럽인들이었다. 그래도 바다는 직접 본 적은 없었어도 이야기를 통해서나마 사자(死者)들이 사는 곳으로 알고 있었다. 그러나 백인들로 말하자면, 그들은 아프리카 흑인들에게 외계인들이나 다름이 없었다. 몸에서 이상한 냄새가 나고 피부색도 이상했으며 입고 있는 옷도 이상하기 짝이 없었다.

많은 흑인들이 무서워 어쩔 줄을 몰라 했고, 너무나 겁에 질린 나머지 배에서 뛰어내렸다가 상어의 밥이 된 사람도 있었다. 살아남은 흑인들은 갈수록 놀라운 일들을 목격하게 되었다. 그들은 무엇을 보고 놀랐을까? 한 가지 예로 그들은 백인들이 포도주 마시는 것을 보았다. 그들은 그것이 피, 그것도 자기들의 피라고 믿었다.

에드몽 웰스, 『상대적이며 절대적인 지식의 백과사전』

암개미 56호가 허기를 느낀다. 영양을 섭취해야 한다. 자기 몸이 먹이를 요구할 뿐만 아니라 한 도시의 전 구성원들이 먹이를 요구하고 있다. 배 속에 품고 있는 겨레붙이들에게 어떻게 영양을 공급할 것인가? 56호는 마침내 산란 구멍을 나가기로 결심하고 몇백 머리쯤 기어 나가서 솔잎 세 개를 가져와 그것들을 열심히 핥고 잘근잘근 씹는다.

그것으로는 허기를 메울 수가 없다. 사냥하고 싶은 생각은 굴뚝같으나 그럴 힘이 없다. 도리어 주위에 숨어 있는 수천의 포식 동물들에게 잡아먹히기 십상이다. 꼼짝없이 구멍에 틀어박혀서 죽음을 맞아야 할 판이다.

그러나 죽으라는 법은 없다. 알 하나가 빠져나온 것이다. 최초의 클리푸캉 백성이 세상에 나온 것이다. 처음에 56호는 알이 빠져나오려는 기미를 아주 어렴풋하게 느꼈다. 56호는 기력이 빠진 다리를 흔들고 정성껏 배에 힘을 주었다. 알이 잘 나와야지 그렇지 않으면 모든 게 끝난다. 마침내 알이 흘러나온다. 자그마하고 거의 검게 보일 정도로 잿빛이 도는 알이다.

그런 알은 부화가 되어도 죽은 몸으로 태어나는 개미가 될 것이다. 게다가 알이 부화할 때까지 영양을 공급해 주어야 하는데, 56호에게는 그럴 기력도 없다. 그래서 56호는 자기의 첫 번째 자식을 먹어 버린다.

그러고 나자 56호에게 힘이 솟는다. 배에서 알이 하나 빠져나온 대신 위에 알이 하나 들어간 것이다. 알 하나를 희생시켜 힘을 찾은 56호가 두 번째 알을 낳는다. 첫 번째 알만큼 시커멓고 자그마한 알이다.

56호는 그것도 먹어 치운다. 한결 기력이 좋아진다. 세 번째 알은 빛깔이 조금 밝아졌다. 그래도 56호는 그것을 삼켜 버린다.

열 번째 알을 삼키고 나서야 여왕개미가 알 먹는 방식을 바꾼다. 알의 빛깔이 연한 잿빛으로 되었고 크기도 여왕개미

눈알만 해졌다. 클리푸니는 세 개의 알을 낳아서 하나를 먹고 나머지 둘은 살려서 제 몸 밑에 두고 덥혀 준다.

클리푸니가 계속 알을 낳는 동안에, 운이 좋았던 두 알은 길쭉한 애벌레로 탈바꿈한다. 그 애벌레들의 머리에는 기이한 주름이 잡혀 있다. 애벌레들이 먹을 것을 달라고 낑낑거리기 시작한다. 이제부터 산술이 복잡해진다. 알 세 개를 낳을 때마다 하나는 여왕개미가 먹고 나머지 두 개는 애벌레들이 먹는다.

그것이 바로 외부와의 교류가 차단된 상황에서 무(無)로부터 유(有)를 만들어 내는 방법이다. 한 애벌레가 어느 정도 자라면 여왕개미는 그 애벌레를 다른 애벌레에게 먹인다. 애벌레가 진짜 개미로 탈바꿈하는 데 필요한 단백질을 공급하자면 그것밖에는 달리 방법이 없다.

그러나 살아남은 애벌레는 여전히 굶주려 있다. 그 애벌레가 몸을 비틀며 울부짖는다. 겨레의 구성원들을 그렇게 먹어 치우고도 허기를 메우지 못한 것이다. 결국 클리푸니는 개미가 될 뻔한 그 첫 번째 애벌레를 먹어 버린다.

나는 그 일을 해내야 돼. 나는 그 일을 해내야 돼. 클리푸니가 그렇게 되뇐다. 클리푸니는 수개미 327호를 생각하며 한꺼번에 다섯 개의 알을 낳는다. 빛깔이 훨씬 맑아졌다. 클리푸니는 그 가운데 두 개를 먹고 나머지 셋을 키운다.

그렇듯 영아 살해에서 산란으로 생명이 갈마든다. 3보 전진을 위한 2보 후퇴다. 그렇게 잔인한 준비 과정을 거쳐서 마침내 완전한 개미의 원형이 처음으로 모습을 드러낸다.

그 개미는 영양이 모자라서 아주 자그마하고 허약한 편이다. 하지만 클리푸니가 마침내 최초의 클리푸캉 개미를 만들어 내는 데 성공한 것이다. 도시를 만들기 위한 잔혹한 경기에서 이제 반은 이긴 것이다. 그 일개미는 여왕개미보다 퇴화되기는 했어도 제 몸을 움직일 수 있고 주위 세계에서 곤충의 시체, 곡물 알갱이, 나뭇잎, 버섯 등과 같은 식량을 날라 올 수 있다. 그 일개미가 실제로 그런 일을 했다.

클리푸니는 마침내 정상적으로 영양을 공급받고 제대로 된 알들을 낳는다. 알들이 훨씬 맑고 단단해진다. 견고한 껍데기가 추위로부터 알들을 보호한다. 애벌레들의 크기도 알맞다. 이 새 세대의 어린 개미들은 크고 힘이 세다. 그들이 클리푸캉 구성원들의 토대를 이루게 될 것이다.

여왕개미가 알을 낳는 동안 먹이를 날라다 주었던 첫 번째 일개미는 어떻게 되는가? 결함을 가지고 태어난 그 일개미는 아주 빠르게 죽음을 맞고 제 겨레붙이들의 먹이가 된다. 그러고 나서, 도시의 건설을 준비했던 모든 죽음과 모든 고통이 잊힌다.

이로써 클리푸캉이라는 개미 도시가 고고(呱呱)를 울리게 되었다.


**모기**

모기는 인간과 가장 흔하게 대결하는 곤충이다. 우리는 저마다 한 번쯤은 잠옷 바람으로 침대 위에 올라서서 한 손에 끌신을 움켜쥐고 아무것도 붙어 있지 않은 천장을 뚫어져라 쳐다본 경험을 가지고 있다.

그런 일은 모기에 대한 몰이해에서 비롯된다. 살갗을 가렵게 하는 물질은 모기의 주둥이에서 나온 소독용 침일 뿐이다. 그 침이 없으면 모기는 살갗을 찌를 때마다 오염될지도 모른다. 게다가 모기는 살갗을 찌를 때 언제나 고통을 느끼지 못하는 지점을 조심스럽게 골라서 찌른다.

인간에 맞서기 위해 모기들은 전략을 발전시켜 왔다. 모기들은 더욱 빨라지고 더욱 신중해지는 법을 터득했고 더욱 잽싸게 날아오르는 법도 터득했다. 모기를 찾아내기가 점점 더 어려워지고 있다. 최근 세대에 속하는 어떤 뻔뻔스러운 모기들은 희생자의 베개 밑에 숨는 것도 주저하지 않는다. 모기들은 에드거 앨런 포의 「도둑맞은 편지」[31]에 나오는 원리, 즉 가장 좋은 은닉처는 눈에 가장 잘 띄는 곳이라는 사실을 발견했다. 사람들은 아주 가까이에 있는 것을 찾으려고 언제나 더 멀리 갈 생각만 하는 것이다.

에드몽 웰스, 『상대적이며 절대적인 지식의 백과사전』

오귀스타 할머니는 꾸려 놓은 가방들을 살펴보고 있었다. 할머니는 내일 시바리트가로 거처를 옮기려는 참이다. 놀랍게도 에드몽은 조나탕의 실종을 예상했던지 유언장에 다음과 같은 내용을 적어 두었었다. 〈만일 조나탕이 죽거나 사라지면서 유언서를 직접 작성하지 못하게 되면, 나의 어머니 오귀스타 웰스가 내 집에 오셔서 사시기를 바랍니다. 만일 어머니마저 사라지거나 어머니께서 유증을 거부하신다면, 다니엘 로젠펠트가 그 집을 상속하시기 바랍니다. 만일 다니엘 로젠펠트마저 유증을 거부하거나 사라지면, 자종 브라젤이 그다음 상속자가 될 것입니다……〉

최근에 일어난 사건들에 비추어 보면, 에드몽이 적어도 네 명의 상속자를 미리 정해 두어야겠다고 생각한 데에는 나름대로의 이유가 있었을 거라는 생각이 들었다. 그러나 오귀스타 할머니도 그런 미신 같은 이야기를 믿는 사람이 아니었

31 에드거 앨런 포가 1845년에 발표한 추리 소설. 파리 경찰이 온갖 곳을 다 뒤져서도 못 찾아낸 편지를 명탐정 뒤팽은 금방 눈에 띄는 곳에서 찾아낸다.

다. 게다가 아무리 에드몽이 인간을 혐오했다 한들, 제 조카나 어머니가 죽기를 바랄 이유는 없었을 거라는 생각도 들었다. 자종 브라젤은 또 어떤가! 그는 에드몽과 가장 절친했던 친구가 아니었던가!

한 가지 호기심 어린 생각이 오귀스타 할머니의 뇌리를 스치고 지나갔다. 혹시 에드몽은 자기가 죽은 뒤에 모든 일들이 시작되도록 꾸며 놓고 미래를 관리하려고 했던 것이 아닐까?


두 개미는 며칠 동안 해 뜨는 방향을 향해 걸어갔다. 4000호의 건강이 갈수록 악화되고 있는데도 그 늙은 병정개미는 불평 없이 계속 나아가고 있다. 정말 용감하고 지칠 줄 모르는 호기심을 가진 개미이다.

어느 날 해 질 무렵, 두 개미는 어떤 개암나무 줄기를 기어오르다가 문득 자기들이 흑개미들에게 둘러싸여 있음을 깨달았다. 남쪽에서 세상 구경을 하고 싶어 하는 개미들이 또 올라온 모양이다. 그들의 기다란 몸뚱이에는 독침이 붙어 있다. 두 개미는 그 독침에 살짝 닿기만 해도 즉사한다는 것을 알고 있다. 두 불개미는 그런 것은 생각하고 싶지도 않다.

퇴화된 용병 개미 몇 마리를 도시 안에서 본 적은 있어도, 103683호는 바깥 세계에서 흑개미를 본 적이 없었다. 결국 동쪽 지방에 와서 그들을 보게 된 것이다.

흑개미들이 더듬이를 흔든다. 그들은 벨로캉 개미들과 똑같은 언어로 의사소통을 할 줄 안다.

《너희들은 제대로 된 통행 페로몬을 지니고 있지 않다. 나가라! 여기는 우리 구역이다.》

두 불개미가 자기들은 그저 지나가는 길일 뿐이며 동방의 세계 끝으로 가려고 한다고 대답한다. 흑개미들이 의논한다.

흑개미들은 두 개미가 불개미 연방의 구성원들임을 진작 알아보았다. 그들은 또 벨로캉 연방이 멀리 떨어져 있지만 힘이 강하고 최근에 있은 결혼 비행 전까지 64개의 도시를 가지고 있었다는 것도 알고 있다. 벨로캉 군대의 명성이 서쪽 강을 넘어갔던 것이다. 이동성을 지닌 흑개미들인지라 언젠가는 숙명적으로 불개미 연방의 영토를 지나게 될 날이 있으리라.

더듬이들의 떨림이 점차로 잦아든다. 각자가 내놓은 의견을 종합할 시간이 된 것이다. 흑개미 한 마리가 자기 무리의 의견을 전달한다.

《여기에서 하룻밤 머무는 것을 허락한다. 원한다면 세계의 끝으로 가는 길을 알려 주겠다. 너희와 함께 갈 용의도 있다. 그 대신 우리에게 너희 신분 페로몬 중의 일부를 남겨 주기 바란다.》

그 정도면 공정한 거래다. 103683호와 4000호가 흑개미들에게 자기들의 페로몬을 주는 것은 연방의 광활한 영토, 어디나 드나들 수 있는 귀중한 통행 허가 냄새를 제공하게 되는 것이다. 그러나 세계의 끝에 갈 수 있다는 것과 거기에서 돌아올 수 있다는 것은 값을 따질 수 없을 만큼 대단한 일이다.

흑개미들이 위쪽 가지에 만들어 놓은 야영장으로 불개미들을 데려간다. 그것은 생전 처음 보는 둥지다. 실을 자아 바느질을 하는 흑개미들이 커다란 개암나무 이파리 세 장의 가장자리를 맞대어 꿰매어서 임시 둥지를 만들어 놓았다. 이파리 하나는 바닥이 되고 나머지 둘은 측벽 구실을 한다.

103683호와 4000호는 한 무리의 천막개미들이 밤이 되기 전에 〈지붕〉을 씌우려고 일에 몰두해 있는 모습을 관찰한다. 천막개미들이 천장 구실을 할 개암나무 잎새를 고른다. 그 잎새를 다른 세 잎새에 붙이기 위해서 일개미 열 마리가 차곡차곡 포개지면서 천장 잎새에 닿을 수 있을 만한 봉긋한 둔덕을 만든다. 살아 있는 사닥다리라 할 만하다.

흑개미들의 더미가 몇 차례 무너진다. 잎새가 너무 높은 곳에 있다.

그러자 천막개미들은 방법을 바꾼다. 한 무리의 일개미들이 천장 잎새 위로 기어 올라가 사슬을 엮더니 잎새의 뾰족한 끝에 매달린다. 아래쪽에는 여전히 살아 있는 사닥다리가 만들어져 있고, 천장 잎새에 매달린 사슬이 그 사다리에 닿으려고 점점 아래로 내려온다. 그러나 아직 간격이 너무 떨어져 있다. 천장 잎새에 매달린 개미 사슬의 끝에 흑개미들이 다시 포도송이처럼 달라붙는다.

이제 거의 됐다. 잎줄기가 휘어졌다. 오른쪽으로 조금만 더 가면 된다. 사슬을 이루고 있는 개미들이 간격을 메우기 위해 진자 운동을 시작한다. 한 번 흔들릴 때마다 사슬이 늘어지면서 금방이라도 끊어질 듯하지만 별 탈이 없다. 마침내 아래위 양쪽 곡예사들의 위턱이 하나로 연결된다. 착!

2단계 작업은 사슬의 길이를 줄이는 것이다. 사슬 가운데에 있는 일개미들이 아주 조심스럽게 대열 밖으로 빠져나와 동료들의 어깨 위로 올라가고, 모든 천막개미들이 두 잎새를 접근시키기 위해 잡아당긴다. 천장 잎새가 조금씩 야영장 위로 내려와 바닥 위에 그늘을 드리운다.

그것으로 일이 끝나는 게 아니다. 상자에 뚜껑이 생겼으면 이제 그것을 봉해야 한다. 늙은 흑개미 한 마리가 천막 안으로 들어가서 커다란 애벌레 한 마리를 데리고 나온다. 그 애벌레에서 실을 자아내려는 것이다.

흑개미들은 잎새들의 가장자리를 가지런히 맞추어 서로 닿게 해놓은 다음 싱싱한 애벌레를 갖고 온다. 가련한 그 애벌레는 아주 조용한 상태에서 허물벗기를 하려고 제 고치를 짓던 중이었는데, 이제는 그럴 겨를이 없게 되었다. 일개미 한 마리가 실뭉치와도 같은 그 애벌레에서 실 하나를 잡고 뽑아내기 시작한다. 일개미는 침을 약간 묻혀서 그 실 끝을 잎새에 붙이고 애벌레를 옆의 일개미에게 넘긴다.

애벌레는 실 하나가 뽑혀 나간 걸 느끼고 그 대신에 다른 실을 만들어 낸다. 실이 뽑힐 때마다 추위를 느끼기 때문에 애벌레는 자꾸자꾸 실을 뱉어 낸다. 일개미들은 그 점을 이용하는 것이다. 일개미들은 그 살아 있는 베틀을 위턱에서 위턱으로 건네 가면서 아낌없이 실을 뽑아낸다. 자기들의 어린 자식이 기진맥진하여 죽어 버리자, 그들은 다른 애벌레를 가져온다. 그렇게 해서 그 천막 하나를 짓는 데 열두 마리의 애벌레들이 희생된다.

천장 잎새의 두 번째 가장자리를 막고 나니 야영장은 이제 하얀 모서리를 지닌 풀빛 통처럼 보인다. 103683호는 그곳이 자기 집이라도 되는 양 돌아다니다가 흑개미의 무리 속에 고동털개미들이 섞여 있는 것을 여러 차례 목격한다. 103683호가 궁금증을 참지 못하고 물어본다.

《고동털개미들은 용병들인가?》

《아니다. 그들은 노예들이다.》

혹개미들이 노예 제도를 가지고 있다는 사실은 금시초문이다. 혹개미들 가운데 하나가 설명에 응한다. 그들은 최근에 서쪽으로 가고 있는, 노예 제도를 가진 무사개미[32] 떼와 만났다고 한다. 그때 이동식 천막 둥지를 하나 준 대가로 그들에게서 고동털개미의 알들을 받았다는 것이다.

103683호는 대화의 상대방을 바로 놓아주지 않고, 그 개미들을 만났을 때 싸움을 벌이지 않았느냐고 묻는다. 혹개미는 아니라고 대답하면서 그 이유를 설명한다. 그 무시무시한 개미들은 이미 배가 불러 있는 상태였고, 노예를 너무 많이 가지고 있었으며, 게다가 혹개미들의 독침을 무서워하고 있었기 때문에 싸움은 일어나지 않았다는 것이다.

천막 둥지와 맞바꾼 알에서 나온 고동털개미들은 자기 주인들의 통행 허가 냄새를 지니고 그들이 자기네 어버이라도 되는 것처럼 섬긴다. 그들은 유전 형질대로라면 자기들이 다른 개미들의 노예가 아니라 다른 개미들을 잡아먹을 수 있는 개미가 되리라는 것을 모르고 있는 것이다. 그들은 혹개미들이 이야기해 준 것 이외의 세계에 대해서 아무것도 모르고 있다.

《저들이 반란을 일으킬지도 모르는데, 그것이 두렵지 않은가?》

사실 덜컥 겁이 날 때가 있긴 있었다고 한다. 대개 혹개미들은 말 안 듣는 노예들을 격리시킴으로써 그런 사태에 대비해 왔다는 것이다. 자기들이 어떤 둥지에서 탈취당해 와서 다른 종의 일원이 되었다는 사실을 고동털개미들이 모르고 있는 한, 반란을 일으킬 만한 현실적인 동기는 없으리라는

---

32 학명은 Polyergus rufescens.

거였다.

개암나무 위에 밤과 추위가 찾아온다. 흑개미들은 두 탐험 개미에게 야간의 휴면 시간을 보낼 자리를 마련해 준다.


클리푸캉이 차츰차츰 커진다. 제일 먼저 궁궐을 마련했다. 그 궁궐은 그루터기 속에 건설되지 않고 그 자리에 묻혀 있던 이상한 물건 안에 건설되었다. 그 이상한 물건이란 사실은 녹슨 통조림 깡통이었다. 설탕에 절인 과일 3킬로그램이 들어 있던 통으로서 근처에 있는 보육원에서 나온 폐품이었다.

그새 궁궐 안에서 클리푸니는 개미들이 날라다 주는 당분과 지방과 비타민을 먹으면서 열심히 알을 낳는다.

제일 먼저 나온 일개미들은 궁궐 바로 밑에 부식토의 열기로 난방이 되는 영아실을 만들었다. 도시 건설 공사의 마지막을 장식하게 될 잔가지 지붕과 햇빛방이 완성되기 전까지는 그러는 게 편리한 점이 많다.

클리푸니는 이제까지 알려진 모든 기술을 활용해서 자기 도시를 건설하고 싶어 한다. 버섯 재배실, 꿀단지개미, 진딧물 가축, 송악 뿌리 버팀대, 분비물 발효실, 곡물 가루 제도실, 용병실, 첩보원실, 유기 화학실 등을 모두 갖추고 싶은 것이다.

여왕의 그러한 뜻이 도시 구석구석에 전해진다. 젊은 여왕개미는 자기의 열정과 희망을 호소력 있게 전달할 수 있었다. 여왕개미는 클리푸캉이 다른 도시들과 같은 연방의 한 도시가 되는 것으로 만족하지 않을 것이다. 여왕개미는 자기 도시로 하여금 진보의 선두에 서서 개미 문명의 첨단을 걷게 하리라는 야망을 가지고 있다. 그런 여왕개미인지라 이것저것 제안도 많다.

예를 들어 지하 12층 주위에서 지하수를 발견했을 때 여왕개미는 물이 아직 충분히 연구되지 않은 요소라면서 그것을 정복할 수 있는 방법을 찾아내라고 했다.

제안이 나오기가 무섭게 어떤 동아리가 물방개, 닷벌레, 물벼룩 등과 같은 민물에 사는 벌레들을 연구하는 임무를 맡았다. 그 벌레들은 식용에 적합한가? 장차 웅덩이를 만들어 놓고 그것들을 사육할 수 있을까?

여왕개미가 행한 최초의 연설은 진딧물에 관한 것이다.

《우리는 전란의 시대를 향해 가고 있다. 무기들이 나날이 복잡해지고 있어서 우리가 언제나 새로운 무기들을 따라잡을 수는 없을 것이다. 바깥 세계에서 사냥하는 일이 위태로워지는 날이 올지도 모른다. 그런 최악의 상황에 대비해야 한다. 우리 도시는 가능한 한 깊숙이 뻗어 나가야 한다. 그리고 우리는 당분을 확보하기 위해 다른 모든 방법보다 진딧물 사육을 우선적으로 생각해야 한다. 가장 아래층에 축사를 짓고 그 가축들을 거기에서 키우는 게 좋을 것이다…….》

일개미 30마리가 밖으로 나가더니 알 낳기 직전에 있는 진딧물 두 마리를 가져왔다. 몇 시간 지나서 어린 진딧물 수백 마리가 생겨났고 일개미들은 진딧물의 날개를 잘랐다. 일개미들은 그 가축 떼를 지하 23층에 살게 하면서 무당벌레로부터 지켜 주고 싱싱한 잎새들과 즙이 많은 줄기들을 듬뿍 준다.

클리푸니는 탐험 개미들을 사방으로 파견했다. 돌아오면서 어떤 탐험 개미들이 느타리 홀씨를 가져왔다. 일개미들이 그 홀씨들을 버섯 재배장에 심었다. 탐구욕이 왕성한 여왕개미는 어머니가 꿈꾸던 일을 실현해 낼 생각까지 했다. 여왕개미는 동쪽 경계에 벌레잡이 식물의 씨를 한 줄로 심었다. 그렇게 함으로써 장차 있을지도 모를 흰개미들의 공격과 그들의 비밀 무기를 저지하려는 것이었다.

여왕개미는 비밀 무기의 수수께끼와 수개미 327호의 암살과 화강암 밑에 감추어 놓은 식량을 잊지 않고 있었다.

여왕개미는 벨로캉 쪽으로 한 무리의 사절을 파견했다. 이 사절이 띠고 있는 공식적인 임무는 어머니 여왕개미에게 여든다섯 번째 도시가 건설되었다는 사실과 그 도시가 연방에 가맹한다는 사실을 알리는 것이었다. 그러나 비공식적으로 그 사절들은 벨로캉 지하 50층에서 조사를 계속하라는 임무를 받고 있었다.


오귀스타 할머니가 애지중지하는 세피아 사진[33]을 회색 벽 위에 핀으로 고정시키고 있을 때 초인종이 울렸다. 할머니는 안전 사슬이 걸려 있음을 확인하고 문을 빠끔히 열었다.

아주 깔끔한 중년 남자가 서 있었다. 윗옷 깃 위에 비듬 하나 떨어져 있지 않았다.

「안녕하십니까, 웰스 부인. 제 소개를 하겠습니다. 아드님 에드몽의 동료, 르뒤크 교수입니다. 제가 온 이유를 말씀드리겠습니다. 부인의 손자와 증손자가 지하실에서 실종되었다는 것을 알고 있습니다. 그리고 소방대원 여덟 명, 치안대원 여섯 명, 경찰관 두 명이 마찬가지로 실종되었다는 것을

33 오징어 먹물로 만든 세피아 물감으로 인화한 사진.

알고 있습니다. 하지만 부인, 저는 지하실에 내려가 보고 싶습니다.」

　오귀스타 할머니는 그 사람 말을 정확히 알아듣지 못했는지 보청기의 볼륨을 최고로 올렸다.

　「로젠펠트 교수이신가요?」

　「아니요. 르뒤크라고 합니다. 로젠펠트 얘기를 들으신 모양이군요. 로젠펠트와 에드몽과 저는 모두 곤충학자입니다. 전공도 같아서 셋 다 개미를 연구했습니다. 그러나 에드몽이 저희보다 월등하게 앞서 갔지요. 인류가 그의 연구 성과를 활용하지 못하는 게 안타깝습니다……. 저는 부인 댁의 지하실에 내려가 보고 싶습니다.」

　사람이 잘 듣지 못할 때는, 보는 건 더 잘 보게 되는 법이다. 할머니는 그 르뒤크라는 사람의 귀를 찬찬히 살폈다. 인간은 아주 오래된 자기의 과거 모습을 몸 어딘가에 간직하고 있다. 그런 점에서 귀는 태아 때의 모습을 보여 준다. 귓불은 머리를 상징하고 귓바퀴 테두리는 척추의 모습을 보여 준다. 그 르뒤크라는 사람은 태아 때에 야윈 모습을 하고 있었을 것 같다. 오귀스타 할머니는 태아 때 모습이 야윈 사람을 대수롭지 않게 생각하고 있었다.

　「지하실에서 뭘 찾고 싶어서 그러시우?」

　「책입니다. 에드몽이 자기의 모든 연구 성과를 체계적으로 적어 놓은 백과사전이지요. 에드몽은 숨기기를 좋아하는 친구였습니다. 그는 틀림없이 모든 걸 저 아래에 숨겨 놓았을 겁니다. 그리고 아무것도 모르고 덤벼드는 사람들을 죽이거나 물리칠 수 있는 함정을 만들어 놓았을 거고요. 저는 모든 걸 다 알고 가는 겁니다. 잘 아는 사람은…….」

「잘 아는 사람이 죽음을 당하는 경우도 아주 많은 거라우.」 오귀스타 할머니가 그의 말을 자르고 자기 말을 이었다.

「기회를 주십시오.」

「들어오겠우? 성함이 어떻게 된다고 하셨더라.」

「르뒤크입니다. 국립 과학 연구소 352호 실험실의 로랑 르뒤크 교수입니다.」

할머니는 그를 지하실 쪽으로 데리고 갔다. 경찰이 막아놓은 벽에 커다랗고 빨간 글씨로 이렇게 씌어 있었다.

〈이 저주받은 지하실에 절대로 내려가지 마시오.〉

할머니가 그 글귀를 턱짓으로 가리키며 말했다.

「르뒤크 씨, 이 건물에 사는 사람들이 뭐라고 말하는지 아우? 사람들은 여기가 지옥의 입구라고 말하고 있어요. 이 집은 식인 동물 같아서 자기 목을 간지럽히는 사람들을 잡아먹는다는 거지요. 아예 콘크리트로 이 집을 싸 발라 버리고 싶어 하는 사람들도 있어요. 르뒤크 씨는 죽는 게 무섭지 않우?」

그 물음에 르뒤크가 비웃는 듯한 미소를 지으며 말했다.

「왜요, 무섭지요. 저는 저 지하실 안에 무엇이 들어 있는지 모르는 채 바보처럼 죽는 걸 무서워하지요.」


103683호와 4000호는 며칠 전에 빨강천막개미들의 둥지를 떠났다. 뾰족한 침을 가진 병정개미 두 마리가 그들과 함께 길을 나섰다. 그들은 자취 페로몬의 냄새가 희미하게 묻어나는 길을 따라 한동안 걸었다. 그들은 개암나무 가지에 있는 천막 둥지로부터 벌써 수천 머리 떨어진 길을 답파했다. 이름조차 모르는 갖가지 낯선 동물들과 마주쳤다. 의심스러울 때면 그들은 낯선 동물을 피하곤 했다.

밤이 되면 그들은 되도록 땅을 깊이 파고 틀어박혀 유모개미와도 같은 대지의 다사로운 열기를 이용하면서 대지의 보호를 받았다.

오늘은 두 흑개미가 그들을 어떤 언덕 꼭대기까지 데려왔다.

《세계의 끝은 아직 멀었는가?》

《저쪽으로 가면 된다.》

언덕 위에서 바라보니 동쪽 아스라이 먼 곳에 시커먼 덤불로 된 어떤 세계가 보인다. 흑개미들은 이것으로써 자기들의 임무가 끝났으니 더 이상 불개미들과 함께 가지 않겠다는 뜻을 밝힌다. 흑개미들의 냄새가 받아들여지지 않는 구역에 왔다는 것이다.

그러면서 그들은 불개미보고 수확개미[34]들의 들녘까지 곧장 가라고 일러 준다. 수확개미들은 줄곧 〈세계의 끝〉 근처에서 살아왔기 때문에 그들이 틀림없이 길을 가르쳐 줄 거라는 것이다.

안내자들과 헤어지기 전에 두 불개미가 연방의 신분 페로몬을 건네준다. 여행에 동반해 준 대가로 주는 것이다. 그러고 나서 두 불개미는 수확개미들이 경작하는 들녘에 닿으려고 비탈길을 달려 내려간다.

**뼈대**

뼈대가 몸 안에 있는 것이 나을까, 거죽에 있는 것이 나을까?

뼈대가 몸 거죽에 있으면 외부의 위험을 막는 껍질의 형태를 띤다. 살

---

34 학명은 Pogonomyrmex molefaciens. 짱구개미라고도 한다.

은 외부의 위험으로부터 보호를 받으면서 물렁물렁해지고 거의 액체 상태에 가까워진다. 그래서 그 껍데기를 뚫고 어떤 뾰족한 것이 들어오게 되면, 그 피해가 돌이킬 수 없을 만큼 치명적이다.

뼈대가 몸 안에 있으면 가늘고 단단한 막대 모양을 띤다. 꿈틀거리는 살이 밖의 모든 위험에 노출되어 있다. 상처가 수없이 많이 생기고 그칠 날이 없다. 그러나 바로 밖으로 드러난 이 약점이 근육을 단단하게 만들고 섬유의 저항력을 키워 준다. 살이 진화하는 것이다.

내가 만난 사람들 가운데는 출중한 지력으로 〈지적인〉 갑각을 만들어 뒤집어쓰고 다른 생각을 가진 사람들의 공격으로부터 자기를 지키는 사람들이 있었다. 그들은 보통 사람들보다 훨씬 견고해 보였다. 그들은 〈웃기고 있네〉라고 말하면서 모든 것을 비웃었다. 그러나 어떤 상반된 견해가 그들의 단단한 껍질을 비집고 들어갔을 때, 그 타격은 이루 말할 수 없었다.

또 내가 만난 사람들 가운데는 아주 사소한 이견, 아주 사소한 부조화에도 고통을 받는 사람들이 있었다. 그러나 그들의 정신은 열려 있었기 때문에 그들은 모든 것에 민감했고 어떠한 공격에서도 배우는 바가 있었다.

에드몽 웰스, 『상대적이며 절대적인 지식의 백과사전』

《무사개미들이 공격해 온다!》

클리푸캉이 공포에 휩싸였다. 기진맥진한 척후 개미들이 이제 갓 태어난 도시에 그 소식을 전한다.

《무사개미들이다! 무사개미들이다!》

무사개미들의 무시무시한 명성은 익히 알고 있던 터였다. 몇몇 개미들이 목축, 저장, 버섯 재배, 화학 등과 같은 분야에서 특별한 발전의 길을 찾고 있었던 것과 마찬가지로 무사개미들은 오로지 전쟁 분야에서만 전문성을 키워 왔다.

무사개미들은 전쟁밖에 모른다. 그렇지만 전쟁을 완벽한 예술처럼 수행한다. 그들의 몸은 온통 전쟁에 적합하게 되어 있다. 그들의 관절치고 어느 것 하나 뾰족하게 휘어져 있지 않은 것이 없고, 그들의 껍질은 불개미들보다 두 배는 두껍다. 좁다랗고 완전한 세모꼴을 이루고 있는 머리는 어떠한 발톱으로도 잡을 수 없다. 그들의 위턱은, 뒤로 젖혀지기까지는 어마어마한 방어력을 지닌 것으로서 두 개의 휘어진 검이라고 할 만하다. 무사개미들이 그 검들을 자유자재로 휘두르는 모습은 생각만 해도 오금이 저려 온다.

그들이 노예 제도를 갖게 된 것도 따지고 보면 과도한 전문화에서 비롯된 것이다. 제 권력욕 때문에 자칫하면 그 종 자체가 소멸하게 될지도 모를 위기를 맞았던 것이다. 싸움질에 골몰해서 그 개미들은 둥지를 짓거나 제 새끼들을 키울 줄 모르며, 심지어는 저 스스로 먹이를 구할 줄도 모른다. 검처럼 생긴 위턱은 전투에서는 쓸모가 있지만 일상적인 삶에서는 도통 쓸모가 없는 것이다. 그러나 비록 전쟁에 미쳐 있기는 해도 무사개미들은 어리석지는 않다. 일상적인 삶에서 빼놓을 수 없는 집안일을 수행할 수 없게 되자 그들은 다른 개미들로 하여금 그 일을 대신하게 만들었다.

무사개미들은 주로 고동털개미나 노랑개미들의 중소 도시를 공격한다. 침이나 개미산이 없는 종들을 공격하는 것이다. 그들은 우선 공격하려고 마음먹은 도시를 에워싼다. 안에 갇힌 개미들은 밖에 나간 개미들이 전멸한 것을 알고 바로 입구를 봉쇄한다. 그러면 무사개미들은 첫 번째 돌격대를 뽑아 공격에 나선다. 돌격대는 쉽게 방어선을 뚫고 구멍을 열어 버린다. 통로들이 일대 공포의 도가니로 변한다.

그때 겁에 질린 일개미들이 알을 안전한 곳으로 옮기기 위해 도시를 빠져나가려고 한다. 무사개미들이 예상했던 바 그대로 되는 것이다. 무사개미들은 모든 입구로 짓쳐 들어가 일개미들이 자기들의 귀중한 짐을 포기하게 만든다. 무사개미들은 항복하지 않은 개미들만 죽인다. 개미 세계에서 아무런 이유 없이 개미를 죽이는 일은 없다.

전투의 막바지에 무사개미들은 둥지 안으로 쳐들어가 살아남은 일개미들에게 자기들 대신 알을 옮겨서 계속 돌보아 줄 것을 요구한다. 나중에 번데기를 깨고 나온 개미들은 침략자인 무사개미들을 섬기도록 훈련을 받는다. 그들은 과거 일에 대해서 전혀 모르기 때문에 그 커다란 개미들에게 복종하는 것이 올바르고 정상적인 삶의 방식이라고 생각한다.

약탈이 벌어지는 동안에 잡혀 온 지 오래된 노예 개미들은 뒤로 물러서서 주인들이 그 지역을 완전히 소탕하기를 기다리며 풀숲에 숨어 있다. 그러다가 주인들이 전투에서 승리하고 나면 허드렛일 하는 잡부로 현장에 투입되어 포로들과 어린 개미들을 훈련시키는 일을 맡는다. 예전에 납치된 알에서 나온 개미와 새로 포로가 된 알이 서로 만나는 것이다. 침략자들이 이동하는 대로 그렇게 새로운 세대의 노예들이 만들어지는 것이다.

무사개미 한 마리마다 대개 세 마리의 노예 개미가 딸려 있다. 한 마리는 무사개미에게 먹이를 주고(무사개미는 갈무리 주머니에서 되올려 입으로 먹여 주는 먹이밖에 먹을 줄 모른다), 또 한 마리는 무사개미를 씻어 주며(무사개미들의 침샘은 퇴화해 있다), 나머지 한 마리는 배설물을 치워 준다

(그것을 치우지 못하면 무사개미의 껍질 주위에 쌓여서 껍질을 부식시킬 것이다).

오로지 싸움밖에 할 줄 모르는 무사개미들에게 가장 위험한 일은 노예들이 자기들 돌보는 일을 게을리하는 것이다. 그러면 무사개미들은 약탈한 둥지를 재빨리 빠져나와서 새로운 도시를 정복하러 나선다. 밤이 되기 전까지 새 도시를 찾지 못하면 그들은 굶주림과 추위 때문에 죽을 수도 있다. 그 대단한 무사들에게 그런 죽음은 너무나 우스꽝스럽다.

클리푸니는 무사개미들에 관한 전설을 수도 없이 들었다. 어떤 개미들의 주장에 따르면, 노예 개미들이 여러 차례 반란을 일으킨 적이 있으며, 노예 개미들은 자기들의 주인이 어떤 자들인지 알고 있기 때문에 반드시 복종만 하는 건 아니라고 한다. 또, 이떤 무사개미들은 모든 크기, 모든 종류의 알을 갖고 싶다는 생각에서 개미 알을 수집하고 있다는 얘기도 있다.

클리푸니는 크기도 각각이고 빛깔도 가지각색인 온갖 종류의 알들이 가득 차 있는 방을 상상해 본다. 하얀 덮개 아래마다 저마다의 특성을 가진 개미 문명의 한 구성원이 그 미개한 야수들을 섬기기 위해 깨어날 준비를 하고 있다.

클리푸니가 고통스러운 상상에서 깨어난다. 우선 그들과 맞설 생각을 해야 한다. 무사개미 떼는 동쪽으로부터 오고 있는 것 같다고 했다. 클리푸캉의 척후 개미들과 첩보 개미들은 그 병정개미들의 수가 40만에서 50만 사이라고 한다. 무사개미들은 사테이 나루의 지하 터널을 건넜다. 그들은 지금 아마도 무척 〈조바심을 내고 있을 것〉이다. 왜냐하면 터널을 건느느라고 자기들이 가지고 있던 잎새로 만든 이동 천막 둥지를 처분했을 것이기 때문이다. 그러니 이제 그들에겐 거처가 없다. 그들은 클리푸캉을 손에 넣지 못하면 틀림없이 밖에서 밤을 보내게 될 것이다.

젊은 여왕개미는 되도록 침착하게 숙고하려고 애쓴다. 그들은 이동 천막 둥지에서 행복하게 지낼 수 있었을 텐데 무엇 때문에 굳이 강을 건너야겠다고 생각했던 걸까? 클리푸니는 그 답을 알지 못한다.

무사개미들은 도시를 혐오한다. 그들 마음속 깊이 잠재해 있는 그 증오심은 도무지 그 뿌리를 이해할 수가 없다. 모든 도시가 그들에겐 위협이고 도전이다. 유목 민족과 농경 민족 사이의 끝없는 대결을 연상시킨다. 그런 무사개미들이 강 건너편에 너 나 할 것 없이 풍요롭고 세련된 수백 개의 개미 도시들이 존재한다는 것을 알게 된 것이다.

클리푸캉은 불행하게도 그런 공격에 대항할 준비가 되어 있지 않다. 물론 며칠 전부터 1백만이 족히 되는 거주자들이 도시를 가득 채우게 되었고, 동쪽 경계에 벌레잡이 식물의 장벽을 만든 건 사실이다. 그러나 그것만으로 충분하지 않을 것이다. 클리푸니는 자기 도시가 이제 갓 생긴 터라 전쟁 경험이 부족하다는 것을 알고 있다. 게다가 연방에 가맹한다는 뜻을 전하러 벨로캉에 보낸 사절들에게서 아직 소식이 없다. 그러니 이웃 도시와 연대해서 싸울 수가 없다. 과예이톨로 기지마저도 수천 머리나 떨어져 있어서 그 여름 둥지의 개미들에게 이 사실을 알릴 수도.

어머니라면 이런 상황에서 어떻게 하셨을까? 클리푸니는 완전 소통을 하기 위해 가장 뛰어난 사냥 개미들 가운데 몇 마리를 불러 모으기로 마음을 정한다. 그 사냥 개미들은 아직 자기들이 병정개미라는 사실을 입증할 기회를 갖지 못했다. 시급히 전략을 짜지 않으면 안 된다.

사냥 개미들이 궁궐에 모여 있는데, 클리푸캉 위로 튀어나온 관목 속에서 보초를 서고 있던 개미들이 달려와 군대가 몰려오는 냄새를 맡았다고 전한다.

모두가 채비를 한다. 뾰족한 전략이 나오지 않았다. 임기응변으로 맞서 나가야 한다. 전투 준비를 알리는 냄새가 퍼져 나가고 군대의 모습이 그럭저럭 갖추어진다. 그들은 난쟁이개미들과의 전투에서 비싼 희생을 치르고 배운 병법을 아직 전혀 모른다. 사실, 대부분의 병정개미들은 벌레잡이 식물의 장벽에 더 희망을 걸고 있다.

### 말리에 사는 도공 부족[35]

말리에 사는 도공 부족은 태초에 하늘과 땅이 혼인할 때, 땅의 생식기는 개미집이었다고 생각하고 있다.

그 혼인의 결과로 인간이 만들어질 때, 음문은 입이 되었고 거기에서 말이 나왔다. 그리고 인간을 만드는 데 물질적인 토대를 마련해 준 것은 개미들의 실 잣는 기술이다. 개미들은 그 기술을 사람들에게 전수하였다.

오늘날에도 도공 부족의 잉태를 기원하는 의식은 여전히 개미와 관련이 있다. 아이를 못 낳는 여인들은 개미집 위에 앉아서 아마 신에게 잉태를 하게 해달라고 빈다.

개미들이 인간을 위해 해준 것은 그뿐이 아니었다. 개미들은 인간들에게 집 짓는 법을 가르쳐 주었다. 그리고 샘이 있는 곳을 가리켜 주기도

---

35 서아프리카의 흑인 부족. 오랜 세월 동안 자기들의 독특한 문화를 보존해 왔으며, 말리 공화국 반디아가라 절벽 위에 20만 명 정도가 살고 있다.

했다. 도공 부족 사람들은 물을 찾으려면 개미 둥지 아래를 파야 한다는 것을 깨달았던 것이다.

에드몽 웰즈, 『상대적이며 절대적인 지식의 백과사전』

바로 저쪽에서 메뚜기들이 사방팔방으로 뛰기 시작한다. 그것이 신호다. 시력이 좋은 개미들의 눈에는 벌써 바로 저쪽에 한 줄기 먼지가 솟아오르는 것이 보인다.

아무리 무사개미 얘기를 많이 했다 해도, 막상 그들이 공격해 오는 것을 보면 전혀 느낌이 다르다. 무사개미들에게는 기병대가 없다. 그들 자신이 기병대인 것이다. 그들의 몸은 유연하면서도 견고하다. 그들의 다리는 두툼하고 근육이 발달해 있다. 균형 잡힌 뾰족한 머리에는 움직이는 뿔이라고 할 만한 위턱이 달려 있다. 공기 역학의 원리에 딱 들어맞게 되어 있어 아주 빠른 속도로 다리가 움직이면서 머리가 공기를 가를 때 바람결 하나도 거스르지 않는다.

그들이 지나가는 자리마다 풀이 눕고, 땅이 흔들리고, 흙이 물결친다. 앞을 향하고 있는 더듬이들이 노호(怒號)라고나 할 만한 독한 페로몬을 뿜어 대고 있다.

안에 틀어박혀서 저항해야 하나, 아니면 나가 싸워야 하나? 클리푸니가 망설인다. 두려워하면서 무슨 명령을 내릴 생각조차 못 하고 있다. 그러니 불개미 병정들이 해서는 안 되는 짓을 하는 것도 무리가 아니다. 병정개미들이 둘로 나뉜다. 반은 맨몸으로 적에게 맞서겠다고 나가고 다른 반은 예비 병력과 농성 시의 저항 병력으로서 도시 안에 웅크리고 있다.

클리푸니는 〈개양귀비 전투〉를 기억해 내려고 애쓴다. 그 당시 적의 군대에 가장 커다란 타격을 주었던 것은 개미산 포격이었던 것 같다. 클리푸니는 곧 포수 개미 3열을 선두 대열에 배치하라고 명령한다.

무사개미 군대가 이제 벌레잡이 식물의 장벽으로 달려들고 있다. 따뜻한 고기 냄새를 맡은 그 식물들이 무사개미들이 지나가는 길목으로 몸을 숨긴다. 그러나 그 동작이 너무 느려서 적의 모든 병정개미들은 끈끈이귀개가 그들을 붙잡기 전에 빠져나온다.

어머니께서 잘못 생각하신 것이다!

돌격해 오는 적에 맞서서 첫 번째 줄의 클리푸캉 개미들이 근접 사격을 한차례 퍼붓는다. 그러나 그 사격에 쓰러진 침입자는 겨우 스무 마리 남짓이다. 두 번째 줄은 사격 자세를 취할 겨를도 없이 무사개미들이 달려들어 목을 잘라 버리는 바람에 개미산 한 방울 못 쏘아 보고 무너진다.

머리만 공격하는 것이 무사개미들의 커다란 특징이다. 무사개미들이 미친 듯이 위턱을 휘두른다. 어린 클리푸캉 개미들의 머리가 어지러이 날린다. 머리 잘린 몸뚱이가 이따금 마구잡이 공격을 계속하기도 하고 생존자들을 더욱 겁먹게 하면서 달아나기도 한다.

12분이 지나자, 불개미 병사들의 대부분이 쓰러졌다. 불개미 군대의 나머지 반이 모든 입구를 막는다. 클리푸캉에는 아직 둥근 지붕을 씌우지 않았기 때문에, 흙으로 둘러싸인 열 개의 작은 분화구가 지표에 드러나 있는 모습을 하고 있다.

모두가 얼이 빠져 있다. 그토록 많은 고생을 해서 세운 새 도시를 먹이도 혼자 구할 줄 모를 만큼 미개하고 야만적인 개미 떼의 처분에 맡기게 되다니!

클리푸니가 아무리 완전 소통을 반복해 봐도 적에게 저항할 만한 뾰족한 방도가 떠오르지 않는다. 입구에 설치한 돌담은 기껏해야 몇 초밖에 더 못 버틸 것 같다. 통로에서 전투를 한다고 해봐야 밖에서 엄폐물 없이 하는 전투보다 나을 것이 없다. 준비가 안 되어 있기는 매한가지인 것이다.

밖에서는 마지막 남은 병정개미들이 악착같이 싸우고 있다. 몇몇 병정개미들은 퇴각을 할 수 있었지만, 대부분은 바로 자기 등 뒤에서 입구가 닫히는 것을 보았다. 그들에게는 모든 게 끝난 것이다. 그러나 이제 더 이상 잃을 게 없다는 생각과 자기들이 침략자들의 진입을 늦추면 늦출수록 입구의 봉쇄가 강고해지리라는 생각이 그들의 저항을 더욱 가열하게 만든다.

마지막 남은 클리푸캉 개미의 목이 잘린다. 그러자 그 몸뚱이를 반사적으로 입구 앞으로 옮겨 가더니 문에 발톱을 박는다. 하찮은 방패에 불과할지언정 끝까지 제 몫을 다하려는 것이다…….

클리푸캉 안에서는 무사개미들의 진입을 기다리고 있다. 모두들 음울한 체념에 젖어 있다. 결국 기술로써 압도하지 못하니까 단순한 물리력이 효력을 발휘하고 마는 것이다.

그러나 무사개미들은 공격하지 않는다. 로마 앞에 선 한니발[36]처럼 무사개미들은 정복을 주저하고 있다. 모든 일이 너무 쉽게 이루어지는 것 같다. 틀림없이 함정이 있을 게다. 우리의 명성이 어디 가나 뜨르르하듯이 불개미들의 명성도

36 Hannibal(B.C. 247~B.C. 183). 카르타고의 장군. 로마에 도전하여 포에니 전쟁을 일으켰다.

만만치 않다. 무사개미 진영에서는 불개미들이 교묘한 함정을 만드는 데 도통한 자들이라는 얘기를 하고 있는 것이다. 어떤 무사개미들은 불개미들이 용병 개미들과 동맹을 맺고 있기 때문에 그들이 아무리 보잘것없어 보일 때라도 용병 개미들이 튀어나오는 것에 대비해야 한다고 주장한다. 또 어떤 무사개미들은 불개미들이 사나운 곤충들을 길들이고, 견디기 어려운 고통을 가져 오는 비밀 무기를 만들 줄 안다고 말한다. 게다가 무사개미들은 한데에 있을 때 편안함을 느끼는 터라 안에 쳐들어가서 벽에 둘러싸이는 기분을 느끼고 싶어하지 않는다.

여전히 무사개미들은 입구에 놓인 바리케이드를 치우지 않는다. 무사개미들이 때를 기다리고 있다. 시간은 충분하다. 밤이 오려면 아직 멀었다.

불개미 도시의 개미들이 의아해하고 있다. 그들이 왜 쳐들어오지 않는 걸까? 클리푸니는 그걸 꺼림칙하게 느끼고 있다. 적이 〈자기의 의표를 찌르는 것〉이 신경에 거슬린다. 더 힘이 강한 적이 그럴 필요가 없는데 왜 주저하고 있는 걸까? 몇몇 개미들이 조심스럽게 의견을 내놓는다. 저들이 우리를 굶겨 죽이려는 게 아닌가 하고. 하나의 가능성으로 얘기된 것일 뿐인데도 그 의견이 불개미들에게 힘을 준다. 그들은 지하의 축사, 버섯 재배장, 곡물 가루 창고, 꿀단지개미 등이 있는 덕분에, 두 달은 족히 버틸 수 있을 것으로 생각하는 것이다.

그러나 클리푸니는 적이 원하는 게 농성이라고는 생각하지 않는다. 위에 있는 적은 밤을 보내기 위한 둥지를 필요로 한다. 클리푸니는 어머니의 유명한 격언을 떠올린다. 〈만일 적이 더 강하면 적의 의표를 찌르라.〉 그렇다. 저 야만적인 개미들에 맞서려면 첨단의 기술을 사용해야 한다. 그게 살길이다.

50만의 클리푸캉 개미들이 완전 소통을 실행한다. 마침내 한 가지 흥미 있는 제안이 나온다. 자그마한 일개미 하나가 다음과 같은 페로몬을 발한 것이다.

〈벨로캉의 선조들이 사용했던 무기와 전략을 답습하려 했던 것이 잘못이다. 모방만 할 게 아니라 우리의 문제를 해결하기 위해 우리 스스로 답을 찾아야 한다.〉

그 페로몬이 나오자마자 정신의 활동이 활발해지고 곧 하나의 결정이 이루어진다. 그 결정을 따라 모두가 일에 매달린다.

## 튀르키예의 근위병

14세기에 튀르키예의 술탄 무라드 1세는 약간 특별한 부대를 하나 만들고 〈새로운 부대(튀르키예 말로는 예니 체리)〉라 명명하였다. 이 새 근위대는 고아들만으로 이루어졌다는 특징을 지니고 있었다. 튀르키예 병사들은 아르메니아나 슬라브의 마을을 약탈하면서 아주 어린 아이들을 모아다가 특수 군사 학교에 집어넣었다. 그 학교에서는 아이들에게 세계의 나머지 부분에 대해서는 전혀 가르치지 않았다. 오로지 무술 훈련만 받고 자란 이 아이들은 전 오스만 튀르크 제국에서 가장 뛰어난 전사들이 되었다. 그들은 자기들의 진짜 가족이 살고 있는 마을들을 가차 없이 짓밟았다. 그 근위병들은 자기들의 부모 편에 서서 납치자들을 상대로 싸울 생각을 전혀 하지 않았다. 그 대신에 그들의 힘은 나날이 커졌고, 급기야는 술탄 마무트 2세가 그들의 힘에 불안을 느끼게 되었다. 결국 마무트 2세는 1826년 그들을 죽이고 그들의 학교에

362

불을 질렀다.

에드몽 웰스, 『상대적이며 절대적인 지식의 백과사전』

르뒤크 교수는 커다란 여행 가방 두 개를 가지고 왔다. 그 중 하나에서 그는 가솔린 엔진이 달린 최신형 망치 겸 구멍 뚫개 하나를 꺼냈다. 그러고 나서 바로, 경찰관들이 만들어 놓은 벽에 구멍을 내기 시작하여, 사람이 드나들 만한 둥근 구멍이 생길 때까지 계속했다.

망치질이 끝나자 오귀스타 할머니가 다가와 버베나 차 한 잔을 권했다. 그러나 르뒤크 교수는 차분한 어조로 그것을 마시면 소변이 마려울 염려가 있다면서 사양했다. 그는 다른 가방 쪽으로 몸을 돌려 동굴 탐사 장비 일습을 꺼냈다.

「이럴 만큼 지하실이 깊다고 생각하우?」

「솔직히 말씀드리자면 말이지요. 여기에 오기 전에, 이 건물에 대해서 조사를 해두었어요. 이 건물에는 르네상스 시대에 프로테스탄트 학자들이 살았는데, 그들이 비밀 통로 하나를 만들었다는군요. 저는 그 통로가 퐁텐블로 숲으로 통해 있을 거라고 거의 확신합니다. 프로테스탄트들이 그리로 해서 박해자들을 피해 다녔을 겁니다.」

「그러면 아래로 내려간 사람들이 숲으로 빠져나왔을 텐데, 왜 그들이 안 나타나는지 모르겠군요. 다른 사람도 아니고 내 손자, 증손자, 손자며느리, 게다가 열 명이 넘는 소방대원과 치안대원인데, 그들 가운데 누구도 숨을 이유가 없는 사람들이잖우. 가족이 있고 친구가 있는 사람들인데. 그들은 프로테스탄트들도 아니고 이제는 종교 전쟁도 없잖우.」

「정말 그럴까요, 부인?」

그는 이상야릇한 표정을 지으며 할머니를 뚫어지게 쳐다 보았다.

「종교 대신에 다른 것들이 나타났지요. 철학이니 과학이니 하는 것들이 거드름을 피우고 있습니다. 그러나 그것들 역시 교조적이기는 마찬가지지요.」

그는 동굴 탐사 복장으로 갈아입으려고 옆방으로 건너갔다. 그가 옹색한 복장을 하고 머리에는 이맛등이 달린 새빨간 헬멧을 쓰고 다시 나타나자, 오귀스타 할머니는 하마터면 웃음을 터뜨릴 뻔했다.

그가 아무것도 달라진 것이 없다는 태도로 말을 이었다.

「그 프로테스탄트들 다음에는 이 집에 별의별 사람이 다 살았어요. 고대의 이방 종교에 빠졌던 사람도 있었고, 양파 나 검은 래디시를 숭배하는 사람들도 있었을지 모르죠.」

「양파와 래디시는 건강에 아주 좋은 거라우. 그런 것들을 떠받드는 사람들이 있다는 건 이해할 만하지. 건강보다 더 중한 게 뭐가 있겠우…… . 보라고요. 나는 귀가 먹었고 곧 늙어 꼬부라질 거요. 매일 조금씩 죽어 가고 있어요.」

그는 자기 말이 할머니에게 위안을 주리라고 생각하면서 말했다.

「너무 염려하지 마세요. 아직 정정하신데 그러세요.」

「그래요? 그럼 내가 몇 살이나 된 것 같우?」

「글쎄요…… 예순이나 일흔 살 정도요.」

「1백 살이라우. 일주일 전에 1백 살이 되었지. 이제 온몸이 다 병들었어. 하루하루 살아가기가 점점 힘들어져. 특히 내가 사랑했던 모든 사람들을 잃고 나서 더하다우.」

「그러시군요. 부인, 늙는다는 것은 견디기 힘든 고난이지요.」

「이렇게 계속 남의 아픈 가슴 찌르는 소리만 하고 있을 거요?」

「그런 게 아니라.」

「자, 빨리 내려가시오. 내일 당신이 안 올라오면 경찰에 신고할 거요. 그러면 그들은 틀림없이 더 이상 아무도 못 부수게 아주 두툼한 벽을 만들 거라우.」


맵시벌 애벌레들이 몸속에서 끊임없이 갉아 대는 통에, 4000호는 밤 기온이 아주 쌀쌀한데도 불구하고 잠을 이루지 못했다.

그래서 그는 세계의 끝을 발견하는 일처럼 흥미 있고 위험이 따르는 행동에 전념하면서 평온한 마음으로 죽음을 기다리고 있다. 다른 상황이었다면 그런 행동에 뛰어들 용기를 내지 못했을지도 모르는 일이다.

두 개미는 여전히 수확개미들의 들판을 향해 가고 있다. 103683호는 그렇게 걸어가는 시간을 이용해 예전에 유모 개미들이 가르쳐 준 것들을 되새기고 있다. 유모 개미들은 이 땅덩어리가 입방체로 되어 있으며 그 표면 위에만 생명이 있다고 그에게 가르쳤었다.

세계의 끝에 도달하면 무엇을 보게 될까? 문? 다른 하늘의 허공? 103683호와 죽을 날이 얼마 남지 않은 그의 동료는 시간이 시작된 이래 나타난 어떤 탐험 개미나 불개미보다도 세계의 끝에 대해 더 많은 것을 알게 될 것이다.

103683호의 발걸음에 갑자기 힘이 넘치자 4000호가 놀란 눈으로 바라본다.

정오를 반나절이나 넘기고 나서야, 무사개미들은 입구를 뚫고 들어가기로 결정한다. 아무런 저항도 받지 않는 것이 놀랍다. 이 도시의 규모가 작다는 것을 감안한다 하더라도 자기들이 불개미 군대 전부를 괴멸시킨 게 아니라는 것을 그들은 알고 있는 것이다.

그들은 바깥에서 사는 데 길들어 있고 밝고 탁 트인 곳을 좋아하기 때문에 지하에 들어가면 완전히 눈이 먼다. 그래서 그들은 더욱 조심스럽게 나아간다. 불개미들 중에서도 비생식 개미들은 땅속에서 아무것도 보지 못한다. 그래도 그들은 이 암흑세계의 미로 속을 헤집고 다니는 데 익숙해져 있다.

무사개미들이 궁궐에 다다른다. 완전히 비어 있다. 땅바닥에는 전혀 건드리지 않은 양식 더미들도 있다. 그들이 계속 내려간다. 창고마다 양식이 가득하다. 조금 전까지만 해도 방 안에 개미들이 있었던 것이 분명하다.

지하 5층에서 그들은 발산된 지 얼마 안 된 페로몬을 발견한다. 무사개미들은 그 페로몬에 담긴 대화 내용을 해독하려고 애쓴다. 그러나 불개미들이 백리향(百里香) 잔가지를 놓아두었던 탓에 거기에서 나는 향이 모든 페로몬에 섞여 있었다.

지하 6층. 이 도시 안은 너무 캄캄하다! 무사개미들은 그렇게 땅속에 갇힌 것 같은 느낌을 싫어한다. 불개미들은 죽음처럼 어둡고 밀폐된 이런 공간에서 어떻게 영원히 지낼 수 있는 건지 도무지 모를 일이다.

지하 8층에서 무사개미들은 한결 더 신선한 페로몬을 발견한다. 그들이 걸음을 재촉한다. 불개미들은 이제 그리 멀리 있지 않은 게 분명하다.

지하 10층에서 무사개미들은 알을 옮기고 있는 한 무리의
일개미들을 목격한다. 일개미들이 침입자들을 보고 달아난
다. 그러면 그렇지! 무사개미들의 의혹이 마침내 눈 녹듯이
스러진다. 전 도시의 개미들이 알들을 구하려고 가장 깊은
곳으로 내려갔던 것이다.

모든 일의 아귀가 맞아떨어지는 느낌이 들자, 무사개미들
은 이제껏 지녀 왔던 신중한 태도를 다 털어 버리고 그들 특
유의 괴성 페로몬을 내지르며 통로 속을 달린다. 클리푸캉의
일개미들은 그들에게 쫓겨 달아난다. 벌써 지하 13층이다.

갑자기 알을 나르던 일개미들이 연기처럼 사라진다. 그들
이 달려오던 통로는 어떤 커다란 방으로 통해 있다. 그 방의
바닥에는 분비꿀 웅덩이들이 여기저기 널려 있었다. 무사개
미들은 본능적으로 그 맛있는 끈끈물을 핥으려고 달려간다.
그러지 않으면 그것이 땅으로 다 스며들어 갈 염려가 있는
것이다.

다른 병정개미들도 서둘러 그들 뒤를 따라간다. 그러나
그 방은 대단히 크기 때문에 모든 무사개미들이 들어갈 공간
이 있고 분비꿀 웅덩이도 충분하다. 더할 나위 없이 부드럽
고 달콤한 맛이다! 이곳은 꿀단지개미들의 방 가운데 하나
임이 틀림없다. 한 무사개미가 꿀단지개미에 대해서 들은 얘
기를 기억해 낸다. 〈이른바 현대적인 기술이라는 게 하나 있
는데, 그것은 어떤 가련한 일개미들로 하여금 머리를 아래로
향하게 하고 배를 최대로 늘인 채 평생을 보내게 하는 거
라네.〉

무사개미들은 분비꿀을 마음껏 먹으면서 새삼스럽게 꿀
단지개미의 삶에 조롱을 보낸다. 그때 무사개미 하나가 문득

대수롭지 않으나 뭔가 이상한 점이 하나 있음을 눈치챈다. 이렇게 중요한 방에 입구가 하나밖에 없다는 사실을 깨달은 것이다.

그러나 그 무사개미에게 좀 더 깊이 생각할 겨를이 없었다. 불개미들이 천장을 뚫어 놓았던 것이다. 천장에서 폭포수가 쏟아져 내린다. 무사개미들이 통로 쪽으로 달아나려 하지만 벌써 그곳은 커다란 바위로 막혀 있다. 수위가 점점 더 높아진다. 쏟아져 내리는 물에 맞아 죽지 않은 무사개미들이 있는 힘을 다해 발버둥 친다.

이 전술은 선조들을 모방하려고만 해선 안 된다고 주의를 환기시켰던 클리푸캉의 그 일개미에게서 나왔다. 그가 잇달아 다음과 같은 질문을 던졌던 것이다. 〈우리 도시의 특수성은 무엇인가? 그 대답은 단 하나의 페로몬일 뿐이다. 즉, 지하 12층의 개울!〉

클리푸캉 개미들은 그 개울에서 물길이 갈라질 수 있도록 도랑을 팠다. 그리고 땅속으로 물이 스며들지 않게 두툼한 나뭇잎을 깔아서 그 지류를 운하처럼 만들었다. 남은 것은 이제 꿀단지개미 기술을 활용하는 것이었다. 클리푸캉 개미들은 어떤 방에 커다란 저수지를 만들고 나뭇가지로 가운데에 구멍을 뚫었다. 가장 어려운 일은 그 구멍 뚫는 막대기를 물 위로 꼿꼿이 세워 두는 일이었다. 꿀단지개미 방의 천장에 매달려 있던 개미들이 그런 영웅적인 일을 해낸 것이다.

아래에서 무사개미들이 발버둥을 친다. 대부분은 벌써 익사했지만 저수지에 있던 물을 아래층으로 다 쏟아부은 터라 수위가 꽤 높아져서 몇몇 무사개미들이 천장 구멍을 통해 기어 나온다. 불개미들이 그들에게 개미산을 쏘아 쉽게 해치운다.

한 시간이 지나자 무사개미들이 빠져 죽은 물에는 이제 아무런 움직임이 없다. 클리푸니 여왕이 승리했다. 승리를 기념하여 여왕개미가 역사적인 최초의 격언을 발한다. 〈험난한 장애물일수록 우리로 하여금 더 많은 힘을 발휘하게 해준다.〉


둔중한 발소리가 규칙적으로 들려오는 것을 느끼고 오귀스타 할머니가 부엌으로 달려갔다. 르뒤크 교수가 몸을 비비꼬면서 벽의 구멍을 빠져나오고 있었다. 저런 24시간을 넘겼길래 못 올라오는 줄 알았더니! 이번에는 마음에 들지 않는 사람이 내려갔던 터라 실종되거나 말거나 상관없다고 생각했는데, 그가 돌아온 것이었다.

그의 동물 탐사용 작업복은 찢어져 있었지만, 그는 온전했다. 보아하니 그 역시 실패한 것이 분명했다.

「그런데?」

「그런데라니요, 그런데 뭐지요?」

「그들을 찾았우?」

「아뇨…….」

오귀스타 할머니의 마음에 동요가 일었다. 지하실에 내려간 사람이 아무 일 없이 살아서 다시 올라온 것은 이것이 처음이었다. 그렇다면 이 모험에서 살아남을 수도 있다는 얘기가 된다!

「그런데 아래에 뭐가 있습디까? 당신 생각대로 퐁텐블로 숲으로 통해 있던가요?」

그가 헬멧을 벗으며 말했다.

「죄송하지만 먼저 마실 것 좀 갖다주세요. 비상식량이 다 떨어져서 어제 정오부터 물도 못 마셨어요.」

오귀스타 할머니가 보온병에 넣어 따뜻하게 해두었던 버베나 차를 가져왔다.

「저 아래에 뭐가 있는지 듣고 싶으세요? 수백 미터 아래로 가파르게 내려가는 나선 계단이 있고 문이 하나 있어요. 붉은빛을 띤 통로에 쥐가 우글거리고 그 통로의 끝에 벽이 하나 있지요. 틀림없이 부인 손자인 조나탕이 만들어 놓았을 겁니다. 너무 단단해서 착공기로 구멍을 내보려 했지만 헛수고였어요. 틀림없이 돌거나 움직이는 문일 겁니다. 암호 글자판이 하나 있었거든요.」

「암호 글자판이라고요?」

「예, 어떤 질문의 답이 되는 단어를 누르는 거지요.」

「질문이 뭔데요?」

「성냥개비 여섯 개로 정삼각형 네 개를 어떻게 만드는가?」

오귀스타 할머니는 자기도 모르게 웃음을 터뜨렸다. 그것이 그 과학자의 기분을 몹시 상하게 했다.

「답을 아시는군요!」

딸꾹질 사이사이로 오귀스타 할머니가 잘름잘름 말했다.

「아니, 아니라우! 난 답을 몰라요! 하지만 그 문제는 아주 잘 안다우!」

그러면서 할머니는 웃고 또 웃었다. 르뒤크 교수가 투덜거렸다.

「답을 찾느라고 몇 시간 동안 끙끙거렸어요. 물론 V 형태로 된 것까지 삼각형에 포함시키면 답이 금방 나오지만 V 형태는 정삼각형이 아니란 말이에요.」

그는 장비를 챙기며 말했다.

「괜찮으시다면, 수학 하는 친구에게 물어보고 다시 오겠습니다.」

「그럴 필요 없어요!」

「왜죠?」

「기회는 단 한 번이라우. 그 기회를 활용하지 못했으니, 이제 기회는 없어요. 이 여행 가방들을 내 집에서 끌어내 주시구려. 잘 가우!」

할머니는 짐이 많은 그를 위해 택시를 불러 줄 생각도 하지 않았다. 그에 대한 혐오감이 되살아난 것이었다. 그에게는 확실히 할머니 마음에 들지 않는 냄새가 있었다.

할머니는 구멍 난 벽을 마주하고 부엌에 앉아 있었다. 이제는 상황이 달라진 것이다. 할머니는 자종 브라젤과 로젠펠트에게 전화하기로 마음먹었다. 할머니는 죽기 전에 좀 더 인생을 즐기기로 결심한 거였다.


**인간의 페로몬**

냄새로 의사소통을 하는 곤충들과 마찬가지로, 인간은 후각 언어를 사용해서 다른 사람들과 은밀하게 대화를 나눈다.

우리에게는 냄새를 발하는 더듬이가 없으므로, 우리는 겨드랑이, 유방, 두피, 생식기 등으로부터 페로몬을 발산한다.

그 메시지는 무의식적으로 감지되지만 그렇다고 효과가 덜한 것은 아니다. 인간은 5천만 개의 후각 끝신경을 가지고 있다. 우리의 혀가 겨우 4가지 맛을 구별하는 데 반해서 5천만 개의 세포로 수천 가지의 냄새를 구별할 수 있는 것이다.

냄새를 통한 의사소통 방식은 어느 때 사용하는가?

우선, 성적인 유인을 하는 데 쓰인다. 인간의 암컷은 인위적인 향기를 쓰지 않고도 인간의 수컷을 아주 잘 유인할 수 있을 것이다. 인간의 수컷이 암컷 본래의 향기를 알고 있기 때문이다(그런데도 인위적인 향기 때문에 본래의 향기가 감춰져 있는 경우가 대부분이다). 마찬가지로 수컷은 다른 암컷에게 배척을 당할 수도 있다. 암컷의 페로몬이 그에게 〈말을 하지〉 않기 때문이다.

그 과정은 미묘하다. 두 사람은 자기들이 후각적인 대화를 나누었다는 사실조차 눈치채지 못한다. 그러고는 그저 〈사랑은 맹목이다〉라고 말할 것이다.

인간의 페로몬은 적대적인 관계에서도 영향을 미칠 수 있다. 개들이 그렇듯이, 어떤 사람이 상대방에게서 〈공포〉의 메시지가 담긴 냄새를 맡게 되면, 그는 자연스럽게 상대방을 공격하고 싶어 할 것이다.

마지막으로 인간의 페로몬이 가장 뚜렷하게 영향을 미치는 것 가운데 하나로 월경 주기가 같아지는 현상을 예로 들 수 있다. 함께 사는 여러 여자들이 냄새를 발산하면, 그 냄새들이 그들의 기관을 조절해서 동시에 월경 주기가 시작되도록 만들어 주는 것을 실제로 확인한 적이 있을 것이다.

에드몽 웰스, 『상대적이며 절대적인 지식의 백과사전』

두 개미는 황금 들녘의 한가운데서 자기들이 만나고자 했던 수확개미들을 처음으로 발견했다. 수확개미들은 사실은 나무꾼 개미라고 부르는 편이 나을 법하다. 곡물이 자기들보다 훨씬 높은 곳에 있기 때문에 그들은 줄기의 밑동을 잘라서 먹이가 될 낟알들을 떨어뜨린다.

곡물 줍는 일을 제외하면, 수확개미들의 활동은 자기들

문명의 주위에서 자라는 모든 식물들을 없애는 것이다. 그것을 위해 그들은 자기들이 직접 만든 제초제를 사용한다. 배에 달린 분비샘에서 나오는 인돌초산이 그것이다.

103683호와 4000호가 다가가자 수확개미들은 아는 체를 하는 둥 마는 둥 한다. 그들은 불개미를 본 적이 없기 때문에 그들이 보기에 두 개미는 기껏해야 도망쳐 나온 노예 개미이거나 로메쿠사의 분비물을 찾는 개미이다.

그럼에도 수확개미 하나가 마침내 두 개미에게서 흑개미의 냄새가 섞여 있음을 알아차린다. 그 개미는 일하던 것을 멈추고 동료 하나를 데리고 다가온다.

《그대들은 흑개미들을 만났는가? 그들은 어디에 있는가?》

이야기를 나누면서 벨로캉 개미들은 몇 주 전에 흑개미들이 수확개미들의 둥지를 공격했다는 사실을 알게 된다. 흑개미들은 독침으로 1백여 마리의 일개미와 생식 개미를 죽이고 비축해 놓은 곡물 가루를 다 빼앗아 갔다고 한다. 당시에 수확개미들의 군대는 새로운 곡물을 찾아서 남쪽으로 통하는 들녘에 나갔다가 돌아오는 길이었기 때문에 나중에 피해를 확인하는 일밖에 할 수가 없었다는 것이다.

두 불개미는 자기들이 흑개미들을 만났다는 사실을 인정하고, 그들을 찾으러 가려면 어디로 가야 하는지를 일러 준다. 수확개미들이 질문을 하자 두 불개미는 자기들의 모험담을 들려준다.

《그대들은 세계의 끝을 찾아 나선 것인가?》

두 개미가 그렇다고 하자 수확개미들이 발랄한 냄새가 나는 웃음의 페로몬을 터뜨린다.

《왜 웃음보를 터뜨리는가? 세계의 끝이 없단 말인가?》

《아니, 있다. 그대들이 있는 곳이 바로 세계의 끝이다! 수확하는 일 외에 우리의 주된 활동이 세계의 끝을 건너려고 시도하는 일이다.》

수확개미들은 다음 날 아침부터 두 〈관광객〉을 그 형이상학적인 곳으로 안내하겠다고 자원한다. 그날 저녁은 너도밤나무 껍질 속에 수확개미들이 파놓은 작은 둥지의 보호를 받으며 토론의 시간을 보낸다.

《세계의 끝을 지키는 자들이 있다던데?》 103683호가 묻는다.

《걱정하지 않아도 된다. 곧 그들을 보게 될 것이다.》

《그들은 어떤 군대도 일거에 박살 낼 수 있는 무기를 가지고 있다던데 그게 사실인가?》

수확개미들은 이 낯선 개미들이 그렇게 세세한 데까지 알고 있는 것에 놀라워한다.

《사실이다.》

그렇다면 103683호는 곧 비밀 무기의 수수께끼를 풀게 될 것이다.

그날 밤 103683호는 꿈을 꾸었다. 땅덩어리가 직각을 이루며 멎는다. 물로 이루어진 수직 벽이 하늘을 침범하고, 그 물 벽에서 아주 파괴적인 아카시아 가지들을 들고 있는 파랑개미들이 나온다. 그 마력을 지닌 가지의 끝을 갖다 대기만 하면 어느 것이나 박살이 난다.

제4장  **미로의 끝**

오귀스타 할머니는 하루 내내 성냥개비 여섯 개를 가지고 씨름하였다. 벽은 현실적인 것이라기보다는 심리적인 것이다. 할머니는 그것을 진작 알고 있었다. 에드몽이 〈다른 방식으로 생각해야 한다!〉고 하지 않았던가. 아들이 뭔가를 발견했던 것이 분명하다. 그는 자기의 지력을 이용해서 그것을 감춘 것이다.

할머니는 에드몽이 어린 시절에 만들었던 둥지를 떠올렸다. 그에게는 자기의 〈굴〉을 만드는 버릇이 있었다. 아마 사람들이 그의 모든 굴을 부수어 버렸기 때문에 그는 사람들이 접근할 수 없는 굴을 하나 만들려고 했던 모양이다. 아무도 자기를 방해할 수 없는 장소……. 내면의 어떤 장소처럼 남의 눈에 띄지 않고 평화를 느낄 수 있는 곳을.

오귀스타 할머니는 자기를 사로잡고 있던 무기력감을 털어 버렸다. 어린 시절의 추억 한 토막이 떠올랐다. 어느 겨울밤이었다. 아주 어릴 때였는데, 문득 영 아래에 수들이 존재한다는 생각, 즉 3, 2, 1, 0 다음에 −1, −2, −3……이 있다는 생각이 들었다. 장갑을 뒤집은 것처럼 거꾸로 뒤집은 수가 있었던 것이다. 그러니까 0은 모든 것의 끝이나 시작이 아니었다. 반대편에 또 다른 무한한 세계가 존재하고 있음을 알게 된 것이었다. 갑자기 〈영〉의 벽이 폭발해 버린 듯한 느낌이 들었다.

일곱 살이나 여덟 살밖에 안 되었을 때의 일이지만, 그 발견이 어린 오귀스타의 마음을 흔들어 밤새도록 잠을 못 이루게 했다.

뒤집어 놓은 수……. 그것은 또 다른 차원이 열린 것이었다. 3차원. 입체!

오 하느님!

할머니의 손이 흥분으로 떨리고 있다. 주르르 눈물이 흐른다. 할머니는 마음을 가라앉히며 성냥개비들을 집는다. 성냥개비 세 개를 세모꼴로 놓는다. 그런 다음 꼭짓점마다 성냥개비를 하나씩 세우고, 그 세 성냥개비가 위쪽의 한 점에서 만나게 한다.

그러자 세모뿔[37] 하나가 만들어진다. 세모뿔 하나와 정삼각형 네 개.


여기가 세계의 끝이다. 세상에 이런 곳이 있다는 게 너무나 놀랍다. 자연적인 것은 하나도 없고 땅 한 뼘 보이지 않는다. 103683호가 상상했던 모습이 아니다. 세계의 끝은 검은색이다. 그렇게 까만 것을 일찍이 본 적이 없다. 아주 단단하고 매끈매끈하며 미지근하고 광물성 기름의 냄새가 난다.

꿈에서 본 수직의 바다는 없고 어마어마하게 사나운 공기의 흐름들이 있다.

두 개미는 어찌 된 영문인가를 이해하려고 한동안 애를 쓴다. 이따금 진동이 느껴진다. 진동의 강도가 기하급수적으

37 원문에는 피라미드pyramide로 되어 있다. 이집트 파라오들의 무덤이었던 피라미드는 네모뿔이다. 그러나 피라미드라는 말은 넓은 뜻으로 사용할 때 세모뿔, 네모뿔, 다섯모뿔 등 모든 모뿔을 가리키는 말이 된다.

로 높아진다. 그러더니 돌연 땅이 흔들리면서 세찬 바람이 더듬이를 강타하고, 끔찍한 소음이 앞다리 종아리마디에 있는 고막을 찢는 듯하다. 사나운 바람이 한바탕 휩쓸고 간 듯한데, 그 현상은 일어나기가 무섭게 멎어 버리면서 먼지의 소용돌이만을 남긴다.

수확개미들 가운데 많은 탐험 개미들이 이 경계를 넘어서려고 했지만 감시자들이 지키고 있어 뜻을 이루지 못했다. 그 소음, 그 바람, 그 진동이 바로 세계의 끝을 지키는 감시자들이다. 그들은 검은 땅 위로 나아가려는 모든 것을 죽여 버린다.

두 불개미가 수확개미들에게 그 감시자들을 본 적이 있느냐고 묻는다. 불개미들이 대답을 들으려는 찰나, 또 한차례 격렬한 소음이 일었다가 사라진다. 불개미들과 동행한 여섯 수확개미들 가운데 하나가 아무도 저 〈저주받은 땅〉 위로 갔다가 살아 돌아오지 못했다고 단언한다. 검은 땅을 밟기만 하면 감시자들이 으깨어 버린다는 것이다.

그 감시자들이 바로 라숄라캉과 수개미 327호의 원정대를 공격했던 그자들일 게다. 그런데 그들이 왜 세계의 끝을 떠나서 서쪽으로 진출했던 것일까? 그들은 세계를 침략하고 싶어 하는 것인가?

수확개미들은 그 점에 대해서 불개미들보다 더 아는 것이 없다. 그래도 그자들의 생김새를 설명해 줄 수 있으리라고 기대했는데, 그것도 아니다. 그들이 아는 거라곤, 감시자들에게 다가갔던 모든 개미들이 박살이 났다는 것뿐이다. 심지어는 그 감시자들이 어떤 생물의 범주에 들어가는지조차 모르고 있다. 즉, 그들이 거대한 곤충인지, 새인지, 식물인지조차 모르는 것이다. 수확개미들은 그저 그 감시자들이 아주 빠르고 힘이 세다는 것만 알고 있다. 그들의 힘은 개미들이 알고 있는 그 어떤 것보다 월등하다고 한다.

그때 4000호가 먼저 도전해 보겠다고 나선다. 뜻밖이다. 4000호는 그 무리를 떠나 과감하게 금기의 땅에 올라선다. 죽을 때 죽더라도 4000호는 그렇게 대담하게 세계의 끝을 건너 보고 싶은 것이다. 다른 개미들이 가슴을 졸이며 그를 바라본다.

그가 천천히 나아간다. 다리를 아주 조심스럽게 움직이면서, 죽음을 예고하는 아주 사소한 진동이나 냄새도 놓치지 않으려고 정신을 집중한다. 50머리, 1백 머리, 2백, 4백, 6백, 8백 머리를 건너갔다. 아무 일도 없다. 그가 무사하다!

개미들이 그에게 갈채를 보낸다. 그는 자기가 얼마만큼 왔는지 돌아본다. 좌우에 끊어졌다 이어졌다 하는 하얀 띠들이 보인다. 검은 땅 위에는 목숨 붙은 것이 하나도 없다. 곤충 한 마리, 풀 한 포기 보이지 않는다. 땅이 너무 시커멓다……. 이런 건 땅이라고 할 수가 없다.

멀리 앞쪽에 식물들이 보인다. 세계 끝 너머에 또 다른 세계가 있단 말인가? 4000호가 이 모든 것을 이야기해 주려고 둑 위에 머물러 있는 동료들에게 페로몬을 쏘아 보낸다. 그러나 너무 멀리 떨어져 있어서 대화하기가 힘들다.

4000호가 반 바퀴 돈다. 그때 거대한 진동과 소음이 다시 일어난다. 감시자들이 돌아온 것이다! 그는 동료들이 있는 곳으로 가려고 있는 힘을 다해 달린다.

그의 동료들은 엄청나게 큰 어떤 덩어리가 어마어마한 소리로 붕붕거리면서 그들 앞의 허공을 스쳐 가던 짧은 시간 동안 돌처럼 굳어 있었다. 감시자들이 광물성 기름의 냄새를 풍기며 지나갔다. 그 서슬에 4000호가 사라졌다.

개미들은 가장자리로 바싹 다가가서야 모든 것을 깨닫게 된다. 4000호의 몸뚱이는 두께가 10분의 1머리밖에 안 될 만큼 바싹 짓눌려져서 검은 땅에 눌어붙어 있는 것처럼 보인다.

이제 벨로캉 늙은 탐험 개미의 자취는 오간 데가 없다. 맵시벌 애벌레들이 주던 고통도 동시에 끝이 났다. 그 와중에서 맵시벌의 애벌레 하나가 등껍질을 뚫고 나오는 게 보인다. 붉은 갈색의 납작한 몸뚱이 한가운데에 하얀 점이 보일 듯 말 듯 하다.

세계의 끝을 지키는 감시자들은 그렇게 공격을 하는 것이다. 그저 한바탕의 시끄러운 소리가 들리고 한 줄기 바람이 스쳐 갔을 뿐인데, 순식간에 모든 것이 파괴되고, 가루가 되고, 으깨어진다. 103683호가 그 현상을 분석해 내기도 전에 또 다른 폭음이 들려온다. 아무도 제 문지방을 건너지 않았는데 죽음의 사자들이 휩쓸고 지나간다. 먼지가 일어났다가 내려앉는다.

검은 땅을 건너 보겠다는 103683호의 마음에는 변함이 없다. 그는 사테이 나루를 생각한다. 위로 건널 수 없다면 밑으로 가야 한다. 이 검은 땅이 강물이라고 생각하자. 강물을 건너는 가장 좋은 방법은 밑에 터널을 뚫는 것이다.

그가 여섯 마리의 수확개미에게 그 이야기를 들려주자, 그들은 즉각 열띤 반응을 보인다. 그렇게 확실한 방법이 있었는데 왜 여태 그런 생각을 하지 못했을까! 모두 위턱을 부지런히 놀려 땅을 파기 시작한다.

자종 브라젤과 로젠펠트 교수는 버베나 차를 그다지 즐겨 마시지 않았는데도, 그걸 즐길 줄 아는 사람이 되어 가고 있었다. 오귀스타 할머니가 그들에게 모든 것을 자상하게 이야기했다. 에드몽이 어머니 다음으로 두 사람을 집의 상속자로 지명했다는 것, 오귀스타 할머니 자신이 그런 것처럼 두 사람도 언젠가는 지하실을 탐사해 보고 싶은 생각을 갖게 될 거라는 것, 그래서 셋이서 힘을 합해 아주 효과적으로 일을 해내고 싶다는 것 등을 설명했다.

이미 오귀스타 할머니가 만반의 준비를 해놓은 터라, 세 사람에겐 말이 별로 필요 없었다. 서로를 이해하려고 애쓸 것도 없이 눈길 하나 미소 하나로 의견의 일치를 보았다. 셋 중의 어느 누구도 그렇게 즉각적으로 서로를 이해하게 되는 것을 경험한 적이 없었다. 게다가 서로를 이해하려는 것으로 그치지 않았다. 세 사람은 마치 하나가 되기 위해 태어난 사람들 같았고, 세 사람의 유전자 배열이 서로 딱 들어맞는 것처럼 보였다. 신기한 일이었다. 늙을 대로 늙은 오귀스타 할머니이지만 두 사람은 할머니를 대단히 아름답다고 생각하고 있었다…….

그들은 에드몽을 떠올렸다. 한 점의 사심도 없이 고인에 대한 애정이 새삼스럽게 솟아오르는 것에 그들 자신이 놀랄 정도였다. 자종 브라젤은 자기 가족을 들먹이지 않았고, 다니엘 로젠펠트는 자기 일을 들먹이지 않았으며, 오귀스타 할머니는 자기 건강을 들먹이지 않았다. 그들은 그날 저녁에 당장 내려가기로 결정했다. 그들은 지금 여기에서 해야 할 일은 단 하나뿐이라는 것을 알고 있었다.

## 오랫동안 사람들은

오랫동안 사람들은 정보 공학, 특히 인공 지능 프로그램이 인간의 개념을 뒤섞어 새로운 각도에서 제시할 것이라고 생각했다. 한마디로, 전자 공학에서 새로운 철학을 기대했던 것이다. 그러나 다른 방식으로 제시한다고 해서 최초의 질료가 달라지는 것은 아니다. 인간의 상상력이 빚어낸 관념이라는 점에서 결국 마찬가지인 것이다. 그런 식으로는 더 이상 나아갈 수가 없다.

인간의 사고를 혁신하기 위한 가장 좋은 방법은 인간의 상상력에서 벗어나는 것이다.

에드몽 웰스, 『상대적이며 절대적인 지식의 백과사전』

클리푸캉은 규모 면에서나 지력 면에서 눈부시게 성장하여, 이제 하나의 〈청년〉 도시가 되었다. 치수 기술을 계속 발전시켜 지하 12층에 완벽한 운하망을 만들어 놓았다. 그 운하들 덕분에 식량을 도시 한끝에서 다른 끝으로 신속하게 운송할 수 있게 되었다.

클리푸캉 개미들은 많은 시간을 들여서 수상 운송 기술을 본궤도에 올려놓았다. 둥둥 떠다니는 월귤나무 잎새가 뗏목으로는 아주 제격이다. 물의 흐름에 따라 원하는 방향으로 가기만 하면 수백 머리의 물길을 여행할 수 있다. 예를 들면 동쪽의 버섯 재배장에서 서쪽의 진딧물 축사까지 물길로 오고 갈 수가 있는 것이다.

클리푸캉 개미들은 언젠가는 물방개 사육에 성공하리라고 기대하고 있다. 물속에 사는 그 커다란 딱정벌레들은 딱지날개 아래에 공기주머니가 달려 있어서 아주 빨리 헤엄칠 수가 있다. 그들을 길들여 월귤나무 잎새를 밀게 만든다면,

다소 불안정한 현재의 뗏목 추동 방식을 확실하게 개선할 수 있을 것이다.

클리푸니가 손수 미래 지향적인 한 가지 아이디어를 내놓았다. 거미그물에서 자기를 구해 준 뿔풍뎅이를 떠올린 것이다. 그 곤충을 전투에 이용한다면 얼마나 완벽한 무기가 될 것인가? 뿔풍뎅이는 이마에 커다란 뿔을 하나 가지고 있을 뿐만 아니라 철갑을 두른 것처럼 단단한 딱지가 있다. 게다가 그들은 빠른 속도로 날아다니기도 한다. 여왕개미의 생각은 그 곤충들의 부대를 만들어, 그 곤충 하나하나의 머리마다 열 마리의 포수 개미들을 배치한다는 것이다. 클리푸니의 눈에는 벌써 포수 개미들을 태운 뿔풍뎅이가 적진으로 날아가 적들의 머리 위로 개미산을 쏟아붓는 광경이 선하다. 거의 완벽한 무기가 아닌가…….

한 가지 걸림돌은 아직 그들의 언어를 이해하지 못하기 때문에, 물방개나 뿔풍뎅이를 사육하기가 훨씬 더 어렵다는 것이다. 그래서 일개미 수십 마리가 그들의 후각적인 발산물을 해독하느라고 시간을 보내고 있고, 그들에게 개미의 페로몬 언어를 가르칠 수 있는 방법을 모색하고 있다.

아직은 그 결과가 보잘것없지만, 클리푸캉 개미들은 그래도 그들에게 분비꿀을 주면서 자기편으로 끌어들이는 데까지는 성공했다. 먹이야말로 곤충 세계의 가장 확실한 공통어인 것이다.

도시 전체가 이렇게 활기차게 움직이고 있음에도, 클리푸니는 마음이 편치 않다. 예순다섯 번째 도시를 재가받으려고 세 개의 사절단을 연방 쪽으로 보냈건만 아직 아무런 소식이 없다. 벨로키우키우니가 동맹을 거부하는 것인가?

생각을 거듭할수록, 자기가 보낸 사절단 겸 첩보원들이 서투르게 행동하다가 바위 냄새를 풍기는 병정개미들에게 들킨 게 아닌가 하는 생각이 든다. 어쩌면 지하 50층에 있는 로메쿠사의 환각제 분비물에 유혹당했을지도 모른다. 그것도 아니라면 도대체 무슨 일일까?

클리푸니는 의혹을 말끔히 씻어 내고 싶었다. 여왕개미는 연방의 재가를 받는 일도 조사를 계속하는 것도 포기하고 싶지 않았다. 여왕개미가 801호를 파견하기로 결정한다. 클리푸캉에서 가장 훌륭하고 민첩한 병정개미이다. 그에게 모든 것을 일임하기 위하여 여왕개미가 젊은 병정개미와 완전 소통을 시행한다. 그 병정개미는 여왕개미가 알고 있는 모든 것을 알게 될 것이다. 그리하여 그는,

클리푸캉의 눈

클리푸캉의 더듬이

클리푸캉의 발톱이 되어

보고, 느끼고, 싸울 것이다.


할머니는 식량과 음료가 가득 든 배낭을 준비했다. 그 속에는 따뜻한 버베나 차가 든 보온병도 세 개나 들어 있었다. 무엇보다도 그 못된 르뒤크처럼 식량을 제대로 챙기지 않아서 오래 버티지 못하고 되올라오는 일이 생겨서는 안 될 터였다……. 그런데 혹시 그 사람이 암호 단어를 찾아낸 것은 아닐까? 오귀스타 할머니는 그럴 리가 없다고 단정했다.

자종 브라젤은 여러 가지 자질구레한 물건들을 챙겨 왔는데, 그 가운데는 대형 최루탄과 방독면 세 개도 들어 있었다.

다니엘 로젠펠트는 플래시를 부착한 최신형 사진기를 가져왔다.

세 사람은 바야흐로 회전목마와도 같은 나선 계단 속에서 돌고 있었다. 앞서 계단을 내려갔던 사람들이 그랬듯이, 계단을 내려가노라니 옛날 일들과 묻혀 있던 생각들이 하나 둘 떠올랐다. 어린 시절, 부모님, 가장 먼저 겪은 고통, 이러저러한 잘못들, 못다 이룬 사랑, 이기주의, 오만, 회한…….

세 사람의 몸이 전혀 피곤함을 느끼지 않고 기계처럼 움직이고 있었다. 그들은 지구의 살 속으로 들어가고 있었고, 과거의 삶 속으로 들어가고 있었다. 인생이란 참으로 긴 것이다. 그 긴 인생을 우리는 얼마나 창조적으로 살아왔던가! 창조적인 삶을 살기보다는 너무 쉽게 파괴적인 삶 쪽으로 쏠려왔던 것은 아닌가!

세 사람은 마침내 어떤 문 앞에 다다랐다. 문에는 다음과 같은 글귀가 새겨져 있었다.

죽음의 순간에 영혼은, 위대한 〈신비〉를 깨우친 사람들이 경험한 것과 똑같은 것을 느낀다.

맨 먼저 힘겨운 에움길을 무작정 달린다. 어둠 속을 나아가는, 불안하고 끝없는 행로이다.

그다음에는 종말을 앞두고 공포가 절정에 달한다. 전율, 부들거림, 식은땀, 격심한 공포가 지배한다.

그 단계가 끝나고 나면 바로 갑작스럽게 빛이 쏟아져 들어오고 그 빛을 향해 올라간다.

눈에 경이로운 빛이 비치고 영혼은 노랫소리와 춤추는 소리가 울려 퍼지는 순결의 땅과 풀밭을 지난다.

성스러운 말들이 신심을 일깨운다. 깨달음을 얻은 완벽한 인간은 자유로워지고, 〈신비〉를 찬양한다.


다니엘 로젠펠트가 사진 한 장을 찍었다.

「저 글귀를 읽은 적이 있지요. 플루타르코스[38]의 책에 나오는 겁니다.」자종이 힘주어 말했다.

「정말 멋진 글귀인데요.」

「어쩌 으스스하지 않아요?」오귀스타 할머니가 물었다.

「그렇군요. 하지만 지금 우리 상황이 저 글귀에 딱 들어맞는 것 같은데요. 저대로라면, 두려움 다음에 빛이 나타나겠군요. 이제 저 글귀대로 단계를 밟아 나가면 되는 겁니다. 두려움이 필요하다면 두려워합시다.」

「바로, 쥐들…….」

더 이상의 말이 필요 없다는 듯이 정말로 쥐들이 나타났다. 세 탐험가는 쥐들이 굽 높은 신발께까지 살금살금 다가오는 것을 느끼면서 쥐들이 몸에 닿을까 전전긍긍했다. 다니엘이 다시 사진기를 작동시켰다. 회색 낯짝에 새까만 귀를 가진 징그러운 털 짐승의 모습이 플래시 불빛에 드러났다. 자종이 부랴부랴 방독면을 나누어 주고 주위에 최루 가스를 듬뿍 뿌렸다. 쥐들은 이내 줄행랑을 쳤다.

세 사람은 다시 내려가기 시작해서 오랫동안 더 내려갔다.

「우리 뭐 좀 먹을까요?」오귀스타 할머니가 제의했다.

할머니의 제안을 받아들여 그들은 식사를 했다. 쥐 사건을 모두 잊은 듯했다. 세 사람 모두 최상의 기분을 느끼고 있었다. 좀 썰렁했기 때문에 그들은 식사 끝에 술 한 모금과 따

---

38 Plutarchos(46?~120?). 그리스의 역사가, 철학자.

뜻하고 맛있는 커피 한 잔씩을 마셨다. 버베나 차는 언제나 그렇듯이 간간이 입가심으로만 마시는 거였다.

개미들은 한참을 파 들어간 다음 무른 흙이 있는 지대를 거쳐서 다시 올라온다. 마침내 더듬이 한 쌍이 땅 위로 비죽 솟아올랐다. 잠망경 같다. 처음 맡는 냄새들이 잠망경에 밀려든다.

개미들이 한데로 나온다. 세계의 끝 건너편에 다다른 것이다. 여전히 물의 벽은 보이지 않는다. 그러나 너무나 낯선 세계가 펼쳐져 있다. 몇 그루의 나무, 몇 군데의 풀밭이 보이는가 했더니 이내 단단하면서 매끄러운, 잿빛의 허허벌판이 나타난다. 개미 도시 하나, 흰개미 도시 하나 보이지 않는다.

몇 걸음 나아가니 시커멓고 거대한 것들이 그들 주위로 덤벼든다. 감시자들과 비슷하기는 한데, 마구잡이로 덤벼든다는 점이 다르다.

그뿐이 아니다. 앞쪽 멀리에 거대한 돌덩이가 하나가 서 있다. 너무 높아서 더듬이로 그 끝을 가늠할 수가 없다. 그 돌덩이는 하늘을 가리고 땅을 짓누르고 있다.

저건 세계 끝의 벽일 게다. 저 뒤에는 문이 있다. 103683호가 생각한다.

조금 더 나아가다가 그들은 한 무리의 바퀴벌레들과 맞닥뜨린다. 바퀴들은 뭔지 알 수 없는 어떤 덩어리 위에 달라붙어 있다. 그들의 딱지는 투명하기 때문에 내장과 기관이 훤히 들여다보이고 혈관 속에서 움직이는 피도 보인다. 흉측한 것들! 개미들이 바퀴벌레들을 피해 달아난다. 그때 어떤 덩어리가 떨어져서 수확개미 세 마리는 가루가 되었다.

그럼에도 103683호와 세 동료는 계속 가기로 마음을 정한다. 구멍이 송송 뚫린 나지막한 벽들을 지나 커다란 돌덩어리가 있는 쪽으로 계속 나아간다. 그때, 그들은 너무나 기이한 구역 안으로 들어온 것을 알고 소스라치게 놀란다. 그곳은 땅이 빨갛고 우툴두툴하다. 우물같이 생긴 것이 하나 있다. 그 안에 들어가서 휴식을 좀 취할까 생각하고 있는데, 갑자기 지름이 10머리는 족히 될 하얀 공이 하늘에서 떨어져 통통거리며 그들을 쫓아온다. 그들이 우물로 뛰어들어 가까스로 벽에 달라붙자마자 공이 바닥에 부딪힌다.

그들이 다시 우물에서 나온다. 겁에 잔뜩 질려서 허둥지둥 달린다. 주위를 둘러보니 땅이 파랗기도 하고 풀빛이기도 하고 노랗기도 하다. 도처에 아까와 같은 우물이 있고 하얀 공들이 그들을 쫓아온다. 이젠 도저히 못 참겠다. 용기에도 한계가 있다. 이 세계는 정말이지 너무 기이해서 견딜 수가 없다.

그래서 그들은 숨이 끊어질 정도로 내달려 도망을 친다. 지하도를 건너 정상적인 세계로 되돌아온다.


**문명의 충돌(계속)**

두 문명이 만나면서 커다란 충격을 주었던 또 다른 예는, 서양과 동양의 만남이다.

중국 한나라의 연대기를 보면, 서기 115년경에 로마 제국의 것으로 보이는 배 한 척이 풍랑을 만나 며칠간 표류한 끝에 중국 해안에 닿았다는 기록이 있다.

그런데 그 배에 타고 있던 사람들은 곡예사들과 마술사들이었다. 그들은 뭍에 닿자마자 그 미지의 나라 주민들에게 잘 보이려고 구경거리를 제공했다. 그리하여 중국인들은 코 큰 이방인들이 불을 뱉어 내고 자기들의 사지를 묶고 개구리를 뱀으로 바꾸는 광경을 넋을 잃고 보게 되었다.

중국인들이 서방에는 광대와 불 먹는 자들이 살고 있다고 결론을 내린 것은 당연하다. 그 후로 수백 년이 흘러서야 중국인들의 그릇된 생각을 일깨워 줄 기회가 생겼다.

에드몽 웰스, 『상대적이며 절대적인 지식의 백과사전』

세 사람이 마침내 조나탕이 만들어 놓은 벽 앞에 이르렀다. 성냥개비 여섯 개로 정삼각형 네 개를 어떻게 만드는가? 다니엘은 사진을 찍는 것도 잊지 않았다. 오귀스타 할머니가 PYRAMIDE라는 단어의 철자를 하나하나 누르고 나자 벽이 스르르 돌아갔다. 오귀스타 할머니는 자기 손자가 대견스럽다는 생각을 했다.

그들이 지나가자 곧 벽이 원래 위치로 되돌아가는 소리가 들렸다. 자종이 벽에 불빛을 비추었다. 어디나 바위뿐이었다. 그런데 좀 전에 보았던 벽들과는 다른 점이 있었다. 아까는 벽이 불그스름했는데 이제는 벽이 노랗다. 유황의 광맥이 드러나 있는 것이다.

공기는 여전히 숨 쉬기에 거북함이 없었다. 어디선가 조금씩 공기가 흘러 들어오고 있다는 느낌마저 들었다. 르뒤크 교수 말대로 이 동굴이 퐁텐블로 숲으로 통해 있는 것일까?

그때 갑자기 또 한 무리의 쥐들이 나타났다. 앞서 만났던 쥐들보다 훨씬 더 공격적인 놈들이었다. 자종은 그 이유를 알 것 같았다. 그러나 그것을 다른 사람들에게 설명할 겨를이 없었다. 그들은 방독면을 다시 쓰고 최루 가스를 뿌렸다.

조나탕이 만든 벽이 자주 회전한 것은 아니겠지만, 그때마다 〈적색 지대〉에 있던 쥐들이 먹이를 찾아 〈황색 지대〉로 넘어왔을 것이다. 그런데 적색 지대의 쥐들은 그래도 근근이 살아 나갈 수 있었겠지만 황색 지대로 이주해 온 쥐들은 먹고살 만한 것을 전혀 찾아내지 못한 나머지 저희들끼리 먹고 먹히고 했을 것이었다.

그러니 세 사람을 그 살아남은 쥐들이 가만히 둘 리가 없었다. 그놈들에게는 최루 가스가 별로 효과를 보지 못했다. 놈들이 덤벼들었다. 펄쩍펄쩍 뛰면서 팔에 달라붙으려고 했다.

다니엘은 혼비백산하여, 놈들이 앞을 못 보도록 손전등 빛을 마구 휘둘러 댔다. 그러나 그 흉측한 짐승들은 무게가 수십 킬로그램이나 되는 사람들을 무서워하지 않았다. 세 사람의 몸에 상처가 나기 시작했다. 자종이 단검을 빼어 들고 쥐 두 마리를 찌른 다음 그것을 다른 쥐들에게 먹이로 던져 주었다. 오귀스타 할머니는 작은 권총을 몇 방 쏘았다……. 그렇게 그들은 쥐 떼를 벗어났다. 이제 때가 된 것이다.

### 어렸을 때 나는

어렸을 때 나는 몇 시간이고 땅바닥에 길게 엎드려서 개미집을 관찰하곤 했다. 나에게는 그것이 텔레비전보다 더 〈현실적〉인 것으로 느껴졌다.

개미집을 관찰하면서 몇 가지 의문을 갖게 되었는데, 그 가운데 하나는 이런 것이었다. 내가 개미집을 유린하고 난 뒤에, 개미들은 다친 개미들 중에서 어떤 개미는 데려가고 어떤 개미는 죽게 내버려 두었다. 모두 크기는 똑같았는데도 말이다. 도대체 어떤 선별 기준이 있길래 어떤 개체는 쓸모가 있고 어떤 개체는 쓸모가 없다고 판단하는 것일까?

에드몽 웰스, 『상대적이며 절대적인 지식의 백과사전』

세 사람은 유황 광맥의 노란 줄무늬가 있는 굴속을 달렸다.

그러고 나서 다다른 곳은 어떤 철망 앞이었다. 철망의 가운데에 나 있는 출입구가 철망 전체의 모습을 고기잡이할 때 쓰는 통발처럼 보이게 했다. 출입구는 보통 몸집을 가진 사람 하나가 통과할 수 있을 만큼 좁아지면서 둥근 뿔 모양을 이루고 있는데, 둥근 뿔의 출구에 뾰족한 것들을 놓은 것으로 보아 한번 빠져나가면 다시는 되돌아 나올 수 없을 것 같았다.

「이건 최근에 설치한 거예요…….」

「그렇군요. 이 문과 이 통발을 만든 사람들은 일단 들어온 사람들이 되돌아가는 것을 원치 않는 것 같군요.」

오귀스타 할머니는 그것 역시 조나탕의 작품일 것으로 생각했다. 조나탕은 문과 금속에 통달한 사람이었던 것이다.

「보세요!」

다니엘이 새김글 위에 불빛을 비추었다.

여기에서 의식(意識)이 끝납니다.
무의식 안으로 들어오시겠습니까?

그들은 어안이 벙벙하여 잠시 가만히 앉아 있었다.

「어떻게 하죠?」

모두가 같은 순간에 같은 생각을 하고 있었다.

「여기까지 와서 포기할 수는 없잖아요. 끝까지 가봅시다!」

「제가 앞장을 서겠습니다.」다니엘이 말 꼬리 같은 머리채가 걸리지 않도록 깃 안에 넣으면서 말했다.

그들은 엉금엉금 기어서 차례차례 강철 통발 속을 통과했다.

「이상하네. 언젠가 이런 경험을 한 적이 있다는 느낌이 들어요.」

오귀스타 할머니가 말했다.

「한번 들어가면 못 나오는 통발 속에 들어가 보신 적이 있다고요?」

「그래요. 아주 오래전 일이었지.」

「아주 오래전에 무슨 일이 있었는데요?」

「아주 어렸을 때지. 생후…… 1초나 2초쯤 되었을 때지.」


도시로 돌아온 수확개미들이 세계의 건너편, 괴물들과 이해할 수 없는 현상들로 가득 찬 땅을 돌아다니며 겪은 일들을 이야기하고 있다. 바퀴벌레, 시커먼 덩어리들, 거대한 돌덩어리, 우물, 하얀 공…… 도저히 안 되겠더라고! 그렇게 괴상한 세계에 도시를 만드는 건 불가능해.

103683호는 구석 자리에 앉아 힘을 다시 모으며 생각에 잠겨 있다. 동포들이 그의 얘기를 듣게 되면, 모든 지도를 다시 만들고 지리학의 기본 원칙들을 재고해야 할 것이다. 이제 연방으로 돌아가야 할 시간이 되었다.


통발을 빠져나오고 나서도 세 사람은 한참을 더 걸었다.

정확히는 알 수 없었지만 10킬로미터 정도는 족히 나아간 듯했다. 그렇게 걸었으니 피곤을 느끼기 시작하는 것도 당연한 일이었다.

그들은 동굴 바닥을 가로지르는 실개천에 다다랐다. 실개천의 물은 아주 뜨겁고 유황 성분이 많이 들어 있었다.

다니엘이 문득 걸음을 멈추었다. 물의 흐름을 따라 떠가는 나뭇잎 위에서 언뜻 개미들을 본 것 같았다. 그가 다시 걸음을 멈추었다. 아마도 유황 냄새 때문에 환각이 일어나는 모양이라고 그는 생각했다.

몇백 미터를 더 나아갔을 때, 자종의 발밑에서 우두둑거리는 소리가 났다. 그가 불빛을 비추어 보고 떨리는 비명을 질렀다. 해골의 갈비뼈였다! 다니엘과 오귀스타 할머니가 손전등으로 주위를 비추어 보다가 다른 해골 두 개를 더 찾아냈다. 그중의 하나는 크기로 보아 아이 것 같았다. 혹시 조나탕네 식구들은 아닐까?

그들은 다시 걸음을 떼어 놓기 시작하여 내처 달렸다. 쥐들이 다가오는 듯 둔중한 울림이 느껴졌다. 벽의 노란 빛깔이 흰색으로 바뀌었다. 석회암의 빛깔이다. 기진맥진한 상태가 되어서야 그들은 동굴의 끝에 이르렀다. 거기에서 다시 올라가는 나선 계단이 시작되고 있었다.

오귀스타 할머니는 마지막 남은 총알을 쥐들을 향하여 쏘았다. 그런 다음, 그들은 나선 계단 속으로 뛰어들었다. 자종은 아직 정신이 말짱해서 그 나선 계단이 먼저 것을 뒤집어놓은 것처럼 있음을 깨달았다. 다시 말하면, 내려올 때와 마찬가지로 시계 방향으로 돌면서 올라가게 되어 있었던 것이다.

벨로캉 개미 하나가 도시 안에 들어왔다는 소식에 온 도시가 술렁거리고 있다. 클리푸캉이 연방의 예순다섯 번째 도시로 공인되있음을 알리기 위해 연방의 사절이 온 것이라는 얘기가 파다했다.

그러나 여왕개미 클리푸니는 백성들처럼 낙관적인 생각을 하고 있지 않다. 클리푸니는 벨로캉에서 온 그 개미를 미심쩍게 생각하고 있다. 혹시 벨로캉에서 바위 냄새 풍기는 병정개미를 파견하여 이 도시에 침투시킨 것은 아닐까?

《그자는 어떻던가?》

《아주 지쳐 있었습니다. 며칠 만에 오느라고 벨로캉에서부터 달려온 것 같습니다.》

기진맥진해서 주위를 배회하고 있던 그 개미를 발견한 것은 목축 개미들이었다. 그 개미는 이제껏 아무 페로몬도 발산하지 않았으며, 클리푸캉 개미들은 그의 원기를 되찾아 주려고 그를 꿀단지개미들의 방으로 데려갔다고 한다.

《그를 여기로 데려오라. 단둘이서 이야기를 나누고 싶다. 그렇지만 경비병들은 입구에 머물러 있다가 내가 신호를 보내면 즉각 출동하기 바란다.》

클리푸니는 자기가 태어난 도시에서 소식이 오기를 학수고대하고 있었다. 그러던 차에 그곳의 개미 하나가 도시 안으로 들어온 것이다. 그러나 그 소식을 접하고 클리푸니가 가장 먼저 떠올린 생각은 그 개미가 첩자가 아닐까라는 의심과 그렇다면 그를 죽여야 한다는 생각이었다. 그를 만나 볼 때까지는 두고 볼 것이지만, 그에게서 조금이라도 바위 냄새가 풍긴다면 가차 없이 죽여 버릴 것이다.

클리푸캉 개미들이 그 벨로캉 개미를 데려온다. 클리푸니와 그 벨로캉 개미는 상대방을 알아보고 이내 서로에게 달려들어, 위턱을 활짝 벌리고 가장 기름진 먹이를 교환한다. 감정이 복받쳐서 두 개미는 한동안 발산할 페로몬을 잊고 있다.

클리푸니가 먼저 페로몬을 발한다.

《조사는 어디까지 진행됐나? 흰개미 도시는 가보았나?》

103683호는 동쪽 강을 건너 흰개미 도시를 찾아갔던 일이며, 흰개미 도시가 폐허가 되어 흰개미 하나 살아 있지 않았다는 얘기를 들려준다.

《도대체 누가 그런 짓을 했단 말인가?》

그 모든 이해할 수 없는 사건들을 일으킨 자들은 세계의 동쪽 끝을 지키는 자들이라고 병정개미가 설명한다. 그 동물들은 보이지 않고 느껴지지도 않는 아주 이상한 것들이며, 갑자기 하늘에서 튀어나와 모든 개미들을 죽인다는 것이다.

클리푸니가 주의 깊게 듣고 있다. 103683호가 덧붙인다.

《그런데 설명할 수 없는 것이 하나 있습니다. 세계의 끝을 지키는 자들이 어떻게 바위 냄새 풍기는 병정개미들을 조종할 수 있느냐는 것입니다.》

클리푸니는 자신이 알고 있는 것을 이야기한다. 바위 냄새 풍기는 병정개미들은 첩자들도 아니고 용병들도 아니며, 유기체와도 같은 도시가 지나친 스트레스를 받지 않도록 감시하는 비밀 군대이다. 그들은 도시를 고뇌에 빠뜨릴 염려가 있는 정보들을 차단한다……. 클리푸니는 그 암살자들이 327호를 죽인 거며, 클리푸니 자신을 죽이려 했던 것을 이야기한다.

《그럼 도시 바닥의 바위 밑에 감추어 놓은 식량은 어떻게 된 겁니까? 화강암 속의 통로는요?》

그 점에 대해서는 클리푸니가 아무 대답을 못 한다. 바로 그 두 가지 수수께끼를 풀려고 사절 겸 첩자들을 파견해 놓은 터였다.

젊은 여왕개미가 벗에게 자기 도시를 구경해 보라고 권한다. 길을 가면서 여왕개미는 물을 얼마나 훌륭하게 활용할 수 있는지를 설명한다. 예를 들어 동쪽 강은 빠지면 죽을 수밖에 없는 곳으로 줄곧 생각되어 왔지만, 그것 역시 물이기는 마찬가지이고, 여왕개미는 거기에 빠졌어도 죽지 않고 살아났다. 언젠가는 나뭇잎 뗏목을 타고 그 강을 내려가서 세계의 북쪽 끝을 발견할 수도 있을 것이다……. 클리푸니는 어쩌면 북쪽 끝을 지키는 자들도 있을 거라면서 그들을 부추겨서 동쪽 끝에 있는 자들과 싸움을 붙일 수도 있으리라며, 흥분된 페로몬을 발한다.

103683호는 클리푸니에게 거창한 계획이 많다는 것을 알아차린다. 모든 계획이 실현성이 있어 보이지는 않지만, 벌써 이루어 놓은 성과가 눈부시다. 그 병정개미는 이렇게 광대한 버섯 재배장이나 진딧물 축사를 일찍이 본 적이 없었고, 지하 운하 위를 떠다니는 뗏목도 본 적이 없었다.

그러나 무엇보다도 병정개미를 놀라게 한 것은 여왕개미가 발한 마지막 페로몬이다.

여왕개미는 사절들이 두 주가 지나도록 돌아오지 않으면 벨로캉을 상대로 전쟁을 선포하겠다고 단언한다. 여왕개미는 자기가 태어난 그 도시가 세계에 대한 적응력을 잃고 있다고 생각한다. 바위 냄새 풍기는 병정개미들이 존재한다는 사실 하나만 보아도 그 도시가 현실에 정면으로 맞서지 못한다는 것을 알 수 있다는 것이다. 벨로캉은 달팽이처럼 겁이 많은 도시이다. 옛날에는 혁신적이었지만 이제는 시대에 뒤져 있다. 세대교체가 필요하다. 여기 클리푸캉에서는 개미들이 훨씬 더 빠르게 진보하고 있다. 클리푸니는 자기가 연방을 이끌게 된다면 연방을 빠르게 발전시킬 수 있을 것으로 생각하고 있다. 65개 도시가 함께 클리푸니의 제안을 실천해 나간다면 열 배나 더 많은 성과를 얻게 될 것이다. 클리푸니는 벌써 강물을 정복할 생각을 하고 있으며 뿔풍뎅이를 이용하여 비행 군단을 가동시킬 구상을 가지고 있다.

103683호가 망설인다. 그는 자기의 모험담을 들려주기 위하여 벨로캉으로 돌아갈 생각을 가지고 있었는데, 클리푸니가 그 계획을 포기하라고 요구하는 것이다.

《벨로캉에는 비밀 부대가 정보를 통제하고 있다. 자기네들이 원하지 않는 것은 군이 알려고조차 하지 않는다.》

나선 계단의 꼭대기에 알루미늄으로 된 층층대가 몇 계단 더 이어져 있다. 그 알루미늄 층층대가 르네상스 시대에 만들어진 것일 리 없다. 세 사람은 어떤 하얀 문에 다다른다. 또 뭔가가 씌어 있다.

그리하여 나는 어떤 벽 근처에 이르렀습니다. 그 벽은 수정으로 지어졌고, 넘실거리는 불길에 휩싸여 있었습니다. 그 모습을 보고 나는 처음에 겁을 먹었습니다.

그런 뒤에 나는 넘실거리는 불길을 헤치고 들어가 수정으로 지어진 커다란 저택 근처에 이르렀습니다.

바라보니 그 집의 벽은 바둑판무늬가 진 수정의 물결 같았고, 바닥도 수정으로 되어 있었습니다.

그 천장은 은하수 같았습니다.

별들 사이사이에 불의 형상이 있었고, 하늘은 물처럼 맑았습니다.

「에녹」[39] 1장

그들은 문을 밀고 들어가 아주 가파른 통로를 올라간다. 그때 갑자기 그들이 밟고 있던 바닥이 무너진다. 회전 바닥이다! 추락의 시간이 아주 길어서 공포를 느끼던 순간이 지나가자 날고 있다는 느낌이 든다. 그들이 날고 있다!

그들의 몸은 그네 곡예사들이 쓰는 그물처럼 코가 촘촘한 거대한 그물에 떨어진다. 엉금엉금 기면서 그들이 땅바닥을 더듬는다. 자종 브라젤이 다른 문 하나를 찾아낸다. 이 문에는 암호 글자판 같은 것은 없고 평범한 손잡이가 달려 있을 뿐이다. 그가 낮은 목소리로 두 동료를 부른 다음, 문을 연다.

### 노인

아프리카에서는 갓난아이의 죽음보다 노인의 죽음을 더 슬퍼한다. 노인은 많은 경험을 쌓았기 때문에 부족의 나머지 사람들에게 도움을 줄 수 있지만, 갓난아이는 세상을 경험해 보지 않아서 자기의 죽음조차도 의식을 못 한다는 것이다.

유럽에서는 갓난아이의 죽음을 슬퍼한다. 살았더라면 아주 훌륭한 일을 해낼 수 있었을 아기의 죽음을 안타까워하는 것이다. 그에 비해 노인의 죽음에 대해서는 거의 관심을 보이지 않는다. 어쨌든 노인은 살 만큼 살았다고 생각하는 것이다.

에드몽 웰스, 『상대적이며 절대적인 지식의 백과사전』

39 예언서의 성격을 띤 경외(經外) 성서의 한 편.

이곳에서는 파르스름한 빛이 흘러넘치고 있다.

성화와 성상이 없을 뿐 하나의 사원이나 다름없다.

오귀스타 할머니는 르뒤크 교수의 이야기를 떠올린다. 옛날에 신교도들이 박해가 너무 심해질 때마다 이곳으로 피신했다는 얘기가 사실인 듯하다.

돌을 깎아 만든 널따란 둥근 천장 아래에 널찍하고 아름다운 네모꼴의 방이 있다. 장식이 될 만한 것이라곤 가운데에 놓인 자그마한 옛날 풍금뿐이다. 풍금 앞에 보면대가 있고 그 위에 두툼한 서류철이 하나 놓여 있다.

벽은 온통 새김글로 덮여 있는데, 그 가운데 많은 것들은 세속의 안목으로 보더라도 사람의 솜씨라기보다는 악마의 솜씨에 가깝다. 르뒤크가 말한 대로, 신교도들의 뒤를 이어 밀교도들이 이 지하의 은신처를 차지했던 모양이다. 그리고 회전 벽이며 통발처럼 생긴 문이며 그물을 갖춘 허방다리는 옛날부터 있던 것이 아님에 틀림없다.

어디선가 물이 졸졸 흐르는 것 같은 소리가 들린다. 세 사람은 소리가 어디에서 나는지 두리번거려 보지만 쉽게 찾아지지 않는다. 파르스름한 불빛은 오른쪽에서 흘러나오고 있다. 거기에는 일종의 실험실 같은 것이 있다. 컴퓨터와 시험관들이 가득하다. 컴퓨터에 모두 불이 들어와 있다. 사원을 밝히는 그 파르스름한 빛은 컴퓨터의 화면에서 나오고 있는 것이다.

「뭐가 뭔지 모르시겠지요, 예?」

세 사람이 서로 바라본다. 셋 중 아무도 입을 연 사람이 없었다. 천장에 달린 전등에 불이 켜진다.

세 사람이 몸을 돌린다. 하얀 잠옷을 입은 조나탕 웰스가 그들 쪽으로 다가오고 있다. 그는 실험실 반대쪽에 있는 문을 통해 사원 안으로 들어왔다.

「안녕하세요, 오귀스타 할머니! 안녕하세요, 브라젤 선생님, 로젠펠트 선생님!」

이 느닷없는 인사에 세 사람은 어안이 벙벙하여, 아무 대답도 못 하고 있다. 그는 죽지 않았다! 저기 저렇게 시퍼렇게 살아 있다! 여기에서 어떻게 살아날 수 있었지? 세 사람은 무엇부터 물어야 할지 갈피를 못 잡고 있다.

「우리 작은 공동체에 오신 것을 환영합니다.」

「여기가 어디지?」

「여기는 17세기 초에 장 앙드루에 뒤 세르소[40]가 세운 신교도 사원 안입니다. 장 앙드루에는 파리 생탕투안가에 있는 쉴리 저택을 지어 유명해졌지만 제가 보기에는 이 지하 사원이 그가 남긴 최고의 걸작이에요. 돌을 깎아 만든 수 킬로미터의 동굴이지요. 이미 아셨겠지만, 어느 곳이나 공기가 통하게 되어 있습니다. 장 앙드루에가 환기 구멍들을 설치해 놓았거나 천연 동굴에 있는 공기구멍의 원리를 활용했을 것입니다. 그가 어떻게 했는지는 저도 잘 모릅니다. 놀라운 것은 그뿐이 아닙니다. 공기가 통할 뿐만 아니라 물도 있습니다. 동굴 몇 군데에 개울이 지나가는 것을 보셨을 것입니다. 보세요, 여기까지도 개울이 하나 흘러들고 있습니다.」

40 Jean Androuet du Cerceau(1585~1649). 앙드루에 뒤 세르소는 많은 건축가를 배출한 프랑스의 가문이다. 즉, 장의 아버지 바티스트(1545~1590), 할아버지 자크 1세(1510~1585)가 모두 유명한 건축가이다. 장은 퐁텐블로궁의 테라스와 U 자형 계단을 지었으며, 1624년에는 파리의 갈레(쉴리라고도 함) 저택을 지었다.

조나탕이 졸졸거리는 소리가 계속 흘러나오고 있는 곳을 가리킨다. 풍금 뒤에 조각 장식을 새겨 넣은 샘이 하나 있다.

「여러 세대에 걸쳐서 많은 사람들이 평화와 고요를 찾아서 이곳에 은둔했습니다. 어떤 일, 예컨대 심혈을 기울여야 하는 어떤 일을 하기에는 더없이 좋은 장소이지요. 에드몽 삼촌은 어떤 비서(秘書)에서 이 동굴이 있다는 것을 발견하고 여기에 와서 일을 하신 겁니다.」

조나탕이 더 가까이 다가온다. 그에게서 예전 같지 않은 부드러움과 느긋함이 풍겨 나온다. 오귀스타 할머니가 그것을 느끼고 깜짝 놀란다.

「그건 그렇고 여기 오시느라 진이 다 빠지셨을 것 같은데, 저를 따라오세요.」

그는 방금 전에 들어왔던 문을 밀고 들어가 세 사람을 어떤 방으로 데려간다. 방 안에는 팔걸이가 없는 긴 의자 몇 개가 둥그렇게 놓여 있다.

조나탕이 소리친다.「뤼시, 손님들이 오셨어!」

「뤼시라고! 그 애도 함께 있니?」 오귀스타 할머니가 기쁜 마음에 소리친다.

「그렇군, 여기에 모두 몇 명이 있는 겐가?」 다니엘이 묻는다.

「여러분께서 오시기 전까지 열여덟 명이었습니다. 뤼시, 니콜라, 소방대원 여덟, 갈랭 형사, 치안대원 다섯, 빌셍 경정, 그리고 저까지 해서 열여덟 명입니다. 한마디로 어려움을 무릅쓰고 내려온 사람들 전부죠. 곧 사람들을 만나게 되실 겁니다. 모두 자고 있습니다. 우리 공동체에서는 지금이 새벽 4시거든요. 저만 여러분께서 오시는 소리를 듣고 잠이

깬 거예요. 그건 그렇고 오시면서 봉변을 당하시지는 않으셨
나요?」

뤼시가 나타난다. 그녀 역시 잠옷 차림이다.

「안녕하세요!」

그녀가 미소를 지으며 다가와 세 사람과 빰을 맞대며 인사
를 나눈다. 그녀의 뒤에서 파자마 차림의 사람들이 새로 온
사람들을 보려고 문설주 밖으로 얼굴을 내밀고 있다.

조나탕이 샘물이 담긴 커다란 병과 물 잔을 가져온다.

「여기서 잠깐만 기다려 주십시오. 들어가서 옷도 갈아입
고 다른 사람들을 깨워서 여러분을 맞을 준비를 해야 되니까
요. 우리는 새로운 사람들이 올 때마다 조촐한 잔치를 벌이
지요. 그런데 이렇게 한밤중에 오실 줄은 몰랐어요……. 조
금 있다 뵙겠습니다!」

오귀스타 할머니와 자종과 다니엘은 꼼짝도 하지 않는다.
그 모든 이야기가 너무나 엄청나다. 다니엘이 갑자기 자기
팔뚝을 꼬집는다. 오귀스타 할머니와 자종도 다니엘의 행동
에 일리가 있다고 생각되는지 자기들도 따라 한다. 그러나
때로는 현실이 꿈보다 더 믿기지 않을 때가 있는 것이다. 세
사람은 얼떨떨하지만 즐거운 마음으로 마주 보고 미소를 짓
는다.


몇 분 후, 모든 사람들이 긴 의자 위에 둘러앉았다. 오귀스
타 할머니와 자종과 다니엘은 마음을 가다듬고 온갖 궁금증
을 풀 수 있으리라는 기대에 잔뜩 부풀어 있다.

「좀 전에 환기 구멍 얘기를 했는데, 우리가 지표면에서 멀
리 떨어져 있는 겐가?」

「아니에요. 기껏해야 3미터에서 4미터 정도 떨어져 있을 거예요.」

「그럼 바깥으로 다시 나갈 수 있는 겐가?」

「아니에요. 장 앙드루에 뒤 세르소는 이 사원을 어떤 것으로도 깨뜨릴 수 없을 만큼 단단하고도 거대한 바위 바로 밑에다 세웠어요. 화강암으로 된 바위예요.」

「그래도 팔뚝 크기만 한 구멍이 하나 뚫려 있기는 해요. 그 구멍이 당시에는 통풍구 구실을 했던 거지요.」뤼시가 남편의 말을 거들었다.

「지금은 그것이 통풍구로 안 쓰인다는 얘긴가요?」

「예, 지금은 그 구멍을 다른 용도로 쓰고 있어요. 그래도 상관없어요. 옆쪽에 다른 통풍구들이 있거든요. 지금 숨 쉬는 데 아무런 불편이 없으시잖아요.」

「우리는 그럼 나갈 수 없는 겐가?」

「예, 다른 곳으로는 혹시 몰라도 바로 위쪽으로는 안 됩니다.」

밖으로 나가는 문제에 강한 집착을 보이며 자종이 다시 묻는다.

「그런데 조나탕 자네는 왜 그 회전 벽이며 통발이며 밑이 빠지는 바닥이며 그물 따위를 설치한 겐가?」

「그건 바로 에드몽 삼촌께서 계획한 대로 만들어 놓은 것입니다. 그거 만드느라고 여러 가지 방법을 썼고 힘도 많이 들었어요. 그러나 꼭 해야 하는 일이었습니다. 처음으로 이 사원에 와서 저는 보면대와 마주쳤습니다. 그 위에는『상대적이며 절대적인 지식의 백과사전』말고도 에드몽 삼촌이 직접 제 앞으로 써놓은 편지가 한 통 있었습니다. 이게 그 편지입니다.」

세 사람이 편지를 차례로 읽는다.


친애하는 조나탕에게

나의 경고에도 불구하고 너는 내려오기로 결심을 했구나. 결국 너는 내가 생각했던 것보다 더 용기가 있었던 셈이야. 잘했다. 나는 네가 성공할 확률이 5분의 1정도라고 생각했지. 네 어머니가 너의 어둠 공포증에 대해서 얘기해 준 적이 있었단다. 네가 여기에 왔다는 사실은 무엇보다도 먼저 네가 그 약점을 극복해 냈다는 것을 의미하는 것이고 네 의지력이 강해졌음을 보여 주는 것이지. 우리에겐 그런 것이 필요하게 될 것이다.

이 서류철 속에서 『상대적이며 절대적인 지식의 백과사전』을 보게 될 것이다. 그 사전은 이 글을 쓰고 있는 지금 내 연구 작업에 대해서 적어 놓은 288개의 장으로 이루어져 있다. 나는 네가 288개의 장들을 모두 읽어 주기 바란다. 그것들은 그렇게 할 만한 가치가 있는 것들이다.

이 사전에 담긴 연구의 주안점은 개미 문명에 있다. 읽어 보면 자연히 알게 될 것이다. 그런데 먼저 너에게 당부해 둘 것이 하나 있다. 네가 여기에 도착했다는 것은 내가 미처 내 비밀을 지키는 데 필요한 안전장치를 마련하지 못했다는 것을 의미한다(내가 그것을 마련했더라면 네가 이렇게 쓰인 편지를 발견하지 못했을 것이다).

그 안전장치를 설치해 줄 것을 부탁한다. 내가 구상한 것을 몇 가지 스케치해 두겠지만, 네가 더 잘 아는 게 있다면 내 제안을 수정해도 좋다. 이 기계 장치의 목적은 단순하다. 사람들이 이곳까지 쉽사리 들어 올 수 없게 해야 하고, 일단 들어온 사람은 자기가 발견한 것을 이야기하러 다시 나갈 수 없게 만들어야 한다.

　나는 네가 잘해 내리라 믿는다. 그리고 이 장소가 나에게 가져다 준 만큼의 〈풍요로움〉을 너도 만끽할 수 있기를 기대한다.

에드몽

　「조나탕은 그 일을 해냈어요. 에드몽 삼촌이 구상한 함정들을 다 설치했지요. 여러분께서도 그것들의 성능을 확인하셨을 거예요.」뤼시가 토를 달았다.

　「그런데 그 시체들은 뭐였지? 쥐들에게 물려 죽은 사람들인가?」

　「아니에요. 에드몽 삼촌이 여기에 자리 잡으신 뒤로 이 지하실에서 죽은 사람은 한 사람도 없었다고 장담할 수 있어요. 여러분께서 보신 해골들은 아무리 못 돼도 50년 전에 죽은 사람들 거예요. 그때에 여기에서 어떤 일이 벌어졌는지는 알 수가 없지요. 어떤 밀교 집단이…….」

　「그런데 다시 올라갈 수 있는 길이 전혀 없는 겐가?」자종이 불안해하며 물었다.

　「전혀 없어요.」

　「밖으로 나가려면 그물 위쪽에 있는 구멍에 도달해야 하는데 그물에서 구멍까지의 높이가 8미터나 돼요. 또 통발같이 생긴 그물은 들어 올 때와 반대 방향으로 빠져나가야 하는데 그게 불가능하지요. 게다가 암호 글자판이 있는 문도 통과해야 하는데 조나탕이 문의 이쪽에서 열 수 있는 장치를 만들어 놓지 않았어요.」

「쥐들은 또 어떻고요…….」

「쥐를 어떻게 지하실로 데리고 들어온 거지?」다니엘이 물었다.

「그건 에드몽 삼촌의 생각이에요. 삼촌은 울퉁불퉁한 바위벽의 어느 우묵한 자리에 아주 크고 공격적인 쥐 한 쌍을 충분한 먹이와 함께 놓아두었어요. 라투스 노르베기쿠스[41]라는 쥐였습니다. 삼촌은 그 쥐들이 엄청난 번식력을 가지고 있다는 것을 아셨던 겁니다. 먹이를 충분히 먹으면 그 쥐들은 기하급수적인 속도로 불어납니다. 매달 여섯 마리의 새끼를 낳는데, 두 주일 지나면 그것들이 또 새끼 칠 채비를 하지요……. 삼촌은 그 쥐들로부터 자신을 보호하기 위해 설치류 동물들이 견디기 힘들어하는 공격적인 페로몬을 분사하곤 했지요.」

「그럼 우아르자자트를 죽인 게 그 쥐들이로구나?」오귀스타 할머니가 물었다.

「불행하게도 그건 사실이에요. 그리고 조나탕은 회전 벽 건너로 옮겨 간 쥐들이 훨씬 더 사나워지리라고는 예상하지 못했지요.」

「제 동료들 가운데 하나는 전부터 쥐 공포증을 가지고 있었는데, 그 커다란 쥐 한 놈이 얼굴로 달려들어 코 한 귀퉁이를 깨무는 바람에 완전히 넋이 나갔어요. 그 친구는 회전 벽이 제자리로 돌아가기 전에 바로 빠져나가서 다시 올라갔어요. 바깥에서 그 친구 소식 못 들으셨어요?」치안대원 한 사람이 물었다.

41 Rattus norvegicus. 시궁쥐의 학명.

「소문에는 그 사람 미쳐 버려서 정신 병원에 갇혀 있다더 군요.」오귀스타 할머니가 대답했다.

오귀스타 할머니는 자기 물 잔을 가지러 갔다가 탁자 위에 개미들이 가득 모여 있는 것을 발견했다. 할머니는 무의식적으로 외마디 비명을 지르고 손등으로 개미들을 쓸어 버린다. 조나탕이 펄쩍 뛰어와서 할머니 손목을 잡는다. 그의 눈길이 험하다. 이제껏 그들 집단에서 물씬 풍겨 나오던 극도의 평온함과 아주 대조적이다. 입술을 바르르 떠는 그의 옛 버릇이 되살아났다.

「다시는 이러시면 안돼요……. 절대로!」

자기 방에 홀로 있는 벨로키우키우니가 무심히 제가 낳은 알 한 무더기를 집어 먹는다. 뭐니 뭐니 해도 자기의 영양 섭취가 우선인 것이다.

벨로키우키우니는 소위 801호라는 그자가 새 도시의 사절로만 온 것이 아님을 알고 있다. 56호, 아니 자칭 클리푸니 여왕이 자기가 조사하던 일을 계속하게 하려고 그를 보낸 것이다.

걱정할 필요는 없다. 바위 냄새를 풍기는 병정개미들이 아무 문제 없이 그자를 처치할 것이다. 특히 절름발이 병정개미는 불필요한 목숨을 제거하는 데에 천부적인 자질을 가지고 있다. 하나의 예술가라 해도 과언이 아니다.

그렇지만 꺼림칙한 느낌이 전혀 없는 것은 아니다. 클리푸니가 사절들을 보내 온 것은 이번이 네 번째다. 그 사절들은 한결같이 도시의 비밀을 꼬치꼬치 캐려고 했다. 첫 사절들은 로메쿠사가 있는 방을 찾아내기도 전에 죽음을 당했다.

두 번째와 세 번째 사절들은 그 딱정벌레의 중독성 강한 환각 물질에 빠져 버렸다.

801호라는 그자도 벨로키우키우니와의 면담을 끝내자마자 아래로 내려간 듯하다. 사절들이 점점 더 대담해지고 있다. 매번 도시 밑바닥으로 더 깊이 들어가고 있다. 그 사절들 가운데 하나가 기어이 그 통로를 찾아낸다면? 그리고 비밀을 알아낸다면? 그리고 그 비밀을 폭로하는 페로몬을 퍼뜨린다면?

겨레는 너그러이 받아들여 주지 않을 것이다. 스트레스를 막는 병정개미들도 더 이상 정보를 차단할 수 없게 될 것이다. 그러면 벨로캉의 백성들이 어떻게 나올 것인가?

바위 냄새 풍기는 병정개미 하나가 서둘러 들어온다.

《그 첩자가 로메쿠사를 죽여 버렸습니다. 그자가 바닥 밑으로 내려갔습니다.》

드디어 올 것이 왔다…….

### 무제

666이 그 짐승의 이름입니다.(「요한의 묵시록」)

그런데 누가 누구에 대해서 짐승이 되는 것일까?

에드몽 웰스, 『상대적이며 절대적인 지식의 백과사전』

조나탕이 할머니의 손목을 놓는다. 어색한 분위기가 오래 가기 전에 다니엘이 기분을 바꾸려고 얼른 말문을 연다.

「사원 초입에 있는 저 실험실은 뭐 하려고 만든 거지?」

「그건 〈로제타석〉[42]입니다. 우리는 오로지 하나의 열망을

---

42 로제타석(石)은 원래 1799년 나폴레옹의 이집트 원정군이 나일강 어귀

이루기 위해 모든 노력을 기울이고 있습니다. 그 열망이란 그들과 의사소통을 하는 것입니다.」

「그들이라니, 누구 말인가?」

「개미들입니다. 저를 따라오십시오.」

그들은 거실을 떠나 실험실로 간다. 조나탕이 돌로 만든 작업대 위에서 개미가 가득 담긴 시험관을 꺼내 눈높이로 들어 올린다. 그의 표정에 에드몽 후계자로서의 자신의 역할에 만족해하는 빛이 역력하다.

「보세요, 이게 생명들입니다. 완전한 자격을 갖춘 생명들이지요. 이들은 한낱 보잘것없는 미물들이 아닙니다. 삼촌은 그 사실을 진작 깨달았습니다······. 개미는 지구상에서 두 번째로 커다란 문명을 이루고 있습니다. 에드몽 삼촌은 말하자면 콜럼버스 같은 분입니다. 우리의 발가락 사이에서 신대륙을 발견한 거죠. 우주로 외계인들을 찾으러 가기 전에 먼저 지중(地中) 생물들을 만나야 마땅하다는 것을 가장 먼저 깨달은 분입니다.」

모두 할 말을 잊고 있다. 오귀스타 할머니가 며칠 전의 일을 떠올리고 있다. 퐁텐블로 숲에서 산책을 하고 있었는데 문득 신발창 밑에서 뭔가 아주 작은 것들이 오도독거리는 느낌이 들었다. 한 무리의 개미들을 밟은 것이었다. 몸을 숙여 바라보니 개미들은 모두 죽어 있었다. 그런데 이해할 수 없는 것이 하나 있었다. 그 개미들은 끝이 뒤집어진 화살 모양을 이루려는 듯 나란히 줄을 짓고 있었던 것이다······.

조나탕이 시험관을 내려놓고 자기 얘기를 이어 간다.

의 로제타에서 발견한 비석을 가리키는 말이다. 뒷날 이 비석은 이집트 글자를 해독하는 열쇠가 되었다.

「삼촌은 아프리카에서 돌아오신 뒤에 시바리트가의 그 건물과 지하실과 이 사원을 발견하였습니다. 더할 나위 없이 좋은 상소였습니다. 그분은 여기에 실험실을 만드셨습니다…… 그분 연구의 첫 단계는 개미들이 대화할 때 발산하는 페로몬을 분석하는 일이었습니다. 그것에 사용된 기계는 질량 분광기입니다. 그 이름에서 알 수 있듯이, 그것을 통해 질량 스펙트럼을 얻을 수 있고, 어떤 물질이라도 분석해서 구성 원소들을 알아낼 수 있습니다…… 다 삼촌께서 적어 놓으신 것을 읽고 알게 되었죠. 삼촌은 우선 실험용 개미들을 유리 덮개 아래에 놓았습니다. 그 유리 덮개에는 대롱이 달려 있고 그 대롱을 통해 덮개 안에 발산된 페로몬이 질량 분광기로 빨려 들어오도록 되어 있습니다. 삼촌은 개미를 사과 한 조각과 만나게 합니다. 그 개미가 다른 개미를 만나서 틀림없이 이런 얘기를 하게 될 겁니다. 〈저기 사과가 있다.〉 결국 그러한 가설에서 출발하는 것입니다. 삼촌은 개미가 발산한 페로몬을 빨아들여서 그것을 분석한 다음 하나의 구조식을 이끌어 냅니다…… 예를 들어 〈북쪽에 사과가 있다〉라는 말은 〈메틸-4메틸피롤-2카르복실산〉으로 표현됩니다. 페로몬의 양은 지극히 적어서 한 문장마다 약 2~3피코그램($10^{-12}$g)입니다…… 그러나 그 정도로 충분했습니다. 그런 식으로 해서 〈사과〉와 〈북쪽〉을 개미들이 어떻게 말하는지를 알게 된 것입니다. 삼촌은 많은 물건과 먹이를 가지고, 또 상황을 여러 가지로 바꾸어 가면서 실험을 계속하셨습니다. 그 결과로 〈프랑스어-개미어 사전〉이라고 할 만한 것을 얻게 되셨습니다. 삼촌은 열매 이름 약 1백 개, 꽃 이름 약 30개, 방위 이름 10개를 알게 된 것만으로도 경보 페로몬, 기쁨의 페로몬, 제안 페로몬, 묘사 페로몬 등을 이해하실 수 있었습니다. 그리고 생식 개미들도 만나서 그들이 더듬이 일곱 번째 마디로 〈추상적인 감정들〉을 표현하는 것도 알게 되었지요……. 그러나, 삼촌은 개미들 얘기를 〈들을〉 수 있게 된 것으로 만족하지 않았습니다. 삼촌은 다음 단계로 개미들에게 말을 하고 싶어 했습니다. 말 그대로 대화를 하려고 했던 것이지요.」

「대단해!」경탄하는 마음을 억누르지 못해 다니엘 로젠펠트 교수가 중얼거린다.

「삼촌은 먼저 각각의 구조식을 음절 형태의 소리에 대응시켰습니다. 예를 들어 메틸-4메틸피롤-2카르복실산을 MT4MTP2CX로 나타내고, 이것을 다시 〈미티카미티피디식수〉[43]로 표현하는 겁니다. 그다음에 컴퓨터의 기억 장치에 〈미티카미티피=사과, 디식수=북쪽에 있다〉라고 저장해 둡니다. 컴퓨터는 두 방향으로 번역을 합니다. 〈디식수〉를 포착하면 〈북쪽에 있다〉라는 문장으로 옮기고 〈북쪽에 있다〉라고 입력을 하면 그 문장을 〈디식수〉로 바꿉니다. 컴퓨터가 〈디식수〉로 번역을 하는 순간, 이 송신기가 카르복실산을 방출합니다…….」

「송신기라고?」

「예, 이 기계입니다.」

그가 가리키는 곳을 보니 서가 같은 것이 하나 있는데, 작은 플라스크 수천 개가 들어 있고, 플라스크마다 대롱이 하나씩 달려 있으며, 그 대롱들은 전기 펌프에 연결되어 있다.

---

43 Miticamitipidicixou. 중간에 들어 있는 ca는 프랑스어 quatre(4)의 첫 음을 딴 것이고 di는 deux(2)의 첫 자음 d에 모음 i를 붙인 것.

「이 펌프가 각각의 플라스크에 들어 있는 원자들을 빨아들여 이 송신기 쪽으로 보냅니다. 그러면 이 송신기는 컴퓨터 사진에 지시된 대로 원자들을 선별해서 정확하게 배합합니다.」

「굉장하군, 정말 굉장해. 에드몽은 정말 개미들과의 대화에 성공했나?」 다니엘 로젠펠트가 다시 경탄을 금치 못하며 묻는다.

「그럼 이쯤에서 백과사전에 나오는 그분의 기록을 읽어 드리는 게 좋겠군요.」

**대화 발췌**

불개미속 루파종의 전형적인 한 병정개미와 나눈 첫 번째 대화의 발췌문.

인간 「내 신호를 받고 있나요?」

개미 《크르르르르르르르르르.》

인간 「내가 신호를 보냅니다. 내 신호를 받고 있나요?」

개미 《크르르르르르르르르르르르크르르르르크르르르르르르르르르르. 개미 살려……》

두 번째 대화의 발췌문.

(주: 기계를 몇 군데 조정했다. 특히 송신이 너무 강해서 피실험자를 놀라게 했으므로 송신 스위치를 1에 놓아야 한다. 반대로 수신 스위치는 분자 하나라도 놓치지 않기 위해서 10까지 밀어 올려야 한다.)

인간 「내 신호를 받고 있나요?」

개미 《이게 뭐야.》

인간 「내가 신호를 보냅니다. 내 말이 들리나요?」

개미 《에구머니나, 개미 살려. 아유 숨 막혀.》


세 번째 대화의 발췌문.

(주: 이번에는 어휘를 80단어 더 늘렸다. 송신이 여전히 너무 강했으므로 다시 조정해서 스위치를 0에 아주 가깝게 놓아야 한다.)


개미 《뭐요?》

인간 「뭐라고요?」

개미 《전혀 이해를 못 하겠어요. 개미 살려!》

인간 「더 천천히 이야기합시다.」

개미 《당신 냄새가 너무 강해요! 내 더듬이가 포화 상태예요. 개미 살려! 아유 숨 막혀.》

인간 「자, 됐나요?」

개미 《아니요, 당신 대화할 줄 모르는군요?》

인간 「그럴 겁니다.」

개미 《당신 누구세요?》

인간 「난 커다란 동물입니다. 내 이름은 에드−몽. 인−간입니다.」

개미 《뭐라고요? 전혀 이해를 못 하겠어요. 개미 살려! 도와줘요! 아유 숨 막혀⋯⋯.》

(주: 이 대화를 끝내고 그 피실험자는 5초 후에 죽었다. 송신이 여전히 너무 강했던 걸까? 그가 겁을 먹었던 걸까?)


조나탕이 읽기를 중단하고 설명을 계속한다.

「아셨겠지만, 그게 그리 간단한 일이 아닙니다. 어휘만 축적한다고 그들과 대화가 되는 게 아니거든요. 게다가 개미 언어는 기능하는 방식이 우리 언어와 다릅니다. 개미들이 주고받는 페로몬에는 순수하게 대화를 하기 위한 것 말고도, 나머지 열한 개의 더듬이 마디가 발산하는 페로몬이 더 있습니다. 그것들을 통해서 개미들은 개체의 신분, 직업, 심리 상태…… 즉, 개체 상호 간의 원만한 이해에 필요한 전체적인 정신 상태 등을 알게 되는 것입니다. 에드몽 삼촌이 포기할 수밖에 없었던 것도 그 때문입니다. 그분의 노트를 읽어 보겠습니다.」

### 어리석은지고

어리석은지고! 설사 외계인이 존재한다 한들, 우리는 그들을 이해할 수 없을 것이다. 우리가 어떤 의미를 나타내려고 할 때 그것이 그들에게 똑같은 의미로 받아들여질 수는 없다. 우리가 악수를 하려고 손을 내밀며 다가가면, 그들은 그것을 위협하는 몸짓으로 받아들일 수도 있다.

우리는 할복자살을 하는 일본인이나 카스트 제도를 가진 인도인들을 이해하지 못하고 있다. 인간들끼리도 서로 이해를 못 하고 있는 마당에…… 개미를 이해하겠다는 헛된 생각을 품었다니!


801호의 배가 잘려 나가고 짤막하게 동강만 남았다. 로메쿠사를 제때에 죽이기는 했어도 버섯 재배장에서 바위 냄새를 풍기는 병정개미들과 접전을 벌이다가 몸뚱이가 참혹하게 잘린 것이다. 낭패스럽기도 하고 잘된 일이기도 하다. 배가 떨어져 나가고 나니 가볍기가 이만저만이 아닌 것이다.

801호가 화강암 속에 파놓은 널찍한 통로로 들어간다. 개미들의 위턱으로 이런 통로를 만들었을 리는 없다.

바닥에 이르니 클리푸니가 일러 준 것이 나타난다. 많은 양식으로 가득 찬 방이다. 방 안으로 몇 발짝 들어가자 다른 출구가 보인다. 그곳으로 들어가니 이내 하나의 도시가 모습을 드러낸다. 바위 냄새가 나는 완전한 하나의 도시가! 도시 아래 또 도시가 있다.

「결국 에드몽은 실패한 겐가?」

「사실 삼촌은 한동안 그 실패를 되새기며 연구를 중단했지요. 인간 중심적인 생각에 사로잡혀 있는 한 다른 출구는 없다고 생각했던 것입니다. 게다가 지루함을 느끼기도 했지요. 그러던 차에 어떤 일이 벌어져 예전의 염세적인 태도가 도지면서 삼촌이 다시 연구를 계속하게 되었습니다.」

「무슨 일이 있었는데?」

「교수님이 전에 삼촌 얘기 해주신 거 기억하시죠? 스위트 밀크라는 회사에서 일하다가 동료들과 사이가 틀어졌다는 얘기 말이에요. 상사 가운데 한 사람이 삼촌의 사무실을 뒤졌습니다. 그 상사가 바로 마르크 르뒤크로서 로랑 르뒤크 교수의 형입니다.」

「곤충학자 말이냐?」 오귀스타 할머니가 끼어든다.

「스스로 그렇다고 주장하죠.」

「이럴 수가…… 그 사람 우리 집에 왔었다. 자기가 에드몽의 친구라고 주장하면서 지하실에 내려갔었지.」

「그 사람이 지하실에 내려왔어요?」

「그래, 그러나 걱정할 건 없다. 그는 얼마 못 오고 되올라갔으니까. 회전 벽을 통과할 수 없었던 거지.」

「그랬군요. 그 사람 니콜라를 만나고 간 적도 있어요. 백과사전을 손에 넣으려고 했던 거지요. 그건 그렇고…… 마르크 르뒤크는 삼촌이 기계들을 설계하는 데 몰두하고 있다는 걸 알아차렸습니다(다름 아닌 로제타석의 기초 설계들을 본 것입니다). 그는 에드몽 삼촌의 서류함을 열고 『상대적이며 절대적인 지식의 백과사전』에 관한 서류철을 발견했던 것입니다. 그는 개미와 의사소통을 하는 데 쓰는 기계의 초기 구상을 담은 모든 설계 도면들을 발견했습니다. 그 사람이 이해하기에 충분한 주석이 붙어 있었기 때문에 그는 그 기계가 쓸모가 있다는 것을 간파하고 동생에게 이야기를 했습니다. 과연 동생은 아주 깊은 관심을 보이며 이내 그 서류들을 훔쳐라고 형에게 부탁을 했지요……. 그런데 에드몽 삼촌이 누군가 자기 물건들을 뒤졌다는 것을 눈치챘습니다. 그래서 다시는 그런 짓을 못 하게 하려고 서랍 안에 맵시벌 네 마리를 넣어 두었지요. 마르크 르뒤크는 서류를 훔치러 다시 들어왔다가 그 곤충들에 쏘였습니다. 그 곤충들은 살갗에 침을 박아서 몸속에 알을 깔기는 특이한 습성을 가지고 있어요. 나중에 그 애벌레들이 안에서 살을 파먹게 되지요. 다음 날 에드몽 삼촌은 물린 자국으로 범인을 찾아내고 공개적으로 폭로했습니다. 그 뒷얘기는 아시는 대로입니다. 쫓겨난 건 삼촌이지요.」

「르뒤크 형제는 어떻게 됐나?」

「마르크 르뒤크는 벌을 톡톡히 받았어요. 맵시벌 애벌레들이 속에서 그의 살을 파먹었거든요. 아주 오랫동안 시달렸지요. 아마 몇 년은 될 겁니다. 애벌레들이 성충으로 탈바꿈하려면 그 거대한 몸 밖으로 나가야 하는데, 그럴 수가 없으니까 출구를 찾아서 사방으로 파고든 겁니다. 결국 고통을 견디다 못 해서 그는 지하철 차량 밑으로 몸을 던졌지요. 저는 그것을 우연히 신문에서 읽은 적이 있습니다.」

「그럼 로랑 르뒤크는?」

「그는 기계를 찾으려고 백방으로 애를 썼어요…….」

「그런 것이 에드몽으로 하여금 다시 연구를 시작하고 싶은 마음을 갖게 했다는 얘기 같은데, 도대체 그 오래전 사건하고 에드몽의 연구가 무슨 관련이 있다는 겐가?」

「뒷날 로랑 르뒤크는 에드몽 삼촌을 직접 만났어요. 그때 그가 〈개미와 대화하는 데 쓰이는〉 기계에 대해 알고 있다고 고백을 했습니다. 그는 그것에 관심이 많다면서 함께 일하고 싶다고 했지요. 삼촌은 그 제안을 별로 기분 나쁘게 받아들이지 않았습니다. 연구가 답보 상태에 있었던 데다 외부의 도움을 받아도 나쁠 게 없다는 생각을 했던 것이지요. 〈사람이 홀로 계속 나아갈 수 없는 때가 오리라〉는 성경 말씀도 있잖습니까. 에드몽 삼촌은 르뒤크를 동굴로 데려갈 생각을 하고 그러기 전에 그를 좀 더 알고 싶어 했어요. 둘이서 많은 얘기를 나누었습니다. 그때 로랑이 인간이 개미들과 대화하게 되면 분명히 개미들을 모방할 수 있게 될 거라는 사실을 역설하면서, 개미들의 질서와 규율을 칭찬하기 시작했습니다. 그러자 에드몽 삼촌은 심한 노여움을 느꼈습니다. 삼촌은 화를 벌컥 내면서 다시는 자기 집에 얼씬도 하지 말라고 따끔하게 일침을 놓았지요.」

다니엘이 한숨을 내쉬며 말을 보탠다. 「푸후, 뻔한 일이지. 르뒤크는 어떤 비교 행동학자들 패에 가담하고 있지. 동물의 행동을 어떤 측면에서 모방하여 인류를 변화시키려는 자들이 독일 학파인데, 그 안에서도 그 패거리들이 제일 심하다네. 활동 구역에 대한 동물들의 지각, 개미들의 규율 따위에 대해서 여전히 그들은 환상을 품고 있지.」

「에드몽 삼촌이 갑자기 연구를 다시 시작할 이유를 갖게 되었습니다. 삼촌은 말하자면 정치적인 관점에서 개미와 대화를 나누려고 했습니다. 삼촌은 개미들이 무정부주의적인 원리에 따라 살고 있다고 생각했습니다. 그래서 그 사람들에게 그런 사실을 확실히 보여 주고 싶었던 것입니다.」

「하긴 그래!」 빌셍이 중얼거렸다.

「삼촌은 사람의 입장에서가 아니라 개미의 입장에서 연구하려고 노력했습니다. 삼촌은 다시 오랫동안 곰곰이 생각한 끝에 개미와 의사소통하는 가장 훌륭한 수단은 〈개미 로봇〉을 만드는 것이라는 생각에 도달했습니다.」

조나탕이 그림이 그려진 종잇장을 흔든다.

「이것이 그 로봇의 설계도입니다. 삼촌은 그 로봇에 〈리빙스턴 박사〉라는 이름을 붙였습니다. 재료는 플라스틱입니다. 그 작은 걸작을 만드는 데 얼마나 많은 노력이 필요했는지에 대해서는 말씀드리지 않아도 잘 아실 것입니다. 그 일을 어디 손목시계 만드는 일에 비할 수 있겠습니까? 마디 하나하나를 개미의 것과 똑같이 만들어 아주 작은 전기 모터의 힘으로 움직이게 해야 합니다. 그 전기 모터는 배 속에 있는 전지와 연결되어 있습니다. 그뿐이 아닙니다. 더듬이는 실제와 똑같이 동시에 열두 가지 페로몬을 발할 수 있는 열두 마디를 갖추고 있습니다. 리빙스턴 박사가 진짜 개미와 다른 점은 머리카락 굵기만 한 열한 개의 대롱에 연결되어 있다는 것입니다. 그 대롱들이 다시 모여서 가는 실 굵기만 한 일종의 탯줄을 이루고 있습니다.」

「대단해! 정말 대단해!」자종이 흥분된 어조로 경탄한다.

「그런데 리빙스턴 박사가 어디에 있니?」오귀스타 할머니가 묻는다.


바위 냄새 풍기는 병정개미들이 801호를 추격하고 있다. 도망치던 801호가 문득 아주 널찍한 통로를 발견하고 서둘러 그리로 들어간다. 그렇게 해서 다다른 곳에 거대한 방이 하나 있는데, 방 한가운데에 이상한 개미 하나가 오도카니 웅크리고 있다. 몸집은 보통 개미보다 월등히 크다.

801호가 조심스럽게 다가간다. 그 홀로 있는 이상한 개미의 냄새는 반 정도만 진짜 개미의 냄새이다. 그 개미의 눈은 빛나지 않고 껍데기는 검은색을 덧씌운 것처럼 보인다……. 젊은 클리푸캉 개미는 호기심을 느낀다. 어떻게 저렇게 생기다 만 개미가 있을 수 있을까?

그러나 병정개미들이 벌써 그가 있는 곳을 알아냈다. 절름발이가 결투를 하려고 혼자서 다가온다. 그가 801호의 더듬이로 덤벼들어 물기 시작한다. 두 개미가 땅바닥에 나뒹군다.

801호는 어머니의 충고를 떠올린다. 〈적이 너의 어떤 부분을 유달리 자주 공격하는지 보거라. 그곳이 대개 그자의 약점이니라…….〉과연 801호가 절름발이 개미의 더듬이를 낚아채자 그가 격렬하게 몸을 뒤튼다. 그자는 너무나 예민한 더듬이를 가지고 있었던 것이다. 가련한 것! 801호는 그의 더듬이를 싹둑 자르고 달아나는 데 성공한다. 그러나 이제 50마리가 넘는 개미 떼들이 801호의 뒤를 쫓아 몰려든다.

「리빙스턴 박사가 어디에 있는지 알고 싶으세요? 질량 분광기에서 나온 실들을 따라가세요.」

조나탕 말대로 투명한 대롱 같은 것이 석조 작업대를 따라가다가 벽에 연결되어 천장까지 올라간 다음, 사원 한가운데 풍금 바로 위에 매달린 커다란 나무 상자 안으로 들어가게 되어 있다. 그 상자에는 흙이 채워져 있는 듯하다. 새로 온 세 사람은 상자를 좀 더 자세히 보려고 목을 길게 뺀다.

「우리 머리 위에 깨뜨릴 수 없는 바위가 있다더니.」 오귀스타 할머니가 의아한 점을 지적한다.

「예, 그런데 우리가 더 이상 사용하지 않는 통풍 구멍이 있다는 말씀도 드렸잖아요…….」

「그것을 더 이상 사용하지 않는 것은 우리가 그것을 막아버렸기 때문은 아니에요.」 갈랭 형사가 거든다.

「여러분들이 막은 게 아니라면…….」

「……그들이죠!」

「개미들이요?」

「그렇지요! 거대한 불개미 도시가 돌바닥 위에 자리 잡고 있습니다. 숲속에 커다란 잔가지 지붕을 만드는 개미들이지요…….」

「에드몽 삼촌의 추정에 따르면 저 위에 1천만 마리 이상의 개미가 있다고 합니다…….」

「1천만 마리? 그럼 개미들이 우리 모두를 죽일 수도 있겠구먼!」

「아니에요, 겁내실 건 없어요. 우선 그들이 우리와 대화를 하고 우리를 알고 있기 때문이고요, 그다음으로 그 도시의 모든 개미들이 우리가 여기에 있다는 것을 모르고 있기 때문이지요.」

조나탕이 그 말을 하고 있는데 개미 하나가 천장의 상자에서 떨어져 뤼시의 이마 위에 닿는다. 뤼시가 그 개미를 집으려고 한다. 그러나 801호는 도망을 쳐서 뤼시의 살구빛 머리채 속에서 헤매다가 귓불 위로 미끄러져 내려가더니 목덜미를 달려 내려간 다음, 점퍼 속으로 들어가 가슴과 배꼽을 돌아 허벅지의 여린 살갗 위를 내리달더니 발목으로 떨어진다. 거기에서 땅바닥을 향해 뛰어내리더니, 잠시 방향을 가늠하다가 측벽에 뚫린 통풍 구멍 쪽으로 달려간다.

「저 개미 왜 저러지?」

「글쎄요. 잘은 몰라도 통풍 구멍의 신선한 공기가 저 개미를 유인했을 거예요. 별문제 없이 다시 나올 거예요.」

「하지만 저래 가지고는 제 도시를 못 찾아가겠는걸. 아예 연방 동쪽으로 가겠어. 그렇지?」


《첩자가 달아났습니다! 이런 식으로 계속 간다면 스스로 예순다섯 번째 도시라고 칭하는 도시를 공격해야 할 것입니다……》

바위 냄새 풍기는 병정개미들이 더듬이를 낮추고 보고를 해왔다. 그들이 물러간 뒤에 벨로키우키우니는 잠시 자기의 비밀 정책을 심각한 실패에 빠뜨린 그 사건을 곱씹는다. 그러다가 아주 피곤해진 벨로키우키우니는 이 모든 일이 어떻게 시작되었던가를 회상한다.


아주 어렸을 때 벨로키우키우니 역시 어떤 거대한 실체가 배후에 있음을 추정케 하는 무시무시한 현상들 가운데 하나를 목격한 적이 있었다. 어머니에게서 떨어져 나온 직후에, 벨로키우키우니는 시커먼 어떤 판이 몇몇 수태한 여왕개미들을 잡아먹지도 않으면서 짓눌러 버리는 것을 보았다. 훗날 자기의 도시를 건설하고 나서, 벨로키우키우니는 그 주제를 다룰 회의를 소집하기에 이르렀다. 그 회의에는 어미 딸 가리지 않고 모든 여왕개미들이 참석했었다.

벨로키우키우니가 지나간 어린 시절을 회상하고 있을 때 제일 먼저 말문을 연 것은 주비주비니였다. 그 여왕개미는 자기가 보낸 원정대 가운데 몇몇이 장밋빛 공의 세례를 받고 1백 마리 이상이 사망했다고 이야기했다.

다른 여왕개미들은 한술 더 떴다. 각자 장밋빛 공과 검은 판 때문에 생긴 사망자와 부상자의 수를 들먹였다.

늙은 여왕개미 콜브가이니가 이르기를, 증언에 따르면 장밋빛 공들은 언제나 다섯씩 떼를 지어 다니는 듯하다고 했다.

루브그펠리니라는 다른 여왕개미는 지하로 거의 3백 머리 가까이 들어와서 꼼짝 않고 있는 장밋빛 공을 본 적이 있다고 한다. 장밋빛 공은 꽤 냄새가 독한 물렁물렁한 것으로 연결되어 있었다. 그래서 위턱으로 뚫고 들어가 보니 하얗고 딱딱한 줄기가 나오더라는 것이었다. 그 동물들은 몸 밖에 껍데기가 있는 것이 아니라 몸 안에 껍데기가 있는 것 같았다고 했다.

회의를 끝내면서, 모든 여왕개미들은 그러한 현상들은 이해할 수 없는 것이라는 데 의견을 같이하고, 개미 도시에 공포가 퍼지는 것을 막기 위해 절대적인 비밀을 유지하기로 결정했다.

벨로키우키우니는 아주 신속하게 자기 나름의 〈비밀 정치〉를 계획하고 당시에 병정개미 50마리로 구성된 작업 단위를 만들었다. 그 병정개미들의 임무는 도시 안에 광기와 공포의 위기가 생기지 않도록 장밋빛 공이나 검은 판에 대해 증언하는 자들을 제거하는 것이었다.

그러던 어느 날 믿을 수 없는 일이 벌어졌다.

미지의 어떤 도시에서 온 일개미 하나가 바위 냄새를 풍기는 병정개미들에게 붙잡혔다. 벨로키우키우니는 그 일개미의 이야기가 이제껏 들어 본 어떤 이야기보다 기상천외해서 그의 목숨을 살려 주었다.

그 일개미는 자기가 장밋빛 공들에게 납치되었다고 주장하고 있었다. 장밋빛 공들은 그를 다른 개미 수백 마리와 함께 투명한 감옥에 가두었다. 그러고는 개미들을 가지고 갖가지 실험을 했다. 장밋빛 공들이 가장 흔히 했던 일은 개미들을 유리 덮개 밑에 넣어 두고 아주 농도가 짙은 냄새들을 뿜어 개미들이 받아들이게 하는 것이었다. 처음에는 그것이 너무 고통스러웠지만 점차 냄새가 희석되면서 이해할 수 있는 언어가 되었다.

마침내 그 냄새들과 유리 덮개를 매개로 장밋빛 공들이 개미들에게 말을 걸어 왔고, 자기들을 〈인간〉이라는 이름을 가진 거대한 동물이라고 소개했다. 그들은 벨로캉 밑의 화강암 속에 통로가 나 있다면서 여왕개미와 이야기를 나누고 싶다고 했다. 여왕개미는 그게 별로 해로울 게 없다는 확신을 갖게 되었다.

그다음부터는 모든 일이 아주 빠르게 진행되었다. 벨로키우키우니는 그들의 〈개미 사절〉인 리빙스턴 박사를 만났다.

그는 내장이 훤히 비치는 기다랗고 이상한 개미였지만 벨로키우키우니는 그와 대화를 나눌 수 있었다.

둘은 오랫동안 대화를 가졌다. 처음에는 그의 얘기를 전부 이해하지는 못했다. 하지만 둘 다 똑같은 흥분을 느끼고 있었고 함께 나눌 얘기가 너무나 많은 것처럼 보였다.

그 후 인간들은 통풍 구멍 입구에 흙이 가득 담긴 통을 설치했다. 그리고 벨로키우키우니는 다른 모든 백성들 모르게 그 새로운 도시에 알을 뿌렸다.

제2의 벨로캉은 바위 냄새 풍기는 병정개미들의 도시만이 아니었다. 그것은 개미들의 세계와 인간들의 세계 사이에 있는 중개 도시였다. 리빙스턴 박사(어쨌든 참 우스꽝스러운 이름이다)가 상주하고 있는 곳이 그곳이었다.

**대화 발췌**

여왕개미 벨로키우키우니와 나눈 열여덟 번째 대화의 발췌문.

**개미** 《바퀴라고요? 우리가 바퀴를 사용할 생각을 못 했다는 것이 믿기지 않습니다. 우리 모두 쇠똥구리들이 공을 밀고 다니는 것을 보았지만 거기에서 바퀴를 생각해 내지는 못했습니다.》
**인간** 「이 정보를 활용하는 것이 어떻습니까?」
**개미** 《현재로선 모르겠습니다.》

여왕개미 벨로키우키우니와 나눈 쉰여섯 번째 대화의 발췌문.

**개미** 《어조가 슬프게 느껴집니다.》
**인간** 「냄새를 발산하는 내 기계를 잘못 조절해서 그럴 겁니다. 감성적인 언어를 첨가한 뒤로 기계가 작동이 잘 안 됩니다.」

**개미** 《어조가 슬프게 느껴집니다.》

**인간** 「…….」

**개미** 《더 이상 발산할 냄새가 없습니까?》

**인간** 「이건 순전히 우연의 일치입니다만, 사실 나는 슬픕니다.」

**개미** 《무슨 일인가요?》

**인간** 「나에게 암컷이 하나 있었습니다. 우리 세계에서는 수컷들이 암컷만큼 오래 삽니다. 그래서 수컷과 암컷이 서로 도우며 짝을 지어 삽니다. 나에게 암컷이 하나 있었는데 몇 년 전에 잃었습니다. 나는 그 암컷을 사랑했기 때문에 잊을 수가 없습니다.」

**개미** 《〈사랑한다〉는 게 무슨 뜻입니까?》

**인간** 「우리가 같은 냄새를 가지고 있었다는 것입니다. 그런 게 아마 사랑한다는 것일 겁니다.」


벨로키우키우니는 〈인-간 에드-몽〉의 최후를 기억하고 있다. 난쟁이개미들과 첫 번째 전쟁을 치르던 때의 일이었다. 에드몽은 벨로캉 개미들을 돕고 싶어 했다. 에드몽은 지하실에서 나왔다. 그는 페로몬을 줄곧 다루어 왔기 때문에 그의 몸에는 온통 페로몬이 배어 있었다. 그래서 그는 그런 사실을 모른 채 숲속으로 들어왔다. 말하자면 그는 연방의 한 불개미로서 온 셈이었다. 그런데 그때 전나무의 말벌들이 그의 통행 허가 냄새를 맡았다(그 당시 불개미들은 말벌들과 적대 관계에 있었다). 말벌들은 일제히 그를 향해 몰려들었다…….

말벌들은 그를 벨로캉 개미로 알고 죽인 것이다. 그는 행복하게 죽었음에 틀림없다.

뒷날, 조나탕이라는 사람과 그의 공동체가 연락을 재개했다……

조나탕이 다시 새로 온 세 사람의 잔에 꿀물을 붓는다. 세 사람은 계속 질문을 던져 그의 대답을 재우친다.

「그런데 리빙스턴 박사는 저 위에서 우리의 이야기를 재생해서 전달할 수 있는가?」

「예, 그리고 우리는 개미들의 얘기를 그 로봇을 통해 들을 수 있지요. 개미들의 대답이 저 화면에 나타나면 그걸 보는 겁니다. 에드몽 삼촌이 완전히 성공하신 거예요!」

「그런데 에드몽과 개미들이 무슨 얘기를 나누었지? 그리고 자네들은 무슨 얘기를 나누는가?」

「그건 말이죠…… 로봇을 통한 접촉에 성공한 다음부터 에드몽 삼촌의 기록이 조금 듬성듬성해졌어요. 삼촌은 모든 것을 기록하는 일에 집착하지 않았던 듯해요. 그건 그렇고, 초기에는 서로 자기를 설명했고, 각자 자기 세계를 설명했습니다. 그런 과정을 통해서 우리는 개미들의 도시가 벨로캉이라는 것을 알았고 수억의 개미를 가진 어떤 연방의 중심 도시라는 것을 알았던 것입니다.」

「믿기지 않는군!」

「그 후 양쪽은 자기 세계의 거주자들에게 정보를 퍼뜨리기엔 너무 이르다고 판단하고, 그들의 〈접촉〉에 대해 절대적인 비밀을 보장하기로 협약을 맺었습니다.」

소방대원 한 사람이 끼어들어 덧붙인다. 「에드몽 웰스 교수가 조나탕보고 그 모든 장치를 설치하라고 역설했던 게 그 때문입니다. 그분은 특히 사람들이 너무 일찍 알기를 바라지 않았습니다. 소식이 전해졌을 때 텔레비전이나 라디오나 신문들이 야단법석을 떨면서 일을 망쳐 버릴까 봐 무척 걱정을 했던 것이지요. 광고, 열쇠 고리, 티셔츠, 인기 연예인들의 쇼 등 그 발견을 둘러싸고 벌일 온갖 어리석은 짓거리를 미리 내다보고 있었던 것입니다.」

「여왕개미 벨로키우키우니도 자기 백성들이 그 사실을 너무 일찍 알게 되면 바로 그 위험한 외계인들을 상대로 싸우러 나설 것이라고 생각했지요.」뤼시가 덧붙인다.

「그렇지요. 두 문명은 아직 서로를 알 준비가 되어 있지 않아요. 하물며 서로를 이해한다는 것은 생각할 수도 없지요. 개미들은 파시스트들도 무정부주의자들도 왕정주의자들도 아닙니다. 그냥 개미입니다. 그들의 세계와 관련된 모든 것은 우리 것과 다릅니다. 또 그렇게 다르다는 것이 그들 세계의 풍요를 만들어 내는 것일 테고요.」

그런 주장을 한 사람은 빌셍 경정이다. 그는 상관인 솔랑주 두망을 떠나 여기에 들어온 이후로 확실히 사람이 많이 달라졌다.

조나탕이 말을 잇는다. 「독일 학파와 이탈리아 학파 모두 잘못 생각하고 있습니다. 개미들을〈인간의〉이해 체계 속에 억지로 집어넣으려고 하기 때문입니다. 그러니 분석이 거칠 수밖에 없는 것이지요. 그것은 마치 우리의 삶을 개미들의 삶과 비교하여 이해하려는 것과 같습니다. 말하자면 인간을 개미의 이체동종(異體同種)[44]으로 보고 있는 것입니다……. 그런데 개미들의 특수성은 아무리 사소한 것이라도 흥미진

----

44 myrmécomorphisme. 이 말은 homomorphisme(이체동종)을 변형하여 작가가 지어낸 말이다.

진하지요. 사람들은 일본 사람, 티베트 사람, 인도 사람을 이해하지 못하면서도 그들의 문화, 음악, 철학에 흘딱 반하고, 우리 서양의 사고방식으로 왜곡하기도 하지요. 우리 지구의 미래는 이종 교배에 있음이 아주 분명합니다.」

「그런데 두 문명이 만난다고 할 때 개미들이 우리에게 가져다줄 수 있는 것은 뭐가 있을까?」오귀스타 할머니가 의아해하며 묻는다.

조나탕은 아무 대답 없이 뤼시에게 신호를 보낸다. 뤼시는 잠깐 사라졌다가 잼 단지로 보이는 것을 들고 돌아온다.

「보세요, 바로 이런 겁니다. 아주 귀중한 것이죠. 진딧물 분비꿀입니다. 자, 드셔 보세요!」

오귀스타 할머니가 조심스럽게 집게손가락을 놀린다.

「음, 아주 달콤한데……. 아주 맛있어! 벌꿀하고는 사뭇 다른 맛이야.」

「그렇지요! 할머니는 우리가 이 앞뒤가 꽉 막힌 땅속에서 뭘 먹고 살아왔는지 물어보지 않으셨지요?」

「왜, 이제 물어볼 참이었는데…….」

「개미들이 자신들의 분비꿀과 곡물 가루로 우리를 먹여 살리고 있어요. 개미들은 우리를 위해 저 위에 양식을 저장하고 있어요. 그뿐이 아니에요. 우리는 저들의 농업 기술을 본떠서 느타리버섯을 키우고 있어요.」

조나탕이 커다란 나무 상자 뚜껑을 열자, 위쪽에 하얀 버섯들이 보인다. 버섯들이 부식토 더미 위에서 자라고 있다.

「갈랭이 우리의 위대한 버섯 전문가랍니다.」

갈랭이 겸손하게 미소를 지으며 말한다.

「아직 배울 게 많은걸요.」

「하지만 버섯과 꿀만 가지고는 틀림없이 단백질 결핍증이 생길 텐데.」

「단백질이라면 막스가 맡고 있지요.」

막스라는 이름의 소방대원이 손가락으로 천장을 가리킨다.

「저는 개미들이 저 흙 상자 오른쪽의 작은 상자에 놓아 주는 곤충들을 모으는 겁니다. 그것을 끓여서 겉껍데기를 분리해 내죠. 그러고 남는 것은 아주 작은 새우 요리나 다름없습니다. 맛도 생김새도 새우하고 비슷해요.」

「보시다시피 여기에서 우리는 어려운 문제들을 잘 풀어 나가면서 우리가 원하는 모든 편안함을 누리고 있지요. 전기는 작은 원자력 발전소에서 만들어집니다. 그 수명은 5백 년이지요. 에드몽 웰스 교수가 여기에 처음 들어왔을 때 설치해 놓은 것입니다. 공기는 통풍 구멍으로 들어오고 먹이는 개미들이 가져다주고 신선한 샘물도 있고요. 게다가 열중해서 매달릴 수 있는 직업도 있어요. 우리는 뭔가 아주 중요한 일을 하는 개척자들이라는 느낌을 가지고 있습니다.」

「아닌 게 아니라 우리는 우주 기지에 상주하면서 이따금 이웃의 외계인들과 대화를 나누는 우주 비행사 같습니다.」

그들이 웃는다. 즐거운 기분이 짜릿하게 등골을 타고 흐른다. 조나탕이 거실로 돌아가자고 권한다.

「아시다시피 저는 오랫동안 주위의 벗들과 함께 어우러져 사는 방법을 모색했지요. 공동체, 집단 거주, 푸리에식의 공동체 등등. 그러나 저는 이루어 내지 못했습니다. 결국 저는 저 자신이 바보까지는 아니라 하더라도 얼치기 이상주의자라고 생각하게 되었지요. 그런데 바로 여기에서 뭔가가 일어나고 있습니다. 우리는 함께 살아야 하고 서로를 완성시켜야 하며 함께 생각해야 합니다. 우리에겐 다른 길이 없습니다. 도망갈 방법도 없습니다. 서로를 이해하지 못하면 우리는 죽고 말 것입니다. 그런데 우리가 이렇게 공동체를 꾸려 나가는 것이 삼촌의 깨달음을 이어받은 것인지 아니면 우리의 머리 위에 존재하는 개미들이 우리를 가르친 것인지 잘 모르겠습니다. 하여튼 현재로서는 우리의 공동체가 잘 운영되고 있습니다.」

「네, 그래요. 우리가 특별히 애를 쓴 것도 아닌데 잘되어 가고 있습니다.」

「우리는 이따금 각자가 마음 놓고 퍼 쓸 수 있는 공동의 에너지를 만들고 있다는 느낌을 갖습니다.」

그 말에 자종이 나선다.「전에 그런 얘기를 들은 적이 있다네. 장미 십자회와 몇몇 프리메이슨 집단에서는 그런 것을 일컬어 에그레고르라고 한다네.〈동아리〉의 정신적인 자산이라는 뜻이지. 하나의 냄비에 자기 힘을 쏟아서 각자에게 도움이 되는 수프를 만드는 것과 같지…….그러나 일반적으로 말하면, 다른 사람들의 힘을 개인적인 목적을 위해 사용하는 도둑이 있게 마련이라네.」

「여기에서는 그런 문제가 없습니다. 땅속에서 작은 동아리를 이루어 사는 마당에 개인적인 욕심을 가질 리가 없는 거지요…….」

침묵이 흐른다.

「그리고 우리는 점점 말을 적게 합니다. 굳이 말을 하지 않아도 서로를 이해하게 되거든요.」

「그래요, 여기에선 뭔가 이루어지고 있는 거예요. 그러나 우리는 그것이 무엇인지 모르고 그것을 아직 통제하지도 못해요. 우리는 아직 목적지에 도달한 것이 아니라 여정의 중간에 있을 뿐입니다.」

다시 침묵이 흐른다.

「어쨌든 간단히 말씀드려, 저는 우리 작은 공동체가 여러분들 마음에 들 것으로 기대하고 있습니다…….」

801호가 기진맥진한 채로 자기 도시에 다다른다. 그가 해냈다! 그가 해낸 거야!

클리푸니는 즉시 완전 소통을 시행하여 자초지종을 알아낸다. 이야기를 듣고 보니, 화강암 바닥 밑에 감추어진 비밀에 대한 자기의 가정에 확신이 선다.

클리푸니는 즉시 벨로캉에 대한 군사 공격을 결심한다. 밤새도록 병정개미들이 준비를 한다. 새로 편성된 뿔풍뎅이 비행 군단도 만반의 준비가 되어 있다.

103683호가 전술을 제안한다. 군대의 일부가 정면 공격을 하는 동안 열두 개 군단은 도시를 슬쩍 우회해서 궁궐이 있는 그루터기를 공격하자는 것이다.

**세계는**

세계는 복잡성을 지향하고 있다. 수소에서 헬륨으로, 헬륨에서 탄소로. 끊임없이 복잡해지고 끊임없이 다단해지는 것이 만물이 진화하는 방향이다.

우리에게 알려진 모든 행성 가운데 지구가 가장 복잡하다. 지구는 자체의 온도가 변화할 수 있는 지대에 들어 있다. 대양과 산이 지구를 덮고 있다. 생명 형태의 다양성은 거의 무궁무진하다. 그러나 지력으로 다른 생명들을 압도하는 두 종류의 생명이 있다면, 그것은 개미와 인간이다. 신은 지구라는 행성을 어떤 실험을 하기 위해 이용하고 있는 것처럼 보인다. 신은 어느 쪽이 더 빨리 가는가를 보려고 완전히 상반된 철학을 가진 두 종을 의식의 경주 위에 던져 놓았다.

그 경주의 목표는 아마도 지구적인 집단의식에 도달하는 것일 게다. 즉, 그 종의 모든 뇌를 융합시키는 것이다. 그것이 내가 보기에는 의식의 경주가 나아가게 될 다음 단계이고 복잡성을 지향하는 진화의 다음 수준이다.

그러나 선두에 선 두 종은 비슷한 발전 경로를 걸어왔다.

— 지능을 발달시키기 위해 인간은 괴물 같은 느낌이 들 정도로 뇌의 크기를 부풀렸다. 장밋빛이 도는 커다란 꽃양배추 같다.

— 똑같은 결과를 얻기 위해서 개미들은 수천 개의 작은 뇌를 아주 미묘한 의사소통 체계로 결합하는 방법을 선택했다.

개미들의 양배추 가루 더미와 인간의 꽃양배추는 절대적인 의미에서 보면 재료나 지능 면에서 동등하다. 경쟁은 막상막하이다.

그러나 지능을 가진 두 생명이 나란히 달리지 않고 협력한다면 어떤 일이 벌어질까?

에드몽 웰스, 『상대적이며 절대적인 지식의 백과사전』

장과 필리프는 텔레비전 말고는 별로 좋아하는 게 없다. 기껏 한다는 것이 전기 당구 정도이다. 최근에 비싼 돈을 주고 마련해 놓은 최신식 미니 골프에도 이제 관심이 없다. 지금 하고 있는 이 숲속 산책도 그렇다. 감독 선생이 바람 쐬라고 내모는 것만큼 두 아이가 마뜩잖게 여기는 것도 없다.

지난주에는 두꺼비를 죽이는 재미가 있었지만 그 즐거움이 너무나 짧았다.

그런데 오늘 장이 정말 재미있는 장난거리를 찾아낸 모양이다. 다른 아이들이 따분하게 낙엽을 모아 우스꽝스러운 그림이나 만들며 놀고 있는데, 장이 필리프를 그 무리에서 멀리 끌고 가더니 진흙으로 된 작은 무덤 같은 것을 가리킨다. 흰개미 집이다.

그들은 즉시 발길질을 하기 시작하지만 아무것도 나오지 않는다. 흰개미 집이 텅 비어 있다. 필리프는 몸을 기울여 냄새를 맡아 본다.

「도로 보수하는 아저씨가 여기다 약을 뿌렸어. 살충제 냄새가 나는데. 봐, 안에 흰개미들이 다 죽어 있어.」

실망한 두 아이가 다른 아이들이 있는 곳으로 돌아가려고 발길을 돌리던 찰나, 장이 실개울 건너편에서 관목에 반쯤 가려진 피라미드 모양의 둥지를 발견한다.

이번에는 진짜다! 너무나 인상적인 개미집이다. 지붕의 높이가 아무리 못 돼도 1미터는 되겠다! 기다란 개미 행렬들이 들어가고 나온다. 수백 수천의 일개미, 병정개미, 탐험 개미들이다. 여기에는 아직 살충제를 뿌리지 않았다.

장이 그것을 보고 기뻐서 어쩔 줄을 모른다.

「야, 너 저거 봤지?」

「아이 싫어! 또 개미 잡아먹으려고 그러냐? 지난번 개미들 아주 구역질 나는 맛이었잖니.」

「누가 먹겠대! 지금 네 앞에 하나의 도시가 있는 거야. 뉴욕이나 멕시코시티 같은 곳을 뺨치는 도시란 말이야. 방송에서 사람들 얘기하던 거 생각나니? 안에 개미들이 우글우글해. 봐, 일밖에 모르는 이 바보들. 이 멍청한 놈들!」

「그래도…… 너 니콜라가 개미에 관심 갖다가 결국 사라져 버린 거 알지? 내 생각엔 개네 지하실 안에 개미들이 있었던 게 틀림없어. 그놈들이 니콜라를 잡아먹었을 거야. 그래서 하는 얘긴데 난 저놈들 옆에 있고 싶지가 않아. 저놈들이 싫어! 에이 더러운 개미 놈들. 어제는 미니 골프장 구멍에서 몇 놈이 기어 나오는 것도 봤어. 그놈들은 그 속에다가 둥지를 만들려고 했나 봐……. 에이 더럽고 멍청한 개미 새끼들!」

장이 필리프의 어깨를 흔든다.

「바로 그거야! 네가 개미를 싫어하듯이 나도 그래. 이놈들을 죽여 버리자! 우리 친구 니콜라의 복수를 해주잔 말이야!」

「이놈들을 죽이자고?」

필리프는 그 제안에 흥미를 느낀다.

「그래, 바로 그거야! 이 도시에 불을 지르자고. 멕시코시티 같은 도시가 불길에 휩싸이는 걸 상상해 봐. 정말 재미있지 않겠니?」

「좋아, 불을 지르자. 니콜라를 위해서 하는 건데 뭐…….」

「잠깐만. 더 좋은 생각이 있어. 저 안에 농약을 집어넣고 불을 지르는 거야. 그러면 꽃불처럼 멋있게 탈 거야.」

「멋진 생각이야…….」

「지금 11시거든. 정확히 두 시간 후에 여기서 다시 만나자. 그 시간이면 감독 선생이 우리를 귀찮게 하지 않을 거고, 애들은 모두 구내식당에 있을 거야. 나는 농약을 찾으러 갈 테니까 너는 성냥통을 슬쩍해 가지고 와. 라이터보다 그게 나을 거야.」

「좋아!」

보병 군단이 빠른 걸음으로 나아가고 있다. 벨로캉 연방에 속한 다른 도시의 개미들이 어디 가느냐고 물으면, 클리푸캉 개미들은 서쪽 지역에서 도마뱀을 발견했다든가 중심 도시가 자기들의 도움을 요청했다는 식으로 얼버무린다.

보병 군단의 머리 위쪽 공중에서는 뿔풍뎅이가 웅웅거린다. 머리 위에 포수 개미들을 얹고 가는데도 비행 속도가 별로 느리지 않다.


13시. 벨로캉 개미들이 한창 일을 하고 있다. 햇볕이 좋을 때를 이용하려고 알과 번데기와 진딧물을 햇빛방에 모으고 있다.


「더 잘 타게 하려고 알코올을 가져왔어.」 필리프가 알린다.

「잘했어. 난 농약을 사 왔어. 요만큼에 20프랑이래, 젠장!」 장이 말한다.


벨로키우키우니가 벌레잡이 식물들을 가지고 장난을 치고 있다. 벌레잡이 식물들을 이곳에 가져오고 나서 처음엔 그것들을 심어 방호벽을 만들고 싶다는 생각을 했었는데, 그것을 실행에 옮기지 못한 것이 아쉽다.

벨로키우키우니의 생각이 다시 바퀴에 미친다. 그 멋진 생각을 어떻게 활용할 수 있을까? 진흙으로 커다란 공을 만든 다음 다리 끝으로 밀고 가서 적들을 으깨어 버릴 수도 있으리라. 그 계획을 실행에 옮겨야겠다.

「됐어. 알코올과 농약을 다 뿌렸어.」

장이 그 말을 하는 동안에 탐험 개미 한 마리가 그 아이 몸으로 기어오른다. 개미가 더듬이 끝으로 아이의 바지 천을 두드린다.

《당신은 살아 있는 거대한 구조물 같은데, 당신의 정체가 무엇인지 알 수 있을까요?》

아이는 개미를 붙잡아 엄지와 집게 사이에서 으깨어 버린다. 이크! 노랗고 까만 즙이 손가락 위로 흐른다.

「자, 벌써 한 놈이 죽었다. 좋아, 이제 저리 비켜, 불을 붙여야지.」 장이 의기양양하게 말한다.

「이로써 놈들은 천벌을 받는 거야.」 필리프가 소리친다.

「〈요한의 묵시록〉이지!」 장이 히죽거리며 말한다.

「저 안에 개미가 몇 마리나 될까?」

「틀림없이 수백만 마리는 될 거야. 작년에 개미들이 근처에 있는 어떤 별장을 습격한 모양이더라.」

그 말을 받아 장이 소리친다. 「그 사람들의 원수도 갚아 주자. 자, 너는 저 나무 뒤로 피해 있어.」

여왕개미는 인간들을 생각하고 있다. 다음번에 그들에게 더 많은 질문을 해야겠다. 그들은 바퀴를 어떻게 사용하지?

장이 성냥을 그어서 잔가지와 바늘잎으로 된 봉긋한 지붕을 향해서 던진다. 그러고는 파편에 다칠까 봐 뛰기 시작한다.

마침내 연방의 중심 도시가 클리푸캉 군대의 눈에 들어온다. 참으로 커다란 도시이다.

날던 성냥개비가 하강 곡선을 그리기 시작한다.

여왕개미는 더 기다릴 것 없이 인간들에게 말을 걸기로 결심한다. 별문제 없이 분비꿀 공급량을 늘릴 수 있다는 것도 이야기할 생각이다. 올해는 분비꿀 생산량이 아주 많을 것 같다.

날던 성냥개비가 지붕의 잔가지 위에 떨어진다.

클리푸캉 군대가 이제 돌격 태세에 들어갈 만큼 가까이 와 있다.

필리프가 먼저 와 숨어 있던 커다란 소나무 뒤로 장이 뛰어든다.

성냥개비는 알코올이나 농약이 스며든 어떤 자리에도 닿지 못한 채 꺼져 버린다.

두 아이가 다시 몸을 일으킨다.
「이런, 빌어먹을!」
「불을 붙이려면 이렇게 해야 돼. 종이 쪼가리를 저기다 놓는 거야. 그러면 커다란 불꽃이 일어나면서 알코올에 불이 붙을 거야.」
「너 종이 가진 거 있니?」

「어디…… 지하철 표 한 장밖에 없는데.」

「이리 줘.」


지붕에서 보초를 서던 개미가 뭔가 이상한 것이 있음을 알아차린다. 조금 전부터 몇 군데서 알코올 냄새가 날 뿐만 아니라, 방금 노란 나뭇조각 하나가 나타나더니 지붕 꼭대기에 꽂힌 것이다. 그 개미는 곧바로 한 무리의 일개미들에게 연락을 취해서 잔가지들을 닦게 하고 노란 들보를 치우게 한다.

다른 보초 개미가 5번 문으로 달려온다.

《비상! 비상! 불개미 군대가 공격해 온다!》


두꺼운 종이가 타고 있다. 두 아이는 다시 소나무 뒤에 가서 숨는다.


세 번째 보초 개미가 노란 나뭇조각 끝에서 커다란 불꽃이 일어나는 것을 본다.


클리푸캉 개미들이 돌격 자세로 달려간다. 무사개미들이 그러는 걸 보고 배운 대로 하고 있는 것이다.


첫 번째 폭발.

일거에 온 지붕 위로 불이 붙는다.

폭음, 불꽃.

장과 필리프는 뜨거운 기운이 뻗쳐 옴에도 눈을 크게 뜨고 지켜보려 한다. 두 아이는 그 장관에 흡족함을 느낀다. 마른 그루터기에 금방 불이 붙는다. 농약이 고인 곳에 불꽃이 닿자 또 폭발이 일어난다. 〈길 잃은 개미의 도시〉 벨로캉에서 폭발음이 터져 나오고 푸르스름한 불꽃, 빨간 불꽃, 연보랏빛 불꽃이 솟아오른다.

클리푸캉 군대가 갑자기 정지한다. 처음에 햇빛방에 불이 붙어 알과 가축 들을 모두 태우더니 지붕 전체를 태워 버린다.

몇 초가 지나자 재앙은 궁궐이 있는 그루터기에도 미쳤다. 입구에 끼어 있던 문지기 개미들이 폭발해 버렸다. 병정개미들이 여왕개미를 꺼내려고 달려간다. 그러나 너무 늦었다. 여왕개미는 이미 유독 가스에 질식해 버렸다.

경보 페로몬이 아주 빠른 속도로 퍼져 나간다. 1단계 경보: 개미들이 자극적인 페로몬을 뿜어 대고 있다. 2단계 경보: 바닥을 두드리는 불길한 소리가 모든 통로에 울려 퍼진다. 3단계 경보: 〈미친〉 개미들이 통로를 뛰어다니면서 공포를 확산시킨다. 4단계: 경보 알, 생식 개미, 가축, 양식 등 귀중한 것을 모두 가장 깊숙한 아래층으로 옮기는 동안 병정개미들은 적들과 맞서기 위해 그 행렬과 반대 방향으로 올라간다.

지붕에 있는 개미들이 대책을 찾아보려고 한다. 포수 개미 몇 개 군단이 농도 10퍼센트 미만의 개미산을 쏘아서 몇 군데를 진화한다. 그 임시 소방대원들은 자기들의 임기응변이 효과가 있음을 알고 그루터기에 개미산을 뿌린다. 그것을 축축하게 적시면 그루터기 안에 있는 개미들을 구해 낼 수도 있겠다고 생각한 것이다.

그러나 불을 당할 수가 없다. 갇혀 있는 개미들은 모두 유독 가스에 질식해 죽었다. 혼비백산한 개미 떼 위로 불붙은 나뭇가지들이 무너져 내린다. 불기에 닿은 플라스틱처럼 개미들의 딱지가 비틀리며 녹아 버린다.

그 뜨거운 불길의 공격을 당할 것은 아무것도 없다.

## 삽화

내가 잘못 생각했다. 인간과 개미는 대등하지 않으며 서로 경쟁하지도 않는다. 인간들의 존재는 그들이 전적으로 지구를 지배하는 동안에 일어난 짤막한 〈삽화〉에 지나지 않는다.

개미들은 우리보다 더, 한없이 더 수가 많다. 그들이 더 많은 도시를 가지고 있고 훨씬 더 많은 생태 구역을 차지하고 있다. 그들은 어떤 인간도 살아남을 수 없는 건조 지대, 한랭 지대, 열대 지대, 습지대에 살고 있다. 우리의 눈길이 미치는 어느 곳에나 개미들이 있다.

개미들은 우리가 여기에 있기 1억 년 전에도 있었고, 원자 폭탄을 견디어 낸 희귀한 유기체들 가운데 하나였다는 점으로 미루어 볼 때 우리가 여기에서 사라지고 난 1억 년 후에도 틀림없이 여기에 남아 있을 것이다. 3백만 년에 걸친 우리의 역사는 그들의 역사에 비하면 하나의 사건에 지나지 않는다. 만일 어느 날 외계인들이 우리 행성에 도착한다면, 그들은 겉모습에 속지 않을 것이다. 그들은 틀림없이 개미들과 대화하려고 할 것이다. 개미들이 지구의 진정한 주인이기 때문이다.

에드몽 웰스, 『상대적이며 절대적인 지식의 백과사전』

다음 날 아침, 지붕은 완전히 사라지고 검은 그루터기만이 알몸을 드러낸 채 도시 한가운데에 오도카니 박혀 있다.

벨로캉 거주자 5백만 마리가 죽었다. 지붕과 그 바로 근처에 있던 모든 개미들이 죽은 셈이다.

아래로 내려간 개미들은 무사하다.

벨로캉 밑에 살고 있는 인간들은 아무것도 눈치채지 못했다. 거대한 화강암 바닥이 가로막고 있는 데다가 모든 사건은 그들이 임의로 정한 밤 시간 동안에 일어났기 때문이다.

벨로키우키우니의 죽음이 가장 심각한 위협으로 남아 있다. 알 낳는 여왕개미를 잃어버린 겨레의 운명이 위태로워 보인다.

그런데 불을 상대로 한 전투에 동참했던 클리푸캉 개미들은 벨로키우키우니가 죽었다는 사실을 알자마자 자기들 도시로 전령을 보낸다. 몇 시간 후 클리푸니가 손수 피해 상황을 확인하기 위하여 뿔풍뎅이를 타고 온다.

클리푸니가 궁궐에 이르러 보니 소방수 노릇을 하던 개미들이 여전히 잿더미 위에 개미산을 뿌리고 있다. 이제 더 이상 싸울 상대가 없다. 클리푸니가 질문을 던지자 그들이 이해할 수 없는 재난에 대해 이야기한다.

수태한 여왕개미가 없으므로 클리푸니가 자연스럽게 새로운 벨로키우키우니가 되고 중심 도시의 궁궐을 차지한다.


가장 먼저 잠이 깬 조나탕은 컴퓨터 프린터가 드르륵거리는 소리를 듣고 깜짝 놀란다.

화면 위에 한 단어가 보인다?

《왜?》

그러고 보니 개미들이 밤새 신호를 보냈던 모양이다. 개미들이 대화를 하고 싶어 한다. 조나탕은 대화에 으레 선행하는 문장을 두드린다.

인간 「안녕, 나 조나탕이다.」

개미 《난 새 벨로키우키우니다. 너희는 왜…….》

인간 「새 벨로키우키우니라고? 그럼 전(前) 벨로키우키 우니는 어디에 있는가?」

개미 《너희가 죽였다. 난 새 벨로키우키우니다. 너희는 왜…….》

인간 「무슨 일이 있었는가?」

개미 《너희는 왜……?》


그러고 나서 대화가 끊겼다.


이제 클리푸니는 모든 것을 알고 있다.

바로 인간들이 그 짓을 했다.

어머니는 그들을 알고 있었다.

어머니는 그들을 오래전부터 알고 있었으면서도 그 사실을 비밀에 부쳐 왔다.

어머니는 조금이라도 낌새를 채는 자들이 있으면 다 없애 버리라고 명령을 내렸다.

어머니는 자기 백성들을 죽이면서까지 그들을 도왔던 것이다.

새 벨로키우키우니는 움직이지 않는 어머니를 물끄러미 바라보고 있다. 경비 개미들이 쓰레기터에 버리겠다고 시체를 가지러 오자 새 여왕개미가 펄쩍 뛴다.

《안 돼. 이 시체를 버리면 안 돼.》

클리푸니는 이미 죽음의 냄새가 나고 있는 전 벨로키우키우니를 유심히 살펴보다가 명령하기를, 부서진 다리들을 나

뭉친으로 다시 붙이고 물렁한 살을 빼낸 다음 흙으로 채우라고 한다. 어머니의 시신을 자기 방에 놓아두고 싶은 것이다.

새 벨로키우키우니가 된 클리푸니가 병정개미 몇 마리를 불러 모아 중심 도시를 더욱 현대적인 모습으로 재건하라고 당부한다. 둥근 지붕과 그루터기는 너무 취약하니 지하 개울을 찾는 데 몰두하라고 한다. 나아가 연방의 모든 도시들을 연결하는 운하를 뚫는 데 진력하라고 이른다. 벨로캉의 미래는 물을 잘 다스리는 데 있다는 것이 클리푸니의 생각이다. 물을 잘 다스리면 화재를 막을 수 있고 빠르고 안전하게 움직일 수 있다는 것이다.

《그런데 인간들은 어떻게 하지요?》

새 벨로키우키우니가 대답을 얼버무린다.

《그들에겐 별로 흥미가 없어.》

질문을 던졌던 병정개미가 쉽게 물러서지 않는다.

《그들이 다시 불로 우리를 공격해 오면 어떻게 하지요?》

《적이 강하면 강할수록 우리로 하여금 더욱더 큰 힘을 발휘하게 해주지.》

《그럼 커다란 바위 밑에 살고 있는 사람들은요?》

벨로키우키우니는 아무 대답이 없이 혼자 있게 해달라며 병정개미들을 내보내고는 전 벨로키우키우니의 시체로 몸을 돌린다.

새 여왕개미는 다소곳이 머리를 조아리고 자기 더듬이를 어머니 이마에 갖다 댄다. 그러고는 아주 오랫동안 꼼짝하지 않는다. 길고 긴 완전 소통에 몰입해 있는 듯하다.

제2권에서 계속

**가장개미**　유기 화학 분야에 천부적인 재능을 가진 종.

**갈무리 주머니**　동료들에게 나누어 주기 위해 먹이를 저장해 두는 기관.

**감자잎벌레**　딱정벌레의 하나로서 오렌지빛 딱지날개에 다섯 개의 검은 세로줄 무늬가 있다. 주로 감자를 먹고 살며 체액은 개미에게 치명적인 독이다.

**개똥벌레**　인광을 발하는 딱정벌레. 식용.

**개미귀신**　명주잠자리의 애벌레로서 개미지옥을 파놓고 숨어 있다가 미끄러져 떨어지는 개미를 잡아먹음. 위험.

**개미산**　발사 무기. 가장 부식성이 강한 개미산은 농도가 40퍼센트에 이른다.

**개미의 무기**　칼 구실을 하는 위턱과 독침, 끈끈물 분사기, 개미산 발사 주머니, 발톱 등.

**개양귀비 전투**　개미 연도 100000666년에 벨로캉 연방이 벌인 전쟁으로서 세균 무기와 전차가 맞붙은 최초의 전쟁이다.

**거미**　개미들을 마취시켰다가 먹을 때만 깨워서 조금씩 토막 내어 먹는 괴물. 위험.

**걸음 속도**　기온 10도 때는 시속 18미터로 이동한다. 기온이 15도일 때는 시속 54미터로 간다. 기온이 20도일 때는 시속 126미터까지 걸을 수 있다.

겨울잠　11월부터 3월에 걸친 긴 잠.

계급　보통 생식 개미, 병정개미, 일개미의 세 계급으로 분류
　　된다. 그 계급들은 다시 농경 일개미, 포수 병정개미 등의
　　아계급으로 나뉜다.

과예이톨로　봄철에 사용하는 작은 둥지.

군단　동시에 기동할 수 있는 병정개미들의 집단.

금단 구역(궁궐)　여왕개미의 거처를 보호하는 요새. 나무 밑
　　동 속에 만들거나 진흙으로 만들며, 바위를 파서 만드는
　　경우도 있다.

꿀단지개미　분비꿀 저장고.

끈끈이귀개　벨로캉 근처에 흔한 벌레잡이 식물. 위험.

난쟁이개미　불개미의 주요 적.

높이　둥지가 높이 솟을수록 일조 면적이 넓어진다. 열대 지
　　역에서는 개미집이 완전히 땅속에 묻혀 있다.

눈　안구에 놓인 낱눈의 총체. 각각의 낱눈에는 두 개의 수
　　정체 즉, 바깥의 커다란 렌즈와 안쪽의 작은 렌즈로 이루
　　어져 있다. 각각의 시세포는 직접 뇌로 연결된다. 개미들
　　은 가까이 있는 사물만을 볼 수 있다. 그러나 먼 거리에서
　　도 아주 사소한 움직임만 있으면 그것을 느낄 수 있다.

니　벨로캉 여왕개미들의 왕조.

단식　개미는 겨울잠을 자면서 6개월 동안 먹지 않고 살 수
　　있다.

달팽이　단백질 공급원. 식용.

도롱뇽　위험.

도마뱀　개미 세계의 용. 위험.

도시의 방향 잡기　불개미들은 아침부터 일조량을 최대로 받

기 위하여 도시의 가장 넓은 부분이 남동쪽을 향하게 개미
집을 건설한다.

독샘　개미산을 저장하는 주머니. 매우 높은 압력으로 개미
산을 쏠 수 있는 특별한 근육이 달려 있다.

독성 식물　콜키쿰, 등나무, 협죽도, 송악 등 위험.

둥지 온도　불개미 둥지는 층에 따라서 20도에서 30도 사이
로 온도가 조절된다.

뒤푸르샘　자취 페로몬이 들어 있는 분비샘.

딸기나무 전쟁　개미 연도 99999886년에 벌어진 전쟁으로 불
개미와 노랑개미가 맞붙었다.

라슐라캉　벨로캉 연방의 가장 서쪽에 자리한 도시.

로메쿠사　치명적인 마약을 공급하는 딱정벌레. 위험.

말벌　개미들과 같은 조상을 가졌으며 독이 있다. 위험.

망루　지붕 위에 세워진 보조 첨탑. 개미집에서보다는 흰개
미 집에서 주로 보인다.

맵시벌　다른 동물의 몸속에 알을 낳는 벌. 알에서 나온 애벌
레들이 몸속에 자라면서 동물들을 갉아 먹는다.

머리　개미 세계의 길이 단위. 3밀리미터에 해당한다.

모기　수컷은 식물의 진을 빤다. 암컷들이 무엇을 먹고 사는
지 개미들은 모른다. 식용.

무게　개미 한 마리의 무게는 1밀리그램에서 150밀리그램
으로 다양하다.

무당벌레　진딧물 가축을 잡아먹는 곤충. 먹을 수 있음.

무사개미　노예 개미들의 도움 없이는 살아갈 수 없는 호전
적인 종.

문지기 개미　동글납작한 머리를 가진 아계급의 개미로, 전략

적으로 중요한 통로를 막는 역할을 한다.

물방개  물에 사는 딱정벌레. 식용.

밀도  유럽에서는 개미의 종을 막론하고 1제곱미터당 평균 8만 마리를 헤아린다.

바람  개미를 땅바닥에서 들어 올려 어딘지 알지 못하는 곳으로 데려간다.

바퀴  흰개미의 조상. 지구상에 나타난 최초의 곤충.

박쥐  동굴 속에 사는 날아다니는 괴물. 위험.

방독법  모듬살이 곤충이 치명적인 독물에 적응하는 능력으로서, 그 독물에 유전적으로 면역이 된 알을 낳아 독을 이겨 낸다.

배설물  개미가 한 번에 내놓는 배설물의 무게는 제 몸무게의 1천 분의 1이다.

뱀  위험.

벌레잡이 식물  벌레잡이제비꽃, 사라세니아, 끈끈이귀개, 끈끈이주걱 등 위험.

벨로캉  불개미 연방의 중심 도시.

벨로키우키우니  벨로캉의 여왕개미.

불  금기 무기.

비  치명적인 일기 현상.

비행 전령  날파리를 통해 소식을 전하는 난쟁이개미들의 기술.

빨강천막개미  동쪽에서 이주해 온 개미로서 자기들의 애벌레로 실을 잣는다.

빵  곡물 가루를 빻아 만든 동그란 작은 덩어리.

뿔풍뎅이  이마에 커다란 뿔이 달린 딱정벌레.

사마귀  교미하기와 먹기를 과도하게 좋아하는 곤충.

사육   진딧물이나 연지벌레를 길들여 항문샘에서 나오는 분
    비물을 거두어들이는 기술로서, 개미의 몇몇 종이 개발하
    였다. 진딧물 한 마리는 여름에 시간당 30방울의 분비꿀
    을 만들어 낸다.

산란실   여왕개미가 알을 낳는 방.

새   날아다니는 괴물. 위험.

쇠똥구리   공을 밀고 다니는 곤충. 먹을 수 있음.

수개미   수정되지 않은 알에서 나온 개미.

수명(비생식 개미)   일개미나 병정개미는 대개 3년을 산다.

수명(여왕개미)   불개미 여왕개미는 평균 15년을 산다.

수확개미   동쪽의 농경 개미.

술   개미는 진딧물 분비꿀과 곡물의 즙을 발효시킬 줄 안다.

시각   개미들은 격자창을 통해서 보듯이 사물을 본다. 생식
    개미들은 색깔을 감지하기는 하지만 모든 색깔이 자외선
    쪽으로 옮겨진다.

시계푸   북서쪽의 난쟁이개미 도시.

신생의 축제   생식 개미들이 날아올라 교미하는 축제. 보통
    첫더위가 시작될 무렵에 열린다.

실잣기   애벌레를 가지고 실을 잣는다.

심장   조롱박 모양으로 생긴 몇 개의 주머니가 잇달아 서로
    물려 있는 것으로서 배마디의 등 쪽에 붙어 있다.

12진법   개미 세계의 셈법. 개미들은 다리 하나마다 2개씩
    의 발톱이 달려 있기 때문에 12를 한 단위로 해서 셈을
    한다.

쓰레기터   개미집 입구에 있는 둔덕으로 개미들이 쓰레기와
    시체를 버리는 곳이다.

씨앗　불개미는 씨앗 기름을 좋아한다. 말하자면 씨앗은 기름이 아주 많이 들어 있는 작은 알갱이다. 한 개미 도시에서는 철마다 평균 7만 개의 씨앗을 거둬들인다.

어둠　개미들은 캄캄한 곳에 사는 걸 좋아한다.

여왕개미들의 교시　여왕개미의 어이딸 사이에 더듬이에서 더듬이로 전해 내려온 귀중한 정보들의 총합.

연방　동종 도시들의 연합. 불개미 연방은 평균적으로 6만 제곱미터에 걸친 90개의 개미 도시를 포괄하고 있으며, 벨로캉 연방은 자국길 7.5킬로미터와 냄새길 40킬로미터를 갖추고 있다.

영양 섭취　불개미의 통상적인 식단은 다음과 같이 이루어져 있다. 진딧물 분비꿀 43퍼센트, 곤충 고기 41퍼센트, 나뭇진 7퍼센트, 버섯 5퍼센트, 곡물 가루 4퍼센트.

영양 교환　두 개미 사이에 먹이를 나누는 행위.

온도　불개미들은 8도 이상이 되어야 움직일 수 있다. 생식 개미들은 그보다 좀 더 이른 6도쯤에 잠이 깨는 경우도 있다.

온도 조절　커다란 개미 도시에서는 햇빛방, 배설물, 둥근 지붕 속 통풍구 등을 통해 온도를 조절한다.

온도-시간　개미 세계에서는 시간의 길이를 계산할 때 시간과 온도를 함께 고려한다. 기온이 높으면 〈온도-시간〉은 줄어들고, 기온이 낮으면 〈온도-시간〉이 늘어난다.

올레산　개미 시체에서 발산되는 기화성 물질.

완전 소통　더듬이 접촉을 통해 생각들을 총체적으로 교환하는 것.

왕조　같은 영토를 다스리면서 차례로 왕위에 오르는 여왕개미의 계열.

용병 개미　다른 둥지를 위해 싸우는 독립적인 개미들로서, 원래의 둥지에서 먹이를 받고 교환한 개미들이다.

운송　어떤 개미를 운반하려면 개미는 그것의 위턱을 잡는다. 운반되는 개미는 몸을 오그려서 땅바닥과의 마찰을 최소화한다.

위생 시설　개미들의 배설물을 담는 웅덩이.

위턱 대련　개미의 스포츠.

음악　귀뚜라미나 매미 들이 날개를 비벼서 내는 소리나 초음파. 버섯재배개미들도 배마디로 소리를 낼 수 있다.

인간　현대의 몇몇 전설에 등장하는 거대한 괴물. 개미들이 주로 경험한 것은 그들이 길들인 손가락이라는 이름의 장밋빛 동물이다. 위험.

인돌초산　제초제.

적외선 홑눈　생식 개미들의 이마 위에 삼각형을 이루며 놓인 세 개의 작은 눈. 그것이 있어서 생식 개미들은 완전한 어둠 속에서도 볼 수 있다.

전차　전투 기술의 하나로 커다란 위턱을 가진 낫개미 한 마리를 발이 빠른 일개미 여섯 마리가 메고 다니는 것이다.

제초제　미르미카신, 인돌초산.

주비주비캉　동쪽의 도시. 대규모 진딧물 사육장으로 유명하다.

진딧물　가축, 식용.

질병　불개미에게 가장 흔한 질병은 기생 팡이 때문에 생기는 분생 포자(分生胞子), 키틴질의 부패, 식도 아래 신경절에 기생하는 벌레, 애벌레 단계부터 나타나는 가슴 이상 비대의 일종인 입술샘 이상 비대, 치명적인 홀씨인 알테르나리아 등이다.

추위  곤충 세계의 보편적인 마취제.

크기  개미들의 평균 길이는 2머리(6밀리미터)이다.

클리푸니  벨로키우키우니의 딸.

클리푸캉  클리푸니가 건설한 초현대적인 도시.

키틴질  개미의 겉껍질을 구성하는 물질.

탈바꿈  다른 형태의 삶으로 옮겨 가는 일. 대부분의 곤충 세계에 흔히 있는 일이다.

통행 허가 냄새  개미가 태어난 둥지의 냄새 또는 용병 개미들이 새로이 취득한 냄새.

파동  움직이는 모든 동물이나 사물이 갖가지 형태로 일으키는 공통의 현상.

페로몬  체액으로 된 문장이나 말.

하루살이  갈라진 꼬리를 가진 작은 잠자리의 일종. 애벌레는 3년을 살고 날개돋이를 하고 난 성충은 3~48시간을 산다. 식용.

후각  비생식 개미들은 더듬이마다 6천5백 개의 후각 세포를 가지고 있다. 생식 개미들은 30만 개.

흰개미  흰개미목의 곤충으로 벌목에 속하는 개미와 경쟁 관계에 있다.

힘  불개미는 제 몸무게의 60배를 끌 수 있다. 그러니까 불개미 한 마리는 $3.2 \times 10^{-6}$ 마력의 힘을 발휘하는 셈이다.

56호  클리푸니가 여왕개미가 되기 전의 호칭.

327호  벨로캉의 젊은 수개미.

801호  클리푸니가 첩보원으로 파견한 병정개미.

4000호　과예이톨로에 사는 사냥 개미.

103683호　벨로캉의 병정개미.

소설에 등장하는 〈배우들〉의 학명은 다음과 같다(가나다순).

| | |
|---|---|
| 가장개미 | Tetramonium atratulum |
| 꿀단지개미 | Myrmecocystus melliger |
| 난쟁이개미 | Linepithema humile |
| 낫개미 | Messor barbarus |
| 마냥개미 | Dorylus nigricans |
| 목축개미 | Lasius niger |
| 무사개미 | Polyergus rufescens |
| 버섯재배개미 | Atta sexdens |
| 빨강천막개미 | Œcophylla longinoda |
| 수확개미 | Pogonomyrmex molefaciens |
| 연방 불개미 | Formica rufa |

옮긴이 **이세욱** 1962년에 태어나 서울대학교 불어교육과를 졸업하였으며, 현재 전문 번역가로 활동하고 있다. 옮긴 책으로 베르나르 베르베르의 『제3인류』(공역), 『웃음』, 『신』(공역), 『인간』, 『나무』, 『상대적이며 절대적인 지식의 백과사전』(공역), 『뇌』, 『타나토노트』, 『아버지들의 아버지』, 『천사들의 제국』, 『여행의 책』, 움베르토 에코의 『프라하의 묘지』, 『로아나 여왕의 신비한 불꽃』, 『세상의 바보들에게 웃으면서 화내는 방법』, 『세상 사람들에게 보내는 편지』(카를로 마리아 마르티니 공저), 장클로드 카리에르의 『바야돌리드 논쟁』, 미셸 우엘벡의 『소립자』, 미셸 투르니에의 『황금 구슬』, 카롤린 봉그랑의 『밑줄 긋는 남자』, 브램 스토커의 『드라큘라』, 파트리크 모디아노의 『우리 아빠는 엉뚱해』, 장자크 상페의 『속 깊은 이성 친구』, 에리크 오르세나의 『오래오래』, 『두 해 여름』, 마르셀 에메의 『벽으로 드나드는 남자』, 장크리스토프 그랑제의 『늑대의 제국』, 『검은 선』, 『미세레레』, 드니 게즈의 『머리털자리』 등이 있다.

## 개미 1

| 발행일 | | | | |
|---|---|---|---|---|
| | 1993년 | 7월 10일 | 초판 | 1쇄 |
| | 2000년 | 7월 30일 | 초판 | 76쇄 |
| | 2001년 | 1월 30일 | 2판 | 1쇄 |
| | 2013년 | 2월 10일 | 2판 | 70쇄 |
| | 2013년 | 5월 30일 | 3판 | 1쇄 |
| | 2023년 | 1월 5일 | 3판 | 32쇄 |
| | 2023년 | 6월 15일 | 특별판 | 1쇄 |
| | 2023년 | 10월 5일 | 개정판 | 1쇄 |
| | 2024년 | 1월 10일 | 개정판 | 2쇄 |

지은이  베르나르 베르베르
옮긴이  이세욱
발행인  홍예빈·홍유진
발행처  주식회사 열린책들

경기도 파주시 문발로 253 파주출판도시
전화 031-955-4000 팩스 031-955-4004
www.openbooks.co.kr